M. K. LOBB
Seven Faceless Saints
Ruf des Chaos

Die Romane von M. K. Lobb bei LYX:

1. Seven Faceless Saints – Die verbannte Macht
2. Seven Faceless Saints – Ruf des Chaos

M. K. LOBB

SEVEN FACELESS SAINTS

RUF DES CHAOS

Roman

*Ins Deutsche übertragen
von Katrin Reichardt*

LYX in der Bastei Lübbe AG

 Die Bastei Lübbe AG verfolgt eine nachhaltige Buchproduktion. Wir verwenden Papiere aus nachhaltiger Forstwirtschaft und verzichten darauf, Bücher einzeln in Folie zu verpacken. Wir stellen unsere Bücher in Deutschland und Europa (EU) her und arbeiten mit den Druckereien kontinuierlich an einer positiven Ökobilanz.

Die Originalausgabe erschien 2024 unter dem Titel
»Disciples of Chaos«
bei Little, Brown and Company, Hachette Book Group, Inc.
Copyright © 2024 by M. K. Lobb
This edition published by arrangement with Little Brown Books
for Young Readers, New York, New York, USA. All rights reserved.

Für die deutschsprachige Ausgabe:
Copyright © 2024 by
Bastei Lübbe AG, Schanzenstraße 6–20, 51063 Köln

Vervielfältigungen dieses Werkes für das Text- und
Data-Mining bleiben vorbehalten.

Textredaktion: Andrea Kalbe
Umschlaggestaltung: © GuterPunkt, München, unter Verwendung
des Originalcovers: © 2024 by Sasha Vinogradova.
Cover design by Karina Granda.
Illustrationen: © Caras Alexandra
Satz: Greiner & Reichel, Köln
Gesetzt aus der Adobe Caslon
Druck und Verarbeitung: GGP Media GmbH, Pößneck

Printed in Germany
ISBN 978-3-7363-2220-2

1 3 5 7 6 4 2

Weitere Informationen unter:
lyx-verlag.de
luebbe.de | lesejury.de

*Für die, die die Kunst gemeistert haben,
Kanten zu schärfen,
jedoch noch immer lernen, weich zu sein.*

PROLOG

MILOS

Die Nacht brach herein und der Wind zeigte die Zähne.
Milos schloss mit zitternden Fingern den oberen Knopf seiner Jacke und warf noch einmal einen letzten Blick auf das Haus hinter sich. In der hereinbrechenden Dämmerung waren kaum noch Details auszumachen, doch er kannte diesen Ort wie sein Spiegelbild – die einfachen, rechteckigen Fenster, den dahinwelkenden Garten und die Mauern mit dem rissigen Putz, aus dem hier und da die staubigen Steine hervorlugten.

Er wusste nicht, ob er noch einmal zurückkehren würde. Aus Gründen, die er nicht recht in Worte fassen konnte, war ihm das egal.

Er zog die Ledertasche auf seiner Schulter zurecht. Das Blut strömte wild durch seine Adern. Plötzlich konnte es ihm gar nicht schnell genug gehen. Etwas hatte sich in den vergangenen Tagen verändert. Er konnte es spüren, wie ein Jucken direkt unter der Haut, das sich nicht lindern ließ, und während die Stunden verstrichen, wurde er sich seiner Sache immer sicherer. Sein Körper hatte die Veränderung gespürt, bevor der Rest von ihm sie bemerkt hatte, und bis zum jetzigen Zeitpunkt war er nicht in der Lage gewesen, dieses Gefühl, das ihn plagte, zu identifizieren.

Doch nun wusste er es.

Es war der Drang, aufzubrechen.

Oder zumindest etwas in dieser Art. Sein Herz hämmerte im Käfig seines Brustkorbs, als würde er verfolgt, doch Milos hatte das seltsame, unerklärliche Gefühl, dass er auf etwas zulief. Es zog ihn an, und er hatte kaum eine andere Wahl, als diesem Sog zu folgen.

So ausgedrückt klang es sogar in seinen eigenen Ohren verrückt. Doch er konnte spüren, dass es der Wahrheit entsprach, genauso deutlich, wie er seine Magie spürte, die seine Knochen umschlang. Dieses Gefühl war es wahrscheinlich, das ihn antrieb, die gespannte Erregung, die in ihm brannte, anfachte. Er schluckte schwer und hob das Kinn zum sich verdunkelnden Horizont. Seine Lippen formten ein Gebet.

Falls er sich weiter in die von ihm eingeschlagene Richtung fortbewegte, würde er für derartige Gebete zwangsläufig im Gefängnis landen. Aber vorerst stellte er sich weiter seinen Schutzheiligen am Rande des Himmels vor, wie er ihm zuhörte. Auf ihn hinabblickte.

Die dunkle Landschaft erstreckte sich vor ihm wie Felder des Vergessens. Jenseits von ihr schlug die See gegen die Klippen am Rande der Durchfahrt, die Brechaat von Ombrazia trennte.

Milos malte sich aus, dass er, wenn er nur angestrengt genug lauschte, den Klang der Wellen hören könnte. Was selbstverständlich ein Ding der Unmöglichkeit war. Aber da er nur wenige Meter weit sehen konnte, wirkte die Welt mit einem Mal sehr klein.

War es sein Heiliger, der ihn gen Süden zog? Etwas Göttliches, das ihn an einer Art magischem Strick immer weiter zerrte?

Milos zitterte, jedoch nicht vor Kälte. Dieses Unbehagen war eine befremdliche Empfindung, doch durch Konzentration ließ sie sich unterdrücken. Er richtete den Blick nach Süden und ging weiter.

Geführt von Chaos, oder vielmehr auf ihn zu.

I

DAMIAN

Als Kind hatte sich Damian Venturi immer danach gesehnt, mehr Geschichte als Junge zu sein.

Er hatte die Erzählungen über die Heiligen und die Jünger, die mit ihrer Magie gesegnet waren, praktisch mit der Muttermilch aufgesogen. Er hatte von Ruhm im Krieg hoch im Norden geträumt, und davon, Waffen zu halten, ohne dass seine Hände zitterten. Er hatte sich ausgemalt, als Kapitän Schiffe über sternenübersäte Gewässer zu steuern und am Rande der Welt zu stehen, erhobenen Hauptes, in heiliger Rechtschaffenheit. Er hatte sich vorgestellt, sich zu verlieben.

All das hatte er sich mit Strength an seiner Seite ausgemalt, in der Zuversicht, dass der Schutzheilige seines Vaters auch ihn eines Tages segnen würde.

Beim Gedanken daran verzog Damian die Lippen. Er kniete neben Batista Venturis Grabstein. Die glänzende Platte aus Marmor war höher, als sein Vater groß gewesen war, opulent und überflüssig. Ein großer Klotz aus Stein für einen Mann, der sich selbst ebenfalls für groß gehalten hatte.

Egal, wie oft er hierherkam – immer überkam ihn ein Anflug von Bitterkeit. Seine Enttäuschung war unversöhnlich. Als sein Vater gestorben war, hatte Damian Verzweiflung empfunden. Er hatte gesehen, wie sich das Blutrot auf dem strahlend weißen Boden des Palazzos ausgebreitet hatte, und die dumpfen, unentrinnbaren Vibrationen dieser Verzweiflung in seinen Knochen gespürt. Sie war ihm so vertraut wie der Klang seiner eigenen Stimme. Doch nun begann er, den Kummer abzustreifen, Schicht um Schicht, wie schlecht sitzende Kleidung, und an seine Stelle trat jahrelang unterdrückte Wut.

Er drückte die Fingerspitzen ins dichte Gras. Seine Fingernägel schabten über die Erde. Die Heiligen, sofern es sie irgendwo dort draußen gab, gewährten keine Erlösung. Jünger starben wie alle Wesen aus Fleisch und Blut. Der Tod machte alle gleich.

Damian musste es wissen. Er hatte höchstpersönlich einem Jünger eine Kugel verpasst. Vielleicht war das der Grund dafür, dass er immer wieder hierherkam: um sich selbst leiden zu lassen. Als eine Art Bestrafung, weil er erneut getötet hatte und es diesmal so schlimm gewesen war wie nie zuvor. Noch schlimmer als die schnellen Tode, deren er sich in seiner Zeit an der nördlichen Front schuldig gemacht hatte.

Weil es ihm dieses Mal so verdammt *leichtgefallen* war.

»Du wünschtest bestimmt, du hättest das mitansehen können, nicht wahr?«, murmelte Damian dem Grabstein zu, während sein Blick die vertraute Inschrift streifte: BATTISTA VENTURI – HOCHGESCHÄTZTER GENERAL, GEEHRT DURCH STRENGTH. Man würde seinen Vater nicht als liebenden Ehemann oder hingebungsvollen Vater in Erinnerung behalten, sondern seine Rolle und seinen Status. Wenn Damian bedachte, was für ein Mann er am Ende gewesen war, war das vermutlich angemessen.

Er wischte sich die Hände ab, stand auf und schluckte den galligen Geschmack in seiner Kehle hinunter. Als er sich bewegte, fiel Sonnenlicht auf den flachen Stein. Das Schimmern wirkte wie Hohn.

»Ich habe mich schon gefragt, ob ich dich hier finden würde.«

Roz Lacertosa trat neben ihn, die Lippen grimmig zusammengepresst. Sie war so schön und lässig wie immer: Ihr hochgeschlossenes schwarzes Hemd entblößte kaum etwas von ihrem schlanken Hals, und das lange Haar war zu einem strengen Pferdeschwanz gebunden. Als sie Battistas Grab fixierte, nahm ihre Miene einen Ausdruck von vager, ungebrochener Abscheu an. Damian konnte es ihr kaum verübeln.

»Wie lange bist du schon hier?« Roz strich mit den Fingern über Damians unteren Rücken. Ihre Berührung ließ ihn erschauern. Er zuckte mit den Schultern.

»Nicht lange.«

Das war gelogen, und die Intensität ihres durchdringenden Blicks verriet ihm, dass sie das wusste. Sie legte die Finger an sein Kinn, umfasste es mit einem Griff, der keinen Widerspruch zuließ, und drehte sein Gesicht, bis er sie ansah.

»Er verdient keine ... *Mahnwache*. Außerdem hat Enzo ihn getötet – und nicht du.«

Damian nahm sanft ihre Hand von seinem Gesicht, zog sie an seine Brust und atmete den Duft ihrer Haut ein. Dann drückte er die Lippen an ihren Hals.

»Damian, bitte«, sagte Roz und hielt ihn am Oberarm fest. In ihren Worten schwang allerdings ein gewisses Amüsement mit. »Nicht vor deinem Vater.«

Mit einem spöttischen Schnauben zog er sie vom kargen Friedhof des Palazzos fort. Seine Laune besserte sich bereits. Der Sommerwind war warm, strich wie eine sanfte Berührung durch sein Haar, und er konnte die tosenden Wellen des Meeres hören, die in unmittelbarer Nähe ans Ufer brandeten.

»Deine Hände sind schmutzig«, bemerkte Roz und hob ihre verschlungenen Hände hoch. Dieser Umstand schien sie nicht weiter zu beunruhigen, doch Damian zuckte zusammen und versuchte, sich von ihr loszumachen.

»Tut mir leid.«

Sie hielt ihn fest. »Was hast du denn gemacht?«

Er gab es auf, und außerdem wollte er sie sowieso nicht loslassen. »Das Chthonium, das Enzo bei den Leichen der Opfer zurückgelassen hatte. Ich habe es neben meinem Vater vergraben. Ich wollte es nicht mehr sehen.« Eigentlich verstand er nicht, weshalb er es überhaupt so lange behalten hatte. Er würde niemals den Anblick vergessen, wie es in den leeren Augenhöhlen der Menschen gesteckt hatte, die der Jünger ermordet hatte.

»Du hättest es ins Meer werfen sollen«, meinte Roz und drückte seine Hand fester. »Aber das ist gut – ich bin froh. Manche Dinge sollten lieber begraben und vergessen werden.«

Damian sparte es sich, ihr zu erklären, dass er niemals vergessen würde, was Enzo in ihrer Stadt angerichtet hatte. Stattdessen wechselte er das Thema. »Wie lief dein Treffen mit den Rebellen?«

Sie lief weiter neben ihm her und schien derweil über seine Frage nachzudenken. Ihre Stiefelsohlen klackerten auf dem Kopfsteinpflaster des breiten Weges, der zum Palazzo führte.

»Ich würde sagen, so gut, wie es eben zu erwarten war.« Sie schwang geringschätzig den Pferdeschwanz über die Schulter. »Einige von ihnen vertrauen mir noch immer nicht recht. Aber sie werden trotzdem zur Versammlung kommen.«

»Du meinst, sie vertrauen *mir* noch immer nicht.« Damit meinte Damian natürlich, dass Roz' Freunde wenig begeistert gewesen waren, als sie erfahren hatten, dass sie sich mit einem Sicherheitsoffizier zusammengetan hatte.

Sie blinzelte in die Spätnachmittagssonne. Ihre Wimpern warfen lange, zarte Schatten auf ihre Wangen. »Sie vertrauen dir zumindest insofern, dass sie sich darauf verlassen, dass du bei der Versammlung ihre Sicherheit gewährleisten wirst. Außerdem wissen sie, dass du bei der Aufklärung der Morde geholfen hast und dass wir Freunde sind.«

»Entschuldige bitte«, sagte Damian und streckte den Arm aus, damit sie stehen bleiben musste. »Hast du gerade gesagt, wir wären *Freunde*?«

Roz' blaue Augen verdunkelten sich, nahmen einen amüsierten, wilden Ausdruck an. »Wir waren schon immer Freunde, Venturi.«

»Ich denke, du weißt, dass ich das so nicht gemeint habe.«

Sie gab ein kehliges Brummen von sich, blickte zum Himmel auf und tat so, als würde sie angestrengt nachdenken. »Dann sind wir also *keine* Freunde?«

»Rossana …«, grummelte Damian. Sie befanden sich nun seitlich des Palazzos. Unvermittelt drängte Roz ihn zur Mauer, bis sich sein Rücken an den kühlen Stein drückte. Er hätte selbstverständlich Widerstand leisten können, tat es aber nicht.

»Willst du, dass alle erfahren, dass ich es nicht ertragen kann, von dir getrennt zu sein?«, murmelte sie und ließ die Hände forschend über seine Brust gleiten. Ihr Lächeln hatte etwas Verruchtes. »Willst du, dass alle erfahren, dass ich vom Klang deines Lachens und deiner weichen Haut besessen bin?«

Damian wollte antworten, doch Roz presste den Mund auf seinen. Das hätte eine völlig unschuldige Angelegenheit sein können, hätte sie sich nicht angeschickt, sich mit den Fingern unter den Saum seines Hemds zu stehlen. Eine einzige Berührung ihrer Lippen und er stand in Flammen. Er bekam nie genug davon, Roz zu küssen. Zu spüren, wie sich ihr Körper an seinen schmiegte. Vom vertrauten, süßen Duft ihres Haars, davon, wie ihre Münder zusammenpassten, als wären sie einzig für diese Berührung geschaffen worden … Doch sie machte sich zu schnell wieder von ihm los und nahm den Seufzer mit, den sie aus seiner Brust gelockt hatte.

Als sie zu ihm aufblickte, erkannte Damian, dass hinter ihren Augen noch immer die gleichen unausgesprochenen Gedanken brodelten. So war es schon seit Tagen, und doch hielt irgendetwas sie beide davon ab, das Thema anzuschneiden. So war es einfacher. Einfacher für Damian, seine Arbeit im Palazzo zu verrichten, sich nach dem Tod von Battista und Magistrat Forte so gut es ging dazu zu zwingen, einen Anschein von Ordnung zu wahren. Einfacher für Roz, Zeit mit ihrer Mutter in der Wohnung zu verbringen, die einst Piera gehört hatte, und sich darauf zu konzentrieren, wie es mit der Rebellion weitergehen würde.

»Sag es doch einfach«, bat Damian mit rauer Stimme und ließ die Arme hängen. »Ich merke, wie du es vor dir herschiebst. Also sag es, Roz.«

Sie musterte sein Gesicht mit grimmiger Miene. Nicht misstrauisch, aber forschend. »Ich dachte, du würdest es mir vielleicht übel nehmen.«

»Dass du erkennst, was mit mir nicht stimmt?«

»Es gibt nichts, was mit dir *nicht stimmt*.«

»Roz, bitte.« Damian fuhr sich mit der Hand seitlich übers Gesicht, das noch immer warm war von ihrem Kuss. Ihm fiel wieder ein, was sie in der vorigen Woche gesagt hatte: *Ich sehe dich. Selbst deine dunklen Seiten.* »Als ich Enzo getötet habe, hat es mir *gefallen*. Da ist etwas … Böses in mir.«

Sie reckte eigensinnig das Kinn. »Du hast schließlich geglaubt, er hätte mich ermordet. Ich wäre stinksauer auf dich, wenn du nicht zumindest ein bisschen Befriedigung dabei empfunden hättest.«

»Ich meine es ernst.«

»Ich auch.«

Damian wartete ab, ob sie noch mehr sagen würde. Ob sie einräumen würde, dass ihr die Ausbrüche wilden Zorns aufgefallen waren, die ihn packten, wenn er es am wenigsten erwartete. Er hatte diesen Zorn in jener Nacht gespürt, und seitdem war es immer häufiger passiert. Nach fast drei Jahren an der Front war er Flashbacks gewohnt, doch das hier war etwas vollkommen anderes. Es waren merkwürdige, erschreckende Augenblicke, in denen er das Gefühl hatte, als würde ihm seine Haut zu eng. Als müsse er sich seinen eigenen Körper herunterreißen, wie Enzo, als er aus der Gestalt des Magistrats herausgetreten war und die Illusion von Fleisch in blutigen Fetzen abgeworfen hatte. Nichts an diesem Gefühl war richtig. Während der Chaos-Jünger in den Gassen von Ombrazia umhergeschlichen war, hatte Damian geglaubt, den Verstand zu verlieren. Doch nun, da Enzo tot war, hätte diese Angst doch eigentlich mit ihm sterben müssen, oder?

Doch das war sie nicht. Im Gegenteil, sie war schlimmer als jemals zuvor.

»Wir haben eine Menge durchgemacht«, meinte Roz, verschränkte die Finger mit seinen und benutzte den Daumen, um die Rückseite seines Daumens zu streicheln. Diese Geste mochte tröstlich gemeint sein, ihre Worte waren es jedoch nicht. Sie gaben lediglich eine Tatsache wieder. Roz bemühte sich nur selten, jemanden zu trösten – sondern sprach aus, was sie als die Wahrheit empfand. »Du verbringst viel zu viel Zeit damit, dir darüber Sorgen zu machen, wie du reagieren solltest, anstatt den Verarbeitungsprozess einfach zuzulassen.«

Damian wollte ihr glauben. Doch ihm waren in seinem Leben schon Gräuel aller Art begegnet. Dinge, die ihn nicht losließen, Schuldgefühle und Leid, die eine Schlinge um seinen Hals zu formen schienen, die sich nach und nach zuzog. Das hier war anders, auf eine Art und Weise, die er nicht zu beschreiben vermochte. Er spürte, wie er sich auflöste, konnte jedoch, wenn es darauf ankam, lediglich Gleichgültigkeit für diesen Zustand aufbringen. Er fühlte sich *gewaltbereit*. Es gab kein anderes Wort dafür. Während dieser kurzen Episoden war er verstört, ohne Bewusstsein für Konsequenzen und sich stets sicher, den Verstand verloren zu haben. Er wurde das dumpfe Gefühl nicht los, dass sich etwas Furchtbares über ihn gelegt hatte, wie ein unsichtbares Tuch.

»Du hast recht«, sagte Damian zu Roz, weil er es nicht ertragen konnte, die Unterhaltung noch weiter fortzusetzen. Roz, die vermutlich seine Bestürzung bemerkt hatte, zog ihn in Richtung des Palazzos.

»Komm. Ich möchte mir für die Versammlung einen guten Platz sichern.«

Damian war sich nicht sicher, ob es bei einer Veranstaltung wie dieser überhaupt so etwas wie gute Plätze *gab*, doch er sparte sich die Worte. Stattdessen folgte er Roz zum wuchtigen Eingangstor des Palazzos. Das uralte, steinerne Gebäude schien den Wind, der den Geruch des Meeres mit sich trug, aufzufangen und ihn zum Schweigen zu bringen. Über ihnen erhoben sich seine Türme, deren metallene Spitzen sich in den grauen Himmel bohrten, der höchste von ihnen verhangen von schweren Wolken. Einst hatte Damian den Palazzo für wunderschön gehalten. Für eine glanzerfüllte Zuflucht vor der schlammigen Front, an der er seine Freunde und seine Unschuld verloren hatte. Doch nun wurde ihm allein bei seinem Anblick eiskalt bis in die Knochen. Death war ihm hierher gefolgt, und er schaffte es nicht, sie abzuschütteln. Sie mischte sich in den Widerhall seiner Stiefel auf dem Marmorfußboden und starrte ihn aus den Augen der Statuen an, die den Haupteingang säumten. Jedes Mal, wenn Damian über die Schwelle trat, sah er die Leiche seines Vaters am Fuße der Treppe liegen und roch den beißenden Gestank von Rost und Schießpulver.

Doch er zwang sich, den diensthabenden Offizieren Matteo und Noemi zuzunicken, bevor er sich von der kühlen Stille im marmornen Eingangsbereich umfangen ließ.

Die Stille war nicht von langer Dauer.

Damians Familienname gellte barsch durchs Foyer, in einem nasalen, ungehaltenen Tonfall, der ihm ein Seufzen abnötigte.

»Salvestro.« Damian wandte sich nach dem Jünger von Death um, warf seinen Namen scharf wie einen Peitschenhieb in den Raum zwischen ihnen. »Was kann ich für Sie tun?«

Obwohl Salvestro Agosti unter den Repräsentanten im Palazzo ein Neuzugang war, hatte er rasch die Führungsrolle übernommen, als wäre er praktisch dafür geboren worden. Vielleicht war dem tatsächlich so – unter den machtvollen Jüngern war das keine Seltenheit. Dank der Segnungen von Death konnte er allein durch eine Berührung die letzten Augenblicke eines kürzlich Verstorbenen lesen. Doch sein überlegenes Auftreten erweckte den Eindruck, als verstünde er es ebenso gut, die Lebenden zu lesen.

Salvestro kam die Treppe herunter, den Blick auf Roz gerichtet. Er sah makellos aus wie immer mit seinem perfekt sitzenden Anzug, seinem ordentlich frisierten dunklen Haar und den glänzenden Obsidianringen an seinen langen Fingern. Sein Mund dehnte sich zu einem breiten Lächeln, während der Rest seines Gesichts in eiskalter Beherrschung verharrte. Er schritt daher, als trüge er eine Krone über seiner von vorzeitigen Falten gezeichneten Stirn.

Damian kannte diesen Mann noch nicht lange, doch er wusste genug über ihn, um ihn zu hassen.

»Also wirklich, Venturi«, sagte Salvestro mit aufgesetzter Höflichkeit. »Sie hatten mir doch versprochen, dass bis zum

Beginn der Zusammenkunft niemand das Gebäude betreten darf.« Die Worte waren an Damian gerichtet, doch sein Blick blieb auf Roz' Gesicht geheftet. Es ließ sich zwar nicht erkennen, was er in diesem Augenblick dachte, jedoch unschwer erraten.

Damian hielt den Rücken gerade und den Kopf aufrecht. »Danke, Signor Agosti. Mein Sicherheitskonzept ist mir durchaus geläufig. Signora Lacertosa ist mein persönlicher Gast.«

»Ach so?« Salvestro bot ihr seine Hand an. »Salvestro Agosti der Dritte, Jünger von Death.«

Roz schloss ihre Finger um seine Hand, in einem festen Griff, der schmerzhaft aussah. »Rossana Lacertosa die Erste, Jüngerin von Patience.«

Salvestros Lippe zuckte. »Es ist mir eine Ehre.« Als er sich wieder dazu herabließ, Damian anzusehen, war sein Tonfall abgehackt. »Apropos Sicherheit. Ich bin zu dem Schluss gekommen, dass Sie recht hatten. Eine zu starke Präsenz seitens der Offiziere wird die Unerwählten nur beunruhigen.«

Damian runzelte die Stirn. Vor zwei Tagen, als Salvestro sich nach seinem geplanten Sicherheitskonzept für die Versammlung erkundigt hatte, hatten sie über dieses Thema eine kurze Auseinandersetzung gehabt. Der Jünger war der Ansicht gewesen, dass das Konzept nicht annähernd ausreichen würde, und hatte Damians Erklärung, die Unerwählten könnten sich durch zu viele Offiziere womöglich zu stark beobachtet fühlen, schlichtweg ignoriert. »Verdoppeln Sie alle Zahlen«, hatte Salvestro geblafft. »Das ist ein Befehl.«

Damian hatte es sich verkniffen, ihn auf das Offensichtliche hinzuweisen: Salvestro war nicht der Magistrat und hatte ihm entsprechend nichts vorzuschreiben. Dennoch hatte er sich gefügt, weil er wusste, dass Salvestro dadurch am Tag der Versammlung vermutlich besser gestimmt sein würde.

Nun war Damian verwirrt.

»Neulich haben Sie aber etwas anderes gesagt.« Er bemühte sich, seinen Tonfall nicht ins Anklagende abgleiten zu lassen. »Was hat Ihre Meinung geändert?«

Salvestro wedelte ungehalten mit der Hand. »Ich möchte, dass diese Versammlung reibungslos abläuft. Je weniger Unerwählte ihren Senf dazugeben, umso besser.«

Bevor Roz auch nur den Mund geöffnet hatte, wusste Damian bereits, dass sie ihm diesbezüglich gleich deutlich die Meinung sagen würde.

»Wenn Sie möchten, dass die Versammlung reibungslos abläuft«, sagte sie, und ihre Stimme troff geradezu vor aufgesetzter Freundlichkeit, »dann sollten Sie am besten so oft wie möglich den Mund halten.«

Salvestros Gesichtsausdruck ließ sich durchaus als amüsant bezeichnen, doch Damian wurde bei seinem Anblick flau im Magen. Das höfliche Interesse, das der Jünger eben noch an Roz gezeigt hatte, schlug jäh um in Fassungslosigkeit und Verachtung.

»Sie haben wohl eine Schwäche für die Unerwählten, was?« Salvestro blähte die Nasenflügel. »Von einer Jüngerin hätte ich eigentlich mehr erwartet, aber andererseits teilen Sie ja das Bett mit ihnen.« Sein kühler Blick fiel auf Damian, der so fest die Zähne zusammenbiss, dass sein Kiefer schmerzte.

Eine von Roz' Augenbrauen zuckte kaum merklich nach oben. Ihr Lächeln war höhnisch. »Wenn Sie eifersüchtig sind, Signore, dürfen Sie das ruhig zugeben. Wer könnte es Ihnen verdenken?«

Damian wünschte sich sehnlichst, die Erde würde sich auftun und ihn verschlingen. Er wusste nicht genau, ob Salvestro ihn feuern konnte, und war auch nicht erpicht darauf, es herauszufinden. Falls der Mann, wie viele glaubten, der Favorit für die Nachfolge des Magistrats war, konnte diese ganze Angelegenheit ein böses Ende nehmen.

»Wir bitten um Verzeihung, mio Signore«, murmelte er, obwohl ihm die Entschuldigung fast im Halse stecken blieb. Hitze stieg in seine Wangen. »Es bleibt bei der ursprünglich geplanten Anzahl an Sicherheitskräften.«

Sein Versuch, das Gespräch auf das eigentliche Thema zurückzulenken, scheiterte kläglich. Salvestro richtete sich in einer einzigen fließenden Bewegung kerzengerade auf, und als sein Blick Damians traf, wurde sein Lächeln noch breiter. »Das ist alles bestimmt sehr angenehm für Sie, oder, Venturi? Eine schicke Uniform, eine Jünger-Freundin am Arm ... Da fällt es Ihnen bestimmt fast zu leicht, zu vergessen, dass Sie unerwählt sind. Dass Sie *nichts* sind.«

»Für wen zur Hölle halten Sie sich –«, setzte Roz an, doch Damian brachte sie mit einem brüsken Kopfschütteln zum Schweigen.

Aber es war zu spät. Sie hatte den Köder geschluckt. Salvestro legte eine Hand über sein Herz, wobei seine Ringe leise klickten. »Haben Sie ihr beigebracht, für Sie zu sprechen, oder tut sie es aus Mitleid?« Er schnalzte mit der Zunge. »Ich kann mir vorstellen, wie beschämend es sein muss, nicht für sich selbst einstehen zu können. Aber es gehört zu Ihrem Job, den Mund zu halten, nicht wahr, Venturi? Und wir wissen doch alle, wie wichtig Ihnen dieser Job ist.«

Roz hatte endlich gemerkt, was vor sich ging, und stand wie erstarrt. Damian sagte noch immer nichts. Zorn verengte sein Blickfeld und ballte sich in seinem Inneren. Es war ein bösartiger Zorn von ungewohnter Heftigkeit. Damian hatte das Gefühl, dass er an seiner Selbstbeherrschung kratzte, an seiner Entschlossenheit nagte, ihn dazu trieb, die Kontrolle zu verlieren. Seine Finger wollten sich fest um Salvestros Hals schließen, die Nägel in sein Fleisch bohren und heißes Blut fließen lassen. Damian rang nach Atem, erfüllt von dem Verlangen, den schwachen Puls an der Kehle dieses Mannes zu spüren.

»Ich *sagte*«, wiederholte Salvestro gedehnt, als spräche er mit einem Geistesschwachen, »dass es Ihr *Job* ist, den Mund zu halten. Ist das korrekt?«

»Ja.« Damian presste die einzelne Silbe durch seine zusammengebissenen Zähne. Sie schmeckte nach Galle.

Salvestro wartete.

»*Ja*, mio Signore.«

Salvestro klopfte Damian empörend selbstgefällig auf den Arm. »Sie sind so ein guter Soldat.« Er blickte kurz zu Roz, deren Miene wie versteinert war. »Ich freue mich schon sehr auf diese Versammlung.«

Gleich darauf verklangen Salvestros hallende Schritte im Korridor, doch das schwelende falsche Gefühl tief in Damians Innerstem verlor nichts von seiner Intensität.

2

ROZ

»Ich werde ihn umbringen«, verkündete Roz, während sie mit Damian zum Ratssaal lief.

»Es wäre mir lieber, wenn du das nicht tätest.« Damian sah sie beim Sprechen nicht an. War er wütend, oder dachte er noch über das nach, was Salvestro gesagt hatte? Sie allein war an diesem Schlamassel schuld gewesen, doch Salvestro hatte sie beide büßen lassen, indem er Damian vor ihr gedemütigt hatte. Bei allen Heiligen, Roz hasste diesen Mann. Sein arrogantes Grinsen hatte sich ihr tief eingeprägt, und sie sehnte sich danach, zu erleben, wie ihm just dieses Grinsen verging. Vorzugsweise durch Gewaltanwendung.

»Tut mir leid«, sagte sie. »Ich hätte nicht gedacht, dass er – «

»Reden wir nicht mehr darüber.« Damian presste fest die Lippen zusammen und zog die Holztüren zum Ratssaal auf. Er tat es kraftvoller, als nötig gewesen wäre, wodurch ein merklicher Luftzug entstand. »Du kannst drinnen warten. Die Unerwählten müssen auf der anderen Seite des Raums sitzen.«

Er wusste natürlich, dass sie nicht bei den anderen Jüngern sitzen wollen würde. Roz zögerte verwundert. »Du kommst nicht mit?«

»Ich komme wieder, sobald ich für Ordnung gesorgt habe. Ich muss die zusätzlichen Offiziere informieren – ihnen mitteilen, dass sie nicht mehr gebraucht werden.«

Roz musterte Damian eingehend. Sie hatte das Gefühl, ihn zum ersten Mal in dieser Woche richtig wahrzunehmen. Nach allem, was geschehen war, hätte sie erwartet, dass er dünner, erschöpfter aussehen würde. Doch stattdessen schien das Gegenteil zuzutreffen. Der Stoff seiner marineblauen Uniform spannte sich über seiner Brust, und er wirkte irgendwie *größer*, als bestünde er nur aus Muskeln und breiten Schultern. Seine Miene war stahlhart und er schob derart erbittert das Kinn nach vorn, dass eine Sehne an seinem Hals hervortrat. Das erinnerte sie daran, wie er in der Illusion ausgesehen hatte, die Enzo ihr gezeigt hatte. In der sie gesehen hatte, wie der Jünger von Chaos jede Facette seines Plans ausgeführt hatte, bis zu seinem Tod – *bevor* es in Wirklichkeit geschehen war.

Sie strich unbehaglich mit dem Finger über ihren Jüngerring. Kurz bevor die Illusion geendet hatte, hatte sie Damian angesehen. Eingehüllt in die erdrückende Dunkelheit des Schreins und mit einer Pistole in der Hand hatte sie nur tatenlos zusehen können, wie sich Damians Augen in schwärzesten Obsidian verwandelt hatten und ein fremdartiges Lächeln über seine Lippen gehuscht war.

»Na schön«, sagte Roz, weil es sonst nicht viel zu sagen gab.

Damian neigte den Kopf. »Deine Freunde sind schon da.«

Damit war er fort. Als Roz sich umdrehte, sah sie, dass Nasim Kadera und Dev Villeneuve in ihre Richtung blickten. Sie passierte die Sicherheitsoffiziere, die an den Wänden des riesigen Raumes postiert waren, und ging zu ihnen. Obwohl ein Tisch, der länger war als Bartolo's Taverne, die Mitte dominierte, waren überall, wo man Platz gefunden hatte, noch zusätzliche Sitzplätze eingerichtet worden. An den dunkelroten Wänden hingen farbenfrohe Wandteppiche und Gemälde von Personen, bei denen es sich, wie Roz vermutete, um ehemalige Repräsentanten des Palazzos handeln musste. An der gewölbten Decke hing ein filigraner Kronleuchter, dessen geschliffenes Glas im Licht glitzerte wie Juwelen.

Hinter Nasim und Dev saßen Alix, Josef und Arman und unterhielten sich miteinander. Noch weiter hinten saßen Rafaella und Jianyu und dann Nicolina mit Zemin und Basit. Alix lächelte Roz freundlich und vorsichtig optimistisch zu. Arman nickte nur und Josef winkte halbherzig. Roz wusste, dass keiner von ihnen sich darüber freute, hier zu sein. Die Unerwählten – und insbesondere die Rebellen – vertrauten weder dem Palazzo noch dessen Jüngern. Doch sie waren gekommen, weil sie genau hierfür gekämpft hatten: für einen Platz am Tisch.

Neben Nasim, die in der ersten Reihe saß, war noch ein Platz für Roz freigehalten worden. Sie sank auf den Stuhl mit der ungepolsterten Rückenlehne, als könne er den Aufruhr in ihrem Inneren besänftigen.

»Was ist los mit dir?«, fragte Nasim. Ihr tintenschwarzes Haar war heute nicht wie üblich geflochten, sondern fiel offen um ihr Gesicht. Dev beugte sich zu Roz, um ihre Antwort besser hören zu können. Dabei drückte er die Schulter gegen Nasims.

»Mit mir ist alles in bester Ordnung. Aber bei Salvestro Agosti stimmt so einiges nicht – allem voran, dass er ein absoluter, kompletter Mistkerl ist.« Roz verschränkte die Arme und funkelte wütend die Tür an, als könne der Jünger von Death dort jeden Augenblick erscheinen.

»Du hast ihn kennengelernt?« Devs Augenbrauen schossen nach oben.

»Ich wünschte, ich hätte es nicht getan.«

Er verzog den Mund zu einem schiefen Grinsen. Nach dem Mord an seiner Schwester war Dev in tiefer, selbstzerstörerischer Trauer versunken, doch dank der Gewissheit, dass Enzo dafür verantwortlich gewesen war, schien es ihm inzwischen besser zu gehen. Sein Gesicht war noch immer eingefallen und seine Augen stumpf von den Wochen des Kummers, aber wenigstens war er nicht mehr permanent volltrunken. »Dann schätze ich, dass das hier hervorragend laufen wird.«

»Er ist nicht der Magistrat«, bemerkte Nasim.

Roz schürzte die Lippen. »Aber er scheint sich dafür zu halten. Ihr hättet hören sollen, wie er mit Damian geredet hat. Aber wenn wir Glück haben, wird es künftig *gar keinen* Magistrat mehr geben.« Wenn Ombrazias politisches System tatsächlich eine bedeutsame Veränderung erfahren sollte, war ein kompletter Neuanfang nötig. Eine Handvoll Jünger über die komplette Stadt herrschen zu lassen, angeführt von einem Magistrat, der vermeintlich den Willen der Heiligen zu erahnen vermochte, war rückblickend nicht gerade von Vorteil für die Unerwählten gewesen. Da sie über keine Magie verfügten, mit der sie zur Wirtschaft Ombrazias hätten beitragen können, wurden ihre Bedürfnisse kaum berücksichtigt. Gewöhnliche Schmiede oder Steinmetze konnten niemals so effizient arbeiten wie die Jünger von Patience und Strength. Schneider und Alchimisten brauchten sich keine Hoffnungen zu machen, mit den Jüngern von Grace oder Cunning mithalten zu können, und nicht magische Heiler waren nutzlos, wenn einem stattdessen die Fähigkeiten von Mercys Jüngern zur Verfügung standen. Ombrazia hatte längst entschieden, welche Fähigkeiten belohnt wurden, und die Unerwählten besaßen keine von ihnen.

Dev krauste die Nase. »Du glaubst, die derzeitigen Repräsentanten werden bereit sein, zurückzutreten?«

»Nein. Ich denke, man wird sie überzeugen müssen. Doch nach allem, was geschehen ist, haben sie mit Sicherheit Angst. Sie haben gesehen, zu was die Rebellion imstande ist, und sie werden nicht wollen, dass sich das noch einmal wiederholt.«

»Und du bist sicher, dass Damian seine Offiziere im Griff haben wird?«, fragte Nasim bestimmt schon zum fünften Mal in dieser Woche. Roz wusste, dass Nasim nicht die Einzige war, die in Betracht zog, dass dies alles eine Falle sein könnte. Eine Einladung an die Rebellen in den Palazzo, in dem es in allen Korridoren von Sicherheitskräften wimmelte? Hätte Roz Damian und seine Freunde nicht so gut gekannt, wären ihr womöglich selbst Zweifel gekommen. Doch nun, da der General und der Magistrat tot waren, war der Palazzo schwach. Die beste Lösung war, Frieden mit den Dissidenten zu schließen, bevor er komplett zerbrach.

»*Ja*«, sagte Roz. »Du kannst Damian vertrauen.«

Nasim sagte nichts, doch ihre Besorgnis war ihr deutlich anzumerken.

»Alles wird gut.« Roz drückte Nasims Handgelenk. »Wenn das Ganze aus dem Ruder läuft, werde ich mich für die Unerwählten einsetzen. Ich bin eine Jüngerin – mir werden sie nichts tun.« Sollte es zu einer Auseinandersetzung kommen, würde sie ohnehin nicht still sitzen bleiben können. Sie musste mitmischen, denn andernfalls bestand die Möglichkeit, dass ihr der Kopf explodieren würde.

»Roz.« Nasims Tonfall war entschlossen. »Nur weil du nicht mehr in Patience' Sektor lebst, bedeutet das noch lange nicht, dass du öffentlich Partei für die Rebellion ergreifen kannst. Was, wenn die Zunft dich hinauswirft? Wie willst du dann Geld verdienen?«

»Ich wohne über einer Taverne«, erinnerte sie Roz, bekam aber trotzdem eine Gänsehaut. Konnte Patience' Zunft sie *tatsächlich* ausschließen? Sie hatte noch nie davon gehört, dass es einem Jünger so ergangen wäre, außer wenn ein Verbrechen begangen worden war. Sie bemühte sich, ihre wahren Ansichten vor den anderen Jüngern geheim zu halten, aber es wäre naiv gewesen, zu glauben, dass ihr das für immer gelingen würde. Da konnte sie genauso gut gleich heute mit dieser Charade Schluss machen.

Dev konzentrierte sich auf seine Fingernägel. »Die Taverne läuft ganz gut, aber *so* viel Geld bringt sie auch wieder nicht ein. Außerdem können wir für uns selbst sprechen. Wir wollen nicht, dass du alles opferst.«

Nasim nickte. Roz mahlte mit den Zähnen. *Wir* hatte Dev gesagt und damit schmerzhaft deutlich zum Ausdruck gebracht, dass Roz keine von ihnen war. Doch sie war es einmal gewesen. Fast ihr ganzes Leben war sie eine Unerwählte gewesen. Sie wusste, wie es war, unter diesem Regime zu leiden – es hatte ihren Vater getötet. Doch jetzt, da sie eine Jüngerin war, sollte sie das alles ... einfach hinter sich lassen? Sollte sie vergessen und dankbar sein für ihre Gabe? Sich über ihren neuen Status freuen und weitermachen, als wäre nichts geschehen?

Das konnte sie nicht.

Sie verstummten, denn weitere Personen begannen in den Ratssaal zu strömen. Jünger nahmen auf der anderen Seite des Raumes ihre Plätze ein. Roz versteifte sich, denn Vittoria trat mit einer Gruppe Freunde ein. Als ihre Ex-Freundin und die anderen Jünger von Patience bemerkten, wo sie saß, musterten sie sie neugierig. Roz lächelte ihnen im Gegenzug höflich zu, als gäbe es nichts Ungewöhnliches zu sehen. Sie hatte schon immer das Gefühl gehabt, nicht zu ihnen zu gehören, und inzwischen war die gefühlte Trennlinie zwischen ihnen eine echte. Die Zeiten, in denen sie in Patience' Tempel Metallwaffen geschaffen hatte, waren vorbei.

Palazzo-Repräsentanten und Zunftmeister fanden sich nach und nach am Tisch ein. Die Repräsentanten trugen auffällige rote Jacken, die mit goldenen Sternen bestickt waren, doch

Roz' Blick blieb an Salvestro hängen. Er saß auf dem Ehrenplatz und schien sich dort so wohlzufühlen, als hätte man ihm bereits die Führung übertragen. Er hatte die Hände vor sich verschränkt und seine Ringe glitzerten im Licht des Kronleuchters. Der Ausschnitt seines Hemdes gab den Blick auf die blasse Vertiefung an seiner Kehle frei. Er musste Roz' Blicke gespürt haben, denn seine Augen richteten sich kurz auf sie, bevor er sich völlig desinteressiert wieder abwandte.

Die Repräsentanten sahen sich etwas verwundert im Raum um. Trotz der offenen Einladung an den Rest der Stadt hatten sie offensichtlich nicht mit derart vielen Teilnehmern gerechnet. Der Saal war brechend voll und die Unterschiede zwischen den beiden Seiten des Raumes offenkundig. Die Jünger waren gut angezogen und trugen Kleidungsstücke, die von Grace-gesegneten Schneidern gefertigt worden waren. Es gab keine andere Erklärung dafür, dass sie so perfekt saßen und unabhängig von Stoff oder Textur weich fielen wie Seide. Falls sich einer von ihnen unwohl fühlen sollte, dann höchstens durch die unmittelbare Nähe zu den Unerwählten.

Die Unerwählten selbst wirkten angespannt. Obwohl die meisten ihre beste Kleidung trugen, zeugten ausgefranste Fäden und abgetragene Schuhe von ihrer Armut. Sie strahlten eine Härte aus, die den Jüngern fehlte. Die meisten waren wahrscheinlich Kriegsveteranen. Roz konnte es ihnen nicht verdenken, dass sie sich in Gegenwart derer, die sie dorthin geschickt hatten, unwohl fühlten.

Rechts von Salvestro räusperte sich ein älterer Herr im grauen Anzug.

»Wie sicherlich viele von Ihnen wissen«, sagte er, »bin ich Mediator D'Alonzo. Als Berater der Repräsentanten leite ich oft Versammlungen genau in diesem Raum. Es ist mir eine Ehre, dies auch heute zu tun, wenn auch unter betrüblicheren Umständen als sonst. Ich hoffe, dass Sie ebenso wie ich für die Seelen derer gebetet haben, die wir kürzlich verloren haben.«

Während der Mediator sprach, schlich sich Damian in den Raum. Er trug das zur Schau, was Roz als sein Offiziersgesicht bezeichnete: teilnahmslose Miene und fest aufeinandergepresste Lippen. Er neigte leicht den Kopf und heftete den Blick auf Salvestros Rücken. Noch immer schien ihn finstere Wut zu umgeben wie eine hartnäckige Gewitterwolke.

Gleich darauf stahlen sich auch Kiran und Siena in den Ratssaal. Im Vorbeigehen lächelte Kiran Roz kurz zu.

»Warum kommen sie zu spät?«, murmelte Nasim.

Roz zuckte mit den Schultern. Sie konzentrierte sich wieder auf Salvestro, der andauernd zur Tür blickte, als erwarte er, dass dort noch jemand erscheinen würde. Ein ungutes Gefühl befiel sie, doch sie wusste nicht genau, weshalb. Jeder aus Ombrazia, dessentwegen es sich lohnte, sich Sorgen zu machen, befand sich wahrscheinlich bereits in diesem Raum.

D'Alonzo hatte die Hände auf dem glänzenden Tisch gefaltet und sprach noch immer. »Es stehen eine Reihe von Punkten auf der Tagesordnung, die wir besprechen müssen. Die Wahrheit lautet, dass wir festlegen müssen, wie wir weitermachen.« Seine Stimme war rau und bebte leicht. »Tragischerweise sind unser General und unser Magistrat zu den Heiligen gegangen, doch wir können ihr Andenken ehren, indem wir in der Stadt, die den beiden so viel bedeutet hat, die Ordnung wiederherstellen.

Meine Kollegen und ich haben in den letzten Tagen eng mit den Palazzo-Repräsentanten zusammengearbeitet.« Den letzten Teil richtete er an die Zuschauer. »Sie alle behalten ihre derzeitigen Funktionen bei, wobei natürlich ein neuer Repräsentant von Grace gewählt werden muss. Durch den Tod von

Magistrat Forte war diese Position in der vergangenen Woche vakant.« Drei Plätze weiter nickte eine Frau mit lockigem Haar – das Oberhaupt von Grace' Zunft, wie Roz vermutete. »Selbstverständlich bedeutet das auch, dass die Position des Magistrats neu vergeben werden muss. Nach reiflicher Überlegung haben wir entschieden, dass Salvestro Agosti, Jünger von Death, perfekt für diese Aufgabe geeignet ist.«

Ein Raunen ging durch die Zuschauer. Roz fühlte sich, als hätte ihr jemand einen Ziegelstein an den Kopf geworfen. Sie sah Nasim und Dev mit weit aufgerissenen Augen an, die beide gleichermaßen entsetzt wirkten.

»Er macht wohl Witze«, zischte Nasim. Dev schüttelte nur den Kopf. Roz verfolgte benommen, wie Salvestro sich erhob und mit geschlossenen Lippen strahlend lächelte.

»Ich danke Ihnen«, sagte er, obwohl niemand applaudiert hatte. Nur eine Handvoll der Anwesenden sah zufrieden aus. Die anderen, so vermutete Roz, waren verärgert, weil die Wahl nicht auf den Repräsentanten ihrer eigenen Zunft gefallen war. Salvestro ließ den Blick durch den Raum schweifen und schaffte es, sogar noch aufgeblasener zu wirken. Roz schmeckte Galle. Was hatte sie noch damals an jenem Tag in der Basilica über Salvestro gedacht? Er sah aus wie ein Mann, der erwartete, dass man ihm Macht verlieh. Und jetzt, mir nichts, dir nichts, gab man sie ihm.

»Signor Agosti wird in einer Woche zum Magistrat ernannt werden«, sagte D'Alonzo. »Die Zeremonie wird in der Basilica stattfinden, nachdem er sieben Tage des Fastens und Betens vollendet hat. Dies wird ihm ermöglichen, eine Verbindung zu den Heiligen aufzubauen und sich auf seine neue Rolle vorzubereiten.«

Roz ballte die Fäuste im Schoß. So hatte das nicht ablaufen sollen. Das war *nicht* Sinn und Zweck dieser Versammlung.

Auf der anderen Seite des Raums begann die Maske von Damians Gesicht zu gleiten. Roz konnte sehen, dass sich seine dunklen Augen kaum merklich verengt hatten. Jeder, der ihn weniger gut kannte, hätte nichts bemerkt – er regte keinen Muskel und wandte den Blick keine Sekunde von Salvestro ab.

»Sollte nicht ein anderer Jünger von Grace der neue Magistrat werden?«, fragte die lockige Frau. »Nichts für ungut, Signore. Es ist nur so, dass Magistrat Forte nicht besonders lange im Amt war.«

»Es hat auch niemand behauptet, dass die Amtszeit lang sein muss«, entgegnete eine kurvige Jüngerin, die ihr gegenübersaß. Mariana – Oberhaupt von Deaths Zunft. Roz war der Frau im Rahmen ihrer Ermittlungen zu Enzos Tod begegnet und hatte nicht viel für sie übrig.

Salvestro runzelte ungehalten die Stirn. Bevor er jedoch etwas sagen konnte, nutzte Roz ihre Chance. Wenn andere offen ihre Meinung kundtaten, warum sie dann nicht auch?

»Ich dachte, der Zweck dieser Versammlung wäre, einen neuen Weg in die Zukunft zu finden. Möglicherweise sogar einen ganz ohne Magistrat«, sagte sie laut, wobei sie auf einen höflichen Tonfall achtete. »Offensichtlich sind die Menschen mit dem bisherigen Stand der Dinge unzufrieden. Wie kommen Sie darauf, dass es eine gute Idee sein könnte, alles beim Alten zu belassen?« Ihre Frage war nicht nur an D'Alonzo, sondern an den ganzen Tisch gerichtet. Sie sah im Augenwinkel, wie Nasim sich verkrampfte. Damian trat bestürzt einen Schritt nach vorne. Er hatte doch bestimmt nicht erwartet, dass sie den Mund halten würde?

D'Alonzo sah Roz verblüfft an, als wäre ihm gerade erst aufgefallen, dass die zweite Hälfte des Raumes ebenfalls besetzt war. »Und Sie sind?«

Salvestro brachte den Mediator mit einer Handgeste zum Schweigen. »Gestatten Sie, Signore.« Er beugte sich vor und richtete das Wort an Roz. »Veränderungen *sind* im Gange, ob sie uns nun gefallen oder nicht. Veränderungen beim Personal und an den Abläufen im Palazzo. Das System bleibt jedoch das gleiche.«

»Ich kann mich nicht erinnern, dass alle dem zugestimmt hätten«, argumentierte Roz. Zorn brodelte in ihr wie eine Chemikalie, die drohte, überzukochen.

Salvestro zuckte mit den Schultern, als wäre das alles eine *Nichtigkeit* und völlig unwichtig. »Entscheidungen wurden getroffen und dann geändert.« Er sah wieder Roz an. War da in seinem Gesicht etwa eine Art boshafte Freude? Oder hatte er sie beurteilt und für unwürdig befunden? »Sie wurden von Patience gesegnet, korrekt? Es würde Ihnen guttun, sich ebenfalls ein wenig in Geduld zu üben.«

»Ich *war* geduldig. Ich dachte, wir wären hier, um über ein neues Regierungssystem zu sprechen.«

»Es ist unnötig, ein System zu ändern, das gut funktioniert. Todesfälle kommen vor und Anführer werden ersetzt«, erklärte Salvestro, als wäre sie ein Dummkopf. Der Rest der aufmerksam lauschenden Zuschauer hätte sich ebenso gut in Luft aufgelöst haben können. »Das ist Politik. Probleme werden identifiziert und angegangen. Rebellionen erheben sich und werden zerschmettert.«

Eiseskälte schoss durch Roz' Adern. Hätte sie es nicht besser gewusst, hätte sie glatt denken können, dass Salvestro *Bescheid wusste*. Die Art, wie er sprach, war fast schon zu vielsagend.

»Wäre es nicht besser, ein System zu haben, gegen das die Menschen erst gar nicht rebellieren möchten?«, entgegnete sie.

»Es wird immer jemanden geben, der unzufrieden ist.«

»Es gibt einen Unterschied zwischen Unzufriedenheit und so großer Verzweiflung, dass man bereit ist, einen regelrechten Angriff anzuzetteln.«

»Und doch sind die Rebellen nicht der Grund dafür, dass wir zu Veränderungen gezwungen sind. Das war das Werk dieses Chaos-Jüngers.« Salvestro legte die Hände flach auf den Tisch und sah Roz verächtlich an. »Halten Sie Ihre bösartige Zunge im Zaum, Kleines, und überlassen Sie die Politik denjenigen unter uns, die davon Ahnung haben.«

Roz' Brauen zuckten nach oben. Sie konnte spüren, dass Nasim neben ihr vor Nervosität praktisch vibrierte, und sah, wie Damian sich auf der anderen Seite des Raumes versteifte.

»Ich denke«, warf Dev ein und wand sich beklommen unter den Blicken, die sich plötzlich auf ihn richteten, »das Problem, auf das Signora Lacertosa sich bezieht, ist das der Unerwählten. Derzeit können wir kaum mitbestimmen, wie Ombrazia regiert wird, und ich war der Ansicht, dass uns die Teilnahme an der heutigen Versammlung offensteht, damit wir Impulse geben können.« Mehrere Rebellen murmelten zustimmend.

»Und was wissen Sie darüber, wie man einen Stadtstaat regiert?«, meldete sich ein breitschultriger Palazzo-Repräsentant zu Wort und brachte damit eine Frau neben sich zum Kichern. »Wozu sollten Sie ein Mitspracherecht haben? Sie haben Ombrazia nichts zu bieten.«

»Weil Sie uns nicht *gestatten*, Ihnen etwas zu bieten«, blaffte Alix ungewohnt heftig. »Alles, was wir können, kann ein Jünger besser. Schneller. Zumindest glauben Sie das. Wir mussten praktisch unsere eigene Wirtschaft aufbauen, und das ist nicht zukunftsfähig.«

»Ihnen scheint es doch ganz gut zu gehen«, erwiderte der Repräsentant und sein Tonfall troff nur so vor Herablassung.

»Machen Sie Witze?« Der Einwurf kam von Josef – er war aufgesprungen und allein seine Körpergröße veranlasste einige Offiziere dazu, sich vorsichtig ein Stück nach vorn zu bewegen. »Wenn wir mal nicht um unseren täglichen Lebensunterhalt kämpfen müssen, dann nur, weil man uns per Schiff wegschafft, damit wir in *Ihrem* sinnlosen Krieg kämpfen.«

Mediator D'Alonzo schlug mit der Hand auf den Tisch. »Genug!«

Weder seine Anweisung noch der schallende Lärm zeigten Wirkung. Nasim war nun ebenfalls auf den Beinen. »Wie viele von uns sollen noch im Kampf gegen die Brechaaner sterben? Wie viele von uns sollen sich noch die bange Frage stellen, ob ihre Angehörigen noch am Leben sind?«

»Sie tun Ihre *Pflicht*!«, rief Mariana vom anderen Ende des Ratstisches. Ihre Wangen waren gerötet. »In Anbetracht Ihrer mangelnden Fähigkeiten ist das das Mindeste, was Sie tun können.«

Nun brach ein Tumult aus. Roz hätte nicht sagen können, wie viele Personen durcheinanderschrien. Es ließ sich unmöglich abschätzen. Normalerweise hätte sie sich ebenfalls in die Debatte eingemischt, doch ihr fiel auf, dass Salvestro aufgestanden war und sich in Richtung der Tür zurückzog, bei der Damian Wache stand, als wolle er die Flucht ergreifen.

Doch er floh nicht. Stattdessen sagte er etwas zu Damian, und was immer es war, ließ alle Farbe aus Damians Gesicht weichen. Damian warf einen Blick über die Schulter. Eine groß gewachsene Frau in Militäruniform stand auf der Schwelle. Auf ihrer Brust prangten mehr Abzeichen, als Roz es jemals bei irgendjemandem gesehen hatte. Ihre Miene war nüchtern und ihre ganze Körperhaltung drückte immenses Selbstbewusstsein aus. Ihr ergrauendes braunes Haar war zu einem strengen Haarknoten gebunden und ihr harter Blick unnachgiebig. Ein Ausdruck von Abscheu huschte über ihre scharfen Gesichtszüge. Sie blaffte einen Befehl, den Roz nicht hören konnte.

Doch sie erkannte, welche Worte ihre Lippen formten, als ein Haufen Offiziere hinter ihr auftauchte und in den Ratssaal strömte.

Festnehmen, hatte die Frau gesagt.

3

DAMIAN

Damians Verstand weigerte sich, die Szene, die sich vor ihm abspielte, zu erfassen.

»Wir haben Gäste«, hatte Salvestro kurz zuvor zu ihm gesagt und dabei deutlich zu selbstzufrieden gewirkt. Damian hatte einen Moment gebraucht, um zu verstehen, was er damit gemeint hatte. Natürlich hatten sie Gäste – der ganze Ratssaal war voll von ihnen.

Doch als er Salvestros Blick gefolgt war und in den Korridor geschaut hatte, hatte dort eine ganze Armee Offiziere gestanden.

Keiner von ihnen gehörte zu seinen Leuten.

Er hatte die Frau gesehen mit den Rangabzeichen eines Generals auf den Schultern ihrer Uniform. Militärgrün, nicht Palazzoblau. Hatte ihren barschen Befehl gehört und sich gleich darauf an die Wand gedrückt, während sich die Offiziere in den Raum gedrängt hatten.

Es waren Dutzende. Mit Sicherheit mehr, als unter Damians Befehl standen. Sie marschierten schnurstracks auf die Seite des Raumes, auf der die Unerwählten saßen, und in diesem Moment begriff er, was vor sich ging. Er stieß einen Warnruf aus, doch es herrschte solches Chaos, dass ihn niemand hörte. *Roz* hörte ihn nicht. Das waren Militäroffiziere – solche, die oben im Norden die ombrazianischen Militärlager bewachten.

Die Jagd auf Deserteure machten. Und die Frau, die bei ihnen war, war eine Militärgeneralin.

Damian kannte sie nicht, doch sie trug mehr Abzeichen, als sein Vater besessen hatte. Ein Militärgeneral war etwas anderes als ein General im Palazzo. Battista hatte vorwiegend administrative Aufgaben erfüllt. Diese Frau kam jedoch von der Front. Bestimmt hatte sie sich jahrelang nach oben gearbeitet und dabei zahllose Leben aufs Spiel gesetzt. Damian war sich ganz sicher, dass sein Vater sich, obwohl er streng genommen denselben Rang gehabt hatte, vor ihr verneigt hätte.

Die Frau verfolgte das Geschehen mit kühler Teilnahmslosigkeit. Überall im Raum nahmen Offiziere Unerwählte in Gewahrsam. Einige der Zivilisten trugen Waffen – wahrscheinlich Rebellen, wie Damian vermutete –, doch sie hatten trotzdem keine Chance. Die Offiziere gingen mit beängstigender Effizienz vor, ließen Handschellen um Handgelenke schnappen und wehrten mühelos Schläge ab. Einer von ihnen hatte Nasim verhaftet, die ihn zwar zähnefletschend ansah, sich jedoch nicht wehrte. Damian wurde flau im Magen. Im Geiste machte er sich bereits darauf gefasst, dass Roz sich gleich einmischen würde, doch sie war nirgends zu sehen. *Zur Hölle*, wo war sie?

Er stieß sich von der Wand ab und suchte in dem Meer aus Leibern nach ihrer großen Gestalt. Überall um ihn herum wurden die Jünger aus dem Raum geleitet. Die, die noch übrig waren, verfolgten verwirrt das Geschehen. Einige von Damians Sicherheitsoffizieren taten das Gleiche oder sie suchten Blickkontakt mit ihm, warteten offenbar auf irgendein Signal seinerseits. Kiran und Siena gehörten zu Letzteren. Sie sahen ihn mit entsetzten Mienen an, aber Damian konnte lediglich in entsetzter Fassungslosigkeit mit den Schultern zucken. Andere Offiziere hatten sich in den Tumult gestürzt und führten zusammen mit den Militäroffizieren Verhaftungen durch. Damian legte eine Hand an seine Waffe und ballte die andere zur Faust. Diesen Männern würde er später noch ordentlich die Leviten lesen.

»Damian!«

Er fuhr herum und versuchte hektisch auszumachen, von wo Roz' Stimme gekommen war. Gleich darauf entdeckte er sie. Ein Offizier stand hinter ihr und ihr Messer lag vor ihren Füßen am Boden. Ihre Miene drückte blanke Wut aus, in die sich jedoch Fassungslosigkeit mischte. Damian wurde schlagartig klar, dass sie sich vermutlich fragte, ob er von alldem gewusst hatte. Er schüttelte hastig den Kopf und begann sich einen Weg durchs Getümmel zu bahnen. Der Offizier, der Roz verhaftet hatte, versuchte sie an den Rand des Raums zu führen, doch Roz bewegte sich nicht von der Stelle. Zumindest nicht, bis der Offizier sie ruckartig zur Seite stieß, sodass sie stolperte. Damians Zorn loderte weiß glühend auf. Er wusste selbst nicht, wie es ihm gelang, sich zu ihr durchzuschlagen, nur dass er es schaffte, und im nächsten Augenblick rammte er seine Faust gegen die Schläfe des Offiziers. Der Blick des Mannes verschwamm und er taumelte. Eine Hand zog Damian zurück. Als er herumfuhr, stand Kiran direkt vor ihm.

»Was *tust* du da?«, fragte sein Freund energisch und gänzlich ohne den sonst für ihn charakteristischen amüsierten Unterton.

Damian atmete schwer. Er wusste, dass es falsch war, einen anderen Offizier zu schlagen, doch er brachte es nicht über sich, sich deswegen Gedanken zu machen. »Sie wollen sie verhaften. Sie –«

Kirans Haare hatten sich aus dem Haarknoten, den er trug, gelöst, und während er sprach, strich er sich eine dunkle Strähne hinters Ohr. »Sie verhaften jeden, der zu den Unerwählten zu gehören scheint. Ich nehme an, du wusstest hiervon nichts?«

»Selbstverständlich nicht.«

Der Raum war fast leer. Nur Damians Offiziere, die Palazzo-Repräsentanten und eine Handvoll Militäroffiziere waren noch übrig. Die Jünger waren alle zum Gehen aufgefordert und die Unerwählten in Handschellen abgeführt worden. Damian fragte sich, wo sie hingebracht werden würden, doch er hatte den schrecklichen Verdacht, dass er es bereits wusste. Er sah sich wieder nach Roz um, aber dort, wo sie eben noch gestanden hatte, stand nun jemand anderes. Der Blick aus schiefergrauen Augen nagelte ihn förmlich fest. »Signor Venturi nehme ich an«, sagte die Generalin. »Ich habe schon viel von Ihnen gehört.«

Damian vollführte eine flache Verbeugung und zwang sich, den widerwärtigen Zorn, der ihm noch immer im Hals klebte, hinunterzuschlucken. Hatte sie gesehen, wie er diesen Offizier geschlagen hatte? »Es ist mir eine Ehre, Signora.«

Sie lächelte nicht, reagierte nicht einmal. Als sie sprach, tat sie es an den Rest des Raumes gerichtet und mit emotionsloser Stimme.

»Ich bin General Caterina Falco. Sie werden mich mit ›General‹ ansprechen. Ich habe meinen derzeitigen Rang seit fünf Jahren inne. Davor war ich neun Jahre Oberkommandant an der Front, wobei ich meine erste Beförderung während der Ausbildung erhalten habe. Ich habe beinahe mein ganzes Leben im Krieg zugebracht, und der einzige Grund, weshalb ich mich von der Front zurückziehe, ist, hier alles wieder auf Kurs zu bringen. Es tut mir leid, zu hören, dass Battista Venturi verstorben ist – er war ein hervorragender Mann. Behandeln Sie mich genauso, wie Sie ihn behandelt haben, solange ich mich in diesem Gebäude aufhalte, und wir werden gut miteinander auskommen.«

Eine kurze Pause entstand, doch dann nickten alle. Einige

von Damians Offizieren sahen ihn vorwurfsvoll an, wahrscheinlich weil sie vermuteten, er hätte ihnen die Neuigkeiten über Falcos Ankunft vorenthalten. Salvestro stand an seinem Platz an der Tür und strahlte größte Zufriedenheit aus, als könne er sich nichts Schöneres vorstellen als die Gegenwart dieser barschen, unangenehmen Frau. Damian nickte mit einiger Mühe. Der kurze Augenblick unkontrollierter Gewalttätigkeit war vorbei, und nun, da er wieder klar denken konnte, begann er sofort, im Kopf einen Plan zu schmieden. Er würde sich mit Falco gut stellen. Er würde herausfinden, wo Roz hingebracht worden war, und er würde dafür sorgen, dass man sie verschone. Schließlich gab es keine Beweise dafür, dass sie ein Verbrechen begangen hatte.

»Nun«, sagte Falco, »nicht wenige von Ihnen kennen mich bereits aus Ihrer Zeit oben im Norden. Ich habe meine eigene Verstärkung mitgebracht« – sie wies auf die grün gekleideten Offiziere –, »um Ihre Reihen zu vergrößern.« Nun richteten sich ihre grauen Augen wieder auf Damian, doch er wusste den Ausdruck, der in ihnen lag, nicht zu deuten. Erwartete sie etwa, dass er ihr in dieser Angelegenheit unter die Arme griff? Warum hatte ihn niemand vorab benachrichtigt?

»Mit Ihrer Unterstützung«, fuhr sie fort, »werden wir zweifellos in der Lage sein, die Ordnung in Ombrazia wiederherzustellen.« Sie verschränkte die Finger und ihr Jüngerring blitzte im Licht. Bestimmt gehörte sie, wie Battista, zu Strength. Und falls nicht, dann wahrscheinlich zu Cunning. »Ich möchte Signor Agosti danken, dass er mich über die lokalen Umstände informiert hat. Mein Brief mit meiner Antwort auf sein Hilfegesuch ist zwar erst heute früh hier eingetroffen, aber wie Sie sehen, stehen wir Ihnen gern zur Seite. Momentan sind unsere Kräfte vielleicht etwas verstreut, aber ungeachtet dessen verfolgen wir die gleichen Ziele.«

Damian wurde eiskalt. Salvestro hatte General Falco in den Palazzo geholt? Er hatte an die Front geschrieben, ohne irgendjemandem etwas davon zu sagen? Zweifellos hatte er deshalb die Anweisung, das Sicherheitspersonal bei der Versammlung zu verstärken, zurückgenommen. Durch Falcos Ankunft wären zusätzliche Offiziere nur im Weg gewesen.

»Warum wurden wir hiervon nicht unterrichtet?«, fragte Eoin, der muskulöse Repräsentant von Strength, der sich während der Versammlung zu Wort gemeldet hatte. Er hatte ein breites Gesicht, rotbraunes Haar, war Anfang zwanzig und besaß die leidliche Angewohnheit, ständig alles laut auszusprechen, was ihm durch den Kopf ging.

»Ich hatte vor, es Ihnen zu sagen, sobald ich mir sicher sein konnte, dass die Generalin Hilfe schickt«, erklärte Salvestro und ignorierte Eoins finstere Miene. »Wissen Sie, ich kenne sie persönlich und habe sie über die jüngsten Ereignisse benachrichtigt. Darüber, dass wir offenbar das Vertrauen des Volkes verloren haben. Oder«, fügte er hinzu und verzog die Lippen zu einem Grinsen, »zumindest eines Teils des Volkes. Nach der letzten Woche konzentriert sich der Großteil von Ombrazias Macht im Norden und nicht im Palazzo. Ich denke, Sie sind mit mir einer Meinung, dass sich das ändern muss. Außerdem wird General Falco Battista Venturis Aufgaben in dessen Abwesenheit übernehmen können.« Aus seinem Mund klang es, als befände sich Damians Vater in einem ausgedehnten Urlaub und läge nicht tot unter der Erde.

Mercys Repräsentant Lekan schob sich dichter an Eoin heran. »Trotzdem scheint mir das eine Angelegenheit zu sein, über die man uns vorab hätte informieren sollen.«

»Ich hatte eine Idee, von der ich dachte, dass sie dieser Stadt nützen würde. Ich habe meine Beziehungen spielen lassen, um sie in die Tat umzusetzen. Wir beide wollen doch sicher das

Gleiche? Ihre oberste Priorität ist doch bestimmt auch die Sicherheit und Ordnung in Ombrazia?« Salvestro musterte Lekan mit einem Blick, der Glas hätte schneiden können. Es war keine Frage, sondern eine Herausforderung.

»Selbstverständlich«, antwortete Lekan geschmeidig.

Damian wurde klar, dass Salvestro sich *tatsächlich* schon als Autorität etabliert hatte. Selbst die anderen Palazzo-Repräsentanten waren nicht willens, sich gegen ihn aufzulehnen. Neben Lekan standen die Jünger von Cunning und Patience in undurchschaubares Schweigen gehüllt. Soweit Damian es beurteilen konnte, wusste keiner der Repräsentanten so recht, was von den Ereignissen der vergangenen Woche zu halten war. Diese Leute sollten die Stadt führen, doch ohne jemanden, der sie anführte, hatten sie keine Ahnung, was sie tun sollten. Da Magistrat Forte abwesend war, schienen sie sich nun bereitwillig Salvestro zu fügen.

»Genug«, sagte Falco leise. Damian hatte das dumpfe Gefühl, dass sie nicht erst die Stimme heben musste, um Angst zu schüren. »Es war richtig von Salvestro, mich zu kontaktieren. In meiner Jugend kannte ich seinen Vater gut – wissen Sie, wir waren beide Jünger von Death.« Sie musterte nacheinander jeden der Repräsentanten. Damian ignorierte sie geflissentlich. »Nun, Sie müssen sich wegen der Verhaftungen, die wir heute Abend hier vorgenommen haben, keinerlei Gedanken machen. Meine Offiziere werden sich um alles kümmern. Die Unerwählten werden im Gefängnis gründlich befragt, damit wir die Namen der Rebellen herausfinden, die für den Angriff in der vergangenen Woche verantwortlich gewesen sind.«

»Und wenn sie unschuldig sind?«, wagte Siena, die bei den anderen Sicherheitsoffizieren des Palazzos stand, zu fragen. »Lassen Sie sie dann frei?«

Falco schüttelte barsch den Kopf. »Das bringt mich zum

zweiten Grund, weshalb ich nicht allein hierhergekommen bin. Momentan ist es wichtiger denn je, unsere Truppen im Norden zu verstärken. Wissen Sie, Brechaats General ist kürzlich an einer Erkrankung verstorben. In Brechaat erhält man einen Rang nicht durch Verdienst, sondern er wird vererbt, was bedeutet, dass sein Sohn nun die südliche Front befehligt. Er ist jung und unerfahren, und wir kontrollieren weiterhin den wichtigsten Handelshafen am nördlichen Fluss. Ganz egal, was die Ketzer versuchen, uns zu nehmen, wir werden nicht zulassen, dass sie damit Erfolg haben. Wenn wir es schaffen, die Einberufungen zu verdoppeln oder vielleicht sogar zu verdreifachen, könnten wir ein für alle Mal den Sieg erringen.«

Einige der Repräsentanten nickten zufrieden, doch Damian wurde flau im Magen. Wie viele Unerwählte würde man noch für diesen angeblichen Sieg opfern? Hatte irgendjemand schon einmal darüber nachgedacht? Interessierte es überhaupt irgendjemanden? Menschen wie Salvestro und Eoin waren an diesem Kampf nicht wirklich beteiligt. Ihre Familien kämpften und starben nicht an der nördlichen Front. Für sie war der Zweite Krieg der Heiligen nichts als eine weit entfernte Schlacht, die sie aus Geschichten und Nachrichtenmeldungen kannten.

»Dann werden also alle, die Sie heute Abend hier verhaftet haben, in den Krieg geschickt?«, hörte sich Damian fragen, bevor er es verhindern konnte. »Egal, ob sie sich nun rebellischen Aktivitäten schuldig gemacht haben oder nicht?«

»Korrekt«, bestätigte Falco, und ihr unnachgiebiger Blick bohrte sich in ihn hinein. »Das ist ihre Pflicht dieser Stadt gegenüber.«

Er dachte an Roz und wusste, dass sie sich gemeinsam mit ihren Freunden in den Norden verschiffen lassen würde. Wenn die Rebellen leiden müssten, würde sie mit ihnen leiden.

Als ihm das klar wurde, fühlte sich Damian, als hätte man ihm etwas injiziert, das ihm seine Kraft nahm. Sein Puls schnellte in die Höhe und sein Blick verschwamm. Als es wieder vorbei war, blieb nichts übrig als Zorn und das inzwischen so vertraute Gefühl von Falschheit. Ihm lief der Schweiß über den Rücken. »Eine der Personen, die Sie heute verhaftet haben, war keine Unerwählte. Sie ist eine Jüngerin – und saß nur zufällig unter ihnen.«

Als Jüngerin hatte Roz die Wahl, ob sie kämpfen wollte oder nicht. Damian musste sie lediglich überzeugen, dass es das nicht wert war.

Die Mundwinkel von Falcos schmalen Lippen hoben sich. »Das ist mir bekannt.«

»Es ist – *was*?«

»Ich weiß, wer sie ist. Was sie getan hat.«

Die Welt stand still, und gleich darauf wurde Damian der Boden unter den Füßen weggezogen. Niemand wusste, dass Roz die Anführerin der Rebellion war. Niemand außer ihm und den Rebellen selbst. Kiran und Siena wussten, dass sie etwas mit ihnen zu tun hatte, weil Damian es nicht geschafft hatte, es ihnen zu verheimlichen, doch sie hatten zähneknirschend eingewilligt, Stillschweigen zu wahren. Falco konnte unmöglich so kurz nach ihrer Ankunft über Roz Bescheid wissen, außer Salvestro hatte etwas herausgefunden und sie in seinem Brief darüber informiert.

»Ich weiß, dass diese Frau Sie vom Boot geholt hat, Venturi. Ich gebe zu, ich hatte eigentlich vor, das unter vier Augen zu klären, aber das Spiel ist vorbei. Ein Deserteur, der sich als ehrenhafter Anführer ausgibt?« Falco schüttelte ernst den Kopf. Ihr Blick war vernichtend. Damians Mund wurde trocken, und sein Gehirn schien die Verbindung zu seinem Körper verloren zu haben.

Was zur Hölle geschah hier? Niemand, der Damian hätte wiedererkennen können, hatte ihn gesehen, als er das Schiff in Richtung Norden verlassen hatte. Doch eines war ganz sicher: Sie *wusste* es. Aus irgendeinem Grund wusste Falco, dass er von diesem Schiff geflohen war, um nicht wieder in den Krieg zu müssen. Er war für sie schon ein Feigling, ein Verräter gewesen, bevor sie ihn überhaupt zum ersten Mal gesehen hatte.

Blut stieg ihm ins Gesicht und seine Wangen brannten heiß. Obwohl er das Gewicht der Blicke der anderen spürte, nahm er nichts anderes wahr als die teilnahmslose Miene der Generalin. Als sie keinerlei Anstalten traf, das Schweigen zu brechen – ihm zu ersparen, es zu erdulden –, wusste Damian, dass es an ihm war, etwas zu sagen.

»Ich weiß nicht, wovon Sie reden.« Seine Stimme klang dumpf, als würden ihm die Worte im Halse stecken bleiben. Sein Blick fiel auf Kieran und Siena. Die beiden schienen den Atem anzuhalten.

Die Generalin folgte seinem Blick. »Oh, ja, ich weiß, dass die beiden ebenfalls beteiligt waren. Dachten Sie etwa, Sie würden damit durchkommen? Dass Sie einfach hierher zurückkehren und wieder Ihre angestammten Positionen einnehmen könnten?«

Damian sparte es sich, es ein zweites Mal abzustreiten. Es war sinnlos. Im Raum herrschte erschüttertes, furchtsames Schweigen. Einige seiner Offiziere musterten ihn von der Seite, sagten jedoch nichts. Salvestro dagegen sah aus wie ein ausgehungerter Mann, dem man gerade ein Festmahl vorgesetzt hatte.

Neben allem anderen verspürte Damian auch einen Anflug von Erleichterung. Das alles hatte nichts mit der Rebellion zu tun. Niemand wusste etwas über Roz oder über ihre Rolle bei den Geschehnissen der vergangenen Woche.

»Geben Sie mir Ihr Abzeichen und Ihre Waffen.« Falcos Tonfall gestattete keinen Widerspruch.

Trotz seines Entsetzens und seiner Beschämung hätte Damian beinahe gelacht. Er nahm das Abzeichen von seiner Brust und warf es in einer einzigen fließenden Bewegung. Es landete klappernd auf dem Ratstisch, wo es plötzlich klein und unbedeutend aussah, und blieb schließlich vor Falco liegen, die es einsteckte.

»Waffen, Venturi.«

Eigenartig unbeholfen nahm Damian seine Pistole aus dem Gürtel und die Arkebuse von seinem Rücken. Dann zog er ein Messer aus der Tasche und ein weiteres aus seinem Stiefel und legte alles nebeneinander auf den Tisch, angeordnet von klein nach groß. Falco signalisierte einem Offizier – der zu ihren Leuten gehörte, nicht zu Damians –, die Waffen wegzunehmen.

»Ist das alles?«, fragte sie, woraufhin er nickte. Die Stille im Ratssaal war erdrückend.

»Gut«, sagte Falco. »Calvano. Pesci. Kümmern Sie sich um die beiden – sie kommen mit den anderen ins Gefängnis.«

Zwei Männer traten vor. Damian tat es ihnen gleich. »*Nein*. Ich schwöre, sie haben nichts getan. Ich habe ihnen befohlen, mir zu folgen, und sie haben sich gefügt, weil ich ihr Kommandant war.«

Siena schüttelte bereits den Kopf. *Spar dir die Mühe*, schien sie sagen zu wollen, aber wie hätte er das tun können? Wie könnte er zulassen, dass ihre Leben, ihre Karrieren seinetwegen zerstört wurden?

Er hatte das Gefühl, als würde Säure in ihm brodeln. Die uncharakteristische Gier nach Gewalt loderte in ihm auf wie eine Flamme. In seinen Händen brannte das Verlangen, Falcos Hals zu packen und ihn zuzudrücken, bis sie rot anlief und ihre Augen *platzten* –

Er schüttelte rasch den Kopf und atmete bebend aus. Sein ganzer Körper war angespannt, entgegen besseren Wissens bereit, loszuschlagen. Außer seinen Füßen hielt ihn nichts mehr am Boden. Er war ganz woanders, betrachtete Falco durch einen Schleier blutrot verfärbter Unwirklichkeit. Damian biss so fest die Zähne zusammen, dass ein jäher Schmerz seitlich seinen Hals durchzuckte, und ließ sich von Falcos Leuten aus dem Ratssaal führen. Die Generalin folgte dicht dahinter. Als die Tür zuschlug, konnte Damian nicht anders und richtete noch einmal das Wort an sie.

»Ist das nötig?«

»Nötig?«, wiederholte sie und fixierte ihn mit ihrem stählernen Blick, während die Männer seine Handgelenke fesselten. Das Metall war eiskalt und die Handschellen schmerzhaft eng. Sie waren von einem Jünger von Patience gefertigt, und entsprechend war es sinnlos, sich gegen sie zu wehren. »Ja, Venturi, das finde ich schon.«

»Ich bin mir nicht sicher, ob Sie wirklich so viel in der Hand haben, wie Sie glauben.«

»Oh, aber *ich* bin mir sicher.« Falco sah ihn nicht mal mehr an. Ihre Aufmerksamkeit war auf das Ende des Korridors gerichtet, wo drei weitere ihrer Offiziere um die Ecke bogen. »Und ich denke, dass Sie sehr bald merken werden, weshalb.«

Als das Trio näher kam, verstand Damian. Sein Magen zog sich zusammen, als würde er aus großer Höhe stürzen.

Denn einer dieser Männer war jemand, den er kannte. Er war groß, hatte rostrotes Haar, war etwas zierlicher als Damian und machte ein ernstes Gesicht. Er hatte sich den Bart, den er einst getragen hatte, abrasiert, wodurch er jünger wirkte. Unschuldiger. Anstelle des typischen Offiziersabzeichens trug er an seiner Uniform an der Stelle über dem Herzen ein goldenes Emblem – ein Emblem in Form eines Ankers.

Russo.

Als Damian Micheles älteren Bruder zum letzten Mal gesehen hatte, hatte Roz eine Kugel direkt über seinen Kopf hinweggeschossen.

Sie hätten ihn nicht am Leben lassen sollen. Das hatte Damian damals schon gewusst, obwohl er Roz gebeten hatte, ihn zu verschonen. Russo war der Einzige, der gesehen hatte, wie er vom Schiff geflohen war. In seinen Augen war Damian schon einmal viel zu glimpflich davongekommen. Er war zurück in den Palazzo geschickt worden, während Michele im Norden erschossen worden war.

Das Schlimmste war, dass Damian ihm nicht widersprechen konnte. Er war *wirklich* glimpflich davongekommen. Er hätte gemeinsam mit seinem besten Freund sterben sollen. Doch es war anders gekommen, und das würde Russo ihm niemals verzeihen.

Da konnte er sich hinten anstellen, denn Damian würde es sich selbst ebenfalls niemals verzeihen.

»Venturi!«, brüllte Russo und blieb stehen.

Die Offiziere, die ihn flankierten, hielten sich ein paar Schritte hinter ihm. Ihre fremden Gesichter waren wie versteinert. Russo sah gesünder aus als beim letzten Mal, als Damian ihm begegnet war: sauberer, kräftiger, die Wangen weniger hohl. Doch es wurde deutlich, dass sein Hass auf Damian nicht mit seinem Hunger verschwunden war, als er sagte: »Ich wusste, dass du irgendwann erwischt werden würdest. Wie kann man nur so dämlich sein, einfach hierher zurückzukommen, um wieder den alten Job aufzunehmen?« Er stieß ein raues Lachen aus. »Du konntest es ohne Machtposition wohl nicht aushalten?«

Damian meinte beinahe, das Schaukeln des Schiffs unter sich zu spüren, Salz in der Luft zu schmecken. Als er Russo zum ersten Mal schutzlos ausgeliefert gewesen war, war er mit einer aufgeplatzten Lippe und einem zerschundenen Körper davongekommen. Die Erinnerung daran ließ ihn zusammenzucken. »Deswegen bin ich nicht zurückgekommen. Die Offiziere wollten mich nach allem, was geschehen ist, hier haben. Und ich habe keinen Grund gesehen, sie zu enttäuschen.«

Anstatt ihn zu schlagen, spuckte Russo Damian auf die Stiefel. »Ach. Dann hat dich also dein *Ehrgefühl* in Schwierigkeiten gebracht, ja? Seltsam, ich hatte nicht den Eindruck, dass du auch nur ein Quäntchen davon besitzt, als du von meinem Schiff gesprungen und wie ein Feigling mit eingekniffenem Schwanz weggelaufen bist.«

»Das genügt, Capitano«, sagte Falco ruhig, obwohl Damian wusste, dass sie Russo mit Absicht die Chance gegeben hatte, ihm gegenüberzutreten. Sie wollte, dass Damian wusste, weshalb man ihm auf die Schliche gekommen war, und dass er dem Mann, der dies ermöglicht hatte, in die Augen sah. »Ich habe Sie nicht zum Kapitän der Flotte ernannt, damit Sie Deserteure noch einmal aufstacheln, nachdem wir sie erwischt haben.«

Russo sah die Fassungslosigkeit in Damians Gesicht und hob eine Braue. »Richtig gehört, Venturi. Ich habe jetzt das Kommando über die Militärflotte. Wie ist es, zu sehen, dass ein Mann erfolgreich ist, ohne dass ihm je etwas geschenkt wurde?«

»Ich freue mich für dich«, krächzte Damian und stellte zu seiner eigenen Überraschung fest, dass er es aufrichtig meinte. Wenn die Dinge anders gekommen wären, wenn Michele gelebt hätte, wären er und Russo vielleicht Freunde geworden. Vielleicht wären sie sich an der Front begegnet und zwischen ihnen hätte sich die Art von Solidarität entwickelt, wie sie sich nur zwischen Menschen formte, die der gleichen Gefahr ausgeliefert waren. »Dein Bruder wäre stolz auf dich.«

Jetzt schlug Russo ihn *doch*. Er war zwar kein großer Mann, doch ohne die Möglichkeit, den Schlag abzublocken, traf er Damian mit voller Wucht. Sein Kopf fuhr ruckartig nach rechts. Schmerz strahlte von seinem Wangenknochen aus.

Falco zog ihn an den Handschellen nach hinten und schnalzte mit der Zunge, als wäre er derjenige gewesen, der gewalttätig geworden war. »Alexi, bitte. Bringen Sie ihn ebenfalls ins Gefängnis, ja? Ich muss die Versammlung fortführen.«

Für einen Moment wusste Damian nicht, mit wem sie sprach. Er brauchte einen Augenblick, um zu verstehen, dass Alexi Russos Vorname sein musste. »Warum bringen Sie mich nicht in eine der Zellen hier vor Ort?«, fragte er und schaffte es nicht, seine Verwirrung zu verhehlen.

Falco schnaubte höhnisch. »Ich weiß, dass Sie hier noch immer Verbündete haben, Venturi. Außerdem kennen Sie sich im Palazzo viel zu gut aus. Wie ich immer sage: Lieber etwas zu vorsichtig sein.« Ihr Blick glitt wieder zu Russo. »Beschränken Sie die Gewaltanwendung auf ein Minimum, ja? Ich brauche ihn zurechnungsfähig.«

Russo murrte leise, neigte jedoch bestätigend den Kopf. Falco kehrte in den Ratssaal zurück. Als sie fort war, wurde Damian seltsamerweise noch unruhiger. Zwar fühlte er sich in Falcos Gegenwart auch nicht unbedingt sicher, aber sie schien sich zumindest an die Vorschriften zu halten. Bei Russo und seinesgleichen war Damian sich da nicht so sicher.

»Weißt du was, Venturi?«, sagte Russo und schlug Damian so fest auf den Rücken, dass er husten musste. »Hierfür schulde ich dir was. Ich hatte mir schon langsam Sorgen gemacht, dass manche nicht das bekommen, was sie verdienen.«

Damian schwieg, als ihn die Offiziere den Flur hinunter und aus dem Palazzo führten. Was hätte es auch zu sagen gegeben? Er hatte nichts zu seiner Verteidigung vorzuweisen. Keinen Grund, sich zu wehren. Denn schließlich *war* er desertiert. Er hatte damals schon gewusst, dass es falsch war, und hatte es trotzdem getan. Er bewegte sich wie in einem Traum. Sein Bauch fühlte sich hohl an, als hätte man ihm die Eingeweide entnommen. Am Gefängnis angekommen, ließ er sich widerstandslos von den Wärtern in Gewahrsam nehmen und in eine Zelle im ersten Stockwerk stecken.

»Alexi«, sagte Damian, als Russo sich zum Gehen wenden wollte. Ihre Blicke trafen sich.

»Venturi.« Russo sprach seinen Namen aus, als hinterließen die Silben einen bitteren Nachgeschmack in seinem Mund, während sein Gesichtsausdruck sich nicht veränderte. Er sah müde aus. Er sah aus wie Michele. »Wag es ja nicht, mich so zu nennen.«

»Weißt du, warum ich Michele so gernhatte?«

Russo fuhr zurück und seine Augen blitzten zornig. »Sprich nicht den Namen meines Bruders aus.«

Damian redete ungerührt weiter. »Er war ein Jünger, doch er träumte von besseren Dingen. Das war der Grund, weswegen er gekämpft hat und für den er gekämpft hat. Er hat diesen Traum so real erscheinen lassen, dass ich ihm auch in die Hölle gefolgt wäre, um ihn zu verwirklichen. An manchen Tagen wünschte ich mir noch immer, ich hätte es getan.« Er senkte die Stimme. »Ich weiß, dass du mich dafür hasst, dass ich weiterlebe, während er gestorben ist, aber das ist nichts im Vergleich zu dem Hass, den ich auf mich selbst empfinde. Michele hätte leben sollen. Er war ein besserer Mensch als wir beide.«

Russo sagte nichts – presste nur die Lippen aufeinander.

»Weißt du, du bist all das geworden, was er gehasst hätte. Du hast beschlossen, dass mein Leben zu ruinieren deine Rache ist. Und das kann ich dir ehrlich gesagt nicht verdenken. Ich weiß, dass es so leichter ist. Ich weiß, dass es einfacher ist, all deine Wut auf mich zu richten als auf etwas, das weitaus mächtiger ist als wir beide.«

»Du hast *keine Ahnung*.« Russo presste die Worte mit zusammengebissenen Zähnen hervor. »Du weißt nicht, was ich alles ertragen habe, um dorthin zu kommen, wo ich jetzt bin.«

Damian sah ihn fest an. »Doch, ich verstehe es. Ich weiß, dass du als Unerwählter aufgewachsen bist, was bestimmt bedeutete, dass Michele das Lieblingskind war. Ich kann nur erahnen, wie es gewesen sein muss, ihn gleichermaßen zu lieben und zu hassen.«

»Halt den Mund, Venturi. Oder ich schwöre bei allen Heiligen, ich pfeife auf Falcos Anweisungen und bringe dich um.«

»Dann tu es.« Damian presste den Oberkörper gegen die Gitterstäbe der Zelle. Er wusste selbst nicht, *was* genau er damit bezweckte, aber es war ihm egal. Eine fast schon manische Energie durchströmte ihn. »Du hast eine Waffe. Erschieß mich hier und jetzt.«

Er sah, wie Russo im Schatten erbleichte. »Was?«

»Du hast mich verstanden. Ich bin ein Deserteur. Ein Krimineller. Ein Verräter. Beweise mir, dass du wirklich glaubst, dass mein Tod das ist, was Michele gewollt hätte. Beweise mir, dass du tatsächlich glaubst, dass es dir dadurch besser gehen wird.«

Russos Körperhaltung, die verfrühten Falten um seinen Mund, verrieten seine Unentschlossenheit. Selbst glatt rasiert sah er älter aus, als er es Damians Wissen nach war. Er hielt die Waffe vorsichtig in der Hand, als befürchte er, sie könne unbeabsichtigt losgehen. »Was für ein Spiel spielst du, Venturi?«

»Das ist kein Spiel. Du wolltest mich schon die ganze Zeit umbringen, nicht wahr? Dann tu es. Drück ab.«

Die Pistole bebte, denn Russos Hände zitterten. Ob nun aus

Wut oder einem gänzlich anderen Grund ließ sich unmöglich sagen.

»Töte den Mann, der ohne zu zögern für deinen Bruder gestorben wäre«, flüsterte Damian. Sein Herz hämmerte gegen seine Rippen, warnend und anstachelnd zugleich.

Russo blähte schwer atmend die Nasenflügel. Einen Moment lang fragte Damian sich, ob er womöglich einen gravierenden Fehler gemacht hatte. Ob Micheles Bruder ihn tatsächlich erschießen und damit ein für alle Mal klarstellen würde, dass sein Hass mehr war als nur ein Mittel, um seine Trauer zu verdrängen.

Einen Augenblick später steckte Russo die Pistole ins Holster und war gleich darauf verschwunden.

4

DAMIAN

Damian hatte sich kaum jemals zuvor so hoffnungslos gefühlt wie in diesem Moment, und das wollte schon etwas heißen.
Er kauerte halb zusammengesunken auf der Pritsche in seiner Zelle, doch in Gedanken war er noch immer im Ratssaal des Palazzos. Sein Körper fühlte sich schwer an. Für einen kurzen Augenblick hatte er tatsächlich geglaubt, dass sich in Ombrazia etwas ändern würde. Und nun saß er hier, nur ein weiterer Unerwählter in einer Stadt der Schatten. Ein Verräter und Deserteur. Gestern noch hatte er ein Dutzend Sicherheitsoffiziere hinter sich gehabt, und jetzt war er allein. Machtlos. Voller Angst.
Denn diese Geschichte konnte unmöglich gut ausgehen. Er wusste, was mit denen geschah, die desertierten. Er hatte miterlebt, wie es Jacopo Lacertosa widerfahren war. Wer sich dem Militärdienst zu entziehen versuchte, kam ins Gefängnis, doch Deserteure wurden getötet. Was würde mit Roz passieren? Mit Siena und Kiran? Die Strafe, die darauf stand, jemandem beim Desertieren zu helfen, war fast genauso schlimm.
Ihr Heiligen. Damian hatte sie alle drei enttäuscht.
»Hallo?«
Damian versteifte sich, als er die kratzige Stimme durch die Wand hörte. Soweit er vorhin, als er an den anderen Zellen vorbeigeführt worden war, gesehen hatte, befanden sich in die-

sem Trakt keine weiteren Gefangenen. Die anderen Unerwählten mussten irgendwo anders eingesperrt sein. »Wer ist da?«

Es entstand eine kurze Pause, bevor die andere Person ihm antwortete, als wären ihr plötzlich Zweifel an der Entscheidung, Damian anzusprechen, gekommen. Dann: »Ich habe gesehen, wie man Sie hereingebracht hat. Sie sind ein Sicherheitsoffizier aus dem Palazzo, nicht wahr, mein Junge?«

Damian stand auf und drückte die Hände gegen die steinerne Wand. Die Person schien schon älter zu sein. Zumindest deutlich älter als er selbst.

»Das war ich.« Er unterließ es, zu erwähnen, dass er der Chef des Sicherheitsdienstes gewesen war. »Wer sind Sie?«

Die Person hustete, bevor sie antwortete. Es musste sich um eine Frau handeln. Dessen war er sich jetzt sicher.

»Niemand von Bedeutung«, antwortete sie mit einem leicht amüsierten Unterton. Wie sie es überhaupt schaffte, an diesem Ort etwas lustig zu finden, war Damian ein Rätsel. »Aber für Ketzerei wird einfach jeder verhaftet. Sogar eine alte, unerwählte Frau.«

»Sie sind unerwählt?«

Sie brummte zustimmend.

»Was haben Sie getan, dass man Sie ins Gefängnis geworfen hat?«

Ein raues Lachen. »Sie zuerst, figlio.«

Damian legte die Stirn an die kalte Wand und schloss die Augen. In diesem Teil des Gefängnisses gab es keine Fenster. Die Dunkelheit allein genügte, um jeden, der lange genug hier drinnen saß, in den Wahnsinn zu treiben. »Ich bin ein Deserteur.«

Wozu lügen? Bald schon würde es die ganze Stadt wissen. Dann konnte er es auch einer alten Frau erzählen, die er nicht sehen konnte.

Doch zu seiner Überraschung seufzte sie schwer. »Das kann ich Ihnen nicht verdenken, figlio. Die Front ist für niemanden der richtige Ort, und schon gar nicht für einen Jungen.«

»Ich bin kein Junge«, protestierte Damian.

»Sind Sie schon zwanzig?« Als er schwieg, sagte sie: »Dann sind Sie noch ein Kind. Und kein Kind sollte in den Krieg geschickt werden.«

Er wollte erwidern, dass alles, was kindlich an ihm gewesen war, gemeinsam mit Michele gestorben war, doch er ging davon aus, dass es nichts bringen würde. »Ich habe Ihnen verraten, weshalb ich hier bin. Jetzt sind Sie an der Reihe.«

»Ich habe es Ihnen doch schon gesagt. Ketzerei.«

»Man hat Sie dabei erwischt, wie Sie Chaos anbeteten?«

»Nein. Schlimmer.«

»Was könnte denn schlimmer sein?«, konnte sich Damian nicht verkneifen, zu fragen, und musste an Enzo denken. An sein Glas mit Augäpfeln und die Morde, die er begangen hatte, damit sein Schutzheiliger sich wieder erhob.

»Jeder weiß, was vergangene Woche geschehen ist. Dass ein Jünger von Chaos die Stadt mit Opferungen terrorisiert hat und dass das mit seinem Tod endete.«

Damian runzelte in der Dunkelheit die Stirn. »Und weiter?«

Wieder schwieg die Frau einen Moment. »Wissen Sie, ich wurde in Brechaat geboren. Als ich noch ein kleines Mädchen war, haben wir uns Geschichten über derlei Dinge erzählt.«

»Was für Dinge?«

»*Sieben Heilige, sieben Opfer*«, zitierte sie. »Es gibt eine alte Geschichte, in der behauptet wird, dass Opfer nötig sind, damit ein Heiliger sich erhebt. Manche glauben, dass es so vor dem ersten Krieg zur Reinkarnation von Strength und Chaos gekommen ist. Aber wissen Sie, meine Mutter war eine Gelehrte, und sie hat festgestellt, dass die alten Texte falsch übersetzt worden sind. *Sieben für Chaos, sieben für Patience, sieben für Grace …* Sie verstehen, was ich meine. Doch es ging niemals darum, dass die Heiligen selbst sich erheben. Ein Heiliger *ist* seine Magie, weswegen Opfer lediglich die Magie des jeweiligen Heiligen stärken. Sieben Morde in Chaos' Namen und all seine Jünger werden mächtiger.«

Damian schüttelte den Kopf und versuchte, ihr zu folgen. »Das ist egal. Enzo – ich meine der Jünger – hatte keinen Erfolg. Er hat nur sechs Menschen getötet, weshalb es am Ende entsprechend nur sechs Opfer gewesen sind.«

»Genau da irren Sie sich, figlio.«

»Tue ich nicht«, entgegnete Damian hitzig. »Ich war dabei. Er hat versucht, mich zu seinem letzten Opfer zu machen. Und ich bin nicht gestorben.«

»Ich meinte nicht, dass Sie damit falschliegen, dass der Jünger nur sechs Menschen getötet hat. Ich meine damit, dass Sie sich dahingehend irren, dass es nur sechs Opfer gab.«

Damian verstand nicht, worauf sie hinauswollte. Das ergab alles keinen Sinn. Wie konnte es mehr Opfer geben, als Menschen gestorben waren? Die Frau blieb still und ließ ihn alleine rätseln, doch Damian wusste nicht, auf welche Erkenntnis seinerseits sie wartete.

Schließlich schnalzte sie mit der Zunge. »Eine siebte Person ist in jener Nacht im Schrein gestorben, nicht wahr?«

Nein, dachte Damian. Er hatte überlebt, ebenso wie Roz. Ihr Tod war lediglich eine Illusion gewesen. Enzo hatte ihn –

Seine Gedanken kamen abrupt zum Stillstand.

Enzo.

Enzo war in jener Nacht im Schrein gestorben.

»Ihr Heiligen«, raunte Damian. Es war vollkommen offensichtlich, und doch war ihm dieser Gedanke bisher nie gekommen. »*Ihr Heiligen*, Enzo war das siebte Opfer, richtig?«

Wieder gab die Frau das tiefe, zustimmende Brummen von sich.

Diese erste Erkenntnis zog weitere nach sich. »Bestimmt hatte er Chthonium bei sich, woran Chaos erkennt, dass ein Opfer für ihn bestimmt ist. Sieben Menschen wurden demselben Heiligen geopfert.« Damian fuhr sich mit der Hand übers Gesicht. War es das gewesen, was er in dem Moment gespürt hatte, als er Enzo im Schrein getötet hatte? War dieser Ansturm von *Etwas* vielleicht das erste Mal gewesen, dass er aus nächster Nähe alte, mächtige Magie gespürt hatte? Und falls ja, bedeutete das, dass alle lebenden Jünger von Chaos stärker geworden waren?

Gleich darauf kam Damian ein noch beängstigenderer Gedanke: Fühlte er sich deswegen neuerdings so merkwürdig? Stand er unter dem Einfluss eines anderen Jüngers? Oder war Enzos Bann niemals ganz von ihm abgefallen?

Zu viele Fragen wirbelten durch seinen Kopf, stachen ihn wie aufgebrachte Bienen. Er wusste, dass es dumm war, ohne Beweise voreilige Schlüsse zu ziehen, doch die Behauptungen der Frau passten *perfekt* zu dem, was er gerade erlebte. Zu seinen eigenen permanenten Ängsten.

»Wollen Sie damit sagen, dass Chaos' Jünger nun stärker sind?«, fragte Damian. Sein Herzschlag hämmerte in seinen Ohren. »Und dass man Sie, als Sie versucht haben, jemanden darüber zu informieren, verhaftet hat?«

»Wie gesagt«, krächzte die Frau. »Ketzerei.«

»Aber was, wenn Sie recht haben?«

Ihr Lachen klang wie Nägel auf Stein. »Was spielt das für eine Rolle? Niemand will es hören.«

Damian stieß den Atem durch seine zusammengebissenen Zähne aus. Noch vor wenigen Wochen hätte er diese Frau für verrückt gehalten. Brechaats Geschichten über Magie zu verbreiten war eine todsichere Methode, im Gefängnis zu landen. Doch nun war er nicht mehr bereit, ihre Worte einfach abzutun.

»Sind Sie schon einmal einem Jünger von Chaos begegnet?«, fragte er, und seine Stimme war kaum mehr als ein Flüstern.

Sie schwieg für einen langen Moment. Damian rechnete bereits damit, dass sie gar nicht antworten würde, als sie sagte: »Mein Vater war einer. Ich habe die Magie nicht geerbt. Wurde nicht gesegnet.«

»Warum sind Sie dann nach Ombrazia gekommen? Für Ihren Vater wäre es in Brechaat doch bestimmt sicherer gewesen.«

»Er hat mich nicht begleitet, figlio. Ich bin gegangen, um von ihm wegzukommen und mir selbst ein besseres Leben aufzubauen. Wissen Sie denn nicht, wie schlecht es meinem Heimatland geht?«

Das stimmte. In Brechaat gab es weitaus weniger Jünger, worunter die Wirtschaft litt. »Bevor Sie gegangen sind, hat Ihr Vater Sie da jemals … beeinflusst?«

»Selten. Seine Macht war nicht stark. Es ist eine Legende, dass alle Jünger von Chaos in der Lage sind, andere Menschen auf die Art zu kontrollieren, wie es dieser Junge im Palazzo getan hat. Die meisten können einem nur flüchtige Bilder von Dingen zeigen, die nicht wahr sind. In den Geschichten werden sie viel erschreckender dargestellt, als sie in Wirklichkeit sind.«

Damian schwieg einen Moment, ließ ihre Worte auf sich wirken. Ihm war nie in den Sinn gekommen, dass die Jünger von Chaos über unterschiedlich ausgeprägte Kräfte verfügen könnten. Er wusste selbst nicht, warum. Wenn man bedachte, wie andere Jünger ihre Magie erbten, ergab das durchaus Sinn. Battista hatte Steine allein durch Berührung verformen können, wogegen dessen Vater kaum mehr fertiggebracht hatte, als sie einzudellen.

»Und kontrolliert zu werden?«, fragte Damian, obwohl er die Antwort bereits kannte. »Wie fühlt sich das an?«

Damian hörte ein scharrendes, hallendes Geräusch, als die Frau sich auf ihrer Pritsche bewegte. Als sie wieder sprach, schien ihre Stimme deutlich näher zu sein. Damian legte das Ohr an den Stein.

»Es fühlt sich an wie Wahnsinn«, sagte sie leise. »Als würde man den Verstand verlieren, und das bei vollem Bewusstsein. Es fühlt sich an, als würde man sich selbst verlieren, vergessen, wer man ist, bis man davon befreit wird und alles schlagartig wieder da ist. Es ist wie Realität, aber irgendetwas *stimmt nicht*. Je länger man ihrer Magie ausgesetzt ist, desto schlimmer wird es.«

Er fragte nicht nach, auf welche Weise ihr Vater ihr dieses Wissen vermittelt hatte, denn er bezweifelte, dass er es wissen wollte. »Was geschieht mit denen, die der Magie eines Chaos-Jüngers ausgesetzt sind? Kehren sie anschließend einfach wieder zur Normalität zurück?«

»Natürlich«, sagte die Frau, korrigierte sich jedoch gleich darauf. »Zumindest in den meisten Fällen. Wissen Sie, es gibt Legenden, dass Magie zurückbleibt, die einen irgendwann in den Wahnsinn treibt. Man sagt, dass manche Menschen einfach nicht in der Lage sind, sich wieder vollständig davon zu befreien.«

Bevor Damian ihre Worte verdauen konnte, ließ ihn das Knallen einer Tür erschrocken zusammenzucken. Wieder ertönte ein Scharren, als die Frau sich bewegte, gefolgt von ihren langsamen, gleichmäßigen Atemzügen. Stellte sie sich schlafend? Sollte er vielleicht das Gleiche tun?

Er bekam keine Gelegenheit, eine Entscheidung zu treffen. Licht flackerte auf und wurde stetig heller, begleitet von Schritten, die durch den Gang hallten. Dann stoppten sie vor Damians Zelle, und er blickte mit zusammengekniffenen Augen in das gleichgültige Gesicht von General Falco.

»Venturi«, sagte sie. »Aufstehen.«

»Wo sind meine Freunde? Sie sollten nicht für das bestraft werden, was ich getan habe. Ich habe sie gezwungen –«

»Ich sagte *aufstehen*.«

Sie hatte eindeutig bereits beschlossen, seiner Version der Geschehnisse keinen Glauben zu schenken. Nachdem Damians Augen sich an die Helligkeit gewöhnt hatten, erkannte er, dass Falco zwei ihrer Offiziere mitgebracht hatte. Er fragte sich, ob sich seine Offiziere geweigert hatten, ihr zu folgen, oder ob sie ihnen schlicht misstraute.

Dann fiel ihm wieder ein, dass das unerheblich war. Sie hielten ihn jetzt für einen Verräter.

Er erhob sich und ließ sich erneut Handschellen anlegen und abführen. Als sie an der benachbarten Zelle vorbeikamen, riskierte er einen kurzen Blick in die Schatten, konnte die alte Frau jedoch nicht erkennen, sondern auf ihrer Pritsche lediglich die Umrisse von etwas ausmachen, das aussah wie ein Haufen Decken.

Falco ging zügig und entschlossen einige Schritte voraus. Damian schluckte und seine Kehle verkrampfte sich. Er hatte keine Ahnung, wo sie ihn hinbrachte, doch er würde ihr nicht die Genugtuung geben, sie danach zu fragen. Die Männer, die ihn flankierten, hüllten sich ebenfalls in Schweigen und blickten stur geradeaus. Er fragte sich, was sie gerade dachten. Damian war einst auch wie sie gewesen. Ein guter Soldat, der sich damit zufriedengab, zu tun, was von ihm verlangt wurde, ohne Fragen zu stellen. Der sich niemals gefragt hatte, ob die Menschen, die er eskortierte, im Recht oder Unrecht waren.

Sie gingen eine Treppe hinunter, dann eine zweite und eine dritte. Die Räumlichkeiten waren ungefähr genauso beengt wie seine Zelle, doch er spürte, dass sie sich nun tief unter der Erde befanden. Und das beunruhigte ihn mehr als alles andere. Er wusste genau, was hier unten geschah, wo die Steinmauern dick genug waren, um alle Geräusche zu verschlucken. Ein kalter Schauer, der nichts mit der Kälte zu tun hatte, kroch ihm in den Nacken.

»Hier hinein«, instruierte Falco seine Eskorte, woraufhin die Männer Damian in eine Kammer führten, die er als Verhörraum erkannte. Er hatte selbst schon oft in einem gesessen, allerdings nicht auf der Seite, auf die die Offiziere ihn nun drängten und wo sie seine gefesselten Hände am Tisch festmachten. Falco setzte sich ihm gegenüber. Auch nachdem die Männer den Raum verlassen hatten, starrte sie ihn weiter durchdringend an, als würde sie von ihm erwarten, dass er zuerst das Wort ergriff.

»Fragen Sie einfach, wonach Sie mich fragen wollen«, blaffte er schließlich, weil er das Schweigen nicht mehr ertragen konnte.

Falcos Lächeln war grimmig und erreichte nicht ihre Augen. »Beginnen wir mit der Frage, der Sie vorhin ausgewichen sind. Haben Sie wirklich geglaubt, Sie könnten desertieren, ohne mit Konsequenzen rechnen zu müssen?«

»Nein.« Das entsprach der Wahrheit. Damian hatte *nicht* geglaubt, dass er damit durchkommen würde. Deswegen hätte er es sich ja auch beinahe anders überlegt. Doch Roz hatte ihn überzeugt, es zu tun, genau wie er es erwartet hatte. Roz hätte ihn zu so ziemlich allem überreden können.

»Dann wussten Sie also, dass man Sie fassen würde, haben aber trotzdem beschlossen, es zu tun?«

»Nein«, sagte er und spürte Ärger in sich aufsteigen. »Doch. Ich meine, ich wusste, dass die Möglichkeit besteht. Schließlich war mein Vater der General.«

»Stimmt.« Falco verzog den Mund. »Ich kann mir kaum vorstellen, welche Schuldgefühle es in Ihnen ausgelöst haben muss, ihn derart zu entehren. Bestimmt lässt ihn das in seinem Grab keine Ruhe finden.«

»Das ist mir egal.« Damian hatte das nicht sagen wollen, doch nun, da es ihm herausgerutscht war, ließen sich die Worte nicht mehr zurücknehmen. »Mein Vater hat immer so getan, als würde ich mit allem, was ich tue, darauf abzielen, ihn zu entehren. Falls es Ihre Absicht ist, mir deswegen ein schlechtes Gewissen einzureden, werden Sie damit keinen Erfolg haben.«

Falcos Augen blitzten. Sie legte die Hände zwischen ihnen auf den Tisch und drückte die Fingerspitzen aneinander. Damian konnte sehen, wie sich die Sehnen an ihren Handrücken spannten. »Na schön. Dann sagen Sie mir, was Sie über die Nacht wissen, in der Ihr Vater gestorben ist.«

Er wählte seine Worte mit Bedacht. »Ich weiß, dass Enzo, der Jünger von Chaos, versucht hat, mich zu töten. Ich weiß, dass ich stattdessen ihn getötet habe.«

»Dieser Teil des Abends interessiert mich nicht. Mich interessiert, was davor geschehen ist, als der Mercato brannte. Als in genau dieses Gefängnis hier eingebrochen wurde.«

»Darüber weiß ich nichts.« Damian war nie ein guter Lügner gewesen, doch diese Lüge kam ihm problemlos über die Lippen. Ihr ging es also nicht *nur* darum, dass er desertiert war. Er wurde zur Rebellion befragt. Hegte sie einen Verdacht?

Falco zog die Brauen zusammen – das einzige äußerlich sichtbare Anzeichen ihres Missfallens. »Wissen Sie was, Venturi? Ich glaube nicht, dass Sie mir gegenüber aufrichtig sind. Ich glaube, dass Sie deutlich mehr über diese Nacht wissen, als Sie zugeben. Ich bin nach Ombrazia gekommen, damit wieder Ordnung in diese Stadt einkehrt, doch das wird erst geschehen, wenn ich die Verantwortlichen für die Unruhen gefunden habe. Haben wir uns verstanden?«

»Ja. Aber ich kann Ihnen leider nicht helfen.«

Falco stand auf und kam um den Tisch herum. Damian spürte, wie sich durch ihre Nähe die Härchen in seinem Nacken aufrichteten. Als sie mit hinter dem Rücken verschränkten Händen neben ihn trat, stieß sie einen Seufzer aus. »Wissen Sie, Salvestro und Alexi haben mich gewarnt, dass das hier schwierig werden könnte. Doch ich habe in meiner Naivität gehofft, dass Sie Ihrer Regierung zumindest noch ein wenig Loyalität entgegenbringen würden. Es schmerzt mich, zu erkennen, dass ich mich geirrt habe.«

Es klang absolut nicht so, als würde es sie schmerzen. Stattdessen merkte man ihr deutlich die Vorfreude auf das an, was auch immer sie mit ihm vorhatte. Er setzte sich auf dem eiskalten Stuhl zurecht. »Sie können mich so viel foltern, wie Sie wollen, aber ich habe Ihnen nichts zu sagen.« Das war zumindest nicht gänzlich gelogen. Er hatte ihr *tatsächlich* nichts zu sagen. Denn ganz egal, was Falco tun würde, er würde Roz und ihre Freunde niemals verraten.

»Sie foltern? Ich bitte Sie, Venturi. Sie waren im Palazzo eine große Nummer. Zumindest für eine gewisse Zeit. Das sollte doch ein gewisses Gewicht haben, oder?«

Er wusste darauf keine Antwort. Falco musterte ihn für einen quälend langen Moment. Endlich, als sein Mund schon knochentrocken geworden war, ergriff sie wieder das Wort.

»Dass diese Jüngerin von Patience bei den Unerwählten gesessen hat, war keine einmalige Solidaritätsbekundung ihrerseits, nicht wahr?«

Damian zuckte mit den Schultern, obwohl ihn die Fesseln in seinen Bewegungen stark einschränkten. Er war kurz davor, von seinem Stuhl aufzuspringen.

»Entweder unterstützt sie sie, oder sie ist eine von ihnen. Und ich beabsichtige, herauszufinden, was davon zutrifft.«

»Wagen Sie es *bloß* nicht, Roz anzurühren«, stieß er zornig aus.

Falco setzte sich wieder hin und nahm seinen Wutausbruch interessiert zur Kenntnis. »Sagen Sie mir, was Sie über die Rebellen wissen. Nennen Sie mir Namen.«

»Das kann ich nicht«, krächzte er, im deutlichen Bewusstsein, wie zutreffend diese Behauptung war.

Wenn er irgendetwas verriet, würde er Roz damit schaden. Wenn er es nicht tat, würde er Roz *auch* schaden. Wie zur Hölle sollte er hier wieder herauskommen?

Die Antwort war schmerzhaft klar: Gar nicht, und das wusste Falco auch. Damian konnte ihr nicht in die Augen sehen. Sie klopfte mit einem Finger gegen die Tischkante. Ihre Stimme klang jetzt tiefer, gefährlich und unheilvoll. »Wissen Sie, man sollte an niemandem zu sehr hängen. Dadurch wird es viel zu einfach, diese Personen als Druckmittel gegen Sie einzusetzen. Diese Frau ist hier, und wenn Sie mir nicht geben, was ich will, wird sie leiden. Sie werden es mitanhören können. Auf diese Weise werden Sie schon bald erfahren, dass ich immer mein Wort halte.«

»Sie sind krank«, fauchte Damian wutentbrannt.

Sie zuckte mit den Schultern. »Ich werde für Ombrazia alles tun, was nötig ist.«

Er atmete bebend ein. Diese Frau glaubte tatsächlich, dass alles, was sie bisher getan hatte, und mochte es noch so wahnsinnig gewesen sein, zum Wohl ihres Landes gewesen war. Er zweifelte keine Sekunde lang daran, dass Falco Roz tatsächlich hier hatte und jemand bei ihr war, der nur darauf wartete, ihr wehzutun.

Sein Puls schoss noch weiter in die Höhe und das Herz

schlug ihm bis zum Hals. Er fühlte sich losgelöst von seinem Körper. Falco beobachtete ihn mit dem stoischen Selbstbewusstsein einer Person, die siegessicher alle Karten in der Hand hielt. Damian bezweifelte, dass er jemals jemanden so sehr gehasst hatte wie die Generalin in diesem Moment. Er sehnte sich danach, ihre Angst zu sehen. Zu erleben, wie diese gleichgültige Maske zerbrach und etwas Menschliches unter ihr zum Vorschein kam.

Während er noch grübelte, ertönten plötzlich Schüsse.

Der Lärm löste etwas in Damian aus. Er duckte sich automatisch, während jäh Hitze durch seine Adern schoss. Falco tat es ihm gleich, schützte ihr Gesicht und stieß dabei eine Reihe von Flüchen aus. Als nichts weiter geschah, hob Damian den Kopf und blickte sich hektisch um. Die Dunkelheit im Raum war schwerer, kälter geworden, wie ein dichter Nebel. Als er den Arm ausstreckte, sah er zu seiner Verblüffung, wie sich die Schwaden um sein Handgelenk legten und sich, als er sich bewegte, sofort wieder auflösten. Eine Gänsehaut kroch über seine Haut. Die Dunkelheit verhielt sich wie Rauch, doch da er mühelos atmen konnte, musste es sich um etwas anderes handeln. Wahrscheinlich hätte er deswegen beunruhigt sein sollen, doch er war es nicht.

»Was zur Hölle war das?«, grollte Falco mit einem Anflug von Panik in der Stimme. Sie beugte sich vor und machte ihn vom Tisch los. »*Aufstehen*. Aber glauben Sie ja nicht auch nur eine Sekunde lang, dass ich schon fertig mit Ihnen bin, Venturi.«

Sie zerrte ihn grob aus dem Raum und rief barsch die Namen mehrerer Offiziere, die jedoch nicht in der Nähe zu sein schienen. Während Damian vorwärtsstolperte und sich mühte, durch die dunklen Schleier etwas zu erkennen, packte ihn das unselige Verlangen, zu *kämpfen*. Eben noch hatte der logische Teil seines Verstandes gewusst, dass sich zu wehren alles viel schlimmer machen würde, doch nun war dieser Teil verschwunden. Und ließ sich nicht zurückholen. Stattdessen war er bis zum Bersten von etwas Bösem und zutiefst Gewalttätigem erfüllt. Sein Blick verschwamm und seine Bauchmuskeln spannten sich. Zorn pulsierte in seinem Inneren wie ein lebendiges Wesen. Bevor er darüber nachdenken konnte, was er eigentlich tat, riss er die gefesselten Hände aus Falcos festem Griff los, machte einen Ausfallschritt nach vorne und legte ihr die Handschellen um den Hals.

Falco brüllte etwas, das Damian nicht hören konnte, wehrte sich gegen ihn. Die Dunkelheit schien noch dichter zu werden, in seiner Lunge zu verklumpen. Er ließ nicht los, zerrte noch fester an den Handschellen, drückte das Metall in ihre Kehle. Ihre Hände waren auf seinem Arm, ihre Nägel bohrten sich in seine Haut, doch er fühlte keinen Schmerz. Das Einzige, was er in diesem Augenblick spüren wollte, war, wie das Leben aus dem Körper dieser Frau wich.

Doch da schrie plötzlich am anderen Ende des Korridors jemand auf. Jemand, dessen Stimme Damian kannte wie seinen eigenen Herzschlag. Er riss die Hände hoch, ließ von Falco ab und schleuderte sie zur Seite.

Roz. Sie war hier, nicht weit weg von ihm.

Damian entriss der auf dem Boden hingestreckten Generalin die Pistole und rannte, so schnell er konnte.

5
ROZ

Wenn Roz hier sterben würde, wäre sie wirklich sauer.

Aus welchem Grund auch immer Schüsse durch das Stadtgefängnis gehallt waren – es konnte kein gutes Zeichen sein. Der Lärm war dermaßen laut von den Steinwänden widergehallt, dass ihr die Ohren zu klingeln begonnen hatten und der Offizier, der vor ihrer Zelle gewacht hatte, augenblicklich aufgesprungen war. Er hatte, mit der Hand am Holster, angestrengt den Gang hinuntergeblickt, unschlüssig, ob es nötig wäre, der Sache auf den Grund zu gehen. Roz hatte ihn in Gedanken dazu zu bewegen versucht, nachzusehen, doch nach einer kurzen Überprüfung der näheren Umgebung hatte er sich wieder hingesetzt.

Zumindest, bis die Dunkelheit kam.

Sie breitete sich schneller aus, als Roz es mit ihren Sinnen erfassen konnte, verdichtete die Luft und verschluckte alles Licht. Sie vermutete, dass sie etwas mit dem wie auch immer gearteten Tumult zu tun haben musste, bei dem geschossen worden war. Sie rannte zur Zellentür und ihr Herz pochte wild gegen ihre Rippen. Wenn der Offizier floh und sie hier *zurückließ* –

»Hey!«, rief sie, obwohl sie ihn nicht sehen konnte, und hämmerte mit der Faust gegen den Stein. Doch es führte zu nichts, außer dass ihre Hand schmerzte. Falls der Offizier noch nahe genug war, um sie zu hören, ignorierte er sie. Roz stieß ein letztes, erzürntes Grollen aus. Das Gefängnis war erbaut worden, um alle Arten von Jüngern festhalten zu können, und da Gitterstäbe aus Metall ihr fraglos nichts entgegenzusetzen gehabt hätten, hatte man sie in eine Zelle aus Betonblöcken mit lediglich einer kleinen Sichtluke gesteckt. Die Unerwählten mussten, soweit sie das beurteilen konnte, im Erdgeschoss untergebracht worden sein. Sie hatte sie gehört, als man sie an der Treppe vorbeigeführt hatte. Hier unten im Untergeschoss war sie allem Anschein nach allein.

Im nächsten Augenblick lichtete sich die Dunkelheit ein klein wenig. Roz konnte im Halbdunkel ein Stück vom Gesicht des Offiziers erkennen, das vor Entsetzen verzerrt war, als er erblickte, wer, oder *was*, sich ihm näherte. Kam jemand, um ihr dabei zu helfen, auszubrechen, genau wie es die Rebellen in der vergangenen Woche getan hatten? Oder würden sie und der Offizier beide gleich sterben?

Bei allen Heiligen, wie sehr sie sich wünschte, ihr Messer noch bei sich zu haben. Sie verkrampfte sich, als sie sah, wie der Offizier seine Pistole zog, und zuckte gleich darauf zusammen, als er einen Schuss abfeuerte. Selbst wenn sie den heutigen Tag überleben sollte, würden sich ihre Ohren vermutlich nie mehr erholen. Sie reckte den Hals, um weiter in den Korridor hineinblicken zu können. Die Kugel hatte ihr Ziel offenbar nicht getroffen. Und falls doch, hatte sie nicht genügt, um das aufzuhalten, was den Mann dazu brachte, taumelnd zurückzuweichen.

»Wie zur Hölle –«, zischte er, bekam jedoch keine Gelegenheit mehr, die Frage zu beenden. Eine große Gestalt stürzte sich auf den Offizier und warf ihn auf den harten Betonboden. Roz war sich ziemlich sicher, dass das Geräusch, das entstand, als sein Körper aufprallte, keines war, was ein menschlicher Körper machen sollte.

Die Dunkelheit, die sich über den Flur gelegt hatte, löste sich noch weiter auf. Roz erschrak. »*Damian?*«

Er richtete sich schwer atmend auf. Die Haare, die ihm in die Stirn hingen, waren feucht und sein Blick wild. Er sah aus wie ein Mann, der sich gerade aus der Hölle gekämpft hatte.

»Roz.« Ihr Name klang wie ein erleichtertes Aufatmen. Als Damian den bewusstlosen Wächter umdrehte, sah Roz, dass Damians Hände mit Handschellen gefesselt waren. Warum um alles in der Welt hatte man *ihn* verhaftet?

»Der Zellenschlüssel steckt vorn in seiner Hosentasche«, sagte sie, weil sie ahnte, wonach er suchte. Gleich darauf hielt Damian etwas in der Hand, das wie ein Patience-gefertigter Generalschlüssel aussah. Vermutlich öffnete er alle Zellen im Gefängnis. Damian steckte ihn ins Schloss, und Roz atmete auf, als sie das verräterische Klicken hörte. Nachdem er es ächzend geschafft hatte, die schwere Tür aufzudrücken, hätte Roz sich ihm beinahe in die Arme geworfen, doch etwas an seinem Gesichtsausdruck hielt sie davon ab. Er strahlte eine ungewohnte Härte aus, eine Gefährlichkeit, die sie sonst nicht von ihm kannte. Sein Mund sah im schummrigen Licht schmal und gerade aus wie ein Messer und seine Wangen wirkten skelettartig.

»Den Heiligen sei Dank«, sagte Damian und wirkte urplötzlich wieder ganz vertraut. Er schloss die Augen. »Geht es dir gut? Ich habe dich schreien gehört.«

»Oh.« Roz runzelte nachdenklich die Stirn und versuchte, sich zu erinnern. »Die Schüsse – ich habe den Offizier angeschrien, weil ich dachte, er würde weggehen und mich hier zurücklassen. Was zur Hölle ist passiert? Warum trägst du Handschellen?« Ohne seine Antwort abzuwarten, packte sie seinen Arm und hob seine Hände hoch, um die Handschellen zu begutachten. Die Hitze, die sie sonst nach Kräften zu ignorieren versuchte, flammte unter ihrer Haut auf.

»Die sind von Falco«, sagte Damian. »Bestimmt sind sie mit Magie belegt.«

Roz wusste, dass das vermutlich stimmte. Sicherlich hatte ein Jünger von Patience sie mithilfe von Magie an Falco gekoppelt, und die Arbeit eines anderen Jüngers ließ sich nicht so einfach aufheben. Dennoch wurde sie das Gefühl nicht los, dass sie sie trotzdem manipulieren *konnte*, wenn sie sich nur genügend anstrengte. Deswegen biss sie, obwohl sie das Gefühl der Magie in ihren Adern verabscheute, die Zähne zusammen und drückte ihre glühenden Hände auf die Handschellen. Sie musste Damian befreien – dieser Wunsch war ihr in diesem Moment, ebenso wie damals, als sie das Bullauge auf dem Schiff zerstört hatte, wichtiger als alles andere.

Einen Herzschlag später fielen die Handschellen von ihm ab.

Damian starrte sie an. »Wie hast du das gemacht?«

»Ich schätze, sie waren wohl doch nicht mit Falco gekoppelt«, sagte Roz, obwohl sie plötzlich ein ungutes Gefühl überkam, und zuckte gleichmütig mit den Schultern. »Warum bist du hier? Nicht, dass ich mich nicht freuen würde, dich zu sehen.«

Damian fuhr sich mit der Hand durch die Haare. Die kreisförmigen, blutenden Wunden um seine Handgelenke schien er nicht zu bemerken. »Falco wusste, dass ich desertiert bin. Russo hat es ihr gesagt.«

»Russo?« Es dauerte einen Moment, bis Roz den Namen einordnen konnte. »Micheles Bruder. Der Mann, den ich auf dem Schiff beinahe umgebracht hätte.«

»Ja. Er befindet sich ebenfalls im Palazzo. Ich glaube, Falco hat ihn dafür, dass er mich verraten hat, zum Flottenkommandanten ernannt.«

Sie musste an zerbrochenes Glas denken, und an Schüsse in einem zu beengten Raum. Den scharfen Geruch von Desinfektionsmitteln und Meersalz. »Du hättest mich ihn töten lassen sollen.«

»Mag sein«, stimmte Damian nüchtern zu. »Wie auch immer, ich glaube, ich wurde kurz nach dir hergebracht. Siena und Kiran müssten ebenfalls hier sein. Falco wusste, dass sie an meiner Flucht beteiligt gewesen sind, und hat sie ebenfalls verhaften lassen. Sie beabsichtigt, alle Rebellen zu verhören, und war gerade dabei, *mich* zu befragen, als die Schüsse fielen. In dem Durcheinander habe ich sie überrumpelt.«

»Wo ist sie jetzt?«

»Wahrscheinlich noch genau da, wo ich sie zurückgelassen habe. Vielleicht ist sie tot.«

Es verwunderte Roz, dass der Gedanke ihn nicht im Mindesten zu beunruhigen schien. Vielleicht war es schlicht die Nachwirkung von zu viel Adrenalin. Dennoch war irgendetwas an Damian merkwürdig. Roz wusste, dass er, egal, wie viele Menschen er tötete, unnötige Gewalt verabscheute. Selbst Enzos Tod hatte ihm zugesetzt.

»Ich *hoffe*, dass Falco tot ist«, entschied sie sich schließlich, zu antworten.

Damian stupste den am Boden liegenden Offizier mit dem Fuß an. »Na ja, also der hier ist es jedenfalls nicht. Wir müssen hier raus. Wenn wir den Weg nehmen, auf dem ich gekommen bin, müsstest du durch einen der Hinterausgänge entkommen können. Wir treffen uns dann in der Taverne, sobald ich Siena und Kiran befreit habe. Einverstanden?« Er reichte Roz die Pistole des bewusstlosen Offiziers. Sie war noch warm. Bewaffnet zu sein gab ihr sofort ein besseres Gefühl.

»Vergiss das mit der Flucht. Wir müssen die übrigen Unerwählten hier herausholen.«

»Keine Zeit.«

Sie baute sich vor ihm auf. »Dev und Nasim sind hier irgendwo. Das haben sie nicht verdient, ebenso wenig wie alle anderen. Ich gehe nicht ohne sie.«

Damians Miene war streng und unnachgiebig. »Und ich lasse nicht zu, dass man dich wieder einsperrt. Weißt du eigentlich, wie ich mich gefühlt habe, als ich gesehen habe, wie grob man dich behandelt hat, und ich verdammt noch mal gar nichts tun konnte?«

»Dann *hilf* mir!«

Roz wartete und hasste jede Sekunde, die verstrich. Sie wusste, dass Damian im Kopf kalkulierte und überlegte, wie um alles in der Welt sie es schaffen sollten, zwei Offiziere und Dutzende Unerwählte zu befreien, bevor sie selbst wieder festgenommen wurden. Sie wusste es selbst nicht genau. Aber sie war entschlossen, ihre Freunde auf keinen Fall zurückzulassen.

Damian schlug so fest die Zähne aufeinander, dass man es hören konnte. »Na schön. Wenigstens wird uns dieser verfluchte Nebel Deckung geben.« Er wies mit dem Kinn auf den Mann am Boden. »Nimm seine Uniform. Da ich bereits eine trage, werden wir, sofern uns keiner zu nahe kommt, keinen Verdacht erregen. Falls es allerdings danach aussieht, dass man uns erwischt, dann *haust du ab*. Verstanden?«

»In Ordnung«, log sie.

Damian bewachte das Ende des Korridors, während Roz in die Uniform schlüpfte. Zum Glück trug der Mann noch ein Hemd unter der Jacke. Für seine untere Körperhälfte ließ sich allerdings nichts tun. Gleich darauf rannten sie auch schon mit gezückten Pistolen die Treppe hinauf. Oben angekommen spähten sie angestrengt in den Nebel. Damian führte sie weiter, um eine Ecke herum, dann um eine weitere. Roz bekam kaum mit, wohin sie liefen. Für einen Mann seiner Statur waren seine Schritte beeindruckend leise, weshalb Roz nicht sofort merkte, dass er stehen geblieben war. Sie schaffte es gerade noch, zu verhindern, dass sie gegen seinen breiten Rücken prallte. »Was ist los?«, zischte sie.

Kaum hatte sie die Frage gestellt, entdeckte sie auch schon die Wache, die ein Stück weit entfernt den Korridor hinauflief. Es war klar, dass er sie entdecken würde, sobald er die Wand erreicht hatte und umdrehen würde, um eine neue Runde zu beginnen.

Sie wechselten einen Blick. Als Damian den Kopf nach rechts neigte, wusste Roz, dass sie das Gleiche dachten. Er schlüpfte leise in die Zelle – diesmal eine mit Gitterstäben, deren Tür weit offen stand –, und sie folgte ihm auf dem Fuße. Die Schritte des Wachmanns wurden lauter. Damian zog Roz an seine Brust, schlang die Arme fest um ihre Taille. Er roch leicht metallisch und nach Asche. Roz musste daran denken, wie sie sich erst vor wenigen Wochen hinter einer Statue im Schrein versteckt hatten, um nicht vom Magistrat entdeckt zu werden. Wie sie sich, als sie seinen Körper an ihrem gespürt hatte, versteift hatte, beseelt von dem Wunsch, ihm ein Messer in den Bauch zu rammen.

Nun spürte sie Damians Lippen an ihrem Ohr, seinen Atem in ihrem Haar, seinen pochenden Herzschlag an ihrem Rückgrat und genoss jede Sekunde.

Auf die tödliche Gefahr, die ihnen in diesem Augenblick drohte, hätte sie allerdings verzichten können.

Die Wache passierte ihre Zelle. Roz hielt den Atem an und fühlte, wie Damians Herz schneller schlug. Der Offizier hatte die Hand am Holster, den Blick jedoch geradeaus gerichtet. Er rechnete eindeutig nicht damit, dass jemand in der Nähe war. Roz hob die Pistole, nur für den Fall, dass er sich umdrehte, doch Damian drückte sie ungehalten wieder hinunter. Als sie ihn fragend über die Schulter hinweg ansah, schüttelte er den Kopf.

Ich kenne ihn, formte er tonlos mit den Lippen.

Roz verkniff es sich, ihn darauf hinzuweisen, dass das letzte Mal, als er das Leben eines Mannes verschont hatte, mit ihrer Verhaftung geendet hatte. Sie steckte den Kopf aus der Zelle, lugte in die Dunkelheit und forderte Damian gleich darauf mit einer Handgeste auf, loszulaufen. Sie konnte gedämpfte Stimmen vom anderen Ende des Ganges hören und ihr Herz schlug schneller. *Dort unten*, signalisierte sie, woraufhin er nickte und ihr folgte.

Sie konnte durch den Nebel hindurch die Gesichter der Rebellen hinter den Zellentüren erkennen. Damian ging mit dem Schlüssel zu Werke, während Roz die Schlösser dazu manipulierte, sich zu öffnen. Schweiß stand ihr auf der Stirn.

»Roz.« Alix trat mit panischem Blick aus der ersten Zelle, die Roz öffnete. »Hast du die Schüsse gehört? Als Offiziere kamen, um die erste Gruppe abzuholen, kam es zu einer Rangelei. Ich weiß nicht genau, was passiert ist. Nasim und die meisten anderen sind schon fort.«

Roz war bereits zur nächsten Zelle gegangen. Ihre Hände waren trotz der Hitze ihrer Magie taub. Da sie arbeiten konnte, ohne hinsehen zu müssen, richtete sie ihre volle Aufmerksamkeit auf Alix, auf das blasse Gesicht, das, obwohl die Nacht bereits hereingebrochen war, im Mondlicht, das durch das kleine Fenster am Ende des Zellenblocks fiel, deutlich zu erkennen war. »Was meinst du damit?«

»Vor einigen Stunden kamen mehrere Männer der Generalin. Sie haben Gefangene zu den Docks gebracht.«

Roz packte kaltes Grauen. Um ein Haar hätte Josef sie mit der Zellentür, die er schwungvoll aufstieß, getroffen, und er streckte rasch die Hand aus, um sie zu stützen. »Das kann nicht sein. Damian meinte, dass alle vorher verhört werden sollten.«

Alix hob eine Schulter. »Ich wurde nicht verhört. Vielleicht soll das erst auf dem Schiff passieren.«

Wenn es keine Möglichkeit zur Flucht mehr gibt und es sinnlos ist, sich zu wehren. Roz' Ohren dröhnten. »Nasim ist weg?«

Josef und Alix nickten. »Ich habe gesehen, wie sie an meiner Zelle vorbeigeführt wurde«, sagte Josef.

»Was ist mit Dev?«

»Ich bin hier.« Seine Stimme erklang hinter ihr. Roz fuhr zitternd vor Erleichterung herum und sah Dev gemeinsam mit Damian, dessen Miene wie versteinert war, auf sich zukommen. Siena folgte ihnen. Dev packte mit festem Griff Roz' Arm. »Nasim wurde weggebracht. So, wie die meisten.«

»Ich habe es schon gehört«, erwiderte Roz und hätte vor Wut am liebsten geschrien. Sie war nur wenige Stunden gefangen gewesen, und doch kam sie zu spät. So viele Menschen hatte sie nicht retten können. War es etwa von Anfang an nur darum gegangen? Um Zwangsrekrutierungen?

»Kiran ist auch nicht mehr da«, warf Siena ein. Ihre Stimme klang sorgfältig kontrolliert, doch an ihrem Hals zuckte ein Muskel. »Ich glaube, wir waren die Letzten, die auf ein Schiff verfrachtet werden sollten.«

»Die Schüsse«, keuchte Roz, und die Erinnerung an ihren Klang wirkte nun noch weitaus beunruhigender. »Wurde jemand verletzt? Wisst ihr das?«

»*Wir* werden vielleicht verletzt, wenn wir nicht von hier verschwinden«, meinte Damian. Er wies mit der freien Hand auf die Treppe. »Wir haben keine Zeit, um hier herumzustehen. Wir haben alle befreit, die wir konnten – jetzt lauft. Den Gang hinunter und dann durch den nördlichen Ausgang nach draußen.«

Ihre Begleiter gehorchten, und Roz folgte ihnen, ließ Damian die Nachhut bilden. Ihre Muskeln waren so steif, dass es sie wunderte, dass sie überhaupt rennen konnte. Obwohl sie wusste, dass sich alle so gut wie möglich bemühten, leise zu sein, war es unmöglich, in der Gruppe einen schmalen Gang entlangzulaufen, ohne dass das quälend laute Echo ihrer Schritte widerhallte. Die Wachen würden sie zweifellos hören, und doch glaubte Roz einen kurzen, wundervollen Moment lang daran, dass sie es bis nach draußen schaffen würden.

Dann ertönte hinter ihnen im Korridor eine laute Stimme.

»*Venturi!*«

»Verflucht«, fauchte Damian. »Das ist Falco.«

»Dann nehme ich an, dass sie doch nicht tot ist«, keuchte Roz und hielt sich die schmerzende Seite. Vor ihnen war Siena stehen geblieben und hatte sich umgedreht, um nachzusehen, ob sie in Schwierigkeiten steckten. Roz schüttelte den Kopf und signalisierte ihr, weiterzulaufen. Nach dem Radau hinter ihnen zu urteilen, war Falco nicht die Einzige, die hinter ihnen her war. Es mussten mindestens zwei Offiziere bei ihr sein, vielleicht auch mehr. Das Klatschen von Stiefelsohlen auf Stein hallte zehnfach verstärkt durch den Gang, sodass es in Roz' Ohren fast klang, als würden sie von einer ganzen Armee verfolgt. Als sie den nördlichen Trakt erreichten, lief Roz noch schneller. Erleichtert stellte sie fest, dass sie diesen Teil des Gefängnisses kannte. Hier hatte sie in der vergangenen Woche Damian gegenübergestanden, als er sie dabei erwischt hatte, wie sie den Wehrdienstverweigerern zur Flucht verholfen hatte. An jenem Tag hatte er erfahren, dass sie eine Rebellin war.

Die Schritte hinter ihnen wurden lauter. »Ducken«, befahl Damian und gab einen Schuss nach hinten ab. Er traf nicht, doch Falcos Fluchen echote durch die ohrenbetäubende Stille, die auf ihn folgte.

Der seltsame Nebel wurde wieder dichter. Roz kniff angestrengt die Augen zusammen und versuchte, die anderen auszumachen. Sie entdeckte Devs hellen Kopf in der Nähe des Ausgangs. Siena war direkt hinter ihm. Sie hoffte inständig, dass die anderen Rebellen ebenfalls irgendwo vor ihr waren.

Als sie sich ihnen näherte, sah Roz am anderen Ende des Raums die verschwommene Silhouette einer weiblichen Wache, die direkt auf Dev zuhielt. Die Frau schien ihre Waffe gezogen zu haben, jedoch augenscheinlich noch nichts vom Ausbruch der Gefangenen zu wissen, denn sie schoss nicht.

»*Dev!*«, schrie Roz. »Neun Uhr!«

Er verstand sofort und scherte aus, um durch den Ausgang zu laufen. Roz zögerte nicht. Sie feuerte eine Salve Kugeln ab, die die Wachfrau nur äußerst knapp verfehlten. Die Frau hechtete in Deckung und versuchte, das Feuer zu erwidern, hatte jedoch sichtlich Schwierigkeiten, im Nebel Freund und Feind zu unterscheiden. Roz dankte der Hölle für ihre gestohlene Uniform und hetzte, mit Damian an ihrer Seite, an der Wachfrau vorbei zum Ausgang.

Warme, saubere Luft drang in ihre schwer arbeitende Lunge. Eine Handvoll Sterne funkelte durch die Wolken über ihnen. Sie hatten es geschafft – sie waren draußen.

»Nicht stehen bleiben«, keuchte Damian. Seine Worte wurden fast von den Schüssen, die durch die Luft zischten, übertönt. »Wir müssen in Deckung gehen.«

Jeder Atemzug schickte einen scharfen Schmerz durch Roz' Brust. »Dev und die anderen sind wahrscheinlich zu Bartolo's gelaufen. Jede Wette, dass Siena bei ihnen ist.« Sie wandte sich zu Damian um. »Die Palazzo-Sicherheitskräfte – sie wissen nichts von der Taverne, oder?«

»Du meinst, ob sie wissen, dass sie ein Rebellen-Treff ist? Natürlich nicht. Denkst du wirklich, ich hätte es ihnen verraten?«

»Ich denke, dass du es Siena und Kiran verraten hast.«

»Du kannst ihnen vertrauen.«

Roz hoffte, dass das stimmte, und wischte sich den Schweiß von der Stirn, während sie weiter auf Chaos' aufgegebenen Sektor zuhielten. Die Schüsse wurden leiser, doch sie schaffte es dennoch kaum, klar zu denken.

»Weißt du, früher oder später werden sie es herausfinden«, sagte Damian, als sie in eine Gasse einbogen. »Also, Falco und ihre Leute meine ich.«

»Ich weiß«, erwiderte Roz, und das entsprach der Wahrheit.

Dass sie allerdings beabsichtigte, längst aus Ombrazia verschwunden zu sein, bevor es so weit wäre, erwähnte sie nicht.

6
ROZ

Die Tür von Bartolo's Taverne war verschlossen, und die Fenster hinter den rissigen Läden waren dunkel.

»Was jetzt?«, fragte Damian und blickte hektisch die leere Straße auf und ab. Er wirkte so angespannt wie eine zu stark gespannte Bogensehne.

»Immer mit der Ruhe«, beschwichtigte Roz. »Sie sind hier.« Anstatt noch einmal zu versuchen, die Tür zu öffnen, klopfte sie einen unregelmäßigen Rhythmus auf das uralte Holz. Gleich darauf öffnete es sich, und Devs in Schatten gehülltes Gesicht erschien im Türspalt.

»Oh, den Heiligen sei Dank«, flüsterte er und ließ sie eintreten.

»Die Heiligen hatten damit nichts zu tun«, entgegnete Roz. Sie schlüpfte aus ihrer gestohlenen Uniform und warf sie in eine Ecke. »Sei lieber dankbar, dass wir so schnell laufen können.«

Als ihre Augen sich langsam an das Dunkel gewöhnten und die vertrauten Umrisse der Taverne deutlicher wurden, stellte sie fest, dass zwei der Tische besetzt waren. An einem saßen Josef und Arman, am anderen sah sie Alix und Siena und noch einen dritten, freien Stuhl, auf dem vermutlich Dev gesessen hatte. Es war schwer zu sagen, wer von den beiden sich unwohler fühlte. Alix saß kerzengerade und stocksteif, halb von der Offizierin abgewandt. Siena hielt sich ebenso starr und krampfte die Hände im Schoß ineinander. Doch ihre unverhohlen missbilligende Miene glättete sich jäh, als sie Damian erblickte. In einer fließenden Bewegung sprang sie auf und eilte zu ihm.

»Dir ist nichts passiert.« Es war gleichzeitig eine Frage und eine Feststellung.

Damian nickte. »Dir auch nicht.«

Siena neigte den Kopf. »Villeneuve meinte, ich könne mich hier verstecken« – sie warf einen Blick über die Schulter und senkte die Stimme – »trotz vereinzelter Proteste.«

Roz konnte sich vorstellen, was sich abgespielt hatte. Insbesondere Josef würde nur ungern einen Sicherheitsoffizier des Palazzos in Bartolo's Taverne sehen. Selbst Damian war hier nicht unbedingt willkommen. Das andere Duo war tief in ein Gespräch vertieft. Allerdings sah Roz, dass sie hin und wieder verstohlene Blicke quer durch den Raum warfen.

»Nenn mich Dev«, sagte Dev. »Und es ist nicht nötig, mir zu danken.«

»Das habe ich auch nicht getan«, entgegnete Siena scharf, schlug jedoch gleich darauf einen versöhnlicheren Tonfall an. »Obwohl ich das vermutlich tun sollte.«

Dev reagierte lediglich mit einem grimmigen Lächeln. »Kommt und setzt euch«, sagte er zu Roz und Damian und wies auf den Tisch, an dem Alix nun allein saß und sie beobachtete. Roz schüttelte den Kopf. Normalerweise übte der vertraute Geruch von Alkohol und Eichenholz eine beruhigende Wirkung auf sie aus, doch in diesem Moment verdeutlichte er ihr nur umso mehr, dass sie von diesem Ort fortmusste.

»Falco wird uns hier finden. Vielleicht nicht heute Nacht, aber ich schätze, dass sie nicht eher aufgeben wird, bis sie es geschafft hat. Wir sind jetzt Flüchtige – wir alle. Josef, Dev und Arman sind möglicherweise auf der sicheren Seite«, räumte sie ein, »da Falcos Offiziere in dem ganzen Durcheinander vermutlich nicht alle Beteiligten genau gesehen haben. Aber verlassen würde ich mich nicht darauf. Mit Damian und mir in Verbindung gebracht zu werden ist jetzt jedenfalls viel zu gefährlich. Siena, dich würden sie vermutlich ebenfalls wiedererkennen. Soweit ich weiß, waren Kiran und du die einzigen Offiziere, die verhaftet wurden.«

»Das stimmt«, bestätigte Siena. »Allerdings hatte ich auch nicht vor, hierzubleiben. Ich schätze ...« Sie fuhr sich mit der Hand übers Haar. »Ich schätze, ich werde wohl zurück zu meiner Familie gehen müssen.«

Der Schmerz in ihrer Stimme war nicht zu überhören. Roz sah, dass er sich auch in Damians Gesicht widerspiegelte. Ungeachtet dessen, wie sehr Roz den Palazzo hasste, konnte sie es ihnen nicht verdenken. Binnen nicht mal eines Tages hatten sie den Ort verloren, der ihnen Arbeit und ein Zuhause gegeben hatte. Die Stadt, die sie mit ihrem Leben zu schützen geschworen hatten, war nicht mehr sicher für sie.

»Aber was ist mit Kiran?«, fuhr Siena fort und lieferte Roz damit die Überleitung, auf die sie gehofft hatte. »Sie würden ihn doch bestimmt nicht auch zurück an die Front schicken. Er hat seinen Dienst bereits abgeleistet.«

»Es kommt oft vor, dass jemand mehr als einmal einberufen wird«, erinnerte Damian sie matt, und Roz wusste, dass er dabei an ihre Väter dachte. Sie schaltete sich in das Gespräch ein.

»Wir können Kiran retten, wenn wir Nasim zurückholen.«

Alle Augen richteten sich auf sie. Dev riss den Kopf hoch, und seine Miene nahm einen vorsichtig hoffnungsvollen Ausdruck an. »Wir holen sie?«

»Wir können ja wohl kaum hierbleiben. Und ich lasse nicht zu, dass meine beste Freundin weggebracht wird.« Roz dachte an Nasims Eltern, die bereits ihren Sohn verloren hatten. Den Schmerz, den sie empfinden mussten, weil sie nicht wussten, ob er tot war oder noch am Leben. Roz kannte diesen Schmerz. Sie hatte ihn drei Jahre lang ertragen, während Damian an der nördlichen Front gewesen war. Das könnte sie nicht noch einmal.

Vielleicht war diese Denkweise furchtbar egoistisch, doch sie rührte einzig daher, dass ihr Nasim so viel bedeutete, dass sie diese Ungewissheit nicht würde aushalten können. Roz wusste, dass Dev sie ebenso wenig ertragen könnte. Er hatte bereits seine Schwester verloren, und obwohl weder er noch Nasim es bisher offen zugegeben hatten, war klar, dass zwischen ihnen eine Bindung bestand, die über Freundschaft hinausging.

»Dann komme ich mit«, sagte Siena entschlossen. »Kiran würde das Gleiche für mich tun.«

»*Nein*«, mischte Damian sich ein. »Das ist Wahnsinn. Roz, du weißt nicht, wie es an der Front zugeht. Du kannst nicht einfach aufs Schlachtfeld marschieren und dir deine Freunde schnappen, die du nach Hause holen willst. So funktioniert das nicht.«

»Glaubst du etwa, ich weiß das nicht?«, brauste Roz auf. »Ich weiß, dass es gefährlich wird – vielleicht sogar unmöglich –, aber ich muss es versuchen. Hier bleibt mir sowieso nichts mehr.«

»Deine Mutter ist hier. Willst du sie tatsächlich alleinlassen?«

Er hatte es leise gesagt, doch seine Worte trafen sie wie eine scharfe Klinge an ihrer empfindlichsten Stelle. »Das ist ungerecht.«

»Es ist nur eine Tatsache.«

Sie schob ihre Schuldgefühle und alle Gedanken an ihre Mutter beiseite. Sie kannte Damian, wusste, was er vorhatte. Er versuchte, sie zu beschützen. Lieferte ihr Gründe, um hierzubleiben, weil er furchtbare Angst vor dem hatte, was sie im

Norden erwartete. Die Vorstellung, sie an genau jenem Ort zu wissen, der ihn gebrochen hatte, war ein Albtraum für ihn.

Doch hier ging es nicht um Damian. Es ging um Nasim und die übrigen Unerwählten, die zu der Versammlung gegangen waren, um durch ihre Anwesenheit Druck auszuüben. Roz war diejenige gewesen, die die Rebellen über die Versammlung unterrichtet hatte, und sie wusste, dass es ihnen nicht leichtgefallen war, daran teilzunehmen. Es war riskant gewesen, und nun würden sie womöglich den höchsten Preis dafür bezahlen. Was sollte sie tun? In Ombrazia bleiben, als gesuchte Flüchtige in ihrer eigenen Stadt, und hoffen, dass zumindest ein paar von ihnen unversehrt zurückkehren würden?

Wenn sie ihr Leben ohnehin verwirkt hatte, konnte sie zumindest versuchen, noch etwas daraus zu machen.

»Roz«, meldete Alix sich zögerlich zu Wort, deutlich bemüht, Damian dabei nicht anzusehen. »Wenn du *wirklich* gehst, dann werde ich mich darum kümmern, dass Caprice gut versorgt wird. Sie mag mich recht gern.«

Das stimmte. Caprice traf nicht gern neue Menschen, aber Alix' Gegenwart duldete sie – ein Umstand, der Roz immer wieder verblüffte, seitdem die beiden sich zum ersten Mal begegnet waren.

»Das wird nicht nötig sein«, grummelte Damian, bevor Roz etwas erwidern konnte. »Wenn es das ist, was du willst, dann werden Siena und ich gehen. Wir werden Kiran *und* Nasim suchen.«

»Du machst dir um mich Sorgen, aber nicht um Siena?«, fragte Roz verärgert.

»Sie ist eine Offizierin und ehemalige Soldatin. Sie ist schon einmal dort gewesen.«

»Na und? Sie geht trotzdem die gleichen Risiken ein.«

Siena verschränkte die Arme. Ein Ärmel ihrer Uniform war

zerrissen, und durch die Bewegung löste sich die Naht noch weiter. »Hört auf, über mich zu reden, als wäre ich nicht da. Roz, du bist vielleicht eine Rebellin, aber du hast keine Ahnung, wie der Krieg wirklich ist. Wenn wir da hineingeraten, sind wir tot. Und Brechaats neuer General fügt dem Ganzen eine weitere unberechenbare Komponente hinzu.«

»Ich gehe«, blaffte Roz. »Wir können entweder alle zusammen gehen, oder Dev und ich gehen getrennt von euch, was allerdings ziemlich dumm wäre. Die Entscheidung liegt bei dir.«

Damians Gesicht war eine Maske eiskalter Wut, was seine Züge viel härter erscheinen ließ. Wieder einmal erinnerte es Roz daran, wie er in der Illusion ausgesehen hatte. Nicht nur wie ein Junge, der die Macht besaß, die Welt in Stücke zu reißen, sondern wie ein Mann, der es mit Freuden tun würde. »Mach das nicht, Roz.«

»Wenn ihr mich bitte entschuldigen würdet«, meldete sich Alix zu Wort und räusperte sich. »Ich muss dringend … woanders hin.« Der Stuhl schabte über den Boden, und gleich darauf machte sich Alix gemeinsam mit Josef und Arman aus dem Staub.

»Wir befinden uns meinetwegen in dieser Lage«, sagte Damian. »Weil Russo mich für Micheles Tod verantwortlich macht. Ich sollte allein in den Norden gehen – das ist alles nur meine Schuld.«

»Ich war diejenige, die dich gezwungen hat, zu desertieren«, erinnerte Roz ihn scharf. »Oder hast du das schon vergessen?«

Sie hatte es jedenfalls nicht vergessen. Sie konnte noch immer sein verzweifeltes Gesicht sehen, als sein Ehrgefühl mit seinem Lebenswillen einen Kampf ausgefochten hatte. Er war schon immer zu gut für Ombrazia und diesen verdammten Krieg gewesen.

»Ich wäre am Ende sowieso mit dir mitgegangen.«

»Lügner.«

Damian sah ihr in die Augen. Plötzlich wirkte er unfassbar verletzlich. Roz begriff, dass hinter seinen markanten Wangenknochen und dem stoppligen Kinn der Geist seines jüngeren Ichs immer noch da war. Auch wenn manche Teile von ihm ausgehöhlt worden waren, war der Damian Venturi ihrer Kindheit noch immer irgendwo unter der Oberfläche verborgen.

»Ich lüge nicht«, sagte er, und obwohl Dev und Siena in Hörweite waren, galt dieses leise Eingeständnis nur ihr. »Ich konnte dir noch nie etwas abschlagen. Das weißt du.«

Roz schluckte. Sie wusste es. Sie hatte diesen Umstand mehr als einmal ausgenutzt, und das nicht nur in ihrer Kindheit. Damian war ihr bedingungslos ergeben, und sie wusste nicht recht, wie sie damit umgehen sollte. Aber bei ihr selbst war es genauso.

»Dann weißt du auch, dass es sinnlos ist, mit mir zu diskutieren. Wenn du in den Norden gehst, dann komme ich mit«, sagte sie entschieden und ließ keinen Raum für Widerspruch. »Ich habe drei Jahre lang nicht gewusst, ob du noch lebst. Wage es ja nicht, mich dazu zu zwingen, einen weiteren Tag darüber im Ungewissen zu sein.«

Sie wusste, dass sie ihn damit am Haken hatte. Sie hatte gewonnen. Doch als er resigniert seufzte, fühlte sich das so wenig nach einem Sieg an wie noch nie etwas zuvor.

»Ich weiß nicht, ob ich dich dort oben beschützen kann«, sagte er, doch man hörte, dass er kapituliert hatte. »Ich weiß nicht, ob ich irgendwen von euch beschützen kann.«

Siena verdrehte die Augen. »Du und dein Heldenkomplex. Weißt du, es ist nicht deine Aufgabe, dafür zu sorgen, dass alle am Leben bleiben.«

Damian schwieg, aber Roz wusste genau, was gerade in ihm vorging. Dass er nicht von der Vorstellung loskam, dass immer alles von *ihm* abhing. Was lächerlich war, wenn man bedachte, dass es schon für ihn selbst kompliziert genug gewesen war, am Leben zu bleiben.

»Wie kommen wir dorthin?«, fragte Roz. »Wir brauchen einen Plan.«

Dev zerrte mit den Zähnen an seiner Unterlippe. »Wir müssen ein Boot nehmen, richtig? Alles andere würde viel zu lange dauern.«

Damian nickte. »Das ist der einzige Weg, um an die Front zu kommen.«

»Wartet einen Moment.« Siena setzte sich wieder und zog ein gefaltetes Blatt Papier aus der Innentasche ihrer Jacke. Als sie es auf den Tisch legte, sah Roz, dass es sich um eine Landkarte handelte, mit einer Windrose in Form des Palazzo-Wappens. Es gab einen gestrichelten Bereich auf der Karte, den Roz als das Herz von Ombrazia identifizierte.

»Das ist für Sicherheitsrundgänge«, erklärte Siena. »Jeder Offizier hat eine.«

»Wurdest du nicht durchsucht?«, fragte Damian verwundert.

»Nicht gründlich. Nachdem sie mir meine Waffen abgenommen hatten, haben sie sich sowieso um nichts mehr gekümmert.« Siena drehte die Karte und deutete auf eine schmale Wasserstraße im Norden. »Sofern sich nichts geändert hat, ist das hier Ombrazias Hauptstützpunkt und das hier der von Brechaat. Stimmt's?«

Roz und Dev spähten ihr über die Schulter, während Damian nickte.

»Okay. Also, Ombrazia kontrolliert derzeit den Großteil *dieses* Gebiets«, fuhr Siena fort und zeigte mit dem Finger auf die Stelle. »Aber Brechaat kontrolliert nach wie vor diesen Teil des Flusses, da sich dort ihr Haupthandelshafen befindet. Derzeit drängen sie uns *hier* an dieser Grenze zurück. Wenn wir zum

Stützpunkt gelangen wollen, müssen wir diesen Bereich also umfahren.« Sie zeigte mit dem Finger einen Weg am Rand der Karte entlang.

»Warum fahren wir nicht direkt hierhin?«, fragte Roz und deutete auf eine Stelle, bei der es sich augenscheinlich um eine Art Flussarm handelte. Von seinem Ufer aus gelangte man auf geradem Wege zu der Stelle, an der Ombrazias Stützpunkt liegen sollte – vorausgesetzt, sie würden es irgendwie schaffen, den Fluss zu überqueren.

Siena sah Roz an, als hätte sie den Verstand verloren. »Weil das Brechaats Hoheitsgebiet ist.«

»Wir müssen diesen Weg nehmen. Die Militärschiffe haben schon mehrere Stunden Vorsprung. Wenn sie erst einmal angelegt haben, könnten Nasim und die anderen überall hingeschickt werden, und wir finden sie vielleicht nie wieder. Zur Hölle, sie könnten vielleicht schon *tot* sein.«

»Wir können nicht durch brechaanisches Gebiet«, wandte Damian ein. »Sobald man uns sieht, wird man uns töten.«

»Woher sollen sie denn überhaupt wissen, dass wir aus Ombrazia kommen?«

»An der Grenze gibt es mit ziemlicher Sicherheit einen Kontrollposten.«

»Dann finden wir eine Möglichkeit, ihn zu umgehen.«

»Wenn das so einfach wäre, Roz, dann befänden wir uns nicht mehr im Krieg.«

Roz machte ein finsteres Gesicht. Dev ergriff als Nächster das Wort. »Wie viel Zeit würden wir durch die Abkürzung durch Brechaat gewinnen?«

Siena wechselte einen Blick mit Damian und zuckte mit den Schultern. »Ich weiß es nicht. Einen Tag vielleicht. Möglicherweise auch weniger.«

»Okay. Das gibt uns genug Zeit, um aufzuholen *und* einen

Vorsprung herauszuholen. Dann könnten wir, wenn die Schiffe eintreffen, an Ombrazias Stützpunkt sein.« Als niemand etwas sagte, fuhr Dev noch flehentlicher fort: »Wir sollten es zumindest versuchen. Wenn wir nicht über den Fluss kommen und am Ende doch außen herum fahren müssen, ist das auch in Ordnung. Aber ich muss zu Nasim.« Seine Stimme brach und er errötete. »*Wir* müssen zu ihr.«

Damian raufte sich das Haar. »Bei allen Heiligen, ihr beide seid unerträglich. Na schön. Wir versuchen, den Fluss zu überqueren, und wenn das nicht gelingt, nehmen wir den Weg außen rum.«

»*Falls* es nicht gelingt«, verbesserte Dev.

»Es war so gemeint, wie ich es gesagt habe.«

»Wir kriegen das hin«, sagte Roz, teilweise zu Devs, aber vor allem zu ihrer eigenen Beruhigung. Sollten sie es nicht schaffen, aufzuholen und zur Stelle zu sein, wenn das Boot mit ihren Freunden anlegte, wäre es nahezu unmöglich, sie zu finden. Roz war nicht dumm. Sie wusste, dass sich das Kriegsgebiet über die gesamte nördliche Grenzregion erstreckte. Es gab Dutzende Orte, an denen neue Soldaten stationiert werden konnten. Wenn nötig, würde Roz, um Nasim zu finden, jeden Einzelnen von ihnen durchkämmen, doch die Chancen auf Erfolg stünden dadurch deutlich schlechter.

»Und danach?«, fragte Siena nüchtern. »Wie du gesagt hast: Wir können nicht mehr hierher zurückkehren, egal, ob wir nun Erfolg haben oder nicht.«

»Ich hole meine Mutter und gehe dann auf die Östlichen Inseln.« Roz hatte sich bereits im Kopf einen Plan zurechtgelegt. Die Inseln waren gleichermaßen Handelspartner von Brechaat und Ombrazia – bis zum heutigen Tage hatten sie sich für keine Seite entschieden. »Ihr könnt tun, was immer ihr wollt.«

Sie und Caprice konnten sich ein neues Leben aufbauen. Immerhin hatten sie das schon einmal geschafft. Aber ob Damian mitkommen würde? Oder jemand von ihren Freunden?

»Ich gehe dahin, wo du hingehst«, sagte Damian abrupt. Roz war ein wenig beruhigt. »Aber wir müssen so schnell wie möglich aufbrechen. Wo bekommen wir ein Boot her?«

»Wir könnten uns eines von einem Fischer leihen«, schlug Dev vor, doch Roz schüttelte den Kopf. Die Fischerei war eine der wenigen verlässlichen Einnahmequellen für die unerwählten Bürger, und sie gedachte nicht, ihnen das zu nehmen, auch nicht auf Leihbasis.

»Mit einem Fischerboot kommen wir nicht durch die nördlichen Gewässer«, meinte Siena. »Wir brauchen eines, das von Jüngern gefertigt ist.«

Damit hatte sie wahrscheinlich recht. Von Grace' Jüngern hergestellte Segel konnten sich von selbst an Stärke und Richtung des Windes anpassen, und soweit Roz wusste, war keiner von ihnen besonders bewandert im Segeln. Kiran war gut darin, aber er war ja nicht da.

»Wir müssen uns eines von den Docks des Palazzos besorgen«, sagte Damian. Er schien von der Aussicht nicht begeistert zu sein. »Sie wurden von Grace' Jüngern gebaut und für raue Gewässer ausgestattet. Außerdem sind sie schnell. Das ist unsere einzige echte Chance, das Militärschiff noch einzuholen.«

»Dann müssen wir also zum Palazzo zurückkehren.« Sienas Mundwinkel sanken nach unten, doch Roz sah ihr an, dass sie wusste, dass Damian recht hatte.

»Wenn man es recht bedenkt«, meinte Roz, »ist das vielleicht der perfekte Ort für uns. Niemand würde damit rechnen, dass wir dorthin zurückkommen. Nicht, wenn wir eigentlich auf der Flucht sein sollten.«

Damian nickte, obwohl er nicht überzeugt aussah. Roz dagegen konnte vor gespannter Erwartung kaum noch stillstehen. Wie immer, wenn sie wütend genug war, schien sich ihr Gefahrenbewusstsein in Luft aufzulösen. Und, bei allen Heiligen, sie war vielleicht wütend. Man hatte sie ausgetrickst. Ihnen Gespräche über Frieden versprochen, nur um die anwesenden Unerwählten zu verhaften und einzusperren und anschließend den Großteil von ihnen wegzuschicken.

Es war närrisch von Roz gewesen, sich Hoffnungen zu machen. Närrisch, sich flüchtigen Augenblicken des Optimismus hinzugeben. Ratsversammlungen und personelle Veränderungen genügten nicht, und es war naiv von ihr gewesen, etwas anderes zu glauben. Institutionen wie der Palazzo änderten sich nie – nicht, wenn sie es verhindern konnten. Man musste sie niederbrennen und ganz von vorne anfangen.

Wenn sie zurückkehren würde, mit den Rebellen im Schlepptau, würde Roz nicht noch einmal den gleichen Fehler machen. Bis dahin gab es hier nichts mehr, was sie noch hielt – bis auf eine Ausnahme.

»Bevor wir gehen«, sagte sie, »muss ich noch einmal zu meiner Mutter.«

7

DAMIAN

»Du musst dich nicht verabschieden«, flüsterte Damian Roz zu, als sie vor der Wohnungstür ihrer Mutter standen. »Du kannst immer noch hierbleiben.«

Ihr vernichtender Blick brachte sein Herz ins Stocken. »Wolltest du etwa deshalb mitkommen? Diese Diskussion hatten wir doch schon. Ich werde sie nicht noch einmal führen.«

Das war nicht der Grund dafür, dass er darum gebeten hatte, sie nach oben zu begleiten. Es würde schwierig werden, Caprice zu eröffnen, dass Roz weggehen würde, und er wollte für sie da sein, falls sie ihn brauchte. Obwohl sie eigentlich nie irgendjemanden brauchte. Sie würde sich sogar über ihn ärgern, wenn er ein derartiges Ansinnen laut aussprechen würde, weshalb er es nicht tat. Stattdessen murmelte er: »Du bist eine Jüngerin. Man hatte dich erst gar nicht verhaften sollen. Hätte ich auf dem Schiff nicht gezögert, wären wir vor Russos Eintreffen schon fort gewesen, und dann hätte er keinen von uns gesehen.«

In Roz' Kehle arbeitete es, als sie schluckte. Als sie wieder sprach, war ihr Tonfall schroff. »Hör auf, zu versuchen, die Schuld für alles auf dich zu nehmen. Ich habe dich überredet, zu desertieren, obwohl ich nicht das Recht hatte, diese Entscheidung für dich zu treffen, und das wissen wir beide. Ich konnte es nur einfach nicht ertragen, dich ein zweites Mal zu verlieren. Aber wenn ich die Zeit zurückdrehen könnte – wenn ich alles noch einmal tun könnte –, würde ich mich nicht anders entscheiden. Also, Damian, es tut mir leid, dass ich so eine verdammte Heuchlerin bin. Wenn es um dich geht, bin ich einfach egoistisch.«

Er wusste nicht recht, was er darauf erwidern sollte. »Roz –«, setzte er gequält an, doch sie fiel ihm ins Wort.

»Später«, sagte sie und betrat die kleine Wohnung. Eigentlich wollte er draußen warten, doch sie signalisierte ihm steif, hereinzukommen.

Das Zimmer war altmodisch und nur spärlich dekoriert und roch stark nach Reinigungsmitteln. Außerdem war es viel zu warm, denn trotz der milden Nacht brannte in einer Ecke ein Feuer. Als Damian den Blick schweifen ließ, sah es nirgends nach Roz aus. Es war alles viel zu ordentlich. Zu … steril. Ganz anders als ihr chaotisches Kinderzimmer von damals. Dieser Ort war offensichtlich allein für Roz' Mutter bestimmt und nicht für Roz selbst. Dieser Gedanke betrübte ihn aus irgendeinem Grund.

Und dort, auf dem grünen Samtsofa, das an der Wand stand, saß Caprice Lacertosa.

Nachdem er sie vor fast drei Wochen durch das Fenster von Roz' alter Wohnung gesehen hatte, hatte er gedacht, gefasst zu sein. Doch das war er nicht. Nichts hätte ihn darauf vorbereiten können, die Frau, die er einst als seine zweite Mutter betrachtet hatte … *so* zu sehen. Ihr knochiger Körper war zusammengesunken und sie hielt die Hände fest im Schoß verschränkt. Ihre Augen, die eine Schattierung dunkler waren als Roz', waren ins Leere gerichtet.

Damian verkrampfte sich. Letztes Mal hatte Caprice, als sie ihn erblickt hatte, geschrien. Er machte sich darauf gefasst, dass es wieder passieren würde.

Doch Roz' Mutter schrie nicht. Als sie sich umwandte, erschien auf ihrem Gesicht ein Lächeln. Ein strahlendes, herzzerreißendes Lächeln.

»Damian«, flüsterte sie und klang so sehr wie ihr altes Ich, dass es ihn ganz aus dem Konzept brachte.

»Hallo, Signora.« Er wusste nicht, was er sonst sagen sollte. Roz, die neben ihm stand, wirkte fassungslos und ein gequälter Ausdruck erschien auf ihrem Gesicht. Sie verfolgten, wie Caprice sich erhob und auf Damian zuschritt. Als sie vor ihm stand, nahm sie ihn in ihre zerbrechlichen Arme. Damian erstarrte, als hätte jemand eine Waffe auf ihn gerichtet. Etwas in seiner Brust zog sich zusammen, bis es regelrecht schmerzhaft wurde, und er musste urplötzlich daran denken, wie seine Mutter ihn immer umarmt hatte, bevor sie krank geworden war.

»Du bist wieder da«, sagte Caprice und legte die kalten Hände um Damians Gesicht. Ihre Augen leuchteten. Einen Moment lang war es, als wäre die Zeit stehen geblieben und als hätte sich nichts geändert.

»Ja«, sagte er ruppig. »Ja, bin ich.«

Roz' Gesichtsausdruck wirkte noch schmerzerfüllter. Sie nahm ihre Mutter an der Hand und führte sie mit durchgedrücktem Rücken zurück zur Couch. »Mamma«, sagte sie. »Damian und ich müssen für eine Weile fort.«

In Caprice' Freude mischte sich Beunruhigung. »Warum?«

Es war eine einfache Frage, doch sie warf Roz augenscheinlich aus der Bahn. Hilfe suchend sah sie Damian an. Sie hatte sich offenbar noch keine Lüge zurechtgelegt, was ihr überhaupt nicht ähnlich sah. »Es ist – also, ähm. Wir werden –«

»Meine Familie besuchen«, warf Damian rasch ein. »In Nord-Ombrazia.« Wenn Caprice noch immer in der Vergangenheit lebte, dann dachte sie wahrscheinlich auch, dass seine Mutter und sein Vater noch am Leben waren. Vielleicht erinnerte sie sich sogar noch daran, dass sie wegen der Beförderung seines Vaters in den Norden umgezogen waren. Caprice mochte ein wenig verwirrt sein, aber sie war auch scharfsinnig, und Damian hatte keinen Zweifel daran, dass sie misstrauisch werden würde, wenn Roz zu lange brauchte, um sich eine Geschichte auszudenken.

»Oh.« Caprice sah blinzelnd zu Damian auf und in ihren Augenwinkeln bildeten sich kleine Fältchen. »Ich vermisse deine Mutter. Ich hoffe, es geht ihr gut.«

»Sehr gut, danke der Nachfrage«, antwortete er, ohne zu zögern. »Sie wird sich freuen, dass du dich nach ihr erkundigt hast.«

Der Blick, den Roz ihm zuwarf, war gleichermaßen betrübt und dankbar. Sie drückte ihrer Mutter die Schulter. »Erinnerst du dich noch, dass Alix dir schon ein paarmal Essen gebracht hat? Ich werde dafür Sorge tragen, dass das während meiner Abwesenheit wieder so passiert. Ist das in Ordnung?«

Caprice runzelte die Stirn, und einen Moment lang befürchtete Damian, sie würde ablehnen. Doch dann sagte sie lediglich: »Okay.«

»Gut.« Roz war sichtlich erleichtert.

»Warum kommt Piera nicht zu Besuch?«

Damian erbleichte. Hatte Roz ihrer Mutter nicht gesagt, dass Piera tot war?

In Roz' schmalem Hals arbeitete es, als sie schluckte. »Piera ist gestorben, Mamma. Erinnerst du dich? Wir haben darüber gesprochen.«

Er hatte nicht erwartet, dass Roz ihr die Wahrheit sagen würde. Er verfolgte, beklommen und traurig, wie Tränen in Caprice' Augen stiegen. Sie legte den Kopf an Roz' Schulter und einen Moment lang hielten sie sich einfach nur an den Händen, während es im Zimmer still wurde.

»Ich vermisse sie«, sagte Caprice und Roz nickte.

»Ich auch.«

Caprice atmete bebend aus. »Wie lange werdet ihr fort sein?«

Roz wechselte einen Blick mit Damian, bevor sie antwortete. »Vielleicht eine Woche. Nicht lange.« Sie drückte die Finger ihrer Mutter. »Ich möchte nur, dass du dir keine Sorgen um uns machst.«

»Ich mache mir immer Sorgen um dich, tesoro. Diese Stadt kann für zwei alleinreisende Unerwählte gefährlich sein.«

Damian bemühte sich, sich seine Erschütterung nicht anmerken zu lassen. Doch das kostete ihn einige Mühe, und offenbar gelang es ihm nicht besonders gut, denn Caprice' Aufmerksamkeit richtete sich wieder auf ihn. Sie runzelte die Stirn. »Du siehst aus, als würdest du dich nicht wohlfühlen.«

Roz bedachte Damian mit einem Blick, der besagte, dass sie ihn höchstwahrscheinlich im Schlaf umbringen würde.

»Es geht mir gut«, versicherte er mit kratziger Stimme.

Roz trat vor ihn, um ihrer Mutter den Blick zu verstellen. »Du brauchst dir unseretwegen keine Sorgen zu machen, Mamma. Hast du gesehen, wie groß und stark Damian ist?« Sie lachte beklommen. »So, und jetzt lass mich dich ins Bett bringen. Es ist schon spät.«

Als die beiden fort waren, sank Damian aufs Sofa und starrte ausdruckslos die unebenen Bodendielen an. Roz' Mutter wusste also nicht, dass sie eine Jüngerin war. Wie konnte das sein? War sie tatsächlich derart vom Rest der Welt abgeschnitten, dass Roz es geschafft hatte, es ihr zu verheimlichen?

Und nun wollten sie Caprice in dieser Wohnung alleinlassen, ohne jemanden, der sich rund um die Uhr um sie kümmerte, damit sie aus dem Land fliehen konnten. Nichts davon fühlte sich richtig an. Obendrein fühlte sich auch *Damian* nicht richtig. Hätte er nicht längst das Vertrauen in die Heiligen verloren, wäre dies vermutlich der Moment gewesen, in dem er begriffen hätte, dass er in die Hölle kommen würde.

»Okay«, sagte Roz, als sie wieder zurückkehrte, und setzte sich seufzend neben ihn. »Tut mir leid. Ich dachte nicht, dass sie – «

»Warum hast du es ihr verheimlicht?«, unterbrach Damian sie. Er konnte nicht anders. »Dass du eine Jüngerin bist, meine ich.«

Ihr Ton wurde defensiv. »Ich wüsste nicht, was dich das angeht.«

»Ich frage nur.«

»Warum, glaubst du wohl, habe ich es ihr verheimlicht?« Roz klang plötzlich unglaublich müde. »Als mein Vater von seinem ersten Einsatz im Norden zurückgekehrt ist, hat er die Jünger und alles, was mit ihnen zu tun hatte, gehasst. Und wer hätte ihm das verdenken können?« Sie betrachtete einige Strähnen ihres Haars. »Meine Mutter hasste sie ebenso sehr, und ich irgendwann auch. Du hast gesehen, wie verwirrt sie ohnehin schon ist. Wie hätte ich ihr erklären sollen, dass ich eine Jüngerin von Patience geworden bin? Das hätte alles nur noch schlimmer gemacht.«

»Aber du gehst ständig in Patience' Tempel«, wandte Damian ein und versuchte zu begreifen, was Roz ihm da erzählte. »Oder zumindest hast du das getan.«

»Sie wusste nichts davon. Abgesehen von mir redet sie mit kaum jemandem. Weißt du eigentlich, wie schwierig es war, sie aus der alten Wohnung in die neue zu bringen? Draußen zu sein macht ihr Angst.«

»Oh.«

»Genau.« Es lag noch immer ein scharfer Unterton in Roz' Stimme. Sie musterte Damians Gesicht, als warte sie ab, ob er es wagen würde, ihr zu widersprechen. Als würde sie damit rechnen, dass er sagen würde, dass sie sich nicht gut um ihre Mutter kümmerte. Doch das würde er nicht tun. Selbstverständlich nicht.

»Roz, was den Norden angeht …«, begann Damian und wandte sich ein wenig um, um sie ansehen zu können. Ihre Augen waren wie blaues Feuer und ihr dunkles Haar umrahmte ihr Gesicht. Die Worte stahlen sich über seine Lippen, bevor er sie zurückhalten konnte. »Wenn ich erst einmal wieder dort bin … weiß ich nicht, ob ich noch der Mann sein kann, der ich für dich sein will.«

»Hör auf damit«, sagte Roz erbittert. »Mir ist egal, welche Versionen von dir ich zu sehen bekomme, Damian. Ich will sie alle kennen.«

Wollte sie das wirklich? Wollte sie tatsächlich die Version von Damian kennenlernen, die befürchtete, noch immer von den Überbleibseln von Enzos Einfluss heimgesucht zu werden? Die Version, die das Gefühl hatte, von innen heraus zerstört zu werden? Er wollte ihr erzählen, was er im Gefängnis von der alten Frau erfahren hatte, egal, ob es nun der Wahrheit entsprach oder nicht, doch er wusste inzwischen selbst nicht mehr, wie oft er sich schon bei Roz darüber beklagt hatte, dass etwas mit ihm nicht stimmte. Sie hatte natürlich versucht, ihn zu beruhigen, doch Damian merkte ihr an, dass sie *nicht* glaubte, dass tatsächlich mit ihm etwas nicht in Ordnung war. Und obwohl Damian sie für diese Überzeugung liebte, wurde er das Gefühl nicht los, dass das trotzdem nichts änderte.

Ich sehe dich, Damian, hatte sie in der Nacht, in der er Enzo getötet hatte, zu ihm gesagt. *Selbst deine dunklen Seiten.*

Doch er wollte nicht, dass sie diese Seiten zu Gesicht bekam. Warum hätte er das tun sollen?

»Roz –«, setzte er mit kratziger Stimme an.

»Sei still«, sagte sie und packte seine Schultern. »Sei *still*.«

Ihre Hände glitten seinen Hals hinauf und sie verschränkte die Finger in seinem Nacken. Dann hockte sie sich auf die Knie, wodurch sie sich mehr oder weniger auf einer Höhe befanden, und Damian drückte ihr Kinn ein wenig mit dem Finger hoch. Sie war auf eine Art und Weise schön, die einfach ungerecht war. Eine Art, die alle Gedanken aus seinem Kopf und alle Widerworte von seiner Zunge verschwinden ließ. Wenn ihre Schönheit eine Waffe war, störte ihn das nicht. Er würde sich bereitwillig von ihr das Herz durchbohren lassen.

»Ich hätte sie heute beinahe getötet«, gestand er Roz leise. »Falco meine ich. Ich hätte es getan, wenn ich dich nicht hätte schreien hören.«

Roz verharrte in ihren Bewegungen und sah ihm prüfend ins Gesicht. »Und?«

»Ich will nicht ... Ich meine, das bin nicht *ich*. Ich hasse es, zu töten.« Er versuchte sich mit brennenden Wangen von ihr abzuwenden, doch sie ließ es nicht zu.

»Ist schon gut«, sagte sie nachdrücklich. »Manchmal müssen Menschen eben sterben. Manchmal verdienen sie es sogar.«

»Ich hatte das Gefühl, die Kontrolle verloren zu haben. Als wüsste ich nicht, was ich als Nächstes tun würde.«

Sie hob fragend eine Braue und ließ einen Finger in seinem Nacken kreisen. »Das nennt man Wut, Damian. So etwas darf man fühlen.« Bevor er etwas erwidern konnte, beugte sie sich vor und drückte die Lippen auf die Kuhle an seiner Kehle. »Nach einer gewissen Zeit schafft man es nicht mehr, zu verhindern, dass sie einen auffrisst.«

Ein kalter Schauer tanzte über Damians Haut und er schloss die Augen. »Ich habe das Gefühl, als – als würde ich vergessen, wie man *gut* ist.«

Nun stutzte sie. Dann stand sie auf und zog ihn ebenfalls hoch. »Daran merkst du, dass du es noch nicht vergessen hast.

Weil es dir noch immer wichtig ist. Solange du dir Gedanken machst, ob du ein guter Mensch bist, solange bist du höchstwahrscheinlich noch einer.«

»Und du?«

Roz legte den Kopf zur Seite und in ihren Augen blitzte es verschmitzt. »Was ist mit mir?«

»Machst du dir darüber Gedanken?«

»Nein. Nicht oft. Aber es ist mir nicht wichtig, gut zu sein. Mir ist es wichtig, den Rest der Welt zu einem besseren Ort zu machen. Und wenn ich schlecht sein muss, um das zu erreichen, dann lässt sich das eben nicht ändern.«

Damian ließ eine Hand an ihrer Seite hinabgleiten. Ihr schwarzes Hemd war noch immer schweißnass vom Lauf hierher und klebte ihr an den Rippen, doch das war ihm egal. Sie war perfekt und sie duftete nach Zimt und Regen und Nacht.

Doch als sie ihn küsste, wurde Damian den Eindruck nicht los, dass der Kuss nach Endgültigkeit schmeckte. Nicht weil sie sich beinahe sofort wieder zurückzog und »Wir müssen gehen« flüsterte, sondern weil etwas tief in seinem Inneren urplötzlich seine Aufmerksamkeit erregte.

Etwas, das ihn weit mehr ängstigte als die Aussicht auf eine Rückkehr in den Norden.

8

MILOS

Milos konnte sich noch an die Nacht erinnern, als sie ihn holen gekommen waren.

Sobald seine Familie die dumpfen Stiefelschritte vor der Haustür gehört hatte, hatte sie ihn geheißen, sich zu verstecken. Er wusste noch, dass er sich gewundert hatte, ob er etwas falsch gemacht hatte. Warum seine Eltern nur um ihn Angst gehabt und seine Geschwister nicht aufgefordert hatten, sich zu verstecken. Er erinnerte sich noch, wie die Augen seiner Mutter in ihrem Gesicht plötzlich viel zu groß gewirkt hatten und wie die Stimme seines Vaters zu etwas Fremdem, Schneidendem geworden war. Niemand hatte gewusst, dass sie kommen würden. Niemand wusste je, wann sie kamen – nur dass es früher oder später immer geschah.

Vor Angst hatte er einen bitteren Geschmack im Mund gehabt, der ihn an Blut erinnert hatte. Er hatte im Kleiderschrank seiner Eltern gesessen, umgeben vom Duft des Parfüms seiner Mutter, und hatte ein Ohr ans Schlüsselloch gedrückt. Es war schwierig, einzelne Worte zu verstehen, doch er konnte die Stimmen hören. Die laute, autoritäre Sprechweise von fraglos wichtigen Männern und den ängstlichen Tonfall, in dem seine Mutter antwortete. Sie kamen mit ziemlicher Sicherheit vom Palazzo. Milos hatte Männer wie sie schon oft in den Straßen patrouillieren sehen und ihre schicken marineblauen Uniformen und die Waffen, die sie auf den Rücken geschnallt trugen, bewundert. Einmal hatte er, ziemlich stolz, zu seiner Mutter gesagt, dass er eines Tages auch wie diese Männer sein würde.

Seine Mutter hatte ihm ein Lächeln geschenkt, das jedoch nicht ihre Augen erreicht hatte. Milos wusste noch, dass er sich gefragt hatte, ob das daran lag, dass seine Familie unerwählt war und seine Mutter seine Ziele deswegen zu hochtrabend fand. Für seinesgleichen war der glanzvolle Palazzo mit seinen Jüngern unerreichbar.

Gleich darauf hörte Milos, wie die Männer mit seinen Geschwistern sprachen, und schlüpfte aus dem Schrank. Solange er das Schlafzimmer nicht verließ, konnte ihn gewiss auch niemand sehen. Leise wie eine Maus schlich er sich zur Tür und lauschte wieder angestrengt. Nun konnte er durch den Spalt bei den Türangeln einen Blick auf die Männer erhaschen. Einer hatte dunkles Haar, der andere helles. Er hörte die Fragen, die sie seinem Bruder und seiner Schwester stellten, und wie seine Geschwister sie leise verneinten. Milos erkannte an den Reaktionen der Männer ihre Enttäuschung. Sein Ärger wuchs. *Er* hätte diese Fragen mit Ja beantwortet. Er hatte genau das erlebt, wonach sie sich erkundigten, und darüber hätten sie sich bestimmt gefreut. Das mussten seine Eltern doch wissen. Er hatte ihnen alles über die merkwürdigen Dinge erzählt, zu denen er in der Lage war. Wollten sie nicht, dass diese Männer zufrieden waren? Ständig redeten sie verstohlen davon, dass der Palazzo sie und ihresgleichen – die, die nicht mit Magie gesegnet waren – anscheinend ignorierte.

Milos hatte sich damals nicht mehr zurückhalten können. Er hatte es nicht besser gewusst.

Vor seinem geistigen Auge sah er noch immer den Ausdruck blanken Entsetzens in den Gesichtern seiner Eltern, als er die Tür geöffnet hatte. Wie sein Vater die Augen geschlossen und die Luft durch die Nase ausgestoßen hatte, auf eine Art, die nichts anderes als ein Ausdruck von Bestürzung sein konnte. Wie die Augen seiner Mutter groß geworden und Angst von ihr Besitz ergriffen hatte, während sie gleichzeitig vollkommen erstarrt war.

Als sie ihn fortgebracht hatten, hatte sie geschrien. Geschrien und geschrien, und ihr Wehklagen hatte Milos zum Weinen gebracht. Es würde für den Rest seines Lebens in seinen Ohren gellen – als bedeutendste Erinnerung an die Frau, die ihn großgezogen hatte.

Er war nicht mehr zurückgekehrt.

Schon damals hatte er gewusst, dass er das nie mehr tun würde.

9

ROZ

Sie wählten einen Weg zu den Hafenanlagen des Palazzos, der so verschlungen war wie nur möglich. Er war fast doppelt so lang wie sonst, doch Roz merkte es kaum. Ihr Kopf war erfüllt mit den Abschieden von ihrer Mutter, von Josef, Alix und den anderen, die zurückblieben. Wären sie im Bartolo's sicher? Sie wussten, dass sie sich, falls Offiziere an die Tür klopften, verstecken mussten, aber würde das genügen? Was, wenn Roz zurückkehrte und sie alle wieder inhaftiert worden wären? Was, wenn Roz ohne Nasim an ihrer Seite zurückkehrte?

Was, wenn sie nie mehr zurückkehrte?

Normalerweise hätte sie sich mit derartigen Gedanken erst gar nicht beschäftigt. Wenn Roz in etwas gut war, dann darin, eine Aufgabe auszuführen, ohne über mögliche Konsequenzen nachzugrübeln. Doch die Vorstellung, ihre Mutter ganz allein ohne Familie zurückzulassen, war fast zu schrecklich, um sie zu ertragen. *Fast.* Wenn es nötig war, um Nasim zu retten, würde sie sie ertragen.

Sah so ihr zukünftiges Leben aus? Wäre sie permanent gezwungen, sich zwischen furchtbaren Möglichkeiten zu entscheiden?

Damian signalisierte allen, stehen zu bleiben. Er hatte keine Uniform mehr an, sondern er und Siena trugen nun Kleidung, die sie von Josef und Roz bekommen hatten. Routiniert legte er die Hand an die Pistole. Seine Haltung war starr. »Von hier aus werden wir rennen«, erklärte er und wies auf den Grasstreifen, der zwischen der Straße und den Docks des Palazzos verlief. »Der nächste Wachwechsel sollte in ungefähr –«

» – vier Minuten stattfinden«, ergänzte Siena mit Blick auf eine kleine Uhr, die an einer Kette hing. Sie steckte sie zurück in die Tasche. »Aber wir sollten nicht rennen. Das erregt nur Aufmerksamkeit, wenn uns jemand sieht – was dank der Dunkelheit hoffentlich nicht passieren wird.«

Dev hob eine Braue. »*Hoffentlich* ist in diesem Fall ein ziemlich großes Wort.«

»Du hast recht«, sagte Damian zu Siena, ohne auf Dev zu achten. »Wir werden versuchen, uns das Boot zu holen, das dort vertäut ist, wo der Hafen schmaler wird.« Er zeigte darauf. »Das kleinste von den dreien. Es ist sinnlos, ein bewaffnetes zu nehmen, wenn wir zu wenige sind, um es richtig zu bemannen.«

Roz wusste, mit welchen Waffen Ombrazias Kriegsschiffe ausgerüstet waren, da viele von ihnen von Patience' Jüngern hergestellt wurden. Die Vorstellung, im Falle einer Verfolgung durch Militärschiffe unbewaffnet zu sein, behagte ihr zwar nicht, aber dafür wäre ein kleines Boot *schneller*. »Was, wenn man uns erwischt und es zum Kampf kommt? Habt ihr beiden etwas dagegen, dass ich schieße?«

Damian presste die Lippen aufeinander. »Tue es nicht, außer es ist unumgänglich.«

»Nichts für ungut«, sagte Dev, »aber im Moment mache ich mir um das Leben von Palazzo-Sicherheitskräften eher weniger Gedanken.« In seinen Augen brannte ein Feuer, das Roz schon länger nicht mehr gesehen hatte. »Wenn sie uns angreifen, werde ich sie ausschalten. Betrachtet es als Strafe dafür, dass sie die falsche Seite gewählt haben.«

»Nicht jeder konnte seine Seite *wählen*, du Vollidiot«, konterte Siena, entgegen ihrer sonst so ruhigen Art. »Weißt du, die meisten Offiziere sind ebenfalls Unerwählte. Und davor waren wir auch mal Soldaten. Willst du mir wirklich weismachen, dass du einen Job ablehnen würdest, der es dir ermöglicht, von der Front wegzukommen und für deine Familie zu sorgen?«

»Ich würde niemals für den Palazzo arbeiten.«

»Nun, einige von uns sind eben nicht daran interessiert, für törichte Ideale zu leiden. Einige von uns wollen einfach nur leben. Du *warst* ja noch nicht mal im Krieg«, fuhr Siena fort, ohne Dev, der wieder den Mund geöffnet hatte, zu Wort kommen zu lassen. »Also tu gefälligst nicht so, als wüsstest du verdammt noch mal, was du tun oder nicht tun würdest, um dort herauszukommen.«

»Sprich nicht so herablassend mit ihm«, schaltete sich Roz aufgebracht ein. »Dev hat seine beiden Eltern im Krieg verloren. Enzo hat seine kleine Schwester ermordet. Glaubst du wirklich, er weiß nicht, was Leid ist?«

»*Schluss jetzt.*« Damian sah aus, als würde er gleich explodieren. Sogar Roz hielt den Mund. »Da wir gemeinsam unterwegs sein werden – wobei es offensichtlich niemanden interessiert, ob mir das nun gefällt oder nicht –, werden wir uns vertragen müssen. Das bedeutet: keine Streitereien. Ich will so etwas nicht hören. Habe ich mich klar ausgedrückt?«

Siena nickte und Dev blickte gescholten drein. Roz fiel auf, dass sie Damian noch nie so in seinem Element erlebt hatte. Wie er unwirsch Befehle erteilte, von denen er erwartete, dass sie auch befolgt wurden. Verhielt er sich so im Palazzo? Gehorchten ihm die anderen Offiziere nicht nur aus Respekt, sondern auch weil sie ihn ein wenig fürchteten?

Damian blähte die Nasenflügel und rieb sich den Nacken. »Gut. Ich weiß nicht, ob ihr es bemerkt habt, aber wir vier sind nicht gerade unauffällig, und ich wäre gern unterwegs, bevor wir den Schutz der Nacht verlieren. Also, legen wir los, bevor ich das alles noch bereue.«

»Ich denke, Sie werden feststellen, dass Sie das bereits tun, Venturi.«

Als Roz sich umdrehte, wusste sie bereits, wen sie zu sehen bekommen würde. Sie hatte diese Stimme zwar erst ein paarmal gehört, aber Salvestro Agostis gedehnte Sprechweise ließ sich nur schwerlich vergessen.

Er hatte die Hände in die Taschen seines langen schwarzen Mantels gesteckt, und für jeden anderen hätte es gewirkt, als befände er sich auf einem gemütlichen nächtlichen Spaziergang. Auch Roz hätte diesen Eindruck gewinnen können, wäre da nicht das halbe Dutzend schwer bewaffneter Offiziere hinter ihm gewesen. Falls jemand von ihnen Damian oder Siena wiedererkannte, ließen sie es sich zumindest nicht anmerken.

»Lassen Sie die Waffen fallen«, kommandierte Salvestro.

Dev wechselte einen Blick mit Roz, und sie verstand seine unausgesprochene Frage: Sollten sie kämpfen und so viele Offiziere wie möglich ausschalten, bevor sie unweigerlich getötet würden? Oder sollten sie sich erneut festnehmen lassen?

Für einen Moment war Roz sich selbst nicht ganz sicher. Doch dann hörte sie Damians und Sienas Waffen zu Boden fallen und wusste, dass es sinnlos war. Ihre Hand fühlte sich taub an, als sie ihre eigene Pistole zu Boden gleiten ließ. Dev folgte, sichtlich widerwillig, ihrem Beispiel.

Salvestro trat grinsend ins Mondlicht. »Wie schade. Sie waren so nah dran, zu entkommen. Und *Sie*.« Er richtete den Blick auf Siena. »Wissen Sie, Sie hätten sich rehabilitieren können. Noch ein paar Jahre an der Front und man hätte Ihnen vielleicht gestattet, in den Palazzo zurückzukehren – vorausgesetzt, Sie hätten überlebt. Sie waren eine gute Offizierin. Aber Loyalität kann auch eine Schwäche sein, insbesondere wenn sie jemandem wie ihm gilt. Einem *Schandfleck* von einem Kommandanten.« Er spuckte Damian vor die Füße und verfehlte seine Stiefel nur knapp.

Damian zeigte keine Reaktion, sondern sagte nur: »Sie haben das so geplant, nicht wahr? Deswegen haben Sie mich die Sicherheitskräfte bei der Versammlung reduzieren lassen. Sie wussten, dass General Falco erscheinen würde, weil Sie sie eingeladen haben. Sie wussten, was passieren würde, weil Sie beide das gemeinsam ausgeheckt haben.«

Salvestro klatschte theatralisch. »Oh, sehr gut.« Eine seiner Offizierinnen schnaubte amüsiert, und er bedachte die Frau mit einem leichten Lächeln. »Wenn es Sie beruhigt, kann ich Ihnen versichern, dass ich schon bevor ich wusste, dass Sie ein Deserteur sind, beschlossen hatte, Sie auf keinen Fall als Sicherheitschef zu behalten. Ein unerwähltes Jüngelchen in einer derartigen Position? Das ist, offen gesagt, blamabel.«

»Seien Sie *still*«, sagte Roz und trat näher an Salvestro heran. Damian mochte sich derartige Beleidigungen vielleicht gefallen lassen, aber sie mit Sicherheit nicht. Sie sah den Jünger von Death mit vorgerecktem Kinn an und versuchte, nicht auf die Schusswaffen zu achten, die auf sie gerichtet waren. »Ich dachte, Sie sollten in diesem Moment im Schrein sein, um sich auf Ihre neue Rolle vorzubereiten. Ziemlich unprofessionell, sich vor Ihren Gebeten zu drücken. Sehen so die Handlungsempfehlungen aus, die Sie von den Heiligen erhalten? Wollten sie, dass Sie nach Einbruch der Dunkelheit hier herumstolzieren und Flüchtige einfangen?«

Salvestros Zähne glänzten. Mit seinem onyxschwarzen Haar und seinen aristokratischen Gesichtszügen sah er tatsächlich recht attraktiv aus. An solchen Dingen merkte Roz, dass die Geschichten über die Heiligen nicht wahr sein konnten: Ein gütiges göttliches Wesen würde niemals jemanden wie Salvestro Agosti segnen. Außer, es hätte einen verabscheuungswürdigen Geschmack.

»Kleines, wenn Sie mich ablenken wollen, müssen Sie sich schon etwas mehr anstrengen. Meine Beziehung zu den Heiligen geht Sie nichts an.«

Bevor sie zu einer Erwiderung ansetzen konnte, schob Damian sie beiseite. »Nehmen Sie mich wieder in Gewahrsam und lassen Sie die anderen gehen. Ich stehe für meine Verbrechen allein gerade.«

»*Nein*«, raunzte Roz, aber Salvestro ließ sich ohnehin nicht darauf ein, sondern verzog in vorgetäuschter Verwunderung das Gesicht.

»Aber Ihre Gefährten sind jetzt hier, obwohl sie eigentlich noch im Gefängnis sitzen sollten. Mir scheint, Sie sind hier nicht der einzige Kriminelle, Venturi. Apropos, wussten Sie, dass Sie unseren neuen General verwundet haben? Zum Glück nicht schwer, aber sie ist keineswegs erfreut darüber. Das war ein Fehler. Ich nehme an, dieser ganze Aufruhr im Gefängnis war ebenfalls Ihr Werk?« Plötzlich wurde er wieder ernst. »Sagen Sie mir, wie Sie das gemacht haben.«

»Ich war das nicht«, entgegnete Damian dumpf. »Ich habe keine Ahnung, was im Gefängnis geschehen ist – sondern habe es lediglich ausgenutzt.«

»Soll ich so tun, als würde ich Ihnen glauben?«

»Das ist die Wahrheit. Ich schwöre es bei allen Heiligen.«

»Diese Worte haben aus Ihrem Mund keinerlei Bedeutung«, entgegnete Salvestro erzürnt. »Da Ihr Leben ohnehin verwirkt ist, würde ich Sie liebend gern höchstpersönlich gleich hier und jetzt töten. Bedauerlicherweise findet der General, dass Sie sich vor Gericht verantworten sollten. Als eine Art Lehre für den Rest von Ombrazia, wenn Sie so wollen.«

Roz wusste, was das bedeutete. *Eine öffentliche Hinrichtung.*

In Ombrazia gab es eigentlich keine öffentlichen Hinrichtungen mehr – schon seit Jahrzehnten. Waren das die Veränderungen, die Salvestro und Falco einzuführen gedachten, wenn man ihnen gestattete, weiter an der Macht zu bleiben?

»Na schön«, sagte Damian und klang dabei nicht wie er selbst. Er klang wie ein Mann, der es mit dem Rest der Welt aufgenommen und verloren hatte. Wie ein Mann, der begriffen hatte, dass er nicht fortlaufen, sich nicht verstecken konnte, und bereit war, sich seinem Schicksal zu ergeben. »Aber lassen Sie die anderen gehen. Bitte.«

Salvestro lachte. Dieses Lachen klang höher als seine normale Stimme und jagte Roz einen kalten Schauer über die Haut. Untermalt vom sanften Rauschen der nahen Wellen schien es endlos widerzuhallen. »Ich denke nicht, dass ich das tun werde. Aber es ist sehr nett, dass Sie sich um sie Sorgen machen. Sie wollen sich selbst für Ihre Freunde opfern?« Er schnalzte mit der Zunge. »Wie tapfer. Wie ehrenhaft. Falls es Sie tröstet, dann verhafte ich Sie als Ersten.«

Er signalisierte einem der Offiziere, näher zu kommen. *Das war's*, dachte Roz. Sie hatten schon versagt, bevor sie es überhaupt geschafft hatten, Ombrazias Küste zu verlassen. Sie hatten versagt, und die Unerwählten würden weiter leiden und der Krieg würde weiter wüten. Sie sah, wie Damian die Hände hob, und grub die Fingernägel tief in ihre Handflächen.

Da merkte sie, wie sein Gesicht sich veränderte.

Hoffnungslosigkeit und Wut verschwanden aus seinen Augen und wurden von etwas Fremdem verdrängt. Etwas Kaltem.

Dev atmete schwer hinter ihrem Rücken, doch Roz hörte es kaum. Sie sah, wie Damian locker die Schultern hängen ließ, während sich ihm von einer Seite ein Offizier näherte und Salvestro ihn selbstzufrieden von der anderen Seite beobachtete. Siena verzog wütend das Gesicht, doch selbst sie schien resigniert zu haben. Wenn sie versuchen würden, sich zu wehren, würde man sie zweifellos erschießen. Ihnen blieb kein Ausweg mehr, und das wussten sie alle.

Das war der Moment, in dem Damian zuschlug.

Er bewegte sich schneller, als Roz es für möglich gehalten hätte. In einer einzigen Bewegung wich er dem Offizier aus und legte Salvestro einen Arm um den Hals. In seiner freien Hand hielt er unglaublicherweise ein Messer. Roz hatte keine Ahnung, wo es hergekommen war. Damian drückte die Klinge beinahe sanft an Salvestros blasse Haut, und sie verfolgten alle – inklusive der Offiziere – in fassungslosem Schweigen, wie gleich darauf an seiner Kehle ein blutroter Streifen hervorquoll.

Salvestro keuchte auf und kratzte mit den Fingernägeln über Damians Arm.

»Sagen Sie mir«, murmelte Damian kaum laut genug, dass Roz es hören konnte, »würden Sie gern den morgigen Tag noch erleben?«

Salvestro schwieg.

»Antworten Sie mir.«

»*Ja.*« Das Wort klang wie eine Mischung aus Knurren und Krächzen. Damian wartete, und als Salvestro aufging, worauf, verzog er entsetzt das Gesicht.

»Ich spreche *Abschaum* nicht mit einem Ehrentitel an.«

Das Messer grub sich tiefer in seine Haut. Der Teil von Roz, der nicht vor Fassungslosigkeit erstarrt war, lechzte danach, den Jünger sterben zu sehen, doch andererseits wusste sie, dass sein Tod alles nur noch schlimmer machen würde. Außerdem war das Damian, der hier vor ihr stand. Er tötete nicht – nicht einmal Männer wie Salvestro.

»Damian«, sagte sie drängend und ihre Stimme schien etwas in ihm auszulösen.

Er hob den Kopf, und sein fokussierter Blick hatte etwas Animalisches, als er ihn über die übrigen Offiziere gleiten ließ. »Lasst uns gehen, oder euer nächster Magistrat stirbt.«

Für einen langen Moment schienen die Offiziere zu verdattert zu sein, um zu reagieren. Roz konnte ihnen das nicht verdenken. Sie hatte das Gefühl, dass eine einzige falsche Bewegung – Was? Damian schlagartig von da, wo zur Hölle er jetzt gerade auch immer sein mochte, wieder zurückholen würde?

Zu ihrer Rechten standen Siena und Dev ebenso reglos wie sie selbst. Sie verfolgten fassungslos, wie Salvestro sichtlich in Panik ausbrach, doch Roz meinte, in Devs Gesicht auch einen Anflug von Zufriedenheit zu erkennen.

Doch dann war einer der Offiziere so unverfroren, zu sagen: »Sie werden ihn nicht töten.«

Damian drückte noch fester mit der Klinge zu, was anscheinend bedeuten sollte *Wartet's nur ab*. Salvestro keuchte erstickt. Blut rann über den Hals des Jüngers auf seinen weißen Kragen, wo sich auf dem Stoff ein roter Fleck ausbreitete. Roz wusste, dass sie eigentlich entsetzt sein sollte, doch irgendetwas in ihrem Inneren zog sich freudig zusammen. Angst, beschloss sie, stand Salvestro Agosti hervorragend.

»Kommt«, sagte Damian und sah zuerst Roz und dann Siena an. Ohne Salvestros Hals loszulassen, setzte er sich rückwärts in Bewegung und zog den Jünger mit sich. Salvestro versuchte erfolglos, sich aufzurichten. Der Anblick, wie seine Fersen nutzlos übers Gras glitten, als er von Damian mitgeschleppt wurde, war viel amüsanter, als er es eigentlich hätte sein sollen.

»Schießt auf uns«, sagte Damian zu den Offizieren, während er weiter zurückwich, »und ihr werdet feststellen, wie schnell ich einem Mann die Kehle durchschneiden kann.«

Roz wusste, dass keiner von ihnen schießen würde. Zumindest nicht auf Damian. Denn wenn sie es doch täten, würden sie mit hoher Wahrscheinlichkeit Salvestro treffen.

Einer nach dem anderen erreichten sie das Schiff, das Damian ihnen gezeigt hatte. Es wankte auf dem Wasser und die Palazzo-Flagge flappte wild im Wind. Roz hielt den Blick fest auf Damian gerichtet, der Salvestro inzwischen zum Ende des Docks gezerrt hatte. So wie Damian den Arm um den anderen Mann gelegt hatte, wirkte ihre Silhouette im Mondlicht fast wie die eines Liebespaars. Ein ungutes Gefühl durchzuckte sie. Die Offiziere kamen weiter mit erhobenen Arkebusen auf sie zu, doch keiner von ihnen gab einen Schuss ab. Als Roz nach Devs Arm griff, spürte sie seine Anspannung.

»Lasst die Waffen fallen«, rief Damian über das Dröhnen des Meeres. »Sobald ihr das getan habt, lasse ich ihn gehen. Ihr wisst ja, dass wir nicht auf euch schießen können.« In der Tat lagen ihre eigenen Waffen einige Meter entfernt im Gras. Roz konnte das Metall im Dunkeln glänzen sehen.

Nach kurzem Zögern gehorchten die Offiziere.

»Ausgezeichnet«, sagte Damian.

Dann stieß er Salvestro ins Wasser.

10

DAMIAN

Damian verfolgte, wie der Hafen hinter ihnen immer kleiner wurde, während Dev das Boot in die schwarzen Weiten steuerte. Im Licht des Ufers konnte er noch immer das unruhige Wasser an der Stelle sehen, an der er Salvestro hineingestoßen hatte. Allerdings hatten ihn einige der Offiziere inzwischen wieder herausgefischt. Die übrigen hatten ein Sperrfeuer aus Kugeln auf das Boot abgefeuert. Die Geschosse waren weit geflogen, während die Männer mit ihren Waffen gefuchtelt hatten, und einige hatten die Seite des Boots getroffen, doch der Schaden war nur minimal.

»Sie werden jeden Augenblick die Verfolgung aufnehmen«, sagte Roz. »Dev, können wir nicht schneller fahren?«

Devs Antwort ging fast im Tosen des Windes unter. »Schneller geht's nicht.«

Damian wandte sich vom Bug des Boots ab und merkte, dass Roz und Siena ihn anstarrten. »Was ist los?«

Er kannte die Antwort bereits. Salvestro zu bedrohen war ein riskanter Schachzug gewesen. Etwas, was er normalerweise nicht gewagt hätte. Doch in diesem Augenblick hatte er gewusst, dass er sich wehren konnte. Mehr noch – er hatte es unbedingt gewollt. Er hatte das brennende Verlangen gespürt, sein Messer an Salvestros schmale Kehle zu pressen. Er wusste, dass das wahnsinnig gewesen war, doch er schaffte es nicht, sich deswegen Gedanken zu machen. Der Teil von ihm, der sich deswegen Gedanken machen *sollte*, kratzte beharrlich unter seiner Haut, doch es fiel ihm viel zu leicht, ihn zu ignorieren.

Schließlich war es Roz, die die Stille durchbrach. »Was zur Hölle sollte das, Damian?«

Bei allen Heiligen, sie sah so entzückend aus mit ihrem vom Meerwasser feuchten Haar und den Gewitterwolken in ihren Augen. Damian dachte wieder daran, wie sie seinen Namen gesagt hatte, als er Salvestro am Hals gepackt hatte. Beinahe hatte es ihn dazu gebracht, loszulassen. Hätte ihn um ein Haar daran erinnert, dass er ein Mann war, der eigentlich Gewalt vermied, und keiner, der sie genoss. Doch in diesem Moment war sein Hass auf Salvestro stärker gewesen als sein Verlangen, gut zu sein.

»Was meinst du damit?«, fragte er. »Das war Salvestro Agosti, der Bastard, der versucht hat, uns fertigzumachen.«

Roz sah ihn weiter fest an. In ihrem Gesicht zeichnete sich Beunruhigung ab. »Was du da getan hast … Das hätte sehr schlimm enden können.«

»Ich dachte, du gehst gern Risiken ein.«

»*Ich* schon. Aber du nicht.«

Damian zuckte mit den Schultern. »Ich schätze, ich wusste einfach, dass es gut gehen würde.«

»Woher?«, wollte Siena wissen. »Salvestro war in Begleitung von sechs Offizieren. Wäre auch nur einer von ihnen ein etwas selbstbewussterer Schütze gewesen, hättest du sterben können.«

»Aber ich bin nicht gestorben«, entgegnete Damian und spürte Ärger in sich aufwallen. »Keiner von uns. Habe ich irgendetwas verpasst? Seid ihr sauer auf mich, weil ich nicht zugelassen habe, dass man uns wieder ins Gefängnis steckt?«

»Natürlich sind wir nicht sauer«, gab Roz hörbar aufgebracht zurück. »Mir ist klar, dass wir das alles nicht unbedingt so geplant hatten, aber geh uns nicht gleich an die Gurgel, nur weil wir uns Sorgen machen. Wenn ich es nicht besser wüsste, könnte ich glatt meinen, du wirst langsam verrückt.«

Das einzig Verrückte an ihm war, wie überwältigend stark es ihn danach verlangte, sie unter Deck zu zerren und sie zu küssen, bis er sich nicht mehr an seinen eigenen Namen erinnern konnte. Gleichzeitig jedoch gaben ihm ihre Worte zu denken. Befürchtete er nicht genau das Gleiche? Dass er den Verstand verlor?

Die Erkenntnis traf ihn wie ein Schwall Eiswasser und seine Gedanken wurden plötzlich klar. Die Wut strömte aus seinem Körper wie Wasser, das bergab floss.

»Tut mir leid.« Er massierte sich den Nasenrücken, um die Kopfschmerzen zu lindern, die sich bemerkbar zu machen begannen. »Ich weiß nicht, was über mich gekommen ist.«

»Wenn ihr mich fragt«, sagte Dev über die Schulter hinweg, »ist es mir egal, was du tust, solange es uns an die Front bringt.« Er drehte am Steuerrad des Boots. Sie waren inzwischen ein gutes Stück von der Küste entfernt, und Nebel und Entfernung hatten die Sicht auf die letzten Lichter an Land ausgelöscht.

Siena hob das Kinn zum dunklen Himmel. »Also, die Sterne sind nicht zu sehen, was schon mal kein guter Anfang ist.«

»Du glaubst doch nicht etwa diesen Quatsch, dass die Sterne die Augen der Heiligen sind«, sagte Roz genervt. »Falls etwas schiefgehen sollte, dann nur, weil der gesamte Palazzo weiß, dass wir auf der Flucht sind. Ich garantiere euch, dass wir bereits verfolgt werden – wahrscheinlich von Russo.« Sie schielte missmutig in die Dunkelheit, als würde sie erwarten, dass sie sich verzog und den Kapitän preisgab. »Ich persönlich hoffe ja, dass er uns einholt. Diesmal werde ich nicht noch mal den Fehler machen, ihn am Leben zu lassen.«

Damian folgte ihrem Blick und sein Brustkorb krampfte sich zusammen. Er wusste, dass er Alexi Russo eigentlich hassen sollte. Andererseits konnte er den Mann nicht ansehen, ohne an seinen jüngeren Bruder denken zu müssen. Konnte sich nicht vorstellen, ihn zu töten, ohne vor seinem geistigen Auge Micheles Gesicht vor sich zu sehen. Michele hatte Damian mit seiner Solidarität, seiner Güte das Leben gerettet. Wenn Damian zuließ, dass Russo etwas zustieß – was für ein Freund wäre er da? Er hatte Michele zu dessen Lebzeiten enttäuscht. Er konnte das Gleiche nicht auch noch im Tode tun.

»Ah«, sagte Roz, die Damian mit einem durchdringenden Blick beobachtete, der besagte, dass sie wusste, was er gerade dachte. »Der normale Damian ist wieder da.«

»Ich war nie weg«, entgegnete er. »Und du weißt, warum ich Russo nicht verletzen wollte. Das gilt nach wie vor.«

»Das kann nicht dein Ernst sein. Seinetwegen sind wir im *Gefängnis* gelandet.«

»Er hat getan, was er für richtig gehalten hat.« Damian musste zugeben, dass er früher einmal das Gleiche getan hätte.

Roz' Wangen bekamen etwas Farbe, was allerdings nichts mit dem starken Wind zu tun hatte. »Du bist unglaublich. Aber von mir aus, dann töte ich ihn eben, damit du es nicht tun musst.«

»Das wirst du nicht. Er ist Micheles –«

»Ich weiß, dass er Micheles verdammter Bruder ist, und ich weiß, dass du Michele gernhattest. Aber deswegen bist du noch lange nicht für seine Familie verantwortlich.« Roz' Miene war hart. »Ich habe *dich* gern, aber das hätte mich nicht davon abgehalten, deinen Vater zu erschießen.«

»Doch, es hat dich sehr wohl gebremst«, widersprach Damian. »Dass du mich magst, meine ich. Du hast ihn nicht erschossen, weil ich dich darum gebeten habe.«

Er wusste nicht recht, was er von ihrem nun folgenden Schweigen halten sollte. Es schien hundert Atemzüge lang anzudauern.

Schließlich sagte sie: »Ich habe auch Russo nicht erschossen, als du mich darum gebeten hast. Aber ehrlich gesagt zweifle ich langsam an deinem Urteilsvermögen, wenn es darum geht, wer verschont werden sollte.«

Damian fühlte sich, als hätte sie ihm einen Schlag in die Magengrube versetzt. Fast war er erleichtert, als Dev sich plötzlich räusperte. »Ich möchte ja nicht stören, aber es könnte sein, dass wir ein Problem haben.«

Er hob den Kopf, um Dev zu fragen, was er damit meinte, doch die Frage blieb ihm im Halse stecken, und eine andere kam stattdessen über seine Lippen. »Was zur *Hölle* ist das?«

Seit ihrer Abfahrt von den Docks hatte ein leichter Dunst in der Luft gehangen, doch nun hatte er sich verdichtet, verdunkelt, und kroch wie Rauch über die Wasseroberfläche auf sie zu. Der Anblick war so unheimlich, dass Damian das Gefühl hatte, dass etwas Schlimmes passieren würde, wenn der Nebel das Boot erreichte. Das war *kein* normaler Nebel. Und doch kam er ihm vage vertraut vor. Er musste an den Nebel denken, der sich nach den Schüssen in den Gängen des Gefängnisses ausgebreitet hatte.

Alles in seinem Inneren schien sich zu verkrampfen. Eiseskälte kroch über seine Haut, die jedoch nichts mit dem feuchten Dunst zu tun hatte. Beide Male, als der Nebel erschienen war, war er auf der Flucht gewesen – zuerst aus dem Gefängnis und nun aus der Stadt. Versuchte jemand – oder *etwas* – ihn auf diese Weise aufzuhalten?

»Das ist kein normales Wetter«, sprach Siena Damians Gedanken laut aus. Ihre Miene war grimmig. »Sollen wir in die Kajüte gehen?«

Die großen Segel blähten sich, als der Wind auffrischte. Sienas Flechtzöpfe wurden um ihr Gesicht gepeitscht und Damian zitterte in der plötzlichen Kälte.

»Wenn das kein normales Wetter ist«, brüllte Dev über die Windböen hinweg, »was zur Hölle ist es dann?«

Niemand antwortete ihm. Damian sah sich suchend nach Roz um. Sie war nicht mehr dort, wo sie eben noch gestanden hatte, und sein Herz schien kurz auszusetzen, bis er sie entdeckte, wie sie langsam zum Bug des Boots ging. Sie spähte mit unergründlicher Miene in die Ferne. Damian ging zu ihr, in der Absicht, sie wegzuziehen, doch bevor er sie berühren konnte, hob Roz eine Hand. Ein Anflug von Verwirrung huschte über ihr Gesicht. Falls sie noch wütend war, ließ sie es sich nicht anmerken. Sie sah ihn überhaupt nicht an.

»Das fühlt sich wie Magie an«, murmelte Roz vor sich hin. Dann lauter: »Es ist Magie. Ich kann es spüren.«

Als Damian sie ansah, stellte er verwundert fest, dass sie das nicht zu beunruhigen schien.

»Was ist es?«, fragte er.

Ihre Augen wirkten eher grau als blau, und der sonst so makellose dunkle Lidstrich war verschmiert. »Es fühlt sich nicht *böse* an. Eigentlich kommt es mir sogar irgendwie bekannt vor.«

»Ist das der gleiche Nebel wie im Gefängnis?«, fragte Siena und sprach damit laut aus, was Damian eben gedacht hatte. Sie war ihnen zum Bug gefolgt und verfolgte aufmerksam, aber auch vorsichtig, wie die dunklen Wolken heranrollten.

»So muss es sein. Da ist es mir nur nicht aufgefallen. Ich war zu sehr damit beschäftigt, zu fliehen. Außerdem ist das Stadtzentrum so voller Magie, dass eine Unterscheidung schwierig ist.«

»Vielleicht versucht es zu verhindern, dass wir fliehen«, meinte Damian.

Siena nickte nachdenklich. »Salvestro und seine Männer haben natürlich gesehen, wie wir geflohen sind. Wer weiß, was sie alles anstellen, um uns zu fassen.« Eine heftige Woge aus Gischt spritzte über die Bordwand und klatschte aufs Deck. Siena spuckte einen Mund voll Wasser aus.

»Oder vielleicht versucht es auch, uns zu helfen«, überlegte Roz. »Schließlich hätten wir es ohne den Nebel nicht geschafft, aus dem Gefängnis zu entkommen.«

Damian schüttelte den Kopf. »Selbst wenn es Magie sein sollte, *versucht* es rein gar nichts. Magie funktioniert nur, wenn jemand sie befehligt.«

»Und wer befehligt dann das da?«, fragte Siena. »Die Jünger im Palazzo sind mächtig, aber ihre Magie ist spezialisiert. Nichts kann die Natur manipulieren.«

Ein furchtbarer Verdacht keimte in Damian auf. Es gab nur eine einzige Art von Magie, die sie nicht verstanden.

»Im Gefängnis«, begann er stockend, »war in der Zelle neben mir eine Frau, die wegen Ketzerei verhaftet worden war. Sie wurde in Dicchaat geboren und erzählte mir eine Geschichte von dort. Eine Geschichte, laut derer die Magie eines Heiligen stärker wird, wenn man ihm sieben Opfer darbringt.«

Die beiden Frauen drehten sich nach ihm um.

»Glaubst du, das ist Chaos' Magie?«, fragte Siena. Ihre Stimme war leise, als befürchte sie, dass der Heilige selbst sie hören könnte.

»Es ist eine Geschichte«, warf Roz ein. »Das hast du selbst gesagt. Außerdem, selbst wenn sie wahr wäre, würde es keinen

Unterschied machen. Enzo hat es nicht geschafft, ein siebtes Opfer darzubringen. Niemand von uns wurde getötet.«

Damian rieb sich die dominante Hand und dachte wieder daran, wie es sich angefühlt hatte, abzudrücken. »*Er* schon.«

Alle schwiegen, als ihnen die Tragweite dieser Aussage klar wurde.

»Ist das denn möglich?«, fragte Roz. »Würde Enzo überhaupt als Opfer *zählen*?«

»Ich weiß es nicht, aber denk doch mal darüber nach. Er ist im Schrein gestorben und hatte mit ziemlicher Sicherheit Chthonium bei sich. Wenn er seine anderen Opferungen korrekt ausgeführt hat, erfüllt sein Tod die gleichen Kriterien.«

»Aber Enzo hatte vor, Chaos wiederkehren zu lassen. Von Magie hat er nie etwas erwähnt.«

»Was, wenn das Absicht war?«

»Moment mal.« Siena hob eine Hand. Inzwischen war der Nebel so dicht geworden, dass ihr Gesicht immer wieder verschwamm. »Ist es möglich, die Magie eines Heiligen zu verstärken?«

Damian zuckte beklommen mit den Schultern. »Das hat die alte Frau zumindest zu mir gesagt. Sie wurde verhaftet, weil sie versucht hatte, die Menschen zu warnen. Weshalb hätte sie dieses Risiko eingehen sollen, wenn sie nicht wirklich daran geglaubt hätte?«

Siena war aschfahl. »Falls das möglich ist, dann steckt Ombrazia in ernsthaften Schwierigkeiten. Denn selbst wenn es hier keine Jünger von Chaos gibt – zumindest soweit wir wissen –, gibt es sie in Brechaat durchaus. Wir könnten den Krieg verlieren.«

Nicht nur das, dachte Damian bei sich. Sie konnten alles verlieren. Sofern sie mächtig genug waren, brachten die Jünger von Chaos alles zustande. Konnten einen alles *sehen* lassen.

Das Heulen des Windes in seinen Ohren schien abrupt lauter zu werden, und er fühlte sich plötzlich auf eine Art wacklig auf den Beinen, die nichts mit dem Wanken des Schiffes zu tun hatte. Wurden sie von jemandem ins Visier genommen, den sie nicht sehen konnten? Von jemandem, der ebenso mächtig war, wie Enzo es gewesen war, oder vielleicht sogar noch mächtiger?

Seine größte Angst war jedoch, dass diese Magie *ihm* folgte, weil er nicht in der Lage war, Enzos Einfluss abzuschütteln.

Sieben Morde in Chaos' Namen und all seine Jünger werden mächtiger.

Das war jedoch nicht alles, was die Frau gesagt hatte. Als Damian sie gefragt hatte, wie es sich anfühlte, von Magie kontrolliert zu werden, hatte sie gesagt, *es fühlt sich an wie Wahnsinn. Als würde man den Verstand verlieren, und das bei vollem Bewusstsein.*

Er hatte den Eindruck, dass er genau wusste, was sie damit gemeint hatte.

Der Angriff auf Falco und dann auf Salvestro ... Roz hatte recht gehabt. Ein derartiges Verhalten sah ihm nicht ähnlich. Er hatte es nicht hören wollen, weil es bedeutete, zuzugeben, dass etwas mit ihm absolut nicht in Ordnung war. Aber mit ihm stimmte *tatsächlich* etwas nicht, nicht wahr? Das konnten alle sehen. Selbst in diesem Moment merkte Damian, wie sie ihn genau beobachteten und sich fragten, ob er gleich zusammenbrechen würde. Konnte die Magie eines Chaos-Jüngers einen auch noch kontrollieren, wenn der betreffende Jünger tot war?

»Damian.« Roz war neben seinem Ohr, an seiner Seite, ganz nah. Er fühlte sie, roch sie und versuchte, Trost darin zu finden. »Geht es dir gut?«

Er hatte gar nicht gemerkt, dass er sich vornübergebeugt und die Hände auf die Oberschenkel gestützt hatte, als müsse er sich übergeben. Wieder klatschte Meerwasser gegen die Bordwand und das Deck wankte unter seinen Füßen. Seine Atemzüge waren zu flach, seine Brust zu eng.

»Alles in Ordnung«, versicherte er Roz, doch seine Stimme war so heiser, dass sie ihn nicht verstand. Er wiederholte seine Worte noch einmal. Sie klangen selbst für seine eigenen Ohren falsch. Er spreizte die Hände und richtete sich wieder auf. Noch immer waren sie von Finsternis umgeben, und egal, in welche Richtung man schaute, sah man nichts als grauen Nebel und bodenlos tiefes, dunkles Wasser. Allerdings konnte Damian Roz' Silhouette im Nebel erkennen, und wie ihr das Haar am Hals klebte. In seinem Augenwinkel blitzte etwas Weißes auf, als die Segel sich nach dem Wind ausrichteten.

Roz' Lippen öffneten sich und in ihrem Blick lag Argwohn. »Nein, das wirst du nicht tun.«

Damian verspürte den plötzlichen Drang, in das verdammte Meer zu springen und sich von ihm mitreißen zu lassen. Stattdessen zog er Roz an sich und drückte ihren Körper fest an seinen. Er wusste selbst nicht, warum. Er wusste nur, dass er sie berühren musste. Erst erstarrte sie, doch dann entspannte sie sich, legte ihre kleine Hand in seinen Nacken und erwiderte die Umarmung. Ihre Haut war feucht, aber warm. Erdete ihn. Fast meinte er, ihre Gegenwart würde den Wahnsinn ein Stück weit zurückdrängen.

Siena räusperte sich. Sie wirkte im Mondlicht und im Nebel kreidebleich. »Ich will ja nicht stören«, sagte sie, »aber falls Chaos' Magie *tatsächlich* stärker geworden ist, dann müssen wir uns Gedanken darüber machen, was das bedeutet.«

»Es bedeutet, dass es in Brechaat noch unsicherer ist, als wir dachten«, sagte Damian mit kratziger Stimme.

»Es bedeutet, dass jeder Soldat Ombrazias ebenso zu einer Opfergabe werden könnte«, fügte Roz hinzu, machte sich von

Damian los und richtete sich auf. Das Feuer war in ihre Augen zurückgekehrt. »Chaos hat nur deshalb den Ersten Krieg der Heiligen verloren, weil die Zahl seiner Anhänger zu gering war und er gegen einen Schutzheiligen von Strength kämpfte.«

Damian dachte an Kiran. An all die anderen, die zwangsrekrutiert worden waren und es nun womöglich mit einer unbegreiflichen Gefahr zu tun bekommen würden.

»Das sind alles nur Hypothesen«, sagte Siena und schüttelte ungehalten den Kopf. »Wir müssen herausfinden, ob so etwas überhaupt möglich ist. Ich gehe nicht unvorbereitet nach Brechaat.«

Roz schürzte die Lippen. »Nur haben wir keine Möglichkeit, es herauszufinden.«

»Doch, haben wir. Und sie liegt auf dem Weg.«

»*Was* liegt auf dem Weg?«, fragte Damian.

Sienas Aufmerksamkeit war auf den Nebel gerichtet, der das Boot einhüllte und es in seinen Schwaden verschwinden ließ. »Das Atheneum.«

II

ROZ

Roz hatte schon vom Atheneum gehört.

Angeblich war es das älteste Gebäude Ombrazias und lag eingebettet in die Felsen der Klippen an der westlichsten Küste. Es war zwar zugänglich, jedoch nur schwer, und die Einzigen, die es regelmäßig aufsuchten, waren die Jünger von Death, deren Aufgabe es war, die Informationen, die dort aufbewahrt wurden, zu beschützen.

Denn das Atheneum enthielt *alles*. Oder zumindest lauteten so die Gerüchte. Es war ein Ort des Wissens, der Antworten und Geheimnisse. Roz hatte von Menschen gehört, die zum Atheneum gereist waren, um eine Frage zu stellen, und die bei ihrer Rückkehr mehr wussten, als sie jemals hatten wissen wollen. Andere behaupteten, es sei eine Bibliothek, die alles enthielt, was die Menschheit jemals niedergeschrieben hatte. Zum letzten Mal hatte Roz an das Atheneum gedacht, als sie auf der Suche nach einer Heilung für den Zustand ihrer Mutter gewesen war. Doch damals hatte sie keine Möglichkeit gefunden, dorthin zu gelangen, und war ohnehin mehr oder weniger überzeugt gewesen, dass es diesen Ort in Wirklichkeit gar nicht gab.

»Das Atheneum aufzusuchen wäre Zeitverschwendung«, entschied Roz kurze Zeit später. Es dämmerte und sie waren inzwischen ins Heck des Bootes übergesiedelt, wo Dev noch immer am Steuerrad stand. »Wenn wir versuchen wollen, die Militärflotte einzuholen, haben wir keine Zeit, einen Umweg zu machen.«

»Insbesondere, da niemand genau weiß, wo sich das Atheneum befindet«, ergänzte Dev. Roz hatte die wichtigsten Informationen ihres vorherigen Gespräches an ihn weitergegeben, woraufhin er sich schnell ihrem Standpunkt angeschlossen hatte. »Genau darum geht es ja auch. Um die Informationen des Atheneums zu schützen, kennen nur so wenige Menschen wie unbedingt nötig dessen genaue Lage. Nur wenige sind schon einmal dort gewesen.«

»*Ich* war schon mal da«, sagte Siena ungehalten und zur Überraschung aller. »Vor Ewigkeiten, zusammen mit meiner Großmutter. Man stellt dem Atheneum eine Frage, und wenn es die Antwort kennt, gibt es sie einem. Es liegt, genau wie man immer hört, oben auf den Klippen, aber es ist nur per Boot zugänglich.«

»Und das sagst du erst jetzt?«, meinte Roz stirnrunzelnd.

»Ehrlich gesagt fand ich, dass euch das nichts angeht. Aber es liegt auf unserem Weg – ich kann uns dorthin lotsen.«

»Ich habe nie behauptet, dass du das nicht kannst. Ich finde nur, dass es die Mühe nicht wert ist.«

Dev riss seine Aufmerksamkeit vom Horizont los. Die Luft um sie herum war wieder klar, als hätte der merkwürdige, beklemmende Nebel nie existiert. »Ich muss zugeben, dass es nach ziemlich viel Aufwand klingt, nur um ein paar Fragen beantwortet zu bekommen.«

Siena bedachte sie beide mit einem mürrischen Blick. »Bitte, wenn ihr unbedingt unvorbereitet nach Brechaat hineinspazieren wollt, dann nur zu. Aber *ich* würde schon gern wissen, ob Chaos' Magie ein Problem werden wird. Wusstet ihr eigentlich, dass manche glauben, dass die Chaos-Jünger, die Ombrazia in den Tod geschickt hat, in Wirklichkeit von Brechaat gerettet wurden? Nach allem, was wir wissen, könnte es auf dem feindlichen Territorium nur so von ihnen wimmeln. Und falls das, was Enzo getan hat, sie noch mächtiger gemacht hat –«

»Siena hat recht«, sagte Damian knapp. Er hatte eine ganze Weile geschwiegen. Seine Gesichtsfarbe sah wieder etwas besser aus, fand Roz, doch als er sich an die Bordwand lehnte und die Arme vor der Brust verschränkte, wirkte er noch immer ungewöhnlich angespannt. Das erste Sonnenlicht ließ sein Haar golden erstrahlen.

Roz starrte ihn an. »Bist du wirklich bereit, Kiran wegen eines überflüssigen Zwischenstopps zu verlieren?«

»Er ist nicht überflüssig. Wenn wir jemanden von der Front retten wollen, müssen wir wissen, womit wir es zu tun haben. Es ist sinnlos, zu versuchen, sie zu retten, wenn wir uns nicht zuerst die Zeit nehmen, um gründlich zu planen.«

»Warum gehen wir nicht einfach davon aus, dass Chaos' Magie *tatsächlich* stärker geworden ist?«, schlug Dev vor. »So können wir auch die notwendigen Vorkehrungen treffen.«

»Und *wie* sehen diese notwendigen Vorkehrungen aus?« Damian stieß sich von der Bordwand ab. Seine Nasenflügel blähten sich und er strahlte eine gewisse Verzweiflung aus. »Sich in den Schatten zu verstecken und zu hoffen, dass alles gut geht? Wir wissen so gut wie nichts über Brechaat. Alle Informationen wurden vor langer Zeit aus Ombrazias Aufzeichnungen getilgt. Wenn Chaos' Jünger eine echte Bedrohung darstellen, müssen wir wissen, wie wir damit umzugehen haben. Wie – wie wir uns von ihrem Einfluss befreien können.«

Er stolperte über den letzten Satz, und Roz meinte zu wissen, weshalb. Als Enzo sie bei ihrem Zusammentreffen in seinen Illusionen gefangen hatte, hatte sie die gleiche Hoffnungslosigkeit gespürt. Seine Sorgen waren vermutlich nachvollziehbar, aber dennoch gedachte sie nicht, zu kapitulieren.

»Wenn es eine Möglichkeit gäbe, wüssten wir das längst. Dev hat recht – wir werden einfach vorsichtig sein. Wir brauchen das Atheneum nicht.«

»Ich habe gesagt, dass wir *hinfahren*, Rossana!« Damians Stimme schnitt mit der Präzision einer Klinge durch die Luft. Er richtete sich zu voller Größe auf und zog die Lippen zurück, sodass man seine zusammengebissenen Zähne sehen konnte. Sein Gesicht war so wutverzerrt, wie Roz es noch nie zuvor gesehen hatte. Und unter dieser Wut lag noch etwas anderes, und es ähnelte ... Angst?

Sie wusste, wo sie diese Version von Damian schon einmal gesehen hatte.

So hatte er in der Illusion ausgesehen, die Enzo ihr gezeigt hatte.

Zumindest hatte sie sich damals, als sie dieser falschen Version von ihm begegnet war, genauso gefühlt wie in diesem Moment. Eingeschüchtert und etwas ängstlich. Nicht weil sie gedacht hatte, er könne ihr etwas tun – das würde er niemals –, sondern weil sie nicht gewusst hatte, *was* er als Nächstes tun würde. Und genau so war es jetzt auch. Als stünde sie jemand Fremdem, Unberechenbarem gegenüber, in der Gewissheit, dass sie sich nicht mehr darauf verlassen konnte, dass er sich selbst schützte.

Denn das konnte sie wirklich nicht mehr. Welcher innere Aufruhr Damian auch immer plagte – er verwandelte ihn in ein impulsgesteuertes Wesen.

»Damian«, sagte Siena fest. »Es ist genug. Ich weiß, wir sind alle erschöpft, aber deswegen dürfen wir nicht anfangen, uns an die Kehle zu gehen.«

Damian ignorierte sie. Sein finsterer Blick war noch immer auf Roz gerichtet, und er runzelte konsterniert die Stirn, als könne er sie durch bloße Willenskraft dazu bewegen, ihm zuzustimmen. Sein Gesicht war nur wenige Zentimeter von ihrem entfernt. Sie hob trotzig die Hand, um ihn wegzuschieben. Damian packte blitzschnell ihr Handgelenk. Trotz des feinen Nebels aus eisigem Meerwasser, der sie umgab, war seine Hand warm. Roz versuchte nicht, sich loszumachen.

»Das hier ist nicht der Palazzo«, erinnerte sie ihn ungehalten. »Du triffst hier nicht alle Entscheidungen.«

Sein Gesichtsausdruck war beunruhigend. »Das ist ein Palazzo-Boot und ich bin der verdammte Kapitän.« Er ließ sie los und forderte Dev mit einer gereizten Handgeste auf, vom Steuerrad wegzutreten. Zuerst zögerte Dev, überließ ihm schließlich jedoch seinen Platz. Siena stellte sich, bereits mit einem Kompass in der Hand, neben Damian, jedoch nicht ohne Roz vorher mit einem ärgerlichen Kopfschütteln zu bedenken. Als wäre das alles *ihre* Schuld gewesen.

»Komm«, murmelte Roz Dev zu und zog ihn mit sich über das Boot in die Kajüte. Sie bot nicht viel Komfort – es gab ein paar Pritschen, einen Arbeitstisch und einen Wohnbereich –, doch hier waren sie zumindest unter sich und es war deutlich weniger nass.

Im selben Augenblick, in dem die Tür sich hinter ihnen schloss, fuhr Dev entrüstet herum. Sein feuchtes Haar hatte einen dunklen Goldton angenommen und er wischte es sich gereizt aus dem Gesicht. »Was zur Hölle war das gerade?«

Roz reckte den Hals, um einen Blick aus dem winzigen Kajütenfenster zu werfen. In dem Moment erzitterten die Segel im Wind und richteten sich neu aus. Sie hatten zweifellos den Kurs in Richtung Atheneum geändert. »Irgendetwas stimmt mit Damian nicht.«

Dev sah sie fragend an. »Du meinst abgesehen davon, dass er ein Arsch ist?«

»Normalerweise ist er das nicht«, grummelte sie und ließ

sich auf einen mottenzerfressenen Sessel fallen. Doch nachdem sie die ganze Nacht nicht geschlafen hatte, fühlte er sich für Roz an wie ein Federbett. »Hör zu – als wir im Schrein waren, hat Enzo mir etwas gezeigt. Eine Illusion. Darin hat Damian ihn getötet. Ich habe es gesehen, *bevor* es in Wirklichkeit passiert ist.« Sie nagte an der Innenseite ihrer Wange. »Ich kann Damians Gesichtsausdruck in dieser Illusion nicht vergessen. Als wäre er verrückt geworden. Vielleicht bilde ich es mir nur ein, aber jetzt gerade sieht er wieder ganz genauso aus.«

»Dann glaubst du also, er verliert tatsächlich den Verstand?«

»Ich weiß nicht, was mit ihm ist. Aber ich werde das Gefühl nicht los, dass Enzo irgendwie versucht hat … mich zu warnen.« Kaum hatte sie die Worte ausgesprochen, überkamen sie Schuldgefühle. Enzo hatte sie beide töten wollen. Dass er versuchen würde, Roz vor irgendetwas zu warnen – insbesondere vor Damian –, ergab keinen Sinn. Doch er war auch ein Illusionist gewesen. Er hätte ihr alles Mögliche zeigen können, sich jedoch ausgerechnet *dafür* entschieden. Warum?

»Vor was genau hätte er dich denn bei Damian warnen sollen?«, fragte Dev skeptisch.

»Woher soll ich das wissen? Vielleicht war es auch keine Warnung, sondern eine Drohung. Vielleicht hat er das mit Damian *gemacht*.«

»Wie?«

Roz neigte den Kopf nach hinten und stieß die Luft durch die Nase aus. »Keine Ahnung.«

»Vielleicht ist das mit dem Atheneum doch keine so schlechte Idee. Nein – hör mir zu«, ermahnte Dev sie rasch, weil Roz schon den Mund geöffnet hatte, um zu widersprechen. »Du weißt, dass ich ebenso schnell zu Nasim will wie du. Aber solch ein Ort ist vielleicht die einzige Möglichkeit, um herauszufinden, zu was genau die Jünger von Chaos imstande sind. Falls

Enzo wirklich etwas mit Damian *gemacht* hat, sollten wir das wissen. Wie könnten wir ihm sonst vertrauen?« Devs Ton war ernst. »So wie er sich benimmt, könnte er unsere Chancen, nach Brechaat zu gelangen, gänzlich zunichtemachen.«

»Das wird er nicht tun.«

»Wie kannst du dir da sicher sein?«

Das konnte sie nicht. Roz wusste das selbst, brachte es jedoch nicht über sich, es einzugestehen.

Dev setzte sich neben sie und wirkte plötzlich sehr müde. »Wie zur Hölle konnte es nur so weit kommen, Roz?«

Das war eine gute Frage. Noch vor einer Woche war sie vorsichtig optimistisch gewesen. Nach Fortes und Battistas Tod hatte es so ausgesehen, als könne es nur noch besser werden. Wie konnte es sein, dass alles noch *schlimmer* geworden war?

Roz kannte die Antwort: Falco. Gewährte man einer Person – der falschen Person – zu viel Macht, konnte das katastrophale Auswirkungen haben. Die neue Generalin hatte es an einem einzigen Tag geschafft, alles auf den Kopf zu stellen. Sie hatte gerade so viele Leute hinter sich, dass man es einfach hatte geschehen lassen. Ein Teil von Roz wünschte, Damian hätte Falco im Gefängnis *wirklich* umgebracht. Ohne sie würde Salvestro ganz schön ins Schwimmen kommen. Er war ein Mann, der nie wahres Leid erfahren hatte. War im Grunde seines Herzens ein Feigling.

Roz wollte sie beide tot sehen.

Sie ballte so fest die Fäuste, dass ihre Fingernägel sich schmerzhaft in ihre Handflächen bohrten. Hörte das denn niemals auf? Dieses beklemmende, erdrückende Gefühl, das man nur hatte, wenn man einen Menschen verlor, den man nie wieder zurückbekommen würde, und dieser seelenvernichtende Drang, es durch Gewalt zu tilgen?

»Ich weiß es nicht«, sagte sie zu Dev. »Ich weiß es nicht.«

Der Tag und die Nacht, die folgten, verliefen relativ ereignislos. In einer merkwürdigen, unausgesprochenen Übereinkunft schliefen sie in Schichten – Roz und Dev steuerten das Boot, während Damian und Siena in der Kajüte blieben, oder umgekehrt. Als Hilfsmittel bei der Navigation hatten sie im Grunde genommen nur Sienas Kompass und ihre Instruktionen. Wenn Roz nicht gerade döste, hielt sie sich schweigend an Devs Seite, während der am Steuerrad stand, und hing ihren Gedanken nach. Obwohl sie sich inzwischen mit dem Zwischenstopp beim Atheneum abgefunden hatte, ärgerte sie sich noch immer über Damian. Sie hätte zu gern mit ihm geredet, doch irgendwie schien sich dafür nie der richtige Zeitpunkt zu ergeben. Sie saßen gemeinsam mitten auf dem Meer fest und hätten doch ebenso gut Tausende von Meilen getrennt sein können.

Am Nachmittag des zweiten Tages waren Regenwolken aufgezogen, doch Roz hatte dennoch die felsigen, steilen Klippen in der Ferne erkennen können. Nun, da sie sich dem Land näherten, war das Wasser wieder unruhiger geworden, sodass sie auf dem Weg ins Heck des Boots beinahe den Halt verlor.

»Wo sind wir?«, fragte sie Damian und Siena, die sich am Steuerrad abwechselten. Anstatt einer Antwort deutete Siena übers Wasser.

Oben auf den Klippen, wo der Boden eben wurde, stand halb verborgen von einem dichten Wäldchen ein riesiges Gebäude. Soweit Roz erkennen konnte, bildete das Bauwerk zum Meer hin einen Halbkreis, mit breiten Säulen, die in regelmäßigen Abständen die Baumkronen überragten. Weiter hinten erhoben sich Türme in den Himmel, Grau auf Grau, als wollten sie mit den Wolken verschmelzen.

»Ist das das Atheneum?« Dev stellte sich neben Roz und unterdrückte ein Gähnen.

»Ja«, antwortete Siena.

Roz neigte den Kopf, um es sich genauer anzusehen. »Es wirkt …«

»Bedrohlich?«, schlug Dev vor.

Nun, da er es gesagt hatte, fiel Roz keine treffendere Beschreibung ein. Es sah ein wenig aus wie die Basilica, wenn man ihr all ihre Schönheit nehmen und sie durch kühle, strenge Linien ersetzen würde.

»Sieht aus wie ein Gefängnis«, murmelte Damian.

Er wirkte erschöpft, und als Roz neben ihn trat, wurde die Anspannung in seinem Gesicht noch deutlicher. Sie fragte sich, ob er überhaupt geschlafen hatte. Als er sie bemerkte, öffnete Damian eine Hand und hielt sie ihr schweigend hin. War das eine Entschuldigung?

Roz nahm sie. Seine Haut war zu heiß.

»Ich musste hierherkommen«, raunte er nur für ihre Ohren. »Ich muss …« Er verstummte und schüttelte den Kopf. »Schon gut.«

»Sag es mir«, bat sie, doch Sienas Stimme unterbrach sie.

»Es ist genau so, wie ich es in Erinnerung habe.«

Irritiert zog Roz rasch ihre Hand aus Damians. Seine Lippen öffneten sich, und sie merkte zu spät, dass sie ihn dadurch, wie hastig sie sich ihm entzogen hatte, verletzt hatte.

Dev blickte zuerst missmutig zum Atheneum hinauf und anschließend zu Siena. »Du meinst höllisch unheimlich?«

»Mehr oder weniger.«

Roz wischte sich mit der Hand das Gesicht, denn ihr wurde plötzlich bewusst, dass die Haut unter ihren Augen schwarz verschmiert sein musste. »Du bist doch diejenige, die hierherkommen wollte.«

»Stimmt«, sagte Siena. »Wir haben Fragen, die beantwortet werden müssen. Das bedeutet aber nicht, dass mir das *gefällt*.«

»Ist das im Grunde so etwas wie eine große Bibliothek?«, fragte Dev, während das Boot auf etwas zusteuerte, das Roz nur als behelfsmäßigen Anleger beschreiben konnte. Er sah nicht besonders stabil aus, so als würde jedes größere Gefährt ihn einfach mitreißen und mit ihm davontreiben, doch Damian wirkte deswegen nicht beunruhigt. Er steuerte das Boot neben die Holzkonstruktion und fing an, mit einem langen Tau zu hantieren.

»Es *ist* eine Bibliothek«, erklärte Siena Dev. »Jedenfalls so etwas Ähnliches. Du wirst schon sehen, was ich meine.«

Sie stiegen einer nach dem anderen vom Boot. Das Ufer bestand nur aus ausgewaschenen Felsen, und Roz brauchte einen Moment, um Halt zu finden.

Damian sprang neben sie. »Wie zur Hölle sollen wir da hinaufkommen?«, fragte er und neigte den Kopf weit nach hinten, um die steile Felswand hinaufzublicken.

»Irgendwo gibt es eine Treppe«, sagte Siena düster. Sie drehte sich suchend um sich selbst und wies schließlich in eine Richtung. »Ah.«

In kurzer Entfernung entdeckte Roz etwas, das der Anfang einer Art halsbrecherischen Treppe sein musste.

Dev stöhnte. »Müssen wir etwa *nach oben steigen?*«

»Was dachtest du denn, wie wir dort hinaufkommen?« Siena bewegte sich vorsichtig über den unebenen Untergrund. »Fliegen?«

Es war das erste Mal, dass Roz Siena so etwas wie einen Witz machen hörte, doch sie brachte es nicht über sich, zu lachen. Ihr Blick ging in weite Ferne zum Horizont. Bisher war kein weiteres Schiff in Sicht, doch ab einer gewissen Distanz sah man nur noch Dunst. Sie wusste, dass ihnen irgendwo dort draußen jemand folgte. Es war nur eine Frage der Zeit, bis man sie einholen würde.

»Wie lange wird es dauern?«, fragte sie und drehte sich um, um sich die Stufen anzusehen, die um die Felswand herumführten und dahinter verschwanden. »Unser Boot ist nicht gerade unauffällig.«

»Wir beeilen uns«, sagte Damian. »Genau wie ich es versprochen habe.«

Siena nickte und erklomm die ersten Stufen. »Wenn wir erst mal drinnen sind, teilen wir uns in Zweiergruppen auf. So sind wir schneller.«

»Wir sollten uns komplett aufteilen«, forderte Roz. Wenn die Gerüchte stimmten, dann war das Atheneum im Inneren weit größer, als es von außen den Anschein hatte, und sie wollte dort so wenig Zeit wie möglich verbringen.

»Nein.« Sienas Tonfall ließ keinen Widerspruch zu. »Zugegeben, das Atheneum ist unglaublich nützlich, und wenn man erst einmal drinnen ist, gibt es einem fast immer die Antworten, die man sucht.«

»Aber?«, hakte Roz nach.

»*Aber*«, sagte Siena, »manchmal will es einen nicht mehr gehen lassen.«

12

DAMIAN

Als sie sich der Spitze der Klippe näherten, war selbst Damian außer Atem. Es hatte angefangen zu regnen, und das Wasser lief ihm den Nacken hinunter und seine nassen Kleider fühlten sich schwer und unangenehm an. Während des Aufstiegs hatten sie nicht miteinander gesprochen, weil sie sich so sehr darauf konzentriert hatten, nicht den Halt zu verlieren. Mit jeder Minute, die verstrich, schienen die Stufen rutschiger zu werden, und obwohl Damian wusste, dass Roz sehr gut allein zurechtkam, konnte er nicht umhin, sie zu beobachten, wie sie sich vor ihm die Windungen der Treppe hinaufarbeitete. Falls sie fiel, würde er sie festhalten.

Deswegen hatte er sich auch dafür entschieden, die Nachhut zu bilden, was Roz, wenn sie es gewusst hätte, bestimmt verärgert hätte.

Er hielt den Blick fest auf ihren Rücken geheftet und beobachtete, wie ihre Hüften sich beim Gehen wiegten. Der Regen hatte ihren Pferdeschwanz in etwas Dunkles, Peitschenartiges verwandelt, das sich um ihren Hals legte, wenn sie sich dazu herabließ, sich nach ihm umzudrehen, was sie jedoch nur selten tat.

Damian wusste, dass er Mist gebaut hatte. Wie er mit ihr auf dem Boot gesprochen hatte ... Er wusste selbst nicht, was in ihn gefahren war. Normalerweise hätte er es niemals gewagt, so mit ihr zu reden. Sie war nicht einer seiner Offiziere. Hatte sie sich deshalb so schnell seiner Berührung entzogen?

Aber er hatte sich nicht anders zu helfen gewusst. Er hatte hierherkommen *müssen*. Wenn das Atheneum tatsächlich alle Antworten kannte, dann musste er fragen, wie er sich von dem Wahnsinn befreien konnte, der langsam seinen Verstand auffraß. Er musste wissen, ob es möglich war, dass Enzos Einfluss ihn noch immer quälte. War das seine Strafe dafür, dass er den Jünger kaltblütig ermordet hatte? Hatte er selbst ein Opfer dargebracht – ohne es zu beabsichtigen?

Als sie die Spitze der Klippe erreichten, stieß Damian bebend den Atem aus. Seine Muskeln schmerzten furchtbar. Vor ihnen schien das Atheneum die gesamte Landschaft einzunehmen. Das Gebäude wirkte uralt. Unergründlich. Seine bedrohliche Aura schien sogar auf irgendeine Weise den Wind zu beeinflussen, ihn zu besänftigen.

»Was jetzt?« Devs Stimme war zu laut. Er stand direkt neben Damian und ihre Schultern berührten sich fast. Damian rückte ein wenig von ihm ab.

»Jetzt«, sagte Siena weniger selbstsicher, als Damian es von ihr gewohnt war, »klopfen wir an. Also, Roz macht das. Die Archivare verkehren bevorzugt mit anderen Jüngern.«

Ohne weiter überzeugt werden zu müssen, löste Roz sich aus der Gruppe und stieg die breite Treppe empor, die zum imposanten Eingangstor des Atheneums hinaufführte. Angesichts des meisterhaft bearbeiteten Steins drängte sich Damian die Frage auf, ob sie von einem Jünger von Strength geschaffen worden war. Roz klopfte dreimal mit den Fingerknöcheln an die Tür und trat zurück, als sie sich gleich darauf öffnete – nein – als sie *auseinander glitt*. Mitten in der kolossalen Steinplatte erschien plötzlich ein Spalt, wo eben noch keiner gewesen war, und bestätigte damit Damians Vermutungen. Begleitet wurde das Schauspiel von einem donnernden Schaben, das irgendwo in den Tiefen des Atheneums widerhallte und ihm die Haare im Nacken zu Berge stehen ließ.

Kein Wunder, dass Siena von diesem Ort sprach, als hätte er einen eigenen Willen. Obwohl Damian es nicht auf die Art spüren konnte, wie Roz es vermutlich vermochte, wusste er instinktiv, dass dieses Gebäude voller Magie steckte.

Damian nahm immer drei Stufen auf einmal. Er wusste nicht, *was* zur Hölle sie empfangen würde, aber er wollte nicht, dass Roz alleine dort oben stand. Doch als der Stein sich noch weiter teilte, erschien in der Dunkelheit, die dahinter lag ... eine Frau. Sie hielt eine Laterne und trug ein langes, seltsames Gewand, das fast die gleiche Farbe hatte wie ihre blasse Haut. Ihr Haar war lang, mahagonibraun und offen, und ihr Körper schrecklich dünn. Sie konnte nicht viel älter sein, als Damians Mutter es bei ihrem Tod gewesen war, doch ihr Gesicht war so eingesunken, dass es sie älter erscheinen ließ.

Hätte Damian es nicht besser gewusst, hätte er sie eher für einen Geist als für ein lebendiges Wesen gehalten. Im fahlen Licht konnte er nicht viel von dem hinter ihr liegenden Raum erkennen, doch die Luft, die zu ihnen nach draußen strömte, war kalt und schwer und roch leicht nach Pergament und Moder. Der Geruch erinnerte ihn an die Gruft unterm Palazzo. An Eis an seinen Fingerspitzen und Death in seinem Rücken.

Die Frau lächelte, und Damian erkannte zu seinem Entsetzen, dass sie keine Zähne hatte. Wie konnte sie *alle* verloren haben? Wenn sie eine Archivarin war, dann war sie eine Jüngerin von Death, und kein Jünger musste jemals unter gesundheitlichen Problemen leiden. Nicht, solange Mercys Magie existierte. Er hatte selbst einmal miterlebt, wie ein Jünger einen gebrochenen Knochen allein durch eine Reihe sachter Berührungen geheilt hatte.

Die Archivarin leckte sich die Lippen, und ihre Zunge huschte über das fleischige Rosa ihres Zahnfleisches, während sie die Gruppe musterte. Damian versuchte, keine Reaktion zu zeigen, doch insgeheim wünschte er sich nichts sehnlicher, als vor dieser Tür zurückzuweichen, die Klippe hinunterzufliehen und nie mehr zurückzukehren.

»Guten Tag«, sagte Roz unumwunden. »Wir ersuchen um Einlass. Wir haben einige wichtige Fragen, die wir gern stellen möchten.«

Die Archivarin nickte unbeeindruckt mit dem Kopf. Hätte Damian es nicht besser gewusst, hätte er glauben können, dass sie ihre Ankunft erwartet hatte. Die Frau verschränkte die knotigen Finger ineinander. »Eine Jüngerin von Patience, richtig?« Der Klang ihrer Stimme lag irgendwo zwischen einem Wimmern und einem Flüstern und vereinte die unangenehmsten Aspekte von beidem.

»Ja.« Wie immer wirkte Roz nicht erfreut, es zugeben zu müssen.

»Sagen Sie, sind Sie hungrig?«

Damian erstarrte. Diesmal war es eine andere Stimme, die aus dem Mund der Archivarin kam – tief, männlich und ein wenig kratzig. Diese Veränderung war weitaus beunruhigender als die merkwürdige Frage, doch falls Roz ebenfalls darüber erschrak, ließ sie es sich nicht anmerken.

»Äh – wir haben einen ziemlich engen Zeitplan.«

»Sie meint hungrig nach Informationen«, raunte Siena.

Roz krauste die Nase. »Oh. Dann ja, denke ich?«

Das zahnlose Lächeln der Archivarin wurde breiter und die Haut an ihren Wangen spannte sich. Sie schien im Gesicht viel zu wenig Fleisch über den Knochen zu haben, als könne es jeden Augenblick reißen und den Blick auf den darunterliegenden Knorpel freigeben. Damian befiel ein ungutes Gefühl. Etwas an dieser Frau weckte seinen Argwohn.

Sie trat beiseite und signalisierte ihnen, einzutreten. »Bitte, kommen Sie. Lassen Sie sich so viel Zeit, wie Sie brauchen.« Ihr Lachen war schrill und hallte von den Wänden wider. »Wenn Sie wollen, bleiben Sie ruhig für immer.«

»Wie gesagt, wir sind in Eile«, grummelte Roz. Soweit Damian erkennen konnte, presste sie missmutig die Lippen aufeinander, trat aber dennoch über die Schwelle.

Als Dev sich anschickte, ihr zu folgen, schoss ein Arm vor und hielt ihn zurück. Er betrachtete ihn verärgert, bevor er zur Archivarin aufblickte. »Was soll das?«

Die Frau schüttelte den Kopf und lächelte weiter ihr schreckliches Lächeln. Ihre Augen wirkten riesig in ihrem Gesicht. »Dies ist kein Ort für die Unerwählten.«

Damian war ganz kurz davor, den Arm der Archivarin zu packen und ihn ihr zu brechen. Er stellte sich neben Dev. »Sie geht nicht allein dort hinein.«

Roz drehte sich um. Schon jetzt sah es so aus, als würde ihr Körper von den Schatten im Atheneum umhüllt. »Sie gehören zu mir«, sagte sie zur Archivarin, bevor sie sich an Siena wandte. »Ich dachte, du wärest schon einmal hier gewesen.«

Siena verzog das Gesicht. Damit hatte sie offenbar nicht gerechnet. »War ich auch. Aber meine Großmutter war eine Jüngerin von Cunning, und ich war zu jenem Zeitpunkt noch ein Kind und weder gesegnet noch unerwählt.«

Die Archivarin schob Dev mit ihrem ausgestreckten Arm zur Seite und winkte derweil Damian mit der freien Hand heran. »Sie dürfen mit Ihrer Freundin eintreten.«

Er sparte es sich, zu fragen, weshalb, und machte einen Satz ins Gebäude hinein, bevor sie es sich noch einmal anders überlegte. Wenn Roz und er das allein schaffen mussten, dann ließ sich das eben nicht ändern.

Roz gab sich jedoch nicht damit zufrieden, ohne Dev und Siena gehen zu müssen. »Was können wir Ihnen geben, damit Sie sie vorbeilassen?«, fragte sie die Archivarin.

Man hörte das Rascheln von leichtem Stoff auf Stein, als die Archivarin zurücktrat, um die Tür zu schließen. »Ihr habt nichts, was ich wollen würde. Mich interessiert nur Wissen.«

»Vielleicht besitzen wir Informationen, die Sie nicht haben. Etwas, das Sie Ihrer Sammlung hinzufügen könnten.«

»Das ist unmöglich.« Ihre Stimme war die eines alten Mannes, rau und schwach. »Und es ist nicht *meine* Sammlung. Wir hüten sie für die Heiligen selbst.«

Damian konnte Roz nicht besonders gut sehen, doch er hörte es rascheln, als sie etwas aus der Tasche zog. »Ich gehe davon aus, dass Sie von den Morden gehört haben, die ein Jünger von Chaos im Herzen Ombrazias begangen hat?«

Die Archivarin stutzte. »Selbstverständlich.«

»Hätten Sie vielleicht gern die Berichte der Leichenbeschauerin über die ersten Opfer?«

Die Augen der Frau verengten sich und ihre Iriden wirkten in der Dunkelheit schwarz. »Wie können Sie etwas Derartiges in Ihrem Besitz haben?«

Für Damian lautete die Frage eher, wieso Roz die Berichte *immer noch* in ihrem Besitz hatte.

»Wollen Sie sie haben oder nicht?«

»Ich möchte mich zuerst versichern, dass sie echt sind.«

Roz hielt ihr die Dokumente zur Begutachtung hin, ließ sie jedoch nicht los. Ein unübersehbares begehrliches Glänzen trat in die Augen der Archivarin, als sie die dicht gedrängten Buchstaben und die geschwärzten Stellen betrachtete. »Was ist das hier?«

»Die Leichenbeschauerin wurde angewiesen, die Bezeichnung des Giftes, das die Opfer getötet hat, zu schwärzen.«

»Und wie heißt es?«

Roz hob die Schultern. »Lassen Sie unsere Freunde ein und ich verrate es Ihnen.«

Eine kurze Pause entstand, zwei starke Willen prallten aufeinander, bevor die Archivarin schließlich verdrießlich einlenkte. Sie trat beiseite und zog – müheloser, als bei ihren dürren Armen zu erwarten gewesen wäre – die gigantische Tür auf.

»Einverstanden.«

Sobald Dev und Siena im Gebäude wahren, krachten die beiden Steinplatten wieder gegeneinander und schlossen sie im Eingangsbereich ein. Es gab kein Licht, außer dem der flackernden Kerze in der Laterne der Archivarin, dessen zitterndes orangefarbenes Leuchten auf die scheinbar endlosen Wände fiel.

»Jetzt«, sagte die Archivarin. »Sie müssen antworten.«

Roz warf der Frau die Berichte der Leichenbeschauerin zu. »Es war Vellenium.«

»Interessant.«

Im nächsten Augenblick eilte die Archivarin samt ihres Lichts auch schon davon, dicht gefolgt von Siena und Roz. Damian ging ihnen rasch nach. Er konnte Dev irgendwo hinter sich schnaufen hören und war gerade damit beschäftigt, seine eigenen angestrengten Atemzüge unter Kontrolle zu bekommen, als der junge Mann das Wort ergriff.

»Angst vor der Dunkelheit, Venturi?«

»Nein«, sagte Damian knapp. »Ich habe Angst davor, hier für immer festzusitzen. Und das solltest du auch.«

Dev schnaubte leise. »Ich glaube, als die Archivarin das gesagt hat, hat sie sich nur einen Scherz erlaubt.«

Damian schien die Archivarin nicht zu Scherzen aufgelegt

zu sein. Doch er sagte nichts, als sie zu den anderen aufschlossen. Ihre Schritte hallten auf dem Steinfußboden. Wie konnte dieser Ort eine Bibliothek sein? Wo waren die *Bücher*? Er legte den Kopf in den Nacken, konnte die Decke jedoch nicht ausmachen. Er wusste, dass sie irgendwo sein musste – schließlich hatten sie von draußen das Dach des Gebäudes gesehen –, doch von hier drinnen sah man nur endlose Finsternis.

»Nicht nach oben schauen.« Die leise Stimme der Archivarin erklang direkt neben seinem linken Ohr. Damian erschrak und wich vor ihr zurück. Wie hatte sie sich so schnell bewegen können? »Was oben ist, muss Sie nicht kümmern. Was Sie begehren, ist *unten*.« Die Archivarin deutete auf einen weiteren, kleineren Türdurchgang. Sie grinste schon wieder, und Damian ertappte sich dabei, wie er sich wünschte, sie würde das lassen.

An der Wand neben der Tür hingen mehrere Laternen. Die Archivarin blieb stehen, um zwei von ihnen anzuzünden. Dann gab sie eine Roz und eine Siena. Als sie sich aufrichtete, wobei sich ihr Gewand wie faltige Haut um ihre Knöchel legte, sagte sie: »Wenn Sie bereit sind, dürfen Sie die Tür öffnen. Bitte stören Sie nicht die Toten.«

Damian legte den Kopf zur Seite und versuchte verdattert, den Sinn ihrer Worte zu erfassen.

»Entschuldigung«, sagte Roz. »Aber haben Sie gerade *die Toten* gesagt?«

Die Archivarin nickte. »Mögen Sie die Informationen finden, derentwegen Sie hergekommen sind.« Ihre Stimme war nun die eines Kindes – für Damian die bislang schrecklichste, verstörendste Variante. Und damit war sie auch schon fort, huschte an ihnen vorbei in die Dunkelheit, und das Flacken ihrer Laterne verschwand im Nichts.

Damian starrte ihren Rücken an, bis er nicht mehr zu sehen war. Dann wandte er sich an Siena. »Kann es sein, dass du vergessen hast, uns ein paar Dinge über diesen Ort zu erzählen?«

Ihr Lächeln war freudlos. »Ich habe euch gewarnt, dass das Atheneum manche Menschen nicht mehr gehen lassen will. Sie erliegen der Verheißung unendlicher Antworten und wollen nie mehr fort. Sie hören auf, sich für irgendetwas anderes zu interessieren, und die Zeit vergeht, ohne dass sie es merken. Sie vergessen solche Dinge wie Müdigkeit oder Hunger. Schließlich kann es passieren, dass sie dahinsiechen und sterben. Deswegen hatte ich ja geraten, dass wir uns in Zweiergruppen aufteilen.«

»Wenn Menschen hier drinnen sterben«, sagte Roz nachdenklich, »was geschieht dann mit ihren Leichen?«

Siena packte den alten Eisengriff der Tür und drückte dagegen. Die Tür schwang auf und ein Schwall eisiger Luft schlug ihnen entgegen. »Im Herzen des Atheneums ist es kalt, und es wird zudem sehr trocken gehalten, damit das Pergament keinen Schaden nimmt. Ich habe gehört, dass möglicherweise auch Mercys Magie im Spiel sein könnte, denn die Körper mumifizieren einfach.«

Das war eine verstörende Vorstellung. Eigentlich waren Mercys Jünger vor allem Heiler, aber vielleicht konnten sie ihre Macht auch für unappetitlichere Zwecke einsetzen. Andererseits galten hier im Atheneum die Regeln der Magie, wie Damian sie kannte, möglicherweise nicht.

Dev tat so, als müsse er würgen. »Und du fandest es nicht relevant, uns das vorher zu sagen?«

»Was für einen Unterschied hätte das denn gemacht?«

»Ich wäre emotional besser darauf vorbereitet gewesen.«

»Du schaffst das schon«, beruhigte Roz ihn, obwohl sie auch nicht gerade begeistert davon zu sein schien, in einer dunklen, eiskalten Bibliothek herumzulaufen, in der sie möglicherweise auf mumifizierte Tote stoßen würden. »Wir gehen hinein, stellen unsere Fragen und verschwinden sofort wieder.«

Siena nickte und beleuchtete mit ihrer Laterne eine weitere Treppe. »Damian, du und ich, wir bleiben zusammen. Roz und Dev, verliert euch nicht aus den Augen. Die Regale sind nach Themen sortiert. Ihr müsst also zwischen ihnen entlanggehen, bis ihr einen Themenbereich entdeckt, der von Belang sein könnte. Wenn dem so ist, schreibt ihr eure Frage auf und verbrennt das Pergament. Falls das Atheneum die Antwort kennt, wird das Buch, das sie enthält, aus dem Regal fallen. Vorausgesetzt sie steht in einem Buch. Hier gibt es Informationen in ganz unterschiedlichen Formaten. Also«, riet sie, »immer schön auf eure Köpfe aufpassen.«

Dev sah Siena an, als hätte sie den Verstand verloren. Damian dagegen beschäftigte die Tatsache, dass er keine Gruppe mit Roz bilden würde. Er setzte bereits an, zu widersprechen, musste sich jedoch eingestehen, dass es die sinnvollste Lösung war. Es wäre unfair gewesen, Siena und Dev zusammenzustecken, die sich kaum kannten.

»Ich sehe, dass du dir Sorgen machst«, raunte Roz an seinem Ohr. Die Wärme ihres Körpers stand in bedrückendem Kontrast zu der kalten Luft, die aus der Türöffnung strömte.

»Ich mache mir keine Sorgen. Es gefällt mir nur nicht, dass dieser Ort Magic besitzt, die wir nicht verstehen.«

»Wir sind *wegen* Magie, die wir nicht verstehen, hergekommen«, erinnerte sie ihn. »Du warst sogar derjenige, der das veranlasst hat.«

Damian sagte nichts. Sie hatte zwar recht, aber wie hätte er ihr den wahren Grund für seinen verzweifelten Wunsch, hierherzukommen, verraten können?

Gemeinsam traten sie durch die gähnende Türöffnung auf die Treppe. Sie bestand aus Marmor und wand sich nach unten in die Erde. Es war, als würde man ein gigantisches Silo betreten. Bücher, Manuskripte, Schriftrollen und alte Zeitungen säumten ihren Weg nach unten – mehr Bücher, als Damian in seinem ganzen bisherigen Leben gesehen hatte. Doch die Kälte, die ihm in die Knochen gekrochen war, erschwerte es ihm, ihnen Beachtung zu schenken. Hier war es auf eine Art kalt, wie er es noch nie erlebt hatte, und jedes Mal, wenn er ausatmete, verschwand die Wolke vor seinem Mund so schnell, als würde sie direkt aus seiner Lunge gerissen. Er bekam eine Gänsehaut und bereute aufrichtig seine nackten Arme.

Während sie weiter hinabstiegen, hob Roz die Laterne, deren Licht Regale über Regale beleuchtete, die kein Ende zu nehmen schienen. In Abständen waren verblasste Schilder an ihnen angebracht. Auf dem, das ihnen am nächsten war, stand zu lesen: GESCHICHTE DES OMBRAZIANISCHEN MILITÄRS, 1052–1053.

»Wie weit hinunter erstreckt sich das?«, fragte Damian und hörte seine Stimme widerhallen.

»Weit.« Siena strich mit dem Finger über die Rücken der Bücher neben der Treppe. Als sie sie wieder zurückzog, waren sie staubig. Sie wischte sie an ihrer Hose ab. »Ich habe es euch doch gesagt – im Atheneum findet man ein Exemplar von jedem Fachbuch, das jemals in dieser Region oder über diese Region veröffentlicht wurde. Die Archivare bewahren sie schon seit Jahrhunderten auf. Vielleicht sogar seit Jahrtausenden. Es würde mich nicht überraschen, wenn diese Räume bis unter den Meeresspiegel reichen würden, und du hast ja selbst erlebt, wie lange wir gebraucht haben, um die Spitze der Klippe zu erreichen.«

Sie kamen zu einer Gabelung, an der die Treppe sich teilte und in zwei unterschiedliche Richtungen weiterführte. Damians Magen zog sich zusammen. Roz' Gesicht leuchtete im bernsteinfarbenen Laternenlicht golden und ihre Pupillen waren riesengroß. Damian konnte ihr ihre Begeisterung deutlich ansehen. Aus irgendeinem Grund widerstrebte es ihm dadurch noch mehr, sie ohne ihn weitergehen zu lassen.

»In Ordnung«, sagte Siena. »Damian und ich gehen nach links. Roz, du und Dev geht rechts weiter. Denkt daran, lest die Schilder, um zu sehen, ob ihr einen Themenbereich findet, der nützlich sein könnte. Wir treffen uns in einer Stunde wieder hier.«

Roz nickte entschlossen.

»Treffen wir dort unten möglicherweise auf weitere Archivare?«, fragte Dev. »Ich möchte nur wissen, ob wir beunruhigt sein sollten, falls wir jemandem begegnen, der *nicht* tot ist.«

»Weshalb solltet ihr euch vor ihnen fürchten?«, antwortete Roz, bevor Siena Gelegenheit dazu bekam. »Sie beißen nicht.« Sie kicherte über ihren eigenen Witz.

Siena lachte nicht. »Die Archivare entfernen ihre Zähne als Symbol dafür, dass sie nichts anderes als Wissen konsumieren.«

Damian verzog das Gesicht und sah, wie Roz' belustigte Miene verblasste. »Ihr Heiligen.«

»*Falls* ihr jemandem begegnet, ignoriert denjenigen einfach. Insbesondere, wenn es jemand sein sollte, der schon lange zwischen den Regalen umherwandert. Diesen Menschen ist nicht mehr zu helfen.« Siena sah Damian an. »Bereit?«

Er nickte und wandte sich nach Roz um, um ihr noch etwas zu sagen, bevor sich ihre Wege trennten – was genau, wusste er selbst nicht –, doch sie war bereits fort. Ein Gefühl von Leere breitete sich in ihm aus.

»Ja, ich bin bereit.«

13

DAMIAN

Die Treppe endete und gab den Blick auf einen langen Gang frei, der von unfassbar hohen Regalen gesäumt wurde. Die pulsierende Flamme von Sienas Laterne kämpfte tapfer gegen die Dunkelheit an, schaffte es jedoch kaum, ihre Umgebung zu enthüllen. Es roch nach altem Leder und Rauch, und die Luft fühlte sich in Damians Nasenlöchern kalt an. Daran, wie Siena bei jedem Schritt zitterte, erkannte er, dass er nicht der Einzige war, der unter der Kälte litt, doch sie verloren beide kein Wort darüber.

FAUNA VON SÜD-OMBRAZIA, stand auf dem Schild am Regal zu seiner Linken. Und darüber BEDROHTE ARTEN ZWISCHEN 350 UND 1000.

»Das ist nicht richtig«, murmelte Damian mit Blick auf ein Schild mit der Aufschrift ESSBARE LEBEWESEN UND IHRE VIELSEITIGEN VERWENDUNGSMÖGLICHKEITEN. »Wir sollten nach etwas über Magie suchen, oder vielleicht über Geschichte.«

Siena runzelte die Stirn. »Alles ist in Themenbereichen zusammengefasst. Davon abgesehen scheint es aber kein Ordnungssystem zu geben. Ich schätze, wir müssen einfach weiterlaufen, bis wir finden, was wir brauchen. Und«, fügte sie hinzu, »vielleicht finden wir am Ende auch gar nichts. Möglicherweise werden Roz und Dev zuerst fündig.«

»Woher weißt du so viel über diesen Ort?«, fragte Damian verwundert. »Du hast doch gesagt, dass du nur ein einziges Mal hier gewesen bist.«

»So ist es. Aber einen Ort wie diesen vergisst man nicht.« Siena ging langsamer und das Klacken ihrer Stiefelsohlen wurde leiser. »Weißt du, ich wurde praktisch in den Krieg hineingeboren. Obwohl meine Großmutter eine Jüngerin war, war meine Mutter unerwählt. Sie wurde wahrscheinlich ungefähr zur gleichen Zeit eingezogen, als dein Vater beschlossen hat, in den Norden zu gehen. Sie hat an der Front einen Mann kennengelernt und die beiden haben sich ineinander verliebt. Als meine Mutter mit mir schwanger wurde, wurde sie aus dem Militärdienst entlassen, um mich zur Welt zu bringen, doch mein Vater durfte sie nicht begleiten. Sein Einsatz war noch nicht zu Ende.« Ihre Stimme bebte. »Er ist nie nach Hause gekommen und so habe ich ihn auch nie kennengelernt. Aber ich weiß, dass er sie geliebt hat. Ich weiß, wie gern er mich kennengelernt hätte. Das hat meine Mutter mir immer über ihn erzählt.«

Damian spürte einen Schmerz in der Brust und schluckte schwer. »Das wusste ich nicht.«

Siena zuckte mit den Schultern und auf ihren Lippen lag ein schwermütiges Lächeln. »Meine Großmutter wohnte mein ganzes Leben bei uns. Als es damit anfing, dass jüngere Soldaten eingezogen wurden, bekam sie schreckliche Angst, dass man mich in den Norden schicken könnte. Sie wollte unbedingt wissen, ob für mich irgendeine Aussicht bestand, eine Jüngerin zu werden. Da meine Mutter nicht wusste, von welchem Heiligen mein Vater abstammte oder wie eng diese Abstammung war, konnten wir nicht beurteilen, wie meine Chancen standen. Das Warten war für meine Großmutter eine Qual. Schließlich brachte sie mich hierher. Nahm mich mit ins

Herz des Atheneums, wo sie einen Bereich mit den Chroniken aller ombrazianischen Familien fand. Dort fragte sie nach meinem Vater.«

»Und?«, fragte Damian leise und fürchtete sich aus Gründen, die er selbst nicht recht verstand, vor der Antwort.

Siena hob die Schultern. »Es kam nichts Interessantes dabei heraus. Anscheinend war er ein sehr, *sehr* entfernter Verwandter von einem Jünger von Grace gewesen, was bedeutete, dass ich höchstwahrscheinlich nicht gesegnet werden würde. Um ehrlich zu sein, war die Enttäuschung meiner Großmutter an jenem Tag wahrscheinlich schlimmer, als wenn wir einfach abgewartet hätten. Sie hatte so verzweifelt auf eine gute Nachricht gehofft. Ihre Seite der Familie hatte schon seit Generationen immer mehr an Magie verloren. Sie wollte, dass ich es besser hätte. Und obwohl mich keine Schuld traf, hatte ich das Gefühl, sie enttäuscht zu haben.«

Damian schüttelte den Kopf, obwohl er dieses Gefühl sehr gut nachvollziehen konnte. »Aber das hast du nicht. Es klingt, als hättest du ihr so viel bedeutet, dass sie sich für dich gewünscht hat, dass du ein leichteres Leben hast als deine Mutter. Ohne Leid.«

»Oh ja«, stimmte Siena zu. »Meine Großmutter liebte so bedingungslos wie niemand sonst, den ich kenne. Aber ich war noch ein Kind und wurde das Gefühl nicht los, dass ich ihre Zeit verschwendet hätte. Wir waren den ganzen Weg hierhergekommen, nur um die Antwort zu bekommen, die keiner von uns hören wollte.« Sie seufzte schwer, doch es klang eher so, als hätte sie sich damit abgefunden.

Damian stieß ein kurzes Lachen aus, doch es schien ihm in der Kehle stecken zu bleiben, und so schwieg er einen Moment. »Das tut mir leid.«

»Warum?«

»Ich weiß, wie es sich anfühlt, wenn man glaubt, jemanden enttäuscht zu haben.«

»Ah.« Siena nagte an ihrer Unterlippe. »Ja, ich schätze, das tust du. Doch meine Großmutter hat sich nach Kräften bemüht, mir zu zeigen, dass es nicht meine Schuld war, und irgendwann habe ich angefangen, ihr zu glauben.«

Damians Vater hatte das nie getan. Hatte sich nie bemüht, Damian zu trösten, weil er unerwählt geboren worden war. Als wäre es auf irgendeine Weise *seine* Schuld gewesen, dass er nicht gesegnet worden war, und nicht einfach nur ein Zufall. Als hätte er sich schon im Mutterleib als unwürdig erwiesen.

»Das freut mich.«

Sie liefen weiter durch die hohen, schmalen Gänge des Atheneums, bogen hin und wieder ab, wenn die Themenbereiche sich als unbrauchbar erwiesen. Damian hatte keine Ahnung, wie viel Zeit schon vergangen war, aber danach zu urteilen, wie Siena resolut weiterlief, war er ziemlich zuversichtlich, dass die Stunde noch nicht um war. Er fragte sich, wie es Roz und Dev ergehen mochte. Ob sie etwas Hilfreiches gefunden hätten.

Er fragte sich, weshalb Roz kein Wort zu ihm gesagt hatte, bevor sie sich von der Dunkelheit hatte verschlucken lassen.

»Oh, *verdammt*.« Siena blieb abrupt stehen und riss Damian aus seinen Gedanken. Das orangefarbene Licht beleuchtete flackernd ihre braune Haut, als sie mit großen Augen etwas vor ihnen anstarrte.

»Was?« Damian folgte ihrem Blick und alle weiteren Fragen blieben ihm im Halse stecken.

Die Archivarin hatte, was die Leichen anging, nicht gelogen.

Zwar hatte er nicht an ihren Worten gezweifelt, aber irgendwie hatte er trotzdem nicht damit gerechnet, dass sie tatsächlich eine finden würden. Wurden die Toten nicht sofort, wenn sie entdeckt wurden, von den Archivaren entfernt?

Offenbar nicht.

Im Gang vor ihnen lag an das nächstgelegene Bücherregal gelehnt eine Leiche. Der Körper war leicht vornübergebeugt, als wäre die Person zusammengebrochen und an den Rücken der Bücher entlang zu ihrer letzten Ruhestätte hinabgeglitten. Das Kinn ruhte auf der hohlen Brust, und die spindeldürren Finger einer Hand, die ausgestreckt war, als hätte die Person versucht, ihren Sturz abzufangen, waren auf dem Boden ausgebreitet. Die andere Hand lag auf dem Bauch der toten Frau.

Denn es war eine Frau, wie Damian, als sie sich dem Körper näherten, deutlich erkennen konnte. Ihre Haut war fahl, gelblich und wächsern. Ihre Kleider waren recht hübsch und ihre Haare weitestgehend noch intakt, wobei sie aussahen, als würden sie bei der geringsten Berührung von ihrer Kopfhaut abreißen. Sie hatte nicht den süßen, widerwärtigen Geruch des Todes an sich. Stattdessen schien sie, genau wie Siena gesagt hatte, mumifiziert zu sein.

Er kniete sich neben die Frau, betrachtete die Knochen, die sich unter der straffen gelblichen Haut abzeichneten. Ihre Augen waren geschlossen und ihr Kiefer, der auf ihrer Brust ruhte, leicht geöffnet.

»Dehydration«, sagte Siena hinter ihm. »Sie ist bestimmt tagelang hier umhergewandert.«

Damian richtete sich auf. »Wie kommt es, dass keiner von uns das Verlangen verspürt, hierzubleiben? Ich meine, ich weiß ja nicht, wie du das siehst, aber ich kann es kaum erwarten, von hier wegzukommen. Wieso wird manchen Menschen ihr Leben einfach egal?«

»Wir sind nur wegen einer einzigen Frage hergekommen. Doch je mehr man fragt, desto mehr Antworten bekommt man und desto mehr will man wissen. Man wird rasend, sucht immer erbitterter nach den richtigen Regalen, den passenden Themen. Manche Menschen werden ganz und gar davon aufgezehrt.«

»Und was, wenn es uns auch aufzehrt?«

»Das wird es nicht. Wie ich schon sagte – nur eine Frage.« Sie nahm das Licht von der Leiche weg. »Es ist fast wie beim Glücksspiel. Wenn man nur einmal setzt, ist es einfacher, wieder aufzuhören. Erst wenn man zu tief drinsteckt, wenn man sich ganz sicher ist, dass die nächste Runde den großen Treffer bringen wird, muss man anfangen, sich Sorgen zu machen. Außerdem sind wir zu zweit. Man erliegt der Faszination nicht so schnell, wenn man nicht allein ist.«

Damian hoffte verdammt noch mal, dass sie recht hatte. Er ließ den Blick über die Umrisse der toten Frau zu dem Schild wandern, neben dem sie lag. Sein Herz schlug schneller. »Warte.«

Siena, die bereits einige Schritte weitergegangen war, drehte sich um. »Was ist los?«

Er wies auf das Schild, auf dem lediglich stand: HEILIGE UND IHRE MAGIE.

»Oh.« Siena blinzelte, bevor sie die Stirn runzelte. »Was für eine Stelle, um zu sterben. Aber du hast ein gutes Auge.« Sie berührte einige der Buchrücken und blies anschließend den Staub von den Fingern. »Na schön. Beginnen wir mit etwas Allgemeinem.«

»War Enzo tatsächlich das siebte Opfer?«, schlug Damian vor.

»Ich sagte *allgemein*, Damian. Woher soll das Atheneum wissen, wer Enzo war? Wie wäre es mit: Was passiert, wenn man einem speziellen Heiligen Opfer darbringt?«

Nun hatte Damian Einwände. »Das ist *zu* allgemein. Darauf könnte es Hunderte Antworten geben. Frag, ob Opfer einen Heiligen stärker machen.«

»Das ist tatsächlich eine gute Idee.« Siena zog ein Buch aus der Ecke des nächstgelegenen Regals.

»Was machst du da?«

Sie reagierte nicht sofort. Das Buch sah nach einem Notizbuch aus und in seinem Rücken steckte ein Stift. Damian verfolgte, wie Siena den Stift herausholte und zu seinem Entsetzen eine Seite herausriss. Es verursachte ein furchtbar unangenehmes reißendes Geräusch, das in der Stille viel zu laut klang.

»Was tust du da?«, zischte er. Es sah ihr gar nicht ähnlich, etwas mutwillig zu beschädigen, insbesondere an einem Ort wie diesem.

Siena bedachte ihn mit einem ungehaltenen Blick. »Ich habe dir doch erklärt, dass man die Frage aufschreiben muss. Bei jedem Schild steht solch ein Notizbuch. Hier – halt das mal.« Sie hielt Damian die Laterne hin, dem nichts anderes übrig blieb, als sie zu nehmen. Siena riss ein Stück von der Seite, die sie aus dem Notizbuch genommen hatte, ab und schrieb in ihrer kleinen, engen Handschrift ihre Frage darauf. Nachdem sie fertig war, signalisierte sie ihm, dass er die Laterne zurückgeben sollte. Damian gehorchte verdattert.

»Ich verstehe nicht, warum wir –«

Bevor er den Satz beenden konnte, nahm Siena die Abdeckung von der Laterne und ließ den Pergamentfetzen in die Flamme fallen. Damian schnappte nach Luft und sah zu, wie er verkohlte und sich zusammenrollte, während dünne Rauchschwaden aufstiegen.

»Und wie funktioniert das jetzt genau?«

»Das wirst du gleich sehen.« Siena neigte den Kopf nach hinten.

Damian tat es ihr gleich. Er sah, dass der Rauch sich nicht, wie zu erwarten gewesen wäre, auflöste, sondern immer weiter aufstieg. Tatsächlich schien er seltsamerweise auf seinem Weg nach oben, der unergründlichen Dunkelheit der Decke entgegen, immer heller zu werden.

Dann war er verschwunden.

Einen Moment später wackelte irgendwo etwas. Die Bewegung war gerade stark genug, um sie wahrzunehmen, aber laut genug, dass Damian einen Satz nach hinten machte, wobei er fast gegen die tote Frau stieß. Seine taube Haut prickelte, was diesmal, wie er vermutete, jedoch nichts mit der Kälte zu tun hatte.

»Pass auf«, sagte Siena, keinen Moment zu früh.

Damian hörte, wie sich das Buch irgendwo über ihnen aus dem Regal löste. Es sauste durch die Luft und landete mit einem dumpfen, hallenden Laut auf dem harten Stein, genau da, wo er eben noch gestanden hatte. Das Geräusch war ohrenbetäubend wie ein Gewehrschuss. Damian erschrak, und selbst Siena, die eigentlich damit gerechnet haben musste, zuckte zusammen.

Sie kniete sich neben das Buch, das den Titel trug: *Heilige und Hingabe – Unzensierte Ausgabe.*

Damian atmete tief durch, während sie es aufschlug. Er kannte es selbstverständlich gut – es war der Titel des dicken Buchs, aus dem all sein Wissen über die Heiligen stammte. Es war das Buch, das sein Vater ihm jeden Abend vor dem Schlafengehen vorgelesen hatte, das Buch, über dem er hatte beten müssen, und das Buch, das in den Bankreihen der Basilica auslag.

Nur dass es eben *nicht* dieses Buch war. Zumindest nicht genau das gleiche.

»Es gibt eine unzensierte Version?«, sagte er zu Siena, die ebenso schockiert aussah. Sie blätterte kopfschüttelnd die Seiten durch.

»Ich schätze, dass es wirklich eine geben muss, oder? In der Version, mit der wir beide aufgewachsen sind, findet man kaum etwas über Chaos. Natürlich enthält es die Entstehungsgeschichte und die Erzählung über ihn und Patience, aber das kann nicht alles sein, was über ihn geschrieben wurde.« Sie warf einen Blick über die Schulter, als hätte sie etwas gehört, was Damian entgangen war. »Wir haben nicht mehr viel Zeit. Falls tatsächlich eine Passage über Opfergaben zensiert wurde – wo, glaubst du, würde man sie finden?«

Damian erschauerte unwillkürlich. Seine Lippen wurden langsam gefühllos. »Geh zu dem Teil, wo die Menschheit gelernt hat, was Krieg ist. Ich glaube, davor wurde nie jemand getötet.«

Siena nickte und schlug zuversichtlich die betreffende Stelle auf. Sie war genau wie er mit diesen Geschichten aufgewachsen. Sie ließ einen Finger über die verblassten Buchstaben gleiten, während sie die Seiten überflog. Damian sah ihr über die Schulter.

»Da«, sagte er. »Hier erscheint Chaos, gefolgt von Death und Mercy.«

Sie blätterte die Seite um und keuchte auf.

Damian zuckte vor der Abbildung zurück, die nun vor ihnen lag. Er hatte nicht gewusst, dass es in *Heilige und Hingabe* überhaupt *Bilder* gab. Die Ausgaben, die er gelesen hatte, hatten jedenfalls keine gehabt. Diese Version enthielt jedoch eine verstörende schwarz-weiße Darstellung eines Mannes, der einen anderen ausweidete. Auch wenn auf dem Bild das Rot fehlte, war es so detailliert, dass Damian problemlos die darauf abgebildeten Organe erkennen konnte. Im Hintergrund war ein Schatten, und obwohl es sich dabei nur um einen Umriss handelte, musste der von einer Kapuze verhüllte Kopf bedeuten, dass es sich dabei um einen der Heiligen handelte. Der zusah.

Einer *Opferung* zusah.

Doch das war nicht der Teil, der Damian eine Gänsehaut verursachte. Das Schlimmste an der Zeichnung war der Gesichtsausdruck des ersten Mannes. Er beging einen Mord, seine Arme waren von den Fingern bis zum Ellenbogen mit dem Blut des anderen Mannes besudelt, und es war nirgends eine Waffe zu sehen. Als würde er sein Gegenüber mit bloßen Händen zerreißen. Sein Mund war zu einem ewigen Schrei erstarrt und seine Augen vor Entsetzen geweitet. Etwas Dunkles lief ihm übers Kinn und färbte seine Zähne schwarz.

»Was«, sagte Siena leise, »ist *das*?«

Damian fand es ziemlich offensichtlich. Ein Mann, der von einer bösen Macht besessen war, zerfleischte vor den Augen seines Schutzheiligen einen anderen.

»Lies«, krächzte er und spürte, wie sich etwas tief in seinem Inneren verschob.

Siena tat es, zuerst nur im Kopf, dann laut, um, wie Damian vermutete, das Gelesene noch einmal zusammenzufassen. Er hörte ihr kaum zu. Seine Gedanken kreisten um die Zeichnung. Um das blanke Grauen im Gesicht des Mannes und das Gefühl, dass er selbst – vielleicht – diese Empfindung kannte.

»Damian«, hörte er wieder Sienas Stimme. »Hörst du mir zu? Es steht genau hier, in der Originalversion. Die Menschen haben sich gegenseitig vor ihren Schutzheiligen geopfert, um ihre Magie zu verstärken. Sieben Opfer, und jedes muss mit einem Symbol für den auserkorenen Heiligen bestattet werden.«

»Chthonium«, murmelte Damian und musste an die schwarzen Kugeln denken, mit denen Enzo die Augen der Opfer ersetzt hatte.

»Ja, ich schätze, das könnte man für Chaos verwenden. Weißt du, was das bedeutet? Hier steht: *War das Ritual erfolgreich, so spüren es alle Kinder des Heiligen, und sie werden durch-*

drungen von des Heiligen Macht.« Sienas Finger zitterten, als sie eine Seite weiterblätterte, wodurch die Zeichnung glücklicherweise verdeckt wurde. »Wir hatten recht. Diese Frau, mit der du im Gefängnis gesprochen hast, hatte recht. Chaos' Jünger sind nun möglicherweise mächtiger als jemals zuvor.« Sie knallte beunruhigt das Buch zu. »Damit stellt sich die Frage, weshalb das nicht schon lange vor Enzo jemand versucht hat? Wer würde nicht nach derartiger Macht streben?«

Damian nahm ihr das Buch ab und drehte es in seinen Händen. Er wusste keine Antwort auf diese Frage. Am liebsten hätte er gesagt, dass *Heilige und Hingabe* nichts als Geschichten enthielt. Die Heiligen hatten viel zu lange sein Leben bestimmt, und er fing gerade erst an, sie loszulassen. Aber was, wenn in jedem Märchen ein Körnchen Wahrheit steckte? Was, wenn die Geschichten über den Ursprung der Welt etwas sehr, sehr Wahres enthielten?

Etwas wie Magie?

Er spürte, wie er wieder die Kontrolle verlor. *Nicht hier*, dachte er. Panik machte sich in ihm breit und sein Herz pochte schneller. *Nicht jetzt.*

Doch sein Körper gehorchte ihm nicht. Oder war es sein Geist, der seinem Flehen kein Gehör schenkte? Damian wusste es nicht. Er musste herausfinden, was mit ihm passierte. Er hatte gehofft, es auf eine etwas subtilere Weise tun zu können – vielleicht seine Fragen zu flüstern, wenn Siena es nicht hörte –, doch es blieb keine Zeit mehr. Er hatte keine Möglichkeit, sich vor ihr, oder irgendjemand sonst, zu verstecken.

Er dachte an das Gesicht auf der Zeichnung und fragte sich, wie sein eigenes gerade aussah.

Dann klemmte er das Buch unter den Arm, packte die Laterne und rannte los.

14

ROZ

Roz war mürrisch, hatte Hunger und fror so sehr wie noch nie zuvor in ihrem Leben. Sie und Dev hatten bislang nichts Brauchbares gefunden. Das Atheneum war ein Irrgarten aus endlosen dunklen Gängen. In ihrer Nase klebte Staub. Sie hatte die Hände in die Achseln gesteckt, um wieder ein wenig Gefühl in die Finger zu bekommen, bisher jedoch ohne Erfolg.

»Ich hasse diesen Ort«, grummelte sie ungefähr zum zwanzigsten Mal, während sie die Schilder las. Wie konnte es sein, dass die Themen immer *noch* unbrauchbarer wurden?

»Was du nicht sagst.« Dev stieß einen langen, gequälten Seufzer aus, woraufhin Roz ihn mit einem bösen Blick bedachte.

»Du erinnerst dich doch noch, dass die Archivarin gesagt hat, dass hier unten Leichen liegen? Wie würde es *dir* gefallen, eine von ihnen zu sein?«

»Gar nicht«, sagte er unbeeindruckt. Roz hatte ihm vor einiger Zeit die Laterne gegeben, und die Spitzen der Finger, mit denen er sie hielt, waren inzwischen weiß. Die Kälte überzog die Haut seiner nackten Arme, die im fahlen Licht blasser wirkten denn je, mit einer Gänsehaut. »Meinst du nicht, dass es Zeit wird, umzukehren?«

Roz gab einen kehligen Laut von sich. Unverrichteter Dinge wieder zu gehen, behagte ihr nicht, aber sie mussten sich dringend besprechen. Hoffentlich hatten Damian und Siena den richtigen Bereich des Atheneums gefunden. Warum gaben die Archivare keine Lagepläne von diesem verdammten Ort heraus?

»Ja«, antwortete Roz. »Sie sollen nicht denken, wir hätten uns verirrt.«

Dev nickte und wandte sich in die Richtung, aus der sie gekommen waren. Er interessierte sich noch weniger für all die dicken Schwarten als Roz, die so sehr fror, dass es ihr generell schwerfiel, überhaupt für irgendetwas Interesse aufzubringen.

»Denkst du, Nasim geht es gut?«, fragte er, während sie den Weg zurückgingen, auf dem sie gekommen waren.

Roz zuckte mit den Schultern, und ihr missmutiger Blick fiel auf ein Schild mit der Aufschrift ADERLASS und direkt daneben auf eines, auf dem METHODEN DER ZENTRIFUGIERUNG stand. Wer zur Hölle hatte sich diese Regalanordnung ausgedacht? »Ich will es hoffen. Ich versuche, nicht zu viel darüber nachzudenken.«

»Ich schaffe es nicht, *nicht* darüber nachzudenken.«

»Nasim kann auf sich selbst aufpassen. Zumindest, bis das Schiff an der Front eintrifft.«

Dev gab einen undefinierbaren Laut von sich.

Roz sah ihn von der Seite an. »Wann werdet ihr beiden endlich zugeben, dass ihr voneinander besessen seid?«

»Was?«, keuchte er und errötete. »Besessen? Ich bin nicht – Wir sind nicht –«

»Hältst du mich für einen Dummkopf, Dev Villeneuve?«

Dev stöhnte und zupfte an seinem Haar, das inzwischen getrocknet war und wieder seine normale goldene Farbe angenommen hatte. »Es ist kompliziert, okay?«

»Weil du Angst hast, dass wir sie nicht mehr zurückbekommen? Aber das *werden* wir.«

Er schwieg einen Moment und vermied es, Roz anzusehen. Ihr Herz krampfte sich zusammen.

»Was ist los?«

Als Dev sie schließlich doch ansah, war sein Blick merkwürdig ausdruckslos. »Ich bin nicht bereit dafür, jemanden gernzuhaben, nur um denjenigen wieder zu verlieren.«

Roz hatte das Gefühl, von seinen Worten durchbohrt zu werden, und einen Moment lang wusste sie nicht, was sie erwidern sollte. »Aber du hast Nasim doch schon gern.«

»Ja. Aber einer von uns könnte sterben. Zur Hölle, wir könnten *alle* sterben.«

»Und?«

»Und ich glaube, dass es, wenn ich nichts sage … vielleicht nicht so wehtut.«

Roz hatte sich durchaus ähnliche Gedanken gemacht, aber sie zog es vor, ihnen nicht endlos nachzuhängen. Was nutzte es, sich zu sorgen, wenn es ohnehin zu spät war, das Ruder noch einmal herumzureißen? Wenn sie es gar nicht herumreißen *wollte*?

Aber sie konnte nachvollziehen, weshalb Dev so empfand. Seitdem er die tote Amélie gefunden hatte, waren erst ein paar Monate vergangen. Und, bei den Heiligen, sie konnte ihm nicht verdenken, dass er sich davor fürchtete, jemanden gernzuhaben. Man musste sich nur ansehen, was mit ihrem Vater passiert war. Mit Piera. Selbst mit ihrer Mutter. Roz hatte sie alle geliebt – und liebte ihre Mutter selbstverständlich noch immer –, doch der Großteil dieser Liebe hatte sich in Trauer verwandelt. Wenn man jemanden liebte und ihn verlor, konnte die Liebe sauer und giftig werden. Sie konnte sich wie toxischer Schlamm in den Adern festsetzen, bis man sich am liebsten das Herz herausreißen wollte. Aber hatte jemanden im Geheimen zu lieben nicht den gleichen Effekt?

»Ich verstehe das«, versicherte sie Dev, weil es der Wahrheit entsprach. Sie konnte ihm nicht verübeln, dass er so empfand, denn sie war den Schmerz ebenfalls leid.

Falls er noch etwas zu sagen hatte, behielt er es für sich.

Sie waren fast wieder bei der Stelle, an der sie sich von Siena und Damian getrennt hatten, und vor ihnen gähnte die breite Treppe wie ein weit aufgerissener Schlund. Roz zog an ihrem Oberteil und versuchte, mehr nackte Haut zu bedecken, erstarrte jedoch, als sie jemanden ihren Namen rufen hörte.

»*Rossana.*«

Sie drehte sich um und spähte in einen der Gänge, den sie und Dev nicht untersucht hatten, und sah zu ihrer Verblüffung Damian ins Licht stolpern.

Er schnaufte, als wäre er gerade einen Marathon gelaufen, und sein Blick war wild. Roz öffnete den Mund, schloss ihn jedoch gleich wieder. Sie sah, wie panisch schnell er atmete, dass seine Laterne ausgebrannt war und wie er sich an den Büchern neben ihm festkrallte. Dass er hier war, ergab keinen Sinn. Und warum war er allein?

»Gib mir das.« Sie riss Dev die Laterne aus der Hand und wies mit einem Kopfnicken in Richtung der Treppe. »Geh zurück zum Treffpunkt. Für den Fall, dass Siena dort auftaucht.«

Als Dev Damian ansah, wirkte er fast ängstlich. Er begann langsam zurückzuweichen, wie jemand, der einem schlafenden Ungetüm entgehen wollte. »Kommst du mit ihm zurecht?«

»Na klar. *Geh.*«

Im selben Moment, in dem Dev auf der Treppe verschwand, trat Roz zu Damian. Er klammerte sich verzweifelt an die Kante des Bücherregals, als wäre sie das Einzige, was ihn noch aufrecht hielt. Sein Gesicht war so bleich, wie sie es bei ihm zuletzt in der Kindheit gesehen hatte, als er sich eine Magen-Darm-Grippe eingefangen hatte.

»Roz«, wiederholte er keuchend ihren Namen. »Ich hatte recht.«

Sie verstand nicht, was er meinte. Behutsam stellte sie die Laterne ab und beugte sich vor, um ihm in die Augen sehen zu können. »Geht es dir gut? Wo ist Siena?«

Keine Antwort.

»Inwiefern hattest du recht?«

Damian biss die Zähne zusammen und richtete sich zu seiner vollen Größe auf. Erst da bemerkte Roz, dass er ein Buch unter dem Arm hatte.

»Was habt ihr gefunden?«

»*Heilige und Hingabe – Unzensierte Ausgabe*«, zischte er, und genau dieser Titel stand tatsächlich in goldenen Lettern auf dem Buchrücken. »Du musst mir zuhören, Roz. Kannst du mir zuhören?«

Sie zog das Buch unter seinem Arm heraus. Es war alt und handgeschrieben und die Seiten lösten sich bereits aus der Bindung. Damian griff danach, aber Roz hielt es außer Reichweite.

»Rede. Ich höre zu.«

Er schnaubte frustriert und die Muskeln an seinen Armen wölbten sich, als er die Fäuste öffnete und die Finger dehnte.

»Wir hatten recht damit, dass Chaos' Magie stärker wird. Diese Version von *Heilige und Hingabe* bestätigt unseren Verdacht, vorausgesetzt, man glaubt die Geschichten, die darin stehen. Enzo hat alles richtig gemacht. Er war das letzte Opfer.«

»In Ordnung«, sagte Roz leicht beunruhigt, aber nicht unbedingt schockiert. Dergleichen hatten sie ja bereits vermutet – und das Atheneum hatte diese Vermutung lediglich bestätigt. »Alles klar, dann müssen wir, wenn wir erst einmal die Grenze überquert haben, eben besonders vorsichtig sein. Zusehen, dass wir so wenigen Menschen wie möglich begegnen.«

»Das war nicht das Einzige, was die Frau im Gefängnis zu

mir gesagt hat«, wechselte Damian abrupt das Thema und raufte sich die Haare, als wolle er sie ausreißen. »Ich habe sie nach Enzo gefragt. Danach, wozu Chaos' Jünger imstande sind und was sie mit *uns* machen können.«

Er brauchte Roz nichts weiter zu erklären. Langsam wurde deutlich, dass sie und Damian sich die gleichen Fragen gestellt hatten. »Du glaubst, dass Enzos Magie auf irgendeine Weise noch immer in dir ist.«

Er stieß die Luft aus und seine Kieferknochen traten deutlich hervor. Seine Miene drückte reines, unverhohlenes Leid aus. »Du wusstest es? Ich – «

»Ich wusste gar nichts«, entgegnete sie. Das war nicht gelogen. Ob so etwas tatsächlich möglich war ... nun, Roz hatte keine Ahnung. Sie wollte hören, was Damian in dem Buch entdeckt hatte.

Er verzog das Gesicht, als litte er Schmerzen. »Diese Frau hat mir erzählt, dass etwas von Chaos' Magie zurückbleiben kann. Und dieses Buch« – er wies angewidert darauf – »untermauert das. Es kann passieren. Es *geschieht*. In mir drin stimmt etwas nicht. Ich kann es spüren, und es wird schlimmer. Doch je schlimmer es wird, desto weniger kümmert es mich.« Damian kam einen Schritt auf sie zu, die Lippen fest aufeinandergepresst. Sein Schmerz hatte sich in etwas Dunkleres, fast Bedrohliches verwandelt, und Roz glaubte ihm. Sie glaubte ihm, dass etwas nicht stimmte und dass das nichts mit seinem Trauma zu tun hatte. Zum ersten Mal in ihrem Leben verspürte sie in Damians Gegenwart einen Anflug von Furcht.

»Enzo ist tot«, bemerkte sie überflüssigerweise.

»Ja.« Damian neigte den Kopf, schloss fest die Augen und runzelte die Stirn. »Ich habe ihn ermordet. Bei allen Heiligen, das fühlte sich so verdammt gut an.«

Roz verpasste ihm eine kräftige Ohrfeige.

Das hatte sie nicht gewollt. Oder es zumindest nicht vorgehabt. Etwas Derartiges zu sagen war so untypisch für Damian, dass sie den plötzlichen, panischen Drang verspürt hatte, dafür zu sorgen, dass er wieder zu sich kam.

»*Verflixt noch mal*, Roz.« Er drückte eine Hand an die Wange. Seine Haut wurde bereits rosig. »Glaubst du etwa, ich weiß nicht, wie krank das ist?«

»Du fandest es schrecklich, Enzo zu töten«, sagte sie fest. »Ich habe versucht, dir klarzumachen, dass du das Richtige getan hast, aber du wolltest es nicht hören.«

»Hinterher fand ich es schrecklich, ja. Aber in dem Moment, in dem ich es tat, fühlte es sich richtig an.« Damian zog unter Roz' Blicken den Kopf ein. »So habe ich zum ersten Mal gemerkt, dass etwas nicht stimmt. Ich wollte dem nur keine Beachtung schenken. Das konnte ich nicht, bei all dem, was sonst noch passiert ist. Als ich dachte, du wärest –« Er schüttelte den Kopf und krauste die Lippen. »Ich verstehe das nicht. Wie kann ich, obwohl Enzo tot ist, noch immer so stark unter seinem Einfluss stehen? Ich konnte in diesem dämlichen Buch nichts darüber finden, was passiert, wenn der Jünger, der einen kontrolliert hat, stirbt. Was, wenn es nie wieder weggeht?«

Roz drehte das Buch um und schlug es auf. Der Rücken war von den vielen Jahren des Gebrauchs nachgiebig. Das Buch klappte bei einer Geschichte auf, die sie gut kannte.

Man sagt, dass es an jenem Tag, an dem Chaos fiel, regnete.

Sie endete allerdings nicht an der üblichen Stelle. Im Gegensatz zu der kurzen, bündigen Geschichte, die sie kannte, ging diese nach dem letzten Satz darüber, dass Patience genau wusste, wann sie zuschlagen musste, noch weiter. Die Schrift des nachfolgenden Abschnitts war kleiner, als handle es sich eher um eine Fußnote.

Als Patience sah, welchen Schaden Chaos auf Erden angerichtet und wie sehr das Ausmaß seiner Macht ihn verändert hatte, wusste sie, dass ihm Einhalt geboten werden musste. Sie hatte allzu viele ihrer Kinder fallen sehen. Und so nahm sie ihr Schwert und erschlug selbst ihren Geliebten.
Die Flüsse quollen über von Tränen, und Death, ihr treuer Freund, unterbreitete ihr ein Angebot: Wäre Patience willens, ihre Menschlichkeit aufzugeben, so würde Death sie verwenden, um Chaos aus dem Jenseits zurückzuholen und ihm ein Erdenleben als Sterblicher zu schenken.
Patience nahm Deaths Angebot an, und so wurde Chaos wiedererweckt. Doch in jenem Augenblick, in dem der Atem zurück in seine Lunge strömte, wurde Patience von der Welt der Sterblichen losgelöst und das Band der Liebenden durchtrennt. Sie waren nicht länger zwei Hälften eines Ganzen. Sie hielten nicht länger gegenseitig ihre Macht im Gleichgewicht, denn was nützt einer Heiligen ein Mensch?
Und so wurde Chaos aus dem Pantheon gestoßen, dazu verdammt, als einfacher Sterblicher auf Erden zu wandeln, während Patience die Erste wurde, die in die nächste Ebene aufstieg. Irgendwann folgten ihr auch die anderen Heiligen, deren Menschlichkeit in Zeit und Magie verloren ging. Nie wieder kreuzten sich die Wege der Liebenden.

»Patience ist der wahre Grund dafür, dass Chaos gefallen ist?«, fragte Roz fassungslos. »Warum wurde das aus dem Buch, das in Umlauf ist, herausgenommen?«

Damian zuckte mit den Schultern, obwohl es ohnehin nur

eine rhetorische Frage gewesen war. Sie kannte die Antwort bereits.

»Weil es nicht zur üblichen Darstellung passt.« Roz starrte die Worte an, ohne sie wirklich zu sehen. War Patience am Ende also für ihren Geliebten gestorben? War das gemeint, wenn in der Geschichte stand, sie sei in die nächste Ebene aufgestiegen? »Der Palazzo möchte bestimmt nicht, dass irgendjemand erfährt, dass Patience etwas für *Chaos* aufgegeben hat. Und dass der ursprüngliche Chaos als normaler Mensch gestorben sein soll, lässt ihn weitaus weniger gefährlich wirken als gewünscht.«

»Kann sein«, sagte Damian, doch sie merkte ihm an, dass ihn das nicht übermäßig beunruhigte. »Da ist noch mehr. Geh zu Seite einhundertachtunddreißig – das ist die Geschichte, die mir wirklich Sorgen bereitet.«

Roz tat wie geheißen. Die Schrift auf der betreffenden Seite war gedrängt, verschnörkelt und schwer zu entziffern. Sie überflog sie, bis sie zu der Stelle kam, die Damian gemeint haben musste. Ihr Magen zog sich zusammen und sie hob den Kopf.

»Du hast es doch selbst gesagt, Damian – das sind alles nur *Geschichten*, wie die, die man als Kind liest. Sie sollen den Menschen das Gefühl geben, die Welt zu verstehen. Das ist kein Informationsverzeichnis.«

»Und?«

»*Und* nur weil es im Buch steht, bedeutet es noch lange nicht, dass es dir passiert.« Auf der Seite, die Damian ihr hatte zeigen wollen, wurde von einem Mann berichtet, der einem Jünger von Chaos entkommen war, nur um anschließend festzustellen, dass jener Jünger ihn auch weiterhin kontrollierte. Sie schlug kraftvoll das Buch zu. »Das sind Furcht einflößende Geschichten für ombrazianische Kinder. Solche Dinge hat man sich wahrscheinlich sogar schon erzählt, bevor Chaos' Jünger verbannt wurden.«

»Deswegen kann es aber dennoch wahr sein«, widersprach Damian. »Siena und ich haben eine Frage gestellt, und daraufhin haben wir dieses Buch als Antwort erhalten. Das muss etwas zu bedeuten haben.«

»Hast du Siena deswegen zurückgelassen? Um es allein zu lesen?«

Er fuhr sich mit der Hand übers Gesicht und hielt inne, als seine Hand gerade seinen Mund bedeckte, wodurch seine Antwort nur undeutlich zu hören war. »Ja. Ich weiß nicht, was ich mir dabei gedacht habe. Ich wollte nicht, dass sie nachfragt, weshalb ich mich dafür interessiere, und deshalb habe ich sie ... einfach stehen lassen.« Er fluchte noch einmal, diesmal mit mehr Nachdruck. »Ihr Heiligen, was habe ich mir nur dabei *gedacht*?«

»Wir sollten uns lieber versichern, dass sie den Rückweg gefunden hat«, meinte Roz. Noch mehr Zeit an diesem Ort zu verbringen, um ein verlorenes Gruppenmitglied zu suchen, war so ziemlich das Letzte, worauf sie Lust hatte. »Ich nehme das Buch mit. Wir können es uns auf dem Schiff genauer ansehen und uns überlegen, was wir unternehmen sollen.« Falls das, was Damian über die Opfer gesagt hatte, stimmte, war Enzos Magie vielleicht eine ihrer geringsten Sorgen. Wie viele lebende Jünger von Chaos, deren Macht sich möglicherweise jüngst vergrößert hatte, mochte es wohl noch geben?

»Ich bezweifle stark, dass wir etwas von hier mitnehmen dürfen«, sagte er verwundert.

»Ach, *jetzt* ringst du plötzlich mit moralischen Bedenken?« Roz drückte das Buch an ihre Brust. Ihre Zähne klapperten. Wenn sie nicht bald hier herauskamen, würde sie sich noch in einen menschlichen Eiszapfen verwandeln. »Komm mit.«

Es stellte sich heraus, dass Siena den Weg zurück zur Treppe gefunden hatte. Und dass sie wütend war. Roz hielt sie nicht davon ab, Damian dafür, dass er sie zurückgelassen hatte, anzuschreien.

»Was zur Hölle *sollte* das?«, schimpfte Siena, so zornig, wie es Roz noch nie zuvor bei ihr erlebt hatte. Der Gesichtsausdruck, mit dem sie Damian ansah, drückte jedoch eher absolute Fassungslosigkeit aus. »Und das auch noch, nachdem ich *gerade erst* erklärt hatte, wie wichtig es ist, sich paarweise durchs Atheneum zu bewegen. Du kannst von Glück reden, dass ich ein Päckchen Streichhölzer eingesteckt hatte. Was, wenn ich nie wieder herausgefunden hätte?« Siena schüttelte erbost den Kopf. »Würde ich dich nicht noch immer als meinen Kommandanten betrachten, Damian, dann würde ich dir jetzt eine verpassen. Ich schwöre bei allen Heiligen, das würde ich tun.«

»Das habe ich schon erledigt«, bemerkte Roz und konnte Siena ihren Zorn kein bisschen verübeln. Hätte Damian *sie* im Atheneum im Dunkeln zurückgelassen, allein und ohne Licht, hätte sie ihm noch weitaus Schlimmeres antun wollen.

»Siena, bitte entschuldige.« Damian schüttelte den Kopf, als wolle er seine Gedanken klären. »Ich weiß nicht, was in mich gefahren ist.«

Sie war nicht besänftigt. »Was hast du *gemacht*? Warum bist du weggelaufen?«

Seine Lippen öffneten sich, doch es kam kein Laut heraus. Roz wartete ab, ob er die Wahrheit sagen würde. Ob er beabsichtigte, den anderen von seinen Ängsten zu berichten, und davon, was sie erfahren hatten.

»Ich dachte, ich hätte … etwas gesehen«, behauptete Damian lahm.

»Aber du hast dir nicht die Mühe gemacht, sie zu warnen?«,

bemerkte Dev, dem der Argwohn ins Gesicht geschrieben stand.

Ihr Heiligen, das alles würde nie im Leben funktionieren – nicht, wenn in ihrer Gruppe Nervosität und Misstrauen herrschten.

»Sag ihnen die Wahrheit«, forderte Roz. Damian fuhr mit weit aufgerissenen Augen herum, offenbar fassungslos über ihren Verrat. Sie konnte sein Entsetzen nachvollziehen – er war es gewohnt, der Anführer zu sein. Selbstbewusstsein und Kompetenz vorzuschützen. Doch sie konnten so nicht weitermachen.

Damian grub die Fingernägel in die Seite seines Gesichts und schloss die Augen, während Siena und Dev ihn argwöhnisch musterten. Er seufzte. Dann berichtete er ihnen, was er auch Roz erzählt hatte, wenngleich deutlich ruhiger. Sienas Miene glättete sich und ihr Ärger verwandelte sich in Besorgnis.

»Ist das denn überhaupt möglich?«, fragte sie in Bezug auf das, was Damian über die Reste von Enzos Magie gesagt hatte. »Wieso sollte sie dich noch immer beeinflussen, aber uns andere nicht?«

Er vollführte eine merkwürdige Bewegung, die fast als Schulterzucken durchging. »Ich habe keine Ahnung. Warum sie nur mich beeinflussen sollte, meine ich. Es *ist* möglich, zumindest laut dem Buch, das ich gefunden habe.« Damian wies mit einem Kopfnicken auf das dicke Buch, das Roz noch immer unter dem Arm hatte. »Es ist eine Sammlung von Geschichten, aber zumindest beweist es, dass die Idee nicht neu ist.«

Siena, die Roz zum ersten Mal, seitdem sie zur Treppe zurückgekehrt waren, richtig anzusehen schien, erschrak. »Warum hat sie das bei sich? Bücher dürfen nicht aus dem Atheneum entfernt werden. Nichts darf entfernt werden.«

»Wir können es doch nicht einfach hierlassen«, beharrte Roz. »Und im Moment haben wir keine Zeit, es zu lesen. Was, wenn es uns noch mehr verraten kann?«

Siena antwortete nicht. Stattdessen nahm sie Roz so schnell das Buch ab, dass sie gar keine Chance hatte, sich zu wehren. »Habt ihr eine Ahnung, was passieren würde, wenn wir versuchen würden, das hier mitzunehmen?«

Niemand sagte ein Wort.

»Nichts. Nichts würde passieren«, fuhr Siena fort, »weil das Atheneum uns erst gar nicht gestatten würde, zu gehen.« Sie warf das Buch die Treppe hinunter, wo es, aufgeschlagen und mit einem ohrenbetäubenden Knall, auf dem Steinfußboden landete. »Wir müssen uns selbst eine Lösung einfallen lassen. Aber wenigstens haben wir gefunden, weswegen wir hergekommen sind.«

Roz biss sich fest auf die Innenseite der Wange. Sie wusste, dass Siena recht hatte, aber es fühlte sich dennoch wie ein Fehler an, das Buch im Dunkeln zurückzulassen. Damian schien es ähnlich zu ergehen. Als er Siena auf der Treppe nach oben folgte, wirkte er vollkommen resigniert.

Zu Roz' Grauen erwartete die Archivarin sie bereits. Sie floss aus den Schatten heraus wie ein Gespenst. Auf ihrem zahnlosen Mund lag ein beunruhigendes Lächeln.

»Haben Sie gefunden, wonach Sie suchten?«, fragte sie in einem leiernden Singsang, und die Art und Weise, wie sie die Frage stellte, ließ vermuten, dass sie genau wusste, wonach sie gesucht hatten.

»Ja«, antwortete Siena. »Danke.«

Die Archivarin lächelte unermüdlich weiter. »Wissen Sie, die Höflichkeit gebietet, dass man Dinge wieder dorthin bringt, wo man sie gefunden hat.«

Roz runzelte die Stirn. Damit konnte die Archivarin doch

nicht das Buch über Chaos' Magie meinen – oder doch? Sie konnte unmöglich wissen, wo sie es liegen gelassen hatten.

»Das wissen wir«, entgegnete Siena und schob sich an der Frau vorbei in Richtung Haupteingang.

Dev nickte artig mit dem Kopf. »Bitte verzeihen Sie, falls etwas nicht am richtigen Platz sein sollte.«

Die Archivarin sah ihm nur mit gleichmütiger Miene nach.

Roz lief als Letzte an ihr vorbei. Im selben Moment streckte die Frau abrupt die Hand nach ihr aus und packte sie am Handgelenk. Ihr Griff war fest, fast wie ein Schraubstock, und unnatürlich kalt. Roz fuhr herum und fasste den knochigen Unterarm der Archivarin, bereit, sich zu wehren.

Im Gesicht der Archivarin zeichnete sich jedoch keinerlei Boshaftigkeit ab. Ihre Augen waren groß und ernst, als sie Roz ansah.

»Denken Sie an die Geschichte«, sagte sie so leise, dass keiner der anderen es hören konnte. »Denken Sie daran, wie sie endet.«

Roz' Verärgerung steigerte sich noch weiter. »Was?«

Die Archivarin ließ sie los, und ihr Lächeln kehrte so schnell zurück, dass es fast schon unheimlich war.

Und dann war sie fort, wurde erneut von den Schatten des Atheneums verschlungen.

15

MILOS

Als Milos die Durchfahrt am Fluss erreichte, der Ombrazia von Brechaat trennte, erwartete ihn jemand.

Es war ein junger Mann, den er nicht kannte, der ihm jedoch seltsam vertraut vorkam. Sein Haar war rötlich braun und seine Miene wirkte zwar erschöpft, aber auch freundlich. Er stand am Rand des Wassers und blickte starr in die Dunkelheit, als sähe er dort etwas, was Milos nicht erkennen konnte.

»Sie fühlen es auch, oder?«, sagte der Mann, dessen Stimme fast vom Wind übertönt wurde. »Sie sind nicht der Erste, der hier auftaucht.«

Milos verstand nicht, was der Mann damit meinte. Beziehungsweise war er sich sicher, dass sie in diesem Moment ganz bestimmt nicht an das Gleiche dachten.

»Verzeihung«, sagte er. »Ich habe es recht eilig. Ich benötige eine Überfahrt auf einem Boot in Richtung – «

»Süden«, beendete der Mann den Satz für ihn. »Richtig?«

Milos stutzte. Der junge Mann drehte sich um, und nun fiel Milos wieder ein, wo er ihn schon einmal gesehen hatte. Er sank auf ein Knie. »Vergeben Sie mir«, sagte er. »Ich habe Sie nicht erkannt.«

Der Mann signalisierte ihm, aufzustehen. Die Geste wirkte unwirsch, aber auch ein wenig amüsiert. »Ich habe nach Ihnen gesucht, Milos Petrescu. Sie sind weiter gegangen als die anderen.«

In den Bergen im Nordosten von Ombrazia, nahe der Grenze zu Brechaat, gab es einen Ort, von dem kaum jemand wusste. Dorthin hatte man Milos nach dem schicksalhaften Tag gebracht, an dem man ihn von seiner Familie fortgeholt hatte.

Damals hatte man ihm die Augen verbunden, doch an dem Tag, an dem er diesen Ort wieder verlassen hatte, hatte er ihn gesehen. Seine Fassade war in den Berghang eingebettet gewesen, dunkel und imposant, jedoch nicht so groß, wie er es erwartet hatte. Er hatte den Eindruck gehabt, als wäre alles in großer Hast errichtet worden, denn die breiten Steinplatten und der unförmige Eingang hatten recht unscheinbar gewirkt – kein Vergleich zu der gemeißelten Opulenz ombrazianischer Tempel. Milos hatte auch gewusst, warum das so war: Dies war ein Ort, an dem man vergessen wurde.

Zu dem Zeitpunkt, als er dort eintraf, hatte er aufgehört zu weinen, denn er war nach den Stunden panischer Angst zu erschöpft, um noch eine Regung aufzubringen. Obwohl er erst dreizehn war, hatte er sich mit dem Unvermeidbaren abgefunden.

Milos hörte das Schaben der großen steinernen Pforten auf dem felsigen Boden. Ein fauliger Geruch drang zwischen ihnen hervor, der ihn sofort würgen ließ. Wäre sein Magen nicht so leer gewesen, wäre ihm sicher noch mehr hochgekommen als nur Galle. Obwohl er ein Junge war, der noch nie dem Tod begegnet war, wusste er instinktiv, dass er gerade seinen Geruch eingeatmet hatte.

Starke Hände stießen ihn vorwärts und der Boden begann vor ihm abzufallen. Vor Angst und Nervosität klapperten ihm die Zähne. Daran, wie seine Schritte unmittelbar neben ihm widerhallten, erkannte Milos, dass sich der Raum, durch den er sich immer tiefer unter die Erde bewegte, verschmälerte. Der Gestank wurde schlimmer, doch ihm blieb nichts anderes übrig, als ihn zu ertragen. Er wusste nicht, wie lange er schlurfend über den unebenen Untergrund lief, doch es fühlte sich an wie eine Ewigkeit. Ein Geräusch ertönte, das nach dem Quietschen rostiger Angeln einer Tür klang, die geöffnet wurde. Als er einen Schritt nach vorn machte, begann er wieder, leise zu schluchzen, denn er erwartete, in eine Art Zelle geführt zu werden. Doch dann hatte er plötzlich keinen Boden mehr unter den Füßen.

Er fiel mit einem Schrei, obwohl er nicht tief stürzte. Seine Glieder prallten auf harten Stein und Schmerz schoss durch seinen Körper.

Wieder quietschten die Angeln. Diesmal kam das Geräusch von weiter oben. Gleich darauf folgte ein Krachen.

Milos, der nun allein war, nahm die Augenbinde ab und blickte nach oben in die Dunkelheit.

Schritte entfernten sich.

Er wusste, dass sie nicht mehr zurückkehren würden.

»Sie waren da«, sagte Milos zu dem jungen Mann. »An jenem Tag, als man mich rausholte. Sie und Ihr Vater.«

Der Mann tat seine Worte mit einer Handgeste ab, lächelte jedoch. Als Milos ihn zum letzten Mal gesehen hatte, war er noch ein Junge gewesen. Sein Gesicht war runder gewesen, aber ebenso ernst. Auch war er kleiner gewesen und weniger muskulös als jetzt. Doch es bestand kein Zweifel, dass er unter denen gewesen war, die ihn aus dem Kerker im Vergessenen Verlies befreit hatten.

So nannten es zumindest die Brechaaner. Milos bezweifelte, dass sich die Ombrazianer überhaupt dazu herabließen, darüber zu sprechen. Seine Eltern hatten auf jeden Fall nie einen derartigen Ort erwähnt.

Inzwischen wusste er natürlich, dass der Palazzo die Jünger von Chaos dorthin schickte. Man spürte sie im Kindesalter auf, brachte sie in den Norden und sperrte sie zum Sterben unter der Erde ein. Wie Milos sehr bald erfahren hatte, wussten die Brechaaner jedoch von diesem Ort und retteten die jungen Ombrazianer. Sie hatten ihn aus der Finsternis gezogen und stattdessen einen ihrer eigenen Toten hineingeworfen. Sie hatten ihm versichert, dass es egal wäre, wie die Toten aussähen – bis sich jemand die Mühe machen würde, die Kerker zu überprüfen, wäre die Leiche ohnehin nicht mehr zu erkennen.

»Ich weiß, dass Sie gehen wollen«, sagte der Mann. »Ich spüre den Sog ebenfalls. Genau wie alle anderen Jünger von Chaos. Ich weiß nicht, was es ist, oder weshalb es uns stärker macht, und ich bin mir nicht sicher, ob man dieser ganzen Sache trauen kann.«

Milos spürte den Sog *tatsächlich* und wünschte sich nichts sehnlicher, als seinen Ursprung zu finden. Doch wenn es jemanden in Brechaat gab, auf den er hören sollte, dann auf den Mann, den er vor sich hatte. Wie viele Jünger hatten er und sein Vater im Lauf der Jahre wohl aus dem Verlies gerettet? Wie viel hatten sie ganz generell für Brechaat getan? Es war eine Ehre, hier vor ihm zu stehen. Es war ein Segen, am Leben zu sein.

»Sie haben gesagt, Sie hätten mich gesucht«, sagte Milos. »Was kann ich für Sie tun?«

Der Mann wies mit einem Kopfnicken auf den Hügel, der sich hinter ihnen erhob. Die Abzeichen an seiner Jacke blitzten im Mondlicht. »Warum begleiten Sie mich nicht?«

16

ROZ

Die nächsten Stunden verstrichen relativ ereignislos, und genau das beunruhigte Roz mehr als alles andere.

Sie hatten das Boot bei ihrer Rückkehr genauso vorgefunden, wie sie es hinterlassen hatten. Eigentlich hätte sie darüber erleichtert sein sollen, doch es kam ihr eher vor wie ein unwahrscheinlicher Glücksfall. Die Bucht, in der sie das Boot vertäut hatten, war weit genug von der Weite des Meeres entfernt, dass es durchaus möglich gewesen wäre, dass es schlicht niemand gesehen hatte, doch als eine weitere Nacht verging, wurde Roz das dumpfe Gefühl nicht mehr los, dass eventuelle Verfolger sie inzwischen längst hätten einholen müssen. Sie war nicht die Einzige, die fast ständig prüfende Blicke über die Schulter warf. Siena und Dev verhielten sich genauso. Nur Damian wirkte nicht beunruhigt, obwohl er das hätte sein sollen.

Stattdessen hielt er den Blick fest nach vorne gerichtet. Roz verstand nicht, was in ihm vorging. Manchmal wirkte er ganz normal, ein andermal wieder völlig verängstigt.

Und dann war da noch der Damian, der überhaupt keine Angst zu kennen schien. Der Damian, der eine verzerrte Version des Mannes war, den sie einst gekannt hatte. Wäre vielleicht solch ein Mensch aus ihm geworden, wenn er weniger nach seiner Mutter und mehr nach Battista gekommen wäre? Machte die Magie das aus ihm?

Der folgende Tag war ruhig, doch der Abend brachte die Verheißung von weiterem Regen mit sich. Die Luft war dick und nur ein paar vereinzelte Sterne blitzten durch die Wolken hindurch. Roz band ihre Haare zu einem strafferen Pferdeschwanz, um die Strähnen zu zähmen, die ihr ins Gesicht geblasen wurden.

»Wir sollten in die Kajüte gehen«, rief Siena, als die ersten Regentropfen zu fallen begannen. »Wir werden sonst klatschnass. Der Wind ist stark genug, damit die Segel uns auf Kurs halten.«

Damian nickte kurz und machte das Steuerrad in seiner derzeitigen Position fest, bevor sie zu viert hineingingen. Sobald sie vor dem herannahenden Unwetter in Sicherheit waren, ließ sich Dev in den nächstbesten Sessel fallen und richtete seinen starren, leeren Blick auf den grellroten Teppich, der einen kleinen Teil des Holzfußbodens bedeckte. »Wir erreichen bald die Grenze. Wie lautet unser Plan?«

Sie hatten bereits über die gewonnenen Erkenntnisse aus dem Atheneum gesprochen: dass es anscheinend tatsächlich möglich – ja, sogar wahrscheinlich – war, dass Enzos Opfer Chaos' Magie verstärkt hatten, und was das für den Rest ihrer Reise bedeuten könnte. Roz wollte das alles nur sehr ungern noch einmal durchkauen, aber sie hatte den Eindruck, dass Dev sich rückversichern wollte. Darum sagte sie mit einer Zuversicht, die sie nicht wirklich empfand: »Wir legen im letzten Hafen vor der Grenze an und tauschen dort, hoffentlich, unser Boot gegen ein etwas weniger ... auffälliges. Vorzugsweise gegen ein brechaanisches.«

»Dann können wir durch die Durchfahrt, an der sie den Großteil ihres Handels abwickeln, nach Brechaat hineinfahren«, fuhr Siena fort. »Wir werden versuchen, so wenig Aufmerksamkeit wie möglich zu erregen. Wenn wir über die Grenze sind, legen wir den Rest des Weges zu Fuß zurück.«

»Und hoffen, dass wir keinem von Chaos' Jüngern begegnen«, murmelte Dev.

»Die Chancen sind gering«, erinnerte ihn Siena nüchtern. »In Brechaat gibt es kaum Jünger. Erinnerst du dich? Die meisten Menschen dort stammen von Unerwählten ab, die nach dem ersten Krieg dorthin geflüchtet sind. Und die verbliebenen Jünger von Chaos haben ihre Blutlinien derweil wahrscheinlich so sehr verwässert, dass keine mehr übrig sind. Falls es noch welche gäbe«, fügte sie hinzu, »hätte Brechaat sie längst im Krieg eingesetzt.«

Das ist ein gutes Argument, dachte Roz bei sich. In einem Kampf, der vorwiegend von Unerwählten ausgefochten wurde, wäre *jeder* Chaos-Jünger ein riesiger Vorteil.

»Selbst wenn es in Brechaat nicht viele Jünger von Chaos gibt«, sagte sie, »wissen wir nicht, wie mächtig Enzos Opfer sie möglicherweise gemacht haben. Diese Dinge, zu denen er imstande war ... Was, wenn das nun die Norm ist?« Roz musste an die Sicherheitsoffiziere im Palazzo denken, die erstarrt in ihren jeweiligen Illusionen gefangen gewesen waren. »Enzo hat Dutzende Menschen gleichzeitig kontrolliert. Falls sie *alle* über derartige Macht verfügen –«

»Dann könnte Brechaat vielleicht in der Lage sein, den Krieg zu gewinnen«, meldete sich Damian zum ersten Mal, seitdem er die Kajüte betreten hatte, zu Wort. Seine Augen waren glasig und seine Stirn nachdenklich gerunzelt. Er schien mit den Gedanken nicht ganz bei der Sache zu sein, fügte aber dennoch hinzu: »Ombrazia hat keine Jünger zur Verteidigung. Jedenfalls nicht genug, um ernsthaft etwas ausrichten zu können. Das passiert, wenn man seine Leute nicht zwingt, Soldat zu werden.«

Kurz herrschte Schweigen. Niemand widersprach – wieso auch? Damian hatte recht. Jahrelang hatte sich Ombrazia darauf verlassen, dass Brechaat immer schwach sein würde. Ein Land der Unerwählten. Falls sich daran jemals etwas ändern sollte, war man nicht darauf eingestellt.

»Dann müssen wir *alle* aus Ombrazia fort«, verkündete Roz entschieden. »Wir retten Nasim und Kiran, kehren zurück, um meine Mutter und die anderen Rebellen zu holen, und dann gehen wir zu den Östlichen Inseln.«

»Wahrscheinlich hast du recht«, seufzte Siena. »Bestenfalls werden wir in einen Krieg verwickelt, bei dem uns beide Seiten tot sehen wollen.« Sie hielt den Hemdaufschlag mit den Fingern fest und fuhr sich mit dem Ärmel über die Stirn. »Es ist nur so, dass meine Familie noch dort ist. Und Noemi.« Sie grub die Zähne in die Unterlippe. »Ich bezweifle, dass ich sie davon überzeugen kann, zu gehen.«

Roz spähte zu Damian. Sein Blick war noch immer ins Leere gerichtet. Er wirkte wie die Statue eines Mannes, den sie kaum wiedererkannte. Offensichtlich würde er bei diesem Gespräch keine große Hilfe sein.

»Das tut mir leid«, sagte Roz zu Siena. Sie drückte ihr in einer, wie sie hoffte, aufmunternden Geste die Schulter. »Du kannst nicht mehr tun, als es zu versuchen.«

Siena lächelte sarkastisch. »Du musst mich nicht trösten.«

»Ich weiß. Aber ich kann dich verstehen. Wir beide sind die Einzigen hier, die Familie zurückgelassen haben.«

Sie bereute die Worte in dem Moment, in dem sie über ihre Lippen kamen. Dev wandte den Blick ab und interessierte sich plötzlich sehr für die Teppichkante. Roz ging auf ihn zu.

»Dev, ich wollte nicht – «

»Nein. Du hast recht«, sagte er schulterzuckend. »Meine Familie ist fort. *Alle*, die mir etwas bedeutet haben, sind fort. Abgesehen von dir natürlich. Und falls wir Nasim nicht zurückbekommen – «

»Aber das *werden* wir. Außerdem stimmt das nicht. Die anderen Rebellen mögen dich ebenfalls.«

Er sah sie mit einem Blick an, der beinahe mitleidig war. »Sie mögen mich auf die Art, wie man seine Mitstreiter mag. Das ist alles, was ich noch habe, Roz. Dich und Nasim. Diese Mission. Und das ist in Ordnung. Aus irgendeinem Grund bin ich gar nicht auf die Idee gekommen, dass es sinnlos ist, zurückzukehren. Ich habe mein ganzes verdammtes Leben in dieser Stadt verbracht, und nun ist dort nichts mehr für mich.« Er ließ den Kopf gegen die Rückenlehne sinken, bevor er mit dem Kinn Siena zunickte. »Wer ist Noemi?«

Kurzes Schweigen. »Nur eine Frau, die ich kenne.«

»Ist das alles?«

Sienas Lachen war halbherzig. »Es sollte nicht sein.«

Dev nickte wissend. Er sah aus, als wolle er noch etwas hinzufügen, schien es sich dann aber anders zu überlegen.

Roz merkte, dass das eintretende Schweigen nicht unangenehm war. Es war die Art von Stille, die genauso gut im Bartolo's hätte herrschen können, nur unterbrochen vom Klirren der Gläser auf den Tischen. Einträchtiges, kameradschaftliches Schweigen. Wie war es denn dazu gekommen?

Doch als ihr Blick zu Damian glitt, wünschte sie sich urplötzlich, sie wäre tatsächlich im Bartolo's. Sie hätte etwas Hochprozentigeres als Wasser gebrauchen können.

»Wenn Magie stärker werden kann«, überlegte Roz, »folgt dann daraus nicht, dass sie auch geschwächt werden kann?«

»Das wäre die logische Schlussfolgerung«, stimmte Siena zu und ein Schatten huschte über ihr Gesicht. »Darüber weiß ich eventuell etwas.«

Dev setzte sich in seinem Sessel auf und Roz neigte argwöhnisch den Kopf. »Was meinst du damit?«

Siena verzog das Gesicht und holte ein gefaltetes Stück Pergament aus der Tasche. Einen Moment lang meinte Roz, es wäre die Karte, die sie ihnen in der Taverne gezeigt hatte, doch als Siena es entfaltete, sah man darauf nur einen Textblock. Eine Seite des Pergaments war gezackt, als wäre es durchgerissen worden.

Sienas schuldbewusste Miene ergab plötzlich Sinn. Das Blatt war nicht *durchgerissen* worden – sondern aus einem *Buch* herausgerissen.

Dev begriff im selben Augenblick wie Roz. Er lachte laut auf und deutete, halb erschüttert, halb erfreut, mit dem Finger auf Siena. »Das hast du aus dem Atheneum gestohlen! Und das, nachdem du uns belehrt hattest, uns an die Regeln zu halten?«

Damians Gebaren veränderte sich plötzlich komplett, und sein Blick richtete sich abrupt auf Siena, als wäre er aus einem tiefen Schlaf gerissen worden.

Sie hob beide Hände. »Ich dachte, es könnte vielleicht wichtig sein, okay? Ich habe es gefunden, kurz nachdem Damian mich stehen gelassen hatte.« Mit einem vielsagenden Blick auf ihn strich sie das Pergament in ihrem Schoß glatt. »Der Großteil der Seite ist nutzlos, doch sie beweist, dass es eine Möglichkeit gibt, das, was Enzo getan hat, rückgängig zu machen.«

Siena wies auf eine Textzeile ziemlich weit unten auf der Seite. Roz beugte sich über ihre Schulter, um sie zu lesen.

Um den Prozess der Rückgängigmachung einzuleiten,
muss dargeboten werden, was gegeben wurde.

»Was bedeutet das?«, fragte sie, obwohl sie der schreckliche Verdacht befiel, es bereits zu wissen.

Dev fuhr sich mit der Hand über den Mund. »Erzählt mir bloß nicht, dass die einzige Möglichkeit, Chaos' Magie zu schwächen, darin besteht, genau das Gleiche zu tun wie Enzo.

Er hat sechs Menschen getötet. Er hat meine kleine Schwester *ermordet*.«

»Ich habe nicht gesagt, dass wir es tun sollen«, blaffte Siena. »Ihr habt gefragt, und ich hatte zufällig die Antwort. Wir können ja nicht mal sicher sein, dass die Jünger von Chaos wirklich eine Bedrohung darstellen.«

Doch hier ging es nicht nur um die Jünger von Chaos, oder? Roz starrte weiter die Worte an, in der Hoffnung, irgendwie eine andere Bedeutung aus ihnen herauslesen zu können. »Wenn wir recht haben und Damian *tatsächlich* von Enzos Magie beeinflusst wird, ist das etwas, was ebenfalls rückgängig gemacht werden muss.«

»Nein.« Damian hatte die Arme verschränkt und seine Miene wirkte kalt.

Sein Einspruch kam so plötzlich, dass Roz einen Moment brauchte, um ihn zu verarbeiten.

»Was meinst du mit *Nein*?« Sie ahmte seine Körperhaltung nach und sah ihn mit gerecktem Kinn direkt an. »Willst du ewig so bleiben? Du hast doch selbst gesagt, dass du glaubst, du wirst verrückt.«

»Es geht mir gut.«

»Du machst wohl Witze.« Sie streckte die Hand nach ihm aus. »Das bist nicht du, und das weißt du auch. Du hattest *Angst* davor.«

Er verzog den Mund zu einem gemeinen Ausdruck, der überhaupt nicht zu ihm passte. »Versuchst du, mich zu *retten*, Roz?«

»Damian.« Siena war aufgesprungen und sein Name kam ihr scharf über die Zunge. »Sie hat recht. Du bist nicht du selbst. In wenigen Stunden überqueren wir die Grenze zu brechaanischem Gebiet und können uns jetzt keine unüberlegten Entscheidungen deinerseits leisten.«

Damian trat einen Schritt nach vorne und hob herausfordernd die Augenbrauen. »*Unüberlegte Entscheidungen?* Ich treffe keine unüberlegten Entscheidungen. Ich bin euer *Kommandant*.« Er schleuderte ihnen das letzte Wort wie eine Drohung entgegen. »Bei mir braucht nichts rückgängig gemacht zu werden. Ich muss nicht gerettet werden.«

Bevor einer von ihnen etwas erwidern konnte, drehte er sich auf dem Absatz um, riss die Kajütentür auf und verschwand nach draußen ins Unwetter. Ein Schwall Regen schlug Roz ins Gesicht, bevor die Tür hinter ihm wieder zuschlug.

»Was zur Hölle war das denn?«, murmelte Dev und umklammerte mit einer Hand eine Armlehne des Sessels, auf dem er noch immer saß.

Roz wusste darauf keine Antwort. Sie wandte sich an Siena. »Steht auf dieser Seite sonst noch etwas Brauchbares?«

Siena schüttelte ratlos den Kopf. »Nur, was du gelesen hast. Es ›*muss dargeboten werden, was gegeben wurde*‹. Vorzugsweise an einem heiligen Ort.«

»Kein Ort ist mehr heilig, sobald Roz dort auftaucht«, raunte Dev, woraufhin Roz ihn mit einem vernichtenden Blick bedachte.

»Ihr beiden solltet versuchen, euch ein bisschen auszuruhen. Ich werde mit Damian reden.«

Kurz glaubte sie, Dev würde widersprechen, doch dann nickte er. »Sei vorsichtig. Lass dich nicht ins Meer pusten.«

Sie wusste, dass es nicht das Meer war, was ihm Sorgen bereitete.

Es kam nicht so weit, dass Roz ins Meer gepustet wurde, doch es schüttete dermaßen, dass sie sich nicht vorstellen konnte, dass das noch einen Unterschied gemacht hätte.

Ihre Kleider waren binnen Sekunden durchweicht und fühlten sich an den Stellen, an denen sie ihr an der Haut klebten, kalt und unangenehm an. Es ließ sich unmöglich unterscheiden, was Regen und was Meerwasser war. Die Wellen dröhnten in ihren Ohren und übertönten alles bis auf das gelegentliche Krachen des Donners in der Ferne. Sie schlugen wild gegen die Seiten des Boots, und ihre schaumige weiße Gischt prasselte über die Reling und ergoss sich auf das Deck. Roz hatte Probleme, nicht den Halt zu verlieren. Schließlich erspähte sie durch den sintflutartigen Regen Damians vertraute Silhouette am Steuerrad. Sie rief seinen Namen, doch er drehte sich nicht um, wie eine lebensechte Galionsfigur, die starr in den tintenschwarzen Zusammenprall von Himmel und Meer blickte.

Roz' Kehle schmerzte, als sie schluckte und hinter ihn trat. Als Damian ihr zum ersten Mal gesagt hatte, dass er das Gefühl habe, etwas *stimme nicht* mit ihm, hatte er es an ihrem Hals geraunt, während er sie am Ufer des Sees im Arm gehalten hatte, am Tag, nachdem die Rebellion zugeschlagen hatte. Roz hatte sein Kinn gepackt, ihn gezwungen, ihr in die Augen zu sehen, und hatte dabei in seinen etwas Merkwürdiges entdeckt. Etwas, von dem sie glaubte, dass es in jenem Moment geboren worden war, als er Enzo im Schrein erschossen hatte. Sie wusste nicht, was sich in jener Nacht in Damian verändert hatte – sondern nur, dass nicht einmal drei Jahre im Krieg eine derartige Veränderung bei ihm bewirkt hatten. Niemals hätte sie geglaubt, dass es so weit kommen würde – dass sie ihn ansah und jemanden vor Augen hatte, den sie nicht kannte.

»Damian!« Sie wiederholte seinen Namen und fand es selbst schrecklich, wie zaghaft es klang.

Endlich drehte er sich um. Seine Augen wirkten schwarz und seine Pupillen waren stark geweitet. Das Boot, das von den tückischen Wellen näher an die Küste gedrückt wurde, vollführte einen Satz und Roz mit ihm. Sie verlor das Gleichgewicht und prallte gegen die Reling. Frustriert stieß sie einen Fluch aus. Damian war sofort an ihrer Seite, packte ihre Arme und drehte sie um, sodass er nun zwischen ihr und der See stand. »Versuch bitte, nicht über Bord zu gehen, ja?«

Es war wahrscheinlich als Scherz gemeint, doch seinen Worten fehlte die übliche Unbeschwertheit. Roz' Ärger loderte wieder auf. »Was interessiert es dich?«

Damian starrte sie durch den strömenden Regen an. Er hielt sie noch immer an den Schultern fest, und keiner von ihnen regte sich. »Was soll das *heißen*?«

»Ich weiß nicht, was sich verändert hat, aber mir scheint, dass dir inzwischen alles egal ist.« Der Regen prasselte noch heftiger auf sie nieder, durchnässte ihre Haare bis auf die Kopfhaut. Sie zitterte. »Du hattest Angst vor dem, was du empfunden hast. Angst! Und jetzt bist du wütend, weil du glaubst, ich will dich *retten*? Verdammt noch mal, Damian, wir versuchen alle nur, dir zu helfen.«

»Rossana.« Er sprach ihren Namen grob aus. »Es gibt wichtigere Dinge, um die wir uns Gedanken machen müssen –«

»Das sagst du jetzt. Aber was ist in einer Stunde, wenn du deine Meinung wieder änderst? Wenn du zusammenbrichst, weil du glaubst, dass Enzos Magie dich weiterhin kontrolliert?«

»Ich war noch nicht fertig.«

Sein lakonischer Tonfall machte Roz stutzig. »Was?«

»Ich. War. Noch. Nicht. *Fertig*.« Damian betonte jedes einzelne Wort. Dann ließ er einen ihrer Arme los und legte eine Hand an ihre nasse Wange. Wieder machte das Boot einen gewaltigen Satz, doch Damian hielt sie beide im Gleichgewicht. Wasser strömte von seiner Schläfe über seine Wange wie eine Flut aus Tränen. Sein Blick war wütend, und Roz war nicht auf die Worte gefasst, die ihn begleiteten. »Sag nicht, dass mir alles egal geworden ist. Es existiert keine Version von mir, der du egal bist, Roz. Es existiert keine Version von mir, die du nicht ganz und gar besitzt.«

Ihre Lippen öffneten sich, doch sie brachte kein Wort heraus. Sie wollte ihm sagen, dass sie es gar nicht darauf anlegte, ihn zu besitzen. Dass die Version von ihm, die sie am meisten liebte, diejenige war, die weich und sanft war, vielleicht weil sie selbst von diesen Eigenschaften herzlich wenig besaß. Sie wollte ihm sagen, dass sein Schmerz und seine Angst zu ihm gehörten, genauso wie die Farbe seines Haars oder die Form seines Mundes. Doch Damian schien keine Erwiderung hören zu wollen.

»Wenn du mich berührst«, sagte er leise, und seine Fingernägel schabten über ihre Wange, »erinnere ich mich wieder, wie man ruhig wird.«

Roz wusste nicht, was sie dazu sagen sollte. Blitze zuckten über ihnen. Das plötzliche grelle Licht hinterließ ein Nachbild in ihrem Sichtfeld. Als sie scharf einatmete, schmeckte sie den Regen und das salzige Aroma des Meeres. Dann hob sie eine Hand, legte sie über Damians und zog seine Finger fort von ihrem Gesicht. Durch den Verlust seiner Wärme fühlte sie sich seltsam beraubt.

»Ich werde eine Möglichkeit finden, es rückgängig zu machen«, versicherte sie ihm. »Was Enzo getan hat, meine ich. Ob es dir nun gefällt oder nicht.«

»Nein.« Das Wort klang hart wie ein Peitschenschlag. Er wich einen Schritt vor ihr zurück. »Verstehst du nicht, Roz? Ich bin *zufrieden*.«

»Das warst du anfangs aber nicht«, erinnerte sie ihn und spürte, wie ihr ein kalter Schauer über die Haut kroch. »Du sagst das jetzt nur, weil es einfacher ist.«

Er schüttelte den Kopf. »Du begreifst es nicht. Es tut jetzt viel weniger weh.«

»Schmerz ist ein Teil des Lebens.«

»Nun, ich *will* ihn aber nicht!« Damians Stimme erhob sich zu einem lauten Grollen, das mit dem der Wellen mithalten konnte. Er starrte sie mit wilden, zornigen Augen an und seine Brust hob sich angestrengt. Die Sanftheit, die sie eben noch bei ihm gesehen hatte, war so vollständig verschwunden, dass Roz sich fragte, ob sie sie sich womöglich nur eingebildet hatte.

Und da begriff sie.

Was immer auch mit Damian geschah – er kämpfte nun weniger erbittert dagegen an. Deswegen hatte sich etwas verändert. Deswegen pendelte er immer seltener zwischen Wahnsinn und Verzweiflung. Er begann aufzugeben und hatte womöglich gänzlich aufgehört, noch Verzweiflung zu empfinden. Die Erkenntnis erfüllte sie jäh mit Grauen.

»Damian«, sagte sie flehentlich. »Du musst mir zuhören.« Sie packte den klatschnassen Stoff seines Hemdes und umfasste mit einer Hand sein Handgelenk, weil sie sich daran erinnerte, dass er gesagt hatte, dass ihre Berührungen ihn beruhigen würden. »Gib nicht auf. Ich weiß, dass ein Teil von dir noch immer kämpfen will gegen diesen – diesen Wahnsinn, oder wie immer man es auch nennen will. Und du musst es weiter versuchen. Einverstanden? Für mich.«

Er sah sie für einen langen Moment mit undurchdringlicher Miene an. Roz fühlte sich, als wolle sie ein Buch in einer Sprache lesen, die sie noch nicht gelernt hatte. Was würde passieren, wenn er Nein sagte?

Doch bevor er antworten konnte, ertönte ein Krachen, das nichts mit dem Wüten des Unwetters zu tun hatte. Roz realisierte erst mit Verspätung, dass es das Knallen der Tür gewesen war. Als sie herumfuhr, kam Siena bereits über das Deck auf sie zugerannt und deutete mit dem Finger auf eine Felswand in unmittelbarer Entfernung.

»Wir haben den letzten Hafen verpasst!«, schrie sie panisch in das Getöse des Sturms. »Wir sind zu weit gefahren!«

Damian riss sich aus Roz' Griff los, den sie unbewusst gelockert hatte. Er stützte sich mit den Händen auf die Reling und achtete dabei nicht auf das Wasser, das über die Seite des Boots schwappte und ihn von Kopf bis Fuß durchnässte. Seine ganze Aufmerksamkeit galt der Landmasse, die Siena ihnen gezeigt hatte.

»Wir sind mit dem Wind gesegelt«, brüllte er über die Schulter hinweg. »Ich habe vergessen zu berücksichtigen, wie viel schneller wir dadurch und durch die Grace-gefertigten Segel geworden sind!«

Roz brauchte einen Moment, um seine Worte zu begreifen, aber als sie es tat, verkrampfte sich vor Schreck ihr ganzer Körper.

Sie hatten den letzten ombrazianischen Hafen verpasst – den, wo sie vorgehabt hatten, das Boot zu wechseln. Nun näherten sie sich einer deutlich sichtbaren Engstelle, die zu beiden Seiten von felsigen Klippen gesäumt wurde.

Das war die Durchfahrt, von der Siena zuvor gesprochen hatte. Die, an der die Grenze verlief.

Sie steuerten direkt auf brechaanisches Hoheitsgebiet zu.

17

DAMIAN

Als Damian versuchte, das Schiff wieder auf die offene See hinauszulenken, rutschten seine Hände vom Steuerrad ab. Egal, wie sehr er sich anstrengte, jede Drehung blieb wirkungslos. Der Sturm war zu stark, die Wellen zu kraftvoll. Sie drückten mit ihrem unermesslichen Gewicht seitlich gegen das Boot und schoben es immer näher auf die Durchfahrt zu.

Dev hatte den Tumult anscheinend ebenfalls gehört und war aus der Kabine gestürmt, denn nun stand er auf der anderen Seite des Decks, kämpfte durchnässt mit den Segeln und versuchte tapfer, den Kurs zu ändern. Damian wusste, dass es sinnlos war. So wie die Dinge standen, wären sie entweder gezwungen, die Engstelle zu durchsegeln, oder würden an den Felsen zerschellen. Die Küste war zu nah. Sie konnten gegen die Natur ankämpfen, so viel sie wollten, doch sie würde sich nicht übertrumpfen lassen.

»Es hat keinen Zweck!«, brüllte Damian Roz und Siena zu, die ihn beide mit furchtsam aufgerissenen Augen beobachteten. Er selbst spürte keine Angst – er wusste, dass er sie eigentlich spüren *sollte*, als heftigen Druck in seiner Brust, stark genug, um etwas Lebenswichtiges zum Brechen zu bringen, doch sie war einfach nicht da. Stattdessen konnte er vollkommen klar denken und war von eiserner Entschlossenheit erfüllt. »Wir werden die Engstelle passieren müssen!«

»Das *geht* nicht«, schrie Siena zurück. »Das ist ein Palazzo-Schiff! Wir segeln unter seiner verdammten Flagge!«

Dev, der hinter ihr stand, schien gehört zu haben, was sie gesagt hatte. Er ließ das Segel los, legte den Kopf in den Nacken und spähte zur Flagge hinauf. »Ich hole sie runter!«

Damian konnte ihn kaum verstehen und brauchte einen Moment, bis er begriff. Zu diesem Zeitpunkt erklomm Dev bereits den Mast. Seine Jacke blähte sich im Wind und der Regen prasselte auf seinen schmalen Körper. Roz eilte sofort zum Mast und blickte ihrem Freund nach. Ihr nasses Haar hatte sich aus dem Zopf gelöst und klebte ihr an den Armen und am Hals. »Dev, *nicht*! Die Blitze!«

Dev ignorierte sie, und Damian musste sich eingestehen, dass er froh darüber war. Ihr Boot stammte unübersehbar aus Ombrazia, doch mit der Flagge würde zumindest jede sichtbare Verbindung zum Palazzo verschwinden.

»Lass ihn!«, ermahnte er Roz, drehte noch einmal kraftvoll am Steuer und spähte in den Regen hinein, während er sich darauf vorbereitete, das Schiff durch die enge Durchfahrt zu lenken. Er fühlte sich wie der einzige beherrschbare Punkt in einer Welt aus Wahnsinn. Alle paar Sekunden passte er seine Körperhaltung an, während das Schiff sich aufbäumte und das Deck sich unter seinen Füßen neigte. Normalerweise hätte Damian das knöcheltiefe Wasser gestört, das seine Stiefel durchweichte, aber der Rest seines Körpers war inzwischen so klatschnass, dass es auch keinen großen Unterschied mehr machte. Er hörte es hinter sich platschen und riskierte gerade rechtzeitig einen Blick über die Schulter, um zu sehen, wie Siena auf ihn zukam.

»Überlass mir das Steuer«, sagte sie schwer atmend zu ihm. Ihr Gesicht war nass vom Regen. »Falls Dev abstürzt, bist du der Einzige, der ihn vielleicht auffangen kann.«

Damian fand es ziemlich unwahrscheinlich, dass im Falle eines Sturzes *überhaupt* irgendjemand Dev fangen könnte – der Gute hätte bessere Chancen, wenn er direkt ins Meer fiel. Doch da er wusste, dass Roz das ganze Schiff auseinandernehmen würde, wenn Dev etwas passierte, gab Damian das Steuer ab.

Dev hatte derweil fast die Spitze des Mastes erreicht. Er schwankte gefährlich im Sturm und Dev klammerte sich daran fest. Roz, die noch immer mit zurückgelegtem Kopf in den Himmel blickte, bekam den Regen direkt ins Gesicht.

»Er ist fast oben«, sagte Damian laut zu Roz, als ob sie das nicht selbst sehen würde. »Er schafft das.«

»Ich weiß«, entgegnete sie schroff.

In diesem Augenblick fuhr das Boot über einen besonders hohen Wellenkamm, und Devs Beine rutschten vom Mast ab und baumelten frei in der Luft. Roz stieß ein Keuchen aus, das Damian nicht hören konnte, und öffnete die Lippen zu einem tonlosen Schrei. Auch er selbst wappnete sich für das Schlimmste, während Dev mit den Füßen Halt auf dem nassen Holz suchte. Er rutschte kaum merklich den Mast hinunter. Das Krachen des Donners hallte durch die Luft. Scheinbar unbewusst griff Roz nach Damians Hand und umklammerte seine Finger so fest, dass es wehtat.

Doch Dev fiel nicht. Er schaffte es, die Beine wieder um den Mast zu schlingen und den Aufstieg fortzusetzen.

Das Wasser verengte sich. Von beiden Seiten näherten sich felsige Klippen, an denen sich die Wellen als schaumige Gischt brachen. Die Durchfahrt selbst war etwa so lang wie drei große Schiffe hintereinander, und obwohl Damian sie noch nicht sehen konnte, wusste er, dass oben auf den Felswänden brechaanische Wachen postiert waren. Er fragte sich, ob sie sie bereits beobachteten. Konnten sie die Palazzo-Flagge im strömenden Regen ausmachen?

Roz' Griff um seine Hand wurde fester, und als Damian aufsah, klammerte sich Dev gerade mit einer Hand an den Mast, während er in der anderen ein Messer hielt. Die Palazzo-Flagge flappte so wild im Wind, dass es anfangs so aussah, als könne er sie nicht lange genug festhalten, um die Schnüre durchzuschneiden. Doch obwohl er schon wieder begann abzurutschen, schaffte er es. Die Flagge flatterte so wild, als wäre sie lebendig, doch im nächsten Augenblick schob Dev sie vorne in seine Jacke und machte sich an den Abstieg.

Ungefähr auf halbem Wege lockerte er seinen Griff und ließ sich klatschend aufs Deck plumpsen. Das Boot schlingerte. Dev rollte über die Holzplanken und kam schließlich nur wenige Zentimeter vor Damians Stiefeln zum Liegen.

Roz half Dev auf die Beine, nur um ihm gleich darauf so fest auf den Arm zu schlagen, dass es wehgetan haben musste. »Du bist verdammt noch mal völlig verrückt.«

Dev grinste schwach und wedelte mit einem Zipfel der Flagge vor ihrer Nase. Abgesehen von zwei rosigen Flecken auf seinen Wangen war er leichenblass. »Ich habe nie etwas anderes behauptet.«

»Na, versteck das lieber wieder«, riet Roz, woraufhin Dev die Flagge noch tiefer in seine Jacke stopfte. »Es wäre trotzdem ein Wunder, wenn wir dort hindurchkämen.« An Damian gerichtet fragte sie: »Werden sie uns befragen?«

Im Stillen dachte Damian, dass es schon ein kleines Wunder wäre, wenn sie überhaupt *so weit* kämen, doch laut sagte er: »Ja. Außerdem werden sie vermutlich das Schiff durchsuchen. Ich weiß, dass wir nicht viel mitgenommen haben, aber wenn ihr etwas Verdächtiges bei euch habt, dann werft es über Bord. Jetzt.«

»Ich überprüfe rasch die Kajüte«, sagte Roz.

Nachdem sie gegangen war, sah Dev Damian fragend an.

Musterte ihn. »Du wolltest versuchen, mich zu fangen, oder? Falls ich abgestürzt wäre.«

Damian runzelte die Stirn. »Deine Chancen wären besser gewesen, wenn du ins Meer gefallen wärest.«

»Das war nicht meine Frage.«

»Ich würde alles für Roz tun.« Damian erwiderte seinen Blick und registrierte zum ersten Mal, dass Dev der Kleinste von ihnen war. Er war beileibe kein stattlicher Mann, doch er hielt sich wie einer. »Sie hätte gewollt, dass ich dich fange, und deshalb hätte ich es auch getan. Wäre es ihr Wunsch gewesen, dass ich dich über Bord werfe, wäre ich ihm ebenfalls gefolgt.«

Dev lachte trocken. »Dagegen lässt sich nichts sagen.«

Als Damian angestrengt in den Regen spähte, erkannte er, dass sich das Boot kurz vor der Engstelle befand. Siena navigierte an den Klippen vorbei. Selbst aus der Entfernung konnte Damian deutlich ihre Anspannung sehen. Zuerst glaubte er, sie rühre daher, dass sie es nicht gewohnt war, ein Wasserfahrzeug zu steuern, doch dann winkte sie die beiden zu sich und ihr Blick vermittelte ihnen, was sie mit Worten nicht tat: *Seid still.*

»Was ist los?«, zischte Damian.

Roz hatte gerade die Kajüte verlassen und Siena wartete, bis sie zu ihnen gestoßen war, bevor sie antwortete. »Schaut.«

Damian brauchte einen Moment, um zu begreifen, was er anschauen sollte. Dann sah er sie: brechaanische Soldaten, deren Silhouetten sich undeutlich vor der Felswand abzeichneten. Von ihrem Standpunkt aus wirkten sie winzig wie Spielzeugfiguren.

»Soldaten«, verkündete Roz überflüssigerweise. »Na und? Ich dachte, damit hätten wir gerechnet.«

»Darum geht es nicht. Sie *bewegen* sich nicht.«

»Das sollen sie auch nicht. Schließlich sind es Wachen.«

Siena schnaubte ungeduldig. »Sie müssten uns inzwischen auf jeden Fall gesehen haben und haben sich trotzdem noch keinen Zentimeter vom Fleck bewegt. Das ist merkwürdig, insbesondere, da wir mit einem ombrazianischen Boot unterwegs sind. Keiner von ihnen hat auch nur seine Waffe gehoben.«

»Sind es vielleicht Statuen?«, schlug Dev vor. »Ich meine, womöglich sind die echten Wächter irgendwo anders, und die, die wir sehen, sind so etwas wie Attrappen.«

Nun, da sie näher herangekommen waren, erkannte Damian, dass Siena recht hatte. Das war *wirklich* merkwürdig. Er hatte selbst schon unzählige Male Wache geschoben, und jeder gute Soldat wusste, dass man sich bei Anzeichen einer potenziellen Gefahr neu formieren musste. An einem Ort wie diesem sollten ihnen eigentlich längst brechaanische Boote entgegenkommen, um sie in Empfang zu nehmen oder um ihnen den Weg abzuschneiden. Doch nichts geschah und keine der Gestalten machte auch nur einen Schritt.

»Nein, Villeneuve, das sind keine Statuen«, sagte Siena. Damian merkte, dass sie nervös war, denn ihr Tonfall war kein bisschen abfällig.

Spannung lag in der Luft, so deutlich wahrnehmbar wie der Geruch von Salz. Selbst Damian überkam eine vage, ungute Vorahnung, was ihn allerdings weniger beunruhigte, als er es erwartet hätte. Auf irgendeine Weise gab ihm dieses Gefühl mehr Energie, und er war bereit zu kämpfen.

Siena beobachtete noch immer aufmerksam die Klippen. Roz' Lippen öffneten sich, als sie direkt an dem Wächter, der ihnen am nächsten stand, vorbeifuhren. Er trug die, wie Damian wusste, typische, langärmelige Uniform der brechaanischen Armee – dunkelgrün mit schwarzen Knöpfen –, doch der Mann verfolgte die Vorbeifahrt ihres Schiffes nicht mal mit Blicken oder hob seine Arkebuse.

»Ist das eine Art Trick?«, zischte Siena, doch Damian hörte sie kaum. Sein Inneres war zu Eis gefroren.

Er wusste *ganz genau*, wo er etwas Vergleichbares schon einmal gesehen hatte.

Die Erinnerung kehrte in Bruchstücken zurück: wie er durch den Palazzo gerannt war, um Enzo aufzuspüren, nachdem er mit Roz verschwunden war. Ein dunkler Korridor, der von Sicherheitsoffizieren versperrt worden war, die sich nicht gerührt hatten, als Damian sich ihnen genähert hatte. Erst später hatte er verstanden, dass sie in einer Illusion gefangen gewesen waren.

»Das ist kein Trick«, sagte Damian und wusste selbst nicht, weshalb er leise sprach. Schließlich konnten die Soldaten ihn nicht hören. »Wir haben das schon einmal gesehen. Sie werden von einem Jünger von Chaos kontrolliert.«

Roz versteifte sich neben ihm. Ein Muskel zuckte an ihrem Hals, und er wusste, dass sie sich gerade an das Gleiche erinnerte wie er.

»Wie kommst du darauf?«, fragte Dev verwundert.

»Seht sie euch an.« Damian nickte mit dem Kinn in Richtung des nächsten Wächters. »Ihre Augen sind offen, aber leer. Als würden sie etwas ganz anderes ansehen. Das kommt daher, dass es tatsächlich so ist. In der Nacht, als Enzo sich offenbarte, hat er genau das Gleiche mit einigen von den Sicherheitsoffizieren des Palazzos gemacht.«

Dev stieß einen leisen Pfiff aus. »Aber war Enzo nicht außergewöhnlich mächtig? Es ist bestimmt nicht einfach, so viele Menschen gleichzeitig zu kontrollieren.«

»Das ist es auch nicht«, sagte Roz finster. »Oder zumindest sollte es das nicht sein. Aber wer weiß, wozu ein normaler Jünger von Chaos inzwischen imstande ist.«

»Dann war also einer von ihnen hier. Vor Kurzem erst.«

»Sie könnten immer noch hier sein«, meinte Siena, woraufhin sie alle vier verstummten.

Inzwischen befanden sie sich fast an der schmalsten Stelle der Durchfahrt, wo auf einem ebenen Abschnitt der Klippe ein kleines Gebäude stand. Vermutlich der Kontrollposten. Er war von Soldaten umstanden, die sich allesamt nicht regten. Damian machte sich darauf gefasst, dass jemand, *irgendjemand*, einen Satz nach vorne machen und versuchen könnte, ihnen die Durchfahrt zu verwehren, doch es passierte nichts. Das gefiel ihm nicht. Er wusste nicht, wohin mit seiner inneren Anspannung, die sein Körper anscheinend dringend loswerden wollte.

»Aber weshalb sollte ein Jünger von Chaos so etwas tun?«, grummelte Roz. »Es würde doch bestimmt niemand aus Brechaat die eigenen Soldaten beeinflussen. Ich meine ...« Sie wies mit der Hand auf das offene Wasser vor ihnen. »Im Grunde lässt man uns vollkommen ungehindert einreisen.«

Was bedeutete, dass sich irgendwo in der Nähe ein Chaos-Jünger befand, der stark genug geworden war, um ihnen zu ermöglichen, die Grenze zu überqueren, ohne auch nur von einem einzigen Soldaten behelligt zu werden.

Der Regen hatte inzwischen etwas nachgelassen, doch der Sturm tobte noch immer und verwandelte die Durchfahrt in einen Windtunnel. Eine ganze Weile sprach niemand. Erst als Roz schließlich das Schweigen brach, wurde Damian bewusst, dass sie vermutlich alle das Gleiche dachten.

»Jemand will uns hier haben«, sagte sie. »Aus irgendeinem Grund *will* jemand tatsächlich, dass wir nach Brechaat kommen. Und derjenige hat dafür gesorgt, dass man uns nicht zurückweist.«

18

ROZ

Sie legten mit dem Boot kurz nach dem Kontrollpunkt in einer Biegung an. Diese Seite der Durchfahrt war besser vor dem Sturm geschützt, doch Roz erkannte schnell, dass sie nicht mehr auf dem Weg zurückkehren könnten, auf dem sie gekommen waren.

»Es wird hierbleiben müssen«, sagte Siena mit Blick auf das Boot, während sie auf einem rutschigen Pfad die Klippen erklommen. »Wir dürfen nicht darauf hoffen, dass derjenige, der uns hier haben will, uns auch wieder herauslassen wird.«

Sie hatten nichts Verfängliches an Bord zurückgelassen, doch trotzdem würde jeder Brechaaner, der einen Fuß an Bord setzte, augenblicklich erkennen, dass das Boot aus Ombrazia stammte. Sie hatten zwar die Flagge abgenommen, aber sie war nicht der einzige Hinweis darauf, dass es Eigentum des Palazzos war.

Dev blickte ebenfalls zurück, jedoch nicht auf das Boot. Er konzentrierte sich auf den Kontrollposten, als befürchte er, die Soldaten könnten urplötzlich aus der wie auch immer gearteten Illusion, unter der sie standen, erwachen. Roz konnte ihm das nicht verdenken – falls man sie verfolgen würde, könnte man ihre Gruppe ziemlich leicht fassen. Sie hatten kaum geschlafen und ihre Nahrungsvorräte waren allenfalls mager gewesen. Sie spürte die ziehende Müdigkeit in ihren Muskeln und es fiel ihr schwer, den Blick zu fokussieren.

Sie fragte sich, wie Damian es schaffte, durchzuhalten. Er sah von ihnen allen unzweifelhaft am schlimmsten aus. Er redete kaum, und seine Schultern waren angespannt, während er den steilen Pfad hinauflief, der vom Wasser fortführte. Roz hätte ihn gern getröstet, aber etwas an seinem Gesichtsausdruck hielt sie davon ab. Sein Blick war unfokussiert, als richte er seine ganze Aufmerksamkeit darauf, sich vorwärtszubewegen. Roz hatte Angst, dass er womöglich wütend werden würde, wenn sie ihn berührte. Er hatte sie nicht hier haben wollen. Und obwohl sich Damian in so vielerlei Hinsicht verändert hatte, blieb diese Tatsache bestehen. Sie beobachtete, wie ihm das Wasser aus den Haaren in den Nacken lief, die bereits aus dem kurzen militärischen Haarschnitt herauswuchsen.

Man merkte nicht direkt, dass in Brechaat ein anderes Klima herrschte, doch soweit Roz erkennen konnte, wirkte die dunkle Landschaft eher fremdartig. Die vereinzelten Bäume auf den Klippen wuchsen gedrungen und stachlig – ganz anders als das üppige, füllige Grün, das sie gewohnt war. Doch trotzdem hatte es auch etwas Schönes. Das felsige Gelände verbarg jede Spur von Zivilisation, wodurch ihre Umgebung wild und unergründlich wirkte. Wie der Schauplatz einer Abenteuergeschichte, bei der das glückliche Ende nicht garantiert war.

Vielleicht lag es an den Geschichten, die ihr Vater ihr als Kind erzählt hatte. Geschichten vom eigentümlichen Norden, die unbelastet von seinen eigenen Erlebnissen dort gewesen waren. Er hatte von riesigen Raubkatzen berichtet, die in den Bergen herumstreiften, und kleinen, versteckten Wasserfällen in den Wäldern. Er hatte ihr erzählt, dass die Sonne am grauen Himmel blasser wirkte, dass sie früher am Abend unterging und dass man, wenn man an einem klaren Tag ganz genau hinsah, möglicherweise Schnee auf den höchsten Berggipfeln erspähen konnte.

Hier konnte man sich verlieren. Man konnte immer weiter und weiter laufen und niemals zurückblicken.

Sie hatten inzwischen fast die Spitze der Klippe erreicht, wo es nicht viel zu sehen gab außer einem dichten Wäldchen aus ebenjenen stacheligen Bäumen. Siena führte sie dorthin, denn sie bestand darauf, dass sie Schutz vor dem Regen suchen mussten, damit sie einen Blick auf ihre Karte werfen konnte. Roz wusste ebenso gut wie jeder andere, dass es ratsam wäre, wegen der Blitze die Bäume zu meiden, doch es bot sich keine andere Zuflucht an.

»Wir müssen von der Küste weg, einen Bogen schlagen und dann wieder zurück«, sagte Siena, als sie vor dem schlimmsten Regen geschützt waren. Sie deutete auf den nördlichen Abschnitt ihrer Karte, der größtenteils leer war. »So sollten wir in der Lage sein, Ombrazias Hauptquartier zu erreichen und gleichzeitig die Frontlinien zu umgehen.«

Roz knirschte mit den Zähnen und überschlug im Kopf die Entfernung. »Wir werden es heute Abend nicht mehr bis dorthin schaffen, oder?«

Siena schüttelte den Kopf. »Wir könnten hier ein Lager aufschlagen.«

»Wir brauchen trockene Kleidung«, meinte Dev. »Wir sollten versuchen, eine Stadt zu erreichen. Oder wenigstens so etwas wie ein Dorf.«

»Das ist nicht sicher.« Siena verstaute die Karte wieder sicher in ihrer Jacke, bevor sie begann, das Wasser aus ihren Flechtzöpfen zu wringen.

»Es wird uns wohl kaum jemand erkennen«, widersprach Dev.

»Genau das ist das Problem. Die Leute werden sich wundern, wer zur Hölle wir sind, und das kann genauso gefährlich werden.«

Roz wusste ehrlich gesagt nicht, was die bessere Vorgehensweise wäre. Sie sehnte sich danach, wieder sauber und trocken zu sein, doch das Risiko, auf Schwierigkeiten zu treffen und dadurch noch mehr Zeit zu verlieren, ließ sie zögern.

Damian verschränkte die Arme vor der breiten Brust. Im Gegensatz zu den anderen stand er noch immer im Regen, der auf seine Schultern klatschte, während er nachdenklich mit dem Kiefer mahlte. »Bestimmt befindet sich in der Nähe ein Dorf. Ich denke nicht, dass man einen Kontrollposten allzu weit entfernt von der Zivilisation einrichten würde.«

»Und wir sollten schlafen«, fand Roz. »Selbst wenn es nur ein paar Stunden sind.«

»Dann lasst uns gehen.« Damian trat mit finsterem Gesicht gänzlich unter den Bäumen heraus. »Wir müssen uns sowieso einen Unterschlupf suchen, wo wir abwarten können, bis das Unwetter vorbei ist.«

Doch bevor sie einen weiteren Schritt machen konnten, hob er die Hand und kniff die Augen zusammen. Seine gesamte Körperhaltung veränderte sich, wie bei einem Tier, das Gefahr witterte. Ohne ein einziges Wort zu sagen, tat Siena es ihm gleich und zog außerdem ein kleines Messer, das sie auf dem Schiff gefunden hatte. Roz hielt bereits ihr eigenes Messer in der Hand.

»Was ist los?«, flüsterte Dev.

»Hörst du das nicht?«, sagte Damian leise, drängend. »Da ruft jemand. Sie müssen unser Schiff entdeckt haben.«

»Na und? Wir sind ja nicht mehr an Bord.«

»Das bedeutet, dass – *Achtung!*«

Roz fuhr herum. Sie war das Krachen von Gewehrfeuer inzwischen gewohnt – jedoch nicht, dass es direkt hinter ihnen erscholl. Der unverwechselbare Knall einer Arkebuse durchschnitt genau in dem Augenblick die Luft, in dem Dev hinter den nächstgelegenen Baum hechtete. Roz tat das Gleiche, erhaschte jedoch zuvor im spärlichen Mondlicht, das vom tosenden Meer reflektiert wurde, einen kurzen Blick auf die dunkle Gestalt, die die Klippe hinauf auf sie zugerannt kam. Ein brechaanischer Wächter.

»Wir müssen fliehen«, zischte Roz durch die Zähne, während sie angestrengt versuchte, in der Dunkelheit zwischen den Bäumen die anderen auszumachen. Das einzig Beruhigende war, dass, wenn sie sie nicht sehen konnte, der Wächter es vermutlich auch nicht konnte. »Auch wenn wir zu viert sind, haben wir keine Chance. Nicht, wenn er bewaffnet ist.«

Sienas Stimme kam von links. »Außerdem könnte es sein, dass er nicht allein ist.«

Roz konnte Damian jetzt erkennen – er stand nicht weit von ihr entfernt, und sie vermutete, dass er sich absichtlich so positioniert hatte. Er schüttelte den Kopf. »Wären noch weitere Wächter bei ihm, hätte er auf sie gewartet. Er muss sich irgendwie aus seiner Illusion befreit haben.«

Oder vielleicht war er erst gar nicht in einer gefangen gewesen, überlegte Roz. Wer weiß, wie viele Soldaten rund um die Durchfahrt patrouillierten.

»Was sollen wir dann tun?«, fragte Dev zittrig, und Roz wusste, dass er in diesem Moment an Nasim dachte. Daran, was ihr widerfahren würde, wenn sie heute Nacht hier starben.

»Rennt«, sagte Damian. »*Jetzt*. Ich bin direkt hinter euch.«

Wieder löste sich ein Schuss. Roz zuckte zusammen, zog den Kopf ein und folgte Dev und Siena eilig tiefer in das Wäldchen. Sie hörte ihre schnellen Schritte im Unterholz knirschen. Als sie ungefähr ein Dutzend zurückgelegt hatte, merkte sie plötzlich, dass sie nicht hören konnte, dass Damian ihnen folgte. Ihr nasser Pferdeschwanz schlug ihr ins Gesicht, als sie abrupt stoppte. »*Damian!*«

Sie konnte ihn nicht sehen und er antwortete auch nicht. Sie hastete den Weg zurück, auf dem sie gekommen war, dankbar, dass das Rauschen des Regens die meisten Geräusche übertönte. Das Herz schlug ihr bis zum Hals. Was *machte* Damian da? Man konnte sich derzeit nicht darauf verlassen, dass er kluge Entscheidungen traf – nicht in dem Zustand, in dem er sich momentan befand.

Er stand noch immer genau dort, wo sie ihn zurückgelassen hatte, und lugte hinter einem Baum hervor. Der brechaanische Wächter war nah – viel zu nah. Das Krachen des nächsten Schusses, den er abgab, war donnernd laut, wurde vom Wäldchen noch um das Zehnfache verstärkt. Der Wächter näherte sich Damians Versteck. Der spannte sich merklich. Roz hielt den Atem an, war vor Panik und Unentschlossenheit wie gelähmt. Warum war Damian nicht geflohen? Warum floh er *noch immer* nicht?

Sie sah etwas in seiner Hand aufblitzen und begriff.

Damian sprang hinter den Bäumen hervor. Im selben Moment stürmte auch Roz auf den Wächter zu. Ein letzter Schuss ertönte und ihr Kopf wurde leer. Sie war sich sicher, dass er sie nur knapp verfehlt hatte, verspürte darüber jedoch nur flüchtige Erleichterung, während sie ihr eigenes Messer fliegen ließ.

Ihre Hand war heiß – so heiß –, doch die Hitze verschwand in dem Moment, in dem sie das Messer losließ, als hätte das Metall sie mitgenommen. Sie konnte eigentlich recht gut zielen, aber durch die Dunkelheit, gepaart mit den unvorhersehbaren Bewegungen des Wächters, hatte sie wenig bis gar keine Chancen, ihn mit dem Messer zu treffen.

Aber das tat sie trotzdem, genau wie sie es seltsamerweise vorausgeahnt hatte.

Roz konnte noch die Überbleibsel der Magie in ihren Knochen spüren. Sie war aufgeflammt, während sie intensiv an den Wächter gedacht hatte. Und dann, zum ersten Mal in ihrem Leben, hatte sie sie erfolgreich auf das Metall übertragen.

Obwohl es im Grunde nicht so vorgesehen war. Ein Jünger von Patience sollte eigentlich nicht dazu in der Lage sein, eine Waffe durch Magie ihr Ziel finden zu lassen.

Und doch hatte sich das Messer genau in die Kehle des Wächters gebohrt.

Sie stieß bebend den Atem aus. In diesem Augenblick begriff Roz, dass zu töten genauso leicht war, wie sie es erwartet hatte. Der Mann hatte nicht mit ihrem Messer gerechnet, und er hatte keine Möglichkeit gehabt, sich zu schützen. Die Arkebuse, die er bei sich trug, war zu lang und sperrig, um sie effektiv gegen sie einzusetzen. Das Messer in seiner Haut stecken zu sehen hätte sie eigentlich mit Grauen erfüllen sollen, doch das Adrenalin, das durch ihre Adern pulsierte, hatte alle Rationalität ausgelöscht.

Töten war einfach. Das Traumatische war das Sterben.

Sie hatte sich unbewusst dem Wächter genähert, als sie jäh zurückgerissen wurde. Eine Hand hielt sie am Kragen gepackt, zu fest, um sie abzuschütteln. Sie wusste instinktiv, dass es Damian war – wer auch sonst? –, doch sie brachte es nicht fertig, ihn anzusehen. Stattdessen war ihr Blick fest auf den Wächter geheftet, der seine Arkebuse fallen ließ und hektisch seinen Hals betastete, als könne er so das Blut zurückhalten. Er hustete und keuchte, während ihm das Blut am Hals herunterlief, tintenschwarz in der Dunkelheit der Nacht. Zu sehen und zu hören, wie er nach Luft rang, war grauenvoll. Roz verfolgte tatenlos, wie er auf die Knie sank, die Hände besudelt mit seinem eigenen Lebenssaft. Als er zu Roz aufblickte, wappnete sie sich für den Hass, den sie in seinen Augen zu sehen erwartete, doch es lag nur blanke Panik in ihnen.

Er wusste, dass er sterben würde, und hatte schreckliche Angst.

Entweder du oder wir, wollte sie zu ihm sagen, doch das wusste er bestimmt bereits. Und was hätte diese Rechtfertigung schon geändert?

Sie wäre womöglich für immer dort stehen geblieben, hätte Damian sie nicht zu sich herumgedreht und sie gezwungen, ihn anzusehen. Er war außer sich – Roz bezweifelte, ihn jemals zuvor so wütend gesehen zu haben. Sie spürte, wie ihr Entsetzen wich und in Trotz umschlug.

»Warum *verdammt noch mal*«, blaffte er, »hast du das getan?«

Roz reckte das Kinn und begegnete seinem wütenden Blick, doch die Worte wollten nicht aus ihrem Mund herauskommen. Wie könnte sie ihm die Wahrheit sagen? Ihm eröffnen, dass sie den Lichtschimmer auf seinem Messer gesehen und verstanden hatte, was er im Begriff gewesen war zu tun. Dass sie es ihn nicht hatte tun lassen können, weil *er* so nicht war, und weil der Damian, den sie kannte, wenn er erst einmal wieder da wäre, es nicht ertragen könnte, mit einer derartigen Tat zu leben.

Aber Roz – sie konnte es ertragen. Es war eine erbärmliche, widerwärtige Tat, doch sie würde nicht darunter zusammenbrechen. Sie würde nachts, wenn sie zu Bett ging, an die Panik in den Augen des Wächters denken, doch das würde ihr nicht den Schlaf rauben. Vielleicht stimmte ja etwas nicht mit ihr, denn sie hatte schon immer gewusst, dass sie imstande wäre, zu töten – lange bevor sie es tatsächlich getan hatte. Sie würde sich damit trösten, dass sie diejenige von ihnen beiden gewesen war, die überlebt hatte.

Doch dieser Version von Damian gegenüber konnte sie nicht ehrlich sein. Wie hätte sie ihm begreiflich machen können, dass sie ihn nur vor dem Kummer, der Schuld hatte bewahren wollen, wenn der Mann, der vor ihr stand, offenbar beides nicht empfand?

Ich habe ihn getötet, weil ich damit leben kann. Du kannst das nicht, und außerdem hast du bereits oft genug getötet.

Roz sprach diese Worte nicht laut aus. Sie versuchte, nicht auf die keuchenden, würgenden letzten Atemzüge des Wächters zu achten, als sie sagte: »Ich fand, dass es langsam Zeit wird, dass ich auch mal unser Leben rette.«

Teilweise stimmte das sogar. Schließlich war es Damian gewesen, der Enzo getötet hatte. Der Zorn wich nicht aus seinem Gesicht, aber Roz meinte dennoch, dass er sich ein wenig beruhigte. »Du hättest weiterlaufen sollen. Ich hatte alles unter Kontrolle.«

Sie hob die Schultern. »Ich konnte dich nicht richtig sehen. Ich wusste nur, dass er viel zu nah war.«

Damian fuhr sich mit der Hand durchs nasse Haar. Er wirkte ein wenig fiebrig, und eine leichte Röte überzog seine sonst blassen Wangen, als er den Kopf neigte, um sie genauer anzusehen. »Belüge mich nicht. Du dachtest, ich käme nicht damit zurecht, oder?«

Roz erschrak. Selbst jetzt noch durchschaute er sie viel zu mühelos. »Nein, das ist nicht –«

»Ich sagte, du sollst *nicht lügen*. Du wolltest mir das Trauma, ihn zu töten, ersparen. Du willst immer noch, dass ich der schwache, duldsame Mann bleibe, den du gewohnt bist.«

Roz schluckte schwer. Damians Züge wirkten im Mondlicht, das durch die Wolken auf sein Gesicht fiel, kantig und schroff.

»Du warst noch nie schwach oder duldsam«, flüsterte sie, zwang die Worte aus ihrem Mund, der sich plötzlich trocken anfühlte. »Du warst – *bist* – einer der stärksten Menschen, die ich kenne. Und – ich vermisse dich.«

Sie hatte eigentlich nicht so offen sprechen wollen. Doch Damian so zu sehen, erfüllte sie plötzlich mit Schmerz. Was, wenn sie keinen Weg fand, ihn zurückzuholen? Was, wenn er immer so bleiben würde? Es war grauenvoll – ihm so nah zu sein und gleichzeitig das Gefühl zu haben, er wäre meilenweit entfernt.

Kummer verschleierte seine Augen, die jedoch nicht ihre undurchdringliche Schwärze verloren. Der Untergrund knirschte unter seinen Stiefelsohlen, als er direkt vor sie trat und die Hände an ihre Wangen legte. »Du brauchst mich nicht zu vermissen«, murmelte er. »Ich bin doch genau hier.«

Aber das war er nicht. Und doch fühlten sich seine Berührungen so vertraut an, dass Roz einen Moment lang beinahe selbst daran glaubte.

»*Roz!*«

Ihr Name erscholl hinter ihnen und der Augenblick zerbarst. Sie holte tief Luft, und gleich darauf erschien Dev, mit Siena an seiner Seite, zwischen den Bäumen. Die Angst stand ihm ins Gesicht geschrieben.

»Es geht uns gut«, versicherte Roz den beiden.

Dev musterte sie von Kopf bis Fuß. »Wir haben Schüsse gehört.«

»Aber wie ich sehe, habt ihr euch darum gekümmert«, fügte Siena hinzu und nickte in Richtung des Wächters, der zusammengekrümmt auf dem Waldboden lag. Er war schließlich seiner Verletzung erlegen – Roz hatte gar nicht gemerkt, dass er irgendwann verstummt war.

Damian packte den Mann grob an den Beinen und zog ihn weiter in den Schutz der Bäume hinein. »Er war allein. Kein Grund zur Beunruhigung.« Er nahm die Arkebuse mit geübter Leichtigkeit an sich. »Irgendwann wird jemand seine Leiche finden. Verschwinden wir also von hier.«

Damit führte Damian sie noch tiefer in den Wald hinein. Vorher drückte er Roz jedoch noch ihr Messer in die Hand. Es war blutverschmiert. Er musste es dem Wächter aus der Kehle gezogen haben. Sie blieb stehen und wischte es mit tauben Händen am Boden ab.

Als sie sich wieder aufrichtete, merkte sie, dass Dev sie beobachtete.

Warum?, formten seine Lippen tonlos. Warum hatte sie den Mann auf diese Weise getötet?

Roz schüttelte nur den Kopf. Die eigentliche Frage lautete: *Wie?*

19

ROZ

Der Weg durch den Wald war düster und kurz. Roz nahm kaum etwas davon wahr, während ihre Füße sich wie von alleine bewegten und ihre Hände vor ihr durch die Luft tasteten und widerspenstige Zweige beiseiteschoben. Ihre Gedanken kreisten mehr um Damian als um den toten Wächter, und dadurch fühlte sie sich noch schlechter. Sie hatte einen Menschen *getötet*. Ihm sein Leben genommen und seine Seele vom Angesicht der Erde getilgt. Und doch wollte die Traurigkeit aus einem ganz anderen Grund nicht aus ihrem Herzen weichen.

Um den Prozess der Rückgängigmachung einzuleiten, muss dargeboten werden, was gegeben wurde.

Sie mussten das, was Enzo getan hatte, rückgängig machen. Nach allem, was sie an der Durchfahrt erlebt hatten, wusste Roz, dass sie keine Chance hätten, wenn sie einem Chaos-Jünger begegneten. Die ombrazianische Armee hätte keine Chance. Doch darüber hinaus wollte sie auch Damian wieder zurückhaben.

Es muss dargeboten werden, was gegeben wurde.

Was hatte Enzo, abgesehen von dem Mord an sechs Menschen, gegeben?

Chthonium, fiel ihr wieder ein, als Zeichen dafür, dass die Opfer Chaos galten. Das hatte Enzo dargeboten. Und dann natürlich noch ein grauenhaftes Glas mit Augen. Roz hatte nichts von beidem. Sie wusste auch nicht, wie sie in dessen Besitz gelangen könnte. Sie fragte sich, ob sie dem Wächter die Augen hätte nehmen sollen, scheute jedoch sofort vor diesem Gedanken zurück. Was hätte sie mit ihnen anfangen sollen? Eine eigene Sammlung im Glas beginnen? Allein der Gedanke war abscheulich. Einen Menschen zu töten war brutal genug gewesen – sicherlich musste es noch eine andere Möglichkeit geben.

Unablässig kreisten die Gedanken in ihrem Kopf, während sie immer weiterliefen und der Grund unter ihren Füßen zusehends schwammiger wurde. Sie behielten ein zügiges Tempo bei und Roz überlegte, ob sie inzwischen schon so müde war, dass sie die Erschöpfung nicht mehr spürte. Abgesehen von kurzen Kommentaren über ihr Vorankommen sagte niemand ein Wort, und Roz merkte, dass es den anderen ebenso erging wie ihr. Als die Bäume sich schließlich lichteten, sah sie, dass Damian recht gehabt hatte und jenseits des Wäldchens tatsächlich ein Dorf lag.

Erst jetzt bekam Roz ihren ersten, richtigen Eindruck von Brechaat.

Es war eine kleine Siedlung, vergleichbar mit denen, die in den Außenbezirken von Zentral-Ombrazia lagen, doch alles wirkte auffallend ... heruntergekommen.

Die Gebäude verfielen, und einige der Dächer waren kurz davor, einzubrechen. Andere waren bereits eingestürzt. Die Straßen waren zugewuchert und von weggeworfenen Gegenständen gesäumt. Die wenigen Bewohner, die sich draußen aufhielten, wirkten bleich und kränklich, ihre Gesichter verhärmt und ihre Körper zu dünn. Entweder ignorierten sie den Regen oder sie konnten schlicht nirgendwo anders hin. Für Roz sah es ein wenig aus wie das Gebiet der Unerwählten, nur noch schlimmer. Ungeachtet dessen, wie der Palazzo sie behandelte – im Herzen von Ombrazia mussten die Unerwählten nur selten Hunger leiden. Es gab Ausnahmen – Kinder, deren Eltern eingezogen worden waren, oder die, die keine Familie hatten und keine Arbeit fanden –, aber das war etwas anderes. Hier schienen alle gleichermaßen zu leiden.

Obwohl es zu dunkel war, um jenseits des Wassers etwas erkennen zu können, wusste sie, dass sie sich den Frontlinien näherten. Hin und wieder hörte man in der Ferne Schüsse, bei denen Damian und Siena jedes Mal zusammenzuckten. Die Einwohner von Brechaat schienen hingegen daran gewöhnt zu sein – keiner von ihnen zeigte eine Reaktion darauf. In Anbetracht dessen, wie gleichmütig sie das Eintreffen von vier Fremden hinnahmen, schienen sie sich generell kaum für irgendetwas zu interessieren. Das gab Roz den Mut, auf eine Gruppe junger Männer zuzugehen, die sich vor einer Taverne aufhielten, in der Hoffnung, dass sie betrunken genug wären, um nicht zu merken, wie mitgenommen sie aussah.

»*Rossana*«, zischte Dev, doch sie beachtete ihn nicht.

»Buona sera«, grüßte sie die Männer, obwohl der Abend alles andere als gut war. »Entschuldigen Sie die Störung. Gibt es hier in der Nähe ein Gasthaus?«

Normalerweise hätte sich ein Grüppchen Betrunkener mehr als bereitwillig mit ihr unterhalten, doch diese Männer sahen sie lediglich stumpfsinnig an, als würden sie ihre Frage nicht recht verstehen. Schließlich deutete einer von ihnen auf das benachbarte Gebäude. Es schien mit der Taverne verbunden zu sein. Allerdings waren die Räume im Inneren dunkel.

»Das einzige Gasthaus finden Sie gleich hier, Signora. Ist nicht viel los dort, aber die beiden Gebäude gehören Eduardo«, erklärte der Mann und wies auf den Eingang der Taverne. »Er ist drinnen. Großer Bursche, graue Haare, schenkt die Getränke aus. Nicht zu übersehen.«

Roz machte sich auf weitere Fragen gefasst, doch sie blieben aus. Die Männer wirkten einfach nur ... ernüchtert. Als hätte Roz weiß Gott wer sein können, und es hätte sie trotzdem nicht interessiert. Natürlich hatten sie keinen Grund anzunehmen, dass sie nicht aus Brechaat stammte – schließlich hätte es eigentlich deutlich schwieriger sein sollen, hierher zu gelangen.

Dass dem nicht so gewesen war, behagte ihr nicht.

»Vielen Dank«, sagte sie zu dem Mann, bevor sie zu den anderen zurückkehrte. »Das nebenan ist das Gasthaus. Der Besitzer hält sich in der Taverne auf.«

Dev nickte, ebenso wie Siena, obwohl sie ein grimmiges Gesicht machte. Damian reagierte überhaupt nicht. Er beobachtete Roz nur mit einem angespannten Ausdruck um den Mund. Als sie auf den Eingang der Taverne zuging, öffnete er rasch die Tür für sie. Von dem plötzlichen Lärm, der ihr entgegenschlug, wurde ihr schwindelig. Es roch nach Alkohol und ungewaschenen Körpern. Roz bahnte sich einen Weg durchs Gedränge und merkte erst, als sie eine stämmige Frau aus dem Weg schob, dass ihre Hände blutverschmiert waren. Mit merkwürdig distanzierter Verärgerung wischte sie sie an ihrem Hemd ab, bevor sie sie auf den Tresen knallte. »Ich nehme an, Sie sind Eduardo?«

Der Mann draußen hatte recht gehabt – der Besitzer war wirklich nicht zu übersehen. Obwohl er mit hängenden Schultern dastand, war er womöglich der größte Mensch, der Roz jemals begegnet war. Sein graues Haar, das mit einem Lederband zusammengehalten wurde, war fast so lang wie ihres, und sein Gesicht wirkte ebenso verhärmt wie das der anderen Dorfbewohner. Eduardo drehte sich zu ihnen um und stellte das leere Glas, das er gerade abtrocknete, weg. Er überragte selbst Damian, obwohl Roz vermutete, dass Damian es leicht mit ihm hätte aufnehmen können.

»Kann ich Ihnen helfen?« Eduardos Stimme war höher, als sie erwartet hatte, jedoch auch merkwürdig kratzig.

»Wir bräuchten ein paar Zimmer.« Roz hob die Stimme, um den Lärm zu übertönen. »Ich hörte, Sie sind der Besitzer des Gasthauses.«

Er reckte zustimmend das Kinn. »Bedauerlicherweise ist es derzeit in keinem besonders guten Zustand. Wir haben hier nicht oft Gäste.«

»Das macht nichts.«

»Wo kommt ihr vier her?« Eduardo musterte Roz' Gesicht sehr genau. Ob aus Interesse oder Argwohn, konnte sie nicht beurteilen.

»Von etwas weiter oben aus dem Norden.«

Er verzog das Gesicht, und nun *wusste* sie, dass er misstrauisch war. Damian trat näher an Roz' Seite und baute sich drohend auf, doch was Eduardo als Nächstes sagte, verblüffte sie beide.

»Dann seid ihr also von der Front geflohen, was?«

Roz entspannte sich ein klein wenig. Er rechnete nicht damit, dass sie aus einem verfeindeten Staat stammten – sondern vermutete, dass ihre Zurückhaltung daher rührte, dass sie brechaanische Soldaten waren, die dem Krieg zu entkommen versuchten. Aber was bedeutete das? Sie wusste nicht, ob man in Brechaat mit Deserteuren ebenso umging wie in Ombrazia.

»Und wenn wir von der Front kämen?«

Eduardo hob eine schmale Schulter. »Geht mich nichts an. Behaltet es nur für euch.« Er senkte die Stimme, sodass Roz sich nach vorne beugen musste, um ihn besser verstehen zu können. Sein Atem roch nach Whisky. »Ombrazia hat schon genug von uns vernichtet. Aber nach allem, was sich kürzlich verändert hat, glaube ich zum ersten Mal, dass wir eine Chance haben.« Er nahm einen großen Schlüssel von der Wand hinter dem Tresen und befahl einem anderen Mann schroff, ihn zu vertreten. »Folgt mir.«

Sie taten, wie geheißen, und Roz signalisierte Siena und Dev, mitzukommen. Eduardo führte sie in den hinteren Teil der Taverne, wo der Alkoholdunst von einem muffig-feuchten Geruch abgelöst wurde. Die Wände und der Boden bestanden aus dem gleichen Holz, und eine einzelne Treppe führte hinauf zu einer Tür, die Eduardo aufschloss und mit der Schulter aufdrückte. Sie traten in einen schummrig beleuchteten Raum, der dem Schankraum der Taverne ähnelte.

»Wie viele Zimmer?«, fragte Eduardo, umrundete eine brusthohe Theke und begann, hinter ihr herumzukramen.

»Vier«, sagte Roz entschieden. Das Gasthaus konnte die Einnahmen gebrauchen und sie alle eine gehörige Portion Schlaf. Siena sah sie befremdet an – zweifellos, weil sie getrennte Zimmer als einen unnötigen Luxus empfand –, doch Roz legte bereits das Geld auf die Theke. »Wie viel?«

Ombrazia und Brechaat nutzten dieselbe Währung, doch hier war sie weitaus mehr wert. Eduardo bekam große Augen, als er im Kopf die Bezahlung, die Roz ihm anbot, durchkalkulierte. »Das wird genügen.« Er überreichte ihnen vier Schlüssel. »Erster Stock. Zwei auf der linken und zwei auf der rechten Seite. Bitte seht über den Staub hinweg.«

Roz nahm die Schlüssel und gab jedem ihrer Mitstreiter einen. Staub war eines ihrer geringsten Probleme. »Was meintest du mit dem, was du vorhin gesagt hast? Dass wir nach allem, was sich geändert hat, eine Chance gegen Ombrazia hätten?«

Dev und Siena, die von der Unterhaltung nichts mitbekommen hatten, spähten verwirrt zu Roz. Damian dagegen richtete sofort interessiert, ja fast schon begierig, den Blick auf Eduardo. »Genau. *Was* sollte das bedeuten?«

Eduardo stützte sich mit den Ellenbogen auf die Theke.

Dafür musste er sich vornüberbeugen. »Ich glaube, mit Calder Bryhn wird sich alles ändern. Er ist nicht wie sein Vater – mögen die Heiligen die Seele des Mannes in Frieden ruhen lassen. Er ist klug. Spielt das Spiel des Krieges etwas anders. Man erzählt sich, dass er einen Plan hat, um bei diesem verdammten Konflikt eine Wende herbeizuführen.«

»Was für einen Plan?«, fragte Damian zu voreilig. Roz stieß ihm fest den Ellenbogen in die Rippen.

Eduardo zuckte mit den Schultern. »Woher soll ich das wissen? Meine Zeit an der Front ist vorüber – das einzig Gute an meinem fortgeschrittenen Alter –, aber man sagt, dass Calder keine Risiken fürchtet. Er wird tun, was immer nötig ist.« Die Miene des älteren Mannes wurde ernst. »Ich muss Hoffnung haben. Versteht ihr? Ihr wisst, wie der Krieg ist.«

»Das tun wir«, murmelte Siena.

»Er erdrückt uns.« Für einen Moment blickte Eduardo gedankenverloren drein und es wurde still, bis er sich einen Ruck gab. »Nun ja. Das brauche ich euch nicht zu sagen. Am besten geht ihr jetzt nach oben – es ist schon spät. Die Taverne schließt gleich, aber falls ihr etwas braucht, findet ihr mich nebenan.«

Dev räusperte sich. »Ich möchte keine Umstände machen, aber könnten wir hier vielleicht etwas zum Anziehen erstehen? Unsere Sachen sind … Na ja.« Er wies auf seine durchnässte Kleidung.

Eduardo dachte kurz nach. »Ich finde bestimmt etwas für euch. Wartet hier.«

Gleich darauf kehrte er mit Kleidung unter dem Arm zurück. Er ließ sie auf der Theke liegen, nahm ihre Bezahlung entgegen und zog sich anschließend, nachdem er ihnen noch einen angenehmen Rest der Nacht gewünscht hatte, zurück. Dev schlüpfte kurzerhand aus seiner Jacke und hängte sie zum

Trocknen über einen Stuhl. Roz tat es ihm gleich, erleichtert, den nassen Stoff loszuwerden.

»So«, sagte Siena mit einem Blick auf ihren Zeitmesser. »Uns bleiben noch ein paar Stunden bis Tagesanbruch. Ich für meinen Teil beabsichtige, diese Gelegenheit zu nutzen.« Sie sah die anderen der Reihe nach an. Ihre Miene entspannte sich. »Ich bin froh, dass wir es alle hierhergeschafft haben.«

Dev lachte auf, und selbst Roz konnte sich ein Lächeln nicht verkneifen. »Ich auch.«

Damian war dagegen sichtlich nicht in Feierstimmung. Seine Miene war ernst, als er sagte: »Morgen gehen wir weiter in Richtung Front. Von hier aus sollten es weniger als zwei Stunden sein.«

Damit gingen sie nach oben. Von nebenan war noch immer Lärm zu hören, doch die Wände dämpften ihn ein wenig. Wie angekündigt war alles mit einer dünnen Staubschicht überzogen. Der weinrot und cremefarben gemusterte Teppichboden hatte schon zahlreiche Flecke, und die grüne Tapete löste sich von den Wänden.

Roz wollte Damian noch eine gute Nacht wünschen, doch als sie sich umdrehte, war er bereits verschwunden. Das schmerzhafte Ziehen in ihrer Brust verstärkte sich.

Ihr Zimmer war klein, unterschied sich jedoch kaum von dem, das sie oft im Bartolo's benutzte. Ein Bad gehörte ebenfalls dazu. Sie schlüpfte aus ihren nassen Sachen und wusch sich zitternd und so schnell sie konnte mit eiskaltem Wasser. Die Kleider, die Eduardo ihr gegeben hatte, waren zu groß, aber wenigstens trocken. Sie zog sie an, band die Haare zu einem Pferdeschwanz und ließ sich aufs Bett sinken. Dort lauschte sie auf das Quietschen des Wasserhahns, als Damian im Nebenzimmer das Wasser aufdrehte. Das alles erinnerte sie viel zu sehr an ihre gemeinsame Nacht vor fast zwei Wochen. Roz schien es, als würde sich ihre Geschichte wiederholen, in einer Endlosschleife, die irgendwie nie zu einem glücklichen Ende fand.

Vielleicht gab es für sie beide einfach kein glückliches Ende. Jedes Mal, wenn es danach aussah, ging etwas schief. Obwohl sie noch einmal zueinandergefunden hatten, spürte sie, wie ihr Damian erneut entglitt.

Das war umso schlimmer, weil er dabei direkt vor ihr stand.

Roz hörte, wie das Wasser abgedreht wurde, und danach trat Stille ein. Ihr Herz pochte gegen ihre Rippen. Sie ahnte, dass sie trotz ihrer Erschöpfung keinen Schlaf finden würde.

Sie konnte nicht anders und stahl sich auf den Flur hinaus. Vor Damians Zimmertür blieb sie unschlüssig stehen, schob dann jedoch ihre Bedenken beiseite und klopfte an.

Sie bekam keine Antwort. Kein Laut war drinnen zu hören. Roz klopfte noch einmal, und als sie immer noch keine Antwort erhielt, wurde ihr eiskalt.

Sie drückte auf die Klinke. Da die Tür nicht verschlossen war, schob sie sie auf.

Damian war da. Er stand neben dem Bett vor einem Spiegel, die Hände auf eine Kommode gestützt. Er war angezogen, doch sein Haar war noch nass und klebte schwarz an seinem Schädel. Roz konnte die Wölbungen seines Trizeps und das blasse Geflecht der Adern an seinen Handrücken sehen. Noch immer hatte er nicht auf das Geräusch der sich öffnenden Tür reagiert. Sein Blick war wild und fest auf sein eigenes Spiegelbild gerichtet, als rechnete er damit, dass ihm jemand anderes entgegenblicken würde.

Ihr wurde flau im Magen. »Was tust du da?«

Damian fuhr so abrupt herum, dass er sich die Hüfte an der Kommode stieß. Er fauchte einen leisen, erbitterten Fluch. »Kannst du nicht *anklopfen*?«

»Das habe ich getan«, entgegnete sie. Damian sah sie aus dem Schatten an. Seine Pupillen waren stark geweitet und die Iriden schwarz umrandet. Irgendwie wirkte er viel zu ruhig, während er sie mit halb gesenkten Lidern musterte.

Er ließ ihre Frage unbeantwortet. »Ich bin heute Nacht nicht in Stimmung, Rossana.«

Roz beobachtete mit verschränkten Armen, wie er die Lippe zurückzog, sodass man seine Zähne sah. Wenn es *tatsächlich* Magie war, die ihn veränderte, dann musste sie ihn lediglich wieder davon befreien. Selbst Chaos' Magie konnte nicht vollständig die Kontrolle über einen Menschen übernehmen, sondern verdrängte lediglich die Realität.

»Du bist nicht in Stimmung für *was*?«, fragte Roz in einem betont gleichmütigen, leicht provozierenden Tonfall. Wenn sie etwas über Damian wusste, dann, dass er seine Gefühle erst offenbarte, wenn er sie absolut nicht mehr für sich behalten konnte.

»Für das hier. Dafür, mit dir zu streiten.« Er winkte ab und wich ihrem Blick aus. Seine Schultern spannten sich, als er wieder die Kante der Kommode umfasste. Seine Knöchel wurden weiß und er neigte den Kopf. »Geh. *Bitte*.«

In diesem Augenblick begriff Roz. Hier ging es nicht darum, dass Damian sie nicht bei sich haben wollte – sondern darum, dass er befürchtete, sich in ihrer Nähe nicht beherrschen zu können. Sein Problem, so wurde ihr klar, war Kontrolle. Man merkte es deutlich daran, wie er Falco und Salvestro angegriffen und es später auch auf den Wächter abgesehen hatte. Was immer auch mit ihm los war – starke Emotionen führten offenbar dazu, dass er sich noch mehr verlor. Ging er ihr deswegen aus dem Weg?

»Du musst dich beruhigen«, sagte sie. Der Anblick seiner angespannten Körperhaltung ließ ihren eigenen Körper müde werden. »Es tut mir leid, dass ich den Wächter getötet habe, aber –«

Abrupt richtete sich sein finsterer, anklagender Blick auf sie. »Genau aus diesem Grund wollte ich dich nicht hier haben. Der Norden zerstört die Menschen.«

»Glaubst du, es ist das, was mit dir passiert ist? Dass du zerstört wurdest?«

»Ich *weiß*, dass es so ist. Aber nun richte ich mich wieder auf.«

»Damian, der einzige Grund, weshalb ich den Mann überhaupt erst töten musste, war, dass du nicht weglaufen wolltest. Wärest du mit uns geflohen, wären wir entkommen. Dann wäre das alles nie passiert.«

Er fuhr zurück, als hätte sie ihn geschlagen. »Wie kannst du *mir* die Schuld geben? Ich hatte alles unter Kontrolle. Du hättest nicht zurückkommen sollen. Er musste sterben, weil er uns gesehen hatte. Er wusste, dass wir etwas mit dem Schiff zu tun hatten und in welche Richtung wir unterwegs waren. Selbst wenn es uns gelungen wäre, ihn abzuschütteln, hätte er den anderen brechaanischen Soldaten genau sagen können, wo sie uns finden könnten.«

»Denkst du etwa, sie werden uns deshalb nicht finden? Glaubst du etwa, dass sie, wenn sie nach uns suchen, nicht auch hierherkommen werden? Dieses Dorf liegt der Durchfahrt wahrscheinlich am nächsten. Durch seinen Tod haben wir lediglich ein paar Stunden gewonnen.« Roz richtete sich zu ihrer vollen Größe auf und ballte die Hände an ihren Seiten zu Fäusten. »Weißt du, du hattest recht. Ich habe den Wächter getötet, weil ich wusste, dass du nicht damit zurechtkommen würdest. Weil ich wusste, dass du, falls du dich jemals befreien würdest von – was immer *das hier* auch ist« – sie wies mit der Hand auf ihn – »irgendwann auf deine Entscheidung von heute Nacht zurückblicken und sie als töricht erkennen würdest. Du verhältst dich irrational und leichtsinnig, und das will aus meinem Munde schon etwas heißen.«

Damian stieß sich von der Kommode ab und kam auf sie zu. Sein Blick war hitzig. »Töricht? Irrational? *Leichtsinnig*?«

Roz wich automatisch einen Schritt zurück. Die Schläge ihres Herzens in ihrer Brust fühlten sich an wie kleine Explosionen.

»Was, wenn du mich nicht retten kannst, Rossana?« Damian sprach mit gesenkter, kratziger Stimme. »Was, wenn ich jetzt einfach so bin? Vielleicht hat Enzo etwas mit mir gemacht, aber vielleicht auch nicht. Wie dem auch sei, möchtest du denn nicht, dass ich es akzeptiere?«

»Du brauchst es nicht zu akzeptieren. Wir finden eine Möglichkeit, um –«

»Wie, glaubst du, fühle ich mich, wenn ich merke, wie du mich ansiehst? Ich erkenne, dass du mir misstraust, und ich weiß nicht, wie ich das ändern kann. Ich weiß nicht, welche meiner Gefühle *echt* sind. Welche von dem Teil von mir kommen, den du bereit bist zu akzeptieren, und welche nicht.«

Er erschauerte und an seinem Kiefer zuckte ein Muskel. Als er weitersprach, war seine Stimme kaum mehr als ein Flüstern. »Ich kann es nicht unterscheiden. Aber eines hat sich nicht verändert, und das bist du – du machst mich wahnsinnig.«

Roz wich noch einen Schritt zurück und prallte gegen die geschlossene Tür, spürte es jedoch kaum. Damian stützte sich mit einer Hand über ihrem Kopf an der Wand ab. Sie hörte seine schnellen, unregelmäßigen Atemzüge. Konnte seinen sauberen Duft riechen.

Sie begriff verschwommen, dass das *wirklich* nicht Damian war. Damian war einfühlsam, sanft, unerfahren. Was auch immer hier gerade vor sich ging ... passte nicht dazu, wie es normalerweise zwischen ihnen war. Und doch rauschte ihr das Blut plötzlich wild durch die Adern wie heimtückisches Gift.

»Hör zu«, murmelte sie, »ich – «

Doch sie konnte den Satz nicht beenden. Damian drückte sie kraftvoll gegen die Wand und presste gierig, brutal den Mund auf ihren. Roz' Puls schoss in die Höhe. Sie ließ zu, dass er die Kontrolle übernahm, atmete seinen Duft ein, spürte, wie seine Zähne über ihre Unterlippe schabten. Er raunte grollend ihren Namen.

Diesmal nannte er sie *Roz*. Nicht *Rossana*.

Sein Körper presste sich drängend an sie, und die Hand, mit der er sich nicht abstützte, glitt nach unten zu ihrem Hüftknochen. Ihr Inneres stand in Flammen. Je blindwütiger Damian sie küsste, desto aggressiver reagierte sie, bis es nichts mehr gab außer heißem Atem und wilden Berührungen. Das war nicht der Mann, den Roz kannte, doch in diesem Moment war ihr ziemlich egal, mit welcher Version von Damian sie es zu tun hatte.

Sie wollte sie alle.

Roz wusste, dass es falsch war, und konnte dennoch nicht anders. Sie fühlte, wie sein Mund zu ihrem Hals hinunterglitt, spürte seine Zähne an ihrer Halsader. Sie schloss die Finger um den Saum seines Hemdes, schob den Stoff nach oben. Damian lachte grimmig auf. Seine Lippen wanderten zu ihrem Ohr.

»Nur Geduld«, raunte er. Roz versteifte sich bei der Anspielung auf ihre Schutzheilige.

»Das gehört nicht zu meinen Tugenden.«

Sein Atem strich sacht über ihren Körper und bescherte ihr eine Gänsehaut. Roz hörte seine Fingernägel über die Wand schaben. Anstatt etwas zu sagen, neigte er den Kopf, bis er an ihrer Schulter lag. Als sie mit den Fingern über seinen Rücken strich, fühlte er sich verkrampft an.

»Du bist das Einzige, von dem ich weiß, dass es real ist«, flüsterte er.

Roz fuhr mit dem Finger die Vertiefungen an seinem Bauch nach. »Ich habe dir doch gesagt, dass ich einen Weg finden werde, um das alles wieder in Ordnung zu bringen.«

»Nein«, sagte Damian lachend und seine Stimme klang mit einem Mal fremd. »Nein, wirst du nicht.«

Eis breitete sich in Roz' Adern aus. Sie schob ihn von sich weg. Als er sie ansah, wurde sein Blick von etwas verschleiert, das sie nicht zu deuten wusste. »Warum sagst du so etwas?«

Er schien darauf keine Antwort zu wissen. Stattdessen zog er sich das Hemd ganz über den Kopf und entblößte die leicht gebräunte Haut seiner Brust und seines Bauchs. Wieder kam er nah an sie heran, stützte sich mit den Händen neben ihrem Kopf ab und atmete schwer. Sie wusste nicht, ob sie weglaufen oder ihn lieber küssen wollte, bis sie nichts anderes mehr wahrnahm. Letzteres fühlte sich auf merkwürdige Weise so an, als würde sie jemanden ausnutzen, der berauscht war.

Sie würde das, was Enzo angerichtet hatte, rückgängig machen – mit oder ohne Damians Einwilligung.

Sie streckte die Hand nach ihm aus, fuhr mit dem Daumen über die Mulde an der Stelle, an der sich die Knochen seines Schlüsselbeins trafen, und grub die Finger in seine Haut. Damian hob das Kinn auf eine Weise, die gleichzeitig herausfordernd und ehrfürchtig wirkte, und sah ihr direkt in die Augen. Roz drückte ihn mit der Hand sanft nach unten, verfolgte, wie sein Körper reagierte. Er ließ die Hände sinken und ging auf dem Boden in die Knie.

»Vertraust du mir denn nicht?«, fragte sie ihn leise.

Damians Züge waren angespannt und sein Tonfall ernst. Andächtig. »Nur mit meinem Leben.«

Roz erkannte, dass er es ernst meinte. Warum sich das wie

ein Schlag in die Magengrube anfühlte, wusste sie selbst nicht recht.

»Gut.«

Und so ließ sie ihn zurück, glitt aus der Tür und über den Flur zurück in ihr Zimmer.

20

DAMIAN

Als Damian am nächsten Morgen erwachte, wünschte er, Roz wäre an seiner Seite.

Nachdem sie ihn in der vergangenen Nacht verlassen hatte, hatte er sich gefühlt, als hätte man ihm etwas weggenommen. Sein Verlangen nach ihr war schon immer da gewesen, doch inzwischen war etwas Überwältigendes daraus geworden, das seine Brust ausfüllte wie ein zu tiefer Atemzug. Es fühlte sich an wie Besessenheit. Er musste daran denken, wie er vor ihr gekniet hatte, zu ihr aufgeblickt hatte wie ein Mann, der im Schrein seiner Schutzheiligen betete. Roz kettete ihn auf eine Weise an sich, gegen die er machtlos war.

Als er merkte, dass er die Fäuste ins Laken krallte, lockerte er die Hände und blickte nachdenklich zur Decke auf. Licht drang an den zerschlissenen Vorhängen vorbei als dünner Strahl ins Zimmer. Plötzlich setzte er sich auf. Sein Atem schien sich in seinem Brustkorb festzuhaken. Für einen Moment verstand er nicht, woher seine Unruhe rührte, doch dann hörte er das Poltern von Stiefeln auf der Treppe.

Es war der Aufruhr im Erdgeschoss, der ihn überhaupt erst geweckt hatte. Die Stimmen mussten absurd laut gewesen sein, denn er hatte geschlafen wie ein Toter.

Er sprang just in dem Augenblick auf, als die Tür aufgerissen wurde.

Brechaanische Soldaten drangen ins Zimmer. Beim Anblick der vertrauten dunkelgrünen Uniformen war Damian plötzlich so hellwach wie nie zuvor. Sein Messer war in seiner Hand – er hatte mit ihm unter dem Kissen geschlafen –, doch er war nicht so dumm, zu glauben, dass er damit etwas gegen das halbe Dutzend Waffen ausrichten könnte, das auf ihn gerichtet war. Die Soldaten schienen bereits den ganzen Raum auszufüllen, doch es mussten noch mehr sein, denn Damian konnte draußen auf dem Flur Schritte und Geschrei hören. Sein Herz krampfte sich in seiner Brust zusammen. *Roz.*

»Messer fallen lassen«, befahl ein dünner Mann, der offenkundig das Kommando innehatte. Damian sah sich hastig im Raum um, suchte eine Fluchtmöglichkeit, die es nicht gab. Er stand zu weit von den Soldaten entfernt, um einen von ihnen zu packen, wie er es bei Salvestro am Hafen getan hatte. Außerdem war Salvestro nicht bewaffnet gewesen. Die Brechaaner waren es. Damian bleckte die Zähne und ließ das Messer fallen.

Zwei Männer sprangen vor, drückten ihm die Arme hinter den Rücken und legten ihm Handschellen an. Es waren nicht die von Patience-Jüngern gefertigten, die Damian kannte, sondern sie bestanden aus grobem Metall und waren viel zu eng. Ein dritter Soldat – eine Frau – richtete eine Arkebuse auf seinen Kopf. Er spürte den Lauf der Waffe in seinen Haaren. Den Soldaten war offensichtlich klar, dass er beabsichtigte, Widerstand zu leisten, und sie gedachten nicht, ihm die Möglichkeit dazu zu geben. Damian wusste nicht, wie man ihre Gruppe gefunden hatte – ihm fiel nur das Boot ein, das wahrscheinlich verraten hatte, dass sie aus Ombrazia stammten –, aber, bei allen Heiligen, sie hätten eigentlich wissen müssen, dass es so kommen würde. Schließlich hatten sie hier praktisch auf dem Präsentierteller gesessen, wie Vögel, die darauf warteten, vom Jäger erlegt zu werden.

Der Kommandant musterte Damians brechaanische Kleidung voll kühlem Misstrauen. Er sah aus wie ein typischer Soldat – sein Haar war sehr kurz und borstig und seine Wangen glatt rasiert –, doch seine Züge wirkten in seinem schmalen Gesicht viel zu groß. Damian fand, dass er eher wie ein Junge aussah. Nur ein weiteres Kind, dem man eine Uniform angezogen und das man gezwungen hatte, zu schnell erwachsen zu werden. Er schien noch recht jung sein, vielleicht Mitte zwanzig. Bei den etwa fünf Soldaten hinter ihm reichte die Altersspanne vom Jugendlichen bis zum Grauhaarigen. Die Armeeuniformen hingen unförmig an ihren dürren Körpern, als wären sie eigentlich für kräftigere Personen gedacht.

»So«, sagte der Mann, als Damian in sicherem Gewahrsam war. »Nun verraten Sie mir mal, was eine Gruppe Ombrazianer auf dieser Seite des Flusses zu suchen hat?«

Seine Stimme war weich, aber barsch, und ihr fehlte der singende Tonfall, der typisch war für jemanden, der von Kindheit an mit dem nördlichen Dialekt aufgewachsen war. An seinem Äußeren verriet nichts, ob er einen höheren Rang bekleidete, und Damian konnte sich auch nicht mehr erinnern, ob die Brechaaner überhaupt auf so etwas Wert legten.

»Wir wollen keinen Ärger«, grollte Damian, weil er wusste, dass es die geschickteste Antwort war. Nebenan sagte Roz vermutlich gerade etwas Ähnliches. Doch ihr würde man diese Worte dank ihres festen Tonfalls und ihres selbstbewussten Auftretens auch abnehmen. Damian war noch nie in der Lage gewesen, jemanden zu manipulieren. Deswegen hatte Roz auch immer behauptet, er sei so leicht zu durchschauen.

Der Mann lachte ungläubig. »Sie wollen keinen Ärger?« Er beugte sich näher zu ihm, woraufhin die Frau mit der Arkebuse ein wenig zurückwich. »Sie behaupten also, sie wären Ombrazianer, die keinen *Ärger* wollen?«

Damian hatte keinen Schimmer, was zur Hölle er damit meinte, doch er reckte forsch das Kinn. »Wir sind nur auf der Durchreise. Außerdem können Sie nicht beweisen, dass wir Ombrazianer sind.«

»Ich habe keine Ahnung, wie Sie es durch die Durchfahrt geschafft haben, aber haben Sie ernsthaft geglaubt, wir würden die Bauart Ihres Schiffes nicht erkennen?« Seine Worte klangen verächtlich. »Glauben Sie, wir haben noch nie von Jüngern gefertigte Segel gesehen?«

Wie hätte Damian erklären können, dass sie die Durchfahrt nur hatten passieren können, weil jemand es *zugelassen* hatte? Wusste dieser Mann etwa nichts von Chaos' Magie? War ihm nicht klar, dass sich in ihrer Mitte Jünger von Chaos befanden, die nun stärker waren als je zuvor? Doch zu versuchen, ihm irgendetwas davon begreiflich zu machen, wäre zweifellos eine ganz schlechte Idee.

»Ich habe keine Ahnung, von welchem Schiff Sie sprechen«, beharrte Damian stur. Der Mann wusste garantiert, dass er log, aber für den Fall, dass es in Brechaat so etwas wie ein ordentliches Verfahren für Straffällige gab, gedachte er nicht, sein Vergehen einzugestehen. »Die Durchfahrt dient doch dem Handel. Sie wird bestimmt Woche für Woche von unzähligen Schiffen passiert.«

Der Mann wechselte einen Blick mit einem der Soldaten, der verächtlich eine Braue hob. Zu Damian sagte er: »Tun Sie doch nicht so, als wüssten Sie nicht, dass Ihre Armee den Fluss auf der anderen Seite der Durchfahrt blockiert. Wir sind schon seit Jahren nicht mehr in der Lage, anständigen Handel zu treiben. Warum, glauben Sie, *leidet* unser Volk?«

Damian schüttelte den Kopf und Wut wallte in ihm auf, doch er hielt den Mund. Er wusste ebenso gut wie jeder andere, dass Brechaat den Fluss, den sie einst miteinander geteilt hatten, für sich beanspruchte, und nicht Ombrazia. Deswegen war der Zweite Krieg der Heiligen ja erst ausgebrochen – weil der feindliche Staat erbittert die Kontrolle über die wichtigsten Handelsrouten anstrebte und sich für alles rächen wollte, was er im ersten Krieg verloren hatte.

Es kostete ihn einiges an Kraftanstrengung, zu schweigen. Damian konzentrierte sich auf den Schmerz in seinen Handgelenken, auf das Scheuern der primitiven Handschellen. Als deutlich wurde, dass er nicht antworten würde, nickte die Frau mit der Arkebuse vielsagend mit dem Kopf. »*Milos.*«

Der Kommandant, dessen Namen sie vermutlich genannt hatte, richtete sich auf und nickte einmal knapp. »Wir gehen jetzt.« Die anderen Soldaten wichen zur Seite, als Milos zur Tür ging und über die Schulter blaffte. »Nehmt ihn mit!«

Jemand stieß Damian vorwärts. Er taumelte auf den Flur, benommen von einer Mischung aus Zorn und Enttäuschung. Es war alles viel zu schnell gegangen. Er konnte es nicht recht begreifen. Was würden die Brechaaner mit ihnen machen? Noch schlimmer: Was würde aus Kiran und Nasim werden, wenn sie an der Front bleiben mussten?

Es war das erste Mal seit dem Tag der Versammlung, dass sich Damian wirklich gestattete, an seinen Freund zu denken. Kiran war der Beste von allen. Trotz allem, was er erduldet hatte, stets optimistisch und loyal. Damian hatte bereits einen besten Freund durch den Krieg verloren. Wenn er noch einen verlor, war es egal, wie viele Soldaten ihre Waffen auf ihn richteten: Er würde diesem ganzen verfluchten Staat zeigen, was Angst und Schrecken tatsächlich bedeuteten.

Er wurde, von allen Seiten von Soldaten flankiert, die Treppe hinuntergeführt. Dabei fühlte er sich wie in einem lebendigen Käfig. Im Erdgeschoss des Gasthauses angekommen, war das Erste, was er sah, Roz. Sie, Siena und Dev waren von weiteren Soldaten umringt. Allerdings schien man in Damian die größte Bedrohung gesehen zu haben. Devs Gesichtsausdruck ließ sich nur als verdrossen bezeichnen, als hätte er sich bereits mit seinem Schicksal abgefunden. Siena war wachsam wie immer, doch sie entspannte sich sichtlich, als sie Damian die Treppe herunterkommen sah. Roz wirkte überraschenderweise am verzweifeltesten. Immer wieder zuckte ihr Blick zu der Theke, wo Eduardo ihnen am Vorabend die Schlüssel ausgehändigt hatte. Zuerst meinte Damian, sie würde Eduardo selbst ansehen, der gerade mit einem Soldaten sprach, doch dann erkannte er, was auf der Theke ausgebreitet lag.

Es war die Flagge mit dem Emblem des Palazzos. Genau die Flagge, die Dev abgeschnitten und in seine Jacke gestopft hatte. In die Jacke, die er am Abend zuvor ausgezogen hatte und die immer noch, nur wenige Zentimeter von Damian entfernt, über einem Stuhl hing.

Plötzlich ergab Devs Miene einen Sinn.

»Oh, du verdammter *Vollidiot*«, schimpfte Damian und rempelte die Soldaten, die ihm am nächsten standen, mit dem Ellenbogen an, um zu Dev zu kommen. Der wich seinem Blick aus. *So* war man ihnen also auf die Schliche gekommen. Natürlich. Eduardo hatte die Flagge in Devs Jacke gefunden, die sie eindeutig mit dem ombrazianischen Schiff in Verbindung brachte. Er hatte die brechaanischen Soldaten alarmiert, und nun war ihre ganze Mission zum Scheitern verurteilt.

Wer immer sie so weit gebracht hatte, musste noch einmal einschreiten, bevor man sie noch umbrachte.

Milos trat neben Damian und zog ihn zurück. Die verbitterte Genugtuung in den Augen des Mannes war nicht zu übersehen. »So ist es. Sie können lügen, so viel Sie wollen, aber Ihr eigener Komplize hat Sie verraten.« Milos schnalzte mit der Zunge. »Ich weiß nicht, was Sie geplant hatten, aber Ihr Vorgesetzter wird zweifellos nicht besonders zufrieden mit Ihnen sein.«

»Wir gehören nicht zur ombrazianischen Armee«, entgegnete Damian schroff. Milos schnaubte höhnisch.

»Sie müssen mich für einen Dummkopf halten.«

»Es stimmt«, meldete sich Roz zu Wort, die alles gehört hatte. Einer der Soldaten stellte sich vor sie, um ihr den Blick auf Damian zu versperren, doch sie reckte sich, um an ihm vorbeizuspähen. »Wir versuchen nur –« Sie verstummte abrupt, als sie zur Tür gestoßen wurde. Damian hörte rechts neben sich ein Seufzen und sah, dass Eduardo hinter der Theke herausgekommen war. Sein müdes Gesicht drückte Enttäuschung aus.

»Eigentlich sollte es mich überraschen, dass ihr mich getäuscht *und* meine Gastfreundschaft ausgenutzt habt, aber von Ombrazianern kann man wohl nichts anderes erwarten.« Er schüttelte angewidert den Kopf. »Bitte bringt sie von hier weg.«

Damian bekam Roz' zweiten Erklärungsversuch kaum noch mit. Er kochte vor Zorn und sein Inneres stand in Flammen.

Und doch konnte er sich just in dem Moment, als es am wichtigsten gewesen wäre, nicht mehr erinnern, wie man brannte.

Damian hatte keine Ahnung, wohin man sie brachte, doch etwa eine Stunde, nachdem man sie aus dem Dorf zu einem schmalen Trampelpfad geführt hatte, erreichten sie eine Art militärischen Kommandoposten. Er lag nicht weit vom Dorf entfernt und war in einem ähnlich schlechten Zustand. Das Gebäude, das deutlich breiter war als hoch, war umzäunt und lag ein Stück vom Weg zurückgesetzt inmitten eines ungleichmäßigen Baumbestands. Nichts daran war besonders bemerkenswert. Es handelte sich, wie Damian vermutete, eben um ein typisches Militärgebäude – eher auf Effizienz als auf Ästhetik ausgelegt. Es war nach dem fernen Norden ausgerichtet und schien in dieser bergigen Kulisse das einzige Zeichen von Zivilisation darzustellen.

Auf dem ganzen Weg dorthin hatten die Soldaten nicht gesprochen, abgesehen von Milos, der an der Spitze ihres Zuges mit einem seiner Untergebenen diskutiert hatte. Damian hatte beim Laufen starr seine Stiefel angeschaut und sich gezwungen, an nichts zu denken. Hin und wieder hatte er versucht, einen Blick auf Roz oder Siena zu erhaschen, doch sie waren irgendwo hinter ihm, und jedes Mal, wenn er den Kopf gedreht hatte, hatte er mit dem Kolben einer Arkebuse einen Stoß in den Rücken versetzt bekommen. Er fühlte sich wie ein wildes Tier auf dem Weg zur Schlachtung, und nun war die Stunde der Wahrheit gekommen.

Milos erklomm die steile Treppe, die zum Eingang führte. Zwei weitere Soldaten eilten ihm voraus, um die hohen, hölzernen Türen zu öffnen. Die Wände jenseits davon bestanden aus dem gleichen kalten, grauen Stein wie die Außenmauern. Damian erschauerte, als man sie durch einen langen Korridor führte, in dem ihre Schritte in einem ungleichmäßigen Rhythmus widerhallten. Am Ende des Korridors führte eine weitere Tür in einen großen Raum mit einem Fenster, das die Hügel und den Fluss weiter unten überblickte. Der Rest des Raums war weitaus weniger interessant: Ein langer Tisch war das einzige Möbelstück, und man hatte sich keine große Mühe gegeben, die abbröckelnden, steinernen Wände instand zu halten. In einer Ecke tropfte unaufhörlich Wasser mit ungleichmäßigem Geplätscher von der Decke.

»Araina, wären Sie so freundlich, ihn zu holen?«, bat Milos, und die Frau, die im Gasthaus ihre Waffe auf Damians Kopf gerichtet hatte, nickte. Ihr goldblonder Zopf schwang hin und her, als sie aus dem Raum eilte.

»Was ist das hier für ein Ort?«, fragte Roz, nachdem Araina verschwunden war. »Wen holt sie?«

Keiner der Brechaaner antwortete. Damian merkte, dass Roz ihn verstohlen ansah, und ihr Blick war durchdringend. Die Erinnerung an die Worte, die sie ihm am Vorabend an den Kopf geworfen hatte, legte sich bleischwer auf seine Schultern.

Du würdest auf deine Entscheidung von heute Nacht zurückblicken und sie als töricht erkennen.

Er wusste nicht, wie er Roz begreiflich machen sollte, dass er so besser war. Dass Dinge, die ihn vorher stark belastet hatten, sich nun nur noch wie ferne, lästige Erinnerungen anfühlten. Er fühlte sich stärker, nicht mehr durch seine Ängste gefesselt. Er zweifelte nur dann an sich, wenn Roz ihm zu nahekam. Wenn sie ihn dazu brachte, über die Dinge nachzudenken, die er zu ignorieren versuchte.

Wenn das hier das Ende für sie bedeutete, dann war er froh, dass er sich verändert hatte. Die ältere Version von Damian hätte nicht mal annähernd so erbittert gekämpft, wie er bereit war, es zu tun.

»Wir haben Sie nicht belogen«, appellierte Roz noch einmal an Milos. »Ja, wir kommen aus Ombrazia, aber wir gehören nicht zur Armee.«

Erst glaubte Damian, der junge Mann würde ihr keine Beachtung schenken, doch er drehte sich erzürnt um. »*Ich* komme aus Ombrazia. Ich weiß, wie es dort ist. Ich wurde aus meiner Familie gerissen und zum Tod verdammt. Ich war ein *Kind*.«

Roz schnappte scharf nach Luft. »Sie sind ein Jünger von Chaos.«

Der Ausdruck um Milos' Mund war verbittert. »Und doch bin ich nur ein Mensch.«

Wie dem auch sein mochte, Damian war sofort in heller

Aufregung. Kurz ging ihm durch den Kopf, ob vielleicht Milos ihnen ermöglicht hatte, die Grenze nach Brechaat zu überqueren, doch er verwarf diese Idee rasch wieder – es war überdeutlich, dass er sie hier nicht haben wollte. Ob sie es wohl merken würden, wenn er einen von ihnen kontrollierte?

»Ganz ruhig«, grollte Milos, dem ihre Aufregung nicht entgangen war. »Wenn ich meine Soldaten habe, brauche ich keine Illusionen.«

»Wir sind nicht einverstanden damit, wie Ombrazia mit Jüngern von Chaos umgeht«, versicherte Roz entschieden. »Wir sind mit den meisten Dingen, die im Palazzo vor sich gehen, nicht einverstanden. Ich bin froh, dass Sie entkommen sind.«

Milos starrte sie einen Moment lang an. Etwas flackerte in seinen Zügen auf, doch Damian konnte nicht sagen, was. Misstrauen? Reue? Er wünschte, Roz würde aufhören, sich mit den Leuten zu *unterhalten*, die sie gefangen genommen hatten.

Bevor Milos etwas erwidern konnte, kehrte Araina zurück, doch sie war nicht allein. Sie trat beiseite, um einem jungen Mann die Tür aufzuhalten, der die gleiche grüne Uniform trug. Seine klugen haselnussbraunen Augen verengten sich unter seinen dunklen Augenbrauen, als er ihr Grüppchen musterte. Er war attraktiv, wenn auch vielleicht etwas zu blass, und auf jeden Fall zu dünn. Sein Haar hatte einen dunklen Kupferton und war zu lang, um den militärischen Vorschriften zu entsprechen. Als er lächelte, wusste Damian sofort, dass er jemand war, mit dem man sich nicht anlegen sollte. Das merkte man auch daran, wie die anderen Brechaaner sich in seiner Gegenwart versteiften. Doch er strahlte auch eine unverkennbare Mattigkeit aus, die, wie Damian erkannte, wahrscheinlich daher rührte, dass er gezwungen gewesen war, in zu kurzer Zeit zu viel zu erdulden.

»General Bryhn«, sagte Milos und neigte den Kopf.

Calder Bryhn. Schrecken durchzuckte Damian, gefolgt von aufflammender Feindseligkeit. Das war der Mann, der die Kontrolle über Brechaats Militär übernommen hatte. In diesem Augenblick war er Ombrazias Hauptfeind.

Calder war jung, doch das hatte Damian erwartet. Der vorherige General, sein Vater, war wahrscheinlich erst ungefähr Mitte vierzig gewesen. Im Gegensatz zu den anderen Soldaten hatte er die Ärmel seines Uniformhemdes hochgekrempelt, und angelaufene goldene Orden zierten die Brusttasche. *Sind das seine?*, fragte sich Damian. *Oder die seines Vaters?*

»Sieh an.« Calder legte die schlanken Hände aneinander. »Ombrazianische Soldaten, die auf ein Schwätzchen vorbeigekommen sind.«

»Wir sind keine Soldaten«, setzte Roz ärgerlich an, aber Milos war bereits vorgetreten.

»Sie wurden von einem Gastwirt entdeckt, als sie Unterschlupf in einem nahe gelegenen Dorf suchten. Irgendwie haben sie es geschafft, die Durchfahrt zu passieren, ohne aufgehalten zu werden. Seien Sie versichert, dass die Wächter über diesen Zwischenfall befragt werden. Das Merkwürdige ist, dass niemand sich daran erinnert, das Schiff vorbeifahren gesehen zu haben, weshalb ich mich frage, ob – «

»Sagen Sie mir«, begann Calder und neigte den Kopf, »wer hat Sie geschickt?«

»Niemand hat uns geschickt«, brummte Dev und trat unbehaglich von einem Bein aufs andere. Sein Blick wirkte apathisch und trüb. Falls er glaubte, sie würden vergessen, dass sie durch sein Verschulden hier gelandet waren, irrte er sich gewaltig.

Calder schnaubte. »Sparen Sie sich die Lügen. Ihr Ombrazianer macht nichts als Schwierigkeiten, seitdem ihr diesen Krieg vom Zaun gebrochen habt.«

»*Sie* haben diesen Krieg angefangen«, konnte Damian sich nicht zurückhalten. »Brechaat hat ihn angezettelt, weil Sie wollten, was wir hatten. Das weiß jeder.«

Der General drehte sich zu ihm um und betrachtete ihn voll unbändigem Abscheu. »Ist das der Schwachsinn, den man Ihnen dort unten beibringt?«

»Schwachsinn?«, entgegnete Damian und bleckte die Zähne. »Was wollen Sie –«

Calder lachte schroff. »Oh, das ist einfach zu gut. Wollen Sie mir etwa weismachen, Sie wüssten nicht, dass Ihre Leute diesen Konflikt begonnen haben? Nach dem Ersten Krieg der Heiligen und der Teilung unserer Staaten hat Ihr Magistrat beschlossen, dass er das ganze nördliche Gebiet zurückhaben will.« Der General wies mit einer ausholenden Geste auf ihre Umgebung. »Er dachte, wir wären leicht zu besiegen. Denn schließlich hatten sich die Jünger schon immer um den Palazzo geschart, weshalb es oben im Norden nur wenige von ihnen gab. Brechaat wurde zu einem Land der Unerwählten. Nun ja«, fügte er hinzu, »abgesehen von Chaos' Jüngern, obwohl nur sehr wenige den ersten Krieg überlebt haben. Wir hatten nie viel, aber wenigstens haben wir nicht eine ganze Gruppe von Menschen für etwas leiden lassen, worüber sie keine Kontrolle haben. Alles Leid geht auf *Ihr* Konto.«

Siena stand vor Fassungslosigkeit der Mund offen, und Damian schüttelte heftig den Kopf. »Sie sind ein Lügner.«

»Nein«, entgegnete Calder verhalten. »Sie wurden einer Gehirnwäsche unterzogen.«

»Oder Sie.«

»Brechaat verbreitet noch immer Ketzerei«, bemerkte Siena sichtlich unbehaglich. Als wäre sie nicht sicher, ob ihre Worte der Wahrheit entsprachen, würde sich aber dennoch genötigt fühlen, sie auszusprechen.

Calder hob eine Braue. »Weil Ombrazia einen Heiligen aus dem Pantheon geworfen hat, sind *wir* Ketzer? Unser Glaube hat sich nie verändert. Sondern Ihrer. Wie können wir da diejenigen sein, die im Unrecht sind?«

»Weil Sie verloren haben«, sagte Roz zur Verblüffung aller. Sie reckte das Kinn und sah Calder direkt an. »Sie haben den ersten Krieg verloren und sind deshalb im Unrecht. Es ist ganz einfach, oder? Der Sieger entscheidet, was richtig und wahr ist.«

Damian begriff den Sinn ihrer Worte nicht sofort. Zuerst meinte er, sie würde dem General widersprechen, doch die Stille, die nun folgte, verunsicherte ihn. Wollte sie etwa sagen, dass Calder recht hatte und dass Ombrazia gelogen hatte, schlicht und einfach, weil man dazu in der Position gewesen war?

Calder sah Roz einen langen Moment an. Dann winkte er seine Soldaten herbei. »Bringt sie ans Fenster. Wollen wir doch mal sehen, ob sie die Wahrheit erkennen, wenn sie sie direkt vor ihrer Nase haben.«

21

ROZ

Zuerst verstand Roz nicht recht, was sie sich ansehen sollte.

Die Landschaft von Brechaat erstreckte sich bis in die Ferne, wo die Berge sich in den Nebel bohrten. Sie sah Waldflächen, ein zerfallendes Gebäude in den Hügeln und einen gewundenen Fluss, von dem sie wusste, dass er ins Meer floss. Auf der anderen Seite des Flusses, jenseits einer breiten Brücke, erkannte sie etwas, bei dem es sich um die nördlichen Frontlinien handeln musste.

»Mir war nicht bewusst, dass wir uns so nahe bei der Front befinden«, sagte Siena leise und ernst. »Es sieht schlimmer aus, als ich es in Erinnerung habe.«

Auf einem Stück Land, auf dem es kein Grün gab, standen Leinwandzelte, zwischen denen dunkle Gestalten hin und her eilten.

So nah beim Fluss bestand der Untergrund vermutlich nur noch aus Schlamm. Doch man konnte unschwer erkennen, weshalb die Zelte ausgerechnet dort aufgeschlagen worden waren: Ein Stück weiter wippten zahlreiche Schiffe auf dem Wasser. Sie nahmen so viel Platz in der Fahrrinne ein, dass es einem anderen Schiff unmöglich gewesen wäre, an ihnen vorbeizukommen.

Falls Damian sich gleichermaßen unwohl fühlte, ließ er es sich nicht anmerken. Sein Gesicht war ausdruckslos, als er starr über das Wasser blickte, und es ließ sich unmöglich beurteilen, ob er überhaupt irgendetwas empfand.

»Die Front war nicht immer so nah«, sagte Calder kühl. »Ich schätze, das wissen Sie.«

Siena schüttelte den Kopf, ohne den Blick vom Fenster zu wenden. »Als ich zum letzten Mal im Kriegseinsatz war, befanden sich Ihre Lager viel weiter flussabwärts.«

Calder presste die Lippen aufeinander. Er wies mit einem Kopfnicken auf die Schiffe, die die Fahrrinne blockierten. »Schauen Sie genauer hin. Das sind nicht unsere Lager.«

Roz schaute wieder zum Fluss hinüber, wo die Masten der Schiffe im Wind schwankten. Sie hatte sie für einen Teil von Brechaats Flotte gehalten – schließlich befanden sie sich auf deren Hoheitsgebiet –, doch dann entfaltete sich eine der Flaggen lange genug, um das Symbol darauf erkennen zu können. Sie richtete sich auf und begann zu begreifen. »Das sind ombrazianische Schiffe.«

»Gut erkannt. Das ist auch nicht die einzige Stelle, die sie für sich beanspruchen. Ihr Militär kontrolliert den gesamten Flussverlauf bis zum anderen Ende des Kontinents. Das tut es schon eine ganze Weile.« Calder drehte sich zu Roz um und fixierte sie mit einem eisigen Blick. »Sie haben das Dorf gesehen – die Umstände dort sind nichts Außergewöhnliches. Wir sind seit Jahren nicht dazu in der Lage, lukrativen Handel zu treiben. Die Menschen bekommen nicht das, was sie brauchen. Sie können ihren Lebensunterhalt nicht bestreiten. Glauben Sie wirklich, *wir* hätten diesen Krieg begonnen?«

Roz wusste nicht, was sie erwidern sollte. Selbst Damian sagte nichts, sondern mahlte nur angestrengt mit dem Kiefer. Die behelfsmäßigen Unterkünfte gehörten Ombrazia, befanden sich jedoch weit jenseits der brechaanischen Grenze. Hatte man ihnen nicht immer erzählt, dass Brechaat die Kriegspartei war, die auf ombrazianisches Gebiet vordrang, und nicht umgekehrt?

Dev sog leise die Luft ein, und Roz fragte sich, ob er gerade zu der gleichen Einsicht gekommen war. Die Rebellen hatten immer den Verdacht gehegt, dass man sie belog. Sie hatten nur nicht geahnt, in welchem Ausmaß.

»Keiner von uns war je in der Nähe von diesem Ort«, sagte Siena und runzelte verwirrt die Stirn. »Wir waren alle weiter südlich stationiert. Dort spielten sich die meisten Kampfhandlungen ab. Wie könnte sich im Lauf eines Jahres so viel ändern?«

Roz musterte noch einmal die Schiffe und dachte an das Dorf zurück. An den Verfall, an die gebeugten, schmalen Schultern der Menschen in den Straßen. Die plötzliche Erleuchtung überwältigte sie, als hätte man sie in eiskaltes Wasser getaucht.

Hier befanden sich keine zwei Staaten miteinander im Krieg.

»Das ist eine *Belagerung*«, sagte sie. »Richtig?«

Calders Mund verzog sich zu einer Grimasse. Er war beileibe kein stattlicher Mann, doch auch wenn er noch neu in seiner Position sein mochte, spürte Roz in diesem Augenblick, dass er gefährlich werden konnte. »Dann verstehen Sie also doch.«

Jetzt, da sie so viel wusste, stellte sich eine neue Einsicht nach der anderen ein. Jede schmerzte wie ein einzelner Nadelstich. Galle stieg in ihrer Kehle auf. Allerdings war es auch ein merkwürdig befriedigendes Gefühl, zu erkennen, dass sie recht gehabt hatte. Ihre Anführer waren genauso korrupt, wie sie immer gedacht hatte. All die Warnungen, dass Brechaat die Kontrolle über den Fluss erringen und möglicherweise den Handel beeinträchtigen könnte – nichts davon entsprach der Wahrheit.

»Wir versuchen, Sie auszuhungern«, murmelte Dev und schüttelte fassungslos den Kopf.

Auf seine Aussage folgte wieder Stille. Roz konnte Siena ansehen, dass sie krampfhaft nach einer anderen Erklärung suchte, doch es gab keine. Damian dagegen wirkte wie aus Stein gemeißelt.

Schließlich war es Siena, die wieder das Wort ergriff. »Weshalb sollte man uns deswegen belügen?«

Milos stieß hinter ihr ein Schnauben aus, und er war es auch, der ihr antwortete. »Angstmacherei. Propaganda. Wenn die Ombrazianer ohne jeden Zweifel daran glauben, dass die Brechaaner böse sind, ist es dann nicht wahrscheinlicher, dass sie die Kriegsanstrengungen befürworten? Wenn man glaubt, man kämpft gegen Bösewichte, erträgt es sich dann nicht leichter, eingezogen zu werden?« Trotz seines scharfen Tonfalls klangen seine Worte bedrückt. »Gibt einem das nicht ein Gefühl von Rechtschaffenheit?«

Neben Roz mahlte Damian noch immer mit dem Kiefer. Er wollte es nicht glauben, und Roz wusste auch, weshalb: Battista Venturi hätte über all das Bescheid gewusst. Wäre daran beteiligt gewesen. Noch etwas, worüber sein Vater ihn belogen hatte. Wäre Roz nicht so empört gewesen, hätte sie glatt Mitleid mit ihm haben können.

Calder nickte Milos kurz zu, bevor er fortfuhr: »Ich gehe davon aus, dass das meiste, was Sie über den Ersten Krieg der Heiligen wissen, den Tatsachen entspricht. Die Reinkarnationen von Strength und Chaos zogen in die Schlacht und Chaos unterlag. Wenn Sie die Geschichten glauben, die in *Heilige und Hingabe* geschrieben stehen, dann werden Sie wissen, dass Chaos immer fällt. Der ursprüngliche Schutzheilige hat gegen den Wunsch seiner sechs Gegenstücke den Krieg erschaffen. Deswegen kann er seinen eigenen Krieg nicht gewinnen. Dafür hat die Schutzheilige von Death gesorgt. Sie beförderte ihn so schnell sie konnte ins Jenseits.«

»Wir haben kürzlich erst herausgefunden, dass unsere Version von *Heilige und Hingabe* womöglich nicht alle ursprünglichen Geschichten enthält«, murmelte Roz und musste an das Buch im Atheneum denken. »Aber ja, wir sind vertraut damit, was im ersten Krieg geschehen ist.«

»Und dann?«, wollte Siena wissen. In der Frage schwang Besorgnis mit, und Roz konnte nachvollziehen, weshalb. Es fühlte sich nie gut an, wenn die eigenen, tief verwurzelten Überzeugungen infrage gestellt wurden.

»Dann«, fuhr Calder fort, »begann der zweite Krieg. Brechaat und Ombrazia hatten sich, selbstverständlich, nach dem ersten getrennt und infolgedessen großes Leid erfahren. Es waren vor allem die Unerwählten, die sich auf Chaos' Seite stellten, und diese Menschen wurden in den Norden abgesondert. Das bedeutete, dass Ombrazia das Land der Jünger wurde und Brechaat in erster Linie denen gehörte, die nicht gesegnet worden waren. Anfangs schien das die ideale Lösung zu sein: Man trennte einfach die beiden Gruppen, die nicht miteinander auskamen. Doch niemand machte sich eingehend Gedanken darüber, was das für Brechaat bedeutete. Ohne Jünger mit handwerklichen Fähigkeiten konnten wir nicht in gleichem Maße wirtschaftlich partizipieren. Und *wenn* wir etwas produzierten, taten wir es weitaus ineffizienter. Damit begann unser Elend.«

Er verschränkte die Finger, bis die Knöchel sich weiß verfärbten. »Aber selbst der Sieg war Ihrem Volk nicht genug. Mit dem Aufstieg des neuen Magistrats beschloss Ombrazia, dass es wieder ein Ganzes werden wollte. Dass es das Land, das es bei der Teilung verloren hatte, wieder für sich wollte. Brechaat hatte wohlgemerkt nicht viel. Aber wir kontrollierten mehrere

Zugänge zum östlichen Fluss, die beim Magistrat Begehrlichkeiten weckten, denn ihre Rückeroberung würde den Handel vereinfachen. Deshalb hat Ombrazia angegriffen.«

»Dann hat Brechaat also nie einen Angriff gestartet, um an unsere Ressourcen zu kommen«, sagte Roz und spürte eiskalte Wut in sich aufsteigen. »Das war eine Lüge.«

Calder schüttelte den Kopf. »Warum sollten *wir* angreifen? Wir hatten keine Aussicht auf einen Sieg. Wir wurden nur deswegen nicht sofort vernichtet, weil wir einen kompetenten Anführer hatten und weil Ombrazia keine Jünger in den Kampf schickte. Der damalige General nutzte die landschaftlichen Gegebenheiten zu unserem Vorteil, wodurch wir uns jahrelang behaupten konnten. Doch wie Sie sehen können, haben Ihre Truppen es irgendwann doch geschafft, den Fluss unter ihre Kontrolle zu bekommen. *Sie* erobern *uns*.« Calder legte eine Hand auf die Pistole an seinem Gürtel, und einen Herzschlag lang fragte Roz sich, ob er sie benutzen würde. »Sie haben die Kontrolle über unsere Ressourcen an sich gerissen. Sie lassen unser Volk leiden.«

»Woher sollen wir wissen, dass es andernorts nicht ganz anders aussieht?«, meldete Damian sich schließlich doch noch zu Wort, obwohl er wenig überzeugt klang. »Ombrazia mag die Kontrolle über diesen speziellen Landesteil übernommen haben, aber – «

»Oh, *bitte*, Damian«, unterbrach ihn Roz. Er war vielleicht nicht der gleiche Mensch wie noch vor ein paar Wochen, aber seine Überzeugungen waren zu tief verwurzelt, als dass er sie über Nacht geändert hätte. Auch wenn seine ganze Persönlichkeit sich verändert hatte, wollte er daran glauben, dass diejenigen, denen er gedient hatte, die Guten waren.

Welchen Grund hätten die Brechaaner gehabt, zu lügen? Sie hatten im ersten Krieg nichts gewonnen, und im zweiten sogar noch weniger. Sie hatten nichts zu verbergen, außer vielleicht ihre Schwäche. Andererseits ergab es durchaus Sinn, dass Ombrazia seinen Bürgern eine verzerrte Darstellung der Geschehnisse vermittelte.

Calder schien über Roz' Ausbruch ein wenig überrascht zu sein. Er verschränkte die Hände hinter dem Rücken und durchschritt in einem Halbkreis den Raum, bevor er sich neben sie stellte. Trotz seiner Hagerkeit war er groß. Mindestens so groß wie Damian. Er roch nach frischer Luft und dem Meer. In den Fingern hielt er ein Messer, das er sicher und geschickt einige Male kreisen ließ. Roz erstarrte und ließ sich nichts anmerken. Dieser Mann war geübt mit dem Messer.

»Weshalb tun Sie so, als würden Sie uns bemitleiden?«, fragte Calder nachdenklich und sah sie direkt an.

»Gehen Sie weg von ihr«, grollte Damian und machte einen Satz nach vorne, aber Calder würdigte ihn keines Blickes. Zwei der Soldaten rissen ihn wieder zurück und Roz hörte Siena scharf nach Luft schnappen. Damians Muskeln spannten sich, als er gegen sie ankämpfte, und die Blutgefäße zeichneten sich erhaben auf seiner Haut ab. Er glaubte, dass Calder ihr wehtun würde – so viel war klar. Doch obwohl Calder das Messer kreisen ließ, hatte Roz das Gefühl, dass der General nicht beabsichtigte, es zu benutzen.

Sie riss die Augen auf und presste die Lippen aufeinander, um Damian zu signalisieren, dass er sich beherrschen sollte. Doch er schien es nicht zu merken, und sie musste zu ihrem Leidwesen zusehen, wie man ihn zwang, in die Knie zu gehen. Als er zu ihr aufblickte, erinnerte sie das viel zu sehr an die vergangene Nacht. Da war er voller Ehrfurcht gewesen. Doch wenn sie sich nicht täuschte, zeigte er nun, zum ersten Mal seit Tagen, echte Furcht. Sie sah seinen Puls an seiner Kehle pochen, als er mit wütend zusammengekniffenen Augen zu Calder aufsah.

»Ich tue nicht so, als würde ich Sie bemitleiden«, erklärte Roz dem General kühl. »Ich bin gern bereit, Ihnen die Wahrheit zu sagen, obwohl ich den Eindruck habe, dass Sie zwar vorgeben, dass sie Ihnen wichtig ist, Sie sie in Wirklichkeit aber nicht hören wollen.«

Er runzelte die Stirn. »Ich wünsche mir nichts mehr, als dass Sie aufrichtig zu mir sind. Ich wünschte, Ombrazianer wären dazu in der Lage.« Die Pause, die er daraufhin entstehen ließ, war eine deutliche Aufforderung an sie, weiterzusprechen.

»Wir mögen aus Ombrazia stammen, aber unsere Loyalität gilt nicht diesem Staat«, sagte Roz knapp. »Tatsächlich können wir niemals dorthin zurückkehren. Wir sind im Dunstkreis des Palazzos nicht mehr erwünscht. Aber glauben Sie ernsthaft, die Brechaaner wären die Einzigen, denen der Krieg geschadet hat? Unsere Unerwählten *leiden*. Sie werden in den Kampf geschickt, ob sie wollen oder nicht. In der Hälfte der Fälle werden ihre Familien nicht mal über ihren Tod unterrichtet, weil sich niemand die Mühe macht, den Überblick zu behalten. Wenn sie desertieren, werden sie auf der Stelle exekutiert und ihre Namen entehrt.« Sie redete schnell und ihr ganzer Körper war von der Wucht ihrer Wut verkrampft. »Ombrazia hat vielleicht mehr als Brechaat, aber wenn man kein Jünger ist, gehört einem davon nichts. Man ist *nichts*. Sie können mir nicht weismachen, dass Sie nicht wissen, wie sich das anfühlt.«

Calder hob eine Braue. Womöglich gefiel es ihm nicht, dass sie so offen sprach, aber das war Roz inzwischen egal.

Sie holte zitternd Luft. »Unser ganzes Leben hat man uns gelehrt, dass Brechaat diesen Krieg angefangen hat. Dass Sie die Gefahr wären, die Ketzer, und wir Sie zum Wohle unserer Nation in Schach halten müssen. Aber wenn Sie sagen, dass das nicht der Wahrheit entspricht, dann glaube ich Ihnen. Mein Vater ist wegen dieses Krieges gestorben – weil sein Leben für

Ombrazia wertlos war. Und Sie mögen mich vielleicht für eine Lügnerin halten, aber der einzige Grund dafür, dass wir überhaupt hier sind, ist, dass wir unsere Freunde vor dem gleichen Schicksal bewahren wollen.« Roz deutete mit einem Finger auf das Fenster. Er zitterte, doch Roz hoffte, dass es nicht so auffällig war, dass Calder es bemerken würde. »Sie wurden von uns fortgerissen, und wir wollen nicht, dass sie für ein Land sterben, das sich von vornherein nie für ihr Leben interessiert hat.«

Roz sah Dev im Augenwinkel mitfühlend mit dem Kopf nicken, doch sie konzentrierte sich weiter ganz auf Calder, hielt seinen durchdringenden Blicken ungerührt stand.

»Wissen Sie, der Krieg hat auch meinen Vater getötet«, sagte er nach einer gefühlten Minute. »Zumindest indirekt. Es war der Stress. Das ständige schmerzliche Gefühl, seine Leute zu enttäuschen. Sie sterben zu sehen, wieder und wieder, obwohl er gleichzeitig keine andere Möglichkeit hatte, als sie ins Gefecht zu schicken. Sein Herz konnte es nicht mehr ertragen und hat ihn im Stich gelassen.« Calders Miene verriet seinen eigenen Schmerz. »Ich persönlich glaube allerdings, dass er erleichtert war. Ich denke, er wäre viel früher gestorben, hätten seine Verpflichtungen ihn nicht hier festgehalten. Die Verpflichtung Brechaat gegenüber. Die Verpflichtung mir gegenüber.«

Roz begriff, was Calder ihr damit sagen wollte, und ihr Magen krampfte sich zusammen. Sie wusste, dass er ihr das alles nicht aus Mitgefühl erzählte, oder um sie zu trösten. Calder wollte ihr zu verstehen geben, dass er ebenfalls wütend war. Dass er Leid und Trauer erfahren hatte und sich von diesen Gefühlen zu einem Menschen hatte formen lassen, der nicht eher Ruhe geben würde, bis der Gerechtigkeit Genüge getan wäre.

Deswegen drückte Roz ihm auch kein Mitgefühl aus. Es war unerheblich, ob sie seinen Verlust bedauerte. Stattdessen nickte sie, nahm die Schultern zurück und sagte: »Ich verstehe.«

»Tun Sie das?«

»Ja. Ihr Vater hat Ihnen eine nicht bewältigbare Aufgabe hinterlassen. Einen unmöglichen Krieg. Und Sie werden keine Gnade walten lassen, weil Ihnen ebenfalls keine zuteilwurde.« Sie sah Calder in die Augen und blendete alles andere aus. Selbst Damians schwere Atemzüge. »Sie haben einen Plan, richtig?«

Er verzog den Mund zu einem schmallippigen, hämischen Lächeln, wobei ein Grübchen auf seiner Wange sichtbar wurde. »Warum fragen Sie?«

»Spielen Sie oft Karten, General?«

Calder wechselte einen verwirrten Blick mit Milos. »Hin und wieder würde ich sagen.«

»Sind Sie gut darin?«

»Das würde ich behaupten.«

»Dann wissen Sie, wie ein Mann aussieht, der gerade hervorragende Karten auf die Hand bekommen hat. Sie kennen das doch, wenn jemand plötzlich versucht, möglichst wenig Aufmerksamkeit auf sich zu lenken, und dadurch erst recht auffällt.« Roz senkte das Kinn und beugte sich leicht vor. »Sie, General, verhalten sich wie jemand, der ein ausgesprochen gutes Blatt in der Hand hält. Und ich möchte wetten, dass ich auch weiß, warum.«

Calder rieb sich mit einer Hand über den Kiefer. Es war schwer zu sagen, was er in diesem Augenblick dachte. »Ist das so?«

»Roz«, sagte Damian warnend, aber sie hatte genug davon, um den heißen Brei herumzureden. Sie waren hierhergekommen, um ihre Freunde zu retten, und wenn sie das nicht schaffen würden, dann wollte sie zumindest wissen, womit sie es zu tun bekommen würden.

»Ich glaube, Ihre Jünger von Chaos sind stärker geworden«, sagte sie zu Calder. Daran, wie er plötzlich ganz stillhielt und sie viel zu freundlich ansah, erkannte sie, dass sie ihn am Haken hatte. »Ich denke, dass Sie das bemerkt haben und nun eine Möglichkeit suchen, es zu Ihrem Vorteil zu nutzen. Sie denken an den Ersten Krieg der Heiligen und glauben, dass es diesmal anders laufen könnte. Diesmal gibt es keine Heiligen. Aber ein paar Chaos-Jünger, und mögen sie auch noch so stark sein, genügen nicht. Die Menschen, die sie ermorden, werden Unschuldige sein.« Sie stellte sich vor, wie Nasim an der Front einem Jünger von Chaos gegenüberstand, und unterdrückte ein Schaudern. »Sie können versuchen, eine Armee aufzubauen, aber Sie werden trotzdem nicht gewinnen. Sie werden nur noch mehr Blutvergießen heraufbeschwören.«

Sie hatte es nicht darauf angelegt, den General mit ihren Worten von irgendetwas zu überzeugen, doch sie hatte auch nicht damit gerechnet, dass Calder so aussehen würde, als würde er gleich in Gelächter ausbrechen. Araina, die hinter ihm stand, schaffte es ebenfalls nicht, ihren Hohn zu verhehlen. Sie schnaubte hörbar durch die Nase und an ihrer Wange zuckte ein Muskel.

»Ein *paar* Chaos-Jünger?« Calder verschränkte die Arme. »Ich würde Sie ja fragen, woher Sie das alles wissen, denn schließlich kommen Sie aus einem Land, in dem man den siebten Heiligen hasst, aber es interessiert mich mehr, wie Sie auf die Idee kommen, ich hätte nicht genügend von ihnen zur Verfügung.«

Roz war so verblüfft über die Frage, dass sie nicht antwortete. Die Antwort schien ihr so naheliegend zu sein.

»Sie wurden im ersten Krieg fast ausgelöscht«, sagte Siena an ihrer Stelle ungehalten. »Und diejenigen, die von Chaos' direkter Blutlinie abstammten – auch wenn sie verwässert war –, sind wahrscheinlich in Ombrazia geblieben, da Jünger oft Partnerschaften mit anderen Jüngern eingegangen sind.«

»Und wenn deren Nachfahren eine Affinität zu Chaos' Magie zeigten, versuchten *Sie*, sie töten zu lassen«, warf Araina ein, deren Wangen gerötet waren – ob nun aus Zorn oder weil sie unaufgefordert gesprochen hatte, konnte Roz nicht beurteilen.

»Wir haben es nicht versucht«, sagte sie schwermütig und musste wieder an Enzos Zorn denken. »Wir *haben* sie töten lassen. Oder vielmehr der Palazzo hat es getan.«

Calder schüttelte den Kopf. »Es ist so einfach, daran zu glauben, nicht wahr? Schließlich sind sie als Kinder verschwunden und nie wieder aufgetaucht. Aber nein: Ombrazia hat nicht *all* seine Jünger von Chaos getötet. Ich würde sogar wagen, zu behaupten, dass nicht mal der Großteil von ihnen getötet wurde. Wissen Sie, es ist nicht so einfach, einen Personenkreis auszurotten, der dazu in der Lage ist, die Realität zu verzerren.«

Roz hatte den furchtbaren Verdacht, dass sie wusste, worauf er hinauswollte. »Was wollen Sie damit sagen?«

»Ich will damit sagen, dass Chaos' Jünger nie fort waren. Sie haben immer eine Möglichkeit gefunden, zu entkommen. Und falls dem nicht so war, dann hat jemand anderes dafür gesorgt.« Er blickte zu Milos, der den Kopf neigte. »Die Jünger, die in den vergangenen fünfzig Jahren verbannt worden sind? Milos ist nicht der Einzige von ihnen, der am Ende hier gelandet ist. Sondern fast alle. Ich *versuche* nicht, eine Armee aufzubauen, Kleines.« Jetzt lachte er wirklich, ein schneidendes Geräusch. »Ich habe bereits eine.«

Ihr Herz schien einen Moment lang aus dem Takt zu geraten. »Was? Aber die ombrazianischen Schiffe – «

»Sind momentan nicht meine Hauptsorge. Ich habe nichts dagegen, dass sich Ihre Armee häuslich einrichtet. Sie haben recht: Diese Lager zu attackieren würde nur noch mehr Blutvergießen bedeuten. Weswegen ich nicht beabsichtige, sie anzugreifen.« Calder strich nachdenklich mit dem Finger über die stumpfe Seite der Messerklinge. »Außerhalb dieser Mauern, auf der anderen Seite des Flusses, wo die Klippen die Biegung blockieren, habe ich meine eigenen Schiffe. Und zwei Dutzend Jünger pro Schiff, alle von neuer Macht erfüllt. Zuerst war ich mir nicht sicher, wo ich sie hinschicken soll. Doch dann wurde mir klar: Warum Zeit damit verschwenden, Ombrazias Armeen im Norden zu vernichten, wenn der Palazzo nur noch mehr Kanonenfutter schickt? Wer weiß, wie viele Unerwählte sie opfern würden, bevor sie irgendwann kapitulieren? Also werde ich stattdessen direkt auf die Quelle zielen – auf den Palazzo selbst.«

»Sie schicken Ihre Armeen nach Süden«, sagte Siena entsetzt. »Sie beabsichtigen, direkt in die Stadt einzumarschieren, um auf diese Weise den Krieg zu gewinnen.«

Calder zuckte mit den Schultern. »In Ombrazia wimmelt es vielleicht von Jüngern, aber meine sind stärker. Man wird uns nicht kommen sehen.«

»Und warum erzählen Sie uns das?«, wollte Roz wissen. Eigentlich hätte sie ebenso beunruhigt sein sollen wie Siena, ebenso vor stiller Wut kochen sollen wie Damian, doch irgendwie gefiel ihr die Vorstellung, dass der Palazzo von Chaos' Jüngern überrannt wurde. Was ihr dagegen *nicht* gefiel, war der Verlust von unschuldigem Leben. Wie viele Unerwählte würden fallen, wenn Ombrazias Herz erstürmt würde?

»Ah. Ja.« Calder tippte sich ans Kinn. »Ich glaube Ihnen, wenn Sie sagen, Sie verabscheuen den Krieg, aber bedauerlicherweise sind Sie nun Gefangene desselben. Sie sind im Besitz von Informationen, die ich benötige. Falls Gewalt allein nicht genügen sollte, sind Sie meine Trumpfkarte.«

Nun war es Damian, der lachte. Es war ein jähes, barsches Geräusch, in dem ein Anflug von Wildheit mitschwang. Er hob abrupt den Kopf, um Calder direkt anzusehen. »Wie kommen Sie auf die Idee, dass sich irgendjemand im Palazzo für *uns* interessieren würde? Wir sind so nützlich für Sie, dass sie wahrscheinlich besser dran sind, wenn Sie uns gleich töten. Vielleicht schickt man Ihnen dann sogar einen Dankesbrief.«

Dev gab einen Laut von sich, der besagte, dass er kein großes Interesse daran hatte, sofort getötet zu werden. Roz ärgerte sich noch immer ein wenig darüber, dass sie seiner Nachlässigkeit wegen überhaupt erst hier gelandet waren, aber wenn Calder vorhatte, einen ihrer Kameraden umzubringen, dann nur über ihre Leiche.

»Ihren Anführern mag Ihr Leben egal sein«, räumte Calder ein, »aber ich könnte mir vorstellen, dass sie sich lebhaft dafür interessieren, was Sie uns verraten könnten. Ich bin vielleicht noch nicht lange General, aber ich bin kein Narr. Ich beabsichtige nicht, einfach so an Ombrazias Küste einzumarschieren. Seit dem Ersten Krieg der Heiligen, als meine Leute in den Norden verbannt wurden, ist viel zu viel Zeit vergangen. Auch wenn ich es ungern zugebe, habe ich keine Kenntnisse über Ihr Land, und das gilt auch für meine Soldaten. Wir wissen nicht, wo der Palazzo liegt oder wie wir uns ihm am besten nähern können. Und vor allem kennen wir die Routinen Ihrer Sicherheitsoffiziere nicht.«

Roz war überrascht, obwohl sie nicht wusste, weshalb.

Wie das Atheneum belegte, hatte Ombrazia bei der Trennung von Brechaat fast alles Wissen für sich behalten. Landkarten, Bücher und dergleichen waren ein Luxus, zu dem Brechaat keinen Zugang hatte. Und selbst wenn in den vielen Jahren seit dem ersten Krieg Wissen mündlich weitergegeben worden sein sollte, hatte sich in den beiden Stadtstaaten inzwischen zu viel geändert. Es gab einen Grund dafür, dass Sienas Karte im Norden teilweise leer gewesen war.

»Es gibt nichts, was wir Ihnen sagen könnten«, erwiderte

Damian knapp. »Was den Palazzo angeht, so ist keiner von uns von Bedeutung.«

Calder schmunzelte. »Ich glaube nicht, dass das stimmt.« Er beugte sich ein wenig nach unten, um Damian direkt ansprechen zu können. »Ich war mein gesamtes Erwachsenenleben im Krieg – dachten Sie wirklich, ich würde den Sohn von General Battista Venturi nicht erkennen?« Er neigte den Kopf. »Ich muss schon sagen, Sie sehen genauso aus wie er.«

Bevor Roz den Sinn seiner Worte richtig begreifen konnte, wurde es im Raum dunkel.

22

DAMIAN

Damian blickte angestrengt blinzelnd in den dunklen Nebel und versuchte, den General zu erkennen. Und sich zu versichern, dass er sich mit diesem Messer, das er noch immer in der Hand hielt, nicht in Roz' Nähe befand. Gleichzeitig überschlugen sich Damians Gedanken. *Er* war es – so musste es sein. Calder Bryhn war der mächtige Chaos-Jünger, der sie hierhergeführt hatte. Er war der Grund dafür gewesen, dass sie die Durchfahrt hatten passieren dürfen, und der Grund für ihre Gefangennahme. Er wusste, dass Damian mit Battista Venturi verwandt war. Hielt ihn höchstwahrscheinlich für wichtig und hatte das alles die ganze Zeit über genau so geplant –

Doch bevor Damian diese Erkenntnis laut aussprechen konnte, spürte er plötzlich schmerzhaft ein Knie in seinem Rücken, das ihn mit dem Gesicht voran auf den Boden drückte. Gleichzeitig wurden seine gefesselten Handgelenke so kraftvoll nach hinten gerissen, dass er spürte, wie sich seine Schulter ausrenkte. Er stieß ein schmerzerfülltes Keuchen aus, und obwohl er versuchte, sich gegen das Gewicht der Soldaten, die ihn niederdrückten, zu wehren, war es sinnlos. Ihre Stimmen waren eine bedeutungslose Kakofonie. Er meinte, Roz seinen Namen rufen zu hören, doch ihre Stimme verlor sich im Nebel und dem Durcheinander.

Damians Wange wurde auf den kalten Steinfußboden gepresst. Er konnte nur tatenlos zusehen, wie sich Calders Füße langsam näherten, als der General zu ihm kam, um sich neben ihn zu knien.

Und dann, direkt vor seinen Augen, schwenkte Calder eine Hand und der Nebel verschwand. Die Welt wurde wieder klar und das Licht kehrte zurück.

»*Sie*«, krächzte Damian.

Doch Calder runzelte nur die Stirn, als hätte Damian in einer Sprache gesprochen, die er nicht verstand. Das Amüsement war aus seinem Gesicht verschwunden. »Sieh an. Das ist *wirklich* eine Überraschung.«

Damian verstand nicht, was er meinte. Und es interessierte ihn auch nicht. Sein Herz pochte wild gegen den Fußboden, als wolle es aus seinem Körper herausspringen. Er konnte Calders zusammengekniffene haselnussbraune Augen sehen, die ihn fasziniert musterten, bevor sie wieder aus seinem Gesichtsfeld verschwanden, als er sich erhob.

»Bitte tun Sie ihm nichts«, hörte Damian Roz sagen, deren Stimme verletzlicher klang, als er es von ihr kannte. »Er weiß nicht, was er tut, er verhält sich merkwürdig, seitdem –«

Calder fiel ihr ins Wort. »Sie wissen es nicht mal, oder?« Jemand anderem befahl er: »Helft ihm auf.«

Hände zogen Damian wieder in eine kniende Position. Seine Schulter schmerzte so sehr, dass er kaum Luft bekam. Er wusste selbst nicht, wie er es überhaupt schaffte, sich zu bewegen, doch einen Moment später blickte er auf und sah Calders schmallippige Grimasse, Roz' wildes und Sienas blasses Gesicht. Dev konnte er nicht erkennen, da er hinter dem General verborgen stand.

Calder trat vor und fasste Damians Kinn auf eine merkwürdig sanfte Art und Weise. Damian versuchte sofort, sich ihm zu entwinden, doch der General bohrte den Daumen in das Gelenk unter seinem Ohr. »Ich muss gestehen, ich finde es wirklich äußerst amüsant«, murmelte Calder, »zu erfahren, dass Battista Venturis Sohn ein Jünger von Chaos ist.«

Seinen Worten folgte ein Moment absoluter Stille. Die tiefste Stille jedoch schien in Damian selbst zu herrschen.

»Sie sind wahnsinnig«, zischte er schließlich. Calders Finger glitten über seinen Hals, bevor er ihn losließ.

»Sie verstehen das nicht.« Roz versuchte, einen Schritt vorzutreten, doch die Soldaten, die sie flankierten, hielten sie zurück. »Damian ist kein Jünger von Chaos. Als Chaos' Magie stärker wurde, ist irgendetwas mit ihm passiert.« Stockend fasste sie kurz zusammen, wie Enzo in Ombrazia seine Opfer dargebracht hatte, schilderte die Ereignisse, die ihren Höhepunkt im Schrein gefunden hatten.

»Oh ja, mit ihm ist wirklich etwas passiert.« Calder umrundete Damian, begutachtete ihn, wie es ein Sammler mit einem seltenen Kunstwerk tun würde. »Müsste ich raten, würde ich sagen, dass Sie, Signor Venturi, der Vorstellung, ein Jünger von Chaos zu sein, derart ablehnend gegenüberstanden, dass Sie es jahrelang geschafft haben, sie zu verdrängen. Doch nachdem Chaos' Macht gewachsen war, wurde es unmöglich, sie weiter zu ignorieren.« Er blieb stehen. »Sie wurden auf eine Art überrumpelt, auf die Sie nicht vorbereitet waren. Die Magie bahnt sich ihren Weg nach draußen, ob es Ihnen nun gefällt oder nicht.«

»Ich bin *kein* Jünger von Chaos.« Damian spürte, wie er am ganzen Körper zitterte, und schaffte es kaum, sich aufrecht zu halten. Das konnte nicht sein. Das ergab keinen Sinn. »Mein Vater war ein Jünger von Strength, ebenso wie sein Vater vor ihm.«

»Und Ihre Mutter?«

»Sie stammt von Cunning ab.«

Calders Lippen zuckten. »Na sicher.«

Zorn wallte heiß in Damian auf. »Sie wissen rein *gar nichts* über mich oder meine Familie.«

»Sagen Sie, wie haben Sie es geschafft, nach Brechaat hereinzukommen? Die Durchfahrt ist, insbesondere für Außenseiter, nicht so leicht zu durchschiffen.«

»Jemand wollte uns ganz offensichtlich hier haben. Sie sind derjenige, der uns benutzen will, um mit dem Palazzo zu verhandeln – warum sagen Sie es mir nicht?«

»*Denken Sie nach*«, entgegnete Calder barsch. »Denken Sie nach und Sie werden merken, dass ich die Wahrheit sage.«

Ohne es zu wollen, musste Damian an den Nebel im Gefängnis denken. Daran, wie er es geschafft hatte, Falco zu entkommen, und wie er sich danach gesehnt hatte, ihrem Leben ein Ende zu setzen. Er dachte daran, wie er Salvestro ins Wasser geworfen hatte, und an den Nebel, der sie, als sie losgesegelt waren, umhüllt hatte, und die Verzweiflung, die ihn an der brechaanischen Grenze überkommen hatte. Schweiß stand ihm auf der Stirn. Er war inzwischen einfach nur selbstbewusster geworden, mehr nicht. Er hatte seine Aversion gegen das Töten überwunden und empfand nicht mehr so viel Angst wie früher. Das machte ihn jedoch nicht zu einem Jünger. Es gab noch andere Erklärungen für die Magie, die sie auf dem ganzen Weg hierher heimgesucht hatte.

»Sie wissen, dass ich recht habe«, sagte Calder leise. »Ich sehe es Ihnen an, auch wenn Sie es noch nicht zur Gänze akzeptiert haben. Aber das werden Sie. Wie jeder andere Heilige lässt sich auch Chaos nicht einfach ignorieren.«

Damian konnte nicht begreifen, was Calder da sagte. Er hatte sich schon immer danach gesehnt, mehr zu sein. Besser zu sein. Doch obwohl er die Jünger von Chaos nicht so sehr verabscheute wie die meisten in Ombrazia, hatte er immer gewusst, dass man sie fürchten musste. Und auf keinen Fall wollte er einer *sein*.

Oder?

Er ließ den Blick zu Roz gleiten – die vor Fassungslosigkeit erstarrt und mit offenem Mund dastand – und fragte sich, was sie gerade denken mochte. Ob sie sich an dieselben Augenblicke ihrer Reise erinnerte.

»Das kann nicht sein«, wandte Siena scharf ein. »Wäre Damian ein Jünger, hätten wir das schon früher gemerkt.«

Calder reagierte verdutzt. »Nicht unbedingt. Manche Menschen zeigen jahrelang keine Anzeichen, entweder weil sie Spätentwickler sind oder weil sie ihre Magie unterdrücken.« Er sah Damian fragend an. »Was hat sich verändert, abgesehen vom Offensichtlichen?«

Damian bleckte die Zähne, antwortete jedoch nicht. Der Schmerz in seiner Schulter pochte dumpf. Nichts hatte sich verändert. *Alles* hatte sich verändert. Er war wieder mit Roz zusammen und hatte sich von den Heiligen abgewandt. Er hatte seinen Rang nicht nur einmal, sondern gleich zweimal verloren, und sein Vater war gestorben.

Battista war gestorben.

Sein Tod hatte Damian zerrissen, doch danach hatte er sich so frei gefühlt wie nie zuvor. War das der Unterschied? Hatte er diesen Teil von sich zurückgehalten, weil er sich davor gefürchtet hatte, was sein Vater sagen oder tun würde?

Aber wenn Calder recht hatte – wenn Damian tatsächlich ein Jünger von Chaos war –, warum kam die Magie dann nicht, wenn er sie rief? Warum hatte er sie bislang nur unbewusst anwenden können? Warum konnte er nicht alle in diesem Raum in einer Illusion fangen und sie dazu bringen, ihn freizulassen? Er hatte so viele Fragen, und Calder Bryhn war der letzte Mensch, dem er sie stellen wollte.

Der General senkte den Blick und hatte offenbar keine Lust mehr, auf eine Antwort zu warten. »Andererseits«, fuhr er fort, »muss es auch nicht unbedingt etwas Persönliches gewesen sein. Vielleicht haben Sie lediglich die Veränderung der Macht gespürt, genau wie wir alle.«

Eine kurze Pause entstand. Dev gab einen nervösen, kehligen Laut von sich. Roz dagegen wirkte geradezu fasziniert. »Sie sind ebenfalls ein Jünger von Chaos?«

»Kein besonders machtvoller. Nicht mal jetzt.« Calder schürzte die Lippen. »Aber ja, das bin ich.«

»Dann können Sie Damian helfen.«

»Wobei helfen? Er hat in Brechaat nichts zu befürchten. Zumindest nicht«, fügte er an, »wegen seiner Verbindung zu Chaos. Sein Verwandtschaftsverhältnis zu Battista Venturi steht dagegen auf einem ganz anderen Blatt.«

»Ich brauche keine Hilfe«, blaffte Damian, doch Roz bedachte ihn mit einem teils verärgerten, teils flehentlichen Blick, bevor sie sich erneut an Calder wandte.

»Hier geht es nicht darum, ob er nun ein Jünger von Chaos ist oder nicht. Ich kann Ihnen versichern, dass noch mehr dahintersteckt. Seine ganze Persönlichkeit hat sich verändert. Dieser Jünger, der Ombrazia terrorisiert hat ... Wir vermuten, dass es vielleicht daran liegt, dass sein Einfluss weiter fortdauert.«

»Darüber weiß ich nichts«, sagte Calder und schenkte Damians gemurmelten Widerworten keine Beachtung. »Und es interessiert mich auch nicht. Sie sind hier, um uns dabei zu helfen, zu Ihrem Palazzo zu kommen – mehr nicht. Sofern sich die Informationen, die Sie mir geben, als korrekt erweisen, werden Sie, wenn der Krieg gewonnen ist, freigelassen. Sollten Sie lügen, kann ich Ihnen versprechen, dass Sie es bereuen werden.« Er lächelte grimmig, und obwohl Damian ihn in diesem

Moment verabscheute, schien er keine Freude daran zu haben, ihnen zu drohen.

»Drohungen sind nicht nötig.« Roz versuchte, sich von ihren Aufpassern zu befreien. Ihre Augen glitzerten. »Wie wäre es damit? Sie helfen uns, unsere Freunde von der ombrazianischen Front wegzuholen, und wir führen Sie im Gegenzug widerstandslos zum Palazzo.«

Damian runzelte nachdenklich die Stirn. Sein verzweifelter Wunsch, Kiran wiederzusehen, kollidierte mit seinem Misstrauen gegenüber den Brechaanern. Calder mochte gerecht, ja sogar vernünftig erscheinen, doch er war immer noch der Mann, der sie in Handschellen gefangen hielt.

»Sie werden uns auf jeden Fall helfen«, widersprach der General.

Roz zögerte keine Sekunde. »Ja, ja, wir haben alle Ihre vagen Drohungen gehört. Aber wenn Sie das tun, dann helfe ich Ihnen *aus freien Stücken*. Wissen Sie, ich möchte, dass Sie den Krieg gewinnen.«

Damian riss den Kopf hoch und konnte die groben Worte, die über seine Lippen kamen, nicht zurückhalten. »Roz, *nein. Das erlaube ich dir nicht.*«

Aus dem Augenwinkel konnte er erkennen, dass Siena verdattert den Mund aufgerissen hatte, und selbst Dev sah verblüfft aus. Doch Roz zuckte nicht mal mit der Wimper.

»Glaub ja nicht, dass ich zu irgendetwas deine *Erlaubnis* brauche, Damian.«

Das Fenster hinter Calder klapperte, als ein Windstoß ums Gebäude fuhr. Der Blick des Generals war voller Argwohn. »Weshalb um alles in der Welt sollten Sie wollen, dass Brechaat gewinnt?«

Roz riss die Hände hoch. »Ich möchte einfach nur, dass der Krieg vorbei ist. Das Einzige, was er bewirkt hat, ist Leben zu zerstören. Meines hat er auf jeden Fall zerstört, obwohl ich noch nicht mal direkt daran beteiligt gewesen bin. Diejenigen, die in Ombrazia die Macht haben, sind keine guten Menschen. Also ziehen Sie ruhig los und vernichten Sie sie, aber die Stadtbewohner dürfen Sie nicht anrühren.« Sie runzelte die Stirn und überschlug kurz alles im Kopf. »Wenn wir es schaffen, von heute ab in drei Nächten dort zu sein, treffen wir an dem Abend ein, an dem Salvestro Agosti offiziell zum nächsten Magistrat ernannt wird. Alle werden bei der Zeremonie sein – das sollte es vereinfachen, den Palazzo zu umzingeln.«

Calder verzog den Mund. »Interessant.«

»Roz, wir können *nicht* sicher sein, dass der Rest der Stadt unbehelligt bleibt!«, sagte Siena panisch. »Wer, glaubst du, wird gezwungen sein, einzuschreiten? Die Sicherheitsoffiziere. Sie werden Falco und Salvestro beschützen müssen.«

Damian wusste auch ohne Roz anzusehen, dass sie bereit war, dieses Opfer zu bringen.

Derweil wandte Araina sich verdrossen an Siena. »Chaos-Jünger brauchen keine Gewalt, um etwas zu erreichen. Das wissen Sie doch sicherlich.«

Ein Soldat zog Siena zurück und sie gab Ruhe, erwiderte zuvor jedoch Arainas finsteren Blick.

Calder begann wieder, im Raum auf und ab zu gehen, und beäugte Roz dabei skeptisch. »Weshalb sollte ich Ihnen glauben, dass Sie das wirklich wollen?«

Zuerst schien es, als wisse sie keine Antwort. Doch Damian sah, wie sie hinter dem Rücken die Hände bewegte, die Schultern verlagerte, bis ein metallisches Klirren ertönte. Im nächsten Augenblick hielt sie Calder ihre Handfessel hin. Sie baumelte von ihrem Finger und das Metall sah merkwürdig verformt aus. »Ich hätte mich hieraus schon längst befreien können, aber ich habe es nicht getan. Weil mir meine Freunde wichtiger sind als alles andere und ich sie nie zurücklassen würde. Ich glaube Ihnen, wenn Sie sagen, dass Sie hier nicht die Schurken sind. Oder zumindest, dass Sie es nicht sein wollen.«

Wie schaffte sie das nur? So ruhig und selbstsicher zu wirken und mit Brechaats General zu reden, als wäre sie diejenige, die *ihm* einen Gefallen erwies?

Calder riss ihr die Handschelle aus der Hand. »Eine Jüngerin von Patience. Interessant.« Er begutachtete sie, als offenbare sich ihre Magie in ihren Gesichtszügen. »Ich muss zugeben, dass Sie mich neugierig gemacht haben. Wie stark sind Sie?«

Roz zögerte kurz, bevor sie antwortete: »Stark genug.«

»In diesem Fall tun Sie etwas für mich *und* führen uns, ohne dass ich Gewalt anwenden muss, in das Herz von Ombrazia. Im Gegenzug hole ich Ihre Gefährten von der Front zurück und trage dafür Sorge, dass meine Armee den Palazzo ohne Verlust von Menschenleben einnimmt.«

»Was soll ich für Sie tun?« Roz rieb sich die Handgelenke und warf Damian dabei einen verstohlenen Blick zu. Er fragte sich, ob sie merkte, wie verzweifelt er sich wünschte, dass sie ablehnte.

»Das besprechen wir gleich«, erwiderte Calder. »Steht unsere Abmachung?«

»Kommt darauf an. Haben Sie eine Möglichkeit, in die ombrazianischen Camps hineinzukommen? Wie beabsichtigen Sie, unsere Freunde zu retten?«

»Geben Sie mir eine genaue Beschreibung von ihnen und ich lasse ihnen von einem meiner Spione eine Nachricht übermitteln. Wenn Ihre Freunde es schaffen, sich fortzustehlen, dürfen Sie die Grenze nach Brechaat ohne Probleme passieren. Falls sie es nicht schaffen, ist das nicht mein Problem. Sie schulden mir dann trotzdem, was Sie mir versprochen haben. Ist das klar?«

»*Roz*«, startete Damian einen letzten, verzweifelten Versuch, keuchte jedoch gleich darauf auf, als er an seiner verletzten Schulter nach hinten gerissen wurde. Durch den Nebel des Schmerzes sah er Roz angestrengt schlucken.

»Gut«, sagte Roz. »Die Abmachung steht.«

Calder nickte. »Dann folgen Sie mir.«

Es stellte sich heraus, dass diese Worte nur Roz galten – Damian, Siena und Dev wurden rasch in die entgegengesetzte Richtung abgeführt und durch einen langen Korridor in einen Raum mit steinernen Wänden und ohne ein einziges Fenster gebracht.

»Nur bis Calder anderweitige Befehle gibt«, erklärte Araina, bevor sie die Tür zudrückte und das Schloss klickte. Damian wurde den Eindruck nicht los, dass sie etwas zu erfreut geklungen hatte.

Da die Tür auf ihrer Seite keine Klinke hatte, sparte Damian sich die Mühe, gegen sie zu drücken. Stattdessen suchte er in seinem Inneren nach der Magie, von der Calder ihm versichert hatte, dass er sie besaß. Allein der Versuch war schon absurd, aber wenn es jemals einen Zeitpunkt gegeben hatte, an dem Magie von Nutzen gewesen wäre, dann jetzt. Bei der Vorstellung, Roz mit den Brechaanern alleinzulassen, wollte Damian am liebsten aus der Haut fahren.

Doch sosehr er sich auch bemühte, er fand in seinem Inneren nichts außer seiner nutzlosen Verzweiflung.

23
ROZ

Roz hoffte, dass sie selbstsicherer wirkte, als sie sich in Wirklichkeit fühlte. Ihr Handel mit Calder war in jeder Hinsicht gefährlich, aber wenn sie schon etwas besaß, was der General wollte, gedachte sie auch, es zu ihrem Vorteil einzusetzen.

Sie wollte daran glauben, dass sein Spion in der Lage wäre, Kiran und Nasim zu finden, aber sie wusste, dass sie sich besser keine Hoffnungen machen sollte. Schlimmstenfalls würden sie nicht gefunden werden. Oder die Brechaaner würden nur behaupten, es versucht zu haben. Bestenfalls würden ihre und Damians Freunde den Norden als Deserteure verlassen. Sie bereute es, den General nicht gebeten zu haben, alle Rebellen zu retten – bereute es so sehr, dass es sie bis ins Mark schmerzte –, doch sie wusste, dass es unmöglich gewesen wäre. Außerdem: Wenn Calders Jünger tatsächlich dazu fähig wären, den Krieg zu beenden, würden die ombrazianischen Soldaten ohnehin nach Hause zurückkehren. Oder?

Sie wusste, dass das eine kindisch optimistische Hoffnung war, denn die Realität sah folgendermaßen aus: Sie waren von Calders Gnade abhängig. Glücklicherweise schien er gnädiger zu sein, als er es durchblicken ließ.

Sie musste daran denken, wie Damian ausgesehen hatte, als er abgeführt worden war. Daran, wie er sie von der anderen Seite des Raumes angesehen hatte, mit Wut in seinem Blick, unter der jedoch nackte Verletzlichkeit gelegen hatte. Sie hatte leicht den Kopf geschüttelt, ihm zu vermitteln versucht, dass es ihr gut ging. Er hatte nachgegeben und war mit den Soldaten mitgegangen, doch Roz hatte ihm deutlich angemerkt, dass er es nur mit Mühe schaffte, sich zu beherrschen.

»Sie müssen sich um Damian kümmern«, bat sie nun den General. »Er ist verletzt.«

»Wenn Signor Venturi sich erst einmal wieder beruhigt hat, wird man ihm helfen. Aber ich werde meine Soldaten nicht gefährden.«

»Er ist nicht gefährlich.«

Calder sah sie nachdenklich an. »Doch«, sagte er beinahe mitleidig. »Das ist er.«

Wenigstens schien ihm die Tatsache, dass Damian Schmerzen litt, keine Freude zu bereiten. Das war schon einmal etwas. Um sich auf andere Gedanken zu bringen, fragte Roz: »Wieso sind Sie so sicher, dass er ein *Jünger* ist und nicht nur unter dem Einfluss der Magie eines anderen steht?«

»Ich konnte es spüren«, antwortete Calder. »Sie nicht?«

Milo hielt die Tür auf. Der General steuerte darauf zu und signalisierte Roz, ihm zu folgen. Araina war inzwischen ebenfalls zurückgekehrt und heftete sich nun an Roz' Seite. Demzufolge konnten Damian und die anderen nicht weit sein. Die Frau hielt noch immer ihre Waffe gezogen und sah Roz nicht direkt an. Unter anderen Umständen wäre Roz möglicherweise von ihrer Schönheit angetan gewesen. Sie war groß und muskulös, hatte goldblondes Haar und fast schwarze Augen. Araina war umwerfend. Genau der Typ Frau, mit dem sie früher einmal geflirtet hätte.

»Wie ich bereits sagte, bin ich bei Weitem kein mächtiger Jünger«, fuhr Calder fort, während sie den Korridor entlanggingen, »aber ich bin besonders geschickt darin, den Ursprung einer magischen Kraft zu erkennen. Wie sonst, glauben Sie, war ich in der Lage, eine Armee aus Jüngern aufzubauen?«

»Ich habe bisher keinen Beweis für die Existenz dieser Armee gesehen.« Roz machte größere Schritte, um mitzuhalten.

»Das werden Sie. Einige von ihnen sind schon seit Jahren bei mir, andere habe ich auf dem Weg nach Süden abgefangen, wohin sie dem Sog von Chaos' Macht folgten. So kam auch Milos hierher.« Calder nickte dem anderen Mann zu.

»Ich stehe erneut in Ihrer Schuld«, sagte Milos leise.

Roz stutzte und ging etwas langsamer. »Was meinen Sie mit *erneut*?«

Milos' Augen waren auf den Rücken des Generals gerichtet, als er antwortete. »Calder und sein Vater haben mich aus dem Vergessenen Verlies befreit – dem Ort, wo Ombrazia die Jünger von Chaos als Kinder hinbringt und sie zum Sterben zurücklässt.«

Sie fuhr zurück. »Von solch einem Ort habe ich noch nie gehört.«

»Natürlich nicht.« Milos' Lächeln war verbittert und ein wenig sarkastisch. »Schließlich ist er vergessen.«

Calder, der seine Worte offenbar gehört hatte, blieb stehen. »Sie schulden mir nichts«, sagte er zu Milos. Dann ergänzte er an Roz gewandt: »Ombrazia betrachtet sich selbst als Land der Frommen. Doch es hat viele schreckliche Geheimnisse. Wir haben so viele eurer Jünger gerettet, wie wir konnten, aber nicht alle.« Er verstummte kurz. »Nicht genug.«

Nach allem, was Enzo gesagt hatte, war Roz davon ausgegangen, dass junge Chaos-Jünger getötet wurden, doch zu erfahren, auf welche Weise, machte es noch schlimmer. Selbstverständlich verdienten sie es generell nicht, zu sterben, doch isoliert im Dunkeln leiden zu müssen? Das war grausamer als ein schneller Tod.

»Was Damian Venturi angeht«, fuhr Calder fort, »so kann er von Glück sagen, dass er es so lange geschafft hat, seine Kräfte zu unterdrücken. Andernfalls hätte ihn sein Vater vermutlich höchstpersönlich getötet. Und um Ihre Frage von vorhin vollständig zu beantworten: Ich bin mir sicher, dass Venturi ein Jünger ist, weil derjenige, der Sie beide in jener Nacht kontrolliert hat, tot ist. Seine Macht wäre inzwischen verflogen.«

»Ich dachte, der Einfluss eines Chaos-Jüngers könnte weiter fortdauern?«

»Ja – vielleicht noch für einige Stunden, aber selten länger.«

Sie befanden sich nun im Freien, hatten das Gebäude diesmal allerdings durch einen anderen Ausgang verlassen. Roz hatte freie Sicht auf die Landschaft, die sie bereits durchs Fenster gesehen hatte. Sie waren nur wenige Meter vom Fluss entfernt, und in der Ferne erhoben sich die ombrazianischen Lager. Die etwas klapprige Brücke lag im Mittagslicht.

»Aber es kann rückgängig gemacht werden, richtig?«, konnte sich Roz nicht verkneifen zu fragen und musste wieder daran denken, was sie im Atheneum erfahren hatten. *Darbieten was gegeben wurde.* »Ich meine, wenn Chaos' Magie durch Opfergaben verstärkt wurde, kann sie entsprechend auch wieder geschwächt werden. Dann würde Damian wieder normal werden.«

Ganz egal, wie oft Calder es auch bestätigte, sie bekam einfach nicht in den Kopf, dass Damian ein Jünger sein sollte – und schon gar nicht einer von Chaos. Für so lange Zeit hatte ihn die Vorstellung gequält, dass unerwählt zu sein bedeutete, nicht gut genug zu sein. Doch von Chaos gesegnet zu sein … In Ombrazia war das noch schlimmer, als unerwählt zu sein. Roz wurde den Gedanken nicht los, dass sie es auf irgendeine Weise hätte merken müssen. Sie kannte Damian schon fast ihr ganzes Leben. Wie hatte sie es übersehen können? Wieso hatte er nie das geringste Anzeichen von Magie gezeigt?

»So sagt man«, stimmte Calder mit einer gewissen Schärfe in der Stimme zu. »Doch was Venturi angeht – ein Jünger zu werden verändert einen nicht. Ich kenne ihn zwar nicht so gut wie Sie, aber so viel kann ich Ihnen versichern.«

»Er ist verändert«, beharrte Roz. »Der echte Damian ist besonnen. Er geht Gewalt so gut wie möglich aus dem Weg.« Zu ihrem Entsetzen spürte sie plötzlich ein Druckgefühl in den Augen. »Er ist für andere da, selbst wenn er es nicht sollte.«

»Ich weiß nicht, was ich Ihnen sagen soll. Vielleicht sitzen die Lehren seines Vaters bei ihm tiefer, als Ihnen bewusst ist, und seine Probleme werden durch Selbsthass verursacht.«

»Er hat sich von Battistas ›Lehren‹ schon vor langer Zeit abgewandt. Es steckt mehr dahinter.«

Calder zuckte mit den Schultern. »Dann sind hier womöglich Dinge im Spiel, die ich nicht verstehe. Ich muss zugeben, dass ich nie versucht habe, unschuldige Leben zu opfern, um die Macht meines Schutzheiligen zu steigern.«

»Dann finden Sie also, dass das, was Enzo getan hat, falsch war.«

Der General bedachte sie mit einem missbilligenden Seitenblick. »Selbstverständlich war es falsch. Halten Sie mich für ein Monster?«

»Aber Sie profitieren davon«, meinte Roz.

»Na und? Es ist passiert und ich habe es ausgenutzt. Das bedeutet nicht, dass ich es richtig finde. Sie mögen mich für verrückt halten, aber er tut mir leid. In Ombrazia aufzuwachsen und stets versuchen zu müssen, nicht entdeckt zu werden … Das muss ein trauriges Leben gewesen sein. Ich gebe zu, dass mich nicht überrascht, was aus ihm geworden ist.« Auf Roz' grimmige Miene reagierte er mit einem schiefen Grinsen.

»Ich bin kein schlechter Mensch, Signora – äh. Wie lautet Ihr Nachname?«

»Lacertosa«, antwortete sie, da sie keinen Grund sah, ihn zu verheimlichen. »Roz Lacertosa.«

Calder neigte den Kopf. »Signora Lacertosa. Sie mögen mich für grausam halten, aber ich tue lediglich, was ich muss, selbst wenn ich dafür schwierige Entscheidungen treffen muss.«

»Ich halte Sie nicht für grausam.« Zu ihrer eigenen Überraschung stimmte das tatsächlich.

»Nicht?«

»Ich bin schon grausamen Menschen begegnet.«

Er sah sie nachdenklich an. »Dann können Sie vielleicht nachvollziehen, weshalb ich nicht den Wunsch hege, das Geschehene rückgängig zu machen. Zumindest noch nicht.«

Sie standen nun am Ufer des Flusses. Roz schob die Hände in die Taschen und ignorierte, dass Araina sie daraufhin noch wachsamer ins Visier nahm. Wahrscheinlich, um sich zu versichern, dass sie nicht nach einer versteckten Waffe griff. »Weil Ihre Armee sonst nicht stark genug wäre, den Palazzo zu erobern.«

»Genau.« Als Calder übers Wasser blickte, lag in seinen Augen eine gewisse Wehmut. Wahrscheinlich hätte Roz sich besser vor ihm fürchten sollen, doch sie sah nur einen jungen Mann, der von Verlusten und erdrückender Verantwortung geformt worden war. Plötzlich wurde ihr klar, dass Calder Bryhn sie an Damian erinnerte. Oder zumindest daran, wie Damian einst gewesen war.

Der Wind wehte Roz ins Gesicht und sie kniff die Augen zusammen. »Warum bin ich hier?«

Calders Miene wurde plötzlich hart, als wäre ihm jäh wieder eingefallen, dass sie keine Freunde waren. Er deutete auf die Brücke, die Roz zuvor schon aufgefallen war. »Die Armee von Ombrazia hat diese Brücke erbaut«, sagte er. »Sehen Sie, wie sie sich vom anderen Ufer bis zu der Insel in der Mitte des Flusses spannt? Sie ist ein wichtiger Grund dafür, dass wir keinen Handel treiben können. Es ist nicht nur eine Brücke – sondern eine Sperre. Aus irgendeinem Grund hebt sie sich für alle ombrazianischen Schiffe, die sie passieren wollen, doch brechaanische kommen nicht durch.« Calder wies auf die ihnen zugewandte Seite der Insel. »Diese Route zu nehmen ist offensichtlich keine Option. Das Wasser ist zu seicht, sodass nur die kleinsten Schiffe dort fahren können. Unsere wichtigsten Handelspartner wissen das und kommen deswegen schon seit Jahren nicht mehr hierher.«

Roz dämmerte, weshalb er sie hergebracht hatte. »Die Brücke ist mit Patience-gefertigtem Stahl verstärkt. Der erkennt die ombrazianischen Schiffe, lässt sonst aber niemanden durch.«

»Korrekt.« Calder schien überrascht über ihre rasche Auffassungsgabe. »Sie öffnet sich und hebt sich in der Mitte.«

»Und Sie wollen, dass ich die Magie, die die Brechaaner an der Passage hindert, aufhebe.«

»Ja.«

Das war ziemlich viel verlangt. Roz war sich nicht sicher, ob sie sie überhaupt aufheben *konnte*. Zum einen hing das davon ab, ob sie stärker war als der Jünger, der sie ursprünglich geschaffen hatte. Zudem stellte es eine eklatante Respektlosigkeit dar, die Arbeit eines Patience-Jüngers rückgängig zu machen. Andere, die dergleichen gewagt hatten, waren dafür aus der Zunft ausgeschlossen worden. Das Problem bei der Sache war nicht, dass die Regeln der Zunft ihr *wichtig* waren – sondern dass sie stets darauf achtete, sie sorgsam zu befolgen, weil sie wusste, dass ein Ausrutscher das Ende der Zahlungen bedeuten konnte, die sie als Mitglied erhielt. Der Zahlungen, mit denen sie sich und ihre Mutter über Wasser hielt.

»Wenn ich das tue«, sagte sie zu Calder, »dann halten Sie Ihren Teil der Abmachung ebenfalls ein?«

Er neigte das Kinn und sah sie streng an. »Ich halte immer meine Versprechen. Ich habe bereits jemanden losgeschickt, um Ihren Freunden an der Front eine Nachricht zu übermitteln. Wenn Sie das hier tun, weiß ich, dass Ihre Behauptung, den Palazzo nicht zu unterstützen, ernst gemeint ist.«

»Meine Zustimmung, Ihnen dabei zu helfen, ihn zu infiltrieren, ist Ihnen also nicht Beweis genug?«

»Bevor es so weit ist, kann ich nicht wissen, ob es Ihnen ernst damit ist. Wenn ich mit Ihnen zusammenarbeiten soll, muss ich mich versichern, dass Sie mich nicht in die Irre führen werden. Die Alternative dazu wäre natürlich, das Leben Ihrer Freunde in die Waagschale zu werfen, um *ganz* sicherzugehen, dass Sie mich nicht hintergehen.«

Was für ein frustrierender Mensch, dachte Roz bei sich. Das Schlimmste war allerdings, dass Roz ihn verstehen konnte. Wären ihre Rollen vertauscht gewesen, hätte sie genauso gehandelt. Sich von jemandem ins Herz des feindlichen Territoriums führen zu lassen, ohne Beweis, dass derjenige sie nicht aufs Kreuz legen würde? Das war unvorstellbar.

»Na gut«, sagte sie schweren Herzens. »Ich werde es versuchen. Aber ich kann nicht versprechen, dass es funktioniert.«

Hätte Damian geahnt, worauf sie sich hier einließ, wäre er ausgerastet. Zwar hielt sie die Aufgabe nicht für übermäßig gefährlich, aber der Erste zu sein, der seinen Teil einer Abmachung erfüllen musste, war auch nie wirklich *ungefährlich*. Sie hatte keinen Beweis dafür, dass Calder tatsächlich eine Nachricht an Kiran und Nasim geschickt hatte. Doch welche andere Wahl hatte sie?

»Wie soll ich dorthin kommen?«, fragte sie, denn ihr fiel auf, dass nirgends ein Boot zu sehen war.

»Ich würde sagen schwimmend«, war Calders lapidare Antwort. »Die Insel ist nicht weit entfernt, und Sie scheinen mir in guter körperlicher Verfassung zu sein. Ich werde zu Ihrer Tarnung eine einfache Illusion erschaffen, aber ein Boot wäre viel zu auffällig.«

Sie biss die Zähne zusammen. Zweifellos machte er das mit Absicht. Doch er hatte recht. Die Mitte der Brücke war nicht *so* weit entfernt. Sie legte Jacke, Oberteil und Stiefel ab und reichte sie Araina. Die andere Frau hielt die Gegenstände weit von sich weg, als könnten sie irgendeine Krankheit übertragen. Roz verzog finster das Gesicht, schämte sich jedoch nicht, nur noch in Trägerhemd und Hose vor den beiden zu stehen.

»Viel Glück«, wünschte Calder, und es klang aufrichtig.

Was er von ihr verlangte, war einfach nur unverschämt. Das war Roz bewusst, doch sie watete trotzdem in den Fluss. Die Kälte verschlug ihr sofort den Atem. Zwar war das Wasser nicht so eisig, dass es gefährlich werden konnte, aber sie wusste, dass sie sich trotzdem schnell bewegen musste, um ihren Blutkreislauf in Gang zu halten. Mit einem letzten verdrossenen Blick auf den General tauchte sie ins Wasser.

Als sie ganz untertauchte, fühlte sich das Wasser sogar noch kälter an. Sie keuchte, und ihr Herz pochte wild in ihren Ohren. Das alles war bestimmt nur ein Test. Wenn es tatsächlich so weit käme, dass sie Gefahr lief, zu ertrinken oder zu erfrieren, würde Calder ihr sicherlich Hilfe schicken. Er war nicht der Typ Mensch, der tatenlos zusah, wie jemand starb.

Hoffentlich.

In einer Hinsicht hatte er recht gehabt – Roz war gut in Form. Außerdem war sie dank der Zeiten, in denen sie als Kind mit Damian in der Nähe ihrer Elternhäuser im Fluss geplanscht hatte, eine recht gute Schwimmerin. Nun schwamm sie, so schnell sie konnte, und war froh, dass die Strömung nicht gegen sie arbeitete. Allerdings würde der Rückweg umso schwieriger werden. Sie zitterte vor Kälte am ganzen Körper, doch das spornte sie nur an, sich noch schneller zu bewegen. Der Panik, die ihr die Brust zuschnürte, schenkte sie keine Beachtung. Sie durfte nicht darüber nachdenken, welche Wesen womöglich in den nördlichen Gewässern lebten, oder darüber, dass das Wasser so trüb war, dass sie nur so weit sehen konnte, wie ihre Arme beim Ausholen reichten.

Während sie schwamm, musste sie an einen Tag denken, der diesem sehr geähnelt hatte. An schwere Wolken, die von Regen gekündet hatten, und ein großes Militärschiff, das auf den Wellen geschaukelt hatte. Sie wusste noch, wie sie seitlich daran hochgeklettert war und wie der metallene Rahmen eines Bullauges sich in ihren Händen aufgelöst hatte. Das war es, was ihre Magie tat – sie zerstörte. Und an jenem Tag, als sie wild entschlossen gewesen war, Damian zu retten, hatte sie es zum allerersten Mal zugelassen. Könnte sie das noch einmal wiederholen? Sich aus den Handschellen zu befreien war das eine, aber die Magie eines anderen Jüngers aufzuheben war eine ganz andere Geschichte.

Als sie nur noch wenige Meter von der Insel entfernt war, streckte sie ein Bein aus, um die Tiefe des Flusses auszuloten. Ihre Zehen trafen auf Stein. Nun, da sie wusste, dass sie problemlos stehen konnte, entspannte sich Roz ein wenig. Das Wasser reichte ihr nur bis zur Brust, und obwohl die Steine im Flussbett rutschig waren, schaffte sie es, ans Ufer zu klettern, wobei ihre wasserdurchtränkte Hose die Haut an ihren Beinen wund scheuerte. Dieser verdammte Calder mit seinen unseligen Wünschen.

Die Insel war winzig, nur ein kleines Stück Land, das sie binnen weniger Minuten hätte überqueren können. Der nächstgelegene Brückenpfeiler war nur wenige Schritte entfernt. Auf dem Weg dorthin klapperten ihr die Zähne. Um genau den Abschnitt zu finden, den der Jünger manipuliert hatte, damit die ombrazianischen Schiffe passieren konnten, würde sie möglicherweise noch ein Stück weiter schwimmen müssen, doch vorher wollte sie noch etwas ausprobieren. Dafür legte sie den Kopf in den Nacken und nahm die Lager in Augenschein, die die Brückenpfeiler mit dem Überbau verbanden. Sie waren erwartungsgemäß aus Metall, befanden sich aber zu weit oben, um sie erreichen zu können. Roz hustete und spuckte salziges Wasser auf die Steine. Sie hatte keine Ahnung, wie sie die Aufgabe anpacken sollte. Sie konnte sich nicht mal mehr erinnern, was sie auf dem Militärschiff getan hatte, um das Bullauge aufzubrechen. Es war einfach passiert, als sie ihr Bewusstsein darauf gerichtet hatte, und mit weitaus dramatischeren Resultaten als beabsichtigt.

Sie konnte Calder und Araina reglos am Ufer stehen sehen. Milos befand sich ein kleines Stück hinter ihnen. Durch die Decke aus leichtem Nebel, der zweifellos Calders Werk war, ließen sich ihre Gesichter unmöglich erkennen, doch Roz wusste trotzdem, dass sie sie beobachteten. Sie holte tief Luft – oder versuchte es zumindest trotz des unaufhörlichen Zitterns – und legte die Hände auf den nächstgelegenen Brückenpfeiler, der kalt war und glitschig von Algen. Nichts passierte.

Es war sinnlos. Metallverstärkung hin oder her, wenn sie nicht an die Lager herankam, würde sie auch nichts ausrichten können.

Sie dachte an Damian, Siena und Dev, die irgendwo auf dem Gelände des Militärpostens eingesperrt waren. Stellte sich vor, wie Nasim und Kiran an der Front ankamen. Obwohl Roz sich normalerweise nicht so leicht um den Finger wickeln ließ, wurde sie das Gefühl nicht los, dass Calder ein grundsätzlich *guter* Mensch war, zumindest im Vergleich zu anderen Militärführern, die sie kannte. Sie war sich sicher, dass er ihr, wenn sie das hier für ihn tat, im Gegenzug helfen würde. Sie wollte, dass er den Palazzo erreichte. Sie wollte den Palazzo fallen sehen.

Ihre Hände waren inzwischen taub geworden. Sie drückte sie fester gegen die Brücke und spürte plötzlich, wie Wärme durch ihre Arme in ihre Finger strömte und sich dort sammelte. Das Gefühl war ihr inzwischen so vertraut, dass es nicht mehr ganz so unangenehm war. Sie hielt den Atem an und streckte ihre Magie aus wie Finger, tastete nach etwas, das sie nicht sehen konnte. Zu ihrem Erstaunen konnte sie die Manipulationen, die der andere Jünger an der Brücke vorgenommen hatte, *spüren*. Da sie das Metall nicht direkt berührte, hätte sie dazu eigentlich nicht in der Lage sein dürfen, aber sie war es. Sie fühlten sich an wie etwas Lebendiges, das unter ihren Fingerspitzen pulsierte. Roz hatte es irgendwie geschafft, sie indirekt zu erreichen.

Nun wusste sie allerdings nicht, was sie als Nächstes tun sollte. Sie hatte noch nie die Magie eines anderen Jüngers aufgehoben. Von der Anstrengung, dieses merkwürdige Gefühl aufrechtzuerhalten, schmerzte ihr ganzer Körper, aber wenigstens wurde ihr dabei warm.

»Na *los*«, keuchte sie. Ihr ganzes Leben hatte sie sich zurückgehalten. Aber sie wusste, dass sie, wenn nötig, stark sein konnte.

Plötzlich hörte Roz etwas, das wie ein Donnerschlag klang, und genau dafür hielt sie es zunächst auch. Die Welt schien an den Rändern zu verschwimmen und dann ertönte das Donnern erneut. Diesmal erkannte sie jedoch, um was es sich tatsächlich handelte. Tief im Fundament der Brücke zerbrach etwas.

Sie machte nichts rückgängig. Sie zerstörte.

Vage registrierte sie, was geschah, konnte sich jedoch nicht überwinden, sich zu bewegen. Sie fühlte sich wie eine Süchtige, unfähig, sich zurückzuziehen, jetzt, da ihre Magie frei fließen durfte. Bei allen Heiligen, das fühlte sich so *gut* an. Sie hätte schwören können, dass die Erde unter ihren Füßen bebte. Der Wind trug unverständliche Rufe an ihr Ohr, doch sie hörte nicht auf.

Ein fürchterliches Krachen ertönte, gefolgt von einem Ächzen, und dann begann die Brücke einzustürzen.

Die Brückenplatten brachen an mehreren Stellen gleichzeitig auseinander und große Fragmente fielen mit solcher Wucht ins Wasser, dass himmelhohe Wellen entstanden. Erst jetzt riss Roz sich los. Ihr Herz hämmerte wild in ihrer Brust, und ihre Füße wurden wieder nass, weil sie von Wasser umspült wurden. Sie musste hier *weg*, bevor sie noch erschlagen oder ins Meer gerissen wurde.

Eilig wandte sie sich um und rannte zum anderen Ende der Insel. Adrenalin pulsierte in ihren Adern. Der Teil von ihr, dem der Selbsterhaltungstrieb zu fehlen schien, wurde jäh von einer Art ausgelassener Freude gepackt. Das war ihr Werk. Ihre Magie war nicht nur stark – sie war grandios.

Als der letzte Rest der Brücke in den Fluss stürzte, quittierte sie es mit einem Laut, der irgendwo zwischen einem Lachen und einem Jauchzen lag.

Dann sprang sie ins Wasser und kämpfte sich gegen den Wellengang zurück ans Ufer.

24

ROZ

Bei Roz' Rückkehr hatte Calder nicht viel gesagt. Sie hatte ihm seine Siegesfreude angesehen, in die sich allerdings auch eine gewisse Furcht gemischt hatte. Das Nicken, mit dem er sie bedacht hatte, war zurückhaltend ausgefallen. Dann hatte er Araina angewiesen, Roz zurück ins Gebäude zu bringen, während er draußen zurückgeblieben war, um sich mit Milos zu besprechen. Araina hatte ihr wortlos trockene Kleidung und ein zerschlissenes Handtuch ausgehändigt und ihr zu verstehen gegeben, dass sie die Nacht in dem Raum verbringen sollte, in den sie sie gebracht hatte. Außerdem hatte sie sie wissen lassen, dass der General entschieden hatte, dass sie am folgenden Tag nach Ombrazia aufbrechen würden. Dann war sie gegangen und hinter ihr war das unverwechselbare Klicken des Schlosses ertönt.

Dass man sie in einem Raum mit einem metallenen Schloss einsperrte, erschien Roz nach allem, was sie vollbracht hatte, unsagbar lächerlich, aber sie versuchte trotzdem nicht zu fliehen. Es würde sie nicht wundern, wenn das alles schon wieder eine von Calders Prüfungen wäre. Sie einzusperren ließ sich nicht gerade als Geste des guten Willens bezeichnen, aber wenigstens saß sie nicht in einer Zelle. Zwar *traute* sie Calder nicht, aber ungeachtet dessen wollte sie mit ihm zusammenarbeiten. Er war so jung und gutmütig, dass man leicht vergessen konnte, dass er der General von Brechaat war. Vielleicht war das auch ein Grund dafür, dass Roz ihm so schnell abgenommen hatte, dass Ombrazia der Auslöser der Unruhen des zweiten Krieges war. Calder schien einzig danach zu streben, den Konflikt zu beenden.

Der Raum war weitestgehend leer, abgesehen von einer schmalen Pritsche, einem Schreibtisch – ohne Stuhl und mit leeren Schubladen – und einem Teppich, der den Steinfußboden teilweise verdeckte. An einer Wand hing mit Stecknadeln befestigt eine Landkarte, die Roz einen Moment lang betrachtete, fasziniert von all den Teilen Brechaats, die sie in Ombrazia nie auf einer Karte verzeichnet gesehen hatte. Dann wechselte sie ihre nasse Kleidung gegen trockene, legte sich auf den Teppich und starrte an die Decke. Sie fragte sich, wo die anderen sein mochten. Ob sie sich noch im Gebäude befänden oder ob man sie an einen anderen Ort gebracht hätte. Sie fragte sich, ob sie ihr den Handel, den sie mit Calder eingegangen war, verübeln würden. Ihnen musste inzwischen doch auch klar geworden sein, dass es hier um genau das ging, worauf die Rebellen die ganze Zeit hingearbeitet hatten – um eine Möglichkeit, den Palazzo zu stürzen. Und um dieses Ziel endlich zu erreichen, hatte Roz keine großen Bedenken, sich notfalls auch mit dem Feind zusammenzutun.

Sie ließ den Blick über die Schatten an der Decke wandern und dachte bei sich, dass Piera das Gleiche getan hätte.

Der Tag ging in die Nacht über, und die Stunden verstrichen. Roz vermied es, sich auf die Pritsche zu legen – teils, weil sie wusste, dass Damian, Dev und Siena weitaus weniger komfortabel untergebracht waren, und sie deswegen ein schlechtes Gewissen plagte, doch vor allem, weil sie nicht einschlafen, sondern wachsam bleiben wollte. Doch irgendwann musste sie doch eingenickt sein, denn das Geräusch der Tür, die geöffnet wurde, riss sie abrupt aus dem Schlaf. *Bei allen Heiligen.* Zuzulassen, dass sie derart schutzlos gewesen war, und sei es auch nur für kurze Zeit, war unfassbar leichtsinnig gewesen. Sie schaffte es gerade rechtzeitig, sich aufzusetzen, bevor Calder auf der Schwelle erschien.

»Haben Sie auf dem Fußboden geschlafen?«, fragte er verwundert.

»Nein«, entgegnete sie knapp.

Calder bedachte sie mit einem vernichtenden Blick, der besagte, dass er genau wusste, dass sie log. »Wir brechen bei Einbruch der Dunkelheit auf, um von der ombrazianischen Armee nicht gesehen zu werden. Mein Spion müsste Ihren Freunden an der Front inzwischen die Nachricht zugespielt haben. Allerdings habe ich bisher nichts von ihnen gehört.«

Roz wurde das Herz schwer. »Wir können nicht ohne sie gehen.«

»Sie entscheiden nicht, was wir können oder nicht können.« Als sie ihn wütend anfunkelte, verdrehte er die Augen. »Falls Ihre Freunde erst nach unserer Abfahrt eintreffen sollten, wird man sie freundlich aufnehmen. Darauf haben Sie mein Wort. Aber meine Feinde auf der anderen Seite des Flusses haben mit Sicherheit die Brücke einstürzen sehen, und es würde mich nicht wundern, wenn sie Verstärkung anfordern – vielleicht sogar Jünger von Patience –, um sie wiederaufzubauen. Wir müssen an der Küste von Ombrazia sein, bevor sie unsere erreichen.«

Sie hatten den ganzen weiten Weg auf sich genommen, um ihre Freunde zu befreien, und Roz wollte keinesfalls aufbrechen, bevor sie genau das erreicht hatten. Andererseits konnte sie sich auch nicht vorstellen, Nasim zu eröffnen, dass es einen Plan gegeben hatte, den Krieg zu beenden, den sie sich jedoch geweigert hatte, auszuführen. Nasim hätte es Roz niemals gestattet, ihr Leben über das so vieler anderer zu stellen, ganz egal, wie sehr Roz das wollte. Deswegen war Nasim auch immer die bessere Wahl für die Führung der Rebellen gewesen. Sie war bereit, alles zu opfern. Roz war sich nicht mehr sicher, ob sie von sich selbst das Gleiche behaupten konnte. Sie würde sich selbst opfern, doch sie war zu egoistisch, um auch die zu opfern, die ihr auf dieser Welt am meisten bedeuteten. Damian. Nasim. Dev. Sogar Siena und Kiran.

Calder hatte ihr Zeit zum Nachdenken gelassen, und nun blickte Roz ihm in sein erwartungsvolles Gesicht. »Kann ich mich auf Ihr Wort verlassen?«

»Kann ich mich denn auf *Ihres* verlassen?«, konterte er.

Sie blickte demonstrativ zu ihren Kleidern vom Vortag hinüber. »Ich bin für Sie durch einen eiskalten Fluss geschwommen. Als ich diese Brücke zerstört habe, habe ich gleichzeitig Ombrazia verraten.«

»Das ist mir durchaus bewusst. Ihnen gebührt mein Dank.«

Er verstand nicht, worauf sie hinauswollte. »Glauben Sie ernsthaft noch immer nicht, dass ich auf Ihrer Seite bin?«

»Ich glaube es«, seufzte Calder und zupfte an seinen Haaren. »Laut meiner Spione sind die ombrazianischen Kommandeure beunruhigt. Sie rätseln darüber, wie es uns gelingen konnte, die Brücke einzureißen. Ich habe Ihnen als Gegenleistung versprochen, zu versuchen, Ihren Freunden zu helfen, und in dieser Hinsicht habe ich alles getan, was ich konnte.« Er neigte den Kopf. »Möchten Sie wirklich den Palazzo fallen sehen?«

»Ich will ihn nicht nur fallen sehen. Ich will ihn bis auf die Grundmauern niederbrennen.« Roz überraschte es selbst, wie vehement ernst sie es meinte. »Ich will, dass der Krieg gewonnen und nicht ausgefochten wird, bis niemand mehr übrig ist.«

Calders Blick war fest, prüfend, jedoch nicht mehr argwöhnisch. »Dann müssen Sie Signor Venturi nur noch davon überzeugen, uns die Routinen der ombrazianischen Sicherheitskräfte zu verraten.«

»Das schaffe ich«, versicherte Roz, in der Hoffnung, dass es auch stimmte.

»Und Sie sind sich sicher, dass diese Zeremonie übermorgen Abend stattfinden wird?«

Er meinte damit die Feierlichkeit, in deren Rahmen Salvestro als neuer Magistrat eingesetzt werden würde. Roz hoffte, dass seine Amtszeit die bislang kürzeste werden würde. »Ja. Sie muss genau dann stattfinden.«

Der General nickte und hielt ihr die schwielige Hand hin. Sie nahm sie, ohne eine Sekunde zu zögern.

Einige ereignislose Stunden der Gefangenschaft später trat Roz hinaus in die Abenddämmerung. Araina hielt sich pflichtbewusst an ihrer Seite. Das Licht des aufgehenden Mondes ließ das Meer in der Ferne silbern glänzen. Die vertraute, schattenhafte Silhouette eines Schiffs schaukelte auf den Wellen. Zwar konnte sie dessen Flagge nicht erkennen, doch sie wusste, dass Brechaats Hoheitszeichen darauf prangte. Als unvermittelt der hallende Ton eines Nebelhorns durch die Luft schallte, krampfte sich ihr Herz zusammen.

Calder ging ein kleines Stück voraus und sprach energisch mit Milos und einem Mann mit gelocktem Haar namens Feodor. Roz trat ungeduldig von einem Bein aufs andere.

»Immer mit der Ruhe«, schnaubte Araina. »Sie kommen schon.«

Als Roz sich umdrehte, sah sie Damian, Siena und Dev in Begleitung eines halben Dutzends Soldaten aus dem Gebäude treten. Damian bewegte sich ziemlich vorsichtig, sah inzwischen jedoch deutlich besser aus. Offenbar hatte Calder Roz' Bitte Folge geleistet.

»Die Schulter war ausgerenkt«, grummelte Damian, sobald er in Hörweite war und ihre prüfenden Blicke bemerkte. »Der Arzt hat sie wieder eingerenkt. Was zur Hölle wollte er von dir?«

Roz musste nicht erst nachfragen, um zu wissen, was er damit meinte. »Das erkläre ich dir später.«

Etwas an ihrem Tonfall schien ihn zu beunruhigen, denn er fragte noch einmal: »Was hast du *getan*?«

»Lass es gut sein, Damian«, bat sie, wohl wissend, dass Araina sie genau beobachtete.

Dev trat neben sie und musterte sie eingehend. »Roz. Geht es dir gut?« Ihr fiel auf, dass er keine Handschellen mehr trug. Keiner von ihnen tat das.

»Na klar.«

Siena schien die Einzige zu sein, die registrierte, dass Roz nicht mehr dieselbe Kleidung trug, denn sie begutachtete sie vom Kragen bis zu den Stiefeln, sagte jedoch nichts.

»Bewegung«, unterbrach sie Araina und wies in Richtung des Schiffs. Roz schickte sich an, der Soldatin zu folgen, doch Dev regte sich nicht.

»Was ist mit Nasim?«, fragte er.

Roz schüttelte beklommen den Kopf. »Sie sind noch nicht aufgetaucht.« Dev und Siena ließen beide die Köpfe hängen. »Aber Calder sagt, dass sie, falls sie nach unserer Abfahrt eintreffen sollten, in Brechaat willkommen sein werden.«

»Und das *glaubst* du ihm?«, flüsterte Siena.

»Das tue ich«, erwiderte Roz defensiv. Sie hatten ja kaum eine andere Wahl. Sie musste daran glauben, dass ihren Freunden nichts passieren würde. »Der Krieg ist der Grund dafür, dass sie in Gefahr schweben, und wir haben die Chance, ihn zu beenden.«

»Und du vertraust Calder?«

»Ich vertraue ihm zumindest genug, um das hier zu tun. Er weiß, dass wir nicht seine Feinde sind, und er ist genauso wenig unserer. Wir wollen das Gleiche.« Ihr Blick glitt von Siena zu Damian, dann wieder zurück. »Du musst ihm sagen, wie wir nach dem Überqueren der Grenze und der Ankunft in der Stadt den ombrazianischen Sicherheitspatrouillen aus dem Weg gehen können. Bitte.«

Damian wurde stocksteif. Siena dagegen ereiferte sich sofort: »Das ist die schlimmste Art von Verrat. Wir können nicht einfach – «

»Willst du etwa *riskieren*, dass deine ehemaligen Kollegen unerwartet einer Armee aus Chaos-Jüngern gegenüberstehen?«

Siena ließ die Schultern hängen. »Gutes Argument.« Sie wandte sich an Damian. »Ist das für dich in Ordnung? Du weißt über die Abläufe besser Bescheid als ich.«

Sein Lachen war gänzlich humorlos. »Ist es denn wichtig, ob es für mich in Ordnung ist? Du bist ja offensichtlich schon mit von der Partie, und Roz tut sowieso, was sie für das Beste hält, egal, was ich sage.«

»Hast du vielleicht einen besseren Plan, Damian, den du mit uns teilen möchtest?«, fuhr Roz ihn an, obwohl seine Worte sie getroffen hatten. Was war denn verkehrt daran, zu tun, was sie für das Beste hielt? Sie wollte nicht mehr in einer Welt wie dieser leben. In einer Welt, in der ihr Vater tot und ihre Freunde in Gefahr waren. In einer Welt, in der sie eigentlich unerwählt hätte *bleiben* sollen, anstatt etwas zu werden, was ihr Vater verabscheut hätte. Wenn sie helfen konnte, alles wieder ins Lot zu bringen, wäre das dann nicht ein Ausgleich für die Dinge, die sie an sich selbst hasste?

»Calder ist ein guter Mensch«, sagte Araina, die hinter ihnen ging und sich gar nicht erst bemühte, zu verhehlen, dass sie gelauscht hatte. »Er neigt dazu, anderen zu vertrauen, kämpft jedoch dagegen an, um ein guter General sein zu können. Ungeachtet dessen, was er vielleicht gesagt hat, betrachtet er nicht jeden Ombrazianer als Feind. Wir waren einst ein Volk.« An Roz gewandt fügte sie hinzu: »Sie haben eindeutig sein Vertrauen gewonnen. Lassen Sie ihn diese Entscheidung nicht bereuen.«

Damit stapfte sie aufs Wasser zu und ließ ihnen keine andere Wahl, als ihr zu folgen. Roz hatte nicht damit gerechnet, dass Araina in der Lage wäre, so viele Wörter aneinanderzureihen, aber nachdem sie das Gleiche auch schon über Calder gedacht hatte, wunderte sie sich nicht weiter.

Ihr Fuß verfing sich in einer niedrigen Pflanze, die am Wegesrand wuchs. Roz blickte nach unten, und ihre Brust krampfte sich zusammen, als sie die dunkle Blume wiedererkannte. *Vellenium.* Diese Pflanze war verwendet worden, um das Gift herzustellen, mit dem Enzo seine Opfer getötet hatte. Sie riss sie aus der Erde und steckte sie ein. Als sie sich wieder aufrichtete, streifte Damian kurz mit seinem gesunden Arm den ihren. Seine Verärgerung war ihm noch immer deutlich anzumerken. Obwohl er ihr körperlich so nah war, vermisste Roz ihn schmerzlich. Früher hätte sie vielleicht gedacht, dass diese Version von Damian perfekt zu ihr passte. Schließlich waren sie sich nun ähnlicher als jemals zuvor.

Doch der echte Damian war weich, wo Roz hart war. Er war vorsichtig, sie impulsiv, er voller Reue, sie uneinsichtig. Er war ein komplizierter Mensch, sie dagegen bedauernswert simpel gestrickt – er legte seinen Fokus auf vielerlei Dinge, sie dagegen auf eine einzige Sache. Und Roz konzentrierte sich nun schon so lange auf diese eine Sache, dass sie nicht mehr wusste, wie sie ihren Fokus erweitern sollte. Sie wollte Rache. Sie wollte Gerechtigkeit. Sie wollte Veränderung. Wie hätte es auch anders sein können? Sie war schon immer bereit gewesen, für das Erlangen dieser Ziele zu sterben. Wie sollte sie dann über sie hinausdenken?

Wenn man zornig, getrieben und unnachgiebig war, konnte man nicht einfach unter der Last von allem, was die Welt einem aufbürdete, in die Knie gehen. Roz hatte viel zu lange nach diesem Prinzip gelebt, um jetzt damit aufzuhören.

Aber Damian weckte den Wunsch in ihr, sich zu ändern.

Oder zumindest hatte er das getan.

Als sie das Ufer erreichten, konnte Roz zum ersten Mal an der hochaufragenden Felswand vorbeisehen. Jäh erkannte sie, dass das Schiff, das sie vorhin gesehen hatte, nicht das einzige war. Ein Stück weit entfernt warteten noch vier weitere, die offensichtlich so platziert worden waren, dass sie von Ombrazias Seite des Flusses aus nicht gesehen werden konnten. Die Schiffe waren mittelgroß – kein Vergleich zu Ombrazias größten Militärschiffen –, doch auf den Decks konnte Roz Dutzende Personen umhereilen sehen, deren leise Stimmen hörbar wurden, als sie sich dem Ufer näherte. Weiter vorne blickte Calder über die Schulter zurück, als wolle er ihre Reaktion sehen. Einer seiner Mundwinkel hob sich zu einem verschlagenen Grinsen.

»Ich habe Ihnen doch gesagt, dass ich eine Armee habe«, rief er ihr zu.

Als sie an Bord des nächstgelegenen Schiffes gingen, erklärte Araina ihnen noch einmal, dass sich auf jedem etwa zwei Dutzend Jünger befanden. Der Rest der Mannschaft bestand aus gewöhnlichen Soldaten, die keinen Fuß auf ombrazianisches Land setzen würden. Nach ihrer Ankunft musste jemand bei den Schiffen bleiben, erläuterte sie, denn andernfalls würden die Sicherheitskräfte des Palazzos kurzen Prozess mit ihnen machen. Roz und Siena sollten den günstigsten Ankerplatz für die Schiffe bestimmen und anschließend mit den Jüngern ans

Ufer rudern. Siena willigte widerstrebend ein, denn sie sah ein, dass sie den Jüngern die beste Route zeigen könnte, um allen Offizieren aus dem Weg zu gehen. Und Roz kannte selbstverständlich die am wenigsten frequentierten, verborgensten Straßen der Stadt.

Ihre Anwesenheit auf dem Schiff trug ihnen eine Menge misstrauischer Blicke ein. Roz fühlte sich in der Gegenwart so vieler Chaos-Jünger ebenfalls nicht recht wohl. Sie waren leicht zu erkennen – während die normalen brechaanischen Soldaten umhereilten und die Segel richteten oder in Vorbereitung auf die Abfahrt Kisten schleppten, standen die Jünger beisammen und sprachen kaum ein Wort. Soweit Roz beurteilen konnte, waren Bürger jeden Geschlechts vertreten, deren Alter und Hautfarben variierten. Allerdings schien keiner von ihnen jünger als sechzehn oder älter als fünfzig zu sein.

Sie fragte sich, ob sie sich wohl Sorgen machten. Ob sie erwarteten, dass dank ihrer gesteigerten Macht der Angriff auf den Palazzo mühelos vonstattengehen würde, oder ob sie befürchteten, jemanden aus ihren Reihen zu verlieren.

»Bleiben Sie auf dieser Seite des Schiffs«, befahl Calder Araina, als er zu ihrer Gruppe trat. Seine Miene war ernst. »Da ich noch nicht jeden Einzelnen informiert habe, dürfte sich mancher wundern, weshalb wir Ombrazianer an Bord haben.« An Roz gerichtet fügte er hinzu: »Wenn Sie diese Treppe dort nach unten gehen, finden Sie einen Bereich mit Kabinen. Ihre ist gleich die erste rechts. Sie ist klein, aber dafür getrennt von meiner Armee. Man wird Sie nicht belästigen.«

Sie nickte. Über ihnen flatterte Brechaats Flagge im Wind. Auf ihr prangte eine durch den sich kräuselnden Stoff etwas unförmige Mondsichel, die von einem Pfeil durchbohrt wurde. Nun war es also so weit. Sie würden nach Ombrazia zurückkehren, und so oder so würde es haarig werden.

»Moment«, sagte Dev leise und richtete den Blick auf etwas jenseits von Calders Schulter. Er schnappte nach Luft. »Sind das –«

Roz blickte in die Richtung, in die er wies. Drei dunkelhaarige Gestalten waren auf der Kuppe des Hügels erschienen, von dem aus man zum Wasser gelangte. Das Licht des Mondes war hell genug, dass sie zwei von ihnen sofort erkannte: einen sehr großen Mann mit schmalen Schultern, der das Haar zu einem Knoten zusammengebunden hatte, und eine deutlich kleinere Frau mit einem langen Zopf. Bei der dritten Gestalt schien es sich ebenfalls um einen jungen Mann zu handeln, doch Roz konnte nicht ausmachen, ob es sich um jemanden handelte, den sie kannte.

»Nasim«, sagte sie, im selben Augenblick, in dem Siena wisperte: »Kiran.«

25

DAMIAN

Soweit Damian es beurteilen konnte, hatten Nasim und Kiran ihr Entkommen von der Front tatsächlich Calder zu verdanken. Der Bote, den er geschickt hatte, hatte einen ombrazianischen Soldaten aufgesucht, der schon lange in den Diensten der Familie Bryhn stand – er absolvierte aktuell seinen vierten Kriegseinsatz und verachtete den Palazzo noch mehr, als Roz es tat –, und von ihm aus war die Nachricht an ihre Freunde weitergeleitet worden. Glücklicherweise waren Kiran und Nasim noch nicht von den Lagern am Fluss weitergeschickt worden, und nachdem sie sich versichert hatten, dass das Ganze keine Falle war, hatten sie sich zur Grenze davongestohlen, von wo aus ein anderer von Calders Männern sie zur brechaanischen Militärbasis gebracht hatte. Damian überraschte es, dass die Loyalität eines Soldaten so weit gehen konnte, dass er bereit war, zwei Ombrazianer auf brechaanisches Gebiet zu führen, doch andererseits schien Calder verblüffend großen Einfluss auf seine Armee zu haben. Seine Männer vertrauten ihm in einem Ausmaß, das weit über gewöhnliche Pflichterfüllung hinausging.

Damian wusste nicht recht, was er über den General denken sollte. Seitdem Calder ihm eröffnet hatte, dass er ein Jünger von Chaos wäre, hatte er generell nicht viel nachgedacht. Er konnte das alles einfach nicht begreifen. Als er gemeinsam mit

Siena und Dev in dem winzigen, fensterlosen Raum gefangen gewesen war, hatte er eigentlich stundenlang Zeit zum Nachdenken gehabt. Ihre Isolation war lediglich von einem nervös wirkenden Soldaten unterbrochen worden, der gekommen war, um ihnen eine Mahlzeit zu bringen und Damians Schulter zu richten. Zuerst hatte Damian sich geweigert – eigentlich gehörte so etwas in die Hände eines Jüngers von Mercy –, doch dank Sienas Überzeugungskraft hatte er sich am Ende doch darauf eingelassen. Den gesamten Rest der Zeit hatte er mit dem Versuch zugebracht, Magie heraufzubeschwören, überzeugt, dass er, sofern er tatsächlich die Macht besaß, die Calder ihm zuschrieb, auch *irgendetwas* bewirken müsste. Schließlich hatte er seit jenem ersten Gespräch mit Falco im Gefängnis offenbar Magie eingesetzt. Warum funktionierte es dann nicht? Die Frage fraß ihn innerlich auf. Er wusste, dass er diese Macht eigentlich gar nicht wollen sollte, doch er konnte nicht anders.

Andererseits hatte Calder ihm Kiran zurückgebracht, und dafür konnte er ihm nur dankbar sein. Er hatte gar nicht gemerkt, wie unfassbar angespannt er gewesen war – wie schwer die Sorge um die Sicherheit seines Freundes auf ihm gelastet hatte –, bis er Kirans Silhouette über den Pfad auf sich zukommen gesehen hatte. Vielleicht war er also doch noch dazu fähig, Angst zu empfinden, denn immerhin fiel ihm auf, dass sie nun verschwunden war.

Kiran und Nasim wirkten beide erschöpft und ihre Kleidung war schmutzig und ihre Haare zerzaust, doch beim Anblick von Damian, Roz, Siena und Dev wirkten sie sichtlich erleichtert. Siena umarmte Kiran mit einem Freudenschrei, und als Kiran zu Damian trat, um ihn zu drücken, ließ er es zu. Roz stürzte sich derweil auf Nasim, und ihre Stimme war erstickt von Tränen, die sie kaum zurückhielt. Doch dann riss sie sich schnell wieder zusammen und machte Dev Platz.

Obwohl Damian nicht ganz bei der Sache war, entging ihm nicht, wie Dev kurz zögerte, bevor er Nasim an sich zog. Und er registrierte auch, wie die beiden sich aneinanderklammerten, als könnten nicht einmal die Heiligen persönlich sie wieder voneinander trennen. Obwohl er sich sehr bemühte, nicht darauf zu achten, sah er, wie Devs Blick auf Nasims Mund fiel und seine Miene daraufhin einen Ausdruck so eindeutiger, bittersüßer Sehnsucht annahm, dass Damian sich wünschte, ihr Wiedersehen würde irgendwo anders stattfinden.

Doch dann machte Nasim sich los und winkte das dritte Mitglied ihrer Gruppe nach vorn: einen ernsten jungen Mann mit exakt der gleichen Hautfarbe wie ihre.

»Das ist mein Bruder Zain«, verkündete sie, woraufhin Roz und Dev erstaunt keuchten.

»Ich hätte nie gedacht, dass ich eines Tages einmal so froh sein würde, in Brechaat zu sein«, sagte Kiran zu Damian, nachdem er die Geschichte ihrer Flucht über die Grenze zu Ende erzählt hatte. »Zur Hölle, ich dachte, ich sehe euch nie wieder.«

»Das dachten wir beide«, murmelte Damian unwirsch. »Du hast mir gefehlt.«

»Du hast *uns* gefehlt«, betonte Siena.

Kiran verzog den Mund zu seinem typischen herzlichen Lächeln. »Wisst ihr, die ombrazianischen Lager sind praktisch in Auflösung begriffen. Es ist ganz anders als beim letzten Mal, als ich hier war. Es finden kaum noch Kampfhandlungen statt – ich würde sagen, momentan halten wir einfach nur die eroberten Gebiete, weil Brechaat nämlich aufgehört hat, Soldaten zu schicken, die darum kämpfen. Und das kann ich ihnen kaum verdenken, denn immerhin nehmen wir ihnen ihre Toten.«

Siena gab einen erstickten Laut von sich. »Wir tun *was?*«

»Sie sammeln Brechaats tote Soldaten ein«, wiederholte Kiran und wurde ernst. »Ich weiß nicht, warum. Vermutlich nur aus Grausamkeit. Anscheinend war Falco auch dort stationiert, bevor sie in den Palazzo kam, und es herrscht ein einziges Durcheinander. Es sind kaum noch hochrangige Offiziere vor Ort, obwohl ich mir nicht vorstellen kann, wohin sie sonst geschickt werden könnten. Die Leute desertieren am laufenden Band, obwohl sie sonst eigentlich nirgendwo hinkönnen.«

Damian verzog das Gesicht. Wenn Falco tatsächlich den Befehl erteilt hatte, Brechaats Gefallene mitzunehmen, war sie noch schlimmer, als er gedacht hatte. Es war eine unausgesprochene Kriegsregel, dass die Toten der Gegenseite nicht angerührt wurden. Sie mussten stets, sofern möglich, zurück ins eigene Land und zu ihren Familien gebracht werden. »Falco hatte eine ganze Reihe Offiziere dabei«, bemerkte er. »Weshalb sie das zulasten der Front tun sollte, ist mir allerdings schleierhaft.«

Kiran zuckte mit den Schultern. »Ich sage euch, da geht etwas Merkwürdiges vor. Es hat den Anschein, als würden Gefangene nur noch hergeschickt werden, um sie loszuwerden. Bei unserer Ankunft fuhr gerade ein weiteres, voll besetztes Schiff ab, und ich habe keine Ahnung, wohin diese Soldaten gebracht wurden.«

Damian dachte nach und ließ dabei die Fingerknöchel knacken. »Falco erwartet etwas Großes von Calder. Es klingt, als würde sie, in Erwartung eines Angriffs, die besten Kämpfer irgendwo anders hinbringen. Oder vielleicht plant sie auch selbst einen.«

»Aber wo?«, überlegte Siena.

Alle verfielen in Schweigen. Was wusste Falco, was sie nicht wussten?

Bevor sie das Gespräch fortsetzen konnten, schlug Roz vor, unter Deck zu gehen, fort von den neugierigen, wachsamen Blicken von Calders Armee. Die anderen willigten ein und stiegen nacheinander die schmale, hölzerne Treppe hinunter. Damian musste auf den Stufen den Kopf einziehen, und auch ihre modrig riechende Kabine war gerade hoch genug, dass er aufrecht stehen konnte. Sie war mit mehreren schmalen Etagenbetten ausgestattet. Während Kiran und Siena beide eine der unteren Kojen für sich auswählten, probierte Damian erst gar nicht aus, ob er in eines der Betten hineinpassen würde. Stattdessen blieb er an der Tür stehen und schloss sie, nachdem alle eingetreten waren.

Er hatte das merkwürdige Gefühl, als würden zwei Welten aufeinanderprallen: er und seine engsten Freunde und Roz mit ihren. Obwohl Dev und Siena inzwischen miteinander auskamen, war zwischen ihnen noch immer eine gewisse Befangenheit spürbar. Nach der Nacht von Enzos Tod hatte Nasim sich Damian gegenüber höflich verhalten, doch er wusste, dass sie nichts für Sicherheitsoffiziere übrighatte.

Es stellte sich heraus, dass Nasims Bruder schon geraume Zeit an der Front gewesen war. Er sprach nur wenig und verfolgte mit wachsamer Miene die Unterhaltung, wobei sein Blick immer wieder an Damian hängen blieb. Hatte er ihn wiedererkannt? Obwohl Zain etwa ein Jahr älter war als er, müssten sich ihre Einsätze im Norden überschnitten haben. Damian konnte nicht behaupten, dass er sich daran erinnerte, den jungen Mann schon einmal gesehen zu haben. Vielleicht hatte Zain ihn auf die gleiche Art wiedererkannt wie Calder. Vielleicht hatte er Damian angesehen und Battista Venturi in seinem Gesicht erkannt.

Nasim dagegen sah Damian überhaupt nicht an. Sie hielt die Hand ihres Bruders fest, als wäre er ein Kind, von dem sie befürchtete, es verlieren zu können. Alle lauschten gebannt, während Roz in gekürzter Form die Ereignisse wiedergab, die sich seit der Versammlung im Palazzo zugetragen hatten, und schließlich mit dem Plan endete, den Calder geschmiedet hatte. Als Damian sie darüber sprechen hörte, erwachte erneut sein Unbehagen. Dem Teil von ihm, der sich daran erinnerte, unter Battistas Einfluss aufgewachsen zu sein, widerstrebte die Vorstellung, Brechaat bei irgendetwas zu unterstützen, und erst recht nicht dabei, den Krieg zu gewinnen.

Doch da gab es auch noch einen anderen Teil in Damian – einen Teil, der immer stärker zu werden schien, je mehr Beachtung er ihm schenkte –, den es nach Gewalt und Zerstörung verlangte. Wenn er nur daran dachte, wie Falco und Salvestro im Palazzo herumstolzierten, wollte er ihn am liebsten abfackeln.

»Ihr Heiligen, das klingt sehr riskant«, meinte Kiran. »Und du willst mir ernsthaft erzählen, dass dieses Schiff voller Chaos-Jünger ist, während wir hier miteinander reden?«

Roz nickte und Damian merkte, wie ihn ein flaues Gefühl überkam. War er einer von ihnen? Kiran wiederzuhaben, brachte auch eine gewisse Normalität zurück. Damian kam es vor, als wäre er, ohne es zu merken, in einen Satz altvertrauter Kleidung geschlüpft.

»Sie sollen lieber den Palazzo angreifen als die ombrazianischen Lager«, sagte Nasim und schob das Kinn vor, als dulde sie keinen Widerspruch. »Die Leute dort haben keine Chance. Da die erfahrensten Soldaten und Offiziere anderswo hingeschickt werden, geht Falco offenbar davon aus, dass Brechaat etwas vorhat. Aber ob sie auch über die Jünger Bescheid weiß ...«

»Das kann sie unmöglich wissen«, unterbrach sie Dev. »Richtig?«

Damian zuckte mit den Schultern. Nasim hatte die gleichen Beobachtungen gemacht wie Kiran. Es ließ sich unmöglich sagen, was Falco herausgefunden hatte oder wie ihre Pläne aussahen. »Selbst wenn sie es weiß, wird sie nicht damit rechnen, dass sie in Ombrazia auftauchen. Die Kampfhandlungen konzentrieren sich schon seit Jahren auf die nördliche Front. Sie wird erwarten, dass Calder dort angreift.«

»Sie ahnt auf jeden Fall etwas«, stimmte Roz zu. »Es ist schon fast seltsam, dass uns kein einziges ombrazianisches Schiff eingeholt hat. Da fragt man sich, ob Falco überhaupt welche losgeschickt hat.«

Kiran löste das Haar aus dem Knoten und fuhr sich mit den Fingern durch die schmutzigen Strähnen, bevor er es wieder zusammenband. Er sah wirklich ziemlich mitgenommen aus, doch das tat seiner Gutmütigkeit keinen Abbruch. »Entschuldigt, aber ist dieser Bryhn nicht im Grunde Brechaats Version von Falco? Wieso seid ihr so sicher, dass man ihm trauen kann?«

»Nun ja, er hat uns zugesagt, euch von der Front zurückzuholen, und das hat er getan«, erklärte Siena. »Ich war anfangs auch skeptisch, aber er ist anders als die Generäle, denen wir bisher begegnet sind.«

Roz blickte zur niedrigen Holzdecke auf. Die Luft unter Deck war klamm und Damian spürte, wie sie in Erwartung dessen, was Roz gleich sagen würde, scheinbar noch drückender wurde. Er war nicht der Einzige, dem das aufgefallen war – auch der Rest der Gruppe verstummte und sah sie erwartungsvoll an.

»Ich habe für Calder die Brücke einstürzen lassen«, sagte sie schließlich. »Die, die Ombrazia gebaut hat, um brechaanische Schiffe zurückzuhalten.«

Damian riss den Kopf herum und starrte sie an. »Du hast *was* getan? Wie?«

Roz schien sich etwas unwohl zu fühlen. »Ehrlich gesagt weiß ich es nicht. Nachdem Calder erfahren hatte, dass ich eine Jüngerin von Patience bin, wollte er, dass ich ihm meine Vertrauenswürdigkeit beweise. Und das konnte ich ihm kaum verdenken – schließlich kommen wir aus Ombrazia. Außerdem war diese Brücke Patience-gefertigt, und ihre Magie ließ nur ombrazianische Schiffe passieren. Das ist unter anderem ein Grund dafür, dass Brechaat Schwierigkeiten hat, Handel zu treiben.«

Dev winkte ungehalten ab, als kümmere ihn die brechaanische Wirtschaft wenig. »Calder wollte, dass du dich ihm beweist, indem du eine komplette Brücke zum Einsturz bringst?«

»Nicht direkt. Er wollte, dass ich die Magie rückgängig mache, die sie zu einer Sperre hat werden lassen.«

»Ist das nicht praktisch unmöglich?«, fragte Siena, woraufhin Roz unverbindlich mit den Schultern zuckte.

»Anfangs dachte ich, es würde nicht funktionieren. Doch dann tat es das, und die ganze Brücke ... brach einfach auseinander. Ich habe die Magie nicht nur rückgängig gemacht – ich habe sie zerstört. Ich weiß nicht, wie. Die hohen Tiere von Ombrazias Militär wissen natürlich Bescheid und sind nicht erfreut. Das ist einer der Gründe dafür, dass Calder jetzt zuschlagen will, bevor Brechaat zur Vergeltung angegriffen wird.«

Damian betrachtete die Rundung von Roz' Hals, das Fältchen, das in ihrem Mundwinkel entstand, als sie die Lippen schürzte. Natürlich war sie stark. Ihr ganzes Wesen ließ darauf schließen, dass es so war. Und doch wirkte sie merkwürdig betreten, als erwarte sie, dass die anderen böse auf sie wären.

Nein, erkannte er, als sie den Blick auf ihn richtete – sie rechnete damit, dass *er* böse auf sie wäre.

»Wie geht es *dir* eigentlich?«, fragte Kiran, bevor Damian etwas sagen konnte. »Du wirkst etwas – «

»Es geht mir gut«, sagte Damian kurz angebunden und ballte die Fäuste im Schoß. »Calder glaubt, ich bin ein Jünger von

Chaos.« Er wusste selbst nicht, was ihn dazu brachte, es so unumwunden zuzugeben, aber nun hatte er es wenigstens hinter sich.

»Was?«, fragte Kiran verdattert. »Aber du bist … Ich meine, *wie* kann das sein?«

»Das weiß ich genauso wenig wie du. Anscheinend war mein Vater nicht der einzige Lügner in der Familie.«

Er sagte es ohne Groll, doch Roz' Miene verfinsterte sich. Zain rückte vorsichtig von Damian ab, als wäre er ansteckend, und zuckte gleich darauf zusammen, weil Nasim ihm eine sanfte Kopfnuss verpasste.

»Jetzt brauchst du dir auch keine Sorgen mehr wegen irgendwelcher Chaos-Jünger zu machen«, riet sie ihrem Bruder. »Schließlich befinden wir uns auf einem Schiff, das voll von ihnen ist.«

»Als wir noch in Ombrazia waren und es dir … nicht gut ging«, sagte Kiran langsam, »war das die ganze Zeit der Grund dafür? Warum hast du uns nichts gesagt?«

Damian biss die Zähne zusammen. »Ich wusste es nicht. Das tue ich noch immer nicht. Zunächst einmal kann ich anscheinend keine Magie heraufbeschwören.« *Und das will ich. Mir war nicht klar, wie sehr, bis es eine reale Möglichkeit wurde.*

Den letzten Teil behielt er für sich. Er sperrte den Gedanken tief in seinem Inneren ein, wie ein wildes Tier, das sich gegen die Gefangenschaft auflehnte. Wie lange könnte er es wohl noch im Zaum halten?

»Wir dachten, dass Überbleibsel von Enzos Kontrolle Damian beeinflussen würden«, erklärte Roz. »Wir haben diesbezüglich auch das Atheneum befragt. Es gibt Geschichten, in denen so etwas vorkommt, aber Calder bezweifelt, dass es in diesem Fall zutrifft.« Sie sah verstohlen zu Damian. »Wenn seine Jünger erst einmal den Palazzo einnehmen – falls es ihnen gelingt –, sollten wir meiner Meinung nach trotzdem versuchen, das, was passiert ist, rückgängig zu machen. *Irgendetwas* ist in dieser Nacht mit dir passiert, Damian. Ich weiß, dass es so war. Ich habe es gesehen.«

Damian sprang auf und seine Gelassenheit war plötzlich wie weggeblasen. Sein Blut kochte und sein Blick schien sich zu schärfen. Er hörte kaum die Worte, die aus seinem Mund kamen. »Was meinst du damit, dass du es ›gesehen‹ hast? Was genau hast du denn gesehen?« Bevor Roz antworten konnte, fügte er hinzu: »Ich weiß nicht, wie oft ich es dir noch sagen muss – ich bin *zufrieden*. Es gibt keinen Grund, Chaos' Magie wieder zu schwächen.«

Roz erhob sich ebenfalls. »Selbst Calder ist mit mir einer Meinung, dass Enzo das, was er getan hat, nicht hätte tun dürfen. Es bringt alles aus dem Gleichgewicht.«

»Mir ist egal, was *Calder* denkt.« Damian spuckte den Namen des Generals förmlich aus. »Wer ist er, dass er sich anmaßt, eine Armee zu führen? Wer ist *Calder Bryhn*, dass er sich anmaßt, einen Krieg zu gewinnen?«

Die Stille, die nun zwischen ihnen entstand, schien sich endlos hinzuziehen. Wut verschleierte die Ränder seines Gesichtsfeldes. Er fühlte sich, als würde er versuchen, den Körper eines anderen zu steuern, und mit der Zunge eines anderen sprechen. Diese Worte waren nicht die seinen, doch gleichzeitig hatte er noch nie so sehr hinter einer Aussage gestanden.

Das Merkwürdige war, dass er gar nicht genau wusste, was Roz ihm wegzunehmen versuchte. Er wusste nur, dass das Resultat von Enzos Ritual rückgängig zu machen, etwas war, was er absolut nicht wollte. Dessen war er sich so sicher, dass er es bis in die Knochen spürte. Doch die Art, wie seine Freunde ihn nun musterten, war höchst beunruhigend. Sie sahen ihn an, als wäre er ein Fremder. In ihren Gesichtern zeichnete sich

Besorgnis ab. Fassungslosigkeit. Und vielleicht, falls er sich nicht irrte, auch ein wenig Angst.

Urplötzlich schien ihm die Kabine viel zu eng zu sein. Er konnte es nicht mehr aushalten. Er konnte das alles nicht mehr aushalten.

Benommen drehte er sich um und ging nach draußen.

26

ROZ

Diese Überfahrt ging schneller als die erste. Calder ließ seine Mannschaft auch nachts durcharbeiten, und soweit Roz es beurteilen konnten, schliefen die Jünger in Schichten. Den General selbst sah sie nur selten, außer wenn sie ihn gemeinsam mit Siena mit Informationen zur Fahrtroute versorgte, doch sie wusste, dass er damit beschäftigt war, für einen reibungslosen Ablauf zu sorgen. Sie redete sich gut zu, dass alles nach Plan verlief, während ihr Herz langsam in tausend Stücke zerbrach. Damian – oder zumindest das Wesen, das sein Gesicht trug – hatte sich kurz nach seinem Ausbruch wieder zu ihnen gesellt, hatte eine vage Entschuldigung gemurmelt und sich dann in eine der oberen Kojen verzogen. Dort war er seitdem geblieben und starrte reglos die Wand an.

Vielleicht hätte Roz versuchen sollen, mit ihm zu reden, doch sie tat es nicht. Sie stand kurz davor, zusammenzubrechen, und fürchtete, dass ein weiteres Gespräch mit Damian das Fass zum Überlaufen bringen würde. Sie versuchte, sich abzulenken, indem sie in Gedanken noch einmal alles durchging, was sie über Enzos Opfer in Erfahrung gebracht hatten. Roz wusste, dass was auch immer diese Veränderung bei Damian ausgelöst hatte, in jener Nacht geschehen war. Aber was genau war passiert? Und wie konnte sie es wieder in Ordnung bringen?

Das Schiff schlingerte und sie grub die Fingernägel ins feuchte Holz der Reling. Die Wellen waren wild geworden, krachten weiß schäumend gegen die Bordwand, während sich ihr zweiter Tag auf See dem Ende neigte und die Dunkelheit langsam über den orangegefärbten Horizont kroch. Neben ihr waren Nasim und Zain in ein Gespräch vertieft, von dem Roz jedoch kein Wort mitbekam.

Als Roz Zain Kadera zum ersten Mal gesehen hatte, hatte sie gleich gefunden, dass er seiner Schwester sehr ähnlich sah. Sie hatten beide die gleichen dichten Augenbrauen und das gleiche dunkle Haar, wobei seines sehr kurz geschnitten war. Sie hatten die gleiche Augenfarbe, und ihre Mundform war ähnlich, doch Zains Züge waren eher scharf, während Nasim ein runderes Gesicht hatte. Er redete wenig und hielt den Blick die ganze Zeit über auf Nasim geheftet, als könne er noch immer nicht recht glauben, dass sie real war. Man merkte deutlich, dass er bei Weitem nicht so direkt war wie seine Schwester – er war ruhig und stets ernst, schien jedoch auch ziemlich umgänglich zu sein.

Während Nasim mit leuchtenden Augen mit ihrem Bruder sprach, stahl sich Roz zu Dev, der auf einer Kiste saß und die Hände im Schoß gefaltet hatte. Als sie sich ihm näherte, merkte sie, dass sein Lächeln ein wenig gezwungen wirkte. Es war ein Lächeln, das Menschen aufsetzten, weil sie fanden, dass sie glücklich sein müssten, und nicht, weil sie es tatsächlich waren. Roz verstand das nicht. Sie hatte ihn mit Nasim gesehen: Wie ihre Schultern sich hin und wieder streiften oder ihre Finger sich berührten, nur damit sich einer von ihnen errötend zurückzog.

»Geht es dir gut?«, fragte sie.

Dev neigte den Kopf. »Ja. Und dir?«

Roz rang sich ein Nicken ab und folgte seinem düsteren

Blick, der auf Nasim und Zain ruhte. »Ich weiß, wir sind es gewohnt, sie für uns allein zu haben«, versuchte sie einen Scherz zu machen, »aber – «

Er unterbrach sie, bevor sie ausreden konnte, indem er sich konsterniert zu ihr umdrehte. »Glaubst du ernsthaft, ich bin *eifersüchtig* auf Zain? Weil Nasim ihm ihre Aufmerksamkeit schenkt? Er ist ihr *Bruder*.«

Roz öffnete den Mund und schloss ihn wieder. »Ich weiß nicht. Ich meine, natürlich weiß ich, dass du dich für sie freust, aber du kannst an deinen Gefühlen nichts ändern. Es ist normal – «

Dev kniff die Augen zu und legte ächzend den Kopf in den Nacken. Als er sprach, tat er es mit leiser Stimme. »Ich bin nicht eifersüchtig. Zumindest nicht auf diese Art.«

Sie wartete ab.

»Es ist nur … Nachdem Amélie ermordet worden war, haben wir … eine enge Bindung zueinander aufgebaut. Durch unsere Trauer, meine ich, weil wir beide ein Geschwisterteil verloren hatten.« Er wies mit der Hand auf Nasim und ihren Bruder. »Du weißt ja, dass sie sich damit abgefunden hatte, dass Zain tot ist. Und versteh mich nicht falsch – ich bin sehr erleichtert, dass es nicht so ist. Ich freue mich wirklich für sie, und für ihre ganze Familie. Aber jetzt …« Dev schluckte und wandte sich ab. »Na ja, ich denke, es ist einfach schwer mit anzusehen.«

Roz hörte die Worte, die er unausgesprochen ließ, und verstand sofort. Wie hatte sie nur so blind sein können? Nasim hatte etwas, was Dev niemals haben könnte – ein Glück, das er nie wieder erleben würde. Sie betrauerten nun nicht mehr gemeinsam ihre Geschwister. Er würde von jetzt an allein trauern.

»Tut mir leid«, wisperte sie und beugte sich ein wenig zur Seite, um ihre Schulter an seine zu drücken. »Ich weiß, dass es nicht das Gleiche ist, aber du bist nicht allein. Du bist mein Bruder. Das weißt du, oder?«

Er presste die Lippen aufeinander. Roz hielt den Blick auf das Meer vor ihnen gerichtet und schützte vor, das Schimmern in seinen Augen nicht zu bemerken.

»Ich habe alles ruiniert, Roz. Ich bin der Grund dafür, dass wir von den Brechaanern gefangen genommen wurden.«

»Du bist der Grund dafür, dass wir einen Plan haben, wie wir diesen Krieg beenden können«, korrigierte sie ihn. »Du bist der Grund dafür, dass wir Nasim zurückhaben. Ohne Calder hätten wir mit ziemlicher Sicherheit versagt. Ich meine, das mit der Flagge war eine eher schlechte Idee, aber sie könnte auch ein Glücksfall gewesen sein.« Sie stupste ihn in die Rippen.

Dev schnaubte. »Ich schätze, so etwas passiert eben, wenn man unter Schlafmangel leidet.«

»Wem sagst du das. Ich bin mir sicher, dass ich an jenem Abend in meinen Stiefeln eingeschlafen bin.«

Ein schiefes, melancholisches Lächeln erschien auf seinem Gesicht, bevor er plötzlich verwundert blinzelte. Nasim kam mit besorgter Miene auf sie zu. Zain war nicht bei ihr – Roz sah, dass er nun mit Kiran und Siena redete, und hörte sein zurückhaltendes Lachen.

»Darf ich mich setzen?«, fragte Nasim und deutete auf die Kiste. Obwohl dort genug Platz war für drei, sprang Roz sofort auf.

»Nur zu. Ich wollte sowieso gerade gehen.«

Nasim packte ihren Arm. »Was unternehmen wir wegen Damian?«

»Wir?«

»Ja, wir.« Sie rutschte zu Dev, bis sie viel dichter bei ihm saß, als Roz es getan hatte. »Du bist unglücklich, Roz.«

Derart direkt zu sein sah Nasim ähnlich. »*Wir* werden versuchen, die Nacht zu überstehen, und um Damian werden wir uns morgen Gedanken machen.«

»Wir werden es schaffen. Ich meine, wir sind schon so weit gekommen. Wenn es einem von uns bestimmt gewesen wäre, zu sterben, wäre es doch inzwischen sicher längst passiert.«

Dev schnaubte. »Wenn du das Schicksal unbedingt dermaßen herausfordern musst, dann tu das bitte nicht in meiner Nähe.«

Zu sehen, wie ihre Freunde miteinander kabbelten, versetzte Roz einen Stich. Das war so ... normal. Für einen Moment gab es ihr das Gefühl, dass tatsächlich alles gut werden würde. Sie vermisste das – sie drei zusammen, im Adrenalinrausch, kurz davor, etwas Unkluges zu tun.

Sie wollte den beiden sagen, wie sehr sie sie brauchte. Wie sie jedes Mal, wenn sie zusammen lachten, das Bedürfnis verspürte, sich alles einzuprägen, damit sie den Klang niemals mehr vergaß. An genau solche Dinge aus ihrem Leben wollte sie sich erinnern können, wenn sie einmal alt wäre.

Aber das alles war zu ernst, um es laut auszusprechen, und Ernsthaftigkeit hatte Roz noch nie gelegen. Also ging sie einfach und ließ die beiden allein.

Einen Herzschlag später durchschnitt Calders Ruf die Luft: »Sammeln – wir sind fast da!«

Roz fuhr herum und erkannte, dass er recht hatte. Die Turmspitzen des Palazzos waren in der Ferne zu erkennen. Das Gebäude strahlte im Licht der untergehenden Sonne wie ein Leuchtfeuer aus kühlem Stein und unnützem Gold. Roz gab sich einen Ruck. Er war so *vertraut*, und doch war sie sich nicht sicher gewesen, ob sie ihn jemals wiedersehen würde. Der General stand auf einer flachen Kiste beim nächstgelegenen Schanzkleid und hatte die Arme vor der Brust verschränkt.

Milos war an seiner Seite. Sein schmales Gesicht wirkte angespannt.

»Okay«, sagte Calder, dessen Stimme trotz des heulenden Windes auf dem ganzen Deck zu hören war. »Es ist fast dunkel, was bedeutet, dass unser Zeitplan perfekt ist. Wir werden nun zum günstigsten Ankerplatz gelotst und anschließend gehen wir gruppenweise an Land.« Er nickte Roz über die Köpfe der kleinen Schar hinweg zu. Sie hatten den Plan schon einige Male besprochen, allerdings nur in Kurzform. Bisher hatten Siena und Kiran bestehende Wissenslücken über den ombrazianischen Sicherheitsdienst geschlossen, doch wenn sie erst einmal an Land wären, würden sie Damians Hilfe brauchen. Im Grunde hing Roz' Rolle bei dem Plan von ihm ab.

»Da bist du ja«, hörte sie plötzlich eine Stimme an ihrem Ohr. Als Roz herumfuhr, stand Damian vor ihr, als hätte er ihre Gedanken gehört.

»Hier bin ich«, sagte sie nachdenklich. Er sah völlig normal und gelassen aus, als hätte er nicht die letzten zwei Tage vollkommen reglos unter Deck zugebracht. Da sie nicht wusste, was sie sagen sollte, verlegte sie sich auf Sarkasmus. »Hast du beschlossen, wieder ein Mensch zu sein?«

»Ich dachte, du bräuchtest mich, damit ich Calder über die Routinen des Sicherheitsdiensts informiere.«

Roz hielt den Blick fest auf den betreffenden Mann gerichtet. »Das tue ich, aber du schienst nicht übermäßig erpicht darauf zu sein, ihm zu helfen.«

»Aber *du* hast mich darum gebeten. Nicht Calder.«

»Und?«

In einer schnellen Bewegung trat er vor sie und nahm sanft ihr Kinn. Sein Blick bohrte sich in ihren, aufrichtig und schier unendlich. Hitze strahlte von seinem Körper ab.

»Ich würde alles für dich tun«, raunte er. »Wenn du es verlangst, hole ich sogar die Heiligen einen nach dem anderen vom Himmel.«

Roz schluckte angestrengt. Damians Lippen waren an ihrem Ohr und er streichelte zärtlich ihren Hals, ohne auf die Umstehenden zu achten. Ihre Haut kribbelte. Sie hatte plötzlich einen Kloß in der Kehle, doch sie schaffte es, ihn hinunterzuschlucken. Das war nicht *er*.

»Zur Kenntnis genommen«, sagte sie mit rauer Stimme und hatte das merkwürdige Gefühl, aus dem Gleichgewicht geraten zu sein. Es kostete sie einige Mühe, sich wieder auf Calder zu konzentrieren.

»Milos, Sie führen eine der Gruppen an«, sagte der General gerade. »Araina, Sie führen eine weitere, und ich übernehme die dritte. Ihre Gruppen werden entweder von Kiran Prakash oder Siena Schiavone begleitet, die die Abläufe der Sicherheitskräfte kennen.« Siena und Kiran sahen Damian an: Es wäre seine Aufgabe, ihnen alles zu sagen, was sie noch nicht wussten. »Ich habe Sienas Karte«, fuhr Calder fort, »was für meine Gruppe reichen muss. Sie hat die Bereiche markiert, die wir meiden sollten. Unser Ziel ist der Palazzo – lassen Sie die übrigen Bürger in Ruhe. Wir werden das Gebäude umstellen und dann auf mein Signal hin gemeinsam eindringen.« Er berührte die Pistole an seiner Taille. »Drei Schüsse in schneller Folge. Das sollte zumindest die Aufmerksamkeit einiger Palazzo-Sicherheitsoffiziere erregen. Sobald sie sich auf das Geräusch zubewegen, werde ich sie kampfunfähig machen. Dadurch werden wir, wenn wir erst einmal im Palazzo sind, auf etwas weniger Gegenwehr treffen. Ich weiß, dass die meisten von Ihnen eine Illusion nur für begrenzte Zeit aufrechterhalten können und Probleme damit haben, mehrere Personen gleichzeitig zu kontrollieren, weswegen Sie Ihre Fähigkeiten klug einsetzen sollten.

Aber ich glaube, dass wir trotzdem zahlreich genug sind, um das Gebäude unter unsere Kontrolle zu bringen. Die Palazzo-Repräsentanten und der Großteil der Jünger der Stadt müssten sich heute Nacht in der Basilica aufhalten, um an der Zeremonie zur Wahl des neuen Magistrats teilzunehmen. Das bedeutet, dass die Sicherheitskräfte sich dort ebenfalls konzentrieren werden. Nun, was wir nicht wollen, ist uns selbst in eine Ecke zu manövrieren, weswegen wir folgendermaßen vorgehen werden: Da Damian noch immer in der Lage sein sollte, den Seiteneingang der Basilica zu nutzen, werden er und Roz der Zeremonie beiwohnen. Sie werden sie von der Empore aus verfolgen, und wenn sie vorbei ist, werden sie in den Glockenturm hinaufsteigen und einmal läuten. Von diesem Glockenschlag an bleiben uns weniger als zwanzig Minuten, um uns auf General Falcos Rückkehr in den Palazzo vorzubereiten. Es klingt, als wäre sie diejenige, die in Ombrazia tatsächlich das Sagen hat, weshalb es wichtig ist, dass wir sie schnell umzingeln und in unsere Gewalt bringen. Unsere stärkeren Jünger wie Milos und Laine« – Calder nickte Milos und einer blassen, blonden Frau zu, die Roz nicht kannte – »werden jeden, der sie begleitet, manipulieren. Wir brauchen um jeden Preis ihre Kapitulation.«

»Und der Magistrat?«

»Soweit ich weiß, ist er nur eine Art Symbolfigur und obendrein keine besonders intelligente. Beseitigen Sie ihn, wenn Sie Gelegenheit dazu bekommen.«

Das war die einzig sinnvolle Vorgehensweise, aber Roz war dennoch überrascht, dass Calder es so direkt ausdrückte.

Kiran trat einen Schritt vor und räusperte sich. »Verzeihen Sie mir, falls meine Frage unsinnig sein sollte, aber Sie haben hier Dutzende Jünger. Weshalb können Sie nicht einfach die ganze Stadt unter eine Illusion setzen?«

»Der Effekt ist nicht kumulierbar«, erklärte Calder geduldig.

»Unsere Magie – und mag sie auch noch so mächtig sein – geht genau wie bei jedem anderen Jünger auch immer nur von uns als Einzelperson aus.«

»Und was, wenn General Falco sich weigert, aufzugeben?«, fragte Damian scharf. Er war Roz jetzt sehr nah, hatte ihr eine Hand in den Nacken gelegt. »Was dann?«

Calder betrachtete die kleine Schar und seine Miene verhärtete sich. Roz wurde bewusst, dass ihm diese Leute etwas bedeuteten. Er machte sich Sorgen um sie. Er war zwar von Natur aus kein gewalttätiger Mensch, doch er würde alles tun, was nötig war.

»Wollen wir hoffen, dass es nicht dazu kommt«, sagte er. »Aber falls doch, werden wir womöglich weitaus mehr Gewalt anwenden müssen, als ursprünglich beabsichtigt.«

27

DAMIAN

Die Nacht rollte übers Wasser heran und die Luft schmeckte nach Asche und Salz. Damian und Roz waren unter den Ersten, die von Bord des Schiffes gingen. Sie zwängten sich auf ein Ruderboot, gemeinsam mit Milos und einigen anderen Jüngern, von denen keiner ein Wort sprach, während sie durch die Dunkelheit aufs Ufer zuhielten. Das Schiff war vor der Küste von Chaos' verlassenem Sektor vor Anker gegangen, da es dort praktisch weder Licht noch Sicherheitskräfte gab. Alle Jünger hatten ihre brechaanischen Uniformen gegen unauffällige Kleidung getauscht, dank derer sie, wie Damian vermutete, als unerwählte Bürger durchgehen würden. Als solche trugen sie auch nur Pistolen bei sich, und nicht die langen Feuerwaffen, die die Soldaten normalerweise auf dem Rücken hatten.

Damian wusste, dass Milos zwischen dem Schiff und dem Festland hin und her fahren würde, bis alle Jünger an der ombrazianischen Küste abgesetzt worden waren. Von dort aus würden sie sich zum Palazzo begeben. Nasim, Dev und Zain würden derweil mit der Mannschaft auf dem Schiff bleiben. Keiner von ihnen war davon begeistert gewesen, doch Roz hatte ihnen klargemacht, dass sie bei dem Plan keine Rolle spielten und ihre Anwesenheit dementsprechend wahrscheinlich nur Probleme verursachen würde.

»Wir könnten die Rebellen dazuholen«, hatte Nasim vorgeschlagen, bevor sie gegangen waren. »Ihr wisst doch, dass sie Brechaat oder Chaos nicht so sehr verabscheuen wie der Rest der Stadt.«

Roz hatte den Kopf geschüttelt. »Die Zeit der Rebellion ist vorbei«, hatte sie geantwortet und ihre Aufmerksamkeit auf die Turmspitzen der Basilica gerichtet, die sich in der Ferne leuchtend kupferfarben unter der untergehenden Sonne erhoben. »Es wird Zeit für eine Eroberung.«

Nun war sie still, und ihre Miene wirkte verkniffen und angespannt. Ihre Unzufriedenheit war zusehends deutlicher geworden, und Damian wusste, dass er der Grund dafür war.

So, wie ich jetzt bin, bin ich besser, wollte er ihr versichern. Oder, noch wichtiger: *Ich kann dich so besser beschützen.* Er wollte nicht wieder wie der Mann sein, der er einst gewesen war – wie der Mann, der sich von Kummer und Schuldgefühlen in die Knie hatte zwingen lassen. Der Mann, der Damian jetzt war, konnte Roz besser lieben, als dieses Jüngelchen es sich jemals hätte erhoffen können. Er wünschte, er könnte ihr all ihre Wut und ihren Schmerz nehmen und in sich aufnehmen – jetzt, da er besser in der Lage war, damit fertigzuwerden.

Während sie über die schwarze Wasseroberfläche fuhren, fühlte Damian sich viel zu schutzlos, und er war froh, als sie schließlich das Ufer erreichten. Er hielt Roz die Hand hin, doch sie schaffte es problemlos allein, aus dem Ruderboot auszusteigen. Sie blieb auf dem schmalen Anleger stehen, mit dem Rücken zu den verborgenen Straßen.

»Wir gehen sofort zur Basilica«, sagte sie zu Milos und den anderen Jüngern. »Achtet auf die Glocke.«

»Sind Sie sicher, dass wir sie vom Palazzo aus hören können?«, fragte Milos.

Roz nickte. »Man hört sie in der ganzen Stadt.«

»Dann gehen Sie«, sagte er, während er noch immer in dem Ruderboot kauerte. Erschöpfung zeichnete sich bereits auf seinen Zügen ab, aber auch Entschlossenheit. »Mögen die Heiligen uns beide leiten.«

Damian sah automatisch Roz an, aber zum ersten Mal in jüngster Zeit zeigte sie bei Erwähnung der Heiligen kein Anzeichen von Unbehagen. Stattdessen nickte sie ernst. Dann wandte sie sich zum Gehen und überließ es Damian, ob er ihr folgte oder nicht.

Selbstverständlich tat er es. Er folgte ihr immer.

Zur Basilica zu laufen hätte eigentlich nervenaufreibend sein müssen, doch Damian war unerklärlicherweise regelrecht energiegeladen, als würde sich etwas in seinem Inneren dazu bereitmachen, zu explodieren. Er und Roz verbargen sich so gut wie möglich in den Schatten, sprachen kein Wort und hielten Augen und Ohren nach Anzeichen von in den Straßen patrouillierenden Sicherheitsoffizieren offen. Durch die Zeremonie in der Basilica war es jedoch überall ruhig, insbesondere als sie das Gebiet der Unerwählten hinter sich ließen. An jeder Straßenkreuzung fiel das vertraute orangefarbene Licht der Laternen aufs Kopfsteinpflaster, doch zum ersten Mal in seinem Leben erschien es ihm kalt und fremd. Er hatte diese Stadt einst geliebt. Doch nun hatte er, als sie durch ihre Straßen liefen, nur noch eine Art widerwärtige Wut im Bauch. Er fragte sich, ob Roz sich vielleicht schon immer so gefühlt hatte. Erinnerte jede dieser Straßen sie an ihren Vater, und daran, wie er sie, wenn er weitergelebt hätte, womöglich durchschritten hätte? Erfüllten die Häuser jedes Sektors sie mit Selbsthass, weil sie genau das geworden war, was Jacopo Lacertosa immer verabscheut hatte?

In dem Augenblick, in dem ihm diese Worte durch den Kopf gingen, traf ihn eine Erkenntnis. *Er* war genau das geworden, was *sein* Vater verabscheut hatte, oder?

Ehe er sichs versah, folgte er Roz schon in die Gasse, die sie zur Basilica führen würde. Das markante Gebäude stand, so trostlos prächtig wie eh und je, mitten auf einem in Dämmerlicht gehüllten großen Platz. Roz blieb stehen. Damian riss sich vom Anblick der in silbernes Mondlicht getauchten Rundung ihrer Kehle los, an der man ihren schnellen Pulsschlag zucken sah. Der Platz war leer, was bedeuten musste, dass die Zeremonie bereits begonnen hatte. An den Eingangstüren der Basilica standen zwei Sicherheitsoffiziere Wache, doch das war zu erwarten gewesen. Damian erkannte die beiden: Es waren Matteo, einer seiner einst treu ergebenen Offiziere, und ein junger Mann namens Petyr, den er nicht näher kannte.

»Wir warten, bis sie in die andere Richtung schauen«, zischte Roz, die sich hinter das nächstgelegene Gebäude duckte. Sie hatte sich das Haar zu ihrem üblichen langen Pferdeschwanz gebunden, und eine ihrer Hände lag an der Pistole an ihrem Gürtel. Ihr gnadenlos entschlossener Blick war bereits eine Waffe für sich. »Dann heißt es rennen.« Sie wies mit einem Kopfnicken auf die hinterste Tür der Basilica. Zwischen ihr und der Stelle, an der sie sich verbargen, erstreckte sich eine weite, kopfsteingepflasterte Fläche. Einige der Buntglasfenster der Basilica waren ihnen zugewandt, doch es ließ sich unmöglich beurteilen, ob sie jemand von dort aus beobachtete.

»Du zuerst«, sagte Damian zu Roz.

Kurz zuckte ihr Arm, als wolle sie nach ihm greifen, doch dann ballte sie die Hand zur Faust und ließ sie wieder sinken. Ihr Blick glitt von der einen Straßenseite zur anderen. »In Ordnung.«

Sie rannte mit flüsterleisen Schritten über das Pflaster. Damians Herz schien kurz aus dem Takt zu geraten, als sie hinter der Basilica verschwand, doch gleich darauf war sie wieder schemenhaft zu erkennen, wie sie reglos auf ihn wartete.

Er ahmte nach, was sie gerade eben getan hatte, überprüfte aufmerksam die Umgebung und lauschte angestrengt auf Geräusche. Als er nichts entdeckte, überquerte er mit einem Dutzend ausholender Schritte den Platz, wobei er soweit möglich das Gesicht von den Buntglasfenstern abgewandt hielt.

Roz zog ihn zur Tür. Da Damian früher keinen Grund gehabt hatte, die Basilica durch einen Seiteneingang zu betreten, hatte er ihn entsprechend noch nie benutzt. Selbst die Hintertür war opulent. Im Lampenlicht sah Damian in ihrer steinernen Einfassung kleine, gemeißelte Darstellungen der gesichtslosen Heiligen – von Kapuzen verhüllte Gestalten, die sich als Reliefs zwischen kunstfertigen, floralen Mustern abhoben. Der Türgriff, ein Bronzeknauf, war vom jahrhundertelangen Gebrauch abgegriffen. Oberhalb davon war ein Schloss in die Tür eingelassen.

Für einen kurzen Moment geriet Damians Zuversicht ins Wanken. Als Befehlshaber des Palazzo-Sicherheitsdienstes hatte sich ihm einst nur durch Berührung jedes öffentliche Gebäude geöffnet, doch was, wenn das Schloss bereits ausgewechselt oder durch einen Jünger von Patience verändert worden war? Es gab nur eine Möglichkeit, es herauszufinden. Er schloss die Finger um den Knauf.

Er reagierte nicht sofort und Damian verkrampfte sich. Doch einen Moment später klickte tatsächlich das Schloss. Als er die Tür mit der Schulter aufdrückte, schlug ihm kühle Luft entgegen. Sie standen in einem kurzen, finsteren Gang. Damian atmete den vertrauten Geruch von lackiertem Holz und abgestandener Luft ein, während er darauf wartete, dass seine Augen sich an die Dunkelheit gewöhnten. Als es schließlich so weit war, erkannte er einige Stufen der Treppe, die in die Krypta der Basilica hinabführte. Daneben führte eine weitere, gewendelte Treppe nach oben ins Ungewisse.

»Kommen wir dort direkt auf die Empore?«, flüsterte Roz kaum hörbar, obwohl außer ihnen niemand da war. Tatsächlich war die Stille sogar nervenaufreibend, wie eine kalte, steinerne Hand, die alle Geräusche in sich aufsog.

Damian legte den Kopf zurück und versuchte, sich den Lageplan der Basilica ins Gedächtnis zu rufen. »Ja«, entschied er. »Wir müssen um das oberste Stockwerk herumgehen, aber am Ende führt die Treppe dorthin.«

»In Ordnung.« Roz setzte ein entschlossenes Gesicht auf, zog die Pistole und hielt sie vor sich, während sie sich an den Aufstieg machte.

Als das Treppenhaus sie verschluckte und sie nur noch vom leisen Echo ihrer Schritte begleitet wurden, schien plötzlich etwas Unausgesprochenes zwischen ihnen zu stehen. Damian konnte es förmlich in der Luft schmecken, genauso wie den Rauch der Leuchter, die einige Zeit vor ihrer Ankunft ausgeblasen worden sein mussten.

»Roz«, sagte er, und als sie nicht haltmachte, hielt er sie sanft an der Taille fest.

Sie blieb stehen und lehnte sich an seine Brust, während er die gespreizten Finger um ihren Brustkorb legte. Ihr Atem ging schnell, was, wie Damian vermutete, nichts mit der Anstrengung des Treppensteigens zu tun hatte.

»Nein, nicht«, sagte er ihr ins Ohr und legte das Kinn in ihre Halsbeuge. Dadurch, dass sie eine Treppe weiter oben stand, war sie ein klein wenig größer als er. »Sei nicht verärgert.«

»Bin ich nicht«, presste sie hervor, doch ihre Stimme brach.

»Sag mir, was du gerade denkst.«

»Was ich denke?« Roz versuchte ihn anzusehen, schaffte es jedoch nicht, sich umzudrehen. Es war ohnehin so dunkel, dass Damian sie kaum erkennen konnte. »Ich denke, dass, selbst wenn wir das hier durchziehen, nicht alles in Ordnung kommt.

Ich denke, dass ...« Sie verstummte und er hörte sie schlucken. »Ich denke, dass es möglich ist, dass du immer so bleibst. Jemand, den ich nicht kenne, obwohl ich eigentlich meinen besten Freund bräuchte. Den Mann, der sich daran erinnert, wie es sich anfühlt, innerlich zu zerbrechen.«

Er versteifte sich und ließ ihre Taille los. »Ich erinnere mich.«

»Davon merke ich nichts.« Sie schleuderte ihm die Worte entgegen wie eine tödliche Waffe. Sie schienen zwischen ihnen in der Luft zu hängen und die Sekunden gefangen zu halten.

Damian presste die Lippen aufeinander und überlegte, wie er es schaffen könnte, dass sie ihn verstand. Denn sie *musste* ihn verstehen, weil er nicht beabsichtigte, wieder das Jüngelchen von früher zu werden. »Ich erinnere mich an alles – es belastet mich nur nicht mehr. Es quält mich nicht mehr jede Sekunde. Solltest du dir das nicht eigentlich für mich wünschen? Solltest du dir das nicht für dich selbst wünschen?«

Roz schnaubte und stieg weiter die Treppe hinauf, während ihre körperlose Stimme zu ihm drang. »Hättest du mich das vor einer Woche gefragt, hätte ich ohne Frage mit Ja geantwortet. Aber jetzt weiß ich es nicht mehr. Du bist nicht mehr *du* ...« Sie brach ab und ihre Stimme verklang, ebenso substanzlos wie die kalte Luft, die sie umgab.

Damian fühlte sich, als hätte man ihm einen Schlag in die Magengrube verpasst. Er wollte ihr doch nur helfen. Ihr Ihren Schmerz nehmen. Er bildete sich ein, dass er genau das auch tat, aber bei Roz klang es so, als hätte er ebenso gut überhaupt nicht da sein können.

Die Empore war menschenleer. Sie bildete einen Halbkreis um das erste Stockwerk der Basilica herum, und man blickte von ihr aus hinab in den Altarraum. Hier oben kam niemand herauf, um Predigten oder Zeremonien zu verfolgen. Eigentlich kam nie jemand hierhin. Soweit Damian wusste, war sie seit Jahrzehnten nicht mehr in Gebrauch. Es gab lediglich vier Bankreihen, deren Bänke mit hellen Tüchern abgedeckt waren. An der mit Reliefs verzierten Decke hingen Spinnenweben. Durch die leeren Plätze und den starken Geruch von Staub in der Luft hatte die Empore etwas ... Düsteres.

Auf Damian wirkte sie wie ein Ort des Vergessens.

Als er zwischen den Bänken entlangging, bewegten sich die Tücher. Jeder seiner Schritte wirbelte Staub auf. In der ersten Reihe zog er eines der verblichenen weißen Leinentücher weg, setzte sich und blickte übers Geländer hinab auf die Geschehnisse weiter unten.

Aber dort war niemand.

»*Roz.*« Seine Stimme hallte scharf durch den Raum. »Müsste die Zeremonie nicht schon begonnen haben?«

Roz trat zu ihm auf die Galerie und blickte skeptisch und gleichzeitig verwirrt hinunter auf die leeren Bänke und die verlassene Kanzel. »Ja. Ob sie an einen anderen Ort verlegt wurde?«

»Das bezweifle ich. Alle Zeremonien finden hier statt.« Noch während er sprach, ergriff plötzlich, wie von einem sechsten Sinn ausgelöst, eine düstere Vorahnung Besitz von Damian. Er musterte die Umgebung des Altarraums und biss sich dabei fest auf die Unterlippe. Irgendetwas stimmte hier nicht.

»Was ist los?«, fragte Roz und wirkte plötzlich beunruhigt. Damian wusste nicht recht, was er antworten sollte, doch dann gingen ihm Roz' Worte aus einer ihrer Unterhaltungen auf dem Boot wieder durch den Kopf.

Es ist schon fast seltsam, dass uns kein einziges ombrazianisches Schiff eingeholt hat. Da fragt man sich, ob Falco überhaupt welche losgeschickt hat.

Urplötzlich war Damian sich sicher, dass sie es nicht getan hatte.

Es war verblendet gewesen, sich einzubilden, dass sie einer Flotte ombrazianischer Schiffe hätten entkommen können. Hätte Falco sie tatsächlich schnappen wollen, hätte sie das auch geschafft. Doch von Anfang an hatte es nie einen Hinweis darauf gegeben, dass sie verfolgt worden waren.

»Welchen Grund könnte es dafür geben, dass Falco womöglich nie jemanden hinter uns hergeschickt hat?«, fragte Damian mit zusammengebissenen Zähnen.

Roz sah ihn mit undurchschaubarer Miene an. »Wie kannst du dir sicher sein, dass sie es nicht getan hat?«

»Überleg doch mal. Mir zuliebe.«

»Vielleicht hielt sie uns für zu unwichtig, um uns zu verfolgen.«

»Ich habe sie angegriffen. Sie gedemütigt«, rief Damian Roz ins Gedächtnis. »Falco ist nicht der Typ Mensch, der das einfach so durchgehen lässt.«

Sie drehte sich zu ihm um und in ihren Augen spiegelte sich sein eigenes Entsetzen wider. »Sie brauchte ihre Offiziere für etwas anderes.«

»Weißt du noch, wie Kiran und Nasim berichtet haben, dass die besten Offiziere von der Front abgezogen würden?«

»Sie wusste es«, wisperte Roz. »Falco wusste, dass wir kommen.«

Sie wich in die Schatten zurück. »Ihr Heiligen, Damian, wir müssen *sofort* zum Glockenturm. Wenn wir mehrmals läuten, begreift Calder vielleicht, dass etwas nicht stimmt –«

Schritte ertönten auf der Treppe. Ganz automatisch schaute Damian noch einmal über die Brüstung nach unten in den Altarraum, wo es nun von Sicherheitsoffizieren nur so wimmelte. Roz keuchte seinen Namen, ein Laut erfüllt von Panik. Roz verfiel *nie* in Panik. Ihre Hände waren auf seinem Arm, ihre Nägel bohrten sich in seine Haut, und sie zerrte auffordernd an ihm, doch Damian gab nicht nach. Er hörte sie kaum. Stattdessen betrachtete er den Nebel, der die Empore nun einhüllte wie ein unheilvolles Leichentuch. Er sammelte sich, waberte in dunklen Spiralen durch die Galerie, bewegte sich wie etwas Materielles. Weil er materiell *war*, nicht wahr? Oder zumindest manipulierbar. Ohne es ausprobieren zu müssen, wusste Damian, dass er diesen Nebel nach seinem Willen formen könnte. Er war ein Teil von ihm, und er fürchtete sich nicht davor. Oder falls er es doch tat, war seine Angst nichts im Vergleich zu seinem Verlangen nach Zerstörung. Ombrazia würde heute Nacht nicht gewinnen. Damian würde derjenige sein, der den Sieg davontragen würde.

Er hoffte, dass General Falco das auch wusste, als sie vor ihm auftauchte und ihn mit ihren kieselgrauen Augen durch den Nebel hindurch ansah.

»Venturi«, grollte sie. »Ich dachte mir schon, dass ich Sie hier finden würde. Aber als einen Jünger von Chaos?« Sie verzog angewidert den Mund und hob gleichzeitig die Waffe. Die Offiziere an ihrer Seite taten es ihr nach. »Ich hätte ahnen müssen, dass Sie nicht nur in einer Hinsicht verflucht sind. Ihr Vater hätte Sie schon als Kind vernichten sollen.«

Trotz ihrer kühnen Worte war ihr Gesicht rot angelaufen und aus ihrem festen Haarknoten hatten sich Haarsträhnen gelöst. Sie strahlte eine gewisse Wildheit aus, und Damian wurde sich undeutlich bewusst, dass sie darauf brannte, ihn zu töten. Schon seit ihrer Ankunft in Ombrazia hatte sie ihn unbedingt tot sehen wollen.

Wie sie dort vor ihm stand, mit ihren Abzeichen an der Brust, ähnelte sie sehr stark Battista Venturi. Nur ein weiterer Anführer in einer langen Reihe von Anführern, die Ombrazia mit Blutvergießen und Verrat zugrunde gerichtet hatten. Sie waren niemals die Guten gewesen. Battista war nicht von

Strength gesegnet gewesen. Er war ein Feigling gewesen und hatte Damian von dem Augenblick an, als er seinen ersten Atemzug getan hatte, mit Lügen gefüttert, die zu schön gewesen waren, um wahr zu sein.

Neben ihm stieß Roz einen Fluch aus. Sie richtete die Pistole auf Falco, doch Damian griff nicht nach seiner Waffe. Das hier war lediglich ein Hindernis. Eine Verschwendung von Zeit.

»Sie werden nicht gewinnen«, blaffte Roz. »Was immer Sie auch glauben, was Calder vorhat – Ihre Soldaten werden keine Chance haben. Tatsächlich habe ich sogar Mitleid mit Ihnen allen.«

»*Calder?*« Falcos Brauen schossen nach oben, und sie verzog amüsiert den Mund noch weiter. »Sie reden über ihn, als wäre er ein Freund.«

Roz reckte trotzig das Kinn. »Vielleicht ist er das.«

»Es war töricht von Ihnen, ihn zu unterstützen. In dem Moment, in dem ich Nachricht erhielt, dass die Brücke gefallen war, wusste ich, dass Sie Ihr Land verraten haben. Ich muss zugeben, dass ich anfangs dachte, Sie würden nur aus Ombrazia fliehen, um Ihr eigenes Leben zu retten, wie es egoistische Feiglinge, wie Sie es sind, nun mal tun. Doch dann erhielt ich ein *höchst* interessantes Schreiben von einer anderen Jüngerin von Death, die zufälligerweise im Atheneum weilt.«

Damian atmete scharf durch die Nase aus. Er hätte wissen müssen, dass dieser unheimlichen Archivarin nicht zu trauen war. Dann hatte Falco also die ganze Zeit über gewusst, dass sie auf dem Weg in den Norden gewesen waren.

»Und ja«, fuhr Falco fort, »ich weiß, dass Sie dort waren, um Informationen über Chaos zu finden. Sie dachten, dass etwas mit Ihnen nicht in Ordnung sei, korrekt? Nun, zumindest in dieser Hinsicht hatten Sie recht.« Sie grinste boshaft. »Ich schätze, deswegen wurden Sie auch von den Brechaanern aufgenommen wie ausgesetzte Haustiere. Aber Calder Bryhn und seinesgleichen werden heute Nacht sterben. Ich kenne seine Pläne – ich habe die Körper von Brechaats Toten ausgelesen. Nachdem ich erfahren hatte, dass Sie Ihre Rückkehr für den Abend von Salvestros Zeremonie planten, haben wir beschlossen, sie um einige Stunden vorzuverlegen. Wie Sie sehen, können die Toten recht nützlich sein.«

Natürlich. *Daher* wusste sie Bescheid. Schließlich war es Falco gewesen, die befohlen hatte, Brechaats Tote einzusammeln. Doch wenn sie in ihnen über die letzten Momente vor ihrem Tod hinaus hatte lesen können, bedeutete das, dass sie eine unsagbar mächtige Jüngerin von Death war.

Falco schwenkte die Waffe und richtete sie auf Damian, obwohl er nicht einmal gezuckt hatte. »Und *Sie* – Sie werden ebenfalls sterben. Zugegeben, ich hatte gehofft, an Ihnen öffentlich ein Exempel statuieren zu können, aber bedauerlicherweise ist das einfach zu unsicher. Sie verstehen sicherlich, dass ich Sie deshalb jetzt sofort töten muss.«

»Nein!« Roz schrie auf und versuchte, Damian abzuschirmen. Falco machte eine Handbewegung, woraufhin einer ihrer Offiziere vorwärtsstürmte und Roz mit dem Griff seiner Arkebuse einen Schlag auf den Kopf versetzte. Sie taumelte zur Seite und ihre Waffe landete klappernd auf dem Boden. Aus irgendeinem Grund verlor sie nicht das Bewusstsein, doch ihre Augen waren riesig, als ihr Blick verzweifelt berechnend zwischen Damian und Falco hin und her zuckte. Damian wusste: Alles, was sie wollte, war, ihn zu retten.

Alles, was sie jemals gewollt hatte, war, Menschen zu retten. Ihre Herangehensweise mochte unkonventionell sein, ihr Verhalten oft schroff, doch dadurch wurde es nicht weniger wahr.

»Auf die Knie, Venturi«, befahl Falco und bemühte sich nicht mehr, ihre Selbstzufriedenheit zu verhehlen. »Es wird Zeit, dass Sie mir ein wenig Respekt zollen.«

Damian lachte. Er konnte nicht anders.

Es brach tief und lang gezogen aus ihm heraus, begleitet von einem Anflug von Hysterie. Hitze breitete sich auf seiner Haut aus, schoss durch seine Adern, kroch ihm in die Kehle. Er spürte, wie tief in seinem Inneren etwas nachgab, als würde ein Damm brechen. Das Feuer in ihm steigerte sich zu einem Inferno, und obwohl er sich auf den Schmerz gefasst machte, der es mit Sicherheit begleiten würde, spürte er nichts als reine, unverfälschte Freude. Er hatte sich aufgelöst und war doch ganz, und der letzte Teil von ihm, der an etwas Unsagbares gefesselt gewesen war, riss sich los.

Da begriff er. Fühlte die unverkennbare Kraft von Generationen in seinem Rücken und wusste, wozu er bestimmt war.

Er war kein Jüngelchen, das dazu erzogen worden war, zu kämpfen, sondern ein Mann, der für den Krieg geschaffen war.

»Närrin«, sagte er zu Falco mit einer Stimme, die nicht seine eigene war. Es war die Stimme der Vorfahren. Der Macht. »Du wagst es, einem *Heiligen* Befehle zu erteilen?«

Dann warf er den Kopf zurück und schrie, tauchte die Welt in Finsternis.

28

ROZ

Alles um Roz verschwand.

Diese Dunkelheit war nicht nur die Abwesenheit von Licht, sondern etwas Greifbares, das sich an sie presste. Die Schleier verwandelten sich in einen erdrückenden Nebel, und als sich ihre Augen ans Dunkel gewöhnten, erkannte sie, dass sich die Schwaden bewegten. Sie schnappte nach Luft. Damian war nirgends zu sehen. Im Raum war es still. Falcos Befehle waren in dem Moment verstummt, als der Nebel alles eingehüllt hatte. Zuerst schien es, als wären sie und ihre Offiziere ebenfalls verschwunden. Doch dann konnte Roz Schritte hören, die sich über die Treppe nach unten entfernten, und begriff, dass Falco sich schneller wieder gefangen hatte als sie. Die Generalin war hinter Damian her, wo immer der auch sein mochte. Roz war übel, und das nicht nur von den Schmerzen in ihrem Kopf.

Alles schmeckte nach Magie. Sie spürte sie in der Luft, fühlte, wie sie auf ihre Knochen drückte. Es war ein vertrautes Gefühl, jedoch von einer Intensität, wie sie es nie zuvor erlebt hatte. Es war überwältigend. Erschreckend. Und trotzdem ... nicht unangenehm.

»Damian?«, stieß sie leise seinen Namen hervor, während sich ein ungutes Gefühl in ihrer Brust ausbreitete. Noch während sie sprach, ahnte sie, dass er nicht antworten würde. Ihr

Herz hämmerte in einem wilden, ungleichmäßigen Rhythmus, und seine letzten Worte gingen ihr noch einmal durch den Kopf.

Du wagst es, einem Heiligen Befehle zu erteilen?

Es war Damians Stimme gewesen und gleichzeitig auch wieder nicht. Roz konnte es einfach nicht verstehen.

Vor ihrem geistigen Auge sah sie wieder das Bild, das Enzo ihr gezeigt hatte. Damian, dessen Gesicht auf eine Weise verändert war, die sie nicht begreifen konnte. Seine Augen verdunkelt von einer immerwährenden Wut, die nicht die seine war. Sie musste daran denken, wie er trotz der pechschwarzen Dunkelheit im Schrein genau gewusst hatte, wohin er zielen musste, um den immateriellen Enzo zu erschießen.

Enzo. Wenn sie nur an seinen Namen dachte, lief ihr ein Schauer über den Rücken. Denn er hatte es geschafft, nicht wahr? Am Ende war er erfolgreich gewesen, wenn auch nicht so, wie ursprünglich beabsichtigt.

Seinetwegen hatte sich ein Heiliger erhoben.

Roz konnte von unten aus dem Altarraum verwirrtes, panisches Geschrei hören. Was immer vor sich ging, wirkte sich offenbar auch auf alle anderen aus. Doch sie verschwendete kaum einen Gedanken daran. Noch immer fügten sich in ihrem Kopf die Puzzleteile zusammen.

Damian war ein Jünger von Chaos. So viel war klar. Doch dass er sich komplett zu verlieren schien, war nicht normal. Deswegen war Roz sich gleich so sicher gewesen, dass ein äußerer Faktor mit im Spiel sein musste. Calder hatte gesagt, dass ein Jünger zu werden, einen nicht veränderte, aber Damian war nicht nur ein Jünger, richtig? Er hatte sich von Anfang an in etwas Größeres verwandelt.

Das war unmöglich. Das wusste Roz genau. Doch ebenso genau wusste sie, wie die Wahrheit lautete: Der Mann, den sie seit ihrer Kindheit liebte, war eine Reinkarnation des Schutzheiligen von Chaos.

Damian war nicht mehr da. Der Auflösungsprozess vollzog sich schon eine ganze Weile, nicht wahr? Und obwohl er versucht hatte, durchzuhalten – für sie –, hatte das nie genügt. Man wurde nicht zufällig die Reinkarnation eines Heiligen. Es war vorherbestimmt. Obwohl er es nicht geahnt hatte, war dies immer Damians Weg gewesen. Als Enzo Chaos' Magie geweckt hatte, hatte sie Damian gefunden und den Prozess beschleunigt. Hatte seinen Geist und seinen Körper infiltriert, während alles, was ihn zu *Damian* gemacht hatte, verblasst war.

Er hatte nie eine Chance gehabt.

Roz gab sich einen Ruck. Sie musste hier weg, bevor jemand kam, um die Sache genauer zu untersuchen. Sie musste Calder warnen, obwohl es wahrscheinlich schon viel zu spät war. Sie musste Damian finden, bevor Falco ihn in die Finger bekam.

Roz streckte die Hände aus und begann sich zum Ausgang zu tasten, wobei sie sich allein auf ihr Gedächtnis verließ. Doch bevor sie die Treppe erreichte, stieß sie gegen etwas Festes, Warmes und zweifellos Menschliches. Mit einem erschrockenen Keuchen fuhr sie zurück. Obwohl sie angestrengt die Augen zusammenkniff, konnte sie kaum mehr als den Umriss einer Person erkennen, von der sie jedoch wusste, dass es sich um einen von Falcos Offizieren handeln musste. Er war in einer Illusion eingesperrt. Aber warum nur er? Warum Falco und die anderen entkommen lassen?

Roz schob die Finger in die Brusttasche der Uniform des reglosen Mannes – er trug die gleiche Uniformjacke, die Damian früher auch immer getragen hatte und aus deren Tasche sie ihn einmal ein Päckchen Streichhölzer hatte ziehen sehen. Sie hoffte, dass alle Sicherheitsoffiziere eines bei sich trugen, und stellte erleichtert fest, dass es so war. Nach kurzer Überlegung nahm sie auch noch seine Waffe an sich.

»Entschuldigung«, raunte sie dem Mann zu. Sie zündete ein Streichholz an und fluchte gleich darauf verärgert, weil sein schwächliches Licht lediglich ein paar Schritte weit reichte. Aber das war immer noch besser als nichts. So würde sie wenigstens nicht noch einmal mit jemandem zusammenprallen.

Kurz packte sie die Angst: Was, wenn sie ebenfalls in einer Illusion gefangen war? Gab es eine Möglichkeit, das zu erkennen?

Aber nein – sie musste sich darauf verlassen, dass Damian ihr so etwas nicht antun würde.

Sie schlich so leise wie möglich mit erhobener Pistole die Wendeltreppe hinunter. Im Erdgeschoss war der Nebel ebenso dicht, doch die Offiziere, die sie im Altarraum gesehen hatte, waren inzwischen fort – Falco war anscheinend davon ausgegangen, dass Roz sich gemeinsam mit Damian aus dem Staub gemacht hatte. Hatte er dafür gesorgt, dass sie sie nicht hatten sehen können?

Ihr Herz krampfte sich zusammen, als sie auf die Hintertür der Basilica zurannte, und ihr Puls hämmerte wild. Das alles hätte eigentlich nicht passieren dürfen. Calder hätte die Kontrolle über den Palazzo übernehmen sollen. Sie hätten Falco und Salvestro überrumpeln sollen. Sie selbst hätte dafür sorgen sollen, dass Damian wieder normal wurde, und danach endlich zu ihrer Mutter zurückkehren sollen. Sie war nicht so naiv gewesen, zu glauben, dass die heutige Nacht ein glückliches Ende nehmen würde, aber sie hatte zumindest auf ein gewisses Maß an Ordnung gehofft.

Sie stürmte nach draußen, erpicht darauf, den erdrückenden Nebel hinter sich zu lassen, stellte jedoch fest, dass das ein Ding der Unmöglichkeit war.

Die ganze Stadt war in Finsternis gehüllt.

Was immer Damian getan hatte, hatte sich nicht nur auf die Basilica ausgewirkt. Er hatte ganz Ombrazia in eine Art Illusion versetzt. Dichte schwarze Schwaden hingen in den Straßen und sperrten das Mondlicht aus. Roz fühlte sich plötzlich desorientiert, als befände sie sich unter Wasser, oder vielleicht in einer Art Totenreich. Es musste etwa eine Stunde nach Sonnenuntergang sein, was bedeutete, dass die Laternen brennen sollten, doch sie sah sie nicht. Sie machte einen Schritt vorwärts. Der Nebel teilte sich um sie herum und verschmolz wieder, während sie sich durch ihn hindurchbewegte. Roz blieb unentschlossen stehen. Was jetzt? Sie musste Damian finden, bevor jemand anderes es tat, doch wo konnte er sein? Was versuchte er zu erreichen?

Sie entfernte sich von dem Gebäude und freute sich nun paradoxerweise über den Nebel. Sie kannte diese Straßen so gut, dass sie nicht unbedingt viel sehen musste, um sich in ihnen zurechtzufinden. Als sie den Rand des Platzes erreichte, konnte sie die seltsam gedämpften, angsterfüllten Stimmen der Stadtbewohner hören. Roz blieb nicht stehen, um näher darüber nachzudenken. Sie lief weiter, ließ sich von den schattenhaften Umrissen der vertrauten Gebäude leiten.

Dann begannen diese Schatten zu zerfallen.

Sie brauchte einen Moment, um zu begreifen, was geschah. Die Bauwerke fielen auseinander, zerbrachen wie bei einem heftigen Erdbeben. Nur gab es *kein* Erdbeben – die Welt war still. Große Steinbrocken stürzten zu Boden, wirbelten Staubwolken auf. Roz hustete und spuckte Dreck aus. Die Finsternis schien alles zu *verschlingen*, sich die Wände hinaufzufressen wie schwarzes Feuer.

Das war unmöglich. Das ergab alles keinen Sinn. Und doch wusste sie unterschwellig genau, was hier vor sich ging: Damian – Chaos – zerstörte die Stadt.

Das war der Ort, an dem er sich immer gefangen gefühlt hatte. Der Ort, an dem er getrauert hatte, nachdem er Michele verloren hatte, und der Ort, an dem er seinen Vater sterben sehen hatte. Hier war er auf Falcos Befehl hin ins Gefängnis geworfen worden, und hier hatten sie Calder und seine Chaos-Jünger als Möchtegern-Eroberer eingesetzt. Der sanftmütige, bedachte Mann, den Roz einst gekannt hatte, war fort. Seinen Platz hatte ein rachedurstiger Heiliger eingenommen, den Jahrhunderte der Missachtung und Geringschätzung verdorben und geschliffen hatten. Er würde sich nicht mit einer Kapitulation zufriedengeben. Er wollte ein Gemetzel.

Roz dachte an die Ursprungsgeschichte in *Heilige und Hingabe*. »Chaos brachte den Menschen den Krieg«, murmelte sie vor sich hin, und eisige Panik stahl sich in ihre Adern. Damian würde diese Stadt in Stücke reißen, und ihre Bewohner gleich mit. Aber Ombrazia war nicht nur schlecht. Hier gab es Menschen, die nichts Unrechtes getan hatten. Die Unerwählten, die sich aller Widrigkeiten zum Trotz ein gutes Leben aufgebaut hatten. Jünger wie Roz' Ex-Freundin Vittoria, deren Glauben vielleicht fehlgeleitet sein mochte, die es jedoch trotzdem nur gut meinten. Jeder Einzelne von ihnen war in Gefahr. Wenn Roz eins wusste, dann, dass Chaos niemals einlenkte. Das hatten alle Versionen der Geschichte und alle Reinkarnationen des Heiligen gemeinsam. Doch es gab noch eine weitere Gemeinsamkeit:

Chaos fiel jedes Mal.

Roz' Herz schlug unregelmäßig und sie keuchte. Wieder krachte es, als noch mehr Steine von dem nächstgelegenen Gebäude abbrachen – eine Schneiderei, in der Grace-gefertigte Kleidung verkauft wurde. War es eine Illusion, dass die Welt um sie herum zusammenbrach? Oder war es das Resultat einer Macht, die so groß war, dass die Stadt ihr nicht mehr standhalten konnte? Sie merkte, wie diese Macht die Luft sättigte, bei jedem Atemzug ihre Lunge füllte. Sie war stärker als alles, was sie jemals zuvor gespürt hatte, doch genau wie immer war sie ihr auf eine Art und Weise, die sie nicht verstand, auch vertraut. Vielleicht weil es Damians Magie war und etwas in ihrem Inneren ihn immer wiedererkennen würde.

Sie musste ihn aufhalten. Sie musste ihn retten.

Roz hatte bei beidem keine Ahnung, wie sie es anstellen sollte.

Ganz in der Nähe zerbrach Glas und eine Frau schrie. Das trieb Roz an, sich zu bewegen. Sie würde sich in Kürze um Damian kümmern – und mit dem Problem mit Calder und seinen Jüngern müsste sie sich ebenfalls noch auseinandersetzen –, aber der Schrei der Frau hatte eine neue Angst in ihr geweckt. Eine Angst um jemanden, der weitaus verletzlicher war als der Schutzheilige von Chaos.

Sie musste ihre Mutter holen, bevor das Bartolo's um sie herum einstürzte.

Geleitet von ihrem Orientierungssinn und hin und wieder auftauchenden Gebäuden, die sie wiedererkannte, erreichte Roz schließlich die Taverne, nur um festzustellen, dass die Tür verschlossen war. Auf dem Kopfsteinpflaster knirschten kleine Trümmerteile, die vom langsamen Zerfall der Stadt zeugten. Einige Menschen hatten offenbar beschlossen, dass sie draußen sicherer wären als in ihren eigenen Häusern, denn die Gassen wurden von Bürgern gesäumt, die ängstlich und verstohlen miteinander redeten und ihre Kinder an sich drückten, damit sie sie im Nebel nicht verloren.

»Das darf doch nicht wahr sein«, fauchte Roz und klopfte ein zweites Mal an die Tür. Wenn in den nächsten drei Sekunden niemand öffnete, würde sie das Schloss schmelzen und die Tür eintreten –

Die Tür wurde aufgerissen. Roz wich gerade noch rechtzeitig zurück. Alix' kantiges Gesicht erschien, bleich und mit weit aufgerissenen Augen, in der Tür. Das kinnlange Haar war wild zerzaust. »Roz! Du bist wieder da? Wo ist Dev? Hast du Nasim und die anderen gefunden?«

»Lass mich rein«, drängte sie, woraufhin Alix ihr Platz machte.

Im Inneren vom Bartolo's war es ebenso dunkel. Roz wusste nicht, was sie anderes erwartet hatte. Der Nebel kroch zu den Fenstern herein und stahl sich unter der Tür hindurch, kräuselte sich um die leeren Tische, die sie gerade noch erkennen konnte. Eine einzelne Laterne war angezündet worden, doch als sie einen weiteren Schritt auf die Treppe zuging, sah man ihr Licht praktisch schon nicht mehr.

»Was zur Hölle ist da los?«, zischte Alix direkt hinter ihr. »Josef und ich standen hinter der Bar, und plötzlich wurde alles ...« Dass der Satz unvollendet blieb, war nicht weiter schlimm, denn Roz brauchte gar keine Beschreibung.

»Ja. Ich weiß.« Sie kniff die Augen zusammen. »Es sind doch keine Gäste mehr da, oder?«

Alix verneinte mit einem Kopfschütteln. Obwohl sie dicht beieinanderstanden, waberte zwischen ihnen ein leichter Dunst. »Als *das* passiert ist, sind alle gegangen. Sie wollten nach ihren Familien sehen und so weiter.«

Über ihren Köpfen rumpelte es. Roz richtete den Blick nach oben, und Adrenalin flutete ihren Körper, als das Fundament der Taverne grauenvoll krachte. »Wo ist Josef jetzt gerade?«

»Hinten.« Besorgnis stahl sich in Alix' Stimme. »Roz, was ist los?«

»Dev und Nasim sind in Sicherheit, aber sie sind nicht hier. Im Moment bin ich ganz allein, und ich werde meine Mutter holen. Du suchst Josef und gehst mit ihm nach unten in den Kühlkeller – dort unten müsste es sicherer sein. Ich bringe meine Mutter zu euch.« Sie blieb am Fuß der Treppe stehen und sah Alix fest an. »Es gibt einen neuen Schutzheiligen von Chaos. Er ist hier, in der Stadt.«

»*Was?*«

»Hol Josef!«, mahnte Roz drängend und eilte bereits die Treppe hinauf. Die Dielen knarrten unter ihren Füßen. »Vertrau mir einfach. Bitte!«

»Roz –«

Doch Alix verstummte und folgte ihr nicht, als Roz durch den Flur zur Wohnung rannte. Sie hätte ihre Mutter niemals alleinlassen dürfen. Was, wenn sie verärgert wäre, sich im Stich gelassen fühlte? Was, wenn es ihr schlechter ging, wenn sie wegen allem, was geschah, panische Angst hatte?

Doch als Roz in die Wohnung stürmte, stand Caprice Lacertosa am Fenster und hatte die Hände vor dem Körper verschränkt. Sie beobachtete die dunkle Magie draußen, wie andere vielleicht ein faszinierendes Unwetter verfolgt hätten.

»Mamma«, rief Roz und atmete auf, doch ihre Erleichterung verwandelte sich rasch in Sorge. »Geh vom Fenster weg.«

Caprice drehte sich um und sah sie seltsam ruhig an. Der Nebel war hier oben nicht besonders dicht. Er schien sich näher am Boden stärker zu sammeln.

»*Tesoro.*« Sie lächelte. »Er hat gesagt, dass du bald hier sein würdest.«

Roz' Hand fuhr zu ihrer Pistole und sie blickte sich gehetzt im Raum um. »*Wer* hat das gesagt?«

»Dein Vater.«

Schmerz durchzuckte Roz wie ein Messerstich. Sie beschloss, das Thema gänzlich zu umgehen. Sie konnte nicht mit ihrem Vater sprechen, auch nicht ihrer Mutter zuliebe. Nicht jetzt, wo der Kummer in ihrem Herzen noch zu frisch war.

»Gut. Also, hier bin ich, und du musst mit mir kommen. Hier ist es nicht sicher.«

Caprice schüttelte den Kopf. »Ich bin in Sicherheit.«

»Nein, bist du nicht«, widersprach Roz eisern. Sie war es gewohnt, ihre Mutter mit Samthandschuhen anzufassen, um sie möglichst nicht aufzuregen. Doch diesmal war dafür keine Zeit. Die Taverne schien zu erbeben, als der dunkle Nebel draußen die Fensterläden aus ihren Angeln riss. Sie durchquerte den Raum und schlang die Arme um den dünnen Leib ihrer Mutter. Atmete ihren vertrauten blumigen Duft ein. »Bitte«, flüsterte sie gedämpft. »Wir müssen gehen.«

Caprice legte die Hand an Roz' Hinterkopf und wiegte sie sanft. Roz kniff die Augen zu und bemühte sich sehr, sich nicht wieder wie ein Kind zu fühlen. Klein. Traurig. Voll verzweifelter Sehnsucht nach Trost.

Sie richtete sich mit einiger Mühe auf und stellte die Frage, die ihr seit jenem Moment in der Basilica keine Ruhe gelassen hatte. »War Liliana Venturi eine Nachfahrin von Chaos?«

Sie machte sich darauf gefasst, dass ihre Mutter bei der Erwähnung des Heiligen erschrecken würde, doch Caprice gab nur ein leises, kehliges Brummen von sich. »Liliana. Ich habe seit vielen Jahren nicht mehr an sie gedacht.«

Das war keine Antwort, und so wartete Roz weiter ab.

»Liliana war vieles«, redete ihre Mutter weiter. »Eine starke Frau. Eine liebe Freundin. Eine großartige Mutter. Doch sie hat einen Mann gewählt, der nicht alles an ihr liebte.«

Roz wusste, dass dies das Nächste zu einem *Ja* war, was sie aus ihr herausbekommen würde. Überrascht fragte sie: »Sie hat es Battista nie gesagt?«

»Manchmal liebt man jemanden genug, dass man sich für den anderen verändert. Und manchmal liebt man jemanden genug, dass man stattdessen dem *anderen* hilft, sich zu verändern.« Caprice legte die Hände auf Roz' Schultern und schob sie sanft weg. Als Roz das Kinn hob, stellte sie fest, dass der Blick ihrer Mutter ungewöhnlich fokussiert war. »Es kann schwierig sein, zu entscheiden, was die bessere Option ist. Ich habe mit Sicherheit nicht nur richtige Entscheidungen getroffen. Und Liliana auch nicht. Urteile nicht zu harsch über uns.«

»Ich urteile über keine von euch«, entgegnete Roz. Ihre Gedanken überschlugen sich. Wäre Damian besser vorbereitet gewesen, wenn seine Mutter ihm die Wahrheit gesagt hätte? Wäre er für die Magie gewappnet gewesen, die in ihm erwacht war, nachdem Enzo sein letztes Opfer vollendet hatte?

Das waren sinnlose Fragen. Es war zu spät, um es herauszufinden.

»Mamma«, setzte Roz stockend an, weil Caprice nicht antwortete. »Was ist passiert, als sich zum letzten Mal in Ombrazia ein Heiliger erhoben hat? Vor dem ersten Krieg, meine ich.«

Das Kurzzeitgedächtnis ihrer Mutter mochte dürftig sein, doch an Geschichten erinnerte sie sich so gut wie kaum jemand sonst. Nichtsdestotrotz sprach Caprice nicht gern über die Heiligen. Seitdem Roz' Vater von seinem ersten Einsatz im Norden zurückgekehrt war, lehnte sie alles ab, was mit ihnen in Zusammenhang stand. Wie, hatte sie damals gefragt, konnten gütige Gottheiten es für angebracht halten, so viele in ihrem Namen sterben zu lassen?

Doch ihre Mutter dachte kurz über die Frage nach und ihr Blick wurde etwas klarer. »Strength und Chaos haben sich gleichzeitig erhoben. Der Übergang zur Heiligkeit ist jedoch ein allmählicher Prozess, denn letztendlich verliert man sein wahres Selbst. Es ist ein Tausch. Die Menschen betrachten die Heiligen als Märtyrer, und in gewisser Weise sind sie das auch. Weißt du, das größte Opfer, das die Heiligen bringen, ist ihre Menschlichkeit aufzugeben.«

Dann verlor Damian also seine Menschlichkeit. Roz hatte das bereits vermutet. Doch zu wissen, dass er sich vollkommen verändern würde, auf eine Art, die niemals mehr rückgängig gemacht werden könnte? Das war zu schrecklich, um es sich vorzustellen.

»Gibt es eine Möglichkeit, es zu verhindern?«, fragte sie ihre Mutter verzweifelt, in dem Bewusstsein, dass ihre Fragen längst nicht mehr unverfänglich klangen. »Ich meine, wenn jemand die Verwandlung durchläuft, um ein Heiliger zu werden, muss es doch auch irgendeinen Weg geben, das Gegenteil zu erreichen, oder?«

Roz hatte das Gefühl, das nicht nur die Stadt um sie herum zusammenbrach, sondern die ganze Welt. Alles, was sie bis zu diesem Punkt in Erfahrung gebracht hatte, war nutzlos. *Es muss dargeboten werden, was gegeben wurde,* hatte in dem Buch im Atheneum gestanden, doch Enzos Ritual rückgängig zu machen, würde Damian nicht in den Menschen zurückverwandeln, der er gewesen war. Nicht, wenn dies der Weg war, den zu beschreiten ihm schon immer vorherbestimmt gewesen war. Die Vellenium-Pflanze, die sie aus der Erde des Nordens ausgerissen hatte, war unnütz. Das Chthonium, das sie beabsichtigt hatte, aus Battistas Grab zu holen, würde nichts bewirken.

»Davon habe ich noch nie gehört«, sagte Caprice zu Roz' Enttäuschung. »Außer, man berücksichtigt die ursprüngliche Geschichte von Patience und Chaos. Weißt du, das Ende, das sie in *Heilige und Hingabe* nimmt, erzählt nicht die ganze Geschichte.«

Das wusste Roz bereits. Sie erinnerte sich noch an einiges, was sie in der unzensierten Ausgabe im Atheneum gelesen hatte. Doch wie konnte ihre Mutter davon wissen?

»Wäre Patience willens, ihre Menschlichkeit aufzugeben, so würde Death sie verwenden, um Chaos aus dem Jenseits zurückzuholen und ihm ein Erdenleben als Sterblicher zu schenken«, flüsterte Roz. Dann sagte sie lauter: »Patience gibt ihre Menschlichkeit auf und Chaos kehrt als Sterblicher zurück.«

Caprice nickte, als würde es sie nicht überraschen, dass Roz in der Lage war, den ursprünglichen Text zu zitieren. »Patience erkennt, dass ihrem Geliebten Einhalt geboten werden muss, und erschlägt ihn selbst. Sie ist der Grund für Chaos' ursprünglichen Fall. Doch weißt du, er fiel nicht vom Himmel in die Hölle. Er verlor durch seinen Fall lediglich seine Heiligkeit.« Ein leichtes Lächeln erschien in ihrem Gesicht. »Und weil Patience ihre letzte und einzige Verbindung zur Welt der Sterblichen aufgibt, stirbt Chaos nicht.«

Roz überlegte und plötzlich begann ihre Haut zu kribbeln, denn sie begriff. Vielleicht stimmte etwas, das sie erfahren hatte, ja doch: Damian gab Chaos seine Menschlichkeit, das Herzstück seiner Seele. *Das* war es, was gegeben worden war.

Was bedeutete, dass es auch das war, was dargeboten werden musste.

Roz schluckte schwer, nahm die Hand ihrer Mutter und führte sie aus der Wohnung. Sie konnte jetzt nicht darüber nachdenken. Zuerst musste sie sie von hier wegbringen.

Ihre Mutter dazu zu überreden, nach unten zu gehen, war leichter als gedacht. Möglicherweise erfasste Caprice den Ernst der Lage, denn sie weigerte sich nicht, zu gehen, und verlangte auch kein einziges Mal, umzukehren. Selbst die sich verdichtende Finsternis nahm sie gleichmütig hin. Alix erwartete sie bereits mit furchtsamer Miene an der Kellertreppe. Josef stand einige Stufen weiter unten und sah wütend aus, was bedeutete, dass er ebenfalls Angst hatte.

»Signora Lacertosa«, sagte Alix mit einem gezwungenen Lächeln zu Caprice. »Kommen Sie – bei uns sind Sie in Sicherheit.«

Caprice wandte sich nach Roz um, die erschrak, da sie damit rechnete, dass ihre Mutter panisch darauf reagieren würde, dass ihre Tochter sie nicht begleiten würde.

»Ich will nicht, dass du dir Sorgen um mich machst«, sagte sie hastig, bevor Caprice Gelegenheit bekam, zu sprechen. Ihre Mutter sah sie nur einen Moment lang an, mit einem Blick, der so klar war wie schon seit Jahren nicht mehr. Sie nickte.

Als Roz verfolgte, wie sie in die Schwärze des Kellers hinabstieg, verkrampfte sich etwas in ihrer Brust. Sie musste Damian finden, und sie wusste genau, wo er sein musste. Chaos verzehrte sich nach Macht, und was verlieh einem Heiligen mehr Macht als Chthonium?

Das Herz schlug ihr bis zum Hals, als sie aufbrach, um sich auf die Suche nach Battista Venturis Grab zu machen.

29

DAMIAN

Damian war von Zorn erfüllt.

Seit dem Augenblick, als er die Basilica verlassen hatte, kämpfte er mit sich selbst. Magie brach aus ihm heraus, auf eine Art, die er nicht kontrollieren konnte – und wollte. Er erinnerte sich kaum noch, wie er es aus dem Gebäude geschafft hatte. Er hatte entkommen wollen, und das hatte er auch getan. Er hatte gewollt, dass die Stadt brannte, und das tat sie nun.

Zumindest auf gewisse Weise.

Der dichte, rauchartige Nebel, der die Straßen einhüllte, war sein Werk. Er nahm im Augenwinkel wahr, wie er über den Boden und an den Gebäuden hinaufkroch. Zu Damian hielt er stets ein Stück weit Abstand, als wisse er, dass er ihm nicht die Sicht versperren durfte. Oder vielleicht war es auch Damian selbst, der ihn durch Willenskraft auf Abstand hielt. Er hörte in der Ferne das Donnern von zerbrechendem Stein, der zu Boden stürzte, von Glas, das unter der Berührung der finsteren Schwaden zerbarst, und es fühlte sich an wie der erste, triumphierende Atemzug, nachdem er jahrelang nach Luft gejapst hatte.

Er würde diesen Krieg gewinnen. Nicht Brechaat – sondern *er*. Er würde allem ein Ende setzen.

Die frühere Version von Damian Venturi war nur noch etwas Entferntes, Törichtes. Ein ahnungsloses Jüngelchen, das damit aufgewachsen war, sich vor allem, was es nicht verstand, zu fürchten. Die Präsenz, die ihn sein ganzes Leben lang verfolgt hatte – diese anhaltende Empfindung, die er immer für Death gehalten hatte –, war seine eigene Magie gewesen. Chaos, der versuchte, sich aus seinem Inneren zu befreien. Dieses Gefühl nach Micheles Tod, und als er sich vollkommen vergessen hatte, als er drei feindliche Soldaten auf einmal niedergeschossen hatte … Hatte sich damals sein Verlangen nach Krieg Bahn gebrochen?

Damian blieb stehen und warf einen Blick auf den Palazzo, der nicht mehr allzu fern war. Er war ein imposanter Schatten und aus seinen zahlreichen Fenstern drang kein Licht. Damian musterte prüfend die Umgebung. Die einzigen Personen, die sich übers Gelände bewegten, trugen eindeutig ombrazianische Militäruniformen und Arkebusen in den Armen oder auf den Rücken geschnallt. Hin und wieder schienen sie beunruhigt einige Worte miteinander zu wechseln. Damian wusste, dass sie auf die Brechaaner warteten. Darauf, sich einem Angriff entgegenzustellen, der die Zukunft der Stadt entscheiden würde. Was hatte Falco ihnen gesagt? War ihnen klar, womit sie es zu tun hatten?

Der Wind strich über Damians Gesicht. Er trug einen Hauch Magie in sich und den Geruch von Salz als Erinnerung ans Meer. Er konnte es hören, wie es in einiger Entfernung gegen die felsige Küste schlug. Zum ersten Mal seit langer Zeit fühlte er sich mächtig.

Er fühlte sich heilig.

Noch während ihm dieser Gedanken durch den Kopf ging, hörte er ein leises Geräusch hinter sich. Er fuhr herum und zog die Pistole, nur um sie im nächsten Augenblick aus der Hand geschlagen zu bekommen. Zwei Militäroffiziere standen ihm gegenüber, die er beide nicht kannte und die vermutlich frisch aus dem Norden herbeordert worden waren. Er sah ihnen an, dass sie ihn nicht wiedererkannten, doch sie verlangten auch nicht, dass Damian sich auswies. Ganz offensichtlich wussten sie, dass er hier nichts zu suchen hatte.

Damian blieb keine Zeit zum Nachdenken, und die brauchte er auch nicht. Er packte den Lauf der Arkebuse des ersten Offiziers, riss sie der Frau aus der Hand und benutzte sie, um dem zweiten Offizier einen Schlag auf den Kopf zu versetzen. Der Mann taumelte und kämpfte hektisch blinzelnd darum, nicht das Bewusstsein zu verlieren, hob die Waffe und gab einen schlecht gezielten Schuss in den Nebel ab. Die Offizierin betastete derweil hektisch ihren Gürtel, höchstwahrscheinlich auf der Suche nach einem Messer. Er richtete die Arkebuse auf sie.

»Fallen lassen«, sagte er kühl.

»Nein, *Sie* lassen die Waffe fallen«, fauchte der Offizier mit der Gehirnerschütterung, obwohl er sich kaum auf den Beinen halten konnte.

Damian atmete tief durch die Nase ein. Ungeduld nagte an ihm. Wussten sie denn nicht, wer er war und wozu er imstande war?

Wusste *er* nicht, wozu er imstande war?

Er hatte keinen Grund, hierzubleiben und mit Fäusten und Waffen gegen zwei Menschen zu kämpfen, die keine Chance hatten, ihn zu besiegen. Er hatte Magie. Er war ein Heiliger.

Wann immer Damian bisher Chaos' Magie heraufbeschworen hatte, hatte er es nicht absichtlich getan. Es war ohne sein Wissen geschehen, ausgelöst von einer wie auch immer gearteten starken Emotion, die er im jeweiligen Augenblick empfunden hatte. Doch nun würde er sie bewusst herbeirufen. Vorsätzlich. Es gab keinen Grund, darüber nachzugrübeln, wie er das tun könnte. Er spürte sie bereits unter seiner Haut schwelen.

Damian betrachtete die Offiziere vor sich, stellte sich exakt die gleiche Szene vor, die er gerade erlebte, nur ohne seine Gegenwart. Als er das Bild schließlich klar und deutlich vor sich sehen konnte, ließ er es auf die beiden los. Er entfesselte seine Magie, hüllte sie alle drei in unsichtbare Macht ein. Jäh erschauerte er und etwas in seinem Inneren zog sich zusammen. Nur ein kurzer Anflug von Unbehagen. Intuitiv wusste er, dass er nicht ermüden würde.

Beide Offiziere erstarrten, die finsteren Blicke ins Leere gerichtet. Damian konnte sich ein leises Lachen nicht verkneifen.

So funktionierte das also. Er konnte die Illusionen auf den Geist der Menschen richten, sie bewegungsunfähig machen, indem er sie die wie auch immer geartete falsche Realität durchleben ließ, die er ihnen aufgezwungen hatte. Oder er konnte Illusionen in die gesamte Welt hinausschicken, wie er es bei dem Nebel getan hatte. Zumindest *glaubte* er, dass das bei dem Nebel der Fall war. Er hatte nicht beabsichtigt, ihn zu erschaffen, doch er hatte die Absicht gehabt, zu entkommen, und als Resultat daraus war er entstanden.

Damian ließ die Offiziere zurück und ging die Straße hinunter, die zum Garten des Palazzos führte. Offensichtlich hatten Chaos' Jünger ihren Angriff noch nicht gestartet – sie mussten gemerkt haben, dass etwas nicht stimmte, noch bevor die Finsternis sich ausgebreitet hatte. Sofern sie deswegen an Ort und Stelle geblieben waren, wusste Damian genau, wo Calder und sein Trupp sich gerade aufhielten. Er würde sie finden und dann das Chthonium holen, das er im Grab seines Vaters verscharrt hatte. Er würde herausfinden, ob die Gerüchte über dessen Kräfte der Wahrheit entsprachen.

Der Wind zerzauste sein Haar. Er trug den Geruch von Erde und Asche in sich. Wie oft war er im Rahmen seiner Patrouillen genau diesen Weg gegangen? Wie oft war er unter diesem Bogen hindurchgelaufen, hatte zu den Sternen aufgeblickt? Sie waren nun verschwunden und Schwaden finsteren Nebels hatten ihren Platz eingenommen. Wie oft hatte er auf dem Weg zurück in den Palazzo haltmachen müssen, weil die niederschmetternde Last der Erwartung ihn derart erdrückt hatte, dass er keine Luft mehr bekommen hatte? Er war nie gut genug gewesen. Sein ganzes Leben lang hatte sein Vater ihm wortlos genau das vermittelt.

Wirklich bedauerlich, dass Battista nun tot war. Damian hätte ihm zu gern demonstriert, was es bedeutete, mächtig zu sein.

Er beschleunigte seine Schritte. Vor ihm taten sich Reihen von Gassen auf, die durch hohe Steinmauern voneinander getrennt waren, eine dunkler als die andere. Auch das hatte er bewirkt, nicht wahr? Das Licht war aus der Stadt geflohen, als hätte er es verscheucht.

Als er um die nächste Ecke bog, sah er sich Calder Bryhn gegenüber.

Der General starrte ihn mit großen haselnussbraunen Augen an. Er stand, mit der Waffe in der Hand, bei einer Mauer. Hinter ihm machte Damian etwa ein Dutzend Jünger aus. Sie waren in der Dunkelheit fast unsichtbar, doch er spürte das Gewicht ihrer Blicke, das Kribbeln ihrer kaum gezügelten Magie. Er atmete tief ein. Sie schmeckte irgendwie nach Heimat.

»Signor Venturi«, flüsterte Calder mit einem Anflug von Misstrauen in der Stimme. »Was ist los? Wo ist Roz? Da es im Palazzo von Soldaten wimmelte, habe ich das Signal nicht gegeben. Außerdem haben wir nie die Glocke gehört. *Das hier*«, er deutete auf die Umgebung, »waren nicht wir.«

»Es gab eine Planänderung«, sagte Damian ruhig. »General Falco wusste von dem Angriff. Die Zeremonie wurde vorverlegt, und sie haben uns erwartet. Sie haben sogar zusätzliche ombrazianische Soldaten hierher verlegt.«

Milos trat vor und stellte sich neben seinen General. Auch wenn er klein war, hatte diese Geste etwas Bedrohliches. In diesem Moment fiel Calder offenbar Damians Veränderung auf, denn seine Wangen röteten sich. Die nächste Frage kam zögerlich und voller Argwohn. »Was haben Sie getan, Venturi?«

»Ich habe nichts getan.« Die Worte glitten über seine Zunge, bevor er überhaupt wusste, was er sagen wollte. »Und doch habe ich alles getan. Ich bin gekommen, um diesen Krieg zu gewinnen. Ich habe lange genug auf meinen Triumph gewartet. Und *ihr* – ihr werdet mir helfen.« Seine Stimme hallte fordernd durch die Gasse.

Milos wich wieder zurück, wie ein Raubtier, das seine Beute einer größeren Bestie überließ. Als er Damians Gesicht musterte, zeichnete sich Furcht in seinen Zügen ab.

Doch Damian wollte nicht gefürchtet werden – nicht von den Menschen, die vor ihm standen. Er wollte sie an seiner Seite wissen. Um ihnen zu demonstrieren, wie ernst er es meinte, schickte er Magie in Wellen aus.

Calder spürte sie sofort. Sie alle taten es – die Veränderung in ihrer Körpersprache verriet es unmissverständlich. Der General riss die Augen auf, in denen Ehrfurcht und Begreifen aufflackerten.

Dann sank er auf die Knie.

Die anderen hinter Calder folgten rasch seinem Beispiel. Wahre Jünger, bereit, sich ihrem Heiligen zu beugen. Es fühlte sich gestelzt an und irgendwie unwirklich.

Genugtuung loderte in Damian auf, deren Flammen seine Wangen erhitzten. Plötzlich spürte er kurz den jungen Mann, der er einst gewesen war. Seine Schwächen, die sich so tief in ihn eingegraben hatten. Er war kein guter Soldat gewesen. Zu weich, zu zaghaft, um zu töten. Er war kein guter Anführer gewesen. Er war seinen Untergebenen gegenüber nicht hart genug gewesen und hatte es nicht geschafft, auf genau die Menschen aufzupassen, die zu schützen seine Aufgabe gewesen wäre. Diese Schwächen hatten ihn ausgebremst.

Aber nun nicht mehr. Ein Heiliger war stärker als ein Jünger. Weichheit und Zaghaftigkeit waren verschwunden und ab sofort kannte er kein Versagen mehr.

»Ihr seid es«, sagte Calder leise. »Wir haben nach *Euch* gesucht.«

Damian signalisierte ihm, aufzustehen. »Erkläre mir das.«

Der General kniete noch immer. »Als Chaos' Magie erwachte, haben wir es alle gespürt. Nicht nur mit unseren Körpern, sondern in der Welt um uns herum. Wir wurden zu ihr hingezogen. Euer Eintreffen an den Ufern von Brechaat linderte den Drang, danach zu suchen, doch ich habe den Zusammenhang zu jenem Zeitpunkt nicht hergestellt.« Calder schüttelte ehrfurchtsvoll den Kopf. »Wir haben verzweifelt versucht, *Euch* zu finden. Die Macht des Ursprungsheiligen bewohnt Euren Körper. Ihr habt nach uns gerufen, ob nun beabsichtigt oder nicht.«

»Du warst doch derjenige, der mir gesagt hat, dass ich ein Jünger bin«, erinnerte ihn Damian. »Wusstest du da nicht, was ich wirklich bin? Konntest du es nicht spüren?«

»Vergebt mir. Ich wusste noch nicht, mit wem ich sprach.« Er neigte den Kopf. »Es musste sich erst noch etwas in Euch verändern.«

Nun, verändert hatte Damian sich auf jeden Fall. Er hatte die Tragweite der Veränderung in der Basilica gefühlt.

»Steh auf«, befahl er Calder noch einmal. Diesmal erhob sich der General. »Mein Vorgänger mag im Ersten Krieg der Heiligen gefallen sein, aber ich habe nicht vor, auch den zweiten zu verlieren. Ich wurde geboren, um über diesen Ort zu herrschen.« Er richtete sich noch gerader auf. »Wir nehmen wie geplant den Palazzo ein, und ich werde sicherstellen, dass wir nicht fallen.«

Sie bewegten sich in Reihen, umgeben vom Nebel.
Calder und die anderen Jünger folgten Damian in Richtung des Palazzos. Der Wind war stärker geworden, ein permanentes Heulen in seinen Ohren. Adrenalin strömte in seinem Blut. Er hörte das Krachen und Donnern von einstürzenden Gebäuden, an denen die Finsternis nagte wie ein aggressiver Parasit. Nun, da er darauf achtete, spürte er die Magie aus sich herausfließen. Er fragte sich, wann sie versiegen würde. *Ob* sie jemals versiegen würde. Abgesehen von einem unangenehmen Stechen hier und da fühlte sich Damians Kraft unerschöpflich an. Er konnte die Anspannung in Calders Gesicht sehen, doch es schien, dass der General an Damians Seite stärker war.

Hatte sich so der Schutzheilige von Chaos beim Ersten Krieg der Heiligen gefühlt? War er von dem alles verzehrenden Verlangen erfüllt gewesen, zu zerstören, das Heft in die Hand zu nehmen, zu erleben, welches Ausmaß seine Macht haben konnte?

Die Finsternis war so dicht, dass Damian die Menschen in den Straßen nicht sehen konnte, doch er wusste, dass sie da sein mussten. Die meisten hielten sich von ihnen fern und die Echos ihrer Schreie hallten schneidend durch den Nebel. Das waren diejenigen, die nicht sofort von den Jüngern ausgeschaltet wurden. Damian ließ sie die Arbeit machen. Er beobachtete, wie Milos sich zum Straßenrand bewegte, die Arme von den Schultern bis zu den Fingerspitzen angespannt. Wo er hinging, wurde der Nebel dichter, beinahe als würde er Damians Magie mit seiner eigenen noch verstärken. Jeder, der dumm genug war, ihn anzugreifen, erstarrte augenblicklich, gefangen in einer Illusion, bis die Gruppe sich weiterbewegt hatte.

Staub hing in der Luft, brannte in Damians Augen und sammelte sich in seiner Lunge. Er achtete nicht weiter darauf. Seine Schritte waren laut, dröhnten dumpf auf den Pflastersteinen. Er bemühte sich nicht, leiser zu gehen. Er wollte gehört werden. Er wollte, dass sie wussten, dass er kam.

»Wie lautet der Plan?«, raunte Calder leise. Damian wusste, dass der General nicht an ihm oder seinem Urteilsvermögen zweifelte. Vielmehr war das Glänzen in Calders Augen Begeisterung. Beinah sah er selbst aus wie ein Heiliger, auch wenn sein Haar strubbelig war und sein Hemd zerknittert.

»Feure dreimal deine Waffe ab«, befahl Damian ihm, als sie um eine Ecke bogen. »Lass die anderen Jünger wissen, dass es Zeit ist. Ich weiß, dass es weit mehr Gegner sind, als wir erwartet haben, aber der Plan bleibt trotzdem der gleiche. Doch nun habt ihr mich. Belegt so viele Soldaten, wie ihr könnt, mit eurer Magie, und ich werde in der Lage sein, den Rest zu beeinflussen. Zeigt ihnen, was Furcht wirklich bedeutet.«

Er sah zu den Säulen auf, die das verzierte Tor des Palazzos flankierten, und sein Blick blieb an einem Relief von Patience hängen. Auch ohne erkennbare Gesichtszüge wirkte sie gleichzeitig wunderschön und Furcht einflößend. Ihm war nie richtig klar gewesen, wie sehr Roz ihrer Schutzheiligen ähnelte, doch nun, da er das kunstvolle Abbild dieser Kriegerin betrachtete, meinte er, zu verstehen. Patience trug ihren Namen nicht, weil sie duldsam und gelassen war. Nein – die Schutzheilige wurde aufgrund ihres Verhaltens gegenüber ihrem Geliebten so genannt. Alles, was sie getan hatte, hatte sie für Chaos getan: Sie hatte das Feuer geschaffen, damit er es lodern lassen konnte, hatte den Regen geschaffen, um sein Temperament abzukühlen. Und jedes Mal, wenn er in Ungnade fiel, hielt sie Wache, wartete auf seine Rückkehr. Wartete darauf, in seinem Namen Rache zu üben.

Das war der Kern der Geschichte, erkannte Damian, und so war Roz auch. Wenn es um Rache ging, wartete sie so lange wie nötig. Wenn es um ihn ging, stand sie fest an seiner Seite, so lange er das wollte. Sie war wunderschön und Furcht einflößend. Standhaft und unergründlich. Ihre Verbindung zu Patience hatte einen Sinn, egal, wie sehr sie sie ablehnte.

Er streckte die Finger, Gelenke knackten, Sehnen spannten sich. Die Finsternis sammelte sich und ihre Schwaden krochen wie Klauen an den Toren des Palazzos empor. Ein kreischendes, metallisches Geräusch ertönte, als die Angeln ausrissen.

Dann stürzten sie mit ohrenbetäubendem Krachen zu Boden.

Offiziere und Soldaten hatten sich auf dem Gelände des Palazzos verteilt. Warteten auf ihn. Damian sah, dass es Hunderte waren, und sie stürmten auf ihn zu. Einerlei. Mit einer knappen Handbewegung signalisierte er seinen Jüngern, sich zu verteilen. Als der vertraute Geruch ihrer Magie die Luft erfüllte, entfesselte Damian auch seine eigene Macht.

In der Vision, die er heraufbeschwor, hatte er bereits gewonnen. Denen, die sich noch im Palazzo aufhielten, schickte er Bilder von furchtbaren Flammen, die sie zwangen, ins Freie zu laufen, wo er sie lähmte. Hin und wieder entgingen ihm ein paar oder er verlor die Kontrolle über sie, doch sie feuerten ihre Waffen mit zitternden Händen ab, und Damian hatte sich selbst mit undurchdringlicher Dunkelheit umgeben. Außerdem dauerte es nie lange, bis er wieder die Herrschaft über ihren Geist erlangte. Er stolzierte den vertrauten Weg entlang, der zu den Eingangstüren des Palazzos führte, und betrachtete mit geneigtem Kopf das Gebäude.

Er konnte sich kaum an das *Davor* erinnern, doch vor seinem geistigen Auge sah er, wie das Blut seines Vaters den Marmorfußboden des Eingangsbereiches besudelte. Wie Magistrat

Forte zu Boden stürzte, nur noch ein feuchter Berg Fleisch war, dem Enzo entstieg, der für alle Welt aussah wie ein unerschütterlicher Gott.

Nun war Damian an der Reihe.

Und er war nicht nur ein Junge, der den Heiligen mimte.

Plötzlich hörte er schnelle Schritte hinter sich. Verärgert fuhr er herum, schöpfte aus dem unversiegbaren Quell seiner Magie.

Es waren Siena und Kiran. Sie liefen ihm eilig durch die Finsternis nach, wobei sie immer wieder reglosen Soldaten auswichen. Einer von ihnen erwachte dabei, doch noch bevor Damian es schaffte, wieder die Kontrolle über ihn zu erlangen, rammte Siena ihm den Griff ihrer Waffe gegen die Brust.

»*Was* geht hier vor?«, fragte Siena, als sie ihn erreichte. »Hier sind so viele. Fast, als hätten sie uns erwartet.«

»Das haben sie«, sagte Damian. Und dann fügte er erklärend hinzu: »Falco.«

Kiran riss die Augen auf. »Und sie haben trotzdem heute Abend die Zeremonie für Salvestro abgehalten?«

»Sie fand bereits heute Morgen statt. Jetzt verschwindet von hier. Wenn ihr bleibt, werdet ihr bloß in einer Illusion gefangen.«

Er wandte sich ab – für so etwas hatte er keine Zeit. Sein Geist war erfüllt vom Echo Tausender anderer. Er würde hier, an den Türen des Palazzos, warten, bis Falco eintraf. Er würde ihr zeigen, was er vollbracht hatte. Ihr zeigen, dass, egal, wie viele Soldaten sie zu Ombrazias Unterstützung herbeirief, sie gegen den Schutzheiligen von Chaos keine Chance hatten.

Dann würde er sie zwingen, sich zu ergeben. Er würde ihr seine Waffe an den Kopf halten und ihr genau erklären, was geschehen würde, wenn sie es nicht täte.

Es war schon erbärmlich, dass der Chaos des ersten Krieges

so umstandslos gefallen war. Für jemanden mit derartiger Macht war Krieg ein Kinderspiel.

»Damian!« Kirans Stimme hinter seinem Rücken klang höher als sonst und war von Sorge durchdrungen. »Bist du in Ordnung?«

Mit einem Seufzen wandte Damian sich wieder zu seinen Freunden um.

»Ich fühle mich gut«, antwortete er und ein Lächeln stahl sich auf seine Lippen, als ihm klar wurde, wie wahr diese Worte waren. »Sogar göttlich.«

30

ROZ

Während sich Roz durch die finsteren Straßen bewegte, war ihr erschreckend deutlich bewusst, dass alles viel schlimmer geworden war.

Staub vermischte sich mit dem Nebel, und die Finsternis, die wie obsidianfarbene Flammenzungen an den Gebäuden leckte, war noch dichter und tückischer geworden. Sie verschlang alles, ließ Gesteinsbrocken auf die Erde regnen. Der Wind hatte sich inzwischen zu einem regelrechten Sturm gesteigert und ließ die Welt um sie herum erzittern. In Roz' Ohren gellten die Echos von Panik und Zerstörung, die sie nicht sehen konnte. Zorn brodelte in ihrem Inneren. Das war das Gebiet der Unerwählten. Die hart erkämpfte Zuflucht der Menschen, die nichts falsch gemacht hatten, die kaum etwas anderes als Leid in dieser Stadt erfahren hatten. Ihr Ziel war es, den Krieg zu beenden und Falco zu töten, oder etwa nicht? Sie hatten sich bemüht, die Stadt dem Klammergriff derer zu entreißen, die den Status quo aufrechterhalten wollten. Menschen wie Salvestro, die nach Macht gierten und denen sie deswegen niemals zuteilwerden durfte.

Windböen peitschten durch Roz' Haare. Sie spuckte die Strähnen aus, die an ihren Lippen klebten. Sie musste Damian aufhalten. Denn er war nicht mehr Damian, nicht wahr? Er war Chaos. Er war Krieg und Unordnung.

Und Chaos zögerte nie, zurückzuschlagen.

Roz befand sich nun in Patience' Sektor, was bedeutete, dass sie es nicht mehr weit hatte. Sie rannte durch die vertrauten Straßen, bog am Tempel ab und kam gleich darauf schlitternd zum Stehen. Grauen schnürte ihr die Kehle zu und raubte ihr den Atem.

Die Ironie der Hoffnungen, die sie sich gemacht hatte, traf sie wie ein Schlag auf den Kopf. Eine Leiche lag, auf der Seite und zusammengekrümmt, mitten auf der Straße. Doch das war es nicht, was Roz so sehr mit Entsetzen erfüllte – sie hatte schon öfter Leichen gesehen. Was sie schockierte, war das große Stück Schmiedeeisen, das aus der Leiche des Mannes ragte. Er war aufgespießt worden, und das, was aus dem zerfetzten Fleisch an seinem Rücken austrat, war, wie Roz verspätet erkannte, die Spitze eines der dekorativen Türmchen des Tempels. Die gefräßige Finsternis musste es abgerissen haben, und als sie heruntergestürzt war, hatte sie ihn offenbar durchbohrt.

Sie näherte sich dem Leichnam. Nach der Grace-gefertigten Kleidung zu urteilen, schien es sich um einen Jünger zu handeln. Vorsichtig stupste sie mit dem Zeh seinen Arm an und versuchte derweil, nicht auf das viele Blut zu achten, das aus seinem Bauch sickerte. Er war noch nicht mal steif.

Roz schlug die Hände vors Gesicht und versuchte, die Zerstörung auszublenden, die Finsternis, die Angst, die die Luft verpestete. Das alles war Damians Werk, und diese Erkenntnis drehte ihr den Magen um – weitaus mehr als der Anblick des Toten vor ihr. Denn auch wenn sie es tatsächlich schaffen sollte, ihn aus seinem Wahn herauszuholen, würden die Erinnerungen an das, was er getan hatte, ihn vernichten.

Zwar glaubte Roz nicht an die Hölle, aber sie begann trotzdem wieder zu rennen, als wäre der Teufel persönlich hinter ihr her, wobei sie immer wieder den Trümmern der Stadt, die um sie herum zusammenbrach, ausweichen musste.

»*Roz!*«

Ihr Name ließ sie abrupt stehen bleiben. Ihr Herz hämmerte gegen ihre Rippen, als sie mit zusammengekniffenen Augen in den Nebel spähte. Es dauerte nicht lange, bis sie Devs vertraute Silhouette entdeckte. Nasim und Zain waren direkt hinter ihm.

»Was tut *ihr* denn hier?«, sagte sie und vor Schrecken wurden ihr die Knie weich. »Warum seid ihr nicht auf dem Schiff?«

»Wir haben natürlich nach euch gesucht«, schnaubte Dev. »Ihr wart nicht an der Basilica.«

Nasim verschränkte die Arme. »Sobald Calder fort war, haben wir uns ein Ruderboot genommen. Hast du tatsächlich geglaubt, wir würden einfach nur herumsitzen und darauf warten, dass ihr zurückkommt?«

»Ihr hattet das von Anfang an geplant«, sagte Roz vorwurfsvoll. »Ich hätte es wissen müssen. Ihr habt euch viel zu bereitwillig darauf eingelassen, zurückzubleiben.«

Doch gleichzeitig steigerte der Anblick ihrer Freunde ihre Entschlossenheit. Sie war nicht allein. Nicht mehr. Sie musterte sie, prägte sich ihre Gesichtszüge ganz genau ein, obwohl sie in ihrem Gedächtnis ohnehin schon beträchtlichen Raum einnahmen. Devs Augen leuchteten, sein Mund dagegen war ernst. Nasims Gesichtsausdruck war unerschütterlich gelassen, und sogar Zain sah sie herausfordernd an, als wolle er sehen, ob sie es wagte, sie wegzuschicken.

»Was zur Hölle ist hier los?«, fragte Dev mit Blick auf das Durcheinander um sie herum. »Wo ist Damian?«

Roz signalisierte ihnen, ihr zu folgen. Nasim gesellte sich an ihre Seite. Da sie nicht recht wusste, wie sie ihnen alles erklären sollte, ohne wie eine Verrückte zu klingen, machte sie es kurz.

»Damian ist die nächste Reinkarnation von Chaos.«

Nasim riss die Augen immer weiter auf, bis sie den Großteil ihres Gesichts einzunehmen schienen. »Er ist *was*?«

Dev gab einen erstickten Laut von sich. »Du machst Witze. Wie ist das möglich?«

»Ich erkläre es euch später«, sagte Roz. »Aber der Punkt ist, dass ich vielleicht eine Möglichkeit gefunden habe, ihn zu stoppen. Wenn ich es nicht tue, wird er die ganze Stadt zerstören. Chaos verlangt es immer nach Krieg, nicht wahr? Nun, und genauso geht es auch Damian, zumindest im Moment.« Sie berichtete ihnen rasch von Falco und erklärte ihnen, wieso sie von ihrem Eintreffen gewusst hatte. »Ich glaube, er ist zum Palazzo gegangen, um das Chthonium zu holen, das er neben dem Grab seines Vaters verscharrt hat, und anschließend an der Seite der anderen Jünger von Chaos zu kämpfen.«

»Weiß Falco …?« Nasim verstummte, doch Roz verstand auch so, was sie fragen wollte.

»Falco weiß, was Damian ist. Genau wie ihre Offiziere, möchte ich wetten. Wenn sie ihn zu Gesicht bekommen, werden sie ihn sofort erschießen.« Die Generalin hatte deutlich gemacht, dass sie nicht beabsichtigte, zu versuchen, mit dem neusten Schutzheiligen von Chaos zu diskutieren. Sie würde ihn nicht mal verhaften, um ihn vor Gericht zu stellen. Die einzige narrensichere Methode, um Damian aufzuhalten, war ein schneller Tod.

»*Wie* kann er der nächste Chaos-Heilige sein?«, fragte Nasim fassungslos. »Ich dachte, Battista Venturi wäre ein Jünger von Strength gewesen.«

»Seine Mutter«, antwortete Roz. »Anscheinend hat niemand gewusst, dass sie von Chaos abstammte. Ich habe es auch erst heute Nacht herausgefunden, als meine eigene Mutter es mir gesagt hat. Ich dachte, ich könnte alles wieder in Ordnung bringen, indem ich Enzos Ritual rückgängig mache, aber das war nicht der Grund dafür, dass Damian Chaos wurde. Es hat den Prozess nur beschleunigt.«

Dev nickte langsam. »Okay, aber muss nicht trotzdem alles wieder rückgängig gemacht werden? Ich meine, im Moment ist Chaos' Macht größer als die aller anderen Heiligen. Wenn wir sie wieder verringern können, wird Damian vielleicht wenigstens nicht mehr so viel Schaden anrichten.«

»Du hast uns auf dem Schiff erklärt, dass das dargeboten werden muss, was gegeben wurde«, ergänzte Nasim. »Und das ist ... was? Das Gift, Chthonium und sieben Opfer?«

Roz war so fokussiert auf Damian gewesen, dass sie kaum über die weiteren Auswirkungen von Enzos Ritual nachgedacht hatte. »Ich wage zu bezweifeln, dass einer von uns sieben weitere Menschen töten möchte.«

Sie befanden sich nun in Strengths Sektor, und überall sah man kunstvolle Steinmetzarbeiten und unfassbar realistische Statuen. Zain, der bisher geschwiegen hatte, sagte in dem gleichgültigen Tonfall von jemandem, der den Tod gewohnt ist: »Wie wäre es, wenn wir abwarten, ob es irgendwelche Todesopfer gibt, und die dann einfach verwenden?«

Das war ein ziemlich gruseliger Vorschlag, aber Roz zog ihn dennoch in Betracht. Wenn sie Damian und die anderen Jünger schwächen *könnten*, würden sie so vielleicht einfacher an ihn herankommen.

»Das wären dann allerdings keine *Opfer*«, gab Nasim zu bedenken. »Sondern nur Menschen, die eben zufällig tot sind.«

»Aber sie hätten ihr Leben im Kampf geopfert«, entgegnete ihr Bruder.

»Aber nicht für Chaos.«

»Wollen wir einfach hoffen, dass das alles nicht nötig sein wird«, ging Roz dazwischen. »Hört mir zu – Enzo hat keine *Leichen* in den Schrein gebracht. Sondern nur ihre Augen. Was, wenn nur eine Art ... *fleischliches* Opfer nötig wäre? Was, wenn die Menschen dafür gar nicht tot sein müssen?«

»Wozu bräuchten wir dann überhaupt noch das Gift?«, fragte Dev. Er sah ein wenig blass um die Nase aus. »Das Vellenium war kein Teil der Opfergabe. Enzo hat es lediglich verwendet, um seine Opfer zu töten.«

»Aber genau deshalb ist es so wichtig.« Roz musste wieder an die Leiche des Jungen denken, den sie auf dem Tisch in der Leichenhalle der Basilica gesehen hatte – des Jungen, den sie zufällig entdeckt hatte, kurz bevor Damian sie hatte verhaften wollen –, und an seine tintenfleckschwarzen Blutgefäße. »Die Pflanze wird buchstäblich als *Blut von Chaos* bezeichnet, und früher haben Jünger sie als eine Form von Selbstopferung vorsätzlich zu sich genommen.« Sie konnte sich noch daran erinnern, wie die Leichenbeschauerin Isla ihr diese Worte vorgelesen hatte, als wäre es gestern gewesen. »In den Geschichten erkennt Chaos daran, dass ein Opfer für ihn bestimmt ist. Das war ein entscheidender Teil von Enzos Plan.«

»Was dann also?«, fragte Nasim. »Wir mischen das Gift mit Blut, schütten noch ein bisschen Chthonium dazu und hoffen das Beste?«

Zain ging schneller, um mit seiner Schwester und Roz gleichauf zu sein. »Seid mir nicht böse, aber ich habe das Gefühl, dass ihr etwas überseht.« Er redete schnell und hielt den Blick starr geradeaus gerichtet. »Inwiefern würde es helfen, Damian zu schwächen? Bestenfalls würdet ihr dadurch dafür sorgen, dass Ombrazia gewinnt.«

»Ich habe einen Plan«, sagte Roz und versuchte, den Kloß in ihrer Kehle hinunterzuschlucken. »Aber ihr werdet mir vertrauen müssen.«

Zain war der Letzte, der nickte, doch er tat es.

Als sie sich dem Palazzo näherten, schmeckte alles nach Magie. Roch danach. Das Irritierende war jedoch, dass Roz sie nicht sehen konnte.

Oder vielleicht war das Problem auch, dass sie zu viel auf einmal sah. Die Szenerie vor ihr veränderte sich permanent, sodass sie das Gefühl hatte, durch einen Fiebertraum zu taumeln. Die Bilder stürmten zu schnell auf sie ein, um irgendetwas deutlich erkennen zu können. Roz drehte sich der Kopf. Der Palazzo stürzte ein – nein, er stand in Flammen – nein, er war ganz verschwunden – und sie stand an einer kahlen Klippe am Meer. Schreie ertönten, ärgerliche, schmerzerfüllte, zornige Schreie, und dann hörte man wieder überhaupt nichts mehr. In der Ferne huschten Gestalten durch den Nebel. Dann erstarrten sie. Ihr Herz setzte einen Schlag aus, als plötzlich ein Jünger vor ihr auftauchte, in dem Augenblick, in dem sie blinzelte, jedoch schon wieder verschwunden war, zu schnell, um ihn identifizieren zu können. Dann war *alles* verschwunden, und die Szenerie vor ihr sah genauso aus, wie sie sie immer in ihren Erinnerungen sah. Der Himmel war malerisch blau und der Palazzo erhob sich vor ihm als grauer Schemen. Sie hasste seinen Anblick, und dennoch war sie trotz des nagenden Gefühls, dass sie eigentlich irgendwo anders sein sollte, vollkommen ruhig.

Gerade als sie näher darüber nachzudenken begann, war sie wieder zurück, umgeben von dem erdrückenden Nebel.

»Das ist Chaos' Magie«, sagte sie mit zusammengebissenen Zähnen, als sie Nasim scharf nach Luft schnappen hörte. Das hier war anders als jeder Kampf, den sie bisher ausgefochten hatte. Hier wurde mit Magie gekämpft, mit viel zu vielen sich überlappenden Schichten von Magie. Plötzlich begriff sie, weshalb der Erste Krieg der Heiligen so viele Opfer gefordert hatte. Die Jünger von Chaos spannten ihre Magie wie ein großes Netz, manipulierten so viele, wie sie konnten, doch die Wahrheit lautete, dass sie zahlenmäßig unterlegen waren. Falls das Blutvergießen noch nicht begonnen hatte, würde sich das schon bald ändern, und keine noch so große Zahl von Illusionen könnte es verhindern.

»Was *geschieht* hier?«, fragte Nasim und blickte hektisch um sich. »Habt ihr das alle auch gerade gesehen?«

Dev nickte. »Sie versuchen, die ombrazianischen Soldaten lange genug zu überwältigen, um sich zu holen, wofür sie gekommen sind.«

»Und was genau ist das?«, wollte Zain wissen. »Was könnten sie denn so sehr wollen?«

»Den Sieg«, antwortete Roz. Sie blinzelte die letzten Überreste falschen Sonnenlichts fort. »Sie wollen eine Kapitulation erzwingen. Wer weiß, was sie Falcos Armee zeigen. Vielleicht versuchen sie, sie davon zu überzeugen, dass sie bereits verloren haben.« Es ließ sich unmöglich erraten, und sie hatten auch keine Zeit, es herauszufinden. »Kommt. Battistas Grab liegt auf der anderen Seite des Geländes. Wir müssen nachsehen, ob Damian schon dort gewesen ist.«

Auf dem Weg dorthin stießen sie auf mindestens ein Dutzend Soldaten, die alle vollkommen starr dastanden wie realistische Gartenskulpturen. Als Roz sie schließlich auf den Friedhof führte, wurde ihr Anblick noch unheimlicher – als wären sie Statuen, geschaffen nach dem Abbild der längst Verstorbenen. Sie fragte sich, wie lange sie wohl gefangen bleiben würden.

»Wir müssen uns beeilen«, flüsterte sie, obwohl sie außer ihren Freunden niemand hören konnte. »Nasim, du bleibst bei mir. Dev und Zain, könnt ihr die Umgebung im Auge behalten?«

Die beiden jungen Männer folgten ihrer Bitte, und Nasim lief mit Roz zu der großen marmornen Grabplatte im hinteren

Teil des Friedhofs, die bei besseren Lichtverhältnissen bestimmt geglänzt hätte. Roz spürte den kalten Wind im Rücken und erschauerte. Ihr Blick verharrte auf Battista Venturis Namen. Sie musste daran denken, wie sie in der Gruft unter dem Palazzo neben seinem Leichnam gekniet und ihm gesagt hatte, dass sein Sohn schon immer zu gut für ihn gewesen war.

Dann ging sie auf die Knie und ihr Magen zog sich vor Schreck zusammen. Damian war ganz offensichtlich schon hier gewesen. Weil Battistas Begräbnis noch nicht lange zurücklag, wuchs vor dem Sockel seines Grabsteins noch kein Gras, doch die kalte, leicht feuchte Erde war eindeutig durchwühlt worden.

»Es ist weg«, sagte sie zu Nasim und schaffte es nicht, ihre Panik zu verhehlen. »Er hat das Chthonium schon mitgenommen.«

Sie erwartete, dass Nasim ärgerlich fluchen würde, doch sie antwortete nicht. Stattdessen packte sie Roz' Arm und deutete erschrocken in den Nebel hinein. »Sieh nur.«

Zwei Gestalten bewegten sich. Schnell. Sie rannten zwischen den Grabsteinen hindurch. Roz' Puls schnellte in die Höhe. Sie sprang auf und griff nach ihrer Waffe. Doch als das Duo sich ihnen weiter näherte, erkannte sie, wer die beiden waren.

»Ihr Heiligen«, fuhr sie Siena und Kiran an, die beide atemlos keuchten. »Ihr habt uns zu Tode erschreckt.«

»Was gibt es für ein Problem?«, fragte Nasim die beiden. Roz fiel auf, wie bleich die beiden ehemaligen Offiziere aussahen.

»Damian ist das Problem«, antwortete Siena mit gesenkter Stimme und blickte immer wieder über ihre Schulter. »Er war gerade hier und hat in Battistas Grab gewühlt. Es hatte keinen Sinn zu versuchen, ihn aufzuhalten. Wir hatten eigentlich nach dir gesucht, als wir auf Dev stießen, von dem wir erfuhren, weshalb du hierhergekommen bist. Roz – Damian hat das Chthonium ausgegraben, weil er sich für Chaos hält.«

Roz beruhigte sich ein wenig. Wenigstens war das etwas, was sie ohnehin schon herausgefunden hatten.

»Ihr habt es gewusst?«, fragte Kiran.

»Ja.« Sie berichtete, was geschehen war und wie sie beabsichtigte, es rückgängig zu machen. Nachdem sie geendet hatte, trat kurz Stille ein.

Schließlich fragte Siena: »Was können wir tun?«

»Ihr könnt uns sagen, wo Damian ist und wie wir am besten zu ihm kommen.«

Bevor Siena jedoch antworten konnte, keuchte Nasim auf. Alle drei drehten sich um.

Es war Dev, dessen Silhouette Gestalt annahm, als er auf sie zu gerannt kam. Er atmete schwer und seine Augen waren von panischer Angst erfüllt. Obwohl er nicht weit gelaufen sein konnte, krümmte er sich, als er sie erreichte, atemlos vornüber. Sein blondes Haar war völlig zerzaust.

Sofort läuteten bei Roz alle Alarmglocken. »Was ist los?«

Nasim war bereits an Devs Seite und griff nach seinen Oberarmen, um ihn zu stützen. »Geht es dir gut? Wo ist Zain?«

»In bin in Ordnung«, schnaubte Dev. »Und Zain auch, soweit ich weiß. Er ist in die andere Richtung gelaufen. Aber – *Salvestro* –« Er keuchte, doch er brauchte den Satz gar nicht zu beenden, denn der Nebel teilte sich bereits.

Der Magistrat stand direkt hinter ihm.

31

ROZ

Roz wurde flau im Magen und das weiche Gras schien unter ihren Füßen nachzugeben. Zuerst Falco und nun Salvestro. Sie wurden auf Schritt und Tritt in die Enge getrieben.

Der neue Magistrat hatte etwa ein Dutzend Begleiter bei sich – eine Mischung aus Offizieren und Jüngern, wie es schien. Roz konnte sie nicht alle sehen, doch den Mann gleich rechts von Salvestro kannte sie. Es war Russo, dessen Miene ernst, ja fast verunsichert wirkte – ein krasser Gegensatz zum letzten Mal, als sie ihn gesehen hatte.

So konnte es nicht enden. Roz musste zu Damian. Sie war vielleicht nicht in der Lage, Ombrazia in Ordnung zu bringen, aber sie hatte gehofft, zumindest ihn retten zu können. Stattdessen hatte sie sich selbst und ihre Freunde in größte Gefahr gebracht. Denn es gab keinen Ausweg, nicht wahr? Sie würden Salvestro unterliegen, ganz egal, wie viel Wut und Entschlossenheit Roz in sich trug. Auf diese beiden Emotionen hatte sie sich immer verlassen, sich von ihnen tragen lassen. Doch heute Nacht schien es, als würden sie sie nicht weit bringen.

»Nicht schießen«, befahl Salvestro laut, als einige der Offiziere vortraten. »Der General will sie lebend, damit sie sich für ihre Verbrechen verantworten.«

Das konnte sie haben. Roz würde sich lebendig verhaften lassen, und sei es auch nur, um General Falco ins Gesicht spucken zu können, bevor sie unvermeidlich den Tod finden würde.

Entsetzt erkannte sie plötzlich, dass unter den Offizieren auch Noemi war. Die Strenge, die die Offizierin stets zur Schau trug, verschwand plötzlich, als sie den Blick auf etwas hinter Roz' linker Schulter richtete. Roz wunderte sich, was Noemi derart aus dem Konzept gebracht haben könnte, und riskierte ebenfalls einen kurzen Blick.

Siena stand wie versteinert da, und in ihrem Gesicht zeichnete sich Entsetzen ab, als sie die Frau wiedererkannte, für die sie einst so viel empfunden hatte. Kiran blickte ebenfalls betroffen drein.

Roz musste sie hier herausholen. Irgendwie musste es ihr gelingen.

»Sie verstehen nicht«, sagte sie zu Salvestro und hob die Hände. Das war das erste und das letzte Mal, dass sie Salvestro um Gnade bitten würde. »Ich habe eine Idee. Ich kenne eine Möglichkeit, Damian – Chaos – davon abzuhalten, alles zu vernichten. Ich weiß, dass wir Ihnen gleichgültig sind, aber denken Sie an den Rest der Stadt. Damian will Krieg. Er wird keine Ruhe geben, bis er entweder siegt oder stirbt.«

»Dann wird er sterben«, erwiderte Salvestro mit falscher Freundlichkeit. »Und Sie ebenfalls, früher oder später. Dachten Sie wirklich, Sie würden davonkommen? Dass Sie *mich* angreifen« – sein Gesicht lief rot an – »und anschließend einfach fliehen und sich dem Feind anschließen könnten? Ginge es nach mir, würde ich Sie hier und jetzt exekutieren lassen.«

Roz war versucht, ihn damit aufzuziehen, dass er sich wie Falcos Untergebener benahm, doch sie wollte seine Selbstbeherrschung lieber nicht auf die Probe stellen. Eine Kugel im Kopf war das Letzte, was sie gebrauchen konnte. Aber sie musste es *unbedingt* schaffen, dass er die Tragweite ihrer Worte begriff, ungeachtet dessen, wie sehr er sie verachtete.

»Roz sagt die Wahrheit«, beharrte Nasim. Seitdem Salvestro das Wort ergriffen hatte, hatte sie, obwohl sich einige Haarsträhnen aus ihrem Zopf gelöst hatten, keinen Muskel gerührt. »Wenn Sie wirklich beweisen wollen, dass Sie im Namen der Heiligen sprechen, dann werden Sie uns helfen, Ihnen zu helfen.«

Salvestros Lächeln war vernichtend und ganz und gar nicht freundlich. »Halten Sie mich eigentlich für einen Dummkopf? Ich weiß, dass Sie Damian Venturi nahestehen. Ich habe schon immer geahnt, dass er etwas Böses an sich hat. Ich habe gesehen, wie er im Palazzo umherstolziert ist, als gehöre er ihm, wie er auf den Schultern seines Vaters bis ganz nach oben aufgestiegen ist. Wer weiß, ob nicht er es gewesen ist, der diesen Chaos-Jünger in unsere Mitte geholt hat? Vielleicht hat er Enzo sogar dazu angestiftet, Battista zu ermorden, in der Hoffnung, seinen Platz einnehmen zu können.«

Diese Mutmaßungen waren derart absurd, dass Roz sich ein ungläubiges Schnauben nicht verkneifen konnte. Kiran gab neben ihr einen ähnlichen Laut von sich.

»Sie mögen vielleicht kein Dummkopf sein«, sagte Roz zu Salvestro, »aber Sie haben eindeutig den Verstand verloren. Damian hatte nichts mit Enzos Verbrechen zu tun. Er hat ihn *getötet*.«

»Ja, ja, weil der Junge versucht hat, Sie beide umzubringen.« Salvestro winkte ab und wirkte beinahe gelangweilt. »Ich denke, wir alle haben diese Geschichte in der einen oder anderen Form gehört. Ich finde es allerdings interessant, dass es niemanden gibt, der Ihre Version der Geschichte bestätigen könnte.«

»Welchen Grund könnte Roz denn haben, zu lügen?«, konterte Nasim. »Ich war die meiste Zeit dabei. Enzo war nicht mehr bei Verstand. Er war ganz anders als Damian. Niemand käme jemals auf die Idee, dass die beiden gemeinsame Sache gemacht haben könnten.«

»Nicht?«

Es war eine rein rhetorische Frage, und Roz verfolgte schweigend, wie Salvestro mit dem Stiefel eine unsichtbare Linie ins Gras zog. Seine Offiziere verharrten reglos, noch immer mit gezogenen Waffen. Roz spürte ihre Blicke auf sich lasten, als sie auf ihre Reaktion warteten.

Das hieß alle bis auf Noemi. Sie blickte zu Boden, als könne sie es nicht ertragen, in Sienas Richtung zu schauen. Siena tat Roz furchtbar leid, und Noemi hätte sie am liebsten eins über den Kopf gegeben. Dass diese Frau selbst jetzt noch an Salvestros Seite stand, war Wahnsinn.

»Wem, meinen Sie, würden die Leute Glauben schenken?«, fuhr Salvestro fort. »Einer Gruppe Krimineller, die wild entschlossen ist, Ombrazia zu vernichten, oder ihrem Magistrat? Glauben Sie, sie würden sich von einem Jünger von Chaos irgendetwas sagen lassen?«

»Heiliger«, verbesserte Roz zähneknirschend.

»Wie bitte?«

»Damian. Er ist kein Jünger. Er ist ein Heiliger.«

Salvestro bleckte die Zähne. Der Abscheu stand ihm deutlich ins Gesicht geschrieben, hing zwischen ihnen in der Luft.

»Chaos ist kein Heiliger mehr. Er ist nichts weiter als eine beschmutzte Erinnerung.«

Bevor Roz etwas erwidern konnte, sagte Siena in beißendem Tonfall: »Wenn das so ist, finde ich es interessant, dass kein Jünger dieser Stadt auch nur davon träumen könnte, jemals so große Macht zu besitzen wie er.«

»Seine Macht ist verflucht«, erwiderte Salvestro pfeilschnell. »Ich schätze, dass die Leute bereitwillig glauben werden, dass

Damian Venturi von Anfang an mit den Chaos-Jüngern gemeinsame Sache gemacht hat. Dass er Enzo in unsere Mitte geholt hat, ihn benutzt hat, um Battista und Forte loszuwerden, und ihn am Ende getötet hat, um den Helden zu spielen. Denn wie loyal könnte ein Jünger von Chaos schon sein? Man darf ihnen nicht über den Weg trauen. Selbst Chaos' Geliebte hat sich am Ende gegen ihn gestellt.«

Aber das stimmte doch nicht, oder? Patience hatte sich nicht gegen Chaos gestellt. Nicht wirklich. Sie hatte zum Wohle der Welt für seinen Fall gesorgt und anschließend alles für ihn aufgegeben, damit er ein neues Leben bekommen konnte.

»Stellen Sie sich nur vor, wie erfreut alle sein werden, wenn sie erfahren, dass ich derjenige war, der ihn zu Fall gebracht hat«, redete Salvestro weiter. »Ein wirklich hervorragender Auftakt für meine lange Regierungszeit als Magistrat, finden Sie nicht auch? Selbst Falco wird beeindruckt sein. Nach den bescheidenen Leistungen, die unsere ehemalige Führungsriege abgeliefert hat, dürfte ziemlich offensichtlich sein, dass ich die richtige Wahl gewesen bin.«

Der Wind wurde wieder stärker, wühlte den Nebel auf, dass er zu erzittern schien. Roz kämpfte gegen den kalten Schauer an, der sich ihren Rücken hinaufstahl. »Da haben Sie bestimmt recht. Sie werden sich als hervorragende Führungspersönlichkeit erweisen.« Sie schützte Betroffenheit vor. »Allerdings muss ich zugeben, dass ich mir nicht recht vorstellen kann, wie Sie es bewerkstelligen wollen, nahe genug an Damian heranzukommen, um ihn zu töten.«

»Oh, Signora, ich muss nicht nahe an ihn herankommen.« Als Roz Salvestros Grinsen sah, hatte sie das Gefühl, ihre Knochen wären in Eiswasser getaucht worden. »Ich muss nur nahe genug an *Sie* herankommen.«

Ihr Mund war plötzlich wie ausgetrocknet. Deswegen hatte

Salvestro sie überhaupt erst aufgespürt – nicht, um sie mit vorgehaltener Waffe festzuhalten, sie mit seinem Gerede über Damian zu provozieren und sie zu zwingen, sich die Vorzüge seines Plans anzuhören, sondern weil er ganz genau wusste, dass er nicht in der Lage wäre, einen Heiligen des Chaos zu bezwingen. Stattdessen hatte er beschlossen, sie als Druckmittel zu benutzen.

»Damian wird meinetwegen nicht aufhören«, sagte Roz lapidar. »Er ist nicht er selbst. Sie verschwenden nur Ihre Zeit.«

Das Schlimme war, dass sie nicht wusste, ob das stimmte oder nicht. Sie wechselte einen Blick mit Dev. Er hatte die Veränderungen miterlebt, die Damian auf ihrer Reise durchlaufen hatte. Wusste, dass jede Version von Damian, ungeachtet dessen, wie entfremdet sie wirkte, Roz genauso leidenschaftlich liebte, wie er es schon immer getan hatte.

»Das werden wir ja sehen«, meinte Salvestro. Dann sagte er an die Offiziere gewandt: »Verhaften Sie sie.«

Nun, da sie wusste, dass Salvestro sie lebend brauchte, gedachte Roz nicht, sich sang- und klanglos zu ergeben. Sie machte einen Satz in Richtung ihrer abgelegten Pistole, obwohl sie wusste, dass sie sie nicht rechtzeitig erreichen könnte. Doch sie wollte die Offiziere ablenken. Es funktionierte. Im Bruchteil einer Sekunde stürzten sie sich auf sie und rissen sie von der Waffe weg, die Russo sofort an sich nahm. Sie hoffte, dass es ihren Freunden Gelegenheit geben würde, wegzulaufen – dann wäre der dichte Nebel zumindest für etwas gut –, doch Salvestro hatte zu viele Offiziere bei sich. Schmerz schoss durch Roz' Arme, die ihr hinter den Rücken gedrückt wurden. Sie wehrte sich gegen ihre Gefangennahme, wand sich erbittert und stieß dabei die ganze Zeit wilde Flüche aus. Einer ihrer Tritte traf den Mann, der sie festhielt, am Schienbein, woraufhin er verärgert schnaubte und ihr einen Schlag auf den Kopf versetzte.

Er fing sofort an, schmerzhaft zu pochen, und Roz überlegte kurz, wie viel sie wohl noch einstecken könnte, bevor sie zu benommen wäre, um noch etwas ausrichten zu können.

»Schlagen Sie sie von mir aus zum Krüppel, wenn es nötig sein sollte!«, schnauzte Salvestro. »Wir brauchen sie nur lebend, aber nicht unbedingt unverletzt.«

Auf Roz' anderer Seite blitzten die Perlen in Sienas Haar auf, als sie herumwirbelte und begann, auf zwei Offiziere, die Roz nicht kannte, einzuschlagen, um sich der Verhaftung zu entziehen. Sie kämpfte mit brutaler Effizienz, blockte Schläge ab und wich knapp einem Gewehrkolben aus, der auf ihren Kopf zuschnellte. Noemi verfolgte das Schauspiel mit kaum verhohlener Verzweiflung, während sie Nasim festhielt, die sie in Gewahrsam genommen hatte.

Plötzlich fiel ein Schuss, der alle erstarren ließ. Panik schoss durch Roz' Adern. Hektisch blickte sie sich nach ihren Gefährten um, stellte jedoch zu ihrer Erleichterung fest, dass sie unverletzt waren, sich allerdings ebenso verwirrt umschauten wie sie selbst.

»Wer zur Hölle war das?«, blaffte Salvestro, doch keiner der Offiziere sagte ein Wort. Der Schuss hallte noch immer in Roz' Ohren. Das Knallen war aus unmittelbarer Nähe gekommen.

Der Nebel hob sich ein wenig und Roz erkannte, dass sie sich in der Nähe des Steilhangs am Rande des Friedhofs befanden. Dort, wo die Docks lagen, flachte das Gelände des Palazzos ab, aber diese Seite des Friedhofs war hoch über dem Wasser angelegt worden, begrenzt von einer Klippe, die steil gegen das felsige Meer abfiel. Sie waren dem Abgrund nicht so nah, dass Roz befürchtete, hinunterzufallen. Sie war aus einem anderen Grund auf ihn aufmerksam geworden: Zain stand an seiner Kante, mit einer Waffe in der Hand, und sah sie unschlüssig an. Er feuerte kein zweites Mal.

Die Offiziere hatten Zain offenbar ebenfalls bemerkt. Sie wandten sich nach Salvestro um und warteten auf Befehle. Nasim hörte auf, sich zu wehren. Sie schnappte schnell atmend nach Luft, den Blick fest auf ihren Bruder geheftet. Roz konnte ihr praktisch ansehen, wie es in ihrem Kopf ratterte und sie nach einer Lösung für die Situation suchte, in der Zain kein Leid widerfuhr.

Dev, der Zain am nächsten stand, erstarrte ebenfalls. Sein Blick jedoch lag auf Nasim.

Zains Blick zuckte hin und her. Er hatte offensichtlich ihre Schreie gehört und war ihnen zu Hilfe geeilt. Roz konnte nicht beurteilen, ob sein Schuss danebengegangen war oder ob er nur zur Ablenkung gedient hatte. Zain schien in diesem Augenblick zu begreifen, dass er gegen das Dutzend Offiziere keine Chance hatte. Er konnte nirgendwo hin fliehen. Wenn er nach rechts oder links rannte, würden sie ihn packen. Falls er versuchen würde, von der Klippe ins Meer zu springen, würde er den Sturz auf die Felsen kaum überleben.

»Eine ombrazianische Armeeuniform«, sagte Salvestro bedrohlich langsam. »Und doch wagst du es, auf mich zu schießen?«

Roz merkte, dass Salvestros linkes Ohr blutete, als der Jünger von Death die Hand hob, um die dunkle Flüssigkeit wegzuwischen. Dann hatte Zain also auf ihn gezielt. Und fast hätte er Erfolg gehabt.

Roz' Freude über Salvestros Verletzung wurde von dem gräulichen Farbton getrübt, den Nasims Gesicht angenommen hatte. Siena wandte den Blick ab und Dev zog den Kopf ein. Sie wussten alle, was jetzt kommen würde.

»Noch ein Verräter«, sagte Salvestro. »Nicht nur das, sondern auch noch ein Möchtegern-Mörder. Darf ich dir einen Rat geben, mein Junge?« Er legte den Kopf zur Seite und fixierte Zain mit einem boshaften Lächeln. »Beim nächsten Mal solltest du nicht danebenschießen.«

Mit diesen Worten gestikulierte er Russo, der seine Waffe hob. Zwei weitere Offiziere taten es ihm nach.

Zain senkte seine Pistole, blieb davon abgesehen jedoch vollkommen reglos stehen. Begreifen zeichnete sich in seinem Gesicht ab, eine Sekunde später gefolgt von unbewegter Hinnahme. Er wusste, was es bedeutete, ein Verräter zu sein. Wusste, was es bedeutete, ein Unerwählter, ein Niemand zu sein. Er würde nicht so enden, wie es Roz bestimmt war – vor eine Frau gezerrt werden, die gleichzeitig die Rolle des Richters und der Geschworenen einnehmen würde. Dieser Junge würde sterben, wie ihr Vater gestorben war: sofort und ohne weitere Fragen.

»*Nein!*« Das Wort riss sich aus Nasims Brust los, ein abgehackter, kaum hörbarer Laut. Es schien einen Moment zu lange in der Luft zu hängen und die Panik, die in ihm lag, raubte Roz schier den Atem.

Plötzlich wurde sie von dem schrecklichen Gefühl gepackt, die Kontrolle zu verlieren, und von dem verzweifelten Verlangen, *irgendetwas* zu unternehmen. Nasims Haar zischte wie eine dunkle Peitsche durch die Luft, als sie versuchte, sich von dem Offizier loszureißen, der ihre Arme festhielt. Dev versuchte ebenfalls, sich zu befreien, und Roz fragte sich, ob er das womöglich tat, um zu Nasim zu kommen. Ob er sie aufhalten würde, falls es den Offizieren nicht gelingen sollte.

»Rühren Sie ihn nicht an«, schrie Roz, doch ihre Worte waren nicht für Salvestro, sondern für Russo bestimmt. »Das ist ihr *Bruder*. Sie wissen, wie es ist, einen Bruder zu verlieren.« Vor Verzweiflung klang ihre Stimme rau. »Möchten Sie wirklich der Grund dafür sein, dass ein anderer so sehr leiden muss, wie Sie es getan haben?«

Russo verzog finster das Gesicht, doch die Pistole in seiner Hand zitterte. Obwohl Roz Michele nie begegnet war, konnte sie sich in diesem Moment vorstellen, wie dieser Junge, der Damian so viel bedeutet hatte, ausgesehen haben mochte. In Russos Gesichtszügen lag etwas Weiches, in seinen Augen, auch wenn er es zu verbergen suchte, eine gewisse Furchtsamkeit, wodurch er jünger wirkte. Doch als Roz genauer hinsah, entdeckte sie bei Alexi Russo noch etwas anderes. Der Mann vor ihr trug eine Maske, die ihr nur allzu vertraut war. Es war die gleiche, die sie nach dem Tod ihres Vaters Tag für Tag aufgesetzt hatte, um zu verbergen, dass die Trauer sie innerlich auffraß.

Alexi Russo war wütend. Er gab Damian die Schuld für seinen Kummer, ebenso wie Roz es einst getan hatte. Genau wie sie hatte er sich von seinem Zorn überwältigen lassen, hatte ihn zu seinem hervorstechendsten Charaktermerkmal werden lassen. Oberflächlich betrachtet schien er ein einfacher Mensch zu sein, grimmig und unsympathisch, doch so war er nicht wirklich. Das war Roz klar.

Sie sah einen Mann, der seine Belastungsgrenze erreicht hatte. Einen Mann, der genau das bekommen hatte, was er gewollt hatte, und nun erkannte, dass es niemals genügen würde, um die Teile von ihm, die zerbrochen waren, wieder in Ordnung zu bringen.

Roz sah sich selbst.

Undeutlich nahm sie wahr, dass Nasim den Namen ihres Bruders schrie. Dass Salvestro mit einem ungehaltenen Grollen vorschnellte und Russo die Waffe aus der Hand riss. Dass irgendwo in der Nähe ein Nebelhorn ertönte, ein melancholischer Laut, der Klang wie das Gebrüll eines verletzten Ungetüms. Dass Salvestro die Pistole anlegte.

Und sie nahm, viel zu spät, wahr, dass Dev sich in Bewegung setzte.

Wie er es geschafft hatte, sich von den Offizieren, die ihn festgehalten hatten, loszureißen, würde Roz nie erfahren. Seine aquamarinfarbenen Augen leuchteten, als sie sich auf Nasim richteten. Dann wurde sein Blick hart. Roz drehte sich gerade noch rechtzeitig um, um zu sehen, wie er auf Zain zustürzte. Seine Verzweiflung war voller Anmut. Seine Bewegungen waren schnell und sicher. Auf seiner Miene zeichnete sich die Entschlossenheit ab, die nur jene kannten, die genau wussten, wie es war, geliebt und verloren zu haben.

Roz war sich nicht sicher, ob sich die Zeit tatsächlich verlangsamt hatte oder ob sie zwischen zwei Sekunden stecken geblieben war. Es schien, als würde sich niemand sonst bewegen, als wäre ihre Gruppe zu einer Art seltsamem, lebendigem Gemälde erstarrt. Es gab nur Dev. Nur das Leuchtfeuer seines Haars, als er auf den Abgrund zuhechtete und Zain an die Brust zog. Er neigte den Kopf und schmiegte ihn in die Halsbeuge des Jungen.

Roz brauchte einen Atemzug lang, um zu begreifen, was geschah.

Er hatte aus sich einen Schild gemacht.

Die erste Kugel löste sich aus Salvestros Pistole. Sie traf Dev direkt in den Rücken, gefolgt von einer zweiten. Dann einer dritten. Einer vierten. Seine Schultern fuhren nach hinten und sein Rückgrat bäumte sich unter den Treffern. Er ließ Zain los und schob den Jungen außer Reichweite, während er selbst auf die Knie fiel.

Lauf, war das einzige Wort, das seine Lippen formten, und Zain tat es, wurde augenblicklich von dem schwarzen Nebel verschluckt.

Ein Teil von Roz wusste, dass sie schrie. Sie schrie und schrie und schrie, und ihre Ohren klingelten so sehr vom Lärm der Schüsse, dass sie nicht wusste, ob sie überhaupt irgendeinen

Laut von sich gab. Im fahlen Licht wirkte das Blut schwarz. So viel Blut, dass ihr Gehirn sich weigerte, es zu verarbeiten. Ihr Körper war taub.

Weil Dev nicht sterben konnte. Das lag einfach außerhalb des Bereichs des Möglichen. Er hatte weitergelebt, als seine Welt zusammengebrochen war. Er hatte weitergelebt, obwohl es eigentlich nicht möglich gewesen wäre, selbst als sich alles gegen ihn verschworen hatte, selbst als die Vertreter der Stadt, in der er geboren worden war, ihm gesagt hatten, dass er bedeutungslos war.

Es gab zu *viel*, was ihn ausmachte, als dass er hätte sterben können. Sein Lachen war zu ansteckend, seine Traurigkeit zu tief. Sein Gesicht war zu vertraut, jeder einzelne seiner Gesichtsausdrücke in Roz' Erinnerungen eingebrannt. Und es gab noch immer so viel zu entdecken – so viele Lächeln, die seit dem Tod seiner Schwester noch nicht wieder aufgetaucht waren. Er konnte nicht sterben, bevor Roz die Chance gehabt hatte, sie noch einmal zu sehen.

Sie musste daran denken, wie sie einander zum ersten Mal begegnet waren. Wie Dev ihr, mit einem frechen Grinsen auf den Lippen, in der Abenddämmerung beim Messerwerfen neben der Taverne zugesehen hatte. Wie er sie am allerersten Abend zum Lachen gebracht hatte, sie überrumpelt und ihr dieses Lachen entlockt hatte, bevor sie selbst gewusst hatte, dass sie überhaupt noch lachen *konnte*.

Als Dev das Kinn gen Himmel hob, war sein Gesichtsausdruck ruhig. Friedlich. Er war ein Mann, der in der Zeit schwebte. Ein Märtyrer, festgehalten auf einem Gemälde. Ein Heiliger, der gefallen war.

Während er zu Boden sank, schlossen sich seine Augen, und dann kippte sein Körper über den Rand des Abgrunds und verschwand.

Die ganze Welt wurde still. Die Erde selbst schien den Atem anzuhalten.

Als würde sie ihre ganze Aufmerksamkeit darauf richten, ihn wieder bei sich willkommen zu heißen.

32

DAMIAN

Damian hörte Roz' Schreie.

Er blieb am Eingang des Palazzos stehen. Seine Kontrolle über die ombrazianischen Soldaten ließ kurz nach. Er hatte Roz in der Basilica im Schutze der Dunkelheit auf der Empore zurückgelassen, in der beruhigenden Gewissheit, dass sie dort in Sicherheit wäre. Wie konnte sie nun *hier* sein?

Für den Bruchteil einer Sekunde spürte er das unerbittliche Beißen der Kälte, den schweren Schlamm, der sich wie Hände um seine Knöchel legte, um ihn am Vorankommen zu hindern. Er hörte das vertraute Echo seiner eigenen Stimme, doch sie klang seltsam, als höre er sich selbst mit Wasser in den Ohren.

Die Luft ist rein. Er hörte das feuchte Schmatzen von Armeestiefeln im Schlamm. Den Schuss, dann das schreckliche Keuchen, das ihm folgte. Es war kein Schrei. Nein – nur der abgehackte Laut, der sich irgendwie aus Damians Körper losriss. Vielleicht war er bedeutungslos, unzusammenhängend. Damian hatte den exakten Klang dieses Lauts noch genau im Ohr, doch er konnte sich nicht mehr erinnern, was er gesagt hatte, ob er überhaupt etwas gesagt hatte.

Das war der Laut, den Roz nun von sich gab. Der Klang von überwältigender, bitterer Trauer. Die unerträgliche Erkenntnis, dass etwas Schreckliches geschehen würde und man nicht die

Macht hatte, es zu verhindern. Dass man, selbst wenn man es versuchen würde, zu spät kommen würde.

Für diesen kurzen, viel zu flüchtigen Bruchteil eines Augenblicks war Damian ganz und gar wach.

33
ROZ

Roz sah zu, wie Dev fiel, als passive Beobachterin in einem hyperrealistischen Albtraum.

Jeden Augenblick würde er sich wieder über den Rand des Abgrunds stemmen, sich das nasse Haar aus dem Gesicht schütteln und grinsen. *Habt ihr das gesehen?*, würde er vielleicht sagen. Oder auch: *Fast hätten sie mich erwischt.*

Doch die Sekunden verstrichen und er tauchte nicht auf.

Kiran und Siena starrten, starr vor Schrecken, über den Klippenrand. Nasim war zu Boden gesunken und der Schmerz stand ihr ins Gesicht geschrieben. Ihre Wangen waren tränennass, ihre Augen geschwollen. Sie grub die Fingernägel ins Gras, als wäre es das Einzige, was sie noch auf Erden hielt. Roz wurde von einer jähen Erkenntnis getroffen: Dev hatte Zain für Nasim gerettet. Er hatte gewusst, wie es war, einen Geschwisterteil zu verlieren, und hatte nicht gewollt, dass Nasim so etwas erleben musste, insbesondere nachdem sie ihren Bruder gerade erst zurückbekommen hatte. Er hatte sich selbst geopfert, um ihr diesen Schmerz zu ersparen.

Ich bin nicht bereit dafür, jemanden gernzuhaben, nur um denjenigen wieder zu verlieren, hatte Dev erst vor wenigen Tagen zu Roz gesagt. Als sie daran dachte, hätte sie am liebsten geschrien.

Was, wenn wir nicht bereit waren, dich zu verlieren?, dachte sie bei sich, und einen schrecklichen, egoistischen Moment lang verfluchte sie, dass sie Zain gefunden hatten. Hasste es, dass er noch am Leben war und Dev nicht. Das war nicht fair. Vor die Wahl zwischen den beiden gestellt, hätte Roz Nasims Bruder geopfert, ohne mit der Wimper zu zucken.

Aber es war nicht ihre Entscheidung gewesen.

Als Roz zu atmen versuchte, bekam sie keine Luft. Das Einzige, was sie zustande brachte, war ein röchelndes Schluchzen, und es würgte sie, als müsse sie sich übergeben. Sie fühlte sich ausgehöhlt. Ihre Brust schmerzte so heftig, dass sie sich fragte, ob sie womöglich auch sterben würde. Die Welt war weit weg, ihr Körper ein Gefängnis, das zu eng für sie war. Die Taubheit schlug um in Empfindung, in Hitze, die durch ihre Adern raste. Früher einmal wäre sie vor ihr zurückgeschreckt.

Doch nun hieß sie sie willkommen.

Sie schrie noch einmal, doch diesmal war es ein Kampfschrei. Als Donner den blinden Himmel erschütterte, erbebte Roz ebenfalls.

Und Salvestros Pistole *schmolz*.

Die Waffe zerfloss, das Metall glühte, versengte brodelnd seine Haut. Er ließ sie keuchend fallen. Um ihn herum schrien auch die anderen Offiziere auf, entledigten sich ihrer Waffen, die ebenfalls zu formlosen Gebilden zerschmolzen. Roz hörte Nasim keuchen, als Noemi sie losließ und sich zu ihren Freunden umwandte.

Lauft, befahl sie ihnen tonlos. Kiran und Siena waren dazu zweifellos in der Lage, doch was war mit Nasim? Sie kauerte noch immer am Boden und sah aus, wie Roz sich fühlte – als würde sie durch die Last der Trauer erdrückt, ertrinken, bewegungsunfähig gemacht werden.

Aber sie war Nasim Kadera. Trotzig schob sie das Kinn vor. Wischte sich die Augen. Nickte.

Einige der verdatterten Offiziere versuchten noch, sie festzuhalten, als sie aufsprang und wegrannte, doch sie schlängelte sich geschickt zwischen ihnen hindurch und wurde einen Herzschlag später vom Nebel verschluckt. Kiran und Siena waren die Nächsten, die es schafften, sich zu befreien, nun, da keiner mehr bewaffnet war.

Roz ließ endgültig los.

Hitze stieg auf, unerträglich und ekelerregend. Salvestro hielt sich die verletzte Hand und brüllte gleichzeitig seinen Offizieren Befehle zu, doch sie waren vor Schmerzen und Verwirrung wie gelähmt. Nur Russo war unverletzt geblieben und verfolgte das Geschehen mit großen Augen. Dann richtete er sie auf Roz, doch sie erwiderte seinen Blick nur einen Moment lang. Die Welt um sie herum schien zu vibrieren, war in ein weiches Licht gehüllt, das zuvor nicht da gewesen war.

Sie warf den Kopf zurück. Ließ zu, dass Schmerz und Zorn und Trauer sie ausfüllten, sie in Stücke rissen, ihr Inneres zerbrachen. Sie stellte sich vor, wie sie alles in einer Flamme aus Qual gen Himmel schleuderte.

Dann fing es an zu regnen.

Es war ein Unwetter. Ein Sturzbach. Eine Sintflut. Sie durchnässte Roz bis auf die Haut, lief ihr in Strömen übers Gesicht und durchweichte ihr Haar. Es roch nach Petrichor und Asche. Der Regen bildete einen Wall um sie, vermischte sich mit dem Nebel, schnitt sie ab von Salvestro, Russo und den übrigen Offizieren. Noch nie im Leben hatte sie ein derartiges Unwetter erlebt. Je heftiger die Tropfen niederprasselten, desto mehr schien die Welt um sie herum zu verblassen und die vom Regen verschwommene Sicht auf einen anderen Ort freizugeben. Alles wurde still.

Roz unterdrückte ein Keuchen, drehte sich im Kreis und versuchte, ihre Umgebung zu erfassen. Der Friedhof war verschwunden und mit ihm der Nebel. Sie befand sich an einem Ort, den sie kannte. Einem Ort, den sie mit jeder Facette ihres Wesens kannte.

Es war ihr Elternhaus.

Sie konnte den Tisch sehen, an dem ihre Familie gemeinsam zu Abend gegessen hatte, damals, als ihre Mutter noch gewusst hatte, wie man lächelte. Den Stuhl, auf dem eigentlich Damian sitzen sollte – klein und verstrubbelt und viel ernster, als es ein Kind hätte sein sollen. Sie konnte die Treppe sehen, die zu ihrem Zimmer hinaufführte, wo ihre Eltern ihr Melodien vorgesummt hatten, um sie in den Schlaf zu wiegen. Manchmal überlegte sie, ob sie sich die Lieder vielleicht nur ausgedacht hatten, weil sie sie seit damals nie wieder gehört hatte. Am oberen Treppenabsatz konnte man das Licht der Sonne sehen, das durch das breite Fenster fiel. Auch dort konnte sie sich Damian vorstellen. Sein schiefes, zaghaftes Lächeln. Sein rundes, weiches Gesicht, bevor die Zeit scharfe Kanten hineingemeißelt hatte.

Roz drehte sich um, denn sie wollte unbedingt auch den Rest des Wohnzimmers sehen, doch dann keuchte sie erschrocken auf.

Jacopo Lacertosa erhob sich von dem vertrauten, abgewetzten Sofa. Sein Blick war sanft und zurückhaltend und seine Augen hatten genau den gleichen Blauton wie ihre. Die gebräunte Haut, die sie umgab, war jedoch runzlig. Roz' Magen zog sich zusammen, eine Empfindung, die normalerweise nur Entsetzen begleitete.

Ihr Vater sah genauso aus, wie sie ihn in Erinnerung hatte, doch gleichzeitig hatte sie das Gefühl, ihn deutlicher zu erkennen, als würde sich ihr Bild von ihm nun, da sie ihn wiedersah, jäh schärfen. Sie hatte fast vergessen, dass sein schwarzes Haar von silbernen Strähnen durchzogen gewesen war. In ihren Erinnerungen hatte er nicht so erschöpft ausgesehen, so dünn und gealtert. Plötzlich erkannte Roz, dass sie es als Kind schlicht nicht wahrgenommen hatte, wie ihr Vater älter geworden war. Müder. Ein bittersüßes Gefühl durchzuckte sie und hinterließ einen anhaltenden Schmerz. Ihr Mund war trocken, ihre Glieder taub. Sie wollte zu ihm laufen. Sie wollte sich in seine Arme schmiegen, fürchtete jedoch, dass er, wenn sie es versuchte, verschwinden würde.

Also sprach sie nur die Worte aus, die ihr endlos durch den Kopf gingen.

»Das ist nicht real.«

Jacopo schenkte ihr ein leichtes Lächeln. Es war nur ein Abbild seines echten Lächelns, doch Roz konnte es sich dennoch deutlich vorstellen. »Rossana. Dein Skeptizismus hat mir gefehlt.«

Sie blickte zum Fenster hinaus. Die kopfsteingepflasterte Straße draußen war ins Nachmittagslicht getaucht. Das Haus auf der anderen Straßenseite war noch nicht verfallen. Das war die Vergangenheit. Die Zeit hatte sich um sie herum neu gebildet, denn das hier war –

»Eine Illusion«, sagte sie laut. Wieder blickte sie ihrem Vater in die Augen und die Blase aus Schmerz wuchs weiter an. »Damian ist das gewesen, richtig? Keiner der anderen Jünger wäre auf die Idee gekommen, mich hierher zu bringen. Er hat sich dich ausgedacht. Du bist nicht real.«

Aber warum? Welchen Grund könnte er haben, sie auf diese Weise zu verletzen?

Ihr Vater kam näher. Er roch genauso wie immer – nach Tabak und Minze. »Damian hat mich nicht erfunden«, sagte er sanft und voller Gefühl und Verständnis.

»Natürlich hat er das«, gab Roz schroff zurück. Wenn sie ihrer Stimme einen barschen Klang verlieh, würde sie vielleicht nicht brechen. »Andernfalls ergäbe das hier alles keinen Sinn.«

Jacopo streckte eine Hand aus. Sie starrte sie einen Moment lang schwer atmend an und fürchtete sich davor, seine Haut zu berühren. Hatte Angst, dass er sich wie Rauch auflösen könnte.

»Bitte«, sagte er mit mehr Nachdruck.

Also wappnete sie sich und ergriff sie.

Seine Handfläche war warm. Schwielig. Ganz genau getroffen. Roz verstärkte ihren Griff, drückte seine Finger so fest, dass er eigentlich vor Schmerz das Gesicht hätte verziehen müssen. Doch er tat es nicht. Er drückte nur ebenfalls ihre Hand.

»Ich bin real, weil du dich an mich erinnerst«, war alles, was er sagte. Als ob das so einfach gewesen wäre. »Ich bin real, weil du das brauchst.«

Roz wollte am liebsten in sich zusammensinken. So viele Jahre hatte sie sich danach gesehnt, ihren Vater wiederzusehen, seine Stimme zu hören und seine Hand zu halten. Doch nun, da es tatsächlich geschah, wusste sie nicht, ob sie es ertragen könnte. »Warum? Ich brauche dich schon seit Jahren. Warum jetzt?«

»Weil ich dir im Wege stehe.«

»Nein, das tust du nicht«, widersprach Roz sofort, bevor sie seine Worte überhaupt richtig registriert hatte.

»Rossana«, sagte er streng und klang nun schon eher wie der Mann, an den sie sich erinnerte. »Reagiere nicht einfach nur. Denk nach. Du hast dich von mir bremsen lassen.«

»Was meinst du damit? Du warst doch gar nicht da, um mich von irgendetwas abzuhalten.«

Sie erschrak, denn es hatte eigentlich nicht wie ein Vorwurf klingen sollen, doch Jacopo schien es nicht zu stören. Er hob ihre verschränkten Hände hoch und drehte ihre mit der Handfläche nach oben. »Ich weiß, was du geworden bist.«

Roz schloss die Augen. Das Wissen, dass ihr Vater durch seinen Tod nicht mehr miterlebt hatte, wie sie zu einer Jüngerin geworden war, gehörte zu den wenigen Dingen, die ihr nach seiner Hinrichtung ein wenig Trost gespendet hatten.

»Ich habe das nie gewollt«, sagte sie, in der Hoffnung, dass er die Wahrheit sagte. In der Hoffnung, dass er nur real war, weil sie es sich so ausgedacht hatte, und dass er nicht wirklich etwas mit dem Mann zu tun hatte, der sie großgezogen hatte.

»Nein«, sagte er. Roz öffnete rechtzeitig die Augen, um zu sehen, wie er betrübt ihre Hand sinken ließ. »Du dachtest, dass *ich* es nicht wollen würde. Du hattest das Gefühl, mich verraten zu haben. Aber Rossana, was immer auch aus dir wird – nichts könnte jemals meine Liebe zu dir schmälern. Ich habe die Jünger gehasst, weil ich den Eindruck hatte, dass sie sich für nichts und niemanden interessieren außer sich selbst. Aber du bist anders. Das warst du schon immer. Wenn du diese Macht zu deinem Vorteil einsetzen kannst, dann lass dich nicht von mir aufhalten.«

»Ich lasse mich nicht –«, setzte sie zum Widerspruch an, doch ihr Vater unterbrach sie mit einem Kopfschütteln.

»Belüge mich nicht.« Er sagte es freundlich. »Leg dich ins Zeug. Benutze sie.«

»Ich weiß nicht, wie. Ich weiß nicht, was sie bewirken wird. Und ich habe Angst, dass ich ...«

»Dass du was?«

Sie konnte es nicht laut aussprechen. Nicht vor ihrem Vater, sofern das überhaupt er war. Es war unmöglich, dass sie hier stand und mit ihm redete, obwohl er schon seit Jahren tot war. Und auch noch in ihrem Elternhaus. Sie fürchtete sich davor, zu blinzeln, zu atmen, alles zu verlieren.

Wen interessierte es schon, dass das eine Illusion war? Es war besser als die Realität. Die Realität war tausendfacher Schmerz.

In dieser Illusion, außerhalb dieser vier Wände, war Dev noch am Leben. Vielleicht rannte er gerade durch die Straßen, mit Amélie, die ebenfalls noch lebte. Vielleicht bediente Piera nicht weit von hier gerade lächelnd im Bartolo's ihre Gäste. Vielleicht war Damians Familie noch heil, sein Vater noch nicht durch Macht verdorben. Vielleicht saßen Caprice Lacertosa und Liliana Venturi gerade zufrieden zusammen und tranken Kaffee. Hier und jetzt schienen der Palazzo und der Krieg weit weg zu sein. Die Welt hatte Roz noch nicht durchgekaut und ausgespuckt.

Sie wusste, was mit Menschen geschah, die in einer Illusion stecken blieben. Ihr wahres Selbst siechte dahin, nach und nach, bis irgendwann der Tod sie verschlang. Aber scherte sie das? Auf diese Weise gäbe es wenigstens keinen Schmerz mehr.

»Hör auf«, ermahnte ihr Vater sie scharf, als hätte er ihre Gedanken gelesen. »Dieser Ort war auch nie perfekt, Rossana. Du bist von Nostalgie verblendet. Du warst ein Kind – du hast das Leid nicht wahrgenommen. Doch es war da, so wie schon immer.«

Roz blickte noch einmal wehmütig zum Fenster hinaus. Sie erwog nachzufragen, wo ihre Mutter war, wusste jedoch instinktiv, dass ihr Vater nicht in der Lage wäre, ihre Frage zu beantworten. Die Straßen draußen blieben leer. Das Sonnenlicht und die Schatten wanderten nicht. Nun, da sie genau genug hinsah, erkannte sie, dass alles *zu* ruhig war. Ein Schauer kroch ihr über den Rücken.

»Es ist egal«, sagte sie zu ihm. »Wenn das hier eine Illusion ist, kann ich sie erst wieder verlassen, wenn die Magie verschwindet.« In Anbetracht dessen, wie stark Damian war, ließ sich unmöglich sagen, wie lange das dauern würde.

»Du kannst gehen, wann immer du bereit dazu bist.«

»So funktioniert das nicht. Außerdem ... habe ich Angst.« Sie schluckte. Es hier zuzugeben war in Ordnung, oder? »Ich weiß nicht, ob mein Plan gelingen wird. Ich dachte, dass ich Damian wieder menschlich machen könnte, indem ich, wie Patience in der Geschichte, einen Teil meiner selbst aufgebe. Meine Seele oder meine Menschlichkeit oder was immer auch geopfert werden muss. Aber ich weiß nicht, was das *bedeutet*. Ich bin keine Heilige, und ich habe Angst, zu versagen. Ich habe Angst, dass Damian sterben könnte. Ich habe Angst davor, selbst zu sterben.« Ihre Stimme brach. Bis zu diesem Augenblick hatte sie noch nie wirklich Angst vor dem Tod gehabt. Schließlich hatte sie schon die Nicht-Existenz erlebt. Wie viele Jahrtausende waren vor ihrer Geburt vergangen? Wenn man nichts war, konnte man sich auch nicht fürchten.

Doch die Dinge, die ihr fehlen würden – die machten ihr Angst. Die Dinge, die sie zurücklassen würde oder bei denen sie niemals miterleben würde, wie sie sich änderten.

Jacopo lächelte mit noch immer zusammengepressten Lippen. Diesmal verwandelte sich dabei sein Gesicht, wirkte jünger. Gelassener. »Vertrau dir selbst. Vertrau deiner Magie. Aber denk daran, dass sie nicht alles ist.«

Roz atmete bebend aus und betrachtete das Gesicht ihres Vaters genauer: den unregelmäßigen Bartschatten an seinem Kiefer, die Nase, die genauso geformt war wie ihre, die Jacke, die er in ihrer Jugend getragen hatte.

»Halt mich fest«, flüsterte sie. Es klang wie eine Frage.

Sein Lächeln wurde melancholisch, doch er ließ sie nicht noch einmal bitten, sondern zog sie an seine Brust. Seine feste, vertraute Umarmung hatte etwas Erdendes. Sie brach Roz, zerschmetterte sie von innen heraus. Sie schloss fest die Augen. Der Schmerz war unerträglich, weil sie wusste, dass er nicht von Dauer sein würde.

Sie spürte tief in ihrem Inneren Hitze, eine Art statische Energie, die sich zuerst in ihrem Torso und von da aus in ihren Gliedmaßen ausbreitete. Es war ein Adrenalinrausch, trunkene Euphorie, das Gefühl, schwerelos durch einen Traum zu gleiten.

»Ich will nicht, dass du gehst«, sagte sie so leise, dass sie nicht wusste, ob ihr Vater es hörte. Ihre Stimme wurde von seiner Schulter gedämpft, doch er fühlte sich von Sekunde zu Sekunde weniger real an. »Ich finde es schrecklich, dass du nicht mehr da bist.«

»Ach, Rossana.« Er sprach ihren Namen mit einem Anflug von Resignation aus. Dann ließ er sie los und trat zurück. In seinem Gesicht zeichnete sich ein Verstehen ab, das weit über alles hinausging, was sie selbst jemals hätte heraufbeschwören können, und einen markerschütternden Augenblick lang zweifelte sie. *Zweifelte.* »Du hast jeden Tag an mich gedacht. Wie könnte ich da nicht mehr da sein?«

Feuer raste durch sie hindurch, als Jacopo aus ihren Fingern glitt und sich aufzulösen begann. Die Welt kippte zur Seite, geriet aus ihrer Umlaufbahn. Sie versuchte, die Jacke ihres Vaters festzuhalten, die Finger in den abgetragenen Stoff zu graben, konnte jedoch nur noch ein Schluchzen unterdrücken, als sie den Halt verlor. Sein Abbild flackerte, zerstob.

Das Letzte, was sie sah, war sein ruhiges, gelassenes Gesicht. Dann war da nichts mehr.

Roz stand wieder auf dem Friedhof. Der Regen kehrte zurück, prasselte auf sie ein, sodass sie nichts anderes sehen oder hören konnte. Die Finsternis von Damians Magie bedrängte sie von allen Seiten, kratze an ihrer Haut und verfing sich in ihrem Haar, mit einer Heftigkeit, die sie zuvor nicht besessen hatte. Sie ballte die Fäuste und spürte die Hitze, die noch immer durch ihren Körper floss.

Vertrau dir selbst. Vertrau deiner Magie.
Etwas in ihrem Inneren veränderte sich. Die Hitze wurde plötzlich erträglicher, bevor sie erkaltete. Eisig wurde. Sie drohte, aus ihren Adern auszutreten, in ihre Kehle einzudringen und sie in ihrem eigenen Körper zu ertränken. Es war Macht. Rein und unverfälscht.

Sie atmete zitternd aus. Ihr Atem schien sich irgendwo in ihrer Brust zu verfangen, als blockiere ihm etwas den Weg. Sie wusste ganz genau, wie diese Geschichte ablief. Hatte es schon immer gewusst. Am Anfang bändigte Patience ihren Geliebten Chaos. Am Ende sah sie zu, wie er fiel.

Und so schuf Patience zur Mäßigung ihres unbesonnenen Geliebten auch den Regen, hieß es in der ursprünglichen Geschichte. Dann war es bestimmt kein Zufall gewesen, dass es an jenem Tag, an dem Chaos gefallen war, geregnet hatte.

Es war kein feiner Sprühregen auf einem zarten Wind, sondern ein sintflutartiger Regen.

Roz neigte das Gesicht zum Himmel und blinzelte Regentropfen und Tränen aus ihren Wimpern. Natürlich hatten sie und Damian immer wieder zueinandergefunden. Sie waren Gegensätze, getrennte Hälften, die ein Ganzes bildeten. Es war ihnen immer bestimmt gewesen, hier zu landen.

Ihre Macht war schon immer groß gewesen, und sie machte ihr Angst. Sie hatte Dinge getan, zu denen kein normaler Jünger imstande war. Sie hatte nur durch eine Berührung eine Brücke zerstört. Sie hatte die Arbeit anderer Jünger ohne Schwierigkeiten rückgängig gemacht.

Sie war keine Heilige. Noch nicht.

Urplötzlich wusste Roz ganz genau, wie das alles enden musste.

Patience weiß ganz genau, wann sie zuschlagen muss.

34

DAMIAN

Damian begriff nicht, was geschehen war.

Eben noch war er auf der Suche nach Roz über das Gelände des Palazzos gerannt, eingehüllt in seine Magie und vor neugierigen Augen geschützt, und im nächsten Augenblick spürte er, dass er schwächer wurde. Er konnte nicht verstehen, wieso. Er konnte es sich nicht *leisten*, schwächer zu werden. Er musste zu Roz. Musste sie vor dem retten, weswegen sie so geschrien hatte.

Warum zur Hölle war sie überhaupt hierhergekommen? Sie musste endlich damit aufhören, zu versuchen, ihn zu retten. Damian brauchte nicht gerettet zu werden.

Die ombrazianischen Soldaten waren noch immer weitestgehend ausgeschaltet, doch einige von ihnen begannen, sich zu befreien, auf die Jünger von Chaos loszugehen und den Konflikt in einen körperlichen Kampf zu verwandeln. Damian fuhr herum, spürte die Magie in sich aufflammen und dann langsam verlöschen. Es regnete leicht, obwohl sich aus Richtung des Meeres keine Wolken zu nähern schienen. Tatsächlich schien das Unwetter bereits über Land zu sein und sich aus irgendeinem Grund auf die andere Seite des Geländes zu beschränken.

In dem Moment, in dem Damian dieser Gedanke durch den Kopf ging, kam es näher.

Das Unwetter driftete nicht sanft heran. Eben noch regnete es kaum, und im nächsten Moment prasselte eine sturzbachartige Kaskade aus Wasser vom unsichtbaren Himmel. Zuerst fühlte sich der Regen an wie eine Wiederbelebung. Er klebte Damian die Haare an den Schädel und lief über seine Wangen wie eine Flut aus Tränen. Während sich die Tropfen in seinen Wimpern verfingen, spürte er die Erschöpfung aus seinen Knochen weichen. Er ertrank förmlich, und doch konnte er aus irgendeinem Grund noch immer atmen.

Erst in diesem Moment erkannte er, was geschah.

Der Regen fühlte sich wie *Magie* an, und der Nebel begann sich zu heben. Und als er das tat, wurde plötzlich General Falco sichtbar.

Im Augenwinkel konnte er ihre vom Regen verwaschene Silhouette ausmachen, begleitet von Sicherheitsoffizieren und weiteren Jüngern. Ohne nachzudenken, schleuderte Damian seine Magie, ließ sie mitten in der Bewegung erstarren. Es mussten inzwischen an die hundert sein, die sich hier versammelt hatten, um ihn zu besiegen, doch er war ein *Heiliger*. Selbst in so großer Zahl konnten sie nicht gewinnen. Er gestattete sich ein Lächeln, als er Falco betrachtete, die mitten im Vormarsch jäh gestoppt worden war. Sie hatte eine zusammengekrallte Hand ausgestreckt, kämpfte darum, sich zu befreien.

Damian verspürte tief in seinem Inneren ein Ziehen. Eine Müdigkeit, die an seinen Gelenken zerrte, seine Muskeln verhärtete und seinen Geist vernebelte. Er stieß den Atem durch die Nase aus und biss so fest die Zähne zusammen, dass er zu spüren meinte, wie sie abschliffen. Er verlor die Kontrolle. Sie schien von den Wassermassen, die seine Haut durchnässten und ihm den Blick verschleierten, weggespült zu werden.

Vielleicht hatten selbst Heilige ihre Grenzen. Dieser Gedanke kam ihm erst jetzt, als er die Mattigkeit an seinen Knochen ziehen spürte.

»Calder!«, brüllte er. Es war Befehl und Hilferuf zugleich.

Die übrigen Jünger rief er durch reine Willenskraft zu sich. Diejenigen von ihnen, die gerade nicht in Kämpfe verwickelt waren, kamen herbei wie lautlose Schatten, und ihre Magie vermischte sich mit seiner, verschmolz mit ihr. Er spürte, dass sie sich ausbreitete wie eine Decke, die über das Gelände geworfen wurde, und beruhigte sich ein wenig. Doch dann merkte er, wie auch diese Magie abzuflauen begann.

Die verbliebene Dunkelheit war nun nicht mehr seine, sondern die gewöhnliche Schwärze der Nacht. Damian war das Gegenteil eines erfahrenen Magieanwenders, aber trotzdem fühlte er, wie ihm die Macht entglitt, wie Regen aus seinen Fingern rann. Er fuhr herum, versuchte Calder und die anderen Chaos-Jünger auszumachen. Was er von ihren Gesichtern erkennen konnte, spiegelte sein eigenes Entsetzen wider. Calder öffnete und schloss die Fäuste, und als nichts geschah, stieß er ein wütendes Grollen aus. Sein Blick traf Damians, und in der Tiefe seiner Augen lag wahrhaftige Angst. Es war Flehen um Beistand. Ein an einen Heiligen gerichtetes Gebet.

Und Damian konnte es nicht erhören.

Derweil war Falco aus ihrer Erstarrung erwacht. *Alle* waren erwacht. Sie kamen auf Damian zu. Die Generalin verzog die Lippen zu einem zufriedenen Grinsen.

»Das ist schon viel besser«, sagte sie, doch wenn Damians finsterer Blick nicht fest auf sie gerichtet gewesen wäre, hätte er die Worte vielleicht gar nicht gehört. Beim Sprechen machte sie eine knappe Bewegung mit den Fingern. Es war eine Bewegung, die Damian selbst schon unzählige Male gemacht hatte. Eine, die er aus seinen Jahren als Sicherheitsoffizier kannte.

»Nein!«, schrie er, doch sein wütender Protest ging im nun folgenden Dröhnen von Schüssen unter. Er fiel auf Knien ins Gras und schirmte den Kopf ab, als könnten seine Arme ihn vor dem Sperrfeuer aus Kugeln schützen.

Er wartete auf das Druckgefühl, den scharfen, explodierenden Schmerz, doch er kam nicht.

Niemand zielte auf ihn.

Sie zielten auf die Jünger.

Er hörte Stöhnen und Schmerzensschreie, als die Kugeln ihre Ziele trafen. Etliche Jünger krümmten sich, versuchten ihre Waffen zu ziehen, doch es war sinnlos. Sie hatten heute Nacht auf ihre Magie gebaut, doch die hatte sie völlig unvorbereitet zurückgelassen. Milos preschte mit einigen anderen vor. Sie benutzten ihre Körper als Schutzschild für Calder und feuerten gleichzeitig mit ihren Pistolen. Die meisten von ihnen hatten bereits Treffer in die Beine oder den Rumpf bekommen, und Damian konnte das Scharlachrot durch ihre Kleidung sickern sehen. Doch davon ließen sie sich nicht aufhalten. Falco brüllte einen weiteren Befehl. Kugeln prasselten auf Milos' Brust ein, sodass er sich wand und zuckte. Es war fast zu schrecklich, um es mit anzusehen. Schreie und Schüsse gellten durch die Luft, bis Milos schließlich zusammenbrach und gekrümmt auf dem Pflaster liegen blieb. Eine Blutlache bildete sich um ihn, die sofort vom unablässigen Regen verwässert wurde.

Sein schlaffes Gesicht sah so schrecklich jung aus. Er war nur ein weiterer Jünger, ein weiteres Kind, gestorben in dem Land, das ihn verraten hatte.

Immer mehr Jünger fielen. Einer nach dem anderen gingen sie in die Knie und blieben bäuchlings auf dem Boden liegen. Damian begriff nicht, warum nicht auf ihn geschossen wurde. Dass nicht mal eine verirrte Kugel ihn erwischte, obwohl doch *er* derjenige war, den sie wollten. Sein Herzschlag hämmerte wild, vibrierte durch seinen gesamten Körper, hallte gemeinsam mit den Schüssen in seinen Ohren wider. Wieder und wieder versuchte er, seine Macht heraufzubeschwören, umklammerte mit einer Hand das Chthonium in seiner Tasche, doch es hatte keinen Sinn. Seine Magie war verschwunden. *Alle Magie von Chaos war verschwunden*, weswegen jeder einzelne Jünger machtlos geworden war.

»Nehmen Sie den Rest fest«, wies Falco ihre Offiziere an, die daraufhin vorrückten, um die Jünger, die noch am Leben waren, zu verhaften. Um Calder zur Aufgabe zu zwingen, waren mehrere Offiziere nötig. Doch zu Damian kamen sie nicht. Es war Falco selbst, die sich ihm näherte, mit einem verkniffenen, breiten Grinsen auf den Lippen. Sie trat Damian mühelos die Waffe aus der Hand, packte ihn am Kragen und zog ihn auf die Beine.

»Hände weg«, fauchte Damian, doch sie lachte nur.

»Schweig, du falscher Heiliger. Ich hätte dich gern unter vier Augen getötet, aber nach allem, was du getan hast, ist eine öffentliche Hinrichtung für dich angemessener.«

Damian wehrte sich gegen sie, doch was immer ihm seine Magie geraubt hatte, hatte das Gleiche mit seiner Körperkraft getan. Eigentlich hätte er nicht diese abgrundtiefe Erschöpfung empfinden dürfen. Schließlich war er der Zorn. Er war der Krieg.

Und dann hörte er ihre Stimme.

»Aufhören!«

Roz' Schrei durchschnitt die Luft. Es war keine Bitte, sondern ein Befehl. Sie erschien am Rande des Gartens, die Arme ausgebreitet, die Finger gespreizt. Ihre Kleidung war durchnässt und ihre Augen Feuer. Hinter ihr wurde der Palazzo von Finsternis verschluckt.

Der Regen ließ nach, als sie näher an Falco herantrat. Sie sah nicht mehr aus wie die junge Frau, die Damian in der Basilica zurückgelassen hatte. Sie sah aus wie eine rachedürstende Königin, die gekommen war, um sich zu nehmen, was ihr zustand.

»Ah«, sagte Falco gelassen, als hätte sie mit Roz' Erscheinen gerechnet. »Ich habe mich schon gefragt, wann du hier auftauchen würdest.«

Roz' Blick zuckte zu Damian. Reue packte ihn und im Geiste hörte er wieder ihre Schreie. Etwas war geschehen. Etwas Schreckliches, das sie zerriss. Es stand ihr deutlich ins Gesicht geschrieben. Doch sie verwandelte ihre Miene in eine eiskalte Maske, und an ihrem Kiefer zuckte ein Muskel, als sie sagte: »Lass ihn los. Er gehört mir.«

Damian verstand nicht, was sie damit meinte. Die Generalin schnaubte. Selbst vollkommen durchnässt wirkte Falco noch immer eindrucksvoll und die Züge ihres Gesichts noch strenger.

»Weißt du eigentlich, dass ich deinen Vater kannte?«, fragte sie und verzog angesichts des schockierten Ausdrucks, der kurz über Roz' Gesicht huschte, die Lippen. »Oh ja. Wir sind ungefähr zur gleichen Zeit in den Krieg gezogen. Ich war eine seiner Vorgesetzten, und Battista Venturi war meiner.«

»Na und?«, fragte Roz kühl. »Glaubst du etwa, das würde mich davon abhalten, dich zu töten?«

»Du wirst mich nicht töten, mein Kind.« Wieder bewegte Falco die Hand, woraufhin noch mehr Offiziere herbeistürmten. »Ich erzähle dir das, damit du verstehst, mit wem du es hier zu tun hast. Ich stand unter dem Befehl von Battista Venturi. Was bedeutet, dass ich, als er mich anwies, Deserteure aufzuspüren, um sie für ihre Verbrechen töten zu lassen, genau das getan habe.«

Damian verstand sofort, was sie damit sagen wollte. Er versuchte, nach Falco zu schlagen, sie zu verletzen, so wie sie versuchte, Roz zu verletzen, doch seine Muskeln verweigerten ihm den Dienst.

»Du hast ihn getötet.« Roz' Stimme wurde leiser. »Du warst es.«

Falco drückte Damian wieder auf die Knie hinunter und zog ihn näher an sich heran, wobei sich der Stoff seines Kragens so tief in seinen Hals grub, dass es wehtat. Er konnte nicht mehr richtig schlucken, spürte Wut in sich pulsieren.

»Ich war es«, wiederholte Falco. Sie sagte es vollkommen tonlos. »Du magst eine mächtige Jüngerin sein, aber ich weiß, dass du nichts unternehmen wirst, solange ich Damian Venturi in meiner Gewalt habe. Agosti ist vielleicht ein Dummkopf, aber er hat etwas äußerst Wichtiges festgestellt: Ihr beiden seid viel zu leicht zu manipulieren. Um einen von euch zu kontrollieren, muss man einfach nur den anderen unter seine Kontrolle bringen. Er mag versagt haben« – Falco packte Damian noch fester –, »aber ich werde das nicht.«

In Roz' Kehle arbeitete es. »Da irrst du dich.«

»Beleidige nicht meine Intelligenz. Und auch nicht deine eigene. Wir kennen beide die Geschichte: Chaos erhebt sich niemals allein. Patience ist immer da, an seiner Seite, und doch hintergeht sie am Ende ihren Geliebten. Du wirst ihn vernichten, egal, ob du es nun beabsichtigst oder nicht.« Falco sprach immer schneller, mit fieberhafter Erregung in der Stimme. »Du kannst es nicht ändern.«

Roz lachte. Es klang hohl. »Du weißt nichts über meine Absichten.«

Falco presste in einer Mischung aus Mitleid und Amüsement die Lippen aufeinander. »Du schützt vor, von Wut und Rechtschaffenheit getrieben zu werden. Du tust so, als wären dir alle egal«, fuhr Falco fort. »Aber du hast gesehen, was heute Nacht geschehen ist, und du wusstest, dass er aufgehalten werden muss. Du wirst die Menschen in Ombrazia beschützen, weil du nicht anders kannst. Und dafür werden die Menschen dich verehren.«

»Ich habe kein Verlangen danach, verehrt zu werden«, meinte Roz ruhig, doch die Art, wie sie es sagte, war merkwürdig. In ihren Worten schwang das Gewicht von etwas Unumgänglichem mit.

»Kein guter Heiliger hat das. Aber die Geschichten tragen sich immer genau so zu, wie es ihnen bestimmt ist.«

Damian hörte Falcos schnaubendes Lachen in seinem Ohr, konnte sich jedoch noch immer nicht bewegen. Er kannte die Geschichte ebenso gut wie alle anderen in Ombrazia.

Man sagt, dass es an jenem Tag, an dem Chaos fiel, regnete.

Das hatte es mit Sicherheit.

Er fiel, weil seine Kinder fielen.

Damian riskierte einen Blick über die Schulter auf die Leichen von Milos und den anderen toten Chaos-Jüngern. Der Anblick versetzte ihm einen Stich.

Patience, seine Geliebte, beobachtete seinen Fall voller Trauer. Und obwohl ihr Herz, seinem so ähnlich, von Rachedurst erfüllt war, streckte sie ihm nicht die Hand hin. Sie wartete nur, in dem Wissen, dass jeder Krieg ein Ende hat und jede Sünde eine Bestrafung verlangt.

»Nein«, flüsterte Damian. Der Atem strömte aus seiner Lunge. Ein kleiner, stiller Teil von ihm war erstaunt. Roz war natürlich keine Heilige, aber sie *war* eine Jüngerin von Patience. War das ein Grund dafür, dass Damian sie so sehr liebte? Weshalb er vor allem anderen danach strebte, ihr zu gefallen? Chaos war vielleicht gefährlich, unberechenbar, aber seine Treue zu Patience war unerschütterlich.

Falco lag falsch. Roz würde niemals tatenlos zusehen, wie Damian vernichtet wurde. Sie hasste die Heiligen und hielt sich nicht an Regeln. Sie würde den Kreislauf mit Sicherheit durchbrechen.

Das musste sie.

Das Unwetter steigerte sich zu einem Tosen und der Regen

prasselte erneut mit aller Macht herab. Roz hielt noch immer die Arme ausgestreckt. Ihre Körperhaltung war steif, doch ihr Gesicht wirkte entspannt. Falco wurde so schnell von Damian weggerissen, dass er es kaum mitbekam, als würde sie von unsichtbaren Händen mitten ins Unwetter geschleudert. Roz hob das Kinn und den übrigen Soldaten erging es ebenso. Auch sie wurden, einer nach dem anderen, fortgezogen. Er fragte sich, ob sie ertrinken würden. Er hoffte, dass es so wäre.

Der einzige Lichtblick war Roz selbst. Sie kam langsam auf Damian zu. Als sie vor ihm stand, hörte der sintflutartige Regen auf, obwohl er nur wenige Zentimeter entfernt weiter herabprasselte. Es war, als befänden sie sich im Auge eines kleinen Wirbelsturms, an einem Ort, wo Falco und ihre Offiziere sie nicht erreichen konnten. Er konnte nicht begreifen, was hier geschah. Er konnte nicht verstehen, wie sie das alles machte. Das war die Art von Macht, wie sie nur ein Heiliger besaß.

»Du musst damit aufhören, Damian«, bat Roz flehentlich. »Das alles hätte sich eigentlich nicht so zutragen sollen.«

Ein Teil von Damian sehnte sich danach, ihr zuzustimmen, doch der mächtigere Teil seiner selbst lehnte sich dagegen auf. Nun, da er von dem Regen befreit war, spürte er, wie sich Reste von Magie wieder mit seinem Blut vereinten. Er stand auf. Das Feuer in ihm, das verloschen gewesen war, brannte wieder heiß, und das sehnsuchtsvolle Gefühl verschwand.

»Nein«, grollte er. »*Du* musst damit aufhören. Warum bist du überhaupt hier?«

»Warum ich *hier* bin? Du meinst, warum ich nicht mehr in der Basilica bin, dort, wo du mich einfach zurückgelassen hast?« Roz' Stimme bebte.

Damian ließ nicht zu, dass seine stoische Miene davon beeinflusst wurde. »Ich habe versucht, dich zu schützen. Ich habe

Falco und die anderen fortgelockt, damit du mit alldem nichts zu tun haben müsstest.«

»Weil du sie in einer Illusion gefangen hast? Damian, du weißt nicht, was du da tust. Du hast keine Ahnung, *was* du tun kannst. Und dieses Unwissen zerstört diese Stadt.«

»Ja«, stimmte er zu. »Das war der Plan. Aber dann musstest du auftauchen, und nun wurde deinetwegen Calders halbe Armee getötet.«

»Sie wurden *meinetwegen* getötet?« Roz war so wütend, dass sie kaum Worte formulieren konnte. »Du warst derjenige, der sie in eine Schlacht geführt hat, die sie unmöglich gewinnen konnten. Ich habe lediglich versucht, dich davon abzuhalten, noch mehr Schaden anzurichten. Was ist mit allen anderen, die schon gestorben sind?«

»Es ist niemand sonst gestorben. Zumindest niemand Wichtiges.«

»*Dev* ist gestorben!«, schrie sie schrill. »Er ist verdammt noch mal *gestorben*, Damian!« Diese Enthüllung schien ihr ihre Energie zu rauben, und mit jedem zitternden Atemzug bebte ihr ganzer Körper. Erst in diesem Augenblick merkte er, wie viel Mühe es sie gekostet hatte, die Fassung zu wahren. »Was ist mit ihm? Was ist mit *mir*?«

Damian wusste, dass Dev ihm eigentlich etwas hätte bedeuten müssen, doch er fühlte sich nur hohl. Seine einzige Sorge galt Roz. Es gab so viele Menschen, denen er zu gern wehgetan hätte, doch sie war keiner von ihnen. Niemals. »Es tut mir leid. Dich hätte das alles eigentlich nicht betreffen sollen.«

»Was ist mit den unerwählten Familien in Chaos' aufgegebenem Sektor?« Roz schleuderte ihm die Worte nun förmlich entgegen. »Was ist mit den Häusern, die sie verloren haben? Du schadest den falschen Menschen!«

»Den falschen Menschen?«, wiederholte Damian und trat

näher zu ihr. Er hörte etwas Tückisches in seiner Stimme und ließ zu, dass es sich dort verankerte. »Diese Menschen haben, genau wie alle anderen, Chaos schon immer verabscheut, und doch kämpfe ich, während sie es nicht getan haben. Sie sollten mir *danken*. Sie sollten zu meinen Füßen knien.«

»Es gab eine Zeit, da hast du Chaos ebenso sehr verabscheut! Hast du das vergessen?«

»Ich ziehe es vor, zu vergessen, was mir nicht mehr länger dienlich ist.«

Damian sah, wie ihre Wut bei seinen Worten verrauchte, und bereute sie sofort.

»Dann solltest du lieber auch mich vergessen«, flüsterte Roz kaum hörbar. »Denn ich diene keinem Heiligen.«

Er fuhr zurück, als hätte sie ihn geohrfeigt. »Ich könnte dich niemals vergessen. Du existierst in jedem Teil von mir.«

Roz schluckte angestrengt. Er konnte ihr ansehen, dass sie eine Entscheidung getroffen hatte, doch er hatte keine Ahnung, welche das sein könnte. Er war sich nur sicher, dass sie ihm nicht gefallen würde.

Sein Herz krampfte sich zusammen, als er nach ihrem Handgelenk griff. Ihre Haut fühlte sich an wie sengende Flammen. »Ich bin da«, beharrte er. »Ich war die ganze Zeit über da. Jede Version von mir ist dein.«

»Ich will diese Version nicht«, sagte Roz abgehackt. Sie sah ihn nicht an. »Ich will den Jungen, der mit mir durch diese Straßen gerannt ist, der zu nervös war, um mich als Erster zu küssen. Ich will den Jungen, der sich mit mir am Fluss getroffen und der mir gestanden hat, dass er Angst – so große Angst – hat, vor allem, was die Zukunft bringt. Ich will, dass du wieder er bist.«

In diesem Augenblick wollte auch Damian dieser Junge sein. Er wollte alles sein, was sie brauchte.

»Das kann ich nicht«, flüsterte er stattdessen. »Ich weiß nicht, warum.«

Er dachte, dass sie ihn nach diesem Geständnis fortstoßen würde. Doch stattdessen streckte Roz die Hand nach ihm aus. Damian nahm sie, labte sich an der Hitze ihrer Haut, zog sie näher an sich. Er legte den Daumen auf ihre Handfläche, an ihr schmales Handgelenk, und fühlte ihren Puls. Er wollte ihr sagen, dass sie das Herrlichste war, was er jemals gesehen hatte. Er wollte ihr sagen, dass sie eine Heilige war, die es verdiente, verehrt zu werden. Er wollte ihr sagen, dass er sie liebte.

»Sieh mich nicht so an«, murmelte er.

»Wie denn?«

»Als hätte ich dir das Herz gebrochen.«

Sie schloss fest die Augen und an ihrem Kiefer zitterte ein Muskel. Wenn Roz Patience war und er Chaos, dann waren sie Teil einer Tragödie. Damian erinnerte sich schonungslos deutlich an die Geschichte, die sie ihm im Atheneum vorgelesen hatte. Doch er wollte keine Tragödie – er wollte eine Legende. Eine Fantasie. Eine Liebesgeschichte.

Anstatt etwas zu sagen, beugte Roz sich vor und drückte die Lippen auf seine. Obwohl ihr Körper sich hart und steif anfühlte, waren ihre Lippen geschmeidig wie salziges Wasser. Sie fuhr mit den Händen durch sein Haar. Damian fasste sie an der Taille. Das Verlangen, sie zu berühren, verlieh seinen geschwächten Armen Kraft. In diesem Moment vergaß er, dass er Chaos war. Vergaß, dass das hier ein Krieg war.

»Damian«, sagte sie, und seinen Namen aus ihrem Mund zu hören war Balsam für seine Seele. »Wenn mein Herz bricht, so wird das durch mein eigenes Tun geschehen.«

»Sag so etwas nicht.« Er nahm sanft ihre Hand aus seinem Nacken und führte sie an seine Lippen. Als sie seinen Atem spürte, erschauerte sie.

»Warst du es?«, fragte Roz so leise, dass es auch nur Einbildung hätte sein können. »Warst du es, der mir gezeigt hat ...« Sie verstummte. Damian hob den Kopf, um sie anzusehen. Ihre Augen waren sommerblau und die Haut darunter mit Sommersprossen gesprenkelt. Sie sah aus wie alle Träume, die er jemals geträumt hatte.

»War ich es, der dir was gezeigt hat?«

Viel zu gewichtiges Schweigen entstand, bevor Roz schließlich den Kopf schüttelte.

»Ist schon gut. Ich will es lieber nicht wissen.«

Damian war so verwirrt, dass er nichts weiter tun konnte, als sie noch einmal zu küssen, ihr mit der sanften Berührung seiner Zunge die Treue zu schwören.

»Es ist schon komisch, oder?«, flüsterte sie. »Du hast diese Stadt immer so sehr geliebt, und ich konnte das nie.«

Damian wusste, was sie damit sagen wollte. Er hatte Ombrazia sein Leben gewidmet, und doch strebte er nun danach, die Stadt zu zerstören. Roz hatte diesen Ort immer gehasst, oder zumindest die Art, wie er regiert wurde, doch jetzt versuchte sie, ihn zu retten. Vor *ihm*.

»Du hast diese Stadt genug geliebt, um sie verändern zu wollen. Ich versuche gerade auch nichts anderes.«

»Du versuchst, sie in Stücke zu reißen.«

»Wenn das dafür nötig ist.«

Sie schüttelte den Kopf, und ihre Stimme war noch tiefer, sodass Damian sich anstrengen musste, sie zu verstehen. »Das ist nicht das Gleiche. Aber wenn ich muss, werde ich das alles aufgeben. Für dich.«

Damian runzelte nachdenklich die Stirn und legte die Finger an ihr Kinn. »Du musst überhaupt nichts aufgeben. Wir werden diese Stadt gemeinsam wieder aufbauen. Du musst dafür nur meine Art, es zu tun, akzeptieren.« Ihre Miene war schmerzerfüllt, doch er wusste nicht, warum. »Roz, was ist los?«

Sie legte den Kopf an seine Schulter, und Tränen rannen über ihre Wangen auf den Stoff seines durchweichten Hemdes. Damian hatte das Gefühl, innerlich zu zerbrechen. Wie hatte er zulassen können, dass sie seinetwegen so traurig war? Er würde sich ändern, wenn er nur wüsste, wie.

»Es tut mir leid«, hauchte Roz an seinem Ohr. »Ich weiß nicht, was das hier bewirkten wird. Aber ich muss es versuchen.«

»Was versuchen?« Er wollte vor ihr zurückweichen, doch sie hielt ihn fest.

»Es tut mir leid«, sagte sie noch einmal mit bebender Stimme. »Ich habe dich jeden einzelnen Moment geliebt.«

Dann stach sie etwas Heißes und Scharfes in seinen Bauch.

35

ROZ

Roz fühlte sich, als wäre sie diejenige, die von einer Klinge durchbohrt wurde.

Der Schmerz in ihrer Brust war unerträglich. Sie hörte, wie Damian nach Luft schnappte, als ihr mit Vellenium überzogenes Messer durch seine Haut brach und sich zwischen seine Rippen bohrte. Er beugte sich vornüber, krümmte sich auf ihrem Körper, sodass Roz sich breiter hinstellen musste, um sein beträchtliches Gewicht halten zu können. Sie schloss fest die Augen und jeder Atemzug schien ihre Lunge zu zerreißen.

»Warum?«, hörte sie Damians Stimme, die kaum mehr als ein Wimmern war, schwach an ihrem Ohr. »*Warum?*«

»Es tut mir leid«, sagte Roz. Es klang wie ein Schluchzen. Sie wiederholte die Worte, wieder und wieder, bis sie ihren Sinn verloren. Es gab nichts anderes zu sagen. Ihr Herz pochte stotternd in einem unregelmäßigen Rhythmus, und jeder Schlag verursachte ihr körperliche Schmerzen. Damians Körper auf ihrem fühlte sich warm an, so vertraut, als er sich krümmte. Seine Hände glitten hinab zum Griff des Messers, als wolle er versuchen, es herauszureißen, doch Roz hielt das Metall fest. Sie konnte bereits leichte, schwarze Verfärbungen auf seiner Haut erkennen, während das Vellenium sich rasch in seinem Blutkreislauf auszubreiten begann. Das Schlucken schien ihm schwerzufallen und die verästelten Adern an seinem Hals traten hervor.

»Ich wollte –«, setzte er an, doch die Worte klangen verwaschen, und er schien den Kiefer nicht richtig bewegen zu können. »Alles, was ich jemals getan habe, war – für dich.«

»Ich weiß«, schaffte sie, hervorzupressen, um ihn zu trösten. »Ich weiß.«

Und so war es wirklich. Doch sie konnte ihn nicht weitermachen lassen – nicht so. Sie konnte es nicht ertragen, ihm ins Gesicht zu blicken und dort nicht den Mann zu sehen, den sie kannte. Und obwohl der Heilige vor ihr protestierte, wusste sie, dass der wahre Damian lieber gestorben wäre, als ein Monster zu werden.

Als sie sich geküsst hatten, hatte sie das Gewicht des Chthoniums in seiner Tasche gespürt und entgegen aller Hoffnung gehofft, dass es genügen würde. Dass sie Damian retten und gleichzeitig alles rückgängig machen könnte, was Enzo getan hatte. Sie hatte gewusst, dass sie es zumindest versuchen musste.

Denn das hatte sie schon immer getan, nicht wahr? Alles versucht. Vielleicht etwas zu sehr. Alles, was sie jemals gewollt hatte, war Ombrazia dem Mädchen zuliebe, das sie einst gewesen war, zu verändern und gleichzeitig Buße zu tun für das, was sie geworden war. Das hatte sie aufgezehrt, genau wie es ihre Ziele immer taten. Weil bei Roz Lacertosa immer alles ein bisschen *zu viel* war. Sie war zu leidenschaftlich, zu impulsiv, zu anspruchsvoll, zu unbeirrbar. Sie sagte immer genau das, was sie dachte, und das stets zum ungünstigsten Zeitpunkt. Doch damit hatte sie sich schon längst abgefunden, denn sie hatte sich überlegt, dass man vielleicht nicht so hart über sie urteilen würde, wenn sie einfach *bewies*, dass es sich auszahlte, ihr zuzuhören.

Tränen liefen über ihre Wangen, wurden von Flammen zu Eis. Sie weinte um Dev. Um Damian, falls das hier nicht funktionieren würde. Sie weinte um sich selbst, wegen dem, was sie im Begriff war, zu verlieren, und dem, was sie bald erlangen würde. Die Dinge, die sie nie gewollt hatte.

Sie musste wieder daran denken, wie Damian oben auf der Empore den Kopf gehoben hatte. An den Klang seiner Stimme, als er Falco ausgelacht hatte. Dieses aggressive Selbstvertrauen war ungewohnt und erschütternd gewesen. In diesem Moment war er ein König gewesen, der endlich seine Krone in Empfang genommen hatte.

Sie verstand es jetzt. Die Geschichte über Chaos' Fall war im Kern eine Geschichte über Patience. Über das Opfer, das sie brachte, um die Welt vor dem Mann zu retten, den sie liebte. Sie war schon immer der Katalysator gewesen, diejenige, die seinen Niedergang eingeleitet hatte. Deswegen hatte sie, als Chaos gefallen war, nur tatenlos zugesehen. Deswegen hatte sie ihm nicht die Hand gereicht.

Sie wartete nur, in dem Wissen, dass jeder Krieg ein Ende hat und jede Sünde eine Bestrafung verlangt.

Patience hatte den ersten Krieg der Menschheit beendet, indem sie Chaos verstoßen hatte. Sie war diejenige gewesen, die ihn bestraft hatte. Sie hatte genau gewusst, wann sie zuschlagen musste, und auf gewisse Weise hatte sie sie damit beide zerstört.

Sie waren nicht länger zwei Hälften eines Ganzen. Sie hielten nicht länger gegenseitig ihre Macht im Gleichgewicht, denn was nützt einer Heiligen ein Mensch?

Für Roz war die Erschaffung der Welt durch die Heiligen nur eine Geschichte, erdacht, um das Unerklärliche zu erklären. Doch die Geschichte von Patience und Chaos glaubte sie. Es war eine Geschichte über unmögliche Entscheidungen. Eine

Geschichte über Liebe und Leid und über die Art von Opfer, die jemand wie Enzo niemals verstehen würde.

Roz wäre vielleicht nicht in der Lage, die Menschheit zu retten. Sie würde womöglich nicht einmal Ombrazia retten können. Aber wenn sie konnte, würde sie Damian retten.

Als hätte er ihren wortlosen Schwur gehört, sank Damian plötzlich in die Knie. Sein Blick ging ins Leere und in den tintenschwarzen Tiefen seiner Augen lag Angst. Echte, wahrhaftige Angst. Es war eine Emotion, die Roz schon seit einiger Zeit nicht mehr in seinem Gesicht gesehen hatte.

Sie ließ ihn zu Boden gleiten. Sein Körper zuckte und die Schatten dort, wo seine Adern verliefen, wurden dunkler.

»Du hast mal zu mir gesagt, ich wäre die Erde und du der Mond in der Umlaufbahn um sie herum«, raunte sie ihm zu, obwohl sie nicht wusste, ob er sie hören konnte. »Ein Trabant, der keine andere Wahl hat, als immer in unmittelbarer Nähe zu bleiben. Du meintest, du würdest dir wünschen, dass es andersherum wäre, und sei es auch nur für einen kurzen Moment. Dass du derjenige sein könntest, auf den ich angewiesen bin. Aber das bist du Damian.« Sie atmete bebend aus. »Das warst du schon immer.«

Roz dachte bei sich, dass die Metapher, die er gewählt hatte, von Anfang an nicht gepasst hatte. Sie waren nicht wie ein Planet und ein Trabant, von denen einer stärker war als der andere. Viel mehr glichen sie einem Doppelstern – zwei Menschen in derselben Bahn, die man leicht für eine Einheit halten konnte und die ihr Licht teilten.

»Alles wird gut«, flüsterte sie, bevor sie die Klinge herauszog. Es war grauenvoll viel Kraft dafür nötig. Damian zuckte und das Blut floss nun ungehindert aus der Wunde. Seine Haut war grau, seine Augen blind. *Es muss dargeboten werden, was gegeben wurde. Vorzugsweise an einem heiligen Ort.*

Jeder Ort wurde zu einem heiligen Ort, wenn ein Heiliger anwesend war, oder?

Roz biss die Zähne zusammen und zog die Vellenium-überzogene Klinge über ihren eigenen Arm, in der Hoffnung, dass noch genügend übrig wäre, damit es funktionierte. Sie war mit Damians Blut beschmiert, und die tiefrote Flüssigkeit vermischte sich mit ihrem eigenen Blut, das aus dem Schnitt quoll. Außerhalb der Blase der Stille, die sie geschaffen hatte, waren sie von Toten umgeben. Von Chaos-Jüngern, deren Blut auf die Pflastersteine floss und dort Lachen bildete, die der Regen rasch wegwusch.

Sie ließ ihr Blut neben Damian auf den Boden tropfen. Und dann, während sie auf Death wartete, betete sie.

Nicht zu den ursprünglichen Heiligen. Nein – sie betete zu dem Mann, der bäuchlings vor ihr auf der Erde lag. Sie gestattete ihrer Magie, sich auszubreiten, in der Hoffnung, dass Damians Magie es registrieren und in gleicher Weise reagieren würde. Sie dachte an den Damian ihrer Jugend, schüchtern, lächelnd und unzweifelhaft *gut*. Sie hielt dieses Bild in ihrem Geist fest, als könne es dadurch, dass sie sich erinnerte, wieder wahr werden. Sie dachte an ihren Vater, an den unerschütterlichen Glauben in seinen Augen, als er sie angesehen hatte. Daran, wie sie sich gefühlt hatte, als er sie in seine Arme geschlossen hatte, und wie sie in diesem Moment begriffen hatte, dass es in Ordnung war, diese Entscheidung zu treffen.

Roz spürte die Hitze ihrer Magie sengend in ihren Adern. Sie spürte auch Damians, die ebenso warm und lebendig war. Ihre Kräfte vermischten sich, schwollen an zu etwas nahezu Greifbarem, etwas, das größer war als sie beide zusammen. Sie schloss fest die Augen und Tränen liefen über ihre Wangen.

Patience nahm Deaths Angebot an, und so wurde Chaos wiedererweckt, hatte in der Geschichte gestanden. *Doch in jenem*

Augenblick, in dem der Atem zurück in seine Lunge strömte, wurde Patience von der Welt der Sterblichen losgelöst und das Band der Liebenden durchtrennt.

Als Damian Chaos geworden war, war er nicht mehr gewesen wie zuvor. Roz wusste instinktiv, dass ihr das Gleiche widerfahren würde. Nicht auf die gleiche Weise – schließlich war Patience ganz anders als Chaos –, aber man konnte nicht zum Heiligen werden und gleichzeitig unverändert bleiben.

Wie oft hatte sie ihren eigenen Gedanken entkommen wollen? Jemand anders sein wollen als sie selbst? Wie oft hatte sie sich danach gesehnt, sich ihren Kummer, ihren Schmerz, ihre Verzweiflung aus dem Herzen zu reißen? Die Magie hatte ihr so viel genommen. Sie war der Grund für jede Kluft, jede Ungerechtigkeit, über die sie sich jemals geärgert hatte. Wie ironisch, dass sie sich nun ausgerechnet ihr zuwandte.

»Nimm«, sagte sie mit kratziger Stimme zu Damian, zu Chaos. »Nimm, was immer du brauchst.«

Damian zuckte und runzelte die Stirn, als hätte ein Teil von ihm ihre Worte gehört. Es fühlte sich merkwürdig an, mit ihm zu sprechen, als wäre er nicht er selbst. Doch Roz musste daran glauben, dass der Heilige in seinem Inneren ihr zuhörte. Sie musste irgendwie daran glauben, dass die Magie erkennen würde, was sie opferte: ihre Menschlichkeit. Den Teil von ihr, der fest mit einem normalen, sterblichen Leben verbunden war. Denn schließlich hatte es einen derartigen Tausch schon einmal gegeben.

Und so wurde Chaos aus dem Pantheon gestoßen, dazu verdammt, als einfacher Sterblicher auf Erden zu wandeln, während Patience die Erste wurde, die in die nächste Ebene aufstieg.

Wenn die Geschichten stimmten, dann konnte sie Damian wieder zum Menschen machen. Sie konnte ihm die Menschlichkeit wiedergeben, die ihm geraubt worden war. Chaos mochte sein Schicksal sein, doch sie konnte es rückgängig machen.

Aber im Gegenzug musste sie eine Heilige werden.

Ihre Knie schmerzten auf dem harten Boden. Einen furchtbaren, erschreckenden Moment lang atmetet Damian nur noch mühsam und sie glaubte bereits, sie hätte versagt.

Dann spürte sie Magie in sich auflodern.

Sie brannte sich durch ihre Adern, so heftig, wie sie es noch nie zuvor erlebt hatte. Eine sengend heiße, *qualvolle* Hitze. Sie blickte zum Himmel auf und schrie. Vielleicht nahm sie es nur selbst so wahr, doch für einen Moment schien dieser Schrei das Einzige auf der Welt zu sein. Er zerschmetterte Dinge, die sie nicht zu benennen vermochte, obwohl sie die Risse unter ihrer Haut spüren konnte. Sie war unendliche, unerbittliche Macht in ihrer reinsten Form. Sie fühlte sich, als könne sie die Erde vernichten und aus dem Staub neu formen. Sie fühlte sich überirdisch.

Sie *fühlte*.

Mit diesem Gefühl kam eine Erinnerung, eine rein menschliche, an Sommertage, die sie mit Damian am Fluss verbracht hatte. Daran, wie sie durch die zerfallenden, in Schatten gehüllten Straßen gerannt waren, sich an die Gassen gehalten hatten, bis sie am Wasser angekommen waren. An windigen Tagen, wenn die Wellen auf die Felsen gekracht waren, war es immer am schönsten gewesen. Obwohl Roz eigentlich die Wagemutigere von ihnen beiden war, hatte Damian immer ausprobieren wollen, wie weit sie hinausschwimmen könnten. Sie dachte daran, wie er sie an der Hand genommen und sie vom Ufer weggezogen hatte, breit grinsend Wasser getreten hatte.

Das tat er noch immer, nicht wahr? Sie immer tiefer und tiefer ziehen, bis sie sich mit angehaltenem Atem in die kurzen

Augenblicke des Vergessens ergab. Genau das war es, was Damian mit ihr machte – er machte sie unempfänglich für alles andere.

Einen flüchtigen Moment lang lebte sie in dieser Erinnerung. Labte sich an ihr. An der unbekümmerten Bedeutungslosigkeit des Glaubens daran, dass alles von Bedeutung wäre.

Dann lief ein Schauer durch ihren Körper und alles blieb stehen. Ihr Herzschlag. Die Zeit selbst.

Sie blinzelte und mit einem Mal sah sie die Welt so klar wie nie zuvor.

Roz beugte sich über Damians bleiche, hingestreckte Gestalt. Strich mit der Hand über seine Wange, spürte seine kühle, leblose Haut. Etwas tief in ihrer Seele hatte sich verändert, und obwohl sie es deutlich wahrnahm, konnte sie nicht genau sagen, was genau es war. Ihre Gedanken waren glasklar, als hätten sie sich neu fokussiert. Sie verspürte ein Gefühl des ... Friedens. Das war merkwürdig. Wie lange war es her, dass ihre Wut sich lange genug gelegt hatte, um richtig *durchatmen* zu können?

Sie blickte noch einmal auf Damian hinunter. Bei seinem Anblick verspürte sie ein Ziehen in der Brust, und sie klammerte sich mit schwächlicher Verzweiflung daran fest, während alles andere entschwand. Der Zorn. Die Trauer. Die Angst. Das alles schien sich zu verflüchtigen, ungreifbar wie Rauch, und ebenso unmöglich festzuhalten. Der Nebel um sie herum löste sich auf, verschmolz mit der Nacht, während der Mond seinen rechtmäßigen Platz am Himmel zurückeroberte. Sie war die Einzige, auf die sein Licht fiel. Sie vertrieb mit ihrem Willen den Regen, und mit einer Stimme, die auch das letzte Grollen des Donners am Firmament hätte sein können, befahl sie der Welt, stillzustehen.

Sie tat es.

Waffen fielen zu Boden, eine nach der anderen, zerschmolzen zu unförmigen Klumpen. Jede einzelne Person auf dem Gelände des Palazzos drehte sich um, überwältigt von ihrem Anblick, einer einsamen, in Silber getauchten Gestalt.

Roz ließ sie starren. Sie spürte ihre Ehrfurcht, ihre Inbrunst, die sie zu nutzen beabsichtigte. Sie war ihre Heilige. Sie kannte ihre Stadt und wusste darum, wie die Menschen in zwei Lager gespalten worden waren und dass ihr unerbittlicher Krieg schon viel zu lange dauerte. Sie verstand nun, was Damian gemeint hatte, als er gesagt hatte, er wolle nie wieder so werden, wie er einst gewesen war. Menschlichkeit war Schmerz. Göttlichkeit war Freiheit.

Sie wandte sich von Damian ab und das Ziehen in ihrer Brust verebbte endgültig. Er war nicht mehr länger Chaos, sondern nur noch ein Mann. Wie viele Jahre hatte sie zugelassen, dass Damian Venturi jeden Einzelnen ihrer Gedanken vereinnahmte? Sie hatte ihn *gebraucht*, auch wenn ihr das nicht gepasst hatte, und im Gegenzug hatte er sie gebraucht. Wie hätte es auch anders sein können, nachdem Chaos und Patience so eng miteinander verwoben waren? Doch nun hatte Roz das Gefühl, als wären unsichtbare Fesseln von ihr abgefallen.

Was nützt einer Heiligen ein Mensch?

Sie erhob sich.

36

DAMIAN

Damian Venturi hatte sich immer danach gesehnt, mehr Geschichte als Junge zu sein.

Als Kind hatte er sein Leben immer recht langweilig gefunden. Er hatte sich nach Abenteuern gesehnt. Hatte sich gewünscht, irgendwo weit weg zu sein, jemand zu sein, der er nicht war. Doch nun, als er blinzelnd zum Nachthimmel aufsah, konnte er nur denken, dass es nichts Schöneres gab, als genau der zu sein, der er war.

Abgesehen, vielleicht, von *ihr*.

Roz stand neben ihm. Ihr langes Haar war offen und fiel ihr bis zu den Ellenbogen. Sie war unnatürlich still. Sogar noch stiller als sonst. Obwohl es unmöglich war, schien das Mondlicht nur sie allein zu beleuchten, als hätte sie es in sich aufgenommen und würde nun in seinem Glanz erstrahlen. Als sie Damian ansah, öffneten sich, beinahe überrascht, ihre vollen Lippen, und ihre Augen waren groß und von einer Emotion erfüllt, die Damian nicht benennen konnte. Obwohl seine Erinnerungen verschwommen waren, wusste Damian noch, was geschehen war. Wie sie ihr Messer in seinen Bauch gestoßen hatte und währenddessen unablässig Entschuldigungen über ihre Lippen gekommen waren.

Sie hatte den Heiligen getötet, um ihm sein Leben zu geben. Er erinnerte sich vage daran, sie gebeten zu haben, es nicht zu tun. Er hatte so bleiben wollen, wie er gewesen war, frei von den Dingen, die ihn so lange Zeit belastet hatten. Doch diese Dinge hatten ihn menschlich gemacht. Sie hatten ihn zu dem Menschen gemacht, der er war. Den Roz liebte. Sie hatte ihn zurückgewollt – das hatte sie ihm gesagt –, und Damian konnte nicht fassen, dass er auch nur eine Sekunde lang versucht hatte, sie zurückzuweisen. Was immer sie getan, was immer sie geopfert haben mochte, hatte funktioniert. Sie hatte rückgängig gemacht, was Enzo angerichtet hatte, und Chaos' Magie erneut geschwächt. Sie hatte Damian nach Hause geholt. Er spürte noch immer einen Nachhall von Macht in seinen Knochen, doch dabei handelte es sich um seine eigene. Die schwache Magie eines gewöhnlichen Jüngers und nicht die eines Heiligen.

»Roz«, sagte er leise und durchbrach die vollkommene Stille. »Danke.«

Mit einiger Mühe setzte er sich auf und stellte überrascht fest, dass sein Körper heil und unversehrt war. Ein Teil von ihm nahm wahr, dass das Gelände des Palazzos voller Menschen war – die allesamt erstarrt waren, entweder, weil sie unter Schock standen, oder jetzt, da der Regen aufgehört hatte, unter einer Illusion –, doch Damian brachte es noch nicht über sich, ihnen seine Aufmerksamkeit zu schenken. Er wollte nur mit Roz sprechen. Sich ebenfalls bei ihr entschuldigen und sie festhalten, bis sie ihm glaubte, dass es ihm leidtat.

Roz lächelte. Es war leer, dieses Lächeln, und erwischte Damian unvorbereitet. Er hatte überlebt. Sie hatten beide überlebt, und er verübelte ihr nicht, was sie getan hatte.

»Was ist los?«, fragte er und streckte ihr eine Hand hin. Tiefe Erleichterung überkam ihn, als sie ihre hineinlegte, doch sie zog sie fast genau so schnell wieder zurück. Ihr Gesichtsausdruck war zu gleichmütig. In ihren Augen brannte Feuer, doch es war nicht das Feuer blinder Wut. Nein – es war unerschütterliche Zuversicht. Roz hatte einen Plan und ging davon aus, dass er funktionieren würde.

Und wie immer dieser Plan auch aussehen mochte – sie brauchte Damian dafür nicht.

»Entschuldige mich bitte«, sagte sie mit einem süffisanten Unterton, »ich glaube, die Leute brauchen ihre Heilige. Würdest du sie bitte befreien?«

Er stand auf. »Was meinst du damit?«

»Du bist vielleicht nicht mehr Chaos, aber du bist nach wie vor ein mächtiger Jünger, Damian Venturi.«

Die Art, wie sie seinen Namen aussprach, ließ seinen Mund trocken werden. Es klang so distanziert – als würde sein Name ihr nichts bedeuten.

Als würde *er* ihr nichts bedeuten.

»Warte«, sagte er. »Hast du gesagt, die Leute brauchen ihre *Heilige*?«

Roz konnte keine Heilige sein. Das war unmöglich. Sie *hasste* die Heiligen und alles, wofür sie in der Stadt standen. Hatte sie ihn so gerettet? Hatte sie die Bürde der Heiligkeit auf sich genommen, um ihn davon zu befreien?

Sie bedachte ihn wieder mit dem gleichen hohlen Lächeln. »Die Illusionen, Damian.«

Ihm drehte sich der Kopf, doch er versuchte sich zusammenzureißen. Nun, da der Regen nicht mehr da war, konnte er seine Macht spüren, wie sie schwer in der Luft um sie herum lag, und vertrieb sie durch die Kraft seines Willens. Als das geschah, wurde ihm klar, dass es nicht nur seine eigene sein konnte. Calder hatte gesagt, dass Chaos' Magie nicht kumulierbar sei, doch als ein Heiliger mit im Spiel gewesen war, hatte das offensichtlich anders ausgesehen. Er drehte sich um und sah, dass Calder Bryhn ihn anschaute, fast, als würde er auf ein Signal warten. Zweifellos hatte er seine verbliebenen Jünger angewiesen, ihre Illusionen zurückzunehmen, als er gesehen hatte, dass Damian das Gleiche getan hatte. Wussten sie, dass er nicht mehr ihr Heiliger war?

Der General nickte ernst, und Damian wurde plötzlich schlagartig bewusst, dass Calder praktisch noch ein Junge war. Ein Junge, der mehr verloren hatte, als er ertragen konnte, der nicht wusste, wie es weitergehen sollte.

Er erwiderte das Nicken, doch ihm war speiübel. Die Gesichter der übrigen brechaanischen Jünger waren von Trauer verhärtet und ihre Augen getrübt von Verlust und Niederlage. Damians Herz hämmerte, als ihm die Leichen wieder einfielen, die in seiner unmittelbaren Nähe am Boden lagen und unter denen auch Milos war.

Seine Schuld. Das war seine Schuld gewesen.

Roz glitt bereits fort von ihm, und der Mond folgte ihr auf ihrem Weg. Während sie sich bewegte, erwachten die Menschen aus ihrer kollektiven Erstarrung. Damian wurde bewusst, dass sie sie allesamt beobachteten, und das konnte er ihnen kaum verdenken. Sie waren unbewaffnet, vollkommen verzückt und schienen zu nichts anderem in der Lage zu sein. Es schien, als besäße Roz die unerklärliche Fähigkeit, ihre gesamte Aufmerksamkeit zu vereinnahmen.

Als sie schließlich sprach, schien ihre Stimme aus dem Inneren von Damians eigenem Geist widerzuhallen. Es war eine beständige Stimme. Eine Stimme voller unermesslicher Macht.

»Ihr wisst, was ich bin«, begann sie, und Damian vermutete, dass ihre Worte auch in den Köpfen der anderen widerhallten. »Ihr wisst auch, was ich getan habe. Ich habe Chaos aufgehalten, um diese Stadt zu retten.« Sie hielt inne, ihr Blick verurteilend und vernichtend. »Aber ihr habt das nicht verdient.«

Schuldgefühle nagten an Damian, während er verfolgte, wie Roz langsam in einem Halbkreis durchs Gras schritt. Ihre Bewegungen waren geschmeidig und erinnerten ihn an das strömende Wasser eines Flusses, der ungehindert fließen konnte.

»Chaos wurde einmal mehr wiedergeboren, um euch zu strafen.« Roz' Anschuldigungen waren von abgrundtiefer Wut erfüllt. »Euch dafür zu bestrafen, wie ihr seine Kinder behandelt habt. Wie ihr die Unerwählten behandelt habt. Jeden Tag habt ihr um einen Heiligen gebetet, der euch erlösen möge, und nun bin ich hier. Ich bin gekommen, um euch zu erretten, ob ihr es nun verdient habt oder nicht, weil ich barmherzig bin.«

Sie drehte sich um und ließ den Blick über einen anderen Teil der Versammelten gleiten. »Aber wenn ihr diesen Weg weiter beschreitet, werdet ihr erfahren, dass Chaos nicht der einzige Heilige ist, der gefährlich werden kann.«

Damian blickte wieder zu Calder. Der General hatte Araina eine Hand auf die Schulter gelegt und lauschte Roz, und dabei zeichnete sich Hoffnung in seinem Gesicht ab. Die Brechaaner waren von ombrazianischen Soldaten und Sicherheitsoffizieren eingekreist, die jedoch geflissentlich Abstand hielten. Damian begriff, dass sie durch die gemeinsame Verehrung einer Heiligen vereint waren, und wenn auch nur für den Augenblick.

»Sie ist eine Betrügerin.« Eine selbstbewusste Stimme schallte über die versammelte Menge hinweg, die sich nun teilte, um General Falco Platz zu machen. Salvestro war an ihrer Seite, mit einem boshaften Grinsen im Gesicht. Damian hatte die Stimme der Frau bereits erkannt, bevor sie zu sehen gewesen war. »Glaubt ihr wirklich, ihr könnt einer Heiligen von Patience vertrauen? Ihre Geschichte ist viel zu eng mit Chaos' verwoben.«

»Man hätte sie gemeinsam mit ihrem Geliebten aus dem Pantheon werfen sollen«, bekräftigte Salvestro.

Ein misstönendes Raunen ging durch die Menschenmenge. Einige Stimmen klangen argwöhnisch, andere unverhohlen aufgebracht. Selbst unerwählte Soldaten hatten ihr Leben lang neben den anderen fünf Heiligen auch Patience verehrt. Ihre Reinkarnation an einem Ort wie diesem in Abrede zu stellen war ein kühner Schritt.

Damian spannte sich und war schon im Begriff, vorzupreschen und Salvestro deutlich klarzumachen, was er von seinen Behauptungen hielt, als Roz eine Hand hob. Sie neigte den Kopf und musterte Falco mit vernichtender Intensität.

»Du hast versucht, noch mehr Zwietracht in dieser Stadt zu säen«, sagte sie leise, drohend. »An deinen Händen klebt das Blut derer, die es nicht verdient hatten, zu sterben. Und du *wirst* zur Verantwortung gezogen werden.«

Falco schnaubte höhnisch. Sie richtete den Blick auf die Offiziere, die ihr am nächsten standen, und zeigte mit dem Finger in Roz' Richtung. »Verhaften Sie sie.«

Kein Einziger von ihnen hatte noch eine Waffe, und vielleicht war es das, was sie zurückhielt. Jedenfalls zögerten die Offiziere und wechselten beklommene Blicke.

»Entscheidet euch«, sagte Roz zu ihnen. Ihre ewige Stimme war fest, jedoch nicht feindselig. »Euer General oder eure Heilige.«

Eine weitere Sekunde verstrich. Dann umzingelten sie Falco. Sie schlug nach ihnen, brüllte Befehle, die auf taube Ohren trafen, und wurde schließlich rasch überwältigt. Damian konnte nichts gegen das Gefühl der Befriedigung tun, das ihn durchfuhr, als die Offiziere sie fortzogen wie ein Kind, das einen Trotzanfall hatte.

Als Nächstes wandte Roz sich an Salvestro. Damian war sich sicher, dass sie ihn mit seinen Vergehen konfrontieren würde, doch bevor sie Gelegenheit dazu bekam, ergriff der Magistrat die Flucht.

Er bahnte sich rennend einen Weg durch die Zuschauer, die beiseitesprangen, diesmal allerdings nicht aus Respekt. Dann hetzte er weiter übers Gelände in Richtung des Friedhofs, ein Feigling bis zuletzt. Fast hätte Damian gelacht.

Roz blickte Salvestro gleichmütig nach. Sie folgte ihm nicht und forderte auch niemanden sonst auf, es zu tun. Stattdessen hob sie eine Hand und beschwor einen Sturzregen herauf, ähnlich dem, den sie gerade erst beendet hatte. Diesmal beschränkte er sich jedoch auf einen deutlich kleineren Bereich. Er verfolgte Salvestro, wartete, bis er die andere Seite des Friedhofs erreicht hatte. Der Himmel schien über ihnen zu erbeben.

Und dann, vor den Augen aller Zuschauer, wurde der Magistrat in das Unwetter gesogen und über den Rand der Klippen geschleudert.

Ohrenbetäubende Stille folgte. Falls die Menschen das Ausmaß von Roz' Macht noch nicht begriffen hatten, taten sie es spätestens jetzt.

Damian kniete sich nieder.

Zuerst schien es niemand zu bemerken. Doch dann tat Calder es ihm gleich und sank im nassen Gras ebenfalls auf die Knie. Einer nach dem anderen knieten die Menschen, die auf dem Gelände des Palazzos versammelt waren, egal ob Jünger oder Unerwählte, vor der Reinkarnation der Schutzheiligen von Patience. Es sah Roz sehr ähnlich, auf diese Weise ihre Herrschaft zu etablieren, und Damian hätte deswegen beinahe gelächelt. Indem sie das Glaubenssystem, das sie so sehr verachtete, zu ihrem Vorteil nutzte, ergänzt durch eine Prise Angst.

Er wusste nicht, wie lange er dort verharrte, umgeben vom Schutt des zusammenbrechenden Palazzos. Doch irgendwann richteten sich Roz' Augen auf Damian. Diesmal lächelte er wirklich.

Als sie sich von den Zuschauern abwandte, erhob sich Damian und winkte Noemi und noch einige weitere Sicherheitsoffiziere, die in der Nähe standen, zu sich.

»Schafft alle hier weg«, wies er sie an. »Sollte euch jemand Schwierigkeiten machen, dann steckt ihr ihn zu Falco ins Gefängnis. Das gilt auch für eure Offizierskollegen.«

Noemi hob eine Braue. »Dann holst du dir also deinen alten Job zurück?«

»Fürs Erste.« Wenn sie Glück hatten, würde seine Position in den nächsten Tagen und Monaten ohnehin überflüssig werden. »Hast du ein Problem damit?«

»Himmel, nein.«

Die anderen Offiziere neigten die Köpfe und Damian klopfte Noemi auf den Arm. »Danke«, sagte er. Dann, so leise, dass nur sie es hören konnte: »Wenn du Siena begegnest, wird sie vermutlich ein Wörtchen mit dir reden wollen. Hör sie an.«

Noemi errötete. »Ist das ein Befehl, Signore?«

»Wenn es hilft.«

Sobald sie fort waren, wandte Damian sich zu Roz um. Sie schien zufrieden zu sein, wirkte jedoch noch immer kühl und distanziert. Er wusste nicht, was er sagen sollte. Erging es einem als nächste Heilige von Patience ähnlich wie als Heiliger von Chaos? Würde sie sich Stück für Stück selbst verlieren, ebenso wie es Damian getan hatte, oder war ihre Transformation bereits abgeschlossen? Bei allem, was er durchgemacht hatte, war seine Liebe für Roz immer eine Konstante gewesen. Wieso schien sie anders zu empfinden?

»Sag bloß nicht, du hast ernsthaft vor, über diesen Ort zu herrschen?«, fragte Damian. Er versuchte, es scherzhaft klingen zu lassen, doch seine Worte klangen gepresst.

Roz schüttelte den Kopf und beobachtete, wie die Sicherheitsoffiziere begannen, die Leute vom Palazzo wegzubringen.

»Ich habe ihnen gesagt, was sie meiner Meinung nach hören mussten. Die Stadt muss wiederaufgebaut und all ihre Bewohner versorgt werden. Dafür muss ich sorgen.«

Damian wurde klar, dass es für Patience schon immer am wichtigsten gewesen war, sich um ihr Volk zu kümmern. Vielleicht war Roz der Heiligen doch gar nicht so unähnlich gewesen – hatte sie nicht auch immer das Gleiche gewollt? Jedem zu helfen, ungeachtet, wer er war?

»Das kriegen wir hin«, versicherte er ihr. »Wo sind Dev und Nasim? Siena und Kiran?«

»Ich bin mir nicht sicher. Nun ja«, fügte sie hinzu und ihre Miene verhärtete sich. »Dev ist tot. Salvestro hat dafür gebüßt.«

Damians Magen zog sich zusammen. Bruchstücke der Gespräche, die sie noch am Abend geführt hatten, fielen ihm wieder ein, als hätte er diese Momente durch die Augen eines Fremden miterlebt. Doch an dieses eine erinnerte er sich noch. »Roz, es –« Er brach ab. Was sollte er sagen? Dass es ihm leidtat? Das bedeutete nichts. Es genügte nicht. Er wusste noch, wie er sich nach Micheles Tod gefühlt hatte, und wie jede Mitleidsbekundung sich angefühlt hatte wie eine Faust, die ihm die Luftröhre zudrückte.

Außerdem war Roz in ihrer Trauer nicht allein. Damian hatte Dev mit seiner Direktheit und seinem verschrobenen Humor inzwischen recht gerngehabt. Dass er tot sein sollte, fühlte sich falsch an. Es war nicht fair. Er hatte bereits so viel verloren.

Roz tat seine Nicht-Entschuldigung mit einer Handgeste ab. »Ich habe dir doch gesagt, dass Salvestro gebüßt hat.«

Sie klang nicht gleichgültig – nein, in ihrer Stimme klang unüberhörbar Leid mit –, doch nachdem er sie vorhin schreien gehört hatte, hätte Damian eher mit so etwas wie Hysterie gerechnet. Die Roz, die er kannte, wäre für ihre Freunde gestorben und hätte alles auseinandergenommen, wenn sie erfahren hätte, dass man ihr einen von ihnen genommen hatte.

»Roz«, begann er zögerlich, »was *genau* hast du geopfert, um mich zu retten? Was hast du aufgegeben, um eine Heilige zu werden?«

Sie sah ihn nicht an, sondern blickte noch immer aufs Palazzo-Gelände. Ihr Mund verzog sich ironisch. »Du erinnerst dich doch noch an die Geschichte aus *Heilige und Hingabe*, nicht wahr? Die, die ich dir im Atheneum vorgelesen habe?«

Damian spürte, wie er plötzlich Angst bekam, verstand jedoch nicht, weshalb. Er grub in seinen verschwommenen Erinnerungen, fand den entsprechenden Augenblick und suchte nach den Worten, die sie gesprochen hatte, als sie ihm von Chaos' und Patience' tragischem Ende erzählt hatte.

Als sie ihm wieder einfielen, wurde ihm eiskalt.

»Was hast du getan, Roz?«, flüsterte er noch einmal und sein Mund war knochentrocken.

Endlich, *endlich* drehte sie sich zu ihm um und sah ihn an. Ihre Augen waren so sommerhimmelblau, wie er es in Erinnerung hatte, und doch waren sie verändert. Etwas an ihr war verändert, als sie lapidar sagte: »Die Geschichte spielt sich immer so ab, wie es vorherbestimmt ist.«

»Nein«, entgegnete Damian sofort. Das Wort rutschte ihm heraus, bevor er eine ausführlichere Antwort formulieren konnte. »Nein, Roz. Das hast du nicht getan.«

Er hatte nicht mehr den exakten Wortlaut im Kopf, doch an das Wesentliche der Geschichte erinnerte er sich noch. Patience tötete Chaos und gab anschließend ihre Menschlichkeit auf, um ihn zu retten. Er kehrte als sterblicher Mensch ins Leben zurück. Irgendwann im Laufe dessen wurde das Band zwischen den beiden Liebenden getrennt. Chaos brachte seine verbleibenden Jahre als Mensch auf Erden zu, während Patience auf eine höhere Ebene aufstieg. Alles, was sie miteinander verbunden hatte ... verschwand einfach.

Damian hatte das Gefühl, als hätte man ihm den Boden unter den Füßen weggezogen. Undeutlich hörte er, wie seine Stimme ein drittes Mal *Nein* sagte, doch das geschah nicht bewusst. Er durfte Roz nicht verlieren. Ja, sie lebte und sie war hier, doch das genügte nicht. Ein Mensch war mehr als Fleisch und Blut und die mysteriöse Energie des Bewusstseins. In diesem Augenblick begriff Damian ganz genau, was Roz ihm zu sagen versucht hatte.

Ich will den Jungen, der sich mit mir am Fluss getroffen und der mir gestanden hat, dass er Angst – so große Angst – hat, vor allem, was die Zukunft bringt. Ich will, dass du wieder er bist.

Seine Beziehung zu Roz war das Produkt von allem, was sie gemeinsam erlebt hatten. Jahre der Freundschaft. Gemeinsam durch dunkle Straßen zu laufen und Hand in Hand und laut lachend in den sonnenbeschienenen Fluss zu springen. Roz, die in ihrem Kinderzimmer lächelte, ihr Gesicht runder und fröhlicher, als es jetzt war. Geteilte Geheimnisse in staubigen Gassen, die Köpfe dicht zusammengesteckt, und Beinahe-Küsse, für die sie beide noch zu jung gewesen waren, um sie zu Ende zu bringen. Ihr erster, *richtiger* Kuss trunken vom Wein und ohne Hemmungen, als Damian erkannt hatte, dass ihn nie wieder etwas von Rossana Lacertosa trennen könnte.

Dann, Jahre später, ihr erstes Zusammentreffen vor Patience' Tempel, als Roz ihm all ihre Enttäuschung und Verbitterung an den Kopf geworfen hatte. Selbst da hatte er sie wunderschön gefunden. Der Tag, an dem er sie in der Leichenhalle unter der Basilica gesehen und zugestimmt hatte, ihr bei der Klärung eines Mordfalls zu helfen. Die Erkenntnis, dass er Roz nie hatte nah sein können, ohne sie zu begehren. Das schummrige blaue Licht im Badehaus, Damians Geständnis, dass er sie zuerst hätte küssen sollen, der Finger, den sie über seine Schulter hatte gleiten lassen, und das leise Seufzen, das sie ausgestoßen hatte, als ihre Lippen sich berührt hatten. Das Zimmer über der Taverne und das erste Mal, dass sie zusammen einen so intimen, berauschenden Moment erlebt hatten, dass er geglaubt hatte, sein Herz würde zerbersten.

Diese Augenblicke gingen immer weiter und weiter. Es gab keine einzige Facette seines Lebens, die von Roz unberührt geblieben war. Das alles war von so brutaler Ironie, dass es ihm körperliche Schmerzen bereitete: Er hatte seine ganze Existenz dem Zweck gewidmet, sie zu verehren, nur damit sie am Ende eine Heilige geworden war, die ihn nicht mehr wollte.

Das war mehr, als er ertragen konnte.

»Die Geschichte ist falsch.« Seine Stimme brach, doch er musste es ihr trotzdem unbedingt erklären. Wenn schon nichts anderes, dann zumindest das. »Laut der Geschichte wird das Band zwischen Chaos und Patience getrennt, aber das ist falsch. Ich empfinde genauso, wie ich es immer getan habe.«

Er würde sie jedoch nicht zwingen, ihn zu lieben. Er würde sie niemals zu irgendetwas zwingen, was sie nicht wollte.

»Sag etwas, Roz«, flehte er. »*Bitte.*«

Roz verfolgte nachdenklich die Emotionen, die sich auf seinem Gesicht abzeichneten, und zwischen ihren Augenbrauen erschien eine kleine Furche. Sie schien tief in Gedanken versunken zu sein. Damian hielt den Atem an. Er wollte ein Zeichen – nur ein einziges Zeichen –, dass sie noch immer *Roz* war, und nicht eine Heilige, die ihr Gesicht trug. Doch die Sekunden verstrichen und sie schwieg.

Das schmerzte mehr als alles, was sie hätte sagen können.

»Was nützt einer Heiligen ein Mensch?«, flüsterte Damian das Zitat, das ihm plötzlich doch wieder einfiel. Wie passend, dass er ein Jünger geworden war, nur um sich so bedeutungslos zu fühlen wie noch nie zuvor in seinem Leben.

Als er sich zum Gehen wandte, hörte er, wie sie scharf einatmete.

»Die Geschichte ist nicht falsch«, sagte sie emotionslos. Doch ihre Stirn war noch immer gerunzelt, als wäre sie über etwas verwirrt. »Verstehst du nicht, dass das ein Opfer war, das ich darbringen musste? Ich habe dich zu sehr geliebt, um zuzulassen, dass du so bleibst.«

Geliebt, hatte sie gesagt. Nicht *ich liebe dich*. Damian wusste nicht, was er dazu sagen sollte.

Darum sagte er gar nichts.

37

ROZ

Roz saß im Ratssaal am Kopf des Tisches, umgeben von einer großen Gruppe, die gleichermaßen aus Jüngern und Unerwählten bestand.
Es war derselbe Raum, in dem wenige Wochen zuvor die schicksalhafte Versammlung abgehalten worden war. Doch diesmal standen keine uniformierten Offiziere mit versteinerten Mienen an den Seiten. Stattdessen saßen sie bei den anderen und sahen Roz erwartungsvoll an. Was sich *nicht* geändert hatte, war die Anspannung, die schwer in der Luft lag, und sie ging davon aus, dass sich daran auch nicht so schnell etwas ändern würde.
Damian Venturi saß zu ihrer Rechten. Anstatt seiner Uniform trug er ein schwarzes Hemd und eine schwarze Hose. Obwohl er sie kaum ansah, schien er wild entschlossen zu sein, als ihr persönlicher Beschützer zu fungieren. Seine Kieferpartie war angespannt und seine Schultern steif. Roz verstand nicht recht, weshalb er so wütend auf sie war und weshalb er trotzdem darauf bestand, nicht von ihrer Seite zu weichen, doch wenn sie darüber nachdachte, verspürte sie ein schmerzliches Ziehen.
Ihm gegenüber saßen Nasim und Zain Kadera, die sich praktisch nie voneinander trennten. Die Geschwister wirkten schwermütig, und obwohl Roz Nasim fast den ganzen Morgen

lang gestattet hatte, in ihr Haar zu weinen, fiel es ihr schwer, mehr zu empfinden als vagen Kummer.

Sie erinnerte sich an ihr früheres Leben, ihre früheren Gefühle, doch es schien ihr, als würde sie sie durch die Augen eines anderen betrachten. Es war seltsam, von diesen Menschen umgeben zu sein, die von ihr erwarteten, etwas – jemand – zu sein, der sie nicht mehr war. Ihre Aufgabe hier und jetzt war es, den Bürgern von Ombrazia gerecht zu werden und diese Stadt zum Besseren zu verändern.

Und danach? Wo fand eine Heilige Zuflucht?

Roz sah, dass der Stuhl auf Nasims anderer Seite leer geblieben war. Obwohl fast keine Plätze mehr frei waren, wagte es niemand, ihn zu besetzen. Dev Villeneuve hätte dabei sein sollen. Ein Mann, der still geliebt hatte, aber mit so viel Hingabe, dass er bereit gewesen war, für diese Liebe zu sterben. Eine wunderschöne Tragödie, dachte Roz bei sich, als ihr Blick wieder auf Nasim fiel. Obwohl ihre eigene Verbindung zu dem toten jungen Mann in weite Ferne gerückt zu sein schien, konnte sie nachempfinden, wie es war, zu lieben und dann einen Verlust zu erleben. Die Menschen ließen sich von derlei Dingen immer leicht beeindrucken.

Kiran Prakash und Siena Schiavone waren ebenfalls anwesend und saßen auf Damians anderer Seite. Siena schien selig vor Freude darüber zu sein, Schulter an Schulter neben einer blonden Frau zu sitzen, an deren Namen sich Roz nicht erinnern konnte. Weiter unten am Tisch saß eine Handvoll weiterer Rebellen, und Roz gegenüber am anderen Tischende saß Calder Bryhn. Die Leute wussten noch immer nicht recht, was sie von ihm halten sollten, doch er war so charmant, dass er sie langsam für sich einnahm. Einige hatten sogar angefangen, ihm zuzuhören, wenn er die Situation im Norden beschrieb. Natürlich war es in diesem Zusammenhang hilfreich, dass viele unerwählte Soldaten inzwischen nach Ombrazia zurückgekehrt waren und seine Angaben untermauern konnten.

Calder war der geborene Anführer, und darüber war Roz froh, denn sie wusste bereits, dass sie diese Rolle nicht lange übernehmen könnte. Darum legte sie die Saat dafür, dass in den Menschen Vertrauen in den ehemaligen General aufkeimen konnte. Wie Roz rasch festgestellt hatte, gehörte das zu den interessanten Aspekten des Daseins einer Heiligen – sie konnte sagen, was immer sie wollte, und die meisten akzeptieren es als die Wahrheit. Das war eine nützliche Fähigkeit. Doch sie strebte nicht nach der Herrschaft. Ein Volk war dazu bestimmt, sich selbst zu regieren – man musste den Menschen lediglich die Werkzeuge in die Hand geben, um dies erfolgreich zu bewältigen.

Sie räusperte sich und musterte die Dutzenden Menschen, die den Raum füllten. »Sind die auserkorenen Repräsentanten der Unerwählten anwesend?«

Vor ihr auf dem Tisch lag ein aufgeschlagenes, gewaltiges Buch. Nachdem sich die Lage etwas beruhigt hatte, hatten Siena und Noemi eine Reihe von Büchern und Dokumenten aus dem Atheneum geholt. Roz hatte verfügt, dass das Gebäude und sein Inhalt zukünftig allen zur Verfügung stehen sollten. Sie wusste, dass sie sich, um eine Zukunft aufzubauen, nicht allein auf Informationen aus der Vergangenheit verlassen durften, aber sie hatte wissen wollen, wie die Stadt in früheren Friedenszeiten organisiert gewesen war. Ihre Erinnerungen gingen zwar weit zurück, waren jedoch verschwommen. Einst, hatte sie erfahren, waren alle in Ombrazia als gleichwertig angesehen worden. Anhand dieser Primärquellen, die ihr als Leitfaden dienten, hatte sie die Idee von Volksabstimmungen und einer in mehrere Ebenen aufgesplitteten Regierung angestoßen. Auf diese Weise könnten die zahlreich vertretenen

Unerwählten weit mehr Einfluss darauf nehmen, wie Dinge gehandhabt wurden. Die öffentliche Meinung über die Unerwählten hatte sich noch nicht gänzlich gewandelt, doch das Verhältnis zwischen den einzelnen Gruppen war inzwischen etwas weniger angespannt. Schließlich hatte Roz darauf geachtet, deutlich zu machen, dass in den Augen der Heiligen alle gleich waren.

Das war die Wahrheit. Doch ihr wurde zunehmend klar, dass die Wahrheit nicht immer von Belang war. Denn ein Glaubenssystem war doch im Grunde nichts anderes als eine Möglichkeit, die Menschen zu beherrschen.

»Anwesend«, sagte Nasim laut und reckte entschlossen das Kinn. Sie war praktisch sofort als Vertreterin der Unerwählten ausgesucht worden, aber natürlich durften neben ihr auch alle anderen jederzeit an den Versammlungen teilnehmen. Nachdem Roz sich versichert hatte, dass auch die übrigen Repräsentanten vollzählig waren, blieb ihr Blick an Calder hängen. Er grinste. Langsam, aber sicher gewöhnten sich die Ombrazianer an die Vorstellung von Chaos-Jüngern in ihrer Mitte. Vor ihrem Rückzug wollte Roz versuchen, Entschädigungen für Familien und Kinder zu erwirken, die voneinander getrennt worden oder verschwunden waren. Die Berichte über die Vergangenheit, die sie von Calder gehört hatte, waren schrecklich. Wenn Brechaat und Ombrazia wiedervereint werden sollten – was das Endziel war –, würde man all das berücksichtigen müssen, was Brechaat verloren hatte.

Und dazu gehörte Roz' Ansicht nach auch, dass Chaos in das Pantheon zurückkehrte.

Bei dem Gedanken schlug ihr Herz zuerst schneller, bevor es wieder sank. Das wäre fortan ihr Fluch – sich nach dem Geliebten zu sehnen, den sie entschieden hatte, zu vernichten.

Sie ließ prüfend den Blick über die Repräsentanten schweifen, um sich zu versichern, dass sie bereit waren. Jede Zunft hatte eine Handvoll Jünger geschickt, und obwohl sie Abstand zu den Brechaanern und den Unerwählten hielten, war ihnen anzumerken, dass sie gekommen waren, um zuzuhören. Um mitzuarbeiten.

»Also dann«, sagte Roz und klatschte in die Hände. »Wir haben viel zu tun.«

Im selben Moment, in dem die Versammlung endete, sah Roz Damian aus dem Ratssaal fliehen, als stünde er in Flammen.

Nachdem sie es geschafft hatte, sich von all den Menschen loszueisen, die mit ihr reden wollten oder ihren Segen für sich oder ihre Angehörigen erbaten, eilte sie in fast verzweifelter Hast hinaus auf das Außengelände des Palazzos. Seit sie eine Heilige geworden war, dachte Roz mit jedem Tag, der verstrich, mehr und mehr an Damian Venturi. Es gab keinen nachvollziehbaren Grund dafür. Wie all ihre Erinnerungen waren auch die an ihre gemeinsame Vergangenheit undeutlich und schwer fassbar. Der Mann, der Chaos gewesen war, war nun nichts anderes mehr – nur ein Mann. Und Roz war nicht mehr die Frau, die er geliebt hatte.

Aber er schlich sich in ihr Unterbewusstsein und tauchte fast jede Nacht in ihren Träumen auf, die zu lebhaft waren, um sie einfach zu ignorieren. Sie ertappte sich dabei, wie sie überlegte, was er gerade tat, oder wie sie daran dachte, wie er sie damals auf dem Gelände des Palazzos angesehen hatte, mit einer Art Ehrfurcht in seinem unendlich tiefen Blick. Nicht mit der Sorte von Ehrfurcht, mit der sie alle anderen betrachteten, sondern auf eine wissende Art. Roz hatte den Eindruck, dass alle anderen Ombrazianer sie glorifizierten, weil sie Großes von ihr erwarteten. Damian dagegen schien damit zufrieden zu sein, sie so zu verehren, wie sie war.

Sie konnte natürlich unmöglich wissen, ob es tatsächlich so war, aber sie wurde diesen Eindruck irgendwie nicht los.

Als sie ihn heute gesehen hatte, mit stoischer Miene und herabgezogenen Mundwinkeln, hatte sie plötzlich eine Art flaues Gefühl in der Magengrube empfunden. Den völlig grundlosen Wunsch, ihn lächeln zu sehen, nur um zu wissen, wie das war. Um ihre schwammigen Erinnerungen aufzufrischen, von denen sie eigentlich so sicher gewesen war, dass sie sie nicht mehr brauchte.

Sie machte sich auf die Suche nach ihm. Ihre Füße schienen sich ohne ihr Zutun zu bewegen. Fast war es, als wisse ein tief in Roz begrabener Teil von ihr genau, wo sie Damian finden würde. Sie hatte keine Ahnung, was sie zu ihm sagen sollte. Es gab keine logische Erklärung für ihr Verlangen danach, ihn zu *kennen*. Sie war eine Heilige. Jünger hin oder her, er war ein gewöhnlicher Mensch, und als solcher würde er auch sterben. Sie konnten keine Verbindung miteinander haben, die in irgendeiner Form sinnvoll gewesen wäre.

Roz kam an dem Haus vorbei, in dem eine andere Version ihrer selbst aufgewachsen war, und nahm es ohne große Gefühlsregung zur Kenntnis. Undeutlich erinnerte sie sich, dass das angrenzende Gebäude, hinter dessen geschlossenen Läden Dunkelheit herrschte, Damians Elternhaus war. Vielleicht war es dumm gewesen, hierherzukommen. Vielleicht war das, was sie trieb, nichts weiter als das diffuse Pflichtgefühl, das sie allen Ombrazianern gegenüber empfand. Die Verpflichtung, als ihre Heilige für ihre Sicherheit zu sorgen. War es nicht so, dass sie sich nur aus Liebe zu ihrem Volk weiterhin um ihre eigene Mutter kümmerte, und nicht Caprice zuliebe? War es nicht so, dass sie so gut wie möglich vorschützte, weitestgehend unverändert zu sein, weil sie wusste, dass diejenigen, die ihr am nächsten standen, sich das wünschten? Bei Damian ging das allerdings nicht. Deswegen hatte sie sich auch bemüht, ihm aus dem Weg zu gehen. Jeder Versuch ihrerseits, höflich zu sein, hatte nur dazu geführt, dass er sich noch mehr zurückgezogen hatte.

Warum konnte sie ihn nicht loslassen?

Als Roz um eine weitere Ecke bog, entdeckte sie ihn. Er stand am Flussufer, mit den Händen in den Taschen, und blickte aufs Wasser. Der Wind blies kräftig. Die Luft roch nach Salzwasser. Urplötzlich überkam sie ein Gefühl von Vertrautheit. In diesem Augenblick, als er, wie Roz jäh erkannte, an ihrem Treffpunkt aus Kindertagen stand, war er mehr als nur der Mann, den sie einst geliebt hatte.

»Damian.« Roz' Stimme wurde vom Wind verschluckt, doch er hörte sie trotzdem. Seine Miene hellte sich kurz auf, wurde jedoch gleich darauf ausdruckslos. Er bewegte sich nicht, sondern wartete, dass sie zu ihm kam.

»Roz, bitte«, sagte er gequält. »Ich kann das nicht noch einmal. Ich kann nicht – «

»Ich weiß, dass ich nicht mehr die Gleiche bin, Damian. Ich weiß es. Aber es scheint, dass ich dir nicht entkommen kann.« Roz streckte die Hände aus und legte sie sanft um sein Gesicht. Seine Wangen waren kalt und seine Augen geweitet. Seine Haare waren inzwischen länger, sodass ihm einige Strähnen in die Stirn fielen. Er wirkte müde. Unglücklich. Sie spürte die Kraft seines Kummers wie einen körperlichen Schmerz in ihrer eigenen Brust. »Und ich *will* dir nicht entkommen. Ich kann es nicht erklären, aber ich kann nicht aufhören, an dich zu denken. Es ... Es scheint, als würdest du mir immer fehlen.«

Damians Augen begannen zu leuchten, und etwas flackerte in ihnen auf. Hoffnung, dachte Roz, doch sie verschwand so schnell wieder, wie sie gekommen war, sodass sie sich nicht sicher sein konnte, ob sie sie überhaupt gesehen hatte. Im nächsten Augenblick wurde sie von Argwohn abgelöst.

»Ich weiß, dass die Verbindung zwischen uns getrennt wurde, Roz. Du musst mir nichts vormachen. Sie war niemals echt, sondern nur angeboren – zumindest für dich –, und nun ist sie ganz fort. Das Mindeste, was du tun kannst, ist, mir die Gelegenheit zu geben, damit abzuschließen.«

Roz dachte über seine Worte nach. Über ihre eigenen Zweifel und die vielen Gründe, aus denen das alles absolut keinen Sinn ergab. Aber sie war doch hierhergekommen, oder nicht?

»Ich fühle mich noch immer zu dir hingezogen«, flüsterte sie. »Das Band zwischen Chaos und Patience wurde durchtrennt, aber die Verbindung zwischen Roz und Damian ... die geht vielleicht nicht so einfach verloren.«

Noch während sie sprach, erkannte sie, wie wahr diese Worte waren. Sie war nicht mehr dieselbe, genau wie sie gesagt hatte, aber das bedeutete nicht zwangsläufig, dass sich *alles* verändert hatte. Ein Teil von ihr war noch immer Roz Lacertosa. Manche Dinge waren zu mächtig, um durch Magie beeinflusst zu werden. Denn die Anziehungskraft, die Damian Venturi auf sie ausübte, hatte nichts mit der Affinität zwischen einer Heiligen und dem ihr vom Schicksal bestimmten Geliebten zu tun. Sie war ... einfach *da*.

Damian schloss die Augen. Auf seinen blassen Lidern war das Geflecht der Adern sichtbar. Sie wusste, dass er ihr glauben wollte, jedoch mit sich kämpfte. Wie könnte sie es ihm verübeln?

»Aber du erinnerst dich nicht«, sagte er leise, »nicht wahr? Zumindest nicht an alles.«

Roz schluckte schwer. Sie würde ihn nicht belügen. »Ich erinnere mich. Die Erinnerungen sind nur ... verschwommen. Als würde ich aus der Ferne zusehen, wie das alles jemand anderem widerfährt. Aber wenn du dazu bereit bist, kannst du den Rest unseres Lebens darauf verwenden, meine Erinnerungen aufzufrischen.«

Er riss die Augen auf. »Würdest du das wollen?«

»Bei allen Heiligen, Damian, wie viel Bestätigung brauchst du denn noch?«

Die Worte rutschten ihr heraus, bevor sie genauer darüber nachdenken konnte. Sie erschraken beide. Damians Augenbrauen schossen nach oben. Dann begann er, zu Roz' Verblüffung, zu lachen.

Dieses Lachen war ein Echo seines echten Lachens, aber es veränderte dennoch sein Gesicht. Etwas von der Müdigkeit schien aus seinen Zügen zu verschwinden und in seinen Mundwinkeln bildeten sich kleine Fältchen. Ihr unerklärliches Verlangen danach, Damian lächeln zu sehen, ergab plötzlich Sinn – seine Freude war ein Wunder, das alles, was ein Heiliger bewirken könnte, bei Weitem übertraf, und Roz wurde unvermittelt von dem verzweifelten Wunsch gepackt, dafür zu sorgen, dass dieses Lächeln nie wieder ganz verschwand.

Sie war Patience. Sie sollte das Glück eines Einzelnen eigentlich nicht über alles andere stellen. Aber in diesem Augenblick kümmerte es sie wenig, was sie tun und nicht tun sollte.

»Was ist denn so lustig?«

Damian presste die Lippen aufeinander. »Das war gerade wahrscheinlich das Roz-typischste, was du jemals gesagt hast.« Er streckte die Hand aus, zögerlich zuerst, und legte sie an ihr Kinn. Seine Haut war warm, seine Finger zitterten. »Du hättest nichts für mich opfern sollen. Ich weiß, dass du das hier nicht wolltest.«

»Es ist kein Opfer, wenn man nichts aufgibt«, erklärte Roz. »Außerdem habe ich es nicht für dich allein getan. Sondern für Ombrazia.«

»Weil ich andernfalls die Stadt zerstört hätte«, sagte er nüchtern.

»Das war nicht deine Schuld. Du warst Chaos, und Chaos muss immer Einhalt geboten werden.«

Damian neigte den Kopf und wirkte urplötzlich verunsichert. »Kannst du mich denn lieben, obwohl er nicht mehr da ist?«

»Kannst du *mich* lieben, obwohl ich nicht mehr die Gleiche bin? Denn wenn es zu schmerzhaft für dich ist, werde ich dich nicht aufhalten. Du kannst hier und jetzt gehen. Du kannst ein unkompliziertes Leben leben, mit jemandem, der dir weit weniger zumuten wird.«

»Roz.« Seine Stimme war sanft. Leicht amüsiert. »Ich habe dich vom ersten Tag an geliebt, als du uneingeladen in unser Haus spaziert bist und mir eröffnet hast, dass wir Freunde werden würden. Ich habe dich geliebt, auch wenn ich es nicht gesollt hätte. Ich habe dich geliebt, obwohl es zu meinem eigenen Schaden war, und trotzdem ist allein die Vorstellung, jemand anderes zu lieben, ehrlich gesagt schrecklich. Ich werde nicht vorschützen, dass es mich nicht schmerzen würde, zu wissen, dass du dich an manches nicht so erinnerst, wie ich es tue, doch ohne dich zu sein, würde viel mehr wehtun.«

Roz war sich nicht sicher, ob sie ein Wort herausbringen würde. Darum nahm sie stattdessen seine Hand und verwob die Finger mit seinen. Einen Moment lang standen sie einfach nur da und blickten auf den Fluss, der die Kulisse ihrer Jugend gewesen war. Sie spürte, wie Damian sich anspannte, und wusste, dass er etwas sagen wollte.

»Und wann brechen wir auf?«

Roz atmete durch die Nase ein. Ihr Herz pochte wild. »Woher weißt du es?«

»Ich kenne dich. Patience hin oder her – ich weiß, dass du das alles nicht für immer willst. Die Verehrung. Die Erwartungen. Die hartnäckigen Menschenmassen, die alles, was du tust, zu deuten versuchen.« Er warf ihr einen Seitenblick zu. »Oder irre ich mich etwa?«

Das tat er nicht. Roz atmete bebend aus. »Ich liebe Ombrazia und seine Bewohner, aber ich kann nicht hierbleiben. Ich kann nicht nur diese eine Rolle spielen. Ich möchte mich daran erinnern, wie es sich anfühlt, *echt* zu sein.«

Damian zog sie an sich und ein Lächeln huschte über seine Lippen. »Ach, Roz«, sagte er. »Du bist das Echteste, was mir jemals begegnet ist.«

»Eigentlich wollte ich dich bitten, mitzukommen, aber wenn du weiterhin so peinliche Sachen sagst – «

Er legte ihr sanft einen Finger auf die Lippen. »Wohin gehen wir?«

Roz lächelte unter seiner Berührung. Er mochte vielleicht kein Heiliger mehr sein, aber in diesem Moment hätte sie schwören können, dass Damian Venturi die Antwort auf jedes Gebet war, das sie jemals gesprochen hatte.

EPILOG

KIRAN

Kiran Prakash hatte mit Politik nichts am Hut, aber irgendwie war es trotzdem dazu gekommen, dass er nun dabei mitwirkte, Ombrazias Regierung wieder aufzubauen.

Dass der Stadtstaat sich nicht mehr im Krieg befand, war schon mal eine Hilfe. Eine gemeinsame Heilige zu haben war der Beendigung des Krieges zwischen Ombrazia und Brechaat ungemein förderlich gewesen. Roz hatte umgehend für die Aushandlung eines Friedensabkommens und den sofortigen Abzug der ombrazianischen Truppen gesorgt. Dann hatte sie verfügt, dass die Jünger von Chaos und die Unerwählten den gleichen Status genossen wie alle anderen Bewohner des wiedervereinten Stadtstaates, und gleichzeitig gewarnt, dass jeder, der diese Vorschrift missachtete, ihren Zorn zu spüren bekommen würde.

Sie war, kurz gesagt, die interessanteste Heilige, die Kiran sich vorstellen konnte. Sie nahm die Neustrukturierung des Landes sehr ernst, doch er hatte den Eindruck, dass die meisten ihrer Behauptungen über die Religion der Heiligen frei erfunden waren. Und das amüsierte ihn ungemein.

Wenn er ehrlich war, hatte er neuerdings nicht mehr viel für Heilige übrig.

Roz bildete da eine Ausnahme. Sie hatte kein Interesse an Verehrung. Ein paar Monate lang hatte sie sie zugelassen, aber nur gerade lange genug, um für Ordnung zu sorgen. Dann war die Schutzheilige von Patience kurzerhand verschwunden.

Kiran vermutete, dass Damian etwas damit zu tun hatte. Irgendwie hatten die beiden es geschafft, mit Roz' Mutter im Schlepptau aus dem Herzen von Ombrazia zu verschwinden, ohne auch nur einer Seele zu begegnen. Fast schien es, als hätten sie sich im Schutz einer Illusion aus dem Staub gemacht. Sie hatten keinerlei Spuren hinterlassen, und selbst Kiran und Siena wussten nicht, wo sie hingegangen waren. Vielleicht in den Norden, wo weniger Menschen sie wiedererkennen würden. Vielleicht in ein völlig anderes Land.

Wahrscheinlich war es so am besten, obwohl Kiran jedes Mal, wenn er an seinen ehemaligen Freund und Kommandanten dachte, einen Stich in der Brust verspürte. Wären Damian und Siena nicht gewesen, läge er jetzt vielleicht tot im Schlamm der nördlichen Front. Doch es ließ sich nicht leugnen, dass die Menschen ihr Misstrauen Damian gegenüber nie ganz abgelegt hatten, ganz egal, wie oft man ihnen erklärt hatte, dass Chaos nicht mehr in ihm war.

Das größte Geschenk, das Kiran Roz und Damian machen konnte, war, dafür zu sorgen, dass die Stadt, die sie zurückgelassen hatten, nicht noch einmal zugrunde gerichtet werden würde. Siena und Noemi hatten ihm dabei geholfen, hierbei die Führung zu übernehmen. Sie schafften die Sektoren ab und halfen den Bewohnern, denen nun gestattet war, überall zu leben, wo sie wollten, beim Wiederaufbau. Das Geld, das mit Produkten der Jünger erwirtschaftet wurde, wurde umverteilt, um zu gewährleisten, dass sich jeder früher oder später ein besseres Leben leisten könnte. Zudem wurden Ressourcen in den Norden geschickt, um die Menschen im ehemaligen Brechaat zu unterstützen, und Calder Bryhn war dorthin zurückgekehrt, um diese Bemühungen zu überwachen. Seltsamerweise vermisste Kiran den ehemaligen brechaanischen General.

Das alles war nicht perfekt. Aber was war schon perfekt? Er hoffte, dass es zumindest eine Verbesserung darstellte. Er würde sich dafür einsetzen, dass alles weiterhin nur besser wurde.

Seine ehemaligen Sicherheitsoffizierskollegen waren nicht die Einzigen, mit denen Kiran zu tun hatte. Oft begegnete er auch Nasim und Zain Kadera, von denen er wusste, dass sie täglich Dev Villeneuves letzte Ruhestätte neben dem Grab seiner Schwester besuchten, wo ein Grabstein für ihn errichtet worden war. Vor seiner Rückkehr in den Norden hatte man Calder dort auch öfter antreffen können. Einmal hatte er Kiran gestanden, dass er unter überwältigenden Schuldgefühlen litt, und dabei auf einen kleinen Grabstein gewiesen, der einem Jungen namens Milos gehörte.

»Ich habe ihn aus dem Vergessenen Verlies gerettet, als er noch ein Kind war«, hatte Calder erklärt und damit einen Ort gemeint, wo einst die Jünger von Chaos zum Sterben zurückgelassen worden waren. »Und trotzdem endete sein Leben viel zu früh.«

Zwar arbeitete Kiran noch immer im Palazzo, doch der war inzwischen kein Ort mehr, an dem die Elite residierte, sondern hatte sich stattdessen zu einer Art Versammlungsort gewandelt. Natürlich gab es Menschen, die über all diese Veränderungen nicht erfreut waren, doch da sie der Wille einer Heiligen gewesen waren, konnten sie sich kaum dagegen wehren. Schließlich mochte niemand Ketzer.

Kiran hoffte, dass mit der Zeit auch der Begriff der Ketzerei gänzlich verschwinden würde.

Er wusste nicht, wie viel von dem, was in *Heilige und Hingabe* stand, der Wahrheit entsprach, und würde es vermutlich auch nie erfahren. Aber das war eben das Wesen solcher Geschichten: Sie ließen sich unmöglich beweisen, weswegen man selbst entscheiden konnte, ob man sie annahm oder nicht. Was er jedoch mit Sicherheit wusste, war, dass Heilige auch nur Menschen waren. Vielleicht keine gewöhnlichen Menschen, aber dennoch Menschen.

Eines Tages, als er an den Statuen am Eingang des Palazzos vorbeilief, konnte er nicht anders, als sich die beiden gemeißelten Figuren, die Seite an Seite abgebildet waren, näher anzusehen. Eine von beiden war neu, war erst vor Kurzem wieder an ihren rechtmäßigen Platz gesetzt worden. Die andere sah aus, als befände sie sich dort schon seit Jahrhunderten.

Doch das war nicht der Grund, weshalb Kiran sich von ihnen angezogen fühlte. Es lag nicht mal an der Art, wie die beiden Figuren arrangiert worden waren – die erste Statue neigte sich der zweiten zu, als wäre sie sich deren Anwesenheit bewusst, die Hand aufopferungsvoll ausgestreckt.

Er fühlte sich zu ihnen hingezogen, weil sie nicht mehr länger gesichtslos waren, sondern vertraut. Er wusste, dass er jedes Mal, wenn er an ihnen vorbeikäme, zu ihnen aufblicken würde, von jetzt an, bis er ein alter Mann sein würde. Und jedes Mal, wenn er es täte, würde er sich erinnern.

Denn sie trugen die Gesichter von zwei Menschen, die er einst gekannt hatte.

DANKSAGUNG

Eines kann ich euch versichern: Das Zweite-Buch-Syndrom gibt es wirklich. Man sagt, dass das Buch, das man nach seinem Debüt schreiben muss, ein Kampf ist, insbesondere, wenn es sich um eine direkte Fortsetzung handelt. Ich habe in meiner unendlichen Selbstüberschätzung angenommen, dass ich sicherlich eine Ausnahme wäre. Doch das war ich nicht. Es gab so viele Momente, in denen ich überzeugt war, dass ich diesen Roman niemals fertig bekommen würde – zumindest nicht in einer Version, mit der ich zufrieden wäre. Aber nun sind wir hier, und ich hätte das alles auf keinen Fall allein schaffen können.

An meine Agentin Claire Friedman: Danke, dass du mich durch gutes Zureden vor dem metaphorischen Sprung aus dem Fenster bewahrt hast. Ich weiß nicht, woher du die Zeit für regelmäßige Brainstorming-Sessions, geduldige Erklärungen und allgemeine Aufmunterungen nimmst, aber ich bin dir so unsagbar dankbar, dass du es tust! Irgendwann investiere ich in einen Therapeuten, und dann wird dein Leben viel einfacher werden. An meine Redakteurin Nikki Garcia: Ich weiß, dass es eine Menge Arbeit war, dieses Buch von einem groben Entwurf in etwas Lesbares zu verwandeln, und dein Feedback und deine Ratschläge sind die Gründe dafür, dass ich das geschafft habe. Du bringst es fertig, dass jede unmögliche Aufgabe machbar erscheint. Ich schätze mich so glücklich, mit dir zusammenarbeiten zu können. An Milena Blue-Spruce: Ich weiß, dass Nikki nicht alles allein gemacht hat! Es wäre schwierig für mich, eine Phase des Entstehungsprozesses zu finden, in die du *nicht* involviert gewesen bist, und ich bin so dankbar, dass ich dich habe.

An meine Verlegerin Cassie Malmo: Danke für die Betreuung, die Chancen und die Gedächtnisstützen, wenn ich unweigerlich etwas vergesse (ha!). Dank dir konnten so viele Menschen meine Arbeit entdecken. An Stefanie Hoffman, Alice Gelber, Savannah Kennelly und Christie Michel: Das Gleiche gilt für die Marketing-, Digital-Marketing-, Schul- und Bibliotheksteams – eure Anstrengungen bleiben keinesfalls ungewürdigt. An Karina Granda, Patricia Alvarado und Jake Regier: Vielen Dank, dass ihr dafür gesorgt habt, dass meine Arbeit innerlich wie äußerlich glänzt. An Sasha Vinogradova: Nochmals danke für das sagenhafte Coverbild. Ich bin überzeugt, dass du immer einen Volltreffer landest.

An Kelly Andrew, Jen Carnelian, Page Powars, Emily Miner und Kat Delacorte: Ich bin mir ziemlich sicher, dass ihr fünf die Hauptleidtragenden meiner Nervenzusammenbrüche gewesen seid. Danke für euren Beistand, eure Liebe, euer Lachen, euer Mitgefühl und vor allem für die Realitätschecks. Manchmal brauche ich es, angeschrien zu werden (keine Sorge, ich schreie zurück). Mit euch ist einfach alles schöner.

An Allison Saft, Lyndall Clipstone und Nicki Pau Preto: Ihr alle seid schon viel länger im Geschäft als ich, und ich kann euch gar nicht genug für euren Rat und eure Unterstützung danken. Ich weiß sie stets zu schätzen.

An Jo Farrow, Betty Hawk, Brighton Rose, Kalie Holford, De Elizabeth und Carlyn Greenwald: Danke für eure Freundschaft und auch für euren Zuspruch. Es ist eine solche Freude, zu erleben, wie ihr Erfolg habt, und gespannt euren Erfolg zu erwarten.

An Lauren Peng, die mit diesem ganzen Buch-Kram nichts zu tun hat: Ich habe dich ganz einfach lieb. Danke, dass du immer da bist.

Es gibt noch so viele weitere Freunde, denen ich danken möchte, doch da ich es anscheinend nicht schaffe, die Liste einzugrenzen, denkt euch bitte einfach an dieser Stelle euren Namen. Ich muss mich immer bremsen, damit ich nicht jedem danke, der jemals nett zu mir gewesen ist.

An meine Familie (nahe, entfernte und verschwägerte): Trotz meiner ständigen, verzweifelten Bemühungen, nicht zum Diskussionsgegenstand zu werden, hoffe ich, dass ihr wisst, dass ich sehr dankbar für euch bin. Eure Begeisterung und euer Stolz geben mir stets das Gefühl, geliebt und unterstützt zu werden. Ich kann mich glücklich schätzen, dass ihr hinter mir steht.

An meine Mom Nisa Howe Lobb: Ich hatte dir doch versprochen, dass es einen Abschnitt nur für dich geben würde, nicht wahr? Danke, dass du all die Gefühle zeigst, in denen ich nicht gut bin. Danke, dass du mich daran erinnerst, dass ich mehr bin als die Dinge, die ich fabriziere, aber auch dafür, dass du mich daran erinnerst, dass es immer jemanden geben wird, der das, was ich fabriziere, ziemlich gut findet. Ich liebe dich.

An Edward: Danke, dass du mir all die Zeit und den Freiraum gibst, die ich brauche, um solche Sachen wie das hier zu machen. Als wir Teenager waren, habe ich mal gesagt, dass ich mein Leben damit zubringen möchte, in deinem Keller zu hocken und *World of Warcraft* zu spielen, um der Menschheit aus dem Weg zu gehen. Ich finde, ich bin ziemlich nah dran.

Und an euch, liebe Leser:innen, die ihr aus irgendeinem Grund so weit gekommen seid: Ich hoffe, dass euch dieses

Abenteuer gefallen hat und dass ihr mich noch auf vielen weiteren begleiten werdet. Ich verspreche auch, den Frauen immer mindestens ein Messer zu geben.

Hüte dich vor dem Nebel und dem Geruch von Salz ...

Rachel Gillig
ONE DARK WINDOW
- DIE SCHATTEN
ZWISCHEN UNS
Aus dem amerikanischen
Englisch von
Katrin Reichardt
ISBN 978-3-7363-2216-5

Wer von der Magie befallen ist, die im Nebel lauert, wird von der Königsgarde vernichtet. Doch Elspeth Spindle lebt, dank des düsteren Wesens, das in ihrem Geist gefangen ist und ihr enorme Kräfte verleiht. Eines Nachts begegnet sie im Wald einem geheimnisvollen Mann. Ravyn Yew, Hauptmann der Königsgarde, will den Fluch des Nebels brechen. Dazu benötigt er zwölf magische Karten, die nur Elspeth finden kann. Und so muss sie nicht nur dem Mann vertrauen, den sie als ihren größten Feind sah, sondern sich auch der Anziehung zwischen Ravyn und ihr stellen. Und es gibt noch eine Wahrheit, der sie nicht entrinnen kann: Das Wesen in ihr droht alsbald ihren Geist zu verschlingen ...

The Dark Will Rise - Who Will Fall - Who Will Stand?

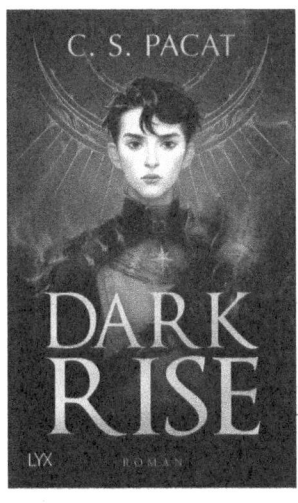

C.S. Pacat
DARK RISE
Aus dem australischen
Englisch von
Anika Klüver
544 Seiten
mit Abbildungen
ISBN 978-3-7363-1824-3

Die alte Welt der Magie ist in Vergessenheit geraten. Lediglich der Orden der Stewards hält seinen Schwur, die Menschheit zu schützen – denn die Rückkehr des Dunklen Königs steht kurz bevor. Als sie Will vor den Mördern seiner Mutter retten, offenbaren sie ihm, dass er der Auserwählte im Kampf gegen die Dunklen Mächte sein soll. Während Will versucht, sich auf seine Rolle vorzubereiten, trifft er auf James, den Auserwählten der Dunklen Mächte - und somit Wills Gegenstück ...

»Eine fesselnde Fantasy-Geschichte, die dem Hype um sie mehr als gerecht wird.« POPSUGAR

LYX

Liebe, Verrat und Intrigen an der Akademie für Vampire!

Richelle Mead
VAMPIRE ACADEMY -
BLUTSSCHWESTERN
Hardcover-Ausgabe
Aus dem amerikanischen
Englisch von
Michaela Link
304 Seiten
ISBN 978-3-7363-1433-7

Die siebzehnjährige Rose - halb Mensch, halb Vampir - wird an der Vampire Academy zur Wächterin ausgebildet. Sie will ihre beste Freundin Lissa beschützen, die letzte Überlebende einer adligen Vampirfamilie. Bald kommt es an der Akademie zu einer Reihe merkwürdiger Vorfälle. Irgendjemand scheint es auf Lissas Leben abgesehen zu haben. Der Einzige, dem sich Rose anvertrauen kann, ist der gut aussehende Wächter Dimitri, der ihr als Mentor zur Seite gestellt wird und für den sie schon bald verbotene Gefühle entwickelt.

»Dimitri wird immer mein Held sein. Die Chemie zwischen ihm und Rose ist überirdisch.« *BOOKS OF MY HEART BLOG*

LYX

»Es ist schwer zu glauben, dass etwas so wunderschönes so tödlich sein kann, oder?«

Emily Thiede
THIS VICIOUS GRACE
– DIE AUSERWÄHLTE
Aus dem amerikanischen
Englisch von
Susanne Gerold
512 Seiten
ISBN 978-3-7363-1864-9

Alessa ist verzweifelt. Als auserwählte Finestra ist es ihre Bestimmung, mit ihren Kräften das Land vor einem Angriff dämonischer Wesen zu schützen. Doch sie hat ihre magische Gabe nicht unter Kontrolle – alle Menschen, die sie berührt, sterben. Als auch noch ein Attentat auf sie verübt wird, engagiert Alessa einen Leibwächter: Dantes Kennzeichnung als Verbrecher und sein dunkler Blick reichen normalerweise aus, um andere auf Abstand zu halten. Doch je mehr Zeit Alessa mit ihm verbringt, desto besser lernt sie den Mann hinter der abweisenden Maske kennen. Doch wie sollen sie sich jemals nahekommen, wenn ihre Gabe seinen Tod bedeuten könnte?

Die Community für alle, die Bücher lieben

Das Gefühl, wenn man ein Buch in einer einzigen Nacht verschlingt – teile es mit der Community

In der Lesejury kannst du

★ Bücher lesen und rezensieren, die noch nicht erschienen sind

★ Gemeinsam mit anderen buchbegeisterten Menschen in Leserunden diskutieren

★ Autoren persönlich kennenlernen

★ An exklusiven Gewinnspielen und Aktionen teilnehmen

★ Bonuspunkte sammeln und diese gegen tolle Prämien eintauschen

Jetzt kostenlos registrieren: www.lesejury.de

Folge uns auf Instagram & Facebook:
www.instagram.com/lesejury
www.facebook.com/lesejury